www.bbulmedia.com

www.bbulmedia.com

깊은 밤을 건너선녀

정해길 장편 소설
DAHYANG ROMANCE STORY

Contents

프롤로그

오늘은 모처럼 야근이 없는 날이었다. 간만에 정시에 퇴근한 기념으로 인해는 친구인 민경과 회사 근처에서 한잔 걸치기로 했다. 언젠가 민경이 한 번 와 보고서 맛있다며 칭찬을 아끼지 않았던 연탄구이 불고기집이었다.

먼저 가서 자리를 잡고 민경을 기다렸다. 민경의 회사는 이곳에서 버스로 서너 정거장 거리에 있었다. 아까 통화할 때 별일 없다고 했으니 금방 올 터였다.

물을 마시며 눈으로 메뉴판을 면밀히 훑어보는데 테이블 위에 놓인 휴대전화가 몸을 떨어 댔다. 액정에 민경의 이름이 떠올라 있었다.

"어디야?"

[그게……. 인해야 미안. 갑자기 공장에 문제가 생겨서 말이야.]

쩔쩔매는 목소리에 인해는 나지막한 한숨을 쉬었다. 뒷말은 듣지 않아도 알 것 같았다.

[웬만하면 가려고 했는데, 이게 지금 당장 해결하지 않으면 큰일이라서…….]

민경은 의류회사에서 디자이너로 일하고 있었다. 아마 그녀가 디자인한 옷에 문제가 생긴 듯했다. 담당자로서 가 보지 않을 수 없을 것이다.

분야는 다르지만 무언가를 만들고 책임지는 건 인해도 마찬가지라 민경의 입장을 십분 이해할 수 있었다. 그럼에도 실망스러운 건 별개의 일이었다.

"알았어. 나중에 보지 뭐."

[미안, 진짜 진짜 진짜 미안. 내가 나중에 저녁 쏠게. 두 번 세 번 쏠게.]

정말 미안해하는 민경의 마음이 수화기로 전해져 왔다.

"비싼 데도 괜찮지?"

[어? 당연하지. 어딘지 말만 해. 뭐든 다 사 줄게.]

"그래, 기대할게."

인해는 덤덤한 목소리로 나중을 기약하며 통화를 종료했다. 나지막하게 한숨을 쉬는데 지나가던 종업원이 그녀를 힐끔 쳐다봤다.

민경을 기다릴 땐 주문하지 않았어도 종업원이 보든 말든 당당했는데 갑자기 민망해졌다. 그럼에도 엉덩이는 의자에서 일어날 생각을 안 했다.

이대로 돌아가려니 왠지 모르게 아쉬웠다. 휴대전화 주소록을 뒤져 봤지만 딱히 부를 만한 사람이 없었다. 잠시 갈등하다가 마음의 결정을 내린 인해는 테이블 모서리에 붙어 있는 벨을 눌렀다. 종업원이 잽싸게 달려왔다.

"돼지불고기 2인분이랑 소주 한 병 주세요."

주문한 지 얼마 되지 않아 고기와 소주와 잔이 테이블 위에 세팅되었다. 인해는 고기가 익기를 기다리며 자그마한 잔에 소주를 따랐다.

오랜만이라 그런지 소주의 알싸함이 혀끝에 달콤하게 감겨들었다. 그냥 집으로 돌아갔더라면 섭섭할 뻔했다.

한 잔이 두 잔이 되고 테이블 위에 놓인 소주병이 세 병이 되었을 때, 인해는 문득 시선을 느꼈다.

고개를 돌리자 근처에 앉아 있던 사람들이 잽싸게 눈을 돌렸다. 그러나 얼마 지나지 않아 호기심 어린 시선들이 다시 슬금슬금 달라붙었다.

여자 혼자 술 마시는 게 그렇게 이상한가. 여자치고 주량이 센 편인 인해는 주변의 시선에 아랑곳하지 않고 다시 잔을 들었다. 그러고는 한입에 털어 넣었다.

만약 호기심이 아니라 동정이 담긴 시선이었다면 지금처럼 평정을 유지하지 못했을지도 몰랐다. 그렇다고 마음이 마냥 편안한 건 아니었다. 조금 전까지만 해도 달기만 하던 술이 지금은 아무 맛도 느껴지지 않았다.

한숨이 흘러나왔다. 3개월 전까지만 해도 이렇게 혼자 술을 마시게 될 거라고는 상상조차 못 했는데. 어쩌다 이렇게 되었을까. 서글픈 마음에 인해는 쓸쓸하게 웃으며 술잔을 기울였다.

굳게 닫아걸었던 마음의 빗장이 취기를 틈타 느슨해진 건지, 가슴 깊숙이 묻어 두었던 것들이 조금씩 흘러나오기 시작했다.

막 더워지기 시작하던 6월의 어느 날이었다. 1년 9개월간의 연애가 갑자기 끝나 버렸다. 승준이 돌연 일방적으로 이별 선언을 해 버린 것이었다.

마른하늘에 날벼락이었다. 연락이 뜸해진다거나 그녀를 귀찮아하며 만남을 미룬다거나 무관심하게 대하는 등 이별을 예감할 만한 그어떤 징후도 없었기에 충격이 컸었다.

승준은 한결같이 인해에게 성실한 연인이었다. 언제나 그녀를 우선으로 생각하며 배려하고 다정하게 대해 주었다. 그의 애정은 의심할 여지가 없었다. 그렇기에 그의 이별 선언은 충격적이었고, 당시는 물론 최근까지 인정하기가 몹시 힘들었다.

인해는 승준과의 이별에 대해 깊이 생각하고 곱씹을 만한 여유가 없었다. 당시 그녀는 9월에 내놓을 신제품을 기획하고 준비하느라 정신없이 바빴다. 시간을 쪼개고 쪼개 승준에게 전화 몇 통 건 게 그녀가 이별에 대처한 전부였다.

비록 형편이 여의치 않았지만 마음 한편으로 그와 자신의 사이가 이렇게 끝날 게 아니라는 생각도 없지 않아 적극적으로 나서지 않은 것이었다.

시간이 흘러 신제품이 무사히 출시되었고 인해에게도 드디어 여유가 생겼다. 그녀는 일단 승준을 찾았다. 얼굴을 직접 마주하고 3개월 전에 하지 못했던 이야기를 나누고 싶었다. 서운한 게 있으면 풀어 주고 마음을 돌리고 싶었다.

그러나 그사이 그는 전화번호를 바꾸고 집을 옮겼으며 회사도 그만둔 상태였다. 그의 가족이나 친구들도 그의 행방을 전혀 알지 못했다. 작정하고 꽁꽁 숨어 버린 게 틀림없었다.

화가 나지는 않았다. 그저 맥이 풀렸을 따름이다. 인해는 그제야 승준의 이별 선언이 느닷없는 충동의 산물이 아니란 걸 인정해야 했다.

조심스럽고 신중한 그가 이렇게 철저하게 숨어 버린 걸 보면, 오래전부터 염두에 두었던 이별이라는 의미였다. 그녀가 한창 바쁠 때 이별 선언을 한 것도 미리 계획한 일이었을 것이다.

"이유라도 말해 주고 가지."

일방적으로 차인 입장이었지만 인해는 무작정 승준을 미워하고 욕할 수 없었다. 실연의 원인을 자신이 제공한 것 같아서였다.

승준은 모든 걸 그녀 위주로 생각하고 맞춰 주고 헌신적으로 대해 주었다. 연인이라기보다 아버지나 오빠처럼 그녀를 챙겨 주고 보살펴 주었다. 그러다 보니 차츰 그에게 자연스레 기대고 의지하게 되었다. 그가 주는 것들을 당연시하며 받아들였다.

거기서부터 잘못된 게 아닐까 싶었다. 그에게 주는 거 하나 없이 넙죽넙죽 받기만 했으니 자신이 부담스러웠을 테고 종내엔 질려 버린 걸지도 몰랐다.

입안이 소태라도 삼킨 것처럼 썼다. 인해는 연거푸 잔을 비웠다. 소주 세 병을 거의 해치웠을 무렵, 주변의 시선이 아까보다 더 노골적이고 집요해졌다. 수군거리는 소리도 어렴풋이 들려왔다. 잠자고 있던 오기가 고개를 들기 시작했다.

여자는 혼자 술도 마음껏 못 마시나. 인해는 보란 듯이 마지막 병을 한 방울도 남김없이 몽땅 비웠다. 그리고 새로 주문한 소주를 거침없이 잔에 따랐다. 막 잔을 입에 가져가려던 참이었다.

"어?"

눈앞에 있던 잔이 사라졌다. 정확히는 옆에 서 있던 누군가가 잔

11

을 가져가 버렸다. 황당하고 어이없었다. 동시에 화가 치밀었다. 보는 것만으로는 이제 성에 차지 않는다는 건가.

"잔 내놔요."

상대에게선 아무 반응이 없었다. 하여간에 좋게 말하면 듣지를 않는다. 목소리가 신경질적으로 튀어 나갔다.

"남이야 술을 마시든 말든 오지랖 넓은 거 자랑하려면 다른 데 가서 해요."

여전히 묵묵부답이었다. 병을 쥐고 있는 손에 힘이 들어갔다.

"셋 셀 동안 내놔요. 안 그럼 무슨 짓을 할지 나도 몰라요."

나직하게 경고하며 숫자를 세려는데 흥, 코웃음 치는 소리가 들려왔다. 그러고는 약간 허스키한 남자의 목소리가 뒤를 이었다.

"왜? 가게 금고라도 들고 튀게?"

뜬금없는 물음에 인해는 어리둥절했다. 그러다가 남자가 자신의 술버릇을 지적했다는 걸 깨닫고는 깜짝 놀랐다.

인해는 필름이 끊기면 주변의 물건을 들고 도망가는 고약한 주사가 있었다. 그녀의 희한한 주사를 알고 있는 이들은 그리 많지 않았다.

회사에 막 입사했을 때였다. 회식 자리에서 인사불성이 된 인해가 과장의 구두를 들고 도망가는 바람에 한바탕 난리가 난 적이 있었다. 그때 이후로 인해는 술자리에서 주량을 넘지 않도록 늘 조심했고, 주위에서도 그녀에게 함부로 술을 권하지 않았다.

덕분에 술로 인한 실수를 거의 하지 않게 되었다. 그래서 후임이나 신입들은 그녀에게 주사가 있다는 사실조차 알지 못했다. 아는 사람은 동기나 상사뿐이었다. 그들 중에서 저런 목소리의 남자는 없었다.

고개를 갸웃거리며 인해는 목소리가 들려온 방향으로 몸을 틀었다. 곧바로 남자와 눈이 마주쳤다. 남자가 혀를 차며 중얼거린다.

"완전히 맛이 갔군."

무례한 말인데도 반박을 할 수 없었다. 아니 입이 떨어지지 않았다는 게 더 정확했다. 남자를 본 순간 마치 메두사와 마주친 것처럼 온몸이 돌처럼 굳어 버렸다.

눈 뜨고 꿈을 꾸는 기분이었다. 세상에 어떻게 이런 사람이 있을 수 있는지 믿어지지 않았다. 혹시 취기에 잘못 본 건가 싶어 손등으로 눈을 비볐지만 변하는 건 없었다.

"졸려?"

남자의 물음에 인해는 멍하니 그를 올려다보았다. 잡티 하나 없는 새하얀 얼굴에 수려한 이목구비. 그럼에도 전혀 여성스럽지 않은 잘생긴 얼굴. 남자는 분칠한 연예인보다 더 빛이 나는 사람이었다. 한 번 보면 절대 잊을 수 없는 얼굴이었다.

"네 병이 한계 아니었나? 이쯤에서 그만 마시지 그래."

남자가 테이블 위의 소주병을 힐끔 보며 말했다. 그는 그녀의 주량까지 정확히 꿰고 있었다.

아는 사이인 듯했다. 적어도 함께 술을 마신 적이 있는 게 분명했다. 하지만 아무리 머릿속을 뒤져도 남자에 대한 건 물음표뿐이었다.

아무래도 뇌가 알코올에 잠식돼 제 기능을 발휘하지 못하고 있는 모양이다. 아쉽고 속상했다. 저렇게 잘생긴 남자가 누군지 생각이 안 나다니.

"누구세요?"

입이 멋대로 멍청하게 지껄였다. 무심한 눈길로 주위를 둘러보던 남자의 얼굴이 순식간에 굳어졌다. 남자는 인해에게 시선을 고정시킨 후 입을 다물었다.

테이블 위에 어색한 침묵이 내려앉았다. 동시에 주변의 소음도 사라졌다. 고기 구워지는 소리도 와자하게 떠드는 사람들의 목소리도 들리지 않았다. 정적 속에서 인해는 남자를 가만히 바라보았다.

얼마의 시간이 지났는지 모를 무렵, 뒤늦게 남자가 섭섭해할 수도 있을 거라는 데 생각이 미쳤다. 그는 그녀를 알아보았는데 그녀는 그를 알아보지 못했으니 자존심이 상했을 수도 있다.

확실히 취하긴 취한 모양이다. 사고가 한 박자씩 늦게 돌아가는 걸 보면. 그녀가 사과하려는데 남자가 먼저 침묵을 깨고 입을 열었다.

"많이 취했나 보군."

혼잣말에 가까운 말이었다. 스스로를 납득시키기 위해 하는 말처럼 들렸다. 인해는 저도 모르게 고개를 끄덕였다. 남자의 입꼬리가 살짝 위로 올라갔다. 차가운 미소였다.

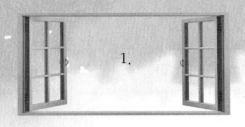

1.

눈을 떴을 때 가장 먼저 생각난 건, 숙취로 띵한 머리를 나이 탓으로 돌리는 것도 어제 바람을 맞혀 홀로 술을 마시게 한 친구에 대한 원망도 아니었다. 그저 단순하고 순수한 의문이었다. 대체 여기가 어디지?

무늬가 없는 엷은 파란색 벽지는 깔끔하고 정갈해 보였다. 도배를 한 지 얼마 되지 않은 듯했다. 인해는 서늘한 느낌을 풍기는 낯선 천장을 뚫어지게 바라보았다.

아무리 보고 또 봐도 이곳이 어딘지 알 수 없었다. 다만 확실한 건 호텔이나 모텔 방은 아니라는 것이었다. 회사 근처에서 술을 마셨으니 퇴근하던 동료가 지나가다가 자신을 발견하고 집으로 데려온 건가.

불안한 마음을 누르며 인해는 일단 몸을 일으켰다. 목까지 덮여있던 이불이 중력의 부름을 받아 아래로 흘러내렸다.

"헉……!"

이불 밖으로 드러난 자신의 모습에 인해의 안색이 창백해졌다. 두 눈으로 똑똑히 보고 있는데도 믿을 수가 없었다.

당연히 있어야 할 셔츠와 바지가 온데간데없었다. 달랑 하얀색 팬티 한 장만 몸에 아슬아슬하게 걸려 있을 뿐이었다.

애써 눌러뒀던 불안과 혼란이 삽시간에 튕겨 올라 폭풍처럼 그녀를 덮쳤다.

이게 뭐지? 무슨 일이 있었던 거야. 설마…… 아니겠지. 덜덜 떨리는 손으로 서둘러 이불을 끌어당겨 몸을 가렸다. 그때 방문이 열리고 누군가가 들어왔다. 얼굴이 하얀, 키가 큰 남자였다.

"깨어 있었네?"

"다, 당신은……."

인해의 눈이 휘둥그레졌다. 문가에 서서 그녀를 응시하는 남자의 입꼬리가 위로 살짝 올라갔다. 도자기처럼 새하얀 얼굴도, 차가워 보이는 미소도 낯설지 않았다.

아는 얼굴이었다. 하지만 누군지는 모른다. 남자는 어제 처음 만난 사람이었다. 그리고 그녀의 기억에 마지막으로 남아 있는 사람이었다.

"크……."

인해는 갑자기 몰려오는 두통에 미간을 찌푸리며 눈을 감았다. 어젯밤 눈앞에 있는 남자가 지금처럼 웃고 있던 모습이 어른거린다. 그 뒤의 기억은 단칼에 잘려 나간 것처럼 존재하지 않았다. 하지만 그 후에 어떤 일이 벌어졌을지 짐작이 가고도 남았다.

남자의 집으로 추정되는 낯선 곳에서 속옷 하나를 제외한 알몸으로 남자의 것으로 추정되는 침대에서 자고 있었다.

석 달 후면 나이 서른이다. 무슨 일이 있었는지 모른 척할 수 없는 나이였다. 이불을 붙들고 있는 손가락에 힘이 들어갔다.

"속 안 좋아? 안색이 창백한데."

남자가 성의 없는 말투로 안부를 물었다. 그러고는 아무 거리낌 없이 성큼성큼 방으로 들어왔다. 처음부터 인해의 양해를 구할 생각이 없었던 듯했다.

샤워를 했는지 남자의 머리칼이 젖어 있었다. 남자가 다가오자 보디클렌저 향이 풍겼다. 그에 반해 자신에게선 불쾌한 냄새가 났다. 속이 울렁거렸다. 남자가 손에 들고 있던 것을 침대 위에 툭 던졌다.

"입고 나와."

눈에 익은 옷가지였다. 사라졌던 셔츠와 바지 그리고 브래지어였다. 인해는 자신의 옷을 물끄러미 내려다보다가 고개를 들었다. 방을 나가려는 남자의 뒤통수에 대고 말했다.

"사람 맞아요?"

평소보다 한 톤 낮게 가라앉은 목소리였다. 너무 당황하고 화가 나면 외려 차분해진다더니 사실인 듯했다. 인해는 시린 눈으로 돌아서는 남자를 뚫어지게 노려보았다.

"무슨 뜻이야?"

"그쪽이 사람인지 아니면 사람의 탈을 쓴 짐승인지 궁금해서 물어본 거예요."

남자의 눈에 의문이 떠올랐다. 인해의 말뜻을 알아듣지 못한 눈치였다. 그러다 곧 깨달았는지 남자는 순간 황당해하더니 어이없다는 얼굴이 되었다.

그의 반응을 낱낱이 지켜본 인해는 피가 거꾸로 솟는 게 어떤 심정인지 몸소 체험할 수 있었다. 적반하장도 유분수였다. 지금 누가 잘못한 건데.

"너 설마…… 하, 이거 참. 기가 막히군."

남자는 고개를 절레절레 흔들며 중얼거렸다. 불쾌한 기색이 역력했다. 손으로 앞머리를 두어 번 거칠게 쓸어 넘기더니 이를 악물며 묻는다.

"어제 일, 기억 안 나?"

"기억하고 싶지 않은데요."

"역시 필름이 끊겼었군."

남자는 그럴 줄 알았다는 듯 단정적으로 말했다. 잘못한 게 하나도 없는 사람처럼 당당하기 이를 데 없는 태도였다. 그녀가 기억하지 못한다고 이대로 아무 일도 없었다는 양 얼렁뚱땅 넘기려는 모양이었다.

만약 20대 초반이었다면 남자에게 말려들었을지도 몰랐다. 그러나 지금의 자신은 서른을 코앞에 둔 29살이었다. 그런 얄팍한 수작에 넘어갈 나이가 아니었다.

"사과하지 않을 건가요?"

"사과는 네가 나한테 해야지."

"뭐라고요?"

기가 막혔다. 아무래도 말로 해선 안 될 것 같았다. 뻔뻔하고 파렴치한 남자의 태도를 보니 사과는커녕 죽어도 어젯밤 일을 인정하지 않을 기세였다. 일을 복잡하게 만들고 싶지 않았지만 별

수 없었다.

"좋아요. 법대로 하죠."

"정 원한다면. 근데 뭐라고 할 거지? 술에 취해 인사불성인 여자를 버려두지 않고 집으로 데려온 것도 죄가 되나?"

"그것만이 아니잖아요."

"맞아. 그것만은 아니지. 영역 표시하는 개처럼 남의 집 여기저기에 오바이트해 놓고 세상모르게 퍼질러 자는 여자의 뒤처리를 하느라 밤을 꼴딱 새운 것도 죄가 되는지 나야말로 묻고 싶군."

방금 엄청난 말을 들었다. 뭐가 어쩌고 어째?

"오바이트라니…… 그딴 말에 내가 속을 거 같아요? 옷이 이렇게 깨끗한데."

인해는 그녀의 옷을 집어 들고 격하게 흔들어 댔다. 오바이트를 했다면 옷에 더럽혀진 흔적이 조금이라도 있어야 했다. 그러나 옷은 새 옷처럼 티끌 하나 보이지 않았다. 남자가 지어낸 이야기임이 틀림없었다. 불신하는 인해를 가만히 응시하던 남자가 한심하다는 투로 입을 열었다.

"빨았으니까 깨끗하지."

남자가 바지 주머니에서 무언가를 꺼내 침대 위로 던졌다. 무인 빨래방에서 쓰는 세제였다. 인해가 사는 아파트 상가에 있는 빨래방 세제와 동일한 것이라 금방 알아볼 수 있었다.

"빨래방 CCTV 가서 확인해 봐. 내가 새벽에 뭘 했는지 증명해 줄 테니까."

말문이 막혔다. 혼란이 파도처럼 밀어닥쳤다. 뭐가 어떻게 된 거지?

"아무리 궁해도 술에 떡이 된 여자를 어떻게 할 정도로 쓰레기는 아니거든."

똑바로 들으라는 듯이 남자가 또박또박 힘주어 말했다. 모욕이라도 당한 사람처럼 불쾌하고 자존심 상한 기색이 역력했다. 마치 너 같은 건 트럭으로 갖다 줘도 손가락 하나 대지 않을 거라고 말하는 것만 같았다.

인해는 찬찬히 상황을 되돌아보았다. 확실한 증거가 없었다. 단지 옷을 벗고 있었다고 무조건 간밤에 남자와 무슨 일이 있었다고 단정 짓는 건 아니다 싶었다.

그러고 보니 아까부터 몸에서 풍기는 불쾌한 냄새가 토사물 냄새와 비슷한 듯했다. 인해는 두 눈을 질끈 감았다. 아무래도 자신이 경솔했던 게 아닌가 하는 생각이 들었다.

"더러워서 손대기도 싫었구만."

짜증 섞인 남자의 목소리가 귀에 꽂혀 들었다. 인해의 얼굴이 벌게졌다.

"……미안해요."

"알면 됐고."

여전히 기분 나쁜 듯 보였지만 남자는 의외로 선선하게 넘어가 주었다. 섬세한 얼굴과는 달리 성격은 쿨한 듯했다. 인해는 고개를 숙이며 슬그머니 남자의 시선을 피했다.

기억만 온전했다면 애초에 남자를 의심할 일은 없었을 것이고 이렇게 창피하지도 않았을 텐데.

어째서 필름이 끊겼던 건지 모르겠다. 분명히 주량을 넘기지는 않았는데. 설마 나이가 들면서 주량도 덩달아 약해진 건가. 서글픈 생각에 한숨을 내쉬는데 남자의 혼잣말이 들려왔다.

"나이 들더니 의심이 많아졌군."

안 그래도 나이 때문에 울적하던 참인데, 남자가 느닷없이 나이를 들먹이자 속이 상했다. 한마디 쏘아 줄 생각으로 입을 열려던 인해는 갑자기 뇌리를 스친 생각에 도로 입을 다물었다.

이상한 일이었다. 남자의 언행을 되짚어 보니 마치 인해를 예전부터 잘 알고 있다는 듯이 굴고 있었다.

남자는 그녀의 주량은 물론 고약한 주사도 알고 있었고, 처음 만났을 때부터 지금까지 계속 반말을 하고 있었다. 아주 친한 사이처럼.

인해는 남자를 유심히 바라보았다. 아무리 봐도 모르는 얼굴이었다. 어젯밤에는 취기 때문에 남자가 잘 생각나지 않는 거라 여겼었다. 하지만 술에서 깨어난 지금, 맑은 머리를 아무리 굴려도 남자가 누군지 떠오르지 않았다.

"저기 죄송한데…… 나랑 언제 어디서 만났었는지 말해 주시면 안 될까요?"

남자의 얼굴이 순식간에 딱딱하게 굳어졌다. 피부가 워낙 하얀데다 이목구비가 반듯해서 굳어진 남자의 얼굴은 마치 하얀 대리석으로 만든 조각상 같았다.

남자는 인해가 자신을 기억하지 못하자 화가 난 듯 보였다. 좀 전에 그녀에게 오해를 받았을 때보다 더.

"제가 기억력이 별로 좋지 않아서요."

서둘러 부연을 덧붙였지만 남자의 얼굴은 풀어질 줄 몰랐다. 쿨한 성격이 아닐지도 모른다는 생각이 들었다. 이쯤에서 멈춰야 했

21

다. 하지만 인해는 남자가 누군지 알고 싶었다.

"우리 아는 사이 맞아요?"

그녀의 물음에 드디어 굳게 닫혀 있던 남자의 입이 움직였다.

"알지. 아주 잘 알지. 세상 무서운 줄 모르고 수컷들이 득실거리는 곳에서 술에 취해 뻗어 버릴 정도로 대담하고, 정신이 들자마자 전후사정 살피지도 않고 도와준 사람을 파렴치한 치한으로 몰아세우는 성급하고 경솔한 사람이란 걸 알지."

남자는 빈정거리는 어조로 인해의 잘못을 끄집어내 줄줄이 나열했다. 인해의 얼굴이 새빨개졌다. 남자는 그녀에게 무안을 주려고 작정한 듯했다. 말을 마친 그는 뒤도 돌아보지 않고 몸을 돌려 방에서 나가 버렸다.

남자는 쿨한 성격이 아닐뿐더러 속도 좁고 뒤끝도 긴 것 같았다. 잘난 얼굴과는 상반된 고약한 성격이었다. 저런 성격에 저런 얼굴을 한 사람이라면 쉽게 잊어버릴 리 없었다. 그러고 보니 남자에게서 아는 사이라는 확답을 듣지 못했다. 그렇다면 역시 남자와는 어제 처음 만난 건가.

"근데 내 술버릇을 어떻게 알고 있었지?"

어제 남자를 만났던 연탄구이 불고기집은 회사 근처의 가게였다. 어쩌면 남자는 같은 회사 직원일 수도 있었다. 동기도 상사도 아니니 다른 부서 사람인 건가.

입사 초, 한때 그녀의 희한한 주사에 대한 소문이 사내에 쫙 퍼졌던 적이 있었다. 같은 부서는 물론이고 타 부서 직원들까지 그녀를 보며 히죽거리곤 했었다. 가정이 맞는다면, 인해는 남자를 모를 수도 있지만 남자는 인해를 알고 있을 수도 있었다.

"하, 언제 적 일을 아직도…….."

뒤끝이 긴 성격이라는 건 좋게 말해 기억력이 좋다고 할 수 있다. 기억력이 좋다면 몇 년 전 일을 어제처럼 기억하고 있을지도 모른다. 반말하는 건 친해서라기보다 습관일 수도 있다. 악의 없이 반말하는 족속들이 왕왕 있으니까.

어쨌든 남자 덕분에 험한 일을 당하지 않았고 길바닥에서의 노숙도 면한 셈이었다. 조금 얄밉더라도 은혜를 입은 건 사실이니 좀 전의 빈정거림은 잊어버리기로 했다.

인해는 침대 위에 흩어져 있는 옷가지를 주섬주섬 집어 들었다. 부득한 사정이었다지만 남자가 자신의 알몸을 보았다고 생각하니 얼굴에서 불이 났다.

고마운 건 고마운 거고 민망한 건 민망했다. 오늘 이후로 두 번 다시 남자와 마주치고 싶지 않은 게 솔직한 심정이었다. 하지만 같은 회사 직원이니 부질없는 바람일 뿐이었다. 그나마 같은 부서가 아닌 게 천만다행이랄까.

인해는 급히 옷을 입었다. 한시라도 빨리 남자의 집에서 나가고 싶었다.

고맙다고 인사한 후 뒤도 돌아보지 않고 가리라 마음먹었다. 그러나 막상 방문을 열고 나간 그녀는 눈앞에 펼쳐진 광경에 아무 말도 할 수가 없었다.

"뭐 해?"

"저기……."

"얼른 앉아. 국 식기 전에."

인해는 난감한 얼굴로 식탁을 응시했다. 김이 모락모락 나는 하얀 밥에 보기만 해도 시원해 보이는 콩나물국이 그녀를 기다리고 있었다.

인사만 하고 가려고 했는데 남자가 아침을 먹고 가라고 붙들었다. 한 공간에 있는 것도 민망해서 죽을 지경인데 마주 앉아 같이 밥을 먹으라니. 그것도 남자가 손수 차린 밥을 먹으라니.

"속이 안 좋아서 아침은 좀…… 회사 갈 준비도 해야 하고."

인해는 하늘이 무너져도 아침은 꼭 챙겨 먹는 스타일이었다. 하지만 오늘은 아침 먹을 생각이 싹 달아나고 없었다. 남자는 인해를 잠시 물끄러미 응시하더니 나직하게 말했다.

"속이 안 좋을수록 더 잘 챙겨 먹어야지."

거절은 절대 용납하지 않겠다는 고압적인 분위기라면 반항이라도 해 볼 텐데. 남자는 부드럽게 회유하며 아침을 권했다.

인해는 망설였다. 사실 마음만 먹으면 얼마든지 단호하게 거절할 수 있었다. 그러나 남자가 저리 부드럽게 나오니 단단하게 무장했던 마음이 자꾸만 물렁해지려 했다.

밤새 그녀를 돌보아 준 데다 아침까지 차려 대령한 남자의 노고를 거절하자니 마치 자신이 몹시 재수 없고 싸가지 없는 여자처럼 여겨지기까지 했다.

"먹고 출근해. 일하는 것도 결국 밥 먹고 살자고 하는 짓이잖아. 어서 앉아."

결국 인해는 남자의 맞은편 의자에 몸을 내렸다. 얼른 먹고 가려고 콩나물국에 밥을 말아 먹었다.

의외로 맛이 괜찮았다. 밥은 전기밥솥 작품이라 해도 콩나물국은 남자가 직접 끓였을 것이다. 인해는 눈만 들어 맞은편을 바라보았다.

새삼스럽지만 인해는 다시 한 번 감탄했다. 가까이 봐도 남자의 외모는 굉장했다. 어느 한 군데 빠짐없이 조화롭게 자리 잡은 이목구비도 그렇지만 역시 피부가 예술이었다.

삶은 달걀처럼 하얗고 매끈한 것이 마치 포토샵으로 보정한 잡지 속 모델 같았다. 모공 흔적조차 보이지 않았다. 여자들이 이상적으로 바라고 원하고 가지고 싶어 하는 피부였다.

한숨이 흘러나왔다. 저런 피부 표현이 가능한 파운데이션을 만들면 대박일 텐데.

화장품 회사에서 BM(브랜드 매니저)으로 일한 지 어언 4년. 직업 때문인지 인해는 사람을 볼 때마다 가장 먼저 얼굴에 눈이 갔다. 그동안 수많은 사람들을 보았지만 눈앞에 있는 남자만큼 좋은 피부를 가진 사람은 보지 못했다. 찹쌀떡처럼 새하얘서 어떤 색조를 써도 잘 어울릴 터였다.

"밥 안 먹고 뭐 해?"

"그냥……."

넋을 놓고 남자를 바라봤던 인해는 서둘러 고개를 숙였다. 남자의 시선이 정수리에 닿았다.

"뭔가 생각난 거야?"

"네?"

"계속 날 보고 있었잖아."

남자의 지적에 인해의 얼굴이 붉어졌다.

"저, 그게 피부가 참 좋으셔서……."

남자는 한참 동안 말이 없었다. 무표정했지만 기분 좋은 기색은 확실히 아니었다. 피부 좋다는 게 실례되는 말이었나?

"제가 화장품 회사에서 일하거든요. 그래서……."

"내 이름 알아?"

"네?"

뜬금없는 질문에 제대로 대답하지 못하고 반문하자 남자는 한숨 섞인 목소리로 중얼거렸다.

"그래, 모른 척하고 싶으면 계속해도 돼."

대수롭지 않은 어조였지만 화가 난 기색이 엿보였다. 아까도 그렇고 지금도 그렇고 그를 모른다고 할 때마다 분위기가 싸해졌다. 인해가 그를 기억하지 못하는 게 섭섭하고 괘씸한 모양이었다.

인해도 답답했다. 남자는 자신을 알고 있는데 왜 자신은 그를 기억하지 못하는 건지 모르겠다. 남자 정도의 인물이라면 타 부서라 해도 여직원들 사이에서 소문이 나기 마련이었다.

인해는 신입사원도 아니었고 사내 소문에 어두운 편도 아니었다. 같은 회사에 다닌다면 적어도 한 번은 남자를 보았을 것이다. 이름은 몰라도 얼굴은 잊기 힘든 타입인데. 이상한 일이었다.

"그만 일어나. 출근 준비해야 하니까."

시계를 확인한 남자가 자리에서 일어섰다. 그릇을 챙겨 개수대로 가져가는 남자의 등을 바라보며 인해는 다시 한 번 말을 골랐다.

"저기 실례가 아니라면 어디서……."

묵묵히 설거지를 하던 남자가 듣고 싶지 않다는 듯 인해의 말을 잘랐다.

"스스로 알아내."

"네?"

그녀가 되묻자 남자가 재차 단호하게 말했다.

"스스로 알아내라고. 내가 누군지."

결국 남자의 정체를 알지 못한 채 인해는 남자의 집에서 나올 수밖에 없었다.

12층에서 엘리베이터가 천천히 하강하자 눈앞이 살짝 어지러웠다. 인해는 두 눈을 지그시 감으며 관자놀이를 문질렀다. 숙취로 아까부터 머리가 쿡쿡 쑤셨다.

두통과는 별개로 머릿속이 복잡했다. 어디서 보았을까. 남자의 말을 들어 보면 분명히 남자와 만난 적이 있었다. 근데 왜 생각이 안 나는 거지?

알 수 없는 남자의 정체가 인해를 끊임없이 괴롭혔다. 왜 이렇게까지 남자에 대해 알고 싶은지 스스로도 이해할 수 없었다.

그냥 자신을 도와준 고마운 직장 동료 정도로 생각하고 넘기면 될 텐데. 남자의 존재는 반드시 풀어야 하는 까다로운 시험문제 같았다.

1층에 도착했다는 알림 소리에 인해는 생각을 멈추고 눈을 떴다. 엘리베이터 밖으로 나와 아파트를 빠져나온 인해는 무작정 걷다가 걸음을 멈추었다. 그러고는 주위를 휘둘러보았다.

착각이 아니었다. 아파트 마당과 놀이터, 어린이집, 경비실, 보도블록, 화단의 나무들까지 전부 익숙했다. 그녀가 매일 보는 풍경이었다.

인해는 방금 나온 아파트를 올려다보았다. 현재 그녀가 살고 있는 아파트가 눈앞에 우뚝 서 있었다.

조금 전에 타고 내려왔던 엘리베이터에 다시 올라탔다. 12층에서 내려 복도를 걸어 1203호와 1204호 가운데쯤에 멈춰 섰다. 그러고는 두 집의 현관문을 번갈아 쳐다보았다.

1203호는 방금 전까지 그녀가 머물렀던 남자의 집이었고 그 옆의 1204호는 인해의 집이었다. 헛웃음이 흘러나왔다.

원래 옆집엔 젊은 부부와 여자아이가 살고 있었다. 언제 이사 간 걸까? 그동안 신제품 출시 준비로 거의 매일 야근을 하다 보니 집에 오면 오밤중이었다. 게다가 갑작스런 실연으로 마음의 여유가 없었기에 옆집에 누가 이사 가고 오는지 신경 쓸 겨를이 없었다.

자신은 몰랐어도 남자는 옆집에서 나오는 그녀를 알아보았을지도 모를 일이었다. 직장 동료이자 이웃이라고 어제 자신을 챙겨 준 건가?

여전히 남자의 정체는 알 수 없지만 적어도 한 가지는 확실해진 셈이었다. 남자는 이웃사촌이었다.

❋

"나 어때?"

"좀 뜨긴 했는데 전체적으로 보면 양호해."

"색조가 과하진 않고? 글리터가 튀진 않아?"

"내가 보기엔 적당한데?"

"흐음, 립에 그러데이션이 약한 거 같네. 립스틱이나 좀 더 발라 볼까."

사무실 내의 공기가 묘하게 어수선하고 들떠 있었다. 베이스만

하든지 아니면 민낯에 커다란 뿔테 안경을 쓰고 출근해서 색조 화장품 품평을 직접 하던 직원들이 오늘은 거의 대부분 풀 메이크업을 하고 있었다.

희한한 광경이 아닐 수 없었다. 막 출근한 인해가 자리에 앉으며 이 주임에게 넌지시 물었다.

"오늘 다들 왜 이래? 무슨 일 있어?"

인해의 질문이 놀랍다는 듯 이 주임의 눈이 커다래졌다.

"어머, 강 대리님 몰랐어요? 오늘 팀장님 새로 오시는 날이잖아요."

"그게 오늘이었어?"

"네, 정말 모르셨구나."

이 주임은 선크림만 바르고 온 인해를 딱하다는 듯이 쳐다보며 고개를 끄덕였다. 인해는 그제야 눈앞에 펼쳐진 광경이 이해되었다. 새로 오는 팀장이 젊은 남자인 데다 미남이고 미혼이라는 소문이 돌 때부터 이런 광경을 보게 될 거라고 어느 정도 짐작하긴 했었다.

"대리님, 비비라도 발라요. 처음 오시는데 잘 보여야죠. 첫인상이 중요하잖아요."

"난 됐어."

인해는 손을 내저으며 자리에서 일어나 휴게실로 향했다. 다들 새로 오는 팀장에 대한 호기심과 기대와 우려하는 마음이 혼재돼 있었다. 인해 역시 다른 직원들과 별반 다르지 않았다.

"편한 사람이면 좋을 텐데."

인해는 커피를 내리며 멍하니 중얼거렸다. 환상의 콤비까지는 불가능해도 어느 정도 코드가 맞는 사람이었으면 좋겠다.

전 팀장과는 항상 묘하게 어긋나서 스트레스가 이만저만이 아니었다. 까다로운 업무보다 말 안 통하는 사람 상대하는 일이 더 견디기 힘들었다. 부디 새 팀장은 자신과 맞는 사람이기를.

인해는 뜨거운 커피를 한 모금 마시며 창밖을 바라보았다. 달력의 숫자는 바뀌었지만 날씨는 8월과 크게 다르지 않았다. 여전히 뜨거운 햇살이 거리에 무자비하게 쏟아지고 있었다. 하지만 아침저녁으로 공기가 확실히 쌀쌀해졌고 하늘은 점점 높아지고 있었다. 시나브로 가을이 오고 있었다.

여전히 옆집 남자에 대해 떠오르는 건 없었다. 아직 남자가 누군지 모르지만 어제 그에게 신세를 진 건 사실이었다. 고마움의 표시로 밥이라도 한 번 살 생각이었다. 그 전까지 기억이 나면 좋을 텐데. 커피 한 잔을 비우고 한 잔을 더 채워서 휴게실을 나가려던 참이었다.

"앗!"

하마터면 복도를 지나가던 누군가와 부딪힐 뻔했다. 인해는 양손으로 컵을 지키듯 감싸 쥐었다. 뜨거운 커피를 쏟지 않아 천만다행이었다. 안도하며 부딪힐 뻔한 사람을 올려다본 인해의 눈이 커다래졌다.

"괜찮으세…… 어?"

처음엔 헛것을 본 줄 알았다. 놀랍게도 방금 전까지 생각하고 있었던 옆집 남자가 눈앞에 서 있었다. 이 사람이 여기 있다는 건…… 역시 같은 회사 직원이었구나. 이제 남자가 어느 부서에서 일하는지만 알면 된다는 생각이 들었다. 그러면 남자에 대해 생각

날지도 몰랐다.

"저, 어느 부서인지⋯⋯."

"강 대리, 여기 있었구나. 어머, 여기 계셨군요."

박 과장이 인해에게 다가오다가 남자를 발견하더니 반갑게 인사를 한다.

"인해 씨, 인사해요. 새로 오신 팀장님이셔. 팀장님, 이쪽은 강인해 대리예요."

"네?"

인해는 어리둥절한 얼굴로 주위를 둘러보았다. 박 과장과 남자 외에는 아무도 없었다.

"인해 씨 자리에 없을 때 오셨어. 우리는 다 인사했으니까 어서 인사드려."

박 과장의 재촉에 인해는 다시 한 번 주위를 둘러보았다. 새로 온 팀장이 있다는데 어디에도 보이지 않았다. 대체 누구한테 인사를 하라는 거야.

"강 대리, 지금 뭐 하는 거야?"

박 과장이 남자의 눈치를 보며 웃는 낯으로 다그쳤다. 난감했다. 대체 팀장이 어디 있다는 건지.

"데이비드 최입니다."

남자가 자기소개를 하며 인해에게 손을 불쑥 내밀었다. 인해는 멍하니 남자가 내민 손을 내려다보았다. 설마 이 남자가⋯⋯.

"인해 씨!"

박 과장의 성화에 인해는 엉겁결에 남자가 내민 손을 잡았다. 남자가 인해의 손을 힘주어 마주 잡았다.

"앞으로 잘 부탁해요. 강인해 대리."

데이비드 최라고 자신을 소개한 남자가 차갑게 웃었다.

"우리 팀장님, 글로리어스 미국지사 전설이래요."

이 주임이 기밀이라도 말하듯 한껏 목소리를 낮추며 말했다. 점심을 먹고 휴게실에 삼삼오오 모여 있는 직원들이 귀를 종긋 세웠다.

다들 새로 온 팀장에 대한 호기심이 가득했다. 33살의 젊은 남자가 관리자급으로 발령이 났으니 관심이 이만저만이 아니었다. 낙하산이 틀림없다고 단정 짓는 이들도 있었다.

"그게 무슨 말이야? 뭐 들은 거라도 있어?"

"글로리어스 미국지사에 있었대? 하긴 이름이 데이비드였지. 그럼 미국 사람인 건가?"

다들 저마다 한마디 하며 관심을 표하자 은근히 주목받는 걸 즐기는 이 주임이 신이 나서 떠들었다.

"글로리어스가 미국 진출했을 때, 실적이 너무 안 좋아서 한때 망한다는 말까지 나왔던 거 기억나세요?"

"응, 근데 지금은 잘됐잖아."

"글쎄 그게, 우리 팀장님 때문이래요. 팀장님이 기획한 게 미국에서 제대로 먹혔대요."

"그게 정말이야?"

"네, 제 친구의 친구가 글로리어스 미국지사에서 일하거든요. 걔가 직접 알려 준 거예요."

이 주임은 확신에 찬 어조로 말했다. 사내 소식통을 자처하는 이 주임이 발이 넓은 건 진작 알고 있었지만 글로리어스 미국지사까지 연이 닿아 있을 줄은 몰랐다.

글로리어스 미국지사는 몇 년 전까지만 해도 사업을 접을지 말지 심각하게 고민할 정도로 상황이 좋지 않았었다. 그러던 어느 날, 갑자기 기존의 판매와 영업 방침을 뒤집어엎고 새롭게 싹 바꾸었다.

철저한 고객 위주로 차별화된 서비스를 제공하고, 뉴욕 소호에서 스파를 운영하면서 브랜드 인지도를 높이는 데 주력했다. 그 결과 유명 백화점에 입점하게 되었고, 이젠 고객층이 한인 교포나 동양인이 아닌 미국 중산층이 대다수가 되었다.

엄청난 성공이었다. 상상조차 불가능했던 일이 현실이 되어 버린 셈이었다. 장업계에서 글로리어스 미국지사 성공 스토리는 기적이라고 회자되고 있었다. 그런데 그 기적의 주인공이 새로 온 팀장이라고?

"역시 한 방 터뜨려야 출세하나 보네."

박 과장이 씁쓸한 미소를 지으며 중얼거렸다. 한 방도 제대로 된 한 방이었다. 그 정도 공로라면 팀장으로 초고속 승진한 것도 납득이 갔다. 그리고 글로리어스가 아닌 계열사의 상품기획팀장으로 발령 난 이유도 대충 짐작이 갔다.

오로라는 글로리어스 최성철 회장이 여타의 중저가 브랜드숍과 경쟁하기 위해 야심차게 내놓은 색조 전문 브랜드였다. 오랜 세월 축적한 글로리어스만의 기술력이 있었기에 다른 브랜드보다 제품의 품질은 우수했다.

당연히 잘될 거라 믿어 의심치 않았다. 그러나 오로라는 글로리어스의 여타 브랜드와 계열사 중에서 가장 실적이 저조했다. 회장의 전폭적인 지원에도 불구하고 아직까지 뚜렷한 성과가 나타나지 않고 있었다.

무언가 결단이 필요한 시기였다. 이대로 더는 두고 볼 수 없는 시점에 상품기획팀장이 미국에서 날아왔다. 다 죽어 가던 글로리어스 미국지사를 살려 낸 기적을 일으킨 사람이었다.

회사가 그에게 바라는 건 확연했다. 다시 한 번 기적을 일으키기를. 새로 온 팀장인 데이비드 최는 오로라의 구원투수인 셈이었다.

"미국에서 성공했다고 여기서도 그럴까요? 미국이랑 한국은 다른데."

누군가가 중얼거렸다. 다들 그 말에 반박하지 못했다. 인해 역시 우려하는 마음이 컸다. 미국에서 성공했다고 한국에서도 성공하리라는 보장은 없었다.

일단 시장의 규모 자체가 다르다. 인종도 다르고 문화도 다르다. 무엇보다도 글로리어스는 기초 위주의 브랜드이고 오로라는 색조 위주의 브랜드이다. 종목 자체가 다른데 과연 잘 해낼 수 있을까.

"유펜 와튼 졸업하고 바로 입사했대요. 머리 좋은 사람이니 어련히 알아서 잘 하겠죠."

이 주임이 슬쩍 팀장의 편을 들었다. 팀장의 외모와 스펙에 흠뻑 빠진 눈치였다.

"미국에서 학교 나오고 직장 다닌 것치곤 한국말을 잘하던데요. 한국 살다가 이민 간 건가?"

"여기서 살다 간 거면 한국시장에 금방 적응할 수 있겠네요."

다들 마음 한편으로 걱정은 되지만 겉으로는 드러내지 않았다. 말은 안 해도 모두 한마음일 터였다. 팀장이 오로라에서도 기적을 일으키기를.

"근데 우리 팀장님 진짜 잘생기지 않았어요? 아까 처음 봤을 때 연예인 온 줄 알았다니까요."

"피부가 예술이더라. 무슨 남자 피부가 그렇게 뽀얗고 매끈할 수 있지?"

"색조 테스트하면 대박일 거 같던데."

인해는 저도 모르게 피식 웃었다. 직업이 같아서인지 생각하는 게 다들 비슷했다.

"애인 있을까요?"

"저 얼굴 저 능력에 여자가 없을 리 없지."

"그렇겠죠?"

"오늘 회식할 건데 이따 슬쩍 물어보지 그래. 혹시 또 알아? 솔로일지."

"그럴까요? 근데 누가 총대 멜래요?"

동료들이 떠드는 말을 한 귀로 흘리며 인해는 휴게실 냉장고에서 손에 잡히는 대로 음료수를 꺼냈다. 정신이 번쩍 들도록 차갑고 시큼한 오렌지주스가 목구멍을 타고 넘어갔다. 머릿속이 복잡했다. 팀장에 대한 말들이 두서없이 떠올랐다 가라앉았다.

미국에서 졸업하고 바로 입사했다고? 그럼 지금까지 미국에서 회사를 다니다가 오로라 상품기획팀장으로 발령이 나서 한국에 들어왔다는 건가. 그렇다면 계속 미국에서 살았었다는 말이 된다. 즉, 이전에 자신과 만났을 가능성은 없는 셈이었다.

그런데 어떻게 나에 대해 알고 있었던 거지? 옆집으로 이사 왔을 때 내가 술 먹고 실수한 적 있었나? 오늘 회사에 처음 출근했는데 이사는 언제 온 걸까? 뭐가 뭔지 모르겠다. 생각하면 할수록 미궁으로 빠져드는 기분이었다.

"여자친구 없었으면 좋겠다."

엷은 한숨이 섞인 이 주임의 목소리가 들려왔다. 비단 이 주임뿐만이 아니었다. 미혼인 처자들 대다수가 팀장에게 호감을 가지고 있었다. 심지어 결혼한 유부녀들까지 얼굴을 붉히고 있으니 이미 게임 오버였다.

이런 분위기에서 팀장이 인해 옆집에 산다는 게 알려지면 한바탕 난리가 날지도 몰랐다. 생각만 해도 아찔했다.

인해는 슬그머니 다 마신 음료수 캔을 분리수거 통에 버렸다. 그러고는 누군가가 말을 시키기 전에 조용히 휴게실을 빠져나왔다.

※

이렇게 조용한 회식은 난생처음이었다. 다른 방에서 가끔 건너오는 말소리와 식기 부딪히는 소리 외엔 아무것도 들리지 않았다.

다들 딱딱하게 굳은 얼굴로 고개를 숙인 채 묵묵히 밥만 먹고 있었다. 인해는 썰렁하다 못해 어색하기까지 한 분위기를 만든 주인공을 바라보았다.

새로 온 팀장이자 인해와 이웃인 남자, 데이비드 최는 너무나 평온한 얼굴로 식사를 하고 있었다. 마치 아무 일도 없었던 것처럼.

만약 이 자리에 있지 않았다면 팀장이 한 짓을 믿지 못했을 것이다. 인해는 좀 전에 있었던 일을 떠올렸다.

미국에서 온 팀장을 위해 특별히 한정식집으로 회식 장소를 정했다. 퇴근을 하고 예약한 식당으로 갈 때까지만 해도 분위기는 화기애애했다. 심지어 파티에 가는 것처럼 들떠 있기까지 했다.

그런 분위기는 이전에는 절대 볼 수 없었던 희한한 광경까지 만들어 냈다. 누가 먼저랄 것도 없이 팀장의 옆자리를 차지하려는 자리 쟁탈전이 벌어진 것이었다.

원래 상사 옆에서 되도록 멀찍이 떨어져 앉는 게 회식 자리의 불문율이었는데 그것이 오늘 깨진 것이다. 덕분에 인해는 수월하게 팀장과 가장 먼 자리에 앉을 수 있었다.

공과 사는 분명히 하는 주의인지, 팀장은 인해를 특별히 알은척하지 않았다. 그럼에도 인해는 하루 종일 마음을 졸였다. 팀장과 아는 사이라는 게 알려지면 자연스레 어젯밤의 추태도 밝혀질 터였다.

입사 초 고약한 주사로 사고를 친 바람에 한동안 얼굴을 들고 다니기 힘들었던 인해였다. 직원들 입에 또다시 오르내릴 수도 있다고 생각하니 골이 지끈거렸다.

할 수만 있다면 조용히 있는 듯 없는 듯 지내고 싶었다. 그러기 위해서는 팀장과 공적으로도 사석으로도 부딪치지 않아야 했다. 그녀가 팀장과 거리를 두려는 이유였다.

미리 주문해 둔 음식이 나오고 다들 식사를 하며 담소를 나누었다. 이때까지만 해도 분위기는 나쁘지 않았다. 반주로 시킨 술을 한 잔씩 마셨을 때였다. 팀장의 옆자리를 사수한 이 주임이 슬쩍 운을 뗐다.

"팀장님, 혹시 애인 있으세요?"

아까부터 다들 팀장에 대해 가장 궁금해하던 것이었다. 싹싹하고 붙임성 좋은 이 주임이 결국 총대를 메게 되었나 보다. 내색은 안 해도 다들 귀를 기울이는 게 느껴졌다. 팀장은 무표정한 얼굴로 말없이 좌중을 둘러보았다. 눈치를 보던 이 주임이 서둘러 덧붙였다.

"아직 결혼하지 않으신 거로 아는데……."

"사생활은 노코멘트 하겠습니다. 말이 나온 김에 한마디 하죠."

그것이 시작이었다. 팀장이 아무렇지도 않은 얼굴로 폭탄을 터트리기 시작했다.

"오늘은 시간이 없어서 자료 파일을 자세히 보진 못했지만, 대충 봐도 문제가 많았습니다. 지난 봄 시즌을 겨냥해 출시한 프라이머를 보면, 판매 실적이 아주 저조하더군요. 상품 자체엔 문제가 없는 거로 아는데 왜 실적이 나쁜지 그 이유에 대해 분석해 보긴 했습니까? 이거 누가 기획한 겁니까?"

순식간에 분위기가 얼어붙었다. 팀장은 한심하다는 듯 혀를 차며 말을 이어 갔다.

"가장 최근에 판매된 상품 유형 분석하고 지역별, 매장별, 세대별 선호도 분석하고 확인, 정리해서 내일 아침까지 제출하세요."

날벼락이 따로 없었다. 설마 회식 자리에서 한 소리 들을 거라고는 생각도 못 했었다. 다들 하얗게 질린 얼굴로 아무 말도 하지 못했다.

"왜 대답이 없는 거죠?"

"네, 네. 알겠습니다."

먼저 정신을 차린 박 과장이 얼른 대답했다. 그 뒤로는 다들 벙어리가 된 것처럼 입을 꼭 다물었다. 어색한 정적 속에서 하는 식사는 고역이었다. 밥알이 모래알 같고 맛깔스런 반찬이 아무 맛도 느껴지지 않았다. 먹어도 먹는 것 같지가 않았다.

"식사 다 했으면 일어나죠."

후식으로 나온 오미자차를 말끔히 비운 팀장이 일어서며 말했다.

"앞으로 회식은 1차만 하겠습니다. 내 사전에 2, 3차는 없습니다. 술에 취해 밤거리를 헤매는 것만큼 꼴불견은 없다고 생각합니다. 평소에도 다음 날 업무에 지장이 없도록 주의하세요."

그 말을 끝으로 팀장은 뒤도 돌아보지 않고 가 버렸다. 남겨진 사람들은 한참 만에야 입을 열었다.

"기선제압 하려고 그냥 해 본 말 아닐까요?"

"그냥 해 본 말이든 아니든 꼬투리 안 잡히려면 하라는 거 해야지."

"에휴, 그거 정리하려면 야근해야 할 텐데."

"걱정 마. 나한테 정리해 놓은 파일 있으니까."

박 과장의 대답에 죽을상이었던 사람들의 얼굴이 겨우 펴졌다. 더 이상 업무에 관한 이야기는 나오지 않았다.

"애인 있냐는 질문에 까칠하게 반응하는 걸 보니 있는 거 같죠?"

"자기한테 접근하지 말라고 가시 세우는 거 같긴 했어. 하, 그 여자 누군지 복받았네."

"전 별로 부럽지 않던데요. 얼굴 잘생긴 거 빼면 그냥 그런 거 같아요. 사람이 너무 차갑고 냉정해 보이지 않아요?"

"얘가 뭘 모르네. 싸가지 없어도 내 사람만 챙기는 남자가 진국인 거야. 남자든 여자든 사방팔방 웃음 뿌리고 다니는 것들은 실속 없어. 그런 것들은 다른 사람 챙기느라 정작 내 사람은 내팽개치거든. 그럴 바에야 차라리 남들한테 까칠하게 구는 게 낫지."

"차갑고 냉정한 만큼 한 번 마음을 주면 쉽게 변하지 않을걸. 대체 어떤 여자길래 얼음 같은 우리 팀장님의 마음을 가져가 버린 걸까. 엄청 예쁘겠죠?"

팀장의 애인에 대해 이런저런 추측을 하며 가게 밖으로 나온 사람들은 선뜻 작별을 고하지 않았다. 이 주임이 아쉬운 투로 말했다.

"근데 이대로 집에 가는 거예요?"

"간만에 맥주라도 한 잔씩 하고 갈까?"

박 과장의 제안에 다들 얼굴이 밝아졌다. 분위기를 보아하니 2차에 갈 생각인 듯했다. 인해는 잽싸게 박 과장에게 양해를 구했다.

"과장님, 전 먼저 들어갈게요."

"왜? 2차 가는 거 아냐?"

"오늘은 몸이 좀 좋지 않아서요. 죄송해요."

"그래, 그럼 들어가 봐. 평소 몸 관리 좀 해. 이제야 말하는 건데, 강 대리 오늘 얼굴 진짜 안 좋았어."

인해는 다른 사람들에게 인사하고 돌아섰다. 근처 지하철역으로 내려가 집으로 가는 방향의 전철을 탔다. 본격적인 퇴근 시간은 지났지만 여전히 사람들이 많았다. 인해는 사람들을 피해 출입문 근처에 자리 잡았다.

아까 팀장이 한 말이 자꾸만 마음에 걸렸다. 술에 취해 밤거리를 헤매는 것만큼 꼴불견은 없다고 한 게 마치 그녀에게 하는 말처럼 들렸다. 자격지심일지 모르지만 아니라고 부정할 수도 없었다.

대놓고 알은척은 안 하지만 이런 식으로 사람 피를 말리려나 싶었다. 눈앞이 캄캄했다. 어디서 만났는지 기억해 내면 마음이 풀릴 것도 같은데.

한숨이 나왔다. 온종일 골이 깨지게 생각해 봤지만 팀장을 만났던 기억은 나지 않았다. 아마도 필름이 끊어졌을 때 만났던 게 아닐까 싶었다. 자신의 희한한 주사를 알고 있는 걸 보면. 만약 그런 거라면 아무리 애를 써도 기억하는 게 불가능할지도 몰랐다.

"큰일 났네."

문득 전 팀장이 그리워졌다.

집에 가는 길에 있는 마트에 들러 장을 보느라 귀가가 늦어졌다. 현관 도어록의 번호를 막 누르려는데 옆집인 1203호의 문이 벌컥 열렸다. 편안한 차림새를 한 팀장이 불쑥 고개를 내민다.

"왜 이렇게 늦었어? 회식 아까 끝났는데."

회사에서는 깍듯이 경어를 쓰더니 사석에서는 반말이었다. 아니 그것보다도.

"이사 오고 나서 만났죠?"

"뭐?"

"내가 팀장님 옆집 사는 거 알고 있었잖아요. 그렇죠?"

팀장은 인해가 1204호의 도어록 번호를 누르려는 걸 분명히 보았다. 그럼에도 놀라거나 의문을 갖지 않았다. 그저 늦게 온 연유만 물었다. 그녀가 그의 옆집에 산다는 걸 미리 알고 있었던 게 틀림없었다. 인해는 확신에 찬 어조로 물었다.

"이사 오고 나서 날 만난 거 맞죠?"

"아니."

팀장은 단칼에 부정했다. 인해는 좀처럼 납득할 수 없었다.

"아니라니. 그럼 언제⋯⋯."

"이삿짐은 이 주 전에, 내가 한국 들어온 건 일주일 전이야. 이 집에 들어온 건 사흘 됐고. 이사 오고 나서 널 만난 건 어제가 처음이야."

구체적이고 명확한 설명에 말문이 막혔다. 여기서 산 지 사흘밖에 되지 않았다니. 그렇다면 훨씬 옛날에 만났었다는 건가? 하지만 팀장은 미국에 있었고 그녀는 한국에 있었다. 순간이동을 하는 초능력이라도 있지 않는 한 도저히 만날 수 없는 사이였다.

"내일 출근하자마자 회의할 거야. 그러니까 얼른 들어가."

팀장은 할 말 다 했다는 듯 도로 문을 닫고 들어가려 했다. 인해는 다급하게 그를 불렀다. 그에게 꼭 해야 할 말이 있었다.

"저, 저기, 회사에선 비밀로 해 줘요. 옆집 산다는 거."

"왜?"

왜라니. 정말 몰라서 묻는 건가.

"미국에선 별로 신경 쓸 만한 일이 아닐지도 모르지만 한국은 달

42

라요. 괜한 오해 사고 싶지 않으니까 그렇게 해 줘요."

"오해? 무슨 오해?"

"팀장님이나 저나 아직 미혼인 데다 옆집에 산다고 하면 이상하게 생각하는 사람들이 있을지도 모르잖아요."

너랑 커플로 엮일까 봐 겁난다는 걸 돌려서 말했는데 제대로 알아들었나 모르겠다. 팀장은 아무 말도 하지 않았다. 그저 차가운 시선으로 그녀를 빤히 응시하고만 있었다.

시선에 묶이기라도 한 양 인해는 꼼짝도 할 수 없었다. 마주 보기 부담스러웠지만 이상하게 고개를 돌릴 수가 없었다. 길다고 하기엔 짧고, 짧다고 하기엔 긴 시간이 지난 후 마침내 그가 입을 열었다.

"우리가 사귄다는 소문이라도 날까 봐? 사실이 아닌데 굳이 신경 쓸 필요가 있을까."

알아듣긴 알아들었으나 빈정거리는 어조였다.

"사실이 아닌데 사실처럼 소문나면 안 되잖아요."

"소문이 나도 남에게 피해 주는 건 없으니 상관없잖아. 왜? 혹시 애인 귀에 들어갈까 봐 무서워서 그래?"

팀장은 왠지 기분이 나빠 보였다. 그의 반응을 이해할 수가 없었다. 그도 여자친구에게 오해를 사면 좋지 않을 텐데.

"그냥 시끄러워질까 봐 그래요. 사람들 입에 오르내리는 것도 싫고요. 그리고 나 애인…… 없어요."

실연을 입 밖으로 꺼낸 건 처음이었다. 말로 내뱉으면 승준과의 이별을 정말 돌이킬 수 없을 것 같아서 그동안 입에 올릴 수 없었다. 그러나 마음으로 인정하니 자연스레 입 밖으로 흘러나

43

왔다.

아무렇지 않은 건 아니지만 죽을 만큼 힘든 것도 아니었다. 인정하기가 어려워서 그렇지 막상 하고 나면 이렇게 수월하다. 그 사실이 왠지 씁쓸했다.

"애인이 없다고?"

되묻는 팀장의 표정이 이상했다. 놀랍고 믿을 수 없다는 얼굴이었다. 자신에게 연인이 있는 게 당연하다고 생각했던 건가. 이거 고맙다고 해야 하나?

신중하게 할 말을 고르고 있는데 팀장이 불쑥 말을 꺼냈다.

"옆집에 산다는 거 비밀로 해 주지. 단, 조건이 있어."

"뭔데요?"

팀장은 잠시 생각을 하더니 다음과 같이 말했다.

"지금 치킨을 시키려고 하거든."

팀장이 하려는 말이 무엇인지 금세 알아차렸다. 인해는 자기도 모르게 빙그레 웃었다.

사람 일은 모르는 거라더니. 두 번 다시 올 일이 없을 거라고 생각했던 곳에 다시 오게 되니 기분이 묘했다.

인해는 아침에 제대로 보지 못했던 팀장의 집을 찬찬히 둘러보았다. 같은 아파트인데도 리모델링을 했는지 인해의 집과는 분위기가 사뭇 달랐다. 이 정도로 집에 공을 들인 걸 보면 전세가 아니라 직접 매입한 듯했다. 아예 한국에서 살려고 들어온 건가 싶기도 했다.

인해는 배달원에게 치킨값을 치르고 있는 팀장을 바라보았다. 옆

44

집에 산다는 걸 비밀로 해 주는 대신 조건을 내건다고 했을 때 솔직히 긴장했던 게 사실이었다.

그를 언제 만났는지 기억해 내라고 할까 봐 두려웠다. 그러나 그가 내건 조건은 전혀 예상치 못한 것이었다. 순간 긴장했던 게 우스울 정도였다.

야식으로 치킨을 시키려니 혼자선 양이 많아 곤란했을 것이다. 독립해 혼자 산 지 4년 차에 접어든 인혜는 팀장의 고충을 이해하고도 남았다.

남은 건 나중에 먹기도 하지만 경험상 대개 쓰레기통으로 들어가기 일쑤였다. 그렇다 보니 혼자 있을 땐 치킨을 잘 먹지 않게 되었다.

팀장은 탁자 위에 치킨을 부려 놓고 곧바로 냉장고에서 맥주 캔을 꺼내 왔다. 포크와 접시 심지어 티슈까지 알뜰하게 챙겨 준다. 따로 말하지 않아도 필요한 것들을 알아서 척척 대령했다.

누군가를 챙기는 게 몸에 밴 듯한 모양새였다. 그 누군가는 따로 생각할 것도 없었다. 아마 그의 연인이겠지.

아까 사람들이 팀장에 대해 떠들던 말이 생각났다. 팀장 같은 사람이 내 사람에게는 헌신적이라고. 지금 하는 걸 보니 아주 허황된 평가는 아닌 듯했다.

"맥주?"

인혜는 팀장이 내민 맥주 캔을 받아 들었다. 어제 과음한 여파로 컨디션이 썩 좋은 건 아니지만 사양하지 않았다. 팀장도 한 캔 정도는 괜찮다고 여기는 듯했다.

"미국에 있을 때 제일 그리웠던 게 바로 이거였어."

팀장은 맥주와 치킨을 번갈아 보며 감회에 젖은 투로 말했다. 입가에 걸린 미소가 나른하고 부드러웠다. 지금까지 보아 왔던 차갑고 딱딱한 모습과는 사뭇 달랐다. 마치 다른 사람 같았다.

사람은 누구나 의외의 모습을 가지고 있다지만 이 남자는 특이했다. 저렇게 웃고 있는 걸 보니 새삼스레 정말 잘생긴 남자라는 게 마음으로 와 닿았다.

"취했어?"

"네?"

"얼굴이 빨개졌는데."

팀장의 지적에 인해는 서둘러 얼굴에 손등을 대 보았다. 열이 올라 뜨끈뜨끈했다. 인해는 서둘러 변명했다.

"좀 덥네요."

"9월까진 더운 편이지."

한국의 날씨에 대해 잘 알고 있다는 투였다. 그러고 보니 방금 전 치킨과 맥주가 그리웠다고 했었다.

아까 낮에 직원들이 떠들던 말이 생각났다. 정말 한국에서 살았었나? 사생활은 노코멘트 한다고 했지만 왠지 지금은 말해 줄 것 같았다. 인해는 용기를 내어 물어보았다.

"한국에 있다가 미국으로 간 거예요?"

"응."

팀장은 순순히 대답해 주었다. 이에 힘입어 인해는 다시 물어보았다.

"이민 간 거예요?"

"아니. 본가는 한국에 있어."

뜻밖의 답이 돌아왔다. 미국에서 대학을 나와 바로 입사를 했다기에 미국에 터를 잡고 사는 사람이라고 생각했었다. 이름도 데이비드 최라고 했고. 그런데 유학을 간 거였다니.

"자, 이제 내가 질문할 차례지?"

인해는 정신이 번쩍 들었다. 순순히 대답해 준 게 이런 뜻이었구나. 가는 게 있으면 오는 게 있어야 하는 법. 인해는 고개를 끄덕였다.

"네, 뭐든 물어보세요."

팀장의 질문은 빤했다. 그동안 계속 미국에 있었으니 한국의 최신 트렌드에 대해 잘 모를 것이다. 내일 아침 회의하기 전에 알아두는 게 좋을 테니 자신에게 최신 트렌드에 대해 물어보려 할 터였다.

인해는 머릿속으로 재빨리 최신 트렌드에 대해 정리했다. 그러나 팀장의 질문을 듣는 순간 모든 게 백지가 돼 버렸다.

"애인하고는 언제 헤어졌어?"

상상도 못 한 질문이었다. 설마 팀장이 친한 친구끼리 나눌 만한 이야기를 하자고 할 줄은 몰랐다. 당황한 인해는 입을 멍하니 벌린 채 아무 말도 하지 못했다. 팀장이 이상하다는 눈초리로 쳐다보았다.

"왜 그래? 내 말 못 알아들었어?"

"아니, 아니요."

가까스로 정신을 수습한 인해는 손사래를 치며 부정했다.

"말 못 할 일인가? 끝난 거 아니야?"

"아니요. 3개월 전에 헤어졌어요."

얼떨결에 대답해 버린 인해는 담담한 자신에게 놀랐다. 한 번 입 밖으로 내뱉고 나니 승준과의 이별이 가벼웠다. 생각했던 것보다 더.

"왜 헤어졌는데?"

팀장은 맥주를 마시며 대수롭지 않은 투로 물었다. 인해 역시 대수롭지 않게 대꾸했다.

"글쎄요. 일방적으로 차인 입장이라 뭐라 말하기가 그러네요."

짐작이 가지 않는 건 아니지만 확실한 건 아니었기에 대충 얼버무렸다.

"어제 혼자 술 마신 게 차여서 그랬던 거야?"

"친구한테 바람맞아서 혼자 마신 거예요."

"한잔하면서 친구한테 넋두리라도 하려고 했던 건가?"

인해는 대답 대신 고개를 위아래로 끄덕였다. 팀장은 한심하다는 듯 한숨을 내쉬더니 충고하듯이 말했다.

"실연은 술로 극복하는 게 아니라 사랑으로 극복하는 거야."

팀장은 낯간지러운 말을 하며 인해가 들고 있는 맥주 캔을 손가락으로 툭 건드렸다. 인해는 피식거리며 장난스럽게 중얼거렸다.

"시간이 없어요. 일이 너무 많아서 남자 만날 시간도 없는데 사랑은 무슨. 차라리 술이 낫지."

"운명의 상대라면 만날 시간이 없어도 만나게 될 거야."

점점 가관이다. 설마 맥주 한 캔에 취한 건가. 아무렇지도 않게 손발이 오그라드는 발언을 내뱉은 팀장을 곁눈질로 바라보았다.

겉으로 보기엔 멀쩡해 보였다. 어쩌면 이건 팀장만의 유머인지도 몰랐다. 인해는 잠시 고민했다. 팀장에게 장단을 맞춰 줄지 말지.

"같은 회사 같은 부서이면서 우연히 옆집으로 이사 온 사람이라면, 운명의 상대라고 할 수 있을까요?"

편안한 회사 생활을 위해 결국 장단을 맞춰 주기로 했다. 인해는 씨익 웃으며 팀장의 대꾸를 기다렸다. 그러나 팀장은 말없이 인해를 가만히 바라보기만 했다. 인해 역시 팀장을 마주 보았다.

가까이 있어서일까. 깊고 짙은 눈빛과 마주친 인해의 가슴이 별안간 쿵 내려앉았다. 가슴이 이상하게 울렁거렸다. 왠지 모르게 아릿하고도 슬픈 느낌마저 들었다. 견딜 수 없는 기분에 자리에서 일어서려 할 때였다.

"그럴지도."

팀장의 한마디에 인해는 그 자리에서 굳어져 버렸다.

"농담이야."

곧이어 부정하는 목소리가 들려왔다. 다리에 힘이 풀려 버렸다. 인해는 멍하니 팀장을 바라보았다. 그는 기묘한 미소를 지으며 맥주를 마시고 있었다.

"뭘 그렇게 놀라고 그래."

맞다. 지금 팀장의 유머에 장단을 맞추는 중이었지. 진지하게 받아들이는 게 이상한 상황이었다. 인해는 가만히 숨을 몰아쉬며 스스로를 다독였다. 팀장은 무심한 얼굴로 두 번째 맥주를 집어 들었다.

"근데 아직도 내가 누군지 모르겠어?"

이건 유머가 아니었다. 가장 피하고 싶었던 질문과 맞닥뜨린 인해는 두 눈을 질끈 감았다.

"……죄송해요."

긴 한숨 소리가 들려왔다. 무거운 마음에 고개를 숙였다. 인해 역시 팀장을 기억하지 못하는 게 답답하고 안타까웠다. 그때 귀가 번쩍 뜨이는 말이 들려왔다.

"이거 서운한데, 술독."

술독. 인해의 대학 시절 별명이었다.

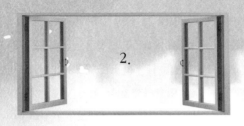

2.

인해의 희한한 주사는 꽤 오래된 것이었다. 대학 시절에도 지금처럼 필름이 끊기면 주변의 물건을 들고 도망가곤 했었다. 그래서 붙여진 별명이 술독이었다.

주량이 세다는 이유로 술독이라 불리기도 했지만, 정확히 알코올인 '술'과 개를 뜻하는 영어 'dog(독)'의 합성어였다. 즉, 알코올이 들어가면 개처럼 무언가를 물고 간다는 의미였다.

팀장이 자신의 대학 시절 별명을 알고 있었다. 그와 언제 만났었는지 이미 답이 나온 거나 다름없었다. 그럼에도 쉽사리 믿어지지 않았다.

인해는 대학에 들어가서도 고등학생처럼 거의 학교, 집, 학원만 오가며 지냈다. 조용히 있는 듯 없는 듯 지내려 노력했다. 덕분에 그녀의 별명을 아는 이들은 그리 많지 않았다. 친구인 민경과 같은 학과 사람들을 제외하면 모른다고 해도 과언이 아니었다.

"그걸 어떻게 알고 있는 거예요?"

바보 같은 질문이었다. 그래도 인해는 팀장의 입으로 대답을 듣고 싶었다. 팀장은 어이없다는 얼굴로 대꾸했다.

"어떻게 알긴. 알고 있으니까 아는 거지."

맞는 말인데도 선뜻 받아들일 수 없었다. 그런 마음이 겉으로 드러난 건지 팀장이 불만스레 중얼거렸다.

"동아리 선배는 선배도 아닌가."

"동아리요?"

"K대 씨네아이. 이것도 기억 안 난다고 하진 않겠지?"

K대는 인해가 나온 대학이었고 씨네아이는 대학 시절 한때 몸담았던 영화감상 동아리였다. 학교는 물론 동아리 이름까지 알고 있는 걸 보면 같은 학교 동문인 듯했다. 하지만 팀장이 동문일 리는 없었다.

"미국에서 대학 나온 거 아니었어요?"

이 주임이 확신을 가지고 말했었다. 팀장이 유펜 와튼을 나왔다고.

"자퇴하고 미국으로 유학 갔어."

"그치만 이름이……."

과와 동아리 통틀어 데이비드 최라는 이름을 가진 선배는 없었다. 친하지 않았다 해도 평범한 이름이 아니니 머릿속 어딘가에 남아 있을 터였다. 그러나 인해의 기억에 그런 이름은 존재하지 않았다.

"이름? 하하하."

별안간 팀장이 고개를 젖히고 웃음을 터뜨렸다. 메마르고 건조한 웃음이었다. 왜 저렇게 웃는 걸까. 인해는 긴장하며 팀장이 웃음을 그칠 때까지 기다렸다.

　웃고 있는 그의 얼굴은 그 어느 때보다도 서늘하고 차가웠다. 아까의 나른하고 부드러운 분위기는 온데간데없었다. 얼굴에서 웃음기를 싹 지운 그가 냉랭하게 말했다.

　"데이비드는 미국 이름이야."

　"그럼……."

　"한국 이름은 최이수야."

　최이수. 인해는 가만히 입속으로 그의 이름을 불러 보았다. 수십 번 반복해도 낯선 이름인 건 여전했다.

　"이제 알겠어?"

　무심한 투로 물었지만 팀장은 자신이 그를 기억하길 기대하는 눈치였다. 그의 기대에 전혀 부응하지 못한 인해는 얼떨결에 아무 말이나 내뱉었다.

　"이수역 근방에서 태어났나 봐요?"

　아, 미쳤구나. 스스로 생각해도 어처구니가 없었다. 정녕 미치지 않고서야 어떻게 이딴 말을 할 수 있을까 싶었다. 농담이라고 얼버무릴 분위기도 아니라서 난감하기 이를 데 없었다. 당연히 화났겠지? 무거운 마음으로 팀장의 눈치를 살피던 인해의 눈이 커다래졌다.

　어떻게 된 일인지 모르겠지만 팀장은 전혀 화가 나 보이지 않았다. 외려 좀 전보다 분위기가 한결 누그러져 있었다.

　"이제 좀 기억이 나ㅏ 보네."

　어떻게 된 영문인지 모르겠지만 아마 예전에 비슷한 말을 한 적이 있었던 모양이다. 얼어걸린다는 게 이런 건가 보다. 긴장했던 마음을 쓸어내리는데 미심쩍어하는 목소리가 들려왔다.

"정말 기억나는 거 맞아?"

확인하듯 재차 묻는 말에 가슴 한구석이 찔렸다. 사실 팀장에 대한 기억은 여전히 손톱만큼도 없었다. 그럼에도 인해는 다음과 같이 대꾸했다.

"조금이요, 아주 조금."

딱히 거짓말하려는 의도는 없었지만 왠지 지금은 솔직하게 말하면 안 될 것 같은 느낌이었다. 팀장을 실망시키고 싶지 않았다.

팀장은 사실 여부를 가늠하듯 인해를 주의 깊게 살펴보더니 작은 한숨을 내쉬었다. 그의 입가가 서서히 허물어진다.

"어쨌든 다시 만나서 반갑다."

아. 저절로 입이 벌어졌다. 반달처럼 휘어진 눈과 부드러운 호를 그리는 입술. 팀장이 웃고 있었다. 방금 전 웃음과는 사뭇 다른 다정한 미소였다. 생각지도 못했던 팀장의 모습에 가슴이 크게 뛰었다.

가만있어도 눈길을 끌 정도로 잘생긴 사람이 다정하게 웃자 한층 더 잘나 보였다. 심장이 무섭도록 뛰고 있었다.

인해는 급히 차가운 맥주를 들이켜며 슬그머니 시선을 돌렸다. 계속 보고 있으면 심장이 입 밖으로 튀어나올 것만 같았다.

팀장은 마음이 완전히 풀린 기색이었다. 그녀가 드디어 그를 기억한다고 믿고 있는 눈치였다. 양심이 따끔거렸지만 인해는 겉으로 내색하지 않고 마주 웃어 주었다. 그가 부드러운 어조로 말했다.

"사석에선 예전처럼 불러도 돼."

고마운 말이긴 하나 인해로선 난감하기 짝이 없었다. 그에 대해 아무것도 생각나는 게 없는데 예전처럼 부르라니.

과거 자신은 그를 뭐라고 불렀을까. 동아리 선배니까 그냥 선배라고 불렀을까? 아니면 선배님? 설마 오빠라고 부르진 않았겠지.

인해가 머뭇거리자 팀장이 선심 쓰듯 말했다.

"너무 오랜만이라 어색해서 그래? 부담 가질 필요 없어. 둘이 있을 때만 부르면 되잖아."

"그럼…… 선배라고 부를게요."

팀장의 입매가 설핏 굳어지는 게 눈에 띄었다. 가장 무난한 답을 골랐는데 아니었나 보다. 인해는 민망함에 고개를 숙였다. 이렇게 금방 들통 날 줄 알았으면 기억나지 않는다고 솔직하게 말할 걸 그랬다.

불편한 정적이 흘렀다. 두 사람은 말없이 맥주만 들이켰다. 들고 있는 맥주 캔이 가벼워질 무렵, 나직한 목소리가 허공을 갈랐다.

"기억이 안 나면 안 난다고 해. 거짓말하지 말고."

"죄송해요."

"선배라고 부르고 싶으면 그렇게 해."

이젠 화낼 기운도 없는지 그는 체념한 얼굴이었다. 팀장은 냉장고에서 새로 맥주를 꺼내 와 인해 앞에 내려놓았다.

"건배나 하자. 재회 기념으로."

무덤덤하게 말하는 그를 바라보며 인해는 캔을 집어 들었다.

장 봐 온 것들을 정리하고 씻은 후에 인해는 침대에 드러누웠다. 하얀 벽지를 멍하니 바라보고 있노라니 하얗고 단정한 얼굴이 어른거린다. 화낼 기운도 없다는 듯 체념했던 이수를 떠올리자 가슴이 꽉 막힌 것처럼 답답했다.

차라리 화를 냈더라면 이렇게 미안하고 속상하진 않았을 텐데. 그를 기억하지 못하는 스스로에게 화가 날 지경이었다. 하지만 그녀에게도 나름의 사정이란 게 있었다.

대학 재학 시절 씨네아이라는 영화감상 동아리에 들어갔던 건 사실이었다. 하지만 인해는 학교에 다니던 내내 동아리방에 거의 가지 않았다. 학점 관리하고 취업 준비를 하느라 수업이 끝나면 곧장 도서관이나 학원으로 가기 바빴다.

같은 과 사람들도 잘 모르는데 동아리 선후배들까지 알고 있을리 없었다. 이수만 기억하지 못하는 게 아니었다.

"날 어떻게 기억하고 있을까."

생각하면 할수록 신기한 일이었다. 자신은 그를 기억하지 못하는데 그는 자신을 기억하고 있으니 말이다. 그녀는 동아리방에 거의가지 않았고, 이수는 학교를 그만두고 유학을 갔다.

서로 알고 지낸 시간은 그리 길지 않았을 터. 어쩌다 한두 번 본 사이였을 가능성이 농후했다. 그렇다면 그에 대한 기억이 나지 않는 건 당연했다.

하지만 이수는 그녀를 똑똑히 기억하고 있었다. 오랜 세월이 지났는데도 술에 취한 그녀가 후배인 걸 알아보고 챙겨 줄 정도로.

이수는 능력을 인정받아 벼락출세한 사람이었다. 분명히 머리가 나쁜 편은 아닐 터였다. 그러니 예전에 한두 번 본 자신을 기억하는게 아주 불가능한 일이 아닐 수도 있었다.

"좋겠다, 머리 좋아서."

옆집에 살고 회사 상사인 데다 알고 보니 대학 동아리 선배라니.

참 기막힌 인연이 아닐 수 없었다. 아까 농담처럼 말했던 운명의 상대에 이수처럼 걸맞은 조건을 가진 상대도 없을 것이다.

그러나 그가 정말 운명의 상대라 해도 전부 부질없는 일이었다. 그는 운명을 믿을 사람처럼 보이지 않으니까. 더군다나 그에게는……

"운명은 무슨 운명. 임자 있는 남잔데."

인해는 상념을 떨쳐 버리고 이불을 끌어당겼다. 내일 아침 일찍 회의를 한다고 했으니 지각하면 큰일이었다. 잠을 청하려고 하는데 휴대전화가 울렸다. 민경이었다.

[밤늦게 미안하다. 친구야.]

"참 빨리도 전화하는구나."

[내 전화 기다렸어? 회사 있을 때 연락하면 눈치 보일 거 같아서 참았는데 괜히 참았네.]

"일은 잘 해결된 거야?"

[응, 공장장님하고 한판 떠서 내가 이겼어. 끝내주게 잘 해결됐어.]

"날 바람맞히고 달려간 건데 당연히 잘돼야지."

[어제 정말 미안. 집에는 잘 들어갔고?]

"네 덕분에 간만에 혼자 깼다."

혼자 술을 마셨다는 말을 하자마자 수화기 저편에서 고함 소리가 들려왔다.

[뭐어?! 이 기집애가 미쳤나. 너 혼자 술 마시지 말랬잖아! 또 무슨 사고를 치려고. 기어이 은팔찌 차고 유치장에 들어가고 싶은 거야?]

사고를 치긴 했지만 민경이 생각하고 있는 사고는 아니었다.

"걱정 마, 은팔찌 찰 일은 안 했으니까. 가끔 혼자 마실 만하더라. 덕분에 운명의 상대를 만났거든."

흥분한 민경을 달랠 겸 장난스럽게 말했는데 민경의 반응은 자못 진지했다.

[운명의 상대? 뭐야? 너 어제 남자 만났어?]

"어, 응."

인해는 떨떠름하게 대꾸했다. 왠지 실수한 기분이 들었다.

[어떤 사람인데. 너…… 괜찮은 거야?]

조심스러워하는 민경의 목소리에 인해는 옅은 한숨을 내쉬었다. 고교동창인 민경은 인해에게 친자매와도 같은 단짝친구였다.

예쁘고 인기 많았던 민경이 고아인 자신에게 먼저 손을 내밀어 주었던 순간부터 두 사람 사이에 비밀은 없었다. 서로의 모든 걸 다 알고 있다고 해도 과언이 아니었다. 당연히 승준과 이별한 사실도 알고 있는 그녀였다.

지금 민경이 무엇을 염려하는지 모르지 않는다. 자신의 일처럼 마음 써 주는 그녀가 고마웠다. 동시에 괜한 걱정을 하게 만들었구나 싶어서 미안하기도 했다.

"응, 괜찮아. 나 싫다고 도망간 놈, 나도 싫어."

인해는 담담하게 대꾸했다. 이젠 누가 승준에 대해 물어도 지금처럼 심상하게 대답할 수 있을 것 같았다. 승준과 함께했던 시간들이 마치 까마득한 옛날 일처럼 여겨졌다. 일말의 미련도 그리움도 남아 있지 않았다. 스스로도 놀랄 정도로.

서서히 데워지는 냄비 속에서 개구리는 죽는 줄도 모르고 죽게 된다는 말이 떠올랐다. 개구리처럼 자신도 3개월에 걸쳐 서서히 이별을 겪었기에 지금 이렇게 덤덤한 걸까. 과연 난 승준을 사랑하긴 했던 걸까.

[그래, 네 목소리 들으니까 진짜 정리된 거 같네. 근데 난 아직도 이해가 안 돼. 승준 씨처럼 너한테 헌신적이었던 사람이 왜 그랬는지 모르겠어.]

다른 사람들 눈에 인해와 승준은 교과서에나 나올 법한 이상적인 완벽한 커플이었다. 인해도 그런 줄로만 알고 있었다.

그러나 한 사람의 일방적인 희생을 기반으로 성립된 사랑이 온전할 리 없었다. 완벽한 껍데기와는 달리 속은 썩어 문드러져 가고 있었으니 말이다. 그걸 너무 늦게 깨달았다.

"헤어지는 데 특별한 이유가 있겠어?"

[다른 사람이라면 그러려니 하겠는데……. 그동안 너 신경 쓸까 봐 말 못 했는데, 혹시 승준 씨네 집에 무슨 일 생긴 거 아닐까? 가족 중에 누가 사고 쳐서 그거 수습하느라 헤어지자고 한 걸 수도 있잖아. 회사도 관두고 집도 이사 가고 잠수 타 버린 걸 보면 아무래도 돈 관련된 일 같은데. 사채 같은 거 말이야.]

"그건 아니야. 그 사람 가족들 멀쩡하게 잘 지내고 있어. 그리고 그런 이유였다면 그 사람 성격에 그렇게 헤어지진 않았을 거야. 나한테 제대로 설명하고 이해시킨 후에 헤어지자고 했을 거야."

[그런가. 네가 그렇다면 그런 거겠지.]

"내기 매달리면 싫어노 헤어지지 못할 것 같으니까 아예 잠수 타 버린 거 같아."

[설마 그랬으려고.]

59

선뜻 믿지 않으려는 민경에게 인해는 단호하게 말했다.

"사라지는 거 외엔 나와 헤어지는 방법이 없었을 거야. 그 사람한텐."

승준은 착하고 성실하고 다소 고지식한 면이 있는 사람이었다. 모질지 못하고 인정 많은 사람이니 그렇게밖에 할 수 없었을 것이다. 바꾸어 말하면, 극단적인 방법을 강구할 정도로 자신과 헤어지고 싶었다는 말이 된다.

[에휴, 떠난 사람 말해서 뭐하냐. 네 인연이 아니었나 보다. 참, 너 어제 남자 만났다고 했지? 어땠어? 잘생겼어? 몇 살이야? 직업은?]

"저, 저기 민경아."

갑자기 화제를 돌린 민경은 흥분한 기색이 역력했다. 그녀를 진정시키기 위해 말을 걸었지만 민경은 듣지 않고 계속 혼자 떠들었다.

[괜찮으면 잡아. 너무 깊게 따지지 말고. 너 낼모레면 서른이야. 알지?]

이것이 보자보자 하니까 뭐가 어쩌고 어째?

"서른이 뭐 어때서. 요즘 같은 100세 시대에 완전 애긴데 뭐."

인해가 투덜거리자 민경의 웃음소리가 건너왔다.

[뭐야? 너 삐쳤어? 미안. 난 네가 빨리 새로운 사랑을 했으면 해서. 사람은 사람으로 잊는 거라더라.]

실연을 사랑으로 극복하라고 했던 이수의 말이 떠올랐다. 말은 달라도 같은 의미였다. 두 사람에게서 똑같은 말을 듣다니. 신빙성 있는 속설인 건가?

[그렇다고 너무 성급하게 굴진 말고. 마음에도 없는데 억지로 사귀지는 마. 네 마음 가는 대로 해.]

"방금 전까지 볶아치던 사람이 누군데."

[미안, 쏘리. 내가 오버했어.]

"그만 끊자. 내일 아침 회의 있어."

[그래, 잘 자. 내 꿈꾸고.]

"악몽 꾸라고?"

[야!]

인해는 싱글거리며 민경과의 통화를 끝냈다. 휴대전화 알람을 맞추고 누우려는데 뒤늦게 이수에 대해 말하지 않았다는 걸 깨달았다.

대학 동아리 선배이자 직장 상사이고 옆집에 사는 이웃이라고 하면 민경은 틀림없이 운명의 상대라고 할 터였다. 아마 당장 사귀라고 할지도 몰랐다. 아무래도 이수에 대해선 나중에 말해야 할 듯했다.

인해는 불을 끄고 자리에 누웠다. 늦은 시간인데도 좀처럼 잠이 오지 않았다. 억지로 잠을 청하려 해도 정신이 말똥말똥했다. 머릿속에서 오만 가지 생각이 떠오르고 가라앉기를 반복한다. 이리저리 뒤척이던 인해는 문득 벽 너머에 있을 사람에게 생각이 닿았다.

리모델링을 했다고 해도 기본적인 집 안 구조는 동일했다. 오늘 아침에 보니 인해가 침실로 쓰는 방을 이수 역시 침실로 쓰고 있었다. 침대를 놓은 위치도 같았다. 즉, 벽 하나를 사이에 두고 이수와 나란히 누워 있는 셈이었다.

얼굴이 뜨거워졌다. 인해는 이불을 젖히고 벌떡 일어났다. 주방에 가서 차가운 물을 마신 후 거실을 빙빙 맴돌다 다시 방으로 들어왔다. 그리고 한참 동안 침대를 응시하다가 도로 누웠다.

예전엔 옆집에 누가 있든 없든 신경조차 쓰지 않았는데 새삼스레 의식하는 자신이 못마땅했다. 지금쯤 이수는 아무 생각 없이 쿨쿨 잘 자고 있을 거라 생각하니 억울하기까지 했다. 잠 못 드는 자신이 바보같이 느껴졌다. 인해는 이불을 머리끝까지 뒤집어쓰고 잠을 청했다.

✳

세수를 마치고 수건으로 얼굴의 물기를 닦는데 어디선가 물소리가 들려왔다. 가끔 다른 집에서 사용하는 물소리가 들리곤 했기에 대수롭지 않게 넘겼다. 그저 방음이 부실한 아파트 시공사를 탓할 뿐이었다.

"지을 때 제대로 좀 지을 것이지. 이러니까 층간소음 문제가 생기는……."

한숨 섞인 푸념을 늘어놓던 인해는 입을 다물었다. 가만히 듣다 보니 물소리가 들려오는 곳이 옆집 같아서였다.

아무래도 지금 이수가 욕실을 쓰고 있는 모양이었다. 출근 시간이 동일하니 욕실 쓰는 시간이 비슷할 터였다. 의식해서인지 물소리가 더 크게 들리는 것 같았다.

옆집에서 사용하는 물소리가 들린다는 건 바꾸어 말하면 이쪽 소리도 옆집에 들린다는 거였다. 문득 새벽처럼 조용한 시간대에 어디선가 변기 물 내리는 소리를 들었던 기억이 났다.

거울을 보지 않아도 알 수 있었다. 얼굴이 토마토처럼 새빨갛게 익어 있다는 것을. 옆집에 누가 사는지 잘 몰랐을 땐 전혀 신경 쓰지 않았던 사소한 일들이 지금은 부끄럽고 민망했다. 옆집에 아는 사람이 산다는 건 생각보다 불편하고 성가신 일이었다.

"내가 지금 뭐하는 거지."

최대한 소리가 나지 않도록 조심해서 세면대 물을 틀던 인해는 불쑥 짜증이 치솟았다.

"어차피 흉한 꼴 다 보인 마당에 이제 와서 뭘."

기억은 없지만 그저께 술에 취해 그의 앞에서 온갖 추태를 부렸던 자신이었다. 변기 물 좀 내린다고 새삼 부끄러워할 이유가 없었다.

전화위복의 진정한 의미가 피부로 와 닿았다. 그래도 인해는 옆집에서 물소리가 들리지 않을 때까지 기다렸다가 욕실을 썼다.

출근 준비를 마치고 나가려는데 초인종이 울렸다. 인터폰을 보니 뜻밖의 방문자였다. 인해는 현관문을 열고 나갔다. 정장을 빼입은 이수가 그녀를 보자마자 용건을 밝혔다.

"출근하자."

"네?"

"회사 안 가?"

되묻는 그녀를 되레 이상하다는 듯 쳐다보는 이수였다. 인해는 얼떨결에 대꾸했다.

"가야죠. 근데 왜요?"

"어차피 같은 회산데 따로 갈 필요 있나? 주차장에서 차 갖고 올 테니까 1층에서 기다려."

이수는 인해의 대답도 듣지 않고 곧장 뒤돌아서서 걸어가기 시작

63

했다. 인해는 멍하니 그가 한 말을 곱씹었다. 설마 지금 같이 출근하자는 건가? 서둘러 그를 불러 세웠다.

"저, 저기 선배!"

앞장서 가던 그가 걸음을 멈추고 상체를 비틀어 뒤를 돌아보았다. 인해는 그가 다시 돌아서기 전에 재빨리 말했다.

"비밀로 하기로 했잖아요. 옆집 사는 거."

"그런데?"

의아해하는 이수의 반응에 순간 당황해 버렸다. 정말 몰라서 묻는 건가.

"같이 출근하면 좀 그렇잖아요."

"같이 출근하자고만 했지 누가 옆집 산다고 얘기한댔어?"

말문이 막혔다. 인해는 그제야 옆집에 산다는 것만 비밀로 해 달라고 했지 그 외의 것에 대해선 아무 말도 하지 않았다는 걸 깨달았다.

"저 선배, 죄송하지만 우리가 아는 사이라는 것도 비밀로 해 주시면 안 될까요?"

인해는 어렵게 말을 꺼냈다. 이수는 그녀를 물끄러미 바라만 볼 뿐 아무 말도 하지 않았다. 인해는 계속 말을 이어 갔다. 지금이 아니면 말할 기회가 없을 것 같아서였다.

"다른 직원들이 알면 저나 선배나 좋을 거 없잖아요. 눈치도 보이고 조금만 잘못해도 말 나오기 쉽고요. 마음만 감사히 받을게요."

그의 친절은 선배로서 후배를 챙겨 주려는 마음에서 기인한 것일 터였다. 하지만 남들 눈엔 작업의 일환으로 보일 수도 있었다. 오해를 불러일으킬 만한 그 어떤 빌미도 만들고 싶지 않은 게 솔직한 심정이었다. 인해의 말을 가만히 경청하던 그가 마침내 입을 열었다.

"나도 공과 사는 명확히 할 생각이야."

혹시 어젯밤처럼 조건이 따라붙는 건 아닌가 내심 마음을 졸였던 인해는 그제야 안도의 한숨을 내쉬었다. 이제 말이 좀 통하나 싶었다. 그러나 뒤따라온 한마디가 뒤통수를 후려쳤다.

"근데 여긴 회사가 아니잖아."

결국 인해는 아무 반박도 하지 못하고 이수의 차에 올라타야 했다.

회의를 끝낸 직원들의 표정이 마치 따귀를 얻어맞은 것처럼 얼이 빠져 있었다. 어제 회식 때 이수가 했던 말은 단순한 기선제압용이 아니었다. 그는 정리된 자료를 바탕으로 진지하게 매출이 나오지 않은 이유에 대해 조목조목 따지고 들었다.

이수는 여간 깐깐한 상사가 아니었다. 집요하고 치밀하고 대충 넘어가는 걸 못 보는 타입이었다. 앞으로의 회사 생활이 험난하리라 예견되었다.

"장미에 가시가 있는 것처럼 미인은 역시 까칠한가 봐요."

이수의 가시에 찔린 이 주임이 풀 죽은 목소리로 중얼거렸다. 이수에게 가장 호감을 품고 있었던 그녀가 회의 한 번 하고 나더니 도리질을 친다. 박 과장이 그런 이 주임이 웃긴다는 듯 말했다.

"언제는 일 잘하는 남자가 이상형이라더니."

"그거야 상사가 아니라 내 남자일 때 얘기죠."

한숨 섞인 목소리에 다들 작게 웃었다. 조용히 커피를 홀짝이던 신입사원이 한마디 슬쩍 끼어든다.

"근데 팀장님이 하라는 대로 하면 왠지 대박 날 거 같지 않아요?"

다들 두말하지 않고 고개를 끄덕인다. 이수는 현재 오로라가 처해 있는 상황을 정확하게 파악해 냈다.

그동안 알 듯 모를 듯했던 애매한 문제점 또한 족집게처럼 콕 집어냈다. 가려운 데를 단숨에 찾아서 긁어 준 셈이었다.

열심히 하는데도 실적이 따라 주지 않아 속을 끓였던 직원들은 오늘 회의로 한줄기 희망을 엿보았다. 성격이 까칠하고 고약해도 일 잘하는 사람이 성격 좋고 일 못하는 사람보다 훨씬 나은 법이다.

다소 살벌했던 아침 회의 덕분에 다들 군기가 빠짝 들어 일에 매진했다. 인해도 정신없이 일에 몰두했다. 기존에 하던 일들을 정리하고 이수가 지시한 대로 핵심으로 띄울 주력상품과 없앨 상품을 분류하다 보니 어느덧 점심시간을 앞두고 있었다. 허리를 펴고 자리에서 일어나려는데 이수가 인해를 불렀다.

"시장조사요?"

"고객들 니즈를 파악하려면 시장조사가 필수인 거 아닙니까. 한국에 오랜만에 와서 그런지 길이 헷갈리더군요. 길 안내 좀 부탁합니다."

길 안내라면 다른 직원에게 부탁해도 될 일이었다. 굳이 자신에게 부탁할 이유가 없었다. 그러나 딱히 거절할 말도 떠오르지 않았다. 외려 거절하면 다른 직원들이 이상하게 여길 수도 있었다. 인해는 하는 수 없이 이수와 함께 사무실을 나섰다.

오늘 아침, 이수는 회사에서 백여 미터 떨어진 곳에 차를 세워 주었다. 덕분에 인해는 이수와 나란히 출근하는 참사를 모면할 수 있었다. 생각지도 못했던 배려였다. 믿어도 될 것 같았다. 공과 사를 지키겠다는 그의 말을. 그런데 반나절도 지나지 않아 이렇게 손바닥 뒤집듯 굴다니.

"회사에선 알은척 안 한댔잖아요."

아무도 없는 엘리베이터에 타자마자 인해는 속의 말을 불퉁하게 중얼거렸다.

"다른 사람한테 부탁해도 될 걸 나한테 하는 저의가 뭐예요?"

그녀가 따지고 들자 그가 차가운 얼굴로 입을 열었다.

"부하 직원에게 길 안내 부탁하는 것도 강 대리한테 허락받아야 하는 일입니까? 그리고 지금 아직 회사 안입니다. 회사에서 알은척 하고 있는 건 내가 아니라 강 대리 아닌가요."

구구절절 맞는 말에 말문이 막혔다. 도무지 빈틈이라고는 보이지 않는 남자였다. 말로는 절대 이길 수 없는 상대였다. 인해는 회사 밖으로 나갈 때까지 입을 열지 않았다.

평일 낮인데도 명동은 사람들로 북적거렸다. 명동은 국내 모든 화장품 브랜드숍이 모여 있는 데다 유동인구도 많아서 시장조사할 때 빠지지 않는 필수 코스였다.

인해와 이수는 일단 자사 매장부터 둘러본 후 경쟁사에서 내놓은 제품을 확인했다. 그러고는 최신 트렌드를 파악하기 위해 각 매장을 꼼꼼하게 돌아보았다.

다음 코스로 강남에 가려는데 이수가 점심을 먹고 이동하자고 제안했다. 마침 출출했던 인해는 그의 의견에 기꺼이 따랐다.

두 사람은 근처 돈가스 전문점으로 들어갔다. 돈가스 정식을 주문하고 기다리는데 이수가 불쑥 말을 꺼냈다.

"아직도 돈가스 좋아해?"

"……네."

대답을 하며 인해는 내심 놀랐다. 놀라운 기억력으로 자신을 기억하고 있는 그였다. 하지만 식성까지 꿰고 있을 줄은 몰랐다.

술버릇이야 워낙 특이하니 기억할 만하지만 식성은 웬만큼 친하지 않고는 모르는 부분 아닌가.

"입맛은 그대로네."

대수롭지 않은 투로 중얼거리는 말에 인해는 흠칫했다. 그사이 주문한 음식이 날라져 왔다. 이수는 피클이 담긴 그릇을 인해 쪽으로 밀어 주더니 김치가 든 그릇을 가져갔다.

"김치는 지금도 별로지? 맵고 짠 거 안 좋아했잖아."

"네, 별로……."

인해는 말끝을 흐리며 바삐 기억을 더듬었다. 그러나 그와 밥을 먹었던 기억은 어디에도 없었다. 이수는 그녀가 좋아하고 싫어하는 것과 그 이유까지 정확하게 알고 있었다. 분명히 과거에 그와 밥을 같이 먹었던 적이 있었을 터였다. 혹시 이수와 자신이 꽤 친했던 건가?

머릿속이 혼란으로 가득했다. 밥을 입으로 먹는지 코로 먹는지 모르겠다. 문득 정신 차려 보니 어느새 식사를 마치고 밖으로 나와 있었다.

"자, 후식."

편의점에 들어갔다 나온 이수가 무언가를 눈앞에 내밀었다. 빨대가 꽂힌 초코우유였다.

"옛날에 밥 먹고 나면 매일 이거 먹었잖아."

인해는 엉겁결에 초코우유를 받아 들었다. 멍하니 초코우유를 내려다보았다. 여태 딱딱했던 어깨가 그제야 서서히 풀어진다.

맵고 짠 걸 싫어하지만 그렇다고 단것을 좋아하는 건 아니었다. 인해는 담백한 음식을 선호하는 편이었다. 그래서 달고 뒷맛이 텁텁한 초코우유보단 깔끔한 차 종류를 더 좋아했다.

자신에 대해 뭐든지 알고 있다는 듯이 굴었던 이수가 처음으로 틀렸다. 그 사실에 인해는 적지 않게 안도했다. 아마도 자신과 식성이 비슷한 다른 후배와 착각한 듯싶었다.

이수와는 그냥 알고 지낸 단순한 선후배 사이였던 게 틀림없었다. 혼란스러웠던 머릿속이 안개가 걷힌 것처럼 맑아졌다. 마음이 가벼워진 인해는 농담조로 말을 건넸다.

"기억력이 정말 좋으시네요."

"글쎄, 난 보통인데."

"저보단 좋으세요."

하지만 잘못 알고 있는 게 있다고 말해 주려던 순간이었다.

"그건 그렇지."

이수는 당연하다는 듯 대놓고 수긍했다. 틀린 말은 아니었다. 인해는 그를 기억하지 못하지만 그는 그녀를 단번에 알아보았으니까.

건수 하나 잡았다고 희희낙락했던 인해는 민망함에 얼굴이 빨개졌다. 그는 그런 그녀를 가만히 바라보았다. 의미를 알 수 없는 눈으로 한참 동안 말없이 바라보던 그가 입을 열었다.

"아직도 내가 생각 안 나?"

어젯밤에 보았던 체념한 그의 얼굴이 겹쳐져 보였다. 직접적으로 말을 하진 않았지만 인해가 그를 기억해 주길 간절히 바라는 듯했다.

그녀를 잘 알고 있는 양 굴었던 것도 그런 바람의 연장선상이 아닌가 싶었다. 미안하고 마음이 무거웠다. 인해는 솔직하게 대답하기로 결심했다.

"열심히 생각해 봤지만 선배에 대해 생각나는 게 하나도 없어요. 죄송해요."

순간 그의 눈빛이 흔들린 것처럼 보였다. 인해는 눈을 씻고 다시 바라보았다. 그러나 까만 눈동자는 아무 일도 없었다는 듯이 차갑고 서늘하게 빛나고 있었다. 아무래도 잘못 본 모양이다.

"그래, 생각이 안 나면 할 수 없는 거지."

이수는 주머니에서 담배를 꺼내 입에 물었다. 그동안 몸에서 담배 냄새가 전혀 나지 않아 담배를 안 피우는 줄 알았더니 아닌 모양이었다. 초코우유를 살 때 같이 샀는지 담배도 라이터도 새것이었다. 한 개비를 피운 그가 꽁초를 근처 쓰레기봉지에 버린 후 말을 걸어왔다.

"뭐 하나 물어봐도 돼?"

인해는 고개를 끄덕였다.

"넌 어떻게 생각해?"

"뭘요?"

"운명의 상대 말이야."

어젯밤 그가 운명의 상대 운운했었던 게 떠올랐다. 인해의 실연 이야기를 하다가 자연스레 흘러나온 말이었다.

"네가 그랬지? 같은 직장에 다니고 옆집에 사는 이웃. 이것만으로도 운명의 상대 아니냐고."

"그건······."

그냥 그쪽에게 장단 맞춰서 한 말이라고 대답하려는 찰나였다. 이수가 한발 먼저 말을 이어 갔다.

"밤새 생각해 봤는데 네 말이 맞는 거 같아서 말이야. 같은 직장에 다니고 옆집에 살고 거기다 대학 선후배 사이지. 신기하지 않아? 우리가 이렇게 만난 걸 보면."

인해는 마른침을 삼켰다. 가슴이 들썩일 정도로 심장이 쿵쾅거렸다. 심장 소리가 너무 시끄러워서 주변의 소리가 하나도 들리지 않았다. 심지어 이수가 무언가를 말하고 있는데도 귀에 들어오지 않았다.

그러다가 어느 순간 귀가 뻥 뚫렸다. 그의 목소리가 곧바로 선명하게 꽂혀 들었다.

"나랑 사귀자."

❀

오늘은 하루 종일 바빴다. 출근하자마자 회의를 하고 협력업체가 보낸 샘플 품평을 한 후 개선할 점을 정리해 메일로 보냈다. 그러고는 용기업체 진행 사항을 확인하고 디자인팀과 상의하다 보니 하루가 훌쩍 지나가 있었다. 오늘도 어김없이 야근이 기다리고 있었다.

늦은 저녁을 먹고 잠깐 휴게실에 들른 참이었다. 별생각 없이 휴게실 문을 열었던 인해는 그 자리에 얼음처럼 굳어져 버렸다.

71

아무도 없는 휴게실 소파에 이수가 눈을 감고 앉아 있었다. 사흘 전 명동에 갔었던 이후, 처음으로 단둘이 있게 된 것이었다.

갑작스런 이수의 고백에 인해는 당혹스러웠다. 이수는 그 자리에서 바로 대답을 요구하지 않고 기다리겠노라고 말했다.

그 후 인해는 될 수 있으면 그와 단둘이 있을 만한 상황을 피해 다녔다. 이수보다 더 빨리 출근했고 퇴근할 땐 동료들과 함께 움직였다. 이수도 특별히 인해를 따로 호출하지는 않았다.

기다리겠다는 말이 빈말이 아니었는지 인해가 먼저 그를 찾을 때까지 기다려 줄 작정인 듯했다. 그래서 마음을 놓고 있었나 보다. 잠깐 방심한 사이에 허를 찔린 기분이었다.

이수는 잠들어 있는 듯 보였다. 앉아 있는 자세가 느슨했고 넥타이 매듭이 헐겁게 풀어져 있는 데다 셔츠 단추 두어 개가 열려 있었다. 잠깐 쉬다 갈 요량으로 앉아 있다가 깜빡 잠이 든 모양이었다.

그녀가 들어왔는데도 깨어나지 않는 걸 보면 깊은 잠에 빠진 듯했다. 바짝 곤두섰던 경계심이 한결 누그러진다.

인해는 바로 몸을 돌려 휴게실을 나가지 않았다. 외려 살금살금 이수에게 다가갔다. 그러고는 그를 가만히 내려다보았다.

잠들어 있는 그는 평온해 보였다. 억울했다. 누구는 혼란스러워 죽겠는데 누구는 이렇게 편안하다니.

대학 선후배 사이라지만 아주 오랜만에 만난 사이였다. 더군다나 자신은 그를 기억하지 못하니 처음 만난 사람과 다를 바 없었다. 그런 자신에게 그는 왜 갑자기 사귀자고 한 걸까.

어디를 어떻게 보아도 참 아름다운 사람이었다. 보기 좋게 균형 잡힌 이목구비와 깨끗한 피부, 가지런한 눈썹과 오똑한 콧날 그리고 도톰한 입술까지 어디 하나 빠지는 곳이 없었다.

특히 셔츠 사이로 보이는 새하얀 목덜미가 유독 눈길을 잡아끌었다. 도발적이고 섹시하면서 어딘지 모르게 연약해 보였다. 소년의 풋풋함과 성인 남자의 강인함이 공존하는 느낌이랄까.

일이 힘들고 고된 데다 박봉인 장업계에 몸담고 있는 이유는 아름다운 게 좋아서였다. 그래서 눈앞에 있는 아름다운 피조물에게서 눈을 뗄 수가 없었다.

비단 인해만 그런 건 아닐 것이다. 아름다운 것을 좋아하는 사람이라면, 그게 누가 됐든 눈을 뗄 수가 없을 터였다. 하지만 인해에겐 남들에게 없는 이유가 하나 더 있었다.

아무리 생각해도 이상했다. 이수같이 아름다운 사람을 기억하지 못한다는 사실이. 대학 시절 자신은 동아리방을 거의 가지 않았고 이수도 졸업하지 않고 유학을 가 버렸다고 했다. 그와 알고 지낸 시간이 짧으니 기억을 못 할 수도 있다고 단순하게 생각했었다.

하지만 곰곰이 생각해 보니 그건 아닌 듯했다. 알고 지낸 시간이 짧았다 해도 객관적으로 그는 절대 잊어버릴 수 없는 얼굴이었다. 그런데 왜 자신은 그를 기억하지 못하는 걸까.

혹시…… 그때 알고 지냈던 건가.

"배고프면 다른 걸 먹지 그래요."

느닷없이 들려온 목소리에 인해는 화들짝 놀랐다. 눈꺼풀 속에 가려져 있던 이수의 까만 눈이 그녀를 향하고 있었다. 잠기운이라고는 찾아볼 수 없는 또렷하고 맑은 눈이었다.

"손톱보다 맛있는 게 많을 텐데."

그의 지적에 인해는 그제야 자신이 손톱을 물어뜯고 있었다는 걸 깨달았다. 불안하거나 두려우면 어릴 적 버릇이 무의식중에 튀어나오곤 했다. 인해는 재빨리 손을 등 뒤로 숨겼다. 소파에서 몸을 일으킨 이수가 휴게실에 비치된 냉장고에서 맥주 캔을 꺼냈다.

"마실래요?"

인해는 고개를 가로저었다. 맥주 한 캔은 음료수 수준이라 일하는 데 상관없지만 이상하게 지금은 내키지 않았다. 이수는 맥주를 물끄러미 내려다보더니 진지하게 물었다.

"부담스럽습니까?"

네, 부담스럽습니다. 맥주도 그쪽도.

"지금 일하는 중이라서요. 아직 제품명하고 컬러명이 결정되지 않아서, 머리를 써야 하는데 술을 마시면 좀 그래서……."

마음과는 다른 말로 적당히 둘러대며 얼버무렸다. 그렇다고 거짓말을 한 건 아니었다. 현재 인해가 담당하고 있는 젤 아이라이너는 11월에 출시 예정이었다. 반드시 10월에 생산이 들어가야 했다.

그러나 9월 중순인 지금 용기도 확정이 되지 않았고, 5가지 컬러 중 확정된 컬러도 한 가지뿐이었다. 그중 무엇보다 우선으로 해야 할 일은 제품명과 컬러명을 정하는 것이었다. 그래야 용기도 결정하고 문안도 작성할 수 있었다.

"그럼 같이 생각해 보도록 하죠."

"네?"

"11월 출시 예정인 젤 아이라이너 맞죠? 그럼 시간이 정말 없군요."

생각지도 못한 제안에 어안이 벙벙했다. 이수는 들고 있던 맥주를 도로 냉장고 안에 넣으며 말을 이어 갔다.

"어차피 내 결재를 받아야 되는 일 아닙니까? 같이 합시다. 머리 하나보단 둘이 낫잖아요."

그건 그랬다. 제품명, 컬러명 모두 팀장인 그의 허락이 떨어져야 다음 단계의 일을 진행할 수 있었다. 그리고 혼자보다 두 사람이 같이 머리를 맞대면 좋은 아이디어가 떠오를 가능성도 높았다.

시간도 없고 생각도 나지 않아 고민하던 차에 잘된 일이었다. 하지만 이래도 되는 건지 모르겠다.

그는 자신에게 고백한 사람이고 자신은 그에게 대답을 해 줘야 하는 입장이었다. 아직 무엇 하나 정리되지 않은 상황에서 같이 일을 해야 한다고 생각하니 썩 내키지 않았다.

하지만 한편으로는 괜찮지 않을까 싶기도 했다. 이건 일이니까 상관없지 않을까. 공과 사는 명확히 하는 사람이니 말이다. 지금 단둘뿐인데도 회사 안이라고 인해에게 꼬박꼬박 경어를 쓰고 있는 그였다.

"도와주신다니, 저야 감사하죠."

"갑시다."

그녀의 대답이 떨어지자마자 이수는 다짜고짜 앞장섰다. 회의실에 가서 하려는 건가. 의아해하며 그를 쫓아가던 인해는 이수가 재킷을 챙겨 드는 걸 보고 묻지 않을 수 없었다.

"어디 가시는 거예요?"

"머리가 말랑말랑해지는 곳으로 갈 겁니다. 그래야 아이디어가 생각나죠."

머리가 말랑해지는 곳? 그런 곳이 있다는 건 듣도 보도 못했다. 미심쩍어하는 그녀에게 이수가 자신 있게 말했다.

"가 보면 강 대리도 좋아할 겁니다."

그래, 어디든 아이디어만 생각난다면야. 인해는 고개를 끄덕였다.

기대가 크면 실망도 큰 법. 미국에서 전설로 불렸다기에 은연중에 기대하고 있었나 보다. 남들은 상상도 못 했던 획기적인 아이디어로 멋들어진 제품명과 컬러명을 내놓을 거라고 믿었던 게 바보처럼 여겨졌다.

인해는 앞에 놓인 잔을 들어 입안에 털어 넣었다. 혀끝에 퍼지는 알싸한 소주 향기에 절로 미간이 구겨진다.

"안주도 챙겨 먹어. 그렇게 술만 들이부으면 또 필름 끊긴다."

이수가 계란말이 접시를 인해 앞으로 밀어 주며 핀잔을 주었다. 인해는 맞은편에 앉아 있는 그를 노려보았다. 시선을 느꼈는지 이수가 고개를 들었다.

"왜?"

"몰라서 그래요?"

"뭘?"

"여기가 머리가 말랑해지는 곳이에요?"

"포장마차가 뭐 어때서? 자유롭고 접근하기도 쉽고 친근하고 편안하잖아."

이수는 주위를 휘휘 둘러보며 어깨를 으쓱했다. 뻔뻔한 작태에 기가 막혔다. 머리가 말랑해지는 곳이라며 이수가 그녀를 데리고 처음 찾아간 곳은 다름 아닌 극장이었다. 당혹스럽긴 했지만 납득이 가지 않은 건 아니었다. 영화를 보며 새로운 자극을 받을 수도 있으니까.

포장마차도 그러려니 했다. 술잔을 기울이며 늘어놓는 사람들의 진솔한 이야기를 듣다 보면 새로운 아이디어가 떠오를 수도 있다고 생각했다. 하지만 점점 시간이 지날수록 이건 아니다 싶었다.

지금까지 이수는 일에 대한 이야기는 일절 꺼내지 않고 있었다. 일하러 나왔다는 사실을 까맣게 잊어버린 사람 같았다. 일을 핑계 삼아 영화 보고 술 마시고, 이건 마치…….

"얼굴 빨개졌어. 그러게 안주 먹으면서 마시라고 했잖아."

이수가 혀를 차며 인해 앞에 놓인 잔을 가져가 버렸다. 인해는 붉어진 얼굴에 손등을 가져다 댔다. 다행히 이수는 술 때문에 얼굴이 붉어졌다고 생각하는 듯했다. 인해는 눈을 감고 방금 떠올린 '데이트'라는 단어를 떨쳐 버리기 위해 노력했다.

데이트라니. 말도 안 된다. 그녀가 아는 데이트는 서로 사귄다는 전제하에 만나는 이성 간의 약속이었다. 그녀는 아직 이수에게 아무런 답을 주지 않은 상태였다. 따라서 지금 이건 데이트라고 할 수 없었다. 오늘 일은 그저 이수에게 이리저리 휘둘렸다고 해야 맞을 것이다.

하지만 희한하게도 기분이 나쁘지 않았다. 그런 스스로가 황당하고 이해되지 않았다. 일하지 않을 거면 당장 집에 가겠다고 일어서는 게 정답인데. 왜 자신은 자리를 지키고 있는 걸까.

"첫눈에 반하다."

심장이 쿵 내려앉았다. 방금 무슨 말을 들은 거지?

인해는 눈을 커다랗게 뜨고 이수를 바라보았다. 그는 무덤덤한 표정으로 놀란 그녀를 마주 보고 있었다.

덤덤한 표정과는 달리 그녀를 담고 있는 까만 눈동자는 차갑게 타오르고 있었다. 머릿속이 백지가 돼 버린 것 같았다. 그의 올곧은 입매가 살짝 벌어지면서 뭔가를 말한다.

"제품명으로 퍼스트 러브 아이라이너 어때? 매혹적인 눈매를 보고 첫눈에 반하다, 라는 의미로."

뒤늦게 그가 말한 의미가 뇌로 흘러들어 왔다. 동시에 뺨으로 피가 몰려들었다.

"어디 안 좋아? 얼굴이 너무 빨간데."

"갑자기 술이 오르네요."

인해는 손으로 부채질하며 냉큼 오이를 하나 집어 먹었다. 그러고는 어색하지 않게 시선을 다른 곳으로 돌렸다. 얼굴이 화끈거려 견딜 수가 없었다. 순간적으로 착각했던 게 부끄럽고 민망했다. 차가운 물을 마시며 마음을 진정시키는데 불만 섞인 목소리가 들려왔다.

"난 계속 제품명이랑 컬러명 생각하고 있었는데. 넌 무슨 생각을 하고 있었던 거야?"

"그게 아니라……."

"우리 놀러 나온 거 아니야. 지금 일하는 중이라고."

아까부터 인해가 하고 싶었던 말을 고스란히 읊고 있는 이수였다. 억울하고 황당했다. 지금까지 일에 관한 얘기는 일언반구도 하지 않았던 사람이 누군데.

자세히 살펴보니 질책하는 말을 하면서도 입꼬리가 살짝 올라가 있는 그였다. 지금 날 놀리고 있는 건가. 수상쩍고 의심스러웠지만 증거가 없는 데다 딱히 반박할 말도 떠오르지 않아 답답했다.

인해는 이수가 멀찍이 치워 두었던 잔을 도로 가져와 술을 따라 마셨다. 놀러 나온 것으로 보인다면 이참에 사실로 만들어 버리자고 결심했다. 하지도 않은 일로 누명을 쓸 바에야 차라리 하고 욕먹는 편이 나을 테니까.

금세 잔을 비우고 병을 집어 든 참이었다. 이수가 냉큼 인해의 손에서 술병을 빼앗아 갔다.

"내 앞에서 술독의 명성을 재현해 보려는 거야? 아니면 지난번처럼 기절할 생각인 거야?"

그의 일침에 정신이 퍼뜩 들었다. 두 번 다시 그의 침대에서 눈을 뜨고 싶은 생각은 추호도 없었다. 인해는 조용히 술잔을 내려놓았다.

양복을 빼입은 서너 명의 남자들이 천막을 걷고 안으로 들어왔다. 곧바로 주문이 이어지고 주인아줌마가 커다란 국자로 뜨끈한 우동 국물을 그릇에 담는다.

하얀 김이 사방으로 피어오르면서 순식간에 이수의 주변을 감쌌다. 그러자 마치 그가 안개 속에 있는 것처럼 보였다. 하얀 김에 둘러싸인 그는 속을 알 수 없는 눈으로 그녀를 응시하고 있었다. 인해는 고개를 살짝 옆으로 돌리며 물었다.

"왜 그렇게 봐요?"

"널 다시 만났을 때가 생각나서."

그와 만난 날이라면 민경에게 바람맞고 혼자 술을 마신 날이었다. 그날 일을 떠올리자 반사적으로 인상이 찡그려진다. 그런 그녀가 재미있다는 듯 이수가 빙글거리며 말했다.

"그때 솔직히 좀 실망했어. 오랜만에 '술독'의 활약을 보겠구나, 나름 기대했었거든. 적어도 고기 굽던 불판이라도 들고 튈 줄 알았는데 너무 얌전하게 쓰러지더라."

"오랜만에 마신 거였거든요."

민망함에 인해는 한시라도 빨리 이 화제에서 벗어나고 싶었다. 비록 필름이 끊겨 기억엔 없다 해도 추태를 부렸다는 사실이 없어지는 건 아니었다. 될 수 있으면 그날 일은 입에 담기도 생각하기도 싫었다. 그러나 이수의 생각은 다른 듯했다.

"오랜만? 이젠 술 잘 안 마시나 보지?"

"가끔 가볍게 맥주 한 잔 정도만 해요."

입사 초 회식 자리에서 크게 실수한 이후 지금까지 되도록 술은 자제하고 있었다. 이수를 만났던 그날은 뭐에 씌었던 게 틀림없었다. 자제할 생각은커녕 그저 주량만 넘기지 않으면 되겠거니 했으니 말이다. 어쩌자고 그렇게 안일했던 건지 모르겠다.

"옛날하곤 확실히 달라졌네."

이수는 무심한 얼굴로 잔을 기울였다. 그늘진 얼굴이 어딘지 모르게 조금 쓸쓸해 보였다. 인해는 젓가락으로 계란말이를 지분거리며 말을 이어 갔다.

"이젠 나이가 있으니까요."

주량을 채우기도 전에 쓰러진 적이 있으니 정말 조심할 나이가 된 건지도 모른다. 그녀의 말이 어이없다는 듯 이수가 코웃음 친다.

"지금 내 앞에서 늙었다고 하는 거야? 네가 늙었음 난 무덤 속에 있어야겠네."

"그게 아니라, 누구든 시간이 지나면 변하니까요."

변하지 않는 것처럼 보여도 변하는 게 세상의 이치였다. 인해 역시 많은 것들이 변했다.

"누구든 변한다라……."

입속으로 중얼거린 이수의 얼굴이 어두워졌다. 방금 전만 하더라도 농담하고 웃던 사람의 분위기가 급변했다. 저번에도 지금처럼 갑자기 분위기가 바뀌었던 적이 있었다. 겉으로는 냉정하고 무심해 보여도 실은 예민하고 섬세한 사람이었다. 도대체 뭐가 그의 감정을 건드린 걸까.

테이블 위에 침묵이 내려앉았다. 이수는 묵묵히 술잔을 비웠고 인해는 계란말이를 먹고 리필한 오이와 당근까지 해치웠다. 반 병가량 남아 있던 소주를 마침내 전부 비운 이수가 한숨을 내쉬며 침묵을 깼다.

"피하지 마."

인해는 고개를 들어 그를 바라보았다.

"전에 말했다시피 대답, 재촉할 생각 없어. 그러니까 피하지 않아도 돼."

가슴 한구석이 서늘해졌다. 알고 있었구나. 티 나지 않게 피해 다녔다고 생각했는데 아니었나 보다. 그동안 내색하지 않았지만 꽤 신경을 쓴 모양이었다. 굳이 이렇게 말을 꺼낸 걸 보면. 이수는 무덤덤하게 말을 이어 갔다.

"결정하는 데 오래 걸린다 해도 상관없어. 기다리는 건 자신 있으니까. 내가 보기보다 인내심이 아주 많거든. 지금까지 기다린 거 더 못 기다릴 이유는 없지."

온화한 말투와는 달리 까만 눈동자가 꿰뚫을 듯이 그녀를 응시했다.

"다만 네게 관심을 가지고 있는 남자가 있다는 걸 늘 의식해 줬으면 좋겠어."

굳이 당부할 필요는 없었다. 한시도 그를 잊은 적은 없었으니까. 인해는 대답하는 대신 가만히 고개를 끄덕였다. 의외로 지금의 이 자리가 어색하거나 불편하지 않았다. 그동안 그를 피해 다닌 게 무색할 지경이었다.

하고 싶었던 이야기를 다 풀어 놔서 그런지 이수는 후련한 표정이었다. 소주 한 병을 더 시키더니 각각의 잔에 따라 건배를 권한다. 잔을 비우자 곧바로 새로운 화제를 꺼낸다.

"자, 그럼 일 얘기를 해 볼까. 넌 뭐 생각해 둔 거 없어?"

아까와는 달리 이번에는 진지하기 짝이 없었다. 인해는 자신의 생각을 솔직하게 말했다.

"퍼스트 러브 아이라이너로 해요. 제품명으로 쓰기에 어감도 의미도 괜찮은 거 같아요. 내일 지적재산팀에 의뢰해서 출원 가능한지 알아볼게요."

"여태까지 정말 아무 생각도 안 했던 거야?"

이수의 얼굴이 살짝 굳어진다. 농땡이 피운 부하 직원을 바라보는 상사의 얼굴이었다.

"그게……."

인해는 주저하며 말끝을 흐렸다. 이걸 말해도 되나 모르겠다.

"있으면 말해. 판단은 내가 할 테니."

어차피 팀장인 그의 허락을 받아야 하는 일이었다. 그리고 의외로 자신의 것이 더 나을 수도 있었다. 소비자의 선택에는 도무지 이해할 수 없는 이유가 많으니까. 인해는 심호흡을 두어 차례 한 후 생각해 두었던 이름을 말했다.

"별빛 아이라이너나 배드 걸 굿 걸 아이라이너, 크리즈리스 아이라이너 그리고……."

"그만."

단호하게 인해의 말을 자른 이수가 한숨을 내쉬며 고개를 절레절레 흔든다.

"다음부터 제품명 지을 땐 나랑 먼저 상의하도록 해."

더는 이야기할 가치도 없다는 듯 그가 자리에서 일어섰다. 그렇게 별로였나? 자신의 네이밍 센스가 별로라는 건 알고 있었지만 대놓고 저러니 무안했다. 인해는 서운한 마음을 누르며 주인아줌마에게 계산하는 그의 뒷모습을 바라보았다.

사흘. 충분히 그에게 답할 수 있는 시간이었다. 그러나 지난 사흘간 자신은 그를 피해 다니며 시간을 벌기만 했다. 그렇게 벌어들인 시간이 마냥 편한 건 아니었다. 마치 벌받는 게 두려워 도망 다니는 아이가 된 기분이었다.

대답을 보류하는 시간이 길어지면 길어질수록 초조한 건 그녀 자신이었다. 그럼에도 인해는 대답을 미룰 수밖에 없었다. 대답하기 전에 알고 싶은 게 있었다.

도대체 그는 어떤 마음으로 자신에게 사귀자고 한 걸까.

아까 극장에 갔을 때 이수가 팝콘을 사 왔다. 인해가 초코우유를 좋아한다고 알고 있으니 당연히 달콤한 캐러멜팝콘으로 사 올 줄 알았다. 하지만 그가 사 온 건 평범한 일반 팝콘이었다. 그녀가 단것을 그다지 좋아하지 않는다는 걸 알고 있었던 것이다.

요상한 술버릇과 별명을 기억하고 있었고 식성도 꿰고 있었다. 오랜만에 만났는데도 단번에 알아보고 필름이 끊긴 그녀를 챙겨 주었다.

초코우유 하나 잘못 알고 있었다고 친한 사이가 아니었다고 단정 짓는 건 억지스러웠다. 단순하게 생각해 봐도 틀린 것보다 맞힌 게 수적으로 우세했다. 어쩌면 생각했던 것보다 훨씬 더 그와 친하게 지냈던 건지도 모른다.

만약 그때 알았던 사이라면 그를 기억하지 못하는 게 당연했다. 그렇다 해도 가까운 사이였다면 이렇게까지 모를 리 없었다. 적어도 이름 정도는 들어봤을 터. 그러나 인해는 이수에 대해 전혀 아는 게 없었다.

옛날에 자신은 그와 어느 정도 선까지 친했을까. 그걸 알게 되면 그가 어떤 마음으로 자신에게 사귀자고 말한 건지 알 수 있을까. 그에 대한 기억이 없다는 사실이 오늘따라 유독 안타까웠다. 무거운 한숨이 9월의 밤바람에 섞여 들었다.

3.

달콤한 향기에 머리가 살짝 지끈거린다. 인해는 미간을 문지르며 맞은편에 앉아 있는 친구를 바라보았다.

휘핑크림이 잔뜩 얹어진 다디단 핫 초코와 매장에서 직접 만든 브라우니와 마카롱을 맛보고 있는 친구는 너무나 행복한 얼굴을 하고 있었다. 단 걸 별로 좋아하지 않는 인해로서는 보는 것만으로도 기가 질리는 광경이었다.

"너도 참 단 거 어지간히 좋아하는구나."

"맛있잖아. 헤헤."

민경이 당연하다는 듯 대꾸하며 웃는다. 인해도 따라 웃었다. 처음 만났던 고등학생 시절부터 초콜릿과 초코우유를 달고 살았던 친구다.

민경은 남들이 혀를 내두를 정도로 단 걸 좋아했다. 그런데도 도자기 피부인 데다 날씬하고 충치 하나 없는 너무나 예쁜 친구였다.

같은 여자가 봐도 부러울 정도로 예쁘고 귀엽고 사랑스러웠다. 당연히 남자들에게도 인기가 아주 많았다. 특히 단 걸 먹으며 행복해하는 그녀의 모습에 수많은 남자들이 반하곤 했었다.

"오늘 어땠어?"

모처럼의 휴일, 지난번 바람을 맞힌 민경이 약속한 대로 인해에게 저녁을 사 주었다. 덕분에 분위기 좋은 레스토랑에서 간만에 칼질을 했다. 보너스로 현재 커피도 얻어먹고 있었다. 오늘 아주 제대로 호강하는 날이다.

"음, 10점 만점에 9점 정도?"

심사숙고 끝에 점수를 말하자 대번에 민경의 입이 나왔다.

"뭐야, 1점은 왜 안 주는 건데?"

"다음이 있으니까."

인해의 대꾸에 민경이 기가 막힌다는 듯 입을 딱 벌렸다.

"우와, 아주 날 벗겨 먹으려고 작정을 했구나. 내가 네 남친이냐?"

말하자마자 민경이 순간 움찔하더니 눈치를 슬며시 살핀다. 인해는 손을 내저으며 대수롭지 않게 말했다.

"괜찮아. 얘기해도 돼."

아직도 민경은 승준과 헤어진 일에 대해 마음을 쓰고 있는 듯했다. 이젠 정말 아무렇지도 않은데. 인해는 씁쓸하게 웃었다. 민경은 다시 한 번 인해를 살피더니 한숨을 내쉬었다.

"괜찮다니까 말할게. 사실 아까부터 궁금한 게 있었거든."

"뭔데?"

"그 남자, 내가 너 바람맞힌 날 만났다는. 그 남자하고는 어떻게 돼 가고 있어? 어떤 남자야?"

어째서 그 얘기를 여태 안 하나 싶었다. 사실 인해는 오늘 민경과 만나자마자 이수에 대한 질문 공세에 시달릴 줄 알았다. 전화로 대충 설명하긴 했지만 직접 묻고 싶은 게 많을 터였다. 하지만 예상과는 달리 식사를 끝내고 자리를 옮길 때까지 민경은 아무 말도 하지 않았다.

잊어버린 건가 싶었다. 그런데 알고 보니 자신의 기분이 상할까 걱정되어 일부러 말을 참고 있었던 모양이다. 민경의 따뜻한 마음 씀씀이가 고마웠다.

"처음엔 몰랐는데, 아는 사람이었더라고."

"아는 사람?"

눈이 동그래진 친구를 보며 인해는 고개를 끄덕였다. 아직까지 민경은 평소와 다름없었다. 인해는 심호흡을 한 번 하고는 조심스럽게 말을 이어 갔다.

"대학 선배였어."

"대학…… 선배?"

되묻는 민경의 얼굴이 미묘하게 굳어진다.

"……어떤 선밴데?"

표정도 목소리도 긴장한 기색이 완연했다. 인해는 테이블 위로 손을 뻗어 민경의 손을 감싸 쥐었다. 대학 시절 이야기만 나오면 민경은 눈에 띌 정도로 긴장하고 예민해졌다.

외려 당사자인 자신은 담담한데 민경은 그렇지 않았다. 당시 옆에서 모든 걸 지켜보고 겪어서 그런지 쉽게 잊히지 않는 듯했다.

인해는 민경이 진정될 때까지 아무 말도 하지 않았다. 한참 만에 안정을 되찾은 민경이 가라앉은 목소리로 묻는다.

"과 선배야?"

"아니, 동아리 선배."

"동아리? 누구?"

목소리가 미세하게 떨리고 있었다. 진정이 된 줄 알았더니 아직 아닌 모양이다. 인해는 민경의 손을 힘주어 잡으며 차분하게 대꾸했다.

"너도 알다시피 나 동아리 거의 안 갔잖아. 잘 모르는 선배야."

"잘 모르는 선밴데 선배인 걸 어떻게 알았어?"

"선배가 먼저 날 알아봤어."

"널 알아봤다고?"

"응, 날 알고 있었어. 근데 난 선배에 대해 아무것도 기억나는 게 없어. 아마 그때 만났던 거 같아."

"그때라면……."

민경의 안색이 창백해졌다. 인해는 재빨리 그녀를 안심시켰다.

"나 괜찮아. 이제 신경 안 써. 그러니까 걱정 마."

빈말이 아니었다. 20대 초반에는 자신에게 닥친 불행에 절망하고 괴로워하며 힘든 시간을 보냈지만, 대학 졸업과 동시에 그 일에 더 이상 연연하지 않기로 결심했다.

최근 이수가 나타나는 바람에 좀 답답함을 느끼기는 하지만 사는 데 지장을 주진 않으니 상관없었다.

나이를 먹어서 좋은 건 감정에 휘둘리기보다 현실을 우선으로 생각하게 된다는 것이었다. 안정을 되찾은 민경이 인해를 마주 보며 어색하게 웃는다.

"기억 안 나면 할 수 없는 거지. 너무 마음 쓰지 마."

"그럴 거야."

기운을 차린 민경이 다시 화제를 원래대로 돌렸다.

"그래, 그 선배랑 만나서 무슨 얘기 했어?"

"별 얘기 안 했어. 그냥……."

인해는 말끝을 흐렸다. 가슴이 두근거렸다. 이 얘기를 해도 되는지 모르겠다.

"그냥 뭐?"

기분 탓인지 뒤의 말을 재촉하는 민경의 시선이 왠지 집요하게 느껴졌다. 잠시 망설이던 인해는 마음의 결정을 내렸다. 어차피 민경과는 비밀이 없는 사이니 숨길 필요가 없었다.

"사귀자고 하더라고."

인해는 짐짓 별거 아니라는 식으로 말을 건넸다. 그러나 민경의 반응은 폭발적이었다.

"뭐?!"

안 그래도 동그란 눈이 더더욱 동그래졌다.

"사귀자고? 널 좋아한대?"

"아니, 좋아한다는 얘기는 안 했어."

"사귀자고 했다며. 그럼 좋아한다는 거네."

민경의 입이 귀에 걸리도록 올라갔다. 흥분으로 발그레해진 뺨과 반짝이는 눈이 사랑스럽다. 인해는 쑥스러운 마음에 한발 뒤로 뺐다.

"만난 지 얼마 되지도 않았는걸."

"대학 선배라며. 옛날부터 널 좋아했던 건지도 모르잖아."

아, 막혀 있던 속이 갑자기 뻥 뚫린 기분이었다. 이수가 어떤 마음으로 사귀자고 한 건지 알 수 없어서 내내 답답하던 차였다. 인해는 저도 모르게 민경의 말에 귀를 기울였다.

"넌 몰랐어도 그 선배는 널 좋아했을 수도 있잖아. 만난 지 얼마 안 돼서 사귀자고 한 걸 보면 틀림없어. 아, 어쩌면 네가 그 선배의 첫사랑이었을 수도 있겠다. 남자들은 첫사랑 못 잊는다고 하잖아. 그래서 오랜만에 봤어도 널 금방 알아본 게 아닐까?"

첫사랑이란 단어를 듣자마자 무언가가 뇌리를 번쩍 스치고 지나갔다. 퍼스트 러브. 얼마 전 이수가 젤 아이라이너 제품명으로 내놓은 이름이었다. 볼이 붉게 달아올랐다.

"어? 뭔가 짚이는 거라도 있어?"

"아, 아냐."

"말까지 더듬네? 뭔가 있구나. 뭐야? 응? 뭐냐구!"

희희낙락하며 꼬치꼬치 캐묻는 민경에게 인해는 손을 내저었다.

"아무것도 아니야. 내 착각일 수도 있어."

"흐음, 착각일지 진실일지는 모르는 거지. 암튼 중요한 건, 너한테 잘해 줘?"

진지한 어조로 묻는 민경을 보고 있자니 섣불리 입이 떨어지지 않는다. 인해는 곰곰이 생각한 후 신중하게 대답했다.

"잘 모르겠어. 근데 내가 뭘 좋아하는지 알고는 있더라."

"역시, 내 생각이 맞는 거 같은데? 관심 없는 후배였다면 네가 뭘 좋아하는지 기억하고 있을 리 없잖아."

중립을 지키려 하는데도 자꾸만 마음이 한쪽으로 기울어지려 했다. 정말 민경의 말대로일까?

"잘해 봐. 지나간 똥차는 잊어버리고 새 차로 갈아타라고. 또 알아? 벤츠일지. 다른 거 다 떠나서, 인사불성인 여자한테 몹쓸 짓 안한 거 보면 개념은 제대로 박혀 있다는 거니까 난 찬성. 그 선배는 괜찮은 거 같으니까 만나 봐."

"그게……."

"왜? 무슨 문제라도 있어?"

생각하기에 따라 문제일 수도 아닐 수도 있었다. 하지만 무시할 수 없는 것만은 틀림없었다.

"실은 선배가 새로 온 팀장이야."

인해의 고백에 민경의 눈이 커다래진다.

"웬일이니. 너 정말 그 선배랑 운명인가 보다."

여기서 옆집에 산다고까지 말하면 당장 결혼하라고 할 것 같았다. 가끔 생각지도 못한 일을 벌이는 민경의 성격으로 미루어 보아 막무가내로 밀어붙일 수도 있었다. 아무래도 그 얘긴 나중에 해야 할 듯싶었다.

"운명이기 전에 사내연애는 곤란하지 않을까?"

"하긴, 사내연애는 좀 그런데. 그래도 오랫동안 널 마음에 두고 기억하고 있다가 고백한 거잖아. 그런 사람 놓치면 안 될 거 같은데."

"선배에 대해 하나도 모른다는 것도 마음에 걸려."

"그건 차차 알아 가면 되지. 처음부터 전부 다 알고 만나는 사람은 없어."

그러고 보니 승준과도 처음부터 모든 걸 알고 시작한 게 아니었다. 끝난 지금도 전부 다 아는 건 아니었다. 누군가를 전부 안다는 건 애초에 불가능한 일인지도 모른다.

"싫은 건 아니지?"

"……모르겠어."

인해는 식어서 미지근해진 커피 잔을 양손으로 감싸 쥐었다. 뜨겁지도 차갑지도 않은 것이 꼭 자신의 마음 같았다. 어쩌다 가끔 그를 보면 가슴이 두근거리곤 한다. 자신도 여자였다. 잘생기고 멋지고 능력 있는 남자를 싫어할 리 없었다. 그렇다고 좋아하는 마음이라고 단정하기도 다소 애매한 구석이 있었다.

"인해야."

이름이 불려 고개를 들자 민경이 진지한 얼굴로 그녀를 바라보고 있었다.

"여자는 지나간 사랑에 미련이 없대. 대신 마지막 사랑을 중요하게 여긴대. 근데 남자는 반대로 첫사랑을 못 잊는대. 무슨 말인지 알지?"

망설이는 인해를 격려하듯 민경이 환하게 웃는다. 그 미소에 전염이라도 된 듯 인해의 얼굴에도 미소가 피어올랐다.

마지막 사랑과 첫사랑. 자신과 그가 마지막과 첫 번째가 될 수 있을지 궁금했다.

❀

회사 일은 더할 나위 없이 순조로웠다. 퍼스트 러브 아이라이너가 제품명으로 확정되자 막혔던 길이 뚫린 것처럼 모든 게 일사천리로 진행되었다.

애를 먹었던 5가지 컬러 품평이 순식간에 끝났고 컬러명이 정해졌으며 용기 또한 금세 확정되었다.

바코드 라벨 원화도 디자인팀에 잘 넘겼고 교육팀 PT도 끝났으며 교육용 제품도 전국으로 무사히 보내졌다. 품질 검사도 별문제 없었고 용기 테스트도 무난히 합격했다. 이제 남은 건 생산하고 일정에 맞춰 출시하는 것뿐이었다.

콘셉트보드와 개발의뢰서를 작성했던 게 엊그제 같은데 어느덧 출시를 2주 앞두고 있다니 감개무량했다.

늘 하는 일이지만 이번처럼 술술 풀렸던 적은 없었기에 은근히 기대되었다. 왠지 예감이 좋았다. 부디 오로라를 대표할 제품으로 대박 나길.

10월로 넘어간 달력을 보며 일정을 체크하던 인해는 슬그머니 이수가 있는 방향으로 눈을 돌렸다. 지난달 포장마차에서 허심탄회한 대화를 나눈 이후, 인해는 더 이상 그를 피하지 않았다.

매일 아침 출근할 때 그의 차를 얻어 탔고, 야근하고 귀가할 때 가끔 집 근처의 호프집에 들러 맥주 한잔하며 하루를 마감하곤 했다. 두 사람 중 누군가가 치킨이나 피자를 시키면 자연스레 나눠 먹었고 생활에 유용한 정보도 서로 공유했다.

한 달 동안 지켜본 그는 유능한 상사이자 친절한 선배이자 좋은 이웃이었다. 고작 한 달 남짓한 사이에 이수는 인해의 생활 전반에 깊숙이 들어와 있었다.

그래서인지 이수에 대해 생각하는 시간이 점점 늘어났다. 밥을 먹을 때도 샤워를 할 때도 사무실 책상을 정리할 때도 길을 걷다가도 불쑥불쑥 그가 튀어나왔다.

시도 때도 없이 생각나다 보니 마치 뇌리 한구석에 그가 달라붙어 있는 것만 같았다. 이런 건 난생처음 겪는 일이었다.

그는 언제까지고 기다려 주겠다고 했다. 기한이 있는 건 아니지만 끝이 없는 것도 아니었다. 언젠가는 그에게 대답해 줘야 한다는 걸 안다. 하지만 입이 떨어지지 않았다.

그냥 지금처럼 사이좋게 지내고 싶었다. 지금의 관계를 굳이 바꾸고 싶지 않았다. 그럴 수 없다는 걸 알면서도.

남몰래 한숨짓는데 책상 위의 전화가 울렸다. 인해는 바짝 긴장하며 허리를 곧추세웠다. 제품 출시를 앞두고 걸려 오는 업체 전화는 대부분 문제가 생겼다는 전화일 가능성이 컸다.

제발 아무 문제 없기를. 심호흡을 한 후 떨리는 손으로 전화를 받았다.

"이거 보세요. 끈적임은 둘째 치고 코팅이 이렇게 벗겨진다고요."

협력업체 소장님이 직접 보여 준 제품의 상태는 최악이었다. 두 눈으로 보고도 믿을 수가 없었다.

5일 전, 바코드 라벨이 부착되지 않는다는 연락을 받았을 때 그보다 더한 문제는 없을 줄 알았다. 그런데 산 넘어 산이라고, 생각지도 못했던 문제가 기다리고 있었다.

바코드 라벨이 부착되지 않았던 이유는 라벨이 기존의 것보다 두껍게 나와 말리지 않고 들뜨기 때문이었다. 디자이너가 미처 확인하지 못해 생긴 문제였다.

다행히 라벨 업체가 조출로 재생산해 넣어 주는 것으로 그 문제는 일단락되었다. 간신히 출시 일정에 맞출 수 있어서 한시름 놓을 수 있었다.

그런데 오늘 업체로부터 또다시 전화가 걸려 왔다. 재입고되어 붙인 라벨이 이번엔 접착력이 너무 강해 끈적임이 남는 건 물론 일부 용기의 코팅이 벗겨진다는 것이었다. 너무나 엄청난 문제라 인해는 부랴부랴 경기도 화성에 있는 협력업체의 공장으로 직접 찾아갔다.

"원인이 뭡니까?"

코팅이 벗겨진 제품을 유심히 살피던 이수가 물었다. 출시를 코앞에 두고 제품에 문제가 생겼다는 연락에 팀장인 이수도 인해와 동행한 참이었다. 덕분에 인해는 이수의 차로 단시간에 화성까지 올 수 있었다.

협력업체 소장님이 이수를 힐끔 보더니 인해에게 눈치를 슬쩍 준다. 이수가 팀장으로 온 이후 두 사람이 직접 대면한 건 이 자리가 처음이었다. 인해는 서둘러 이수를 소개시켜 주었다.

"아, 새로 오신 팀장님이세요. 말씀해 주세요."

그제야 소장님이 안심한 얼굴로 고개를 끄덕인다.

"수축필름을 안 입혀서 그런 거 같아요. 이것만 제대로 됐어도 접착력은 별문제 안 되거든요."

인해의 미간이 찌푸려졌다. 원래 이 제품은 용기와 수축필름, 바코드 라벨을 하기로 했던 것이었다. 그런데 디자이너가 용기 파이가 너무 작아 수축필름을 못 한다기에 바코드 라벨만 하기로 했더니 결국 일이 터지고 말았다.

이 사달의 원흉인 디자이너의 얼굴이 눈앞을 스쳐 갔다. 일부러 그런 게 아니라는 걸 알아도 자꾸만 화가 치밀었다. 인해는 속으로

분을 삭이며 숨을 몰아쉬었다.

5컬러 초도 3만 개 전부가 이런 상황이었다. 출시 일정을 맞추는 것도 중요하지만 하자가 있는 제품을 내보낼 수는 없었다. 영업팀에 일정을 늦춰 달라고 양해를 구할 생각을 하니 눈앞이 캄캄했다.

"해결할 방법은 없는 겁니까?"

이수의 물음에 소장님이 긴 한숨을 내쉬었다.

"글쎄요, 다시 하는 수밖에 방법이 없을 거 같은데요."

결국 업체 소장님께서 이미 생산된 제품의 바코드 라벨을 떼고 수축필름을 입혀 다시 제품을 만드는 것으로 일은 마무리 지어졌다. 이쪽의 실수로 벌어진 일이었다. 인해는 창피하고 미안하고 화가 나서 얼굴도 제대로 들지 못했다.

"액땜한 거라고 생각해."

서울로 올라오는 차 안에서 이수가 위로 아닌 위로를 건넸다. 인해는 차창 밖을 멍하니 응시했다.

경기도 쪽이라 도심과는 사뭇 다른 풍경이 펼쳐져 있었다. 탁 트인 논과 밭이 깊어 가는 가을을 담고 있었다. 그러나 인해의 눈에는 아무것도 들어오지 않았다.

기분이 엉망진창으로 뒤엉켜 가라앉아 있었다. 눈물이 날 것 같은 걸 간신히 참고 있었다. 일을 하다 보면 마음과 뜻대로 되지 않는 게 부지기수였다.

장업계에 몸담은 지 어언 4년이었다. 그동안 별의별 일을 보고 듣고 겪어 왔다. 그럼에도 이번처럼 속상했던 적은 없었다. 너무 기대를 많이 했기 때문인지도 몰랐다.

"출시하기 전에 문제를 발견한 것만도 다행인 거야. 최악은 면한 거잖아. 그러니까 얼굴 좀 펴."

"제가 부주의했어요. 좀 더 알아봤으면 이런 문제는 없었을 거예요."

"누구든 실수는 해."

"선배도 미국에서 실수한 적 있었어요?"

"아니."

단답형의 대답에 인해는 기가 막혔다. 지금 위로를 하는 건지 약 올리는 건지 모르겠다. 곁눈질로 운전석에 앉아 있는 남자를 쏘아보았다.

"지금까지 살아오면서 실수한 적이 한 번도 없었어요?"

차 안에 침묵이 내려앉았다. 이번에도 냉큼 아니, 라고 할 줄 알았는데 의외였다. 인해는 기분이 조금 나아졌다.

"선배는 살면서 가장 큰 실수를 했을 때가 언제였어요?"

솔직히 대답을 기대하고 질문한 것은 아니었다. 그저 이수가 곤란해하는 모습을 보고 싶었을 따름이다. 짓궂은 마음이 빚어낸 일종의 심술이었다.

"너무 많아서 대답하기 그러면……."

"첫사랑."

느닷없이 돌아온 무뚝뚝한 답변에 인해는 말문이 막혀 버렸다. 갑작스런 대답도 그렇거니와 그 내용이 더 놀라웠다. 이수는 묵묵히 운전을 하며 말을 이어 갔다.

"지금까지 해 왔던 실수 중에서 가장 최악이었지."

"……왜요?"

이런 걸 물어도 되는지 모르겠다. 그러나 이미 입 밖으로 질문이 튀어나간 후였다. 옅은 한숨 소리가 들려왔다. 인해는 저도 모르게 긴장하며 그의 대답을 기다렸다.

"처음부터 시작하면 안 되는 거였거든."

감정이 실리지 않은 건조한 목소리였다. 아무런 미련도 원망도 없다는 듯 무심한 말투였다. 그러나 인해는 왠지 이수가 화가 나 있다는 생각이 들었다. 너무 화가 난 나머지 차분하고 침착해진 사람처럼 보였다.

겉으로는 전부 타 버린 재처럼 보이지만 그 속엔 아직 불씨가 남아 활활 타오르고 있는 것처럼.

"더 안 물어봐?"

입을 다물고 있자 이수가 떠보듯 물었다. 인해는 주저했다. 알면 안 될 것 같은 느낌이 없지 않아 있었다. 하지만 호기심이 입을 움직이게 만들었다. 그에 대해 좀 더 알고 싶었다.

"물어보면 말해 줄 거예요?"

"응."

이수는 대수롭지 않다는 듯 순순히 대꾸했다. 마치 기다렸다는 듯이. 그는 전방에서 눈을 떼지 않은 채 낮고 단조로운 음성으로 말하기 시작했다.

"한국에서 대학 다닐 때였어. 군대 다녀와서 막 복학한 참이었지. 그 애는 막 대학에 입학한 신입생이었어. 첫인상은 별로였어. 건방지고 무례했거든."

자신의 이야기인데도 그는 마치 남의 얘기를 하듯이 말했다. 그래서인지 어떤 소설의 줄거리를 듣는 기분이었다.

"시간이 흐르면서 첫인상과는 다르다는 걸 알게 됐어. 나이에 비해 어른스럽고 속이 깊고 따뜻했지. 연약한 겉모습과는 달리 내면은 단단하고 강인했어. 나도 모르게 의지할 정도로. 이 사람이다 싶었어. 이 사람이면 평생을 함께할 수 있겠다고 생각했지. 그래서 같이 떠나기로 했어. 둘이서만 멀리, 아무도 모르는 곳으로 가서 함께 살기로 약속했지."

무언가에 틀어막힌 것처럼 가슴이 답답했다. 인해는 차창을 조금 열었다. 바람이 얼굴을 어루만지며 지나갔다. 그럼에도 답답함은 쉬이 가시지 않았다.

"같이 떠나기로 약속한 날이었어. 약속 시간에서 30분이 지났을 땐 그러려니 했어. 근데 1시간이 지나고 2시간이 지나고 5시간이 지나도록 오지 않더군. 혹시 몰라서 하루 종일 기다렸지만 결국엔 오지 않았어. 그렇게 끝나 버렸어."

간결하고 함축적인 이야기지만 많은 것들이 담겨 있었다. 한때 열병처럼 지나가는 첫사랑이 아니었다.

인해는 아랫입술을 지그시 깨물었다. 아까부터 답답하던 가슴이 이젠 바늘 끝으로 쿡쿡 쑤시는 것처럼 아파 왔다.

그의 첫사랑 이야기를 들으면서 인해는 묘한 기분에 휩싸였다. 알 수 없는 무언가가 내면 깊숙한 곳을 건드리고 휘저어 댔다. 그 여파로 맨 밑바닥에 가라앉아 있던 것이 수면 위로 둥실 떠올랐다. 그동안 꽁꽁 숨겨 두고 애써 모른 척했던 마음이.

과거에 그가 자신을 마음에 두고 있었을지도 모른다는 민경의 말을 들었을 때부터 내심 기대하고 있었다. 어쩌면 그의 첫사랑이 자신일지도 모른다고. 그게 사실이었으면 좋겠다고. 인해는 두 눈을 질끈 감았다. 이제 막 떠오른 마음이 풍선처럼 마구 부풀어 오른다.

좋아한다. 이수를 좋아한다. 언제부터인지는 몰라도 그를 좋아하고 있었다.

"재미없지?"

바로 옆에서 들려온 그의 목소리에 반사적으로 눈이 떠졌다. 고개가 저절로 운전석으로 돌아간다. 오후의 햇살이 차창을 뚫고 들어와 동공을 마구 찔러 댄다. 인해는 눈을 가늘게 뜨고 그를 눈에 담았다. 가슴이 두근거렸다. 빛 한가운데 있는 그는 평소보다 더 아름다웠다.

"믿어선 안 될 사람을 믿고 신뢰했던 게 인생 통틀어 가장 큰 실수였어."

차분하고 담담한 어조였다. 인해는 조심스럽게 말을 꺼냈다.

"괜찮으세요?"

"당연히 괜찮지. 8년이나 지난 일인데."

이젠 아무래도 상관없다는 투였다. 제3자인 자신에게 서슴없이 이야기해 준 것만 보더라도 특별히 마음에 두고 있지 않은 듯했다. 아까 화가 난 것처럼 느껴졌던 건, 감정이 남아 있어서라기보다 '실수' 한 스스로에 대한 자책에서 비롯된 건지도 모른다.

그렇다 해도 믿었던 만큼 배신감이 컸을 터였다. 오랜 시간이 지났고, 또 시간이 약이라지만 그때 입은 상처가 완전히 아물었다는 보장은 없었다. 문득 지난번에 민경이 해 준 말이 떠올랐다.

"여자는 지나간 사랑에 미련이 없대요. 대신 마지막 사랑을 중요하게 생각한대요."

그녀가 말을 마치자마자 돌연한 웃음소리가 차 안에 울려 퍼졌다. 차갑고 메마른 웃음이었다.

그를 위로할 겸 지나간 일은 잊어버리고 자신을 봐 달라고 한 말이었는데, 아무래도 뭔가 잘못된 듯했다. 영혼 없는 웃음을 억지로 토해 내던 그가 정색을 하며 입을 열었다.

"여자는 그렇단 말이군."

얼음처럼 시리고 차가운 음성이었다. 심지어 날이 서 있기까지 했다. 까딱하다간 그 날카로움에 베일 것 같아 인해는 숨을 죽였다. 바보가 아니라도 알 수 있었다. 그가 머리끝까지 화가 났다는 것을.

인해는 입술을 깨물었다. 어쩌면 해서는 안 되는 말을 한 건지도 모른다는 생각이 들었다. 경솔한 스스로를 탓하며 후회했지만 엎지른 물을 주워 담을 순 없었다.

이수는 서울에 올라올 때까지 한 마디도 하지 않았다. 회사에 들어가서도, 퇴근할 때도 인해와 눈조차 마주치려 하지 않았다.

집에 가서 그와 얘기를 나눠 보려 했지만 그의 집은 불이 꺼져 있었다. 까만 창문을 마주하고 있는 인해의 마음 역시 까맣게 타들어 갔다.

❋

귀국한 후 아르테미스에 온 건 오늘이 처음이었다. 이수는 1년 전과 크게 달라지지 않은 바의 내부를 둘러보며 스툴에 걸터앉았다.

3년 전 잠시 한국에 들어왔을 때 지인과 함께 들른 이후 한국에 들어올 때마다 발걸음하게 된 곳이었다. 모던하지만 차갑지 않은 따뜻한 느낌의 인테리어가 마음에 들었다. 상호인 달의 여신 아르테미스답게 은은하고 차분한 것이 달빛이 비추는 밤하늘 같은 분위기였다.

"오랜만에 오셨네요. 늘 드시던 마티니로 드리겠습니다."

이수를 알아본 매니저가 정중하게 인사를 한 후 바텐더에게 눈짓한다. 기억력 좋고 센스 있는 매니저 또한 그가 이곳을 찾는 이유였다.

한국에 완전히 들어왔으니 앞으로 자주 찾으리라 생각했었다. 하지만 한 달을 훌쩍 넘긴 오늘에서야 오게 되었다.

일이 바쁘고 여유가 없다 보니 시간 내기가 여의치 않았다. 오늘도 별반 사정이 다르지 않지만 꼭 이곳에서 한잔하고 싶다는 생각에 달려온 참이었다. 혼자서 조용히 뒤엉킨 머릿속을 정리하고 싶었다.

이수는 한국으로 들어올 생각이 없었다. K대를 중퇴하고 도미했을 때 두 번 다시 한국에 돌아오지 않겠다고 결심했었다.

글로리어스 미국지사에서 죽어라 일한 것도 능력을 인정받아 그곳에 계속 머물기 위해서였다. 그러나 그것은 혼자만의 희망사항에 불과했다.

어느 날 사무실에서 책상이 사라진 걸 보았을 때 현실을 깨달았다. 내 인생이지만 내 맘대로 할 수 없다는 것을. 그동안 누리던 자유가 실은 유통기한이 정해져 있었다는 것을. 누군가의 아들이라는 족쇄가 채워져 있는 이상 절대로 도망갈 수 없다는 것을.

무기력하게 끌려가고 싶지는 않았다. 이길 수 없는 싸움이라는 걸 알지만 한 번쯤은 당당하게 운명에 맞서고 싶었다. 그러던 와중 메일로 파일이 하나 날아왔다. 오로라 상품기획팀에 대한 자료 파일이었다.

그것을 열어 본 건 단순한 호기심 이상도 이하도 아니었다. 오로라 상품기획팀장이 되려는 생각은 추호도 없었다. 하지만 파일 속에서 강인해라는 이름 석 자를 발견했을 때 눈앞이 하얘지면서 아무 생각도 할 수 없었다. 정신이 돌아온 건 귀국해서 인해의 옆집을 매입한 후였다.

그때도 지금도 왜 그랬는지 모르겠다. 다만 강인해란 이름에 눈이 뒤집혀 이성을 잃었던 것만은 분명했다. 스스로 생각해도 어이가 없었다. 더 어이없는 건 제정신이었다 해도 똑같이 행동했을 거라는 사실이었다.

"저 죄송하지만 혹시……."

누군가가 말을 걸어와 고개를 돌리자 키가 큰 남자가 눈을 크게 뜨고 서 있었다. 낯이 익은 얼굴이었다. 이름이 뭐였더라.

"최이수, 너 최이수 맞지?"

남자가 그의 이름을 부르며 반가워한다. 그와 동시에 남자가 누군지 생각났다. 박재호. K대 동아리 씨네아이 선배였다.

"야, 이게 얼마 만이냐. 넌 하나도 안 변했구나."

재호는 이수의 허락도 구하지 않고 멋대로 옆자리에 걸터앉으며 말했다. 그는 옛날에 비해 살이 오른 모습이었다. 바텐더에게 "늘 마시던 거로 줘."라고 편하게 말하는 걸 보니 단골인 듯했다. 그도 이 바가 마음에 든 모양이다.

재호는 이수와 신기할 정도로 취향이 비슷했다. 사소하게는 옷입는 것부터 색깔, 음식, 음악, 책, 심지어 여자 취향까지 소름 끼칠 정도로 똑같았다. 그래서인지 많은 세월이 지났어도 그에 대한 기억은 제법 또렷하게 남아 있는 편이었다.

이수가 마음에 들어 하는 곳이면 그도 마음에 들어 할 확률이 높았다. 이곳에서 우연히 만난 것도 무리는 아니었다.

"그동안 잘 살았냐? 어떻게 연락 한 번 안 하냐? 무정한 놈 같으니라고. 미국으로 유학 가서 자리 잡았다는 얘긴 들었는데. 한국엔 잠깐 들어온 거야?"

친근한 어조가 거북스러웠다. 평소 안부를 주고받을 정도로 과거에 친하게 지냈던 사이는 아니었다. 그러나 같은 학교에 다녔다는 사실만으로도 재호는 이 우연한 만남이 반가운 모양이었다. 학연이란 말이 괜히 생긴 게 아니었다. 무시하면 계속 성가시게 굴 것 같아서 대충 상대해 주었다.

"아주 들어왔어요."

"그래?"

"네. 한국으로 발령이 나서요."

"그랬구나."

재호는 고개를 주억거리며 바텐더가 내어준 마티니를 홀짝거렸다. 역시 술 취향도 변함없이 같았다. 이수는 쓴웃음과 함께 마티니를 한 모금 넘겼다.

"아주 들어온 거면 앞으로 자주 볼 수 있겠네."

"글쎄요, 일이 워낙 바빠서요."

이수가 한발 빼자 재호가 눈에 힘을 준다. 그러고는 손을 내밀었다.

"무슨 일을 하길래 그렇게 바빠. 명함 있으면 내놔 봐."

이수는 케이스에서 명함을 한 장 꺼내 건네주었다. 재호는 명함을 받아 들고 물끄러미 쳐다보더니 지갑에 집어넣었다. 그러고는 이수의 얼굴을 유심히 들여다보며 말했다.

"화장품 회사 다니는구나. 왠지 너랑 어울린다."

이수는 피식거렸다. 하얀 피부 탓에 종종 듣던 말이었다. 딱히 기분이 나쁘지는 않았다.

"선배는 뭐 하세요?"

"나? 직장 다니다 때려치우고 대학원 다니고 있어. 박사코스 밟으려고."

대학 시절 재호는 학문에 그다지 뜻이 있는 사람이 아니었다. 그랬던 사람이 박사라니. 세월의 흐름이 피부로 와 닿았다.

두 사람은 잠시 말이 없었다. 뉴에이지 계열의 잔잔한 음악이 두 사람 사이를 느릿하게 흘러갔다. 재호는 이수의 눈치를 보며 조심스럽게 말을 꺼냈다.

"저기 옛날부터 궁금하던 건데, 물어봐도 되냐?"

"뭔데요?"

"지금 다니는 회사…… 혹시 너네 아버지 회사냐?"

온몸의 솜털이 주뼛 곤두섰다. 가볍게 휘두른 나무막대기에 급소를 맞은 기분이었다. K대 다니던 시절, 이수는 집안에 대해 아무도 모르게 하려고 부단히 애를 썼었다. 그러한 노력 덕분에 동기며 선후배 대부분이 그를 졸부집 아들로 알고 있었다. 그런데 재호는 어떻게 알게 된 걸까.

이수의 침묵이 길어지자 재호의 눈이 점점 커다래진다.

"하, 어쩐지 돈지랄하는 게 보통이 아니다 싶었더니만. 졸부가 아니라 재벌집 아들내미였구만."

비아냥거린다기보다 너무 놀라서 당황한 기색이었다. 그런 재호를 보고 있노라니 되레 마음이 차분해진다. 세상에 영원한 비밀은 없다는 진리가 다시금 되새겨진다.

언젠가는 모두가 알게 될 일이었다. 재호가 알았다고 해서 큰일 난 건 아니었다. 진짜 큰일은 따로 있지만 다행히 재호가 그것까지 알아낸 건 아닌 듯했다.

이수가 계속 입을 다물고 있자 오해를 한 건지 재호가 주절주절 혼자 떠들어 댄다.

"네가 직접 터트리기 전엔 아무한테도 말 안 할게. 너한테 콩고물 얻어먹으려고 들러붙는 인간들 없도록 할 테니까 걱정 마. 짜식, 쫄기는."

재호는 이제 됐지? 라는 얼굴로 이수를 바라봤다. 한 번도 생각해 본 적 없는 문제였지만 이수는 고개를 끄덕였다.

"가끔 동아리 사람들 모이거든. 한 번 와 봐. 네 동기들도 많이 오니까 어색하지 않을 거야."

"졸업생도 아닌걸요."

"야, 한 번 K대생이면 영원한 K대생인 거야."

한 번 해병대는 영원한 해병대라는 말이 생각나 이수는 피식 웃었다. 재호도 소리 없이 웃는다. 두 사람은 마티니를 비우고 잭 다니엘을 주문해 함께 마셨다.

여러 차례 술잔이 오가자 어색하던 분위기가 한결 친근하고 부드러워졌다. 재호가 슬그머니 대수롭지 않다는 듯 말을 꺼낸다.

"근데…… 인해하고는 연락 되냐?"

술이 확 깨는 기분이었다. 뜻밖의 복병과 마주친 양 가슴이 싸늘해진다. 이수는 딱딱하게 굳은 얼굴로 재호를 노려보았다.

눈치를 보면서도 주눅 든 기색 없이 대답을 기다리는 얼굴이었다. 작정하고 일부러 질문을 던진 게 틀림없었다. 어쩌면 처음부터 벼르던 것이었는지도 모른다.

"너 유학 가고 나서 인해 휴학했어. 나중에 복학해서는 동아리방에 거의 오지 않았다더라. 그래서 아무도 인해 소식을 몰라. 어디서 어떻게 살고 있는지 다들 궁금해하고 있어. 혹시 너라면……."

이수는 재호의 말을 잘랐다.

"누구든 변하니까요."

"응?"

"시간이 흐르면 누구든 변한다고요."

인해가 했던 말을 고스란히 읊어 주었다. 이수는 말없이 잔을 기울였다. 이수의 말뜻을 가늠하지 못해 어리둥절하던 재호가 급히 숨을 들이켰다.

"너 인해 만났나?"

이수는 대답하지 않았다. 애가 타는지 재호의 말이 점차 빨라졌다.

"어때? 옛날 그대로야? 아니, 변했다고 했지. 어떻게 변했어? 지금 어떻게 살고 있어?"

가만히 듣고 있자니 귀에 거슬렸다. 이수는 빈정거리는 어조로 물었다.

"왜요? 아직도 관심 있으세요?"

"어? 아니야, 인마. 나 작년에 결혼했어. 유부남이라고. 우리 마눌님이 눈 시퍼렇게 뜨고 있는데 어디서 큰일 날 소리를 하는 거야."

재호가 당황한 얼굴로 손을 마구 내젓는다. 그러고는 고개를 숙이고 머쓱하게 중얼거린다.

"그냥 궁금해서."

"글쎄요."

이수가 대꾸해 주자 고개를 번쩍 든다.

"만난 거 아니야?"

"저랑 선배님이 알던 사람은 아니던데요."

"뭐?"

반문하는 재호의 표정이 너무나 심각하고 비장해서 웃음이 나오려 했다. 이수는 실룩이는 입가를 단속하며 단숨에 잔을 비웠다. 술이 식도를 타고 내려가자 위장이 쓰라렸다.

그러고 보니 저녁을 먹은 기억이 없었다. 퇴근하자마자 곧장 이곳에 왔으니 빈속인 셈이었다.

비어 있는 위장에 술을 들이붓다니. 평소의 자신이라면 절대 하지 않았을 행동이다. 아까 그 말을 들은 후부터 확실히 제정신이 아닌 듯했다.

"대체 너희들, 무슨 일이 있었던 거냐?"

"저도 알고 싶어요."

이수는 건조하게 대꾸했다. 진심이었다. 자신이야말로 알고 싶었다. 왜 그랬는지 묻고 싶었다. 그녀가 대답해 준다면 오랫동안 그를 괴롭히고 있는 분노와 고통이 조금은 희석되지 않을까 싶었다.

그러나 그것이 불가능하다는 걸 깨닫는 데는 그리 오랜 시간이 필요하지 않았다. 작정하고 자신을 모른 척하는 사람에게서 무엇을 들을 수 있단 말인가. 괜한 시간낭비는 하고 싶지 않았다.

"내가 괜한 걸 물었나 보네, 늙으니까 주책이다. 그치? 다 지난 일을 가지고."

부러 밝은 목소리로 주위를 환기시키던 재호는 뭔가를 생각하더니 곧 화제를 돌렸다.

"참, 너 그거 알아? 여기 이름이 왜 아르테미스인지."

"글쎄요."

고작 일 년에 한두 번 오던 곳이니 상호의 내력까지 알 턱이 없었다. 그다지 궁금하지도 않았고.

이수가 모른다고 하니 재호가 주위를 한 번 둘러보고는 곁으로 바짝 다가왔다. 그러고는 비밀 이야기라도 하듯 목소리를 낮춰 속삭인다.

"여기 사장이 내 친구의 친구거든. 그래서 들은 건데, 사장이 첫사랑에 실패한 직후 이 바를 오픈했대. 그래서 가게 이름이 아르테미스가 된 거래."

아르테미스. 달의 여신이자 사냥의 여신인 그녀는 포세이돈의 아들인 오리온을 사랑했다. 하지만 오빠인 아폴론의 계략에 빠져 사랑하는 남자를 활로 쏘아 죽이고 말았다. 그녀의 첫사랑은 비극으로 끝난 셈이었다.

"난 여기가 맘에 들어. 분위기도 물론 좋지만 이루어지지 않은 첫사랑이 생각난달까. 잘되지 않아서 그런지 첫사랑하면 왠지 아련한 느낌이 들더라고. 신기한 게 그때 당시엔 세상이 전부 끝장난 거 같고 죽을 것처럼 아파도 시간이 지나니까 전부 추억이 되어 있는 거야. 웃기지 않냐? 인생 참 별거 없어, 그지?"

이수는 재호를 새삼스런 눈길로 쳐다보았다. 어쩌면 이건 그만의 위로인지도 모른다는 생각이 들었다. 이수는 입속으로 작게 중얼거렸다.

추억이라. 과연 그때 일이 추억이 되는 날이 오긴 올까.

이수는 눈을 감았다. 오래전 일이 바로 어제 일처럼 생생하게 떠오르기 시작했다.

4.

　햇살이 따뜻한 3월의 어느 날이었다. 막 교양수업을 마치고 나오는데 누군가가 팔을 붙잡는다. 돌아보니 숨을 헐떡이고 있는 동기 녀석의 얼굴이 보였다.

　거의 2년 만에 보는 녀석이었다. 과는 다르지만 동아리 씨네아이 동기로 이수가 입대했던 때와 비슷한 시기에 입대했다고 들었었다. 그렇다면 이 녀석도 올해 복학했을 것이다.

　"무슨 걸음이 그렇게 빠르냐. 말 좀 붙이려면 사라져서 내가 너 찾느라 얼마나 힘들었는데. 전화를 해도 안 받고. 너 내 전화 일부러 씹었지?"

　"나한테 무슨 볼일이라도 있어?"

　"너 왜 동아리방 안 오냐?"

　대뜸 묻는 말에 이수는 한숨을 내쉬었다. 씨네아이는 영화감상 동아리였다. 주말이나 휴일에 모여서 영화를 보고 그에 대해 토론하는 모임이다. 대외적이고 표면적인 활동은 이러했지만 실상은 친분 쌓기가 주된 모임이었다.

아는 사람 하나 없었던 신입생이면 몰라도 군대 다녀와서까지 친분을 쌓기 위해 동아리방에 들락거릴 생각은 없었다. 그래서 이수는 복학하고 한 달이 거의 지나가도록 동아리방으로 발걸음 하지 않았다.

"선배들이 난리야. 너 왜 안 오냐고 날 들들 볶는다니까. 아주 죽을 지경이다, 내가. 나 한 번만 살려 줘라, 응? 오늘 수업 다 끝났으니까 나랑 같이 가자."

시커먼 녀석이 매달리며 애원하니 징그러웠다. 무시하고 그냥 갔다간 끝까지 달라붙을 기세였다. 귀찮고 성가셨지만 그간의 정도 있고 하니 작별 인사 정도는 해도 나쁘지 않을 것 같았다.

확실하게 마무리를 지어야 지금처럼 자신을 붙들고 늘어지는 일도 없을 터였다. 이수는 순순히 동아리방이 있는 학생회관으로 발길을 돌렸다.

익숙한 계단과 복도를 지나 동아리방 앞에 도착했다. 2년 전과 전혀 달라지지 않은 씨네아이의 팻말과 문을 잠시 응시하다가 손잡이를 막 돌리려는 참이었다.

"엇!"

안에서 갑자기 문이 활짝 열리더니 무언가가 툭 튀어나왔다. 이수는 반사적으로 뒤로 물러났다. 그러고는 안에서 튀어나온 것(?)을 확인했다.

전체적으로 선이 가늘고 기름한 눈매가 인상적인 앳된 여자애였다. 화장기 없는 민낯에 어설픈 옷차림새를 보아하니 신입생인 듯했다. 어디서나 볼 수 있는 흔한 인상이었다. 하지만 이상하게 눈을 뗄 수가 없었다. 이수는 한참 동안 여자애를 바라보았다.

"어이, 술독. 어디 가려고?"

같이 온 동기 녀석이 여자애에게 알은척을 한다. 여자애가 불퉁하게 대꾸한다.

"그렇게 부르지 말라니까요."

싫지만 선배라서 험한 말을 하지 못하는 눈치였다. 한숨을 내쉰 여자애의 눈이 이수에게로 향한다. 순간 두 사람의 눈이 마주쳤다.

"어……."

여자애의 눈이 점점 커다래진다. 익숙한 반응이었다. 남녀를 불문하고 그를 처음 보는 사람들의 반응은 늘 한결같았다. 이수 스스로도 자신의 외모가 어떠한지 잘 알기에 사람들의 반응에 그다지 신경 쓰지 않았다.

하지만 여자애의 동그래진 눈은 평소처럼 대수롭지 않게 흘려 넘길 수가 없었다. 이유는 알 수 없지만 이상할 정도로 눈앞의 여자애가 신경 쓰였다.

"인해 넌 이수 처음 보는 거지? 인사해. 나랑 동기인 최이수야. 나처럼 군대 갔다 와서 올해 복학한 녀석이야."

동기 녀석의 소개에 여자애가 고개를 꾸벅 숙이며 인사한다. 그러더니 천진한 얼굴로 말을 걸어왔다.

"이수역 근방에서 태어나셨어요?"

순간 잘못 들은 줄 알았다. 난생처음 본 후배가 선배의 이름을 가지고 장난칠 줄은 상상도 못 한 일이었다. 황당하고 어이없어서 아무 말도 못 하고 있는데 동기 녀석이 나무라는 소리가 들려왔다.

"야, 넌 선배한테 그게 무슨 말이야?"

"죄송해요. 저도 모르게 그만."

여자애가 얼른 사과를 했지만 이수는 여전히 기가 막힌 심정이었다. 요즘 애들은 다 이렇게 당돌한 건가? 뭐 저런 애가 다 있지? 화를 내자니 속 좁은 선배라는 소리를 들을 것 같아 입을 꾹 다물었다.

출중한 용모 덕분에 그를 처음 본 여자들은 나이에 상관없이 거의 대부분 얼굴을 붉히며 호감을 드러냈다. 예쁜 척, 착한 척, 얌전한 척 내숭 떨며 잘 보이려고 노력하는 게 일반적인 패턴이었다.

그에 반해 자신과 경쟁해야 하는 입장인 남자들의 반응은 그다지 썩 좋지 않았다. 하지만 그에게 적대적인 감정을 내비쳤던 남자들조차 눈앞의 여자애처럼 무례하지는 않았다. 그래서 지금의 상황이 좀 혼란스러웠다.

혹시 군대 간 사이에 새롭게 개발된 관심 끌기 방법인가. 설사 그렇다 해도 그 방법은 자신에게 맞지 않는 듯했다. 호감은커녕 불쾌하고 괘씸했다. 동아리방을 찾지 않을 이유가 하나 더 추가되었다.

2년 만에 찾은 주점 역시 동아리방과 마찬가지로 시간이 멈춘 것처럼 달라진 게 하나도 없었다. 푸근한 인상의 주인아줌마도, 옹기종기 놓여 있는 테이블도, 벽을 시커멓게 뒤덮고 있는 낙서도 여전했다.

눈에 익은 내부를 찬찬히 둘러보던 이수의 눈길이 이제 막 자리에서 일어난 여자애에게 고정되었다.

아까부터 시선이 자꾸만 여자애 쪽으로 향하고 있었다. 어디를 보아도 종착지는 어김없이 여자애였다. 이수는 한숨을 내쉬었다. 내가 왜 이러지?

또랑또랑한 목소리가 주점에 울려 퍼졌다.

"안녕하세요, 법학과 새내기 강인해라고 합니다. 앞으로 잘 부탁드립니다."

아까 그를 혼란에 빠뜨렸던 강인해라는 이름의 여자애는 올해 씨네아이에 들어온 새내기 신입생이었다. 그녀가 자리에 앉자 그 옆에 있던 앳된 얼굴의 신입생이 일어나 자기소개를 한다.

가는 날이 장날이라고, 오늘은 동아리 신입생 환영회 날이었다. 그래서 작별 인사만 하고 가려 했던 애초의 목적과는 달리 이수는 현재 학교 인근의 씨네아이 아지트인 주점에 끌려와 있었다.

신입생들의 소개가 끝나고 덤으로 복학생들 소개가 이어졌다. 복학생은 휴학했던 여자 후배와 동기 녀석 그리고 이수, 이렇게 세 명이었다.

앞서 두 명이 간단하게 인사하고 이수의 차례가 되었다. 그가 일어서자 모든 시선이 일제히 그에게 집중되었다. 특히 여자들의 시선이 가장 열렬했다. 마치 이 순간만을 기다렸다는 눈빛이었다.

"경영과 3학년, 최이수입니다."

짤막한 인사말을 하고 자리에 앉자 다들 부어라 마셔라 하기 시작했다. 적당히 달아오른 분위기에서 두서없이 떠들던 사람들이 어느덧 영화에 대한 이야기꽃을 피우고 있었다. 동아리 설립 취지를 아주 망각해 버린 건 아닌 모양이었다.

이수는 그들의 말을 한 귀로 흘리며 조용히 술을 마셨다. 그에게 말을 걸기 위해 호시탐탐기회를 엿보는 시선들이 느껴졌지만 무시했다. 한시라도 빨리 이 자리에서 벗어나고 싶었다. 언제 일어설지 가늠하고 있는데 문득 귀에 들어오는 이름이 있었다.

"인해야, 넌 어떻게 생각하냐?"

이수는 저도 모르게 대각선 방향으로 고개를 돌렸다. 시선 끝에 그녀가 있었다. 질문을 받은 인해가 진지한 어조로 대꾸했다.

"전 '첨밀밀' 보고 나서 진정한 사랑이 뭔지 알게 됐어요. 긴 시간 동안 남녀주인공이 만남과 이별을 반복하고도 끝내 서로를 잊지 않았잖아요. 같이 있지 않아도, 오랜 시간 떨어져 있어도 진실한 사랑만 있으면 언젠간 잘된다는 걸 보여 주는 영화 같아요."

술을 마셔서인지 그녀의 얼굴이 묘하게 상기돼 있었다. 마치 꿈을 꾸는 소녀처럼 보이기도 했다. 진실한 사랑이라. 이수는 시니컬한 미소를 지으며 대화에 끼어들었다.

"내 생각은 좀 다른데."

한 마디도 하지 않던 그가 갑자기 입을 열자 다들 놀란 얼굴로 쳐다본다. 이수는 개의치 않고 말을 이어 나갔다.

"영화와 현실은 다르지. 현실을 반영했다 해도 영화는 어디까지나 허구일 뿐이야. 그러니까 진정한 사랑 따윈 없는 거야."

그의 말이 끝나기 무섭게 인해가 반박한다.

"영화가 허구라는 건 저도 알아요. 하지만 현실에서 영화보다 더 영화 같은 일이 일어날 때도 있잖아요. 진정한 사랑이 없다고 단정지을 순 없는 거라고요."

"현실적으로 1년 아니, 6개월만 떨어져 있어도 기억이 가물가물한 게 보통 사람이야. '첨밀밀' 은 그냥 판타지야."

"아니요, 절대 그렇지 않아요."

보이지 않는 불꽃이 튀었다. 분위기가 점점 과열돼 갔다. 이수와 인해는 서로 한 치도 물러섬 없이 뜻을 굽히려 하지 않았다.

언성을 높이기 직전까지 가자 주변 사람들이 부랴부랴 중재에 나섰다. 두 사람은 불만스러운 얼굴로 입을 다물어야 했다.

선배에게 바락바락 대드는 신입생이라니. 자신이 신입생일 때를 생각하면 있을 수 없는 일이었다. 세대 차이인 건지 인해가 문제인지 모르겠다. 첫인상부터 최악이더니 가면 갈수록 미운 짓만 골라 한다.

이런 엉망인 기분으로 술을 마시고 싶지 않았다. 그만 자리에서 일어나려는데 옆에 있던 동기 녀석이 작게 중얼거린다.

"저렇게 마시다간 술독이 나타날 텐데."

녀석의 시선을 따라가니 술을 마시고 있는 인해가 보였다. 그러고 보니 녀석이 아까 인해를 보자마자 술독이라고 불렀던 기억이 났다.

"무슨 뜻이야? 술독이."

이수가 묻자 동기 녀석이 짧게 웃으며 설명한다.

"인해가 여자치곤 술을 잘 마시거든. 보기엔 저래도 혼자서 소주 네 병을 거뜬히 해치운다니까."

술독이 그런 술독이었나. 별거 아닌 별명에 김이 새려는데 동기 녀석이 웃음기 섞인 목소리로 덧붙인다.

"문제는 소주 네 병이 넘어가면 술독이 나타난다는 거야."

"술독이 나타나다니?"

"술을 영어로 하면 알코올. 독을 한글로 하면 개. 한영 합작으로 술독. 감이 오냐?"

기가 찼다. 미운 녀석은 뭘 해도 밉다더니. 술을 마시면 개가 된다니, 어쩜 자신이 싫어하는 짓만 골라서 하는지 모르겠다. 저런 여자는 난생처음 보았다.

"오티 갔을 때 한바탕 난리가 났었대. 그래서 법대 술독이라고 하면 전교생이 거의 다 알고 있을걸."

도대체 어느 정도로 진상을 부렸길래 전교생이 알고 있을까. 이수로서는 짐작조차 되지 않았다. 그래서인지 불현듯 호기심이 생겼다. 건방진 신입생이 어떤 진상을 피우며 망가질지 궁금했다. 금방 일어서려 했던 이수는 생각을 바꿔 오늘 술자리에 끝까지 남아 있기로 했다.

시간이 흘러 파장 분위기가 되었건만 인해는 '개'가 되지 않았다. 소주 네 병을 넘어선 지 한참 지났는데도 도무지 술독이 되려는 기미가 보이지 않았다.

그녀는 그저 얌전하게 앉아 있기만 했다. 하나둘 자리에서 일어나며 2차를 부르짖었다. 이수도 하는 수 없이 일어나야 했다.

오늘 계산은 이수가 하기로 했다. 군대 가기 전에도 거의 대부분의 술자리는 그가 계산했었다. 그는 씨네아이의 물주였다. 그의 집이 부유하고 돈을 잘 쓴다는 소문이 나면서 자연스레 그리되었다.

경영과에서도 마찬가지였다. 그가 복학하고 나서 동아리방에 오지 않자 안달을 떨었던 선배들은 그가 보고 싶어서라기보다 그의 지갑이 그리웠을 것이다.

이수는 씁쓸한 미소를 지으며 지갑에서 카드를 꺼냈다. 막 카드를 주인아줌마에게 넘겨주려던 참이었다. 작은 그림자 하나가 그의 앞을 스치고 지나갔다.

"어엇!"

눈 깜짝할 사이였다. 이수는 멍하니 비어 있는 손을 바라보았다. 곧이어 고함 소리가 들려왔다.

"야, 인해 잡아! 이수 카드 들고 튀었어!"

"어휴, 오늘은 얌전하다 했더니 기어이 사고를 치네. 누가 술독 아니랄까 봐."

"얼른 잡아, 얼른. 어어, 쟤 뭐 하는 거야? 버스 타려는 거 아냐?"

길 건너편 정류장에서 버스에 올라타는 인해가 보였다. 이쪽에서 미처 따라잡기도 전에 인해를 실은 버스가 냉큼 출발해 버렸다. 한 발 늦은 사람들의 표정이 새하얗게 질렸다.

풉, 이수는 튀어나오려는 웃음을 간신히 목구멍 안으로 넘겼다. 술독의 진정한 의미가 무엇인지 이제 알겠다. 술을 마시면 개가 되긴 되는데, 무언가를 물고 도망가는 개였다.

어이없고 황당하고 심각한 상황인데도 불구하고 자꾸만 웃음이 나오려 했다. 억지로 참으려니 안면근육이 아파 올 지경이다. 사색이 된 동아리 사람들을 보니 후련하고 통쾌한 기분마저 들었다.

입을 틀어막은 손가락 사이로 기어이 웃음이 새어 나왔다. 더 이상 참을 수가 없었다. 이젠 한계였다. 봄내음이 가득한 3월의 밤, 웃음소리가 한동안 멈추지 않았다.

"죄송합니다."

인해가 머리 숙여 사과하며 두 손으로 공손하게 카드를 내밀었다. 어제 그녀가 들고 도망갔던 이수의 카드였다. 이수는 카드를 받아

지갑 안에 넣었다.

누가 찾아왔다는 조교의 연락을 받고 과사로 오니 인해가 기다리고 있었다. 그의 연락처를 모르니 과로 직접 찾아온 듯했다. 그녀는 흔한 변명조차 하지 않고 거듭 사과만 했다.

"죄송해요. 어제 놀라셨죠?"

눈을 제대로 맞추지 못하는 걸 보니 자기가 잘못한 줄은 아는 모양이었다. 잘못을 순순히 인정하는 그녀에게 이수는 충고를 해 주기로 했다.

"당분간 동아리방에 가지 마."

"네?"

"어제 술값이 꽤 나왔거든. 다들 비상금까지 털어서 냈어."

힘없는 한숨 소리가 들려왔다.

"당분간 동아리 사람들은 피해 다녀야겠네요."

"그건 안 될 거 같은데."

"네?"

"지금 네 앞에 있는 동아리 선배 안 보여?"

"아."

인해의 눈이 동그래졌다. 그제야 이수가 동아리 선배라는 사실을 깨달은 것처럼 보였다. 어제 처음 만났으니 아직 익숙하지 않을 터였다. 이수는 휴대전화로 시간을 확인했다. 마침 점심시간이었다. 그는 심각한 얼굴로 말했다.

"어제 너 때문에 진짜 곤란했거든. 그러니까 오늘 점심은 네가 사라."

어제 곤란했던 건 사실이었다. 웃음을 참지 못한 바람에 동아리 사람들의 살벌한 눈초리를 온몸으로 감당해야 했으니까.

그의 일방적인 요구에 인해는 아무 말도 못 하고 고개를 끄덕였다.

이수는 두어 발자국 정도 떨어져 있는 까만 머리통을 물끄러미 바라보았다. 어제만 하더라도 인해는 무례하고 건방진 신입생에 불과했다. 앞으로 절대 상종하고 싶지 않다고 생각했을 정도로 꼴 보기 싫었다.

그런데 오늘은 불현듯 그녀에 대해 좀 더 알고 싶다는 생각이 들었다. 술독의 생각지 못했던 활약 때문일까. 하루도 지나지 않아 마음이 손바닥 뒤집히듯 뒤집혔다. 내 마음인데도 알 수가 없었다.

"지난번에 과 친구랑 왔었는데 여기 돈가스가 정말 크고 맛있더라고요."

인해가 그를 데리고 온 곳은 학교 근처의 돈가스집이었다. 이수도 아는 곳이었다. 학교를 오가며 늘 보았던 곳이지만 안으로 들어온 건 오늘이 처음이었다.

물과 반찬은 셀프로 직접 가져다 먹는 곳이라 다른 곳보다 가격이 저렴한 편이었다. 주머니 사정이 가벼운 학생들에게 안성맞춤이었다. 점심시간이어서 그런지 가게 안의 테이블이 꽉 차 있었다.

"어, 저기 자리 났네요."

주위를 두리번거리며 자리를 찾던 인해가 잽싸게 막 사람들이 일어서는 테이블로 다가갔다. 이수는 느릿느릿 그녀의 뒤를 따랐다. 감탄과 의아함이 섞인 시선들이 따라붙었다.

전자는 그의 외모에 감탄한 것이고, 후자는 온몸을 명품으로 휘감은 사람이 왜 이런 저렴한 가게에 왔는지 의아해하는 눈치였다.

　주문을 하고 난 후 인해가 알아서 물과 반찬을 가져왔다. 미리 만들어 놓은 건지 돈가스는 금세 나왔다. 참 오랜만이었다. 중학생 때 이후로 돈가스를 먹는 건 처음이었다. 두 사람은 말없이 식사에 열중했다.

　반 정도 먹었을 무렵이었다. 이수의 시야에 바닥을 보이고 있는 단무지 접시와 수북이 쌓여 있는 김치 접시가 들어왔다. 그러고 보니 아까부터 인해는 김치 접시는 쳐다보지도 않고 있었다.

　"왜 김치는 안 먹어?"

　이수의 물음에 인해는 잠시 머뭇거리더니 머쓱한 표정으로 대답했다.

　"맵고 짠 걸 잘 못 먹어서요. 제가 어린애 입맛이거든요."

　그녀가 돈가스집에 온 이유를 알 것 같았다. 문득 어제 주점에서 그녀와 논쟁했던 일이 떠올랐다. 진정한 사랑이 있다고 철석같이 믿고 있는 그녀였다.

　돈가스와 단무지를 즐겨 먹는 어린애 입맛의 소유자니 아직까지 어린애다운 순수함이 남아 있는 건가. 그래서 진정한 사랑이 있다고 믿고 있는지도 몰랐다.

　"진짜 있다고 생각해?"

　"네?"

　"진정한 사랑 말이야. 정말 있다고 생각하냐고."

　이수의 뜬금없는 질문에 의아해하던 인해가 조심스럽게 물었다.

　"혹시 '첨밀밀' 얘기하시는 거예요?"

　"그래."

이수가 긍정하자 인해는 주저 없이 대답했다.

"네, 전 진정한 사랑이 있다고 생각해요."

한 치의 흔들림 없는 올곧은 시선이었다. 티끌만 한 의심조차 찾을 수 없었다. 마치 새하얀 도화지를 눈앞에 두고 있는 기분이었다. 그녀의 순수함이 마음에 들지 않았다.

자신은 오래전에 잃어버린 걸 여전히 간직하고 있는 그녀를 보고 있자니 억울하고 화가 났다. 저 하얀 도화지를 더럽히고 싶다는 위험한 욕망이 피어올랐다. 이수는 저도 모르게 말했다.

"나랑 사귀자."

인해의 눈이 커다래졌다.

"카드 들고 도망간 거, 엄연히 따지면 절도죄인 거 알지? 뭐 법대니까 나보다 더 잘 알겠네. 거절하면 바로 경찰서로 갈 거야."

인해의 입이 딱 벌어졌다. 한참 만에 그녀가 말했다.

"선배는 고백을 참 이상하게 하시네요."

"어떡할 거야?"

태연한 겉모습과는 달리 이수는 초조했다. 억지라는 걸 알고 있었다. 그녀가 코웃음 치며 넘겨 버려도 할 말이 없었다. 인해는 이수를 가만히 응시하더니 건조한 어조로 물었다.

"다른 여자들한테도 이랬어요?"

이수는 인해가 그의 소문과 별명을 알고 있다는 걸 알았다. 군대 가기 전 그에겐 '경영과 프린스, 카사노바, 난봉꾼'이란 수식어가 따라다녔다. 오는 여자 안 막고 가는 여자 안 잡는다는 신조로 연애를 했더니 붙여진 별명이었다.

아마 동아리 내에서 그에 대해 많이 떠들어 댄 모양이었다. 신입생인 그녀가 알고 있는 걸 보면.

"내가 먼저 사귀자고 한 건 네가 처음이야."

거짓말이 아니었다. 그가 했던 수많은 연애는 상대방이 먼저 접근하고 고백해서 이루어진 결과물이었다. 그가 먼저 다가간 건 인해가 단연코 처음이었다. 그의 대답에 인해의 눈이 반짝였다. 그녀는 잠시 생각하더니 다음과 같이 말했다.

"초코우유 사 주면 생각해 볼게요."

"매일 사 줄게."

이수는 스스로도 잘 알고 있는 매력적인 미소를 지었다.

"얼마나 갈까?"

"군대 갔다 오면 사람 된다는 말도 옛말이라니까. 제 버릇이 어디 가겠어?"

"이번엔 3개월을 넘길까?"

"신입생이라던데. 뭣도 모르는 순진한 애가 잘못 걸려들었지 뭐. 불쌍해서 어쩌냐."

요즘 들어 자주 듣는 목소리들이었다. 똑같은 건 아니지만 내용은 비슷비슷했다. 이수와 인해가 사귄다는 소문은 삽시간에 퍼져나갔다. 동아리는 물론이고 경영과와 법학과까지, 모르는 사람이 없었다.

비록 2년의 공백이 있긴 했지만 워낙 이수의 전적이 화려했던지라 그의 연애는 금세 사람들 입에 오르내렸다. 축복해 주기보단 우려의 시선이 대부분이었다. 심지어 3개월을 넘긴다와 넘기지 못한다로 나뉘어 내기를 건 이들도 있었다.

사람들이 뭐라고 떠들든 말든 이수는 전혀 개의치 않았다. 주위의 평판에 일일이 신경을 썼다면 지금까지와 같은 연애는 하지 못했을 것이다. 게다가 뒤에서 하는 말은 말로 취급하지 않는 그였다. 당당하게 앞에 나와서 말하지 않는 한 상대해 줄 가치도 없다고 여겼다.

　"오래 기다리셨어요?"

　수업을 마치고 나온 인해가 그를 올려다보며 물었다. 이수는 아니, 라고 대답한 후 팔을 뻗어 인해의 어깨를 감싸듯 둘렀다. 작고 마른 그녀의 몸이 품으로 쏙 들어온다.

　이제껏 사귀었던 여자들과는 전혀 다른 타입이지만 의외로 나쁘지는 않았다. 마른 몸도 수수한 차림새도 풀꽃 같은 체취도 마음에 들었다.

　그녀와 함께 걸어가자 따가운 시선이 느껴졌다. 자신은 괜찮지만 인해는 어떤가 싶어 살펴보자 의외로 담담한 얼굴이었다.

　무념무상이랄까. 그녀도 귀가 있고 눈이 있으니 사람들이 어떤 눈으로 보고 떠드는지 모르지 않을 터였다. 그럼에도 전혀 개의치 않는 눈치였다. 남의 눈을 의식하지 않는 여자는 처음 보았다. 역시 특이하다니까.

　이수는 차에 그녀를 태운 후 미리 사 두었던 초코우유를 건네주었다. 인해는 기분 좋은 얼굴로 초코우유를 받아 들었다.

　"필요한 거 있으면 말해."

　"네?"

　"목걸이나 가방이나 화장품이나 구두나 원하는 거 있으면 말하라고. 눈치 보지 말고."

"그런 거 없는데요."

지금까지 사귀었던 여자들과는 확실히 달랐다. 그가 잘해 주면 기뻐하고 소홀하면 실망하는 건 마찬가지였지만 무언가를 기대하거나 바라는 것은 일절 없었다. 오직 초코우유 하나만 원할 뿐이었다. 하긴 교제를 승낙할 때의 조건도 초코우유였다. 초코우유 못 먹어서 한이 맺혔나.

"어디 가서 저녁 먹을래?"

"아뇨, 오늘은 좀 피곤해서 일찍 쉴래요."

"그래, 그럼."

이수는 인해의 집으로 방향을 돌렸다. 학교 근방이라 금세 도착했다. 눈에 익은 원룸 앞에 차를 세웠다. 그녀는 대학에 입학하자마자 독립해 혼자 살고 있었다.

"태워다 줘서 고맙습니다."

"고맙긴. 당연한 일인데."

이수는 막 차에서 내리려는 그녀의 손목을 낚아챘다. 그러고는 품에 끌어안고 입술을 겹쳤다. 기습적인 키스에도 불구하고 잠깐 움찔했을 뿐 별다른 저항이나 몸부림은 없었다.

인해는 얌전하게 이수에게 입술을 허락했다. 초코우유 때문인지 그녀의 입술이 달았다. 이수는 몇 번이고 입술을 겹치며 그녀의 달콤한 숨결을 들이마셨다. 키스를 끝낸 후 이수가 물었다.

"전에 키스해 봤어?"

"아뇨."

"그럼……."

"방금 한 게 첫 키스예요."

첫 키스라는 말에 이수는 내심 놀랐다. 당황한 이수와는 달리 인해는 지나치게 무덤덤했다. 얼굴이 붉어지지도 않았고 부끄러워하는 기색도 보이지 않았다. 화가 난 것도 아니고 얼이 빠진 것도 아니었다.

그 어떤 감정의 흔적조차 찾을 수 없었다. 조금 전에 첫 키스를 한 스무 살짜리 여자답지 않은 반응이었다. 인해는 이수에게 인사를 하고 차에서 내려 집으로 유유히 들어갔다.

이수는 곧바로 떠나지 않고 이제 막 불이 켜진 그녀의 집을 물끄러미 응시했다. 무언가 잘못되어 가고 있다는 생각이 들었다.

특이한 여자긴 하지만 이건 아니었다. 인해는 다른 여자들처럼 그의 외모와 재력에 빠져들 기미가 전혀 보이지 않았다. 답답했다. 이런 걸 원한 건 아니었는데.

원래 그가 계획한 상황은 이러했다. 인해가 원하는 건 뭐든지 다 해 준다. 그러고는 그녀가 자신에게 흠뻑 빠져들면 보란 듯이 차 버린다.

세상에 진정한 사랑 따윈 없다는 걸 몸소 체험하게 해 주리라 생각했다. 맹목적이고 순수한 그녀의 믿음을 짓밟아 버리려면 그 방법이 최선이라고 여겼다.

처음부터 불순한 의도로 시작해서일까. 그녀는 그의 뜻대로 움직여 주지 않았다. 지금 같은 상황에서 그의 계획은 실현 불가능한 것이었다. 인해의 마음을 얻으려면 어떻게 해야 할까. 지금보다 더 잘해 줘야 하나.

고민하던 이수는 일단 여자들이 껌뻑 죽는 고급 레스토랑을 예약했다. 그리고 요즘 여자들이 가지고 싶어서 안달인 가방도 선물해 주기로 결심했다.

그가 할 수 있는 모든 방법을 총동원할 작정이었다. 그러고도 안 되면 그다음에 생각하기로 했다. 이수는 그다음 날부터 인해를 더욱 극진히 대했다. 그렇게 3개월이 훌쩍 지나갔다.

전화벨 소리가 고요한 집 안을 뒤흔든다. 이수는 바로 옆에 있는 전화 수화기를 집어 들었다. 익숙한 목소리가 건너왔다. 어머니였다.

[이수니?]

"네, 무슨 일이세요?"

[무슨 일은. 너 혼자 있으니까 걱정돼서 전화해 본 거야. 밥은 잘 챙겨 먹고 있는 거지?]

어머니는 여름방학을 맞이한 중학생 여동생과 함께 여행 중이었다. 아버지는 이틀 전 미국으로 출장을 가셨다. 그래서 지금 이수 혼자 집에 있었다.

"제가 어린앤가요. 여행은 어때요? 희영이는요?"

[난 그냥 그래. 이태리 처음 온 것도 아닌데 뭐. 희영이는 좋아 죽어. 유럽이라면 껌뻑 죽는 애라서 아주 신났어.]

이수의 입가에 미소가 맴돌았다. 밝고 명랑한 동생의 웃음소리가 귓가에 들리는 것만 같았다.

[너도 같이 왔으면 좋았을걸.]

"다음에요."

[그래, 별일 없다니 이만 끊으마. 무슨 일 있으면 연락하고.]

"네."

통화를 끝낸 이수는 읽고 있던 책을 탁자 위에 내려놓고 소파에 길게 누웠다. 거실의 커다란 창이 눈에 들어왔다. 창밖의 세상은 뜨거운 여름 햇살이 쏟아지고 있었다. 에어컨이 돌아가는 실내에만 있다 보니 유리창 너머가 다른 세상처럼 여겨졌다.

가만히 창밖을 바라보고 있자니 잠이 솔솔 온다. 멀리서 아련하게 들려오는 매미 소리가 마치 자장가 같았다. 눈꺼풀이 스르르 내려오며 막 오수에 빠져들려는 참이었다.

요란한 전화벨 소리가 알람 시계처럼 그를 깨웠다. 무심결에 수화기를 들어 올린 이수는 그대로 굳어졌다.

[여보세요, 거기 한남동이죠? 사모님 계시면…….]

"무슨 일이에요?"

의도하지 않아도 딱딱하고 차가운 목소리가 흘러나왔다. 수화기 너머가 갑자기 조용해졌다. 얼마 안 있어 신경질적인 고영미의 목소리가 들려왔다.

[너 이수니?]

"무슨 일인데 본가로 전화한 거죠? 두 번 다시 본가로 연락하지 않기로 했잖아요."

소리라도 지르고 싶은 걸 간신히 참으며 차분하게 말을 이어 갔다. 그러자 고영미가 되레 따지듯 대꾸한다.

[내가 그딴 거 지키게 생겼어? 너 언제 제대한 거야? 제대했으면 했다고 엄마한테 연락했어야지. 사모님은 기본적인 예의범절도 안 가르친 거니? 남의 자식 데려갔으면 잘 길러야 할 거 아냐. 저만 우아하고 고상하고 예의 차리면 되는 줄 알아? 내가 너 길렀으면 안 그랬어. 생모한테 그러면 안 된다고, 인간의 도리가 뭔지 확실하게

가르쳤어야지.]

어이없다 못해 기가 막힐 지경이다. 인간의 도리? 감히 누가 누구에게 훈계를 한단 말인가. 한마디 해 주고 싶은 마음이 굴뚝같았지만 이수는 속으로 꾹 삼켰다.

속의 말을 전부 퍼부었다간 외려 부작용만 생긴다는 걸 이제는 잘 알고 있었다. 뭐라고 한다고 해서 들을 사람도 아니었다. 분을 삭이며 이수는 화제를 돌렸다.

"원하는 게 뭐예요?"

고작 그가 제대한 사실을 알리지 않은 일로 서운해서 전화를 한 건 아닐 터였다. 고영미는 돈에 환장한 속물이었다. 돈에 눈이 멀어 자식을 팔아먹는 일조차 서슴지 않았으니 무슨 짓이라도 할 수 있는 여자였다. 이번에도 돈과 관련된 용건이리라.

[태석이가 아파. 병원에 가야 하는데 병원비가 없어.]

역시. 한 치의 예상도 빗나가지 않은 대답에 이수는 차갑게 웃었다. 다만 태석이를 핑계로 삼을 줄은 몰랐다. 태석은 이수와 10살 터울의 이부형제로, 고영미가 품 안에 끼고 애지중지하고 있었다. 그래서 자신과는 좀 다를 줄 알았는데.

파렴치한 인간이라는 걸 알면서도 매번 혐오감이 드는 건 어쩔 수 없다. 멀쩡한 애를 병자로 만들지 말고 차라리 그냥 돈을 요구할 것이지. 한숨을 쉬는데 수화기 너머에서 흐느낌이 들려왔다.

[동네 병원에 갔었는데 큰 병원으로 가 보래. 어디가 많이 안 좋은가 봐. 이수 네가 형이니까 어떻게 좀 해 봐. 태석이 잘못되면 나 못 살아.]

물기 섞인 목소리였다. 진짜 태석이 어디 아픈 건지도 모른다는 생각이 들었다. 이수의 입가에 씁쓸한 미소가 걸렸다. 태석을 핑계로 이용하지 않은 건 다행이지만 그렇다고 마냥 마음이 편한 건 아니었다.

비록 아버지는 다르나 둘 다 한배에서 나온 자식이거늘 대하는 태도가 이리도 다르다. 고영미에게 태석은 눈에 넣어도 안 아픈 자식이지만 자신은 그저 돈벌이 수단에 불과했다. 이수는 사무적인 어조로 말했다.

"계좌로 보내 드릴게요."

[얼마나 보낼 건데? 태석이가 요즘 입맛이 없어서 통 먹지를 않아. 뭐 좀 해 먹여야 할 거 같은데.]

"넉넉하게 보낼게요."

[그래.]

언제 훌쩍였냐는 듯 생기가 도는 목소리가 건너왔다.

"다시는 본가로 전화하지 말고 저한테 연락하세요."

[알았어. 우리 집안 일 우리가 해결해야지. 남한테 알려서 좋을 거 없지.]

구역질이 나려는 걸 간신히 참고 통화를 끝냈다. 손목이 뻐근했다. 의식하지 못한 사이에 주먹을 쥐고 있었던 모양이다. 과도하게 힘이 들어간 손가락 마디의 뼈가 하얗게 불거져 있었다. 부들부들 경련마저 일으키는 주먹을 풀며 한숨을 내쉬었다.

예전보다는 훨씬 나아졌지만 속이 뒤집어지고 분노가 치미는 건 여전했다. 자신이 이럴진대 어머니는 그동안 어떻게 참아 왔을지 생각하면 끓어오르던 속이 가라앉았다. 어머니를 생각하면 이렇게 분노하는 것도 무의미하게 여겨졌다.

6년째 아이가 없었던 어머니. 어머니를 사랑한다면서 갓 입사한 비서와 외도한 아버지. 부정과 배덕의 행위로 태어난 아이. 아이를 외면한 아버지와 아이가 없는 어머니에게 돈을 받고 자식을 팔아넘긴 여자. 주변의 반대를 무릅쓰고 아이를 받아들인 어머니. 7년 후에 임신해 친자식을 낳았어도 아이를 버리지 않은 어머니.

중학교 3학년 여름, 친척들의 수군거림을 듣고 알게 된 엄청난 진실 앞에 정신을 차릴 수가 없었다. 도저히 인정할 수 없었다. 그래서 직접 생모라는 여자를 찾아 나섰다.

그녀를 처음 본 건 고2 겨울 어느 날이었다. 간신히 손에 넣은 주소를 들고 찾아간 허름한 다세대 주택 앞에서 웬 남자에게 악다구니를 퍼붓는 여자를 보았다.

본능적으로 알 수 있었다. 그녀가 자신을 세상에 내보낸 여자라는 것을.

딱히 만날 생각은 없었기에 그저 먼발치에서 보기만 했다. 그러다 눈이 마주쳤지만 예상했던 대로 그녀는 그를 알아보지 못했다. 그 후 가끔 그녀를 찾아가 몰래 보곤 했다.

결혼했다가 이혼한 그녀는 어린 아들과 둘이서 살고 있었다. 형편이 그리 넉넉지 않아 보였지만 그런대로 잘 살고 있었다.

평범해 보이는 삶이었다. 저렇게 평범한 사람이 돈을 받고 자신을 팔았다고는 생각되지 않았다. 친척들이 잘못 알고 있는 게 틀림없었다.

대학 입학을 며칠 앞두고 찾아갔을 때였다. 그날도 언제나처럼 멀찍이 떨어져서 그녀를 보고 있었다. 장을 보고 돌아오던 그녀가 갑자기 그에게 다가와 말을 걸었다.

그때 알았다. 그녀가 그를 진작부터 알고 있었다는 것을. 여태껏 일부러 모른 척해 왔다는 것을.

그녀는 그에게 당당하게 말했다. 한몫 챙겨 줄 수 있을 때나 찾아오라고. 돈을 받고 그를 어머니에게 팔았다는 친척들 말이 사실이라는 걸 묻지 않아도 알 수 있었다. 그의 태생부터가 그녀의 돈줄이었음을 꼼짝없이 인정할 수밖에 없었다.

몸속에 그 여자와 같은 피가 흐르고 있다는 것이 끔찍하고 혐오스러웠다. 어머니의 아들로 태어나지 못한 게 너무나 안타깝고 억울했다.

가혹한 운명이 원망스러웠다. 만약 신이 눈앞에 있다면 당장 목을 조르고 싶을 지경이었다.

이제껏 당연하게 믿어 왔던 아름다운 세상은 전부 사라져 버렸다. 진정한 사랑 따윈 현실에 존재하지 않았다. 아내에 대한 사랑과 신뢰를 저버린 아버지와 자식을 돈과 맞바꾼 파렴치하고 천박한 여자가 그 증거였다.

대학에 들어가 수많은 여자와 사귀며 사랑이 없다는 걸 재확인했다. 확인을 거듭하면 거듭할수록 마음이 점점 차갑게 얼어붙었다. 예리하게 날 선 송곳도 뚫을 수 없고, 뜨거운 불덩어리도 녹일 수 없는 얼음덩이가 가슴에 가득 찼다.

그러던 어느 날이었다. 그에 대한 거래가 아직 끝나지 않았다는 걸 우연히 알게 되었다. 그녀는 한 번으로 만족하지 않는 사람이었다. 그녀는 자신을 낳았다는 이유 하나로 그동안 어머니에게 정기적으로 돈을 요구하고 있었다.

그보다 더 충격적인 사실은, 그가 그녀를 만났다는 걸 어머니가 전부 알고 있었다는 것이었다. 그러면서도 아무 내색도 하지 않았던 어머니였다. 속이 시커멓게 타들어 가고 문드러졌을 텐데도 외려 상처받은 그를 위로하고 감싸 주었다.

어머니를 볼 면목이 없었다. 그의 존재 자체가 어머니에겐 고통이었을 터였다. 그럼에도 지금까지 그를 내치지 않고 친자식보다 더 아껴 주었다. 부끄럽고 미안해 얼굴을 들 수가 없었다.

아직 어리고 힘이 없는 그가 할 수 있는 거라고는 어머니 대신 그녀의 요구를 들어주는 것뿐이었다.

그러다가 시간이 흘러 영장이 나왔고 덕분에 지옥 같은 현실에서 잠시 도망칠 수 있었다.

2년이 지났지만 변한 건 아무것도 없었다. 여전히 현실은 지옥이었다. 지옥에서 벗어날 길은 한 가지뿐이었다. 어머니에게 자신을 버리라고 하면 전부 해결될 일이었다.

그럼에도 그 한마디가 입 밖으로 나오지 않았다. 괴로워하는 어머니를 알면서도 끝내 어머니의 아들이고 싶은 비겁하고 이기적인 자신이 끔찍했다. 자기혐오가 온몸을 욱죄어 왔다.

넓은 집 안이 갑갑하게 느껴졌다. 이수는 소파에서 일어나 빠른 걸음으로 거실을 가로질러 현관문을 열었다. 뜨거운 열기가 기다렸다는 듯이 그를 덮쳤다. 얼굴이 금세 뜨거워졌다.

문득 하얀 햇빛 속에서 한 얼굴이 떠올랐다. 한 치의 흔들림 없는 시선으로 진정한 사랑의 존재를 믿는다고 했던 그녀가.

이수는 주머니에서 휴대전화를 꺼내 들었다. 주소록에서 '초코우유'를 찾아 통화 버튼을 눌렀다. 신호음이 얼마 가지 않아 상대방이 전화를 받았다. 이수는 곧바로 용건을 말했다.

"오늘 만날래?"

극장에서 영화를 볼 때만 해도 평소와 다름없었다. 이수는 엘리베이터 문에 비친 인해를 응시했다. 잔뜩 굳어진 얼굴에 식은땀을 줄줄 흘리고 있었다. 안색도 창백해져 있었다.

백화점에 들어서기 무섭게 긴장하는 기색이더니 엘리베이터를 타자 눈에 띌 정도로 경직되었다. 백화점 안은 시원한 편이라 더위 때문에 컨디션이 나빠진 건 아닐 터였다. 그렇다면 어디가 불편한 건지도 몰랐다. 이수는 조심스럽게 물었다.

"어디 아파?"

"아니요."

인해는 대답하며 입꼬리를 살짝 위로 올렸다. 웃는 얼굴이 되었지만 이수의 눈에는 여전히 경직된 표정으로만 보였다.

"안 좋으면 병원부터 가자. 밥은 나중에 먹고."

"괜찮아요."

인해는 손사래를 치며 거절했다. 마침 엘리베이터가 식당가 층에 멈춰 섰다. 이수는 일단 인해와 함께 엘리베이터에서 내렸다. 어디 가서 앉아 있으면 좀 나아지겠거니 했다. 그는 곧장 눈앞에 보이는 중국집을 향해 걸어갔다.

"여기 중국집이 꽤 괜찮거든. 주방장 솜씨가 좋아서 다른 데보다……."

이수는 뒤늦게 옆자리가 비어 있다는 걸 깨달았다. 뒤돌아보니 인해가 몇 발자국 뒤에 엉거주춤하게 서 있었다.

창백하다 못해 파랗게 질린 얼굴로 손톱을 물어뜯고 있었다. 힘이 빠진 건지 다리가 눈에 보일 정도로 후들거리고 있었다. 금방이라도 쓰러질 것처럼 보였다. 이수는 얼른 달려가 그녀를 부축했다.

"안 되겠다. 일단 의무실로 가자."

인해를 데리고 백화점 의무실을 찾아가려는데 작은 목소리가 힘겹게 들려왔다.

"그냥…… 가요."

"응?"

"여기서 나가요."

자그마한 손이 그의 팔을 꼭 붙들고 있었다. 마치 겁에 질린 어린아이 같았다.

처음 보는 인해의 모습에 이수는 내심 당혹스러웠다. 그는 하는 수 없이 백화점 밖으로 나와야 했다. 그날 데이트는 그것으로 끝이었다.

인해가 집으로 무사히 들어가는 걸 보고 난 후 이수는 차에 올라탔다. 집으로 향하면서 오늘 인해와 함께했던 시간을 찬찬히 돌이켜보았다. 특별히 이상한 건 없었다. 평소와 다름없는 평범한 데이트였다. 하지만 인해는 결코 평범하지 않았다.

집으로 돌아온 이수는 곧장 자신의 방으로 향했다. 그는 방 한가운데 우뚝 서서 책상을 노려보았다. 한참 가만히 서 있던 그가 책상 서랍을 열고 뒤지기 시작했다.

서랍 깊숙이 처박혀 있던 경영과 비상연락망이 그의 손끝에 걸려들었다. 가슴이 두근거렸다. 언젠가 과 후배 중에 인해와 같은 고등학교 출신이 있다는 말을 지나가며 들은 적이 있었다.

이수는 손안의 비상연락망을 뚫어져라 바라보았다. 막상 남의 과거를 캐려니 망설여진다. 남들에게 숨기고 싶은 가정사가 있는 그였다. 그래서인지 지금 하려는 일이 썩 내키지 않았다.

하지만 오늘 이상했던 인해를 생각하면 이대로 그냥 넘길 수가 없었다. 마음을 굳힌 그는 주저 없이 과대에게 전화를 걸었다.

그의 기억대로 신입생 중에 인해의 고교 동창생이 있었다. 과대에게서 후배의 이름과 연락처를 알아낸 이수는 곧바로 전화를 걸었다.

후배는 인해와 고1 때 같은 반이었다고 했다. 대충 자신과 인해와의 관계를 설명하고 본론으로 넘어갔다.

"인해 말이야. 옛날에 무슨 병 같은 거 앓았었니?"

[아니요. 그런 적 없는데요.]

"몸이 아픈 거 말고, 다른 특별한 문제 같은 건?"

[전혀요. 처음엔 조용하고 내성적이긴 했지만 나중에 민경이랑 친구가 되면서 많이 밝아졌거든요.]

조용하고 내성적인 강인해라. 수다스럽고 시끄럽진 않지만 그렇다고 얌전하고 조신한 편도 아닌 지금의 인해를 떠올리니 언뜻 상상이 되지 않는다.

[저기…… 왜 그런 걸 묻는 거예요?]

수화기 건너 의아해하는 후배의 질문에 이수는 잠깐 망설이다가 오늘 있었던 일을 말해 주었다. 그러자 후배가 생각지도 못했던 이야기를 하기 시작했다.

[학교 내에서 떠돌던 소문이라 확실한 건 아닌데요. 옛날에 삼풍백화점 무너졌던 거 아시죠?]

삼풍백화점이란 말에 오늘 백화점에 들어가자마자 긴장했던 인해가 떠올랐다.

"그런데?"

[삼풍백화점 무너졌을 때…… 인해가 거기 있었대요. 부모님 모두 그때 돌아가시고 인해만 살아남았다는데, 확실한 건 저도 잘 몰라요.]

후배와 통화를 끝낸 이수는 컴퓨터를 켜고 인터넷에 접속해 삼풍백화점 붕괴 사고에 대한 자료를 검색해 보았다. 처참했던 당시 사고 현장을 담은 사진들을 보고 있노라니 오늘 이상했던 인해의 모습이 오버랩 되었다.

만약 소문이 사실이라면, 인해에게 백화점은 세상에서 가장 두렵고 끔찍한 곳일 터였다. 고작 11살 어린 나이에 불의의 사고로 부모님을 한꺼번에 잃었다. 세월이 흘러도 쉽게 극복할 수 있는 일이 아닐 것이다.

머릿속이 복잡하고 심란했다. 존재조차 희미하던 죄책감이란 녀석이 고개를 삐죽 들었다. 이미 큰 아픔을 겪은 사람이었다. 그런 사람에게 또다시 상처를 줘도 괜찮을까. 어쩌면 자신은 벼랑 끝에서 간신히 버티고 서 있는 사람의 등을 떠밀려고 한 건지도 모른다.

인해는 여전히 그에게 마음을 열지 않고 있었다. 그가 하자는 대로 순순히 따르고는 있으나 마음은 어디에도 없었다. 껍데기만 붙들고 있는 기분이었다.

어느덧 교제 기간이 3개월을 넘어섰다. 그의 연애 역사상 최장기간을 경신한 상황이었다. 그래서인지 슬슬 지쳐 가던 차였다.

그동안 오기로 버티고 있었지만 지금은 전부 다 부질없게 느껴진다. 맹목적인 믿음과 순수함이 거슬려 부서뜨린다 해도 자신이 얻을 게 뭐가 있단 말인가. 자신이 아니라도 언젠가 다른 누군가가 그녀의 환상을 깨뜨려 줄 터였다. 굳이 자신이 나설 필요는 없었다.

　다음 날 이수는 인해의 집 앞으로 찾아갔다. 그러고는 이별을 통보했다. 인해는 예상했던 대로 덤덤하게 받아들였다. 그녀가 자신에게 진심이 아니라서 정말 다행이었다.

5.

여름방학이 끝나고 2학기가 시작되었다. 단합대회라는 명목으로 동아리에서 인근 고깃집에 자리를 마련했다. 학년별 모임이 아니라 선후배 모두 함께 참석하는 자리였다. 그래서 이수는 물론 인해도 한 공간에 있었다.

이수는 1학기 때와 마찬가지로 수업을 듣고 과와 동아리를 번갈아 드나들었다. 사실 인해와 끝난 후 더는 동아리방에 가지 않을 생각이었다. 어차피 발길을 끊으려고 했었기에 별로 아쉬울 것도 없었다.

그러나 이수는 여전히 동아리방을 찾고 있었다. 물주를 놓치지 않으려는 동아리 사람들의 끈질긴 노력 때문만은 아니었다. 그는 자발적으로 동아리방을 찾고 있었다. 그 이유를 이수 본인도 알지 못했다.

동아리방을 들락거리다 보니 자연스럽게 인해와도 만나게 되었다. 7월에 헤어진 후 다시 만난 인해는 그를 여느 선배와 다름없이 대했다. 다른 여자들처럼 질척이거나 매달리는 일도 없었고, 미련이 담긴 눈으로 그를 애타게 쳐다보는 일도 없었다. 그를 피하거나 어색하게 굴며 의식하지도 않았다.

이수는 쿨한 그녀의 태도가 마음에 들었다. 수많은 연애를 해 왔지만 이번처럼 이성적이고 깔끔하게 끝난 건 처음이었다.

교제 사실이 알려졌을 때와 마찬가지로 이별한 사실도 삽시간에 번져 나갔다. 안타까워한다기보다 당연하게 받아들이는 분위기였다. 그렇게 될 줄 알았다는 듯 놀랍지 않다는 반응이 대다수였다. 그래도 그들의 이별을 대놓고 찧고 까불지는 않았다.

"너도 한 잔 하지 그래."

누군가가 술을 권하는 바람에 이수는 고개를 들었다. 삼겹살을 구우며 소주잔을 부딪치는 익숙한 얼굴들 사이에서 눈에 띄는 멀끔한 얼굴이 보였다. 이번 학기에 복학한 4학년 선배 박재호였다.

언제 자리를 옮긴 건지 그는 이수 옆자리에 앉아 있었다. 선배가 권하는 술이니 일단 공손하게 받았다. 그가 한 모금 마시자마자 재호가 말을 걸어왔다.

"너 인해랑 헤어졌다는데, 사실이냐?"

아무도 입에 올리지 않은 화제를 과감하게 꺼낸 재호였다. 이수는 잠시 멈칫했다가 고개를 끄덕였다. 재호는 주의 깊은 시선으로 그를 바라보며 확인하듯 재차 물었다.

"조금이라도 마음 있는 건 아니지?"

"전혀요."

단호한 그의 대답이 마음에 들었는지 재호는 만족스러운 기색이었다. 꺼림칙한 무언가를 털어 낸 사람처럼 후련한 표정이었다.

그는 잔에 남아 있던 술을 한입에 털어 넣은 후, 곁눈질로 맨 가장자리 테이블을 슬쩍 쳐다보았다. 1학년이 모여 앉아 있는 테이블이었다. 그는 심호흡을 한 후 비장하게 말했다.

"나 인해한테 대시할 거다."

뜬금없는 선전포고였다. 이수는 새삼스런 눈길로 재호를 아래위로 훑어보았다. 박재호. 미끈하고 단정한 외모 덕분에 일명 '공대 프린스'로 불리는 선배였다. 여성 편력이 이수 못지않게 화려해 '씨네아이 쌍두마차'로 불리기도 했다.

각자 분위기는 다르지만 두 사람은 희한할 정도로 취향이 일치하는 게 많았다. 이수가 좋아하면 재호도 좋아했고, 이수가 싫어하면 재호도 싫어했다. 그런 선배가 지금 인해에게 관심을 보이고 있었다. 그렇다는 건······.

"말도 안 돼."

이수는 고개를 가로저으며 부정했다. 재호가 의아한 눈초리로 쳐다본다.

"뭐가 말이 안 되는데?"

"아무것도 아니에요."

"아무것도 아니긴. 내가 대시한다는 게 말도 안 된다는 거냐?"

"그게 아니라······ 선배는 인해 어디가 좋은 거예요?"

느닷없는 물음에 재호의 얼굴이 괴상해졌다.

"갑자기 그건 왜 묻는 건데?"

"대답해 주세요."

이수는 물러서지 않았다. 황당한 표정으로 그를 쳐다보던 재호가 알았다는 듯 두 손을 들고 흔들었다.

"작고 아담한 게 귀여워서 좋다. 그동안 화려한 애들만 사귀었더니 질렸나 봐. 요 며칠 눈여겨봤는데 애가 괜찮은 거 같더라. 보면 볼수록 매력 있어."

이수는 재호의 말을 곱씹었다. 보면 볼수록 매력 있다고? 찬찬히 돌이켜 보니 틀린 말은 아니었다.

인해의 첫인상은 최악이었다. 그러나 다음에 만났을 땐 딱히 나쁘다는 생각은 들지 않았었다. 만나면 만날수록 싫다는 생각보다는 좋다는 생각을 더 많이 했던 것 같다.

이수는 1학년들이 모여 있는 테이블을 쳐다보았다. 이번 년도는 유난히 예쁘고 귀여운 여학생들이 많이 들어왔다.

그에 비해 인해는 수수하고 평범한 편이었다. 그럼에도 그녀만이 단연 눈에 들어왔다. 그녀만이 홀로 오롯이 빛났다. 이수는 눈살을 찌푸렸다. 눈에 이상이 생긴 건가.

"내가 갖긴 싫고 남한테 주자니 아깝냐?"

빈정거리는 목소리에 정신이 번쩍 들었다. 고개를 돌리자 불만 가득한 재호의 얼굴이 보였다. 아차, 싶었다. 아무래도 재호에게 재수 없는 놈으로 찍힌 듯했다. 이수는 서둘러 부인했다.

"그런 거 아니에요."

"그래?"

의심스러워하는 재호에게 또박또박 말해 주었다.

"이미 끝났는걸요."

뒤늦게 기다리던 버스였다는 걸 알았다 해도 지나간 후였다. 지나간 버스에는 미련을 두지 않는 법이다. 새로운 버스를 기다리는 게 현명했다. 지금까지 그래 왔던 것처럼.

재호는 눈을 가늘게 뜨고 이수를 빤히 바라보았다. 여전히 미심쩍어하는 기색이었다. 다시 한 번 단호하게 말해 주었다.

"저랑은 상관없어요. 선배 마음대로 하세요."

그녀가 누구를 사귀든 말든 이젠 자신이 상관할 문제가 아니었다. 이수는 재호와 자신의 잔에 술을 따랐다.

그가 잔을 들어 올리자 재호도 마지못해하며 잔을 든다. 서로 잔을 부딪친 후 단숨에 비웠다. 알싸한 알코올 향에 코끝이 시큰거린다. 덩달아 눈물마저 핑 돌았다.

❋

"그동안 왜 안 오셨어요?"

"바빠서."

중간고사를 치르느라 이수는 한동안 동아리방에 가지 않았다. 시험이 끝나고도 산더미 같은 과제 때문에 시간 내기가 여의치 않았다. 오늘도 시간이 없기는 마찬가지였다. 하지만 지금 그는 동아리방에 와 있었다.

"그래도 잠깐이라도 오시지 그랬어요."

1학년 여자 후배가 이수에게 섭섭하다는 투로 말했다. 지난 학기 때부터 그에게 호감을 가지고 있었던 후배 중 하나였다.

인해와 사귈 때도 은근히 추파를 던지더니 이젠 거리낌 없이 대놓고 작업을 걸어왔다. 얼굴에서 눈을 떼지 않는 걸 보아 자신의 외모가 그녀의 취향인 듯했다. 한숨이 흘러나왔다.

비단 동아리 후배만이 아니었다. 경영과 후배들도 최근에 그에게 작업을 걸어오는 일이 부지기수였다. 다들 인해와 헤어지기를 기다렸다는 듯이 노골적이었다.

예전의 그라면 그녀들의 작업에 기꺼이 걸려 주었을 것이다. 하지만 지금의 그는 그녀들이 안중에 없었다. 외려 귀찮고 성가시기만 했다.

이수는 옆에서 종알대는 후배에게 건성으로 대꾸하며 창가를 흘끔거렸다. 동아리방 문을 열고 들어올 때부터 온 신경이 창가로 쏠려 있었다. 오늘 그가 동아리방을 찾아오게 만든 장본인들이 거기에 있었다.

"조금이라도 안 돼? 잠깐만 있다 가면 되는데."

"친구랑 약속 있어요."

"그럼 친구도 불러. 내가 맛있는 거 사 줄게. 술도 사 줄게."

재호는 여전히 인해에게 추근거리고 있었다. 아까 학생식당에서 우연히 두 사람을 발견했을 때도 지금과 비슷한 상황이었다.

재호는 끈질기고 집착이 강한 편이었다. 그동안 틈만 나면 계속 인해에게 들이댔을 터였다.

자신이 상관할 일은 아니지만 이상하게 신경이 쓰였다. 무시하려 해도 정신 차려 보면 그들의 대화에 귀를 기울이고 있었다. 자제하려 해도 잘 되지가 않았다.

아직까지 재호와 인해는 이렇다 할 진전이 없어 보였다. 인해는 자신에게조차 넘어오지 않은 어려운 여자였다. 재호의 말 몇 마디에 쉽게 응해 주지 않을 터였다.

"죄송해요. 오늘은 안 되겠어요."

인해가 정중하게 거절하자 재호가 한숨을 내쉬며 중얼거린다.

"그래, 너도 노땅하고 밥 먹는 게 내키지는 않겠지."

"그런 게 아니라……."

인해가 당황하며 부인하려 하자 재호가 그녀의 말을 잘랐다.

"내가 2학기에 복학한 바람에 후배님들하고 어울리는 게 좀 어색하거든. 다가가기 어렵다고 할까. 근데 너랑 얘기하면 이상하게 마음이 편하더라고. 그래서 부탁하는 건데, 정 싫다면 할 수 없는 거지 뭐."

가만히 그들의 대화에 귀를 기울이고 있었던 이수는 코웃음을 쳤다. 해도 해도 안 되니 이젠 그녀의 동정심에 호소하려는 모양이었다.

자존심도 없나. 비굴하게 뭐 하는 짓거리인지 모르겠다. 하여간 남자 망신 다 시키고 있다. 혀를 차며 고개를 돌리려는데 주저하는 인해의 목소리가 들려왔다.

"저기, 그럼 오늘 말고……."

"강인해."

동아리방에 있는 모든 사람들의 시선이 이수에게 향했다. 느닷없이 인해의 이름을 부른 그는 창가로 성큼성큼 걸어갔다. 그러고는 인해와 재호 앞에 멈춰 섰다.

"잠깐 나랑 얘기 좀 하자."

이수가 인해를 데리고 나가려 하자 재호가 그의 팔을 잡으며 저지했다.

"너 뭐야? 인해 나랑 얘기하는 중이거든."

"제가 따로 시간 내기가 어려워서요. 선배가 양보해 주세요."

예의 바른 말투지만 누가 보더라도 하극상이었다. 재호의 얼굴이 딱딱하게 굳어졌다.

"최이수."

재호가 비난조로 그의 이름을 불렀다. 긴말하지 않아도 알 수 있었다. 지금 머리 뚜껑이 열리기 일보 직전이라는 것을.

고지가 눈앞인데 갑자기 자신이 방해를 하니 화가 머리끝까지 치솟았을 것이다. 그럼에도 이수는 재호를 무시하고 인해를 데리고 동아리방에서 나왔다. 뒷일은 나중에 생각하기로 했다.

뜀박질한 건 아니지만 평소보다는 확실히 걸음이 빨랐다. 혹시라도 재호가 뒤쫓아 올까 봐 서두르다 보니 그렇게 되었다. 학생회관을 빠져나와 주차장에 거의 왔을 때쯤, 멍한 얼굴로 따라오던 인해가 입을 열었다.

"할 말이 뭐예요?"

이수는 주차시킨 차의 시동을 걸며 말했다.

"일단 타."

언제 재호가 쫓아올지 모르니 우선 이곳에서 벗어나야 했다. 서두르는 이수에 비해 인해는 빤히 차를 쳐다보기만 할 뿐 꿈쩍도 하지 않았다.

"뭐 하는 거야? 차에 타라니까."

"여기서 얘기해요."

"친구하고 약속 있다며. 태워다 줄게."

"할 말 없으면 갈게요."

인해는 단호하게 몸을 돌려 주차장 밖으로 걸어 나갔다. 사귀었을 땐 뭐든 그가 하자는 대로 따르던 그녀였다. 그런데 이젠 대놓고 무시를 한다. 남자친구가 아니면 말을 듣지 않겠다는 건가.

이수는 얼른 그녀를 뒤쫓아 가 팔을 붙들었다. 인해는 그의 손을 뿌리치며 신경질적으로 말했다.

"이거 놔요."

"할 말 있어."

몸부림치던 인해가 얌전해졌다. 이수는 일단 한숨을 돌린 후 붙들고 있던 그녀의 팔을 놓아주었다. 인해는 휴대전화로 시간을 확인하며 말했다.

"빨리 해요. 시간 없으니까."

재호를 거절하려고 둘러댄 핑계가 아니라 정말 약속이 있는 듯했다. 만약 약속이 없었다면 재호가 하자는 대로 했을지도 모른다는 생각이 들었다. 고작 초코우유 하나로 자신과 사귀었던 그녀였다. 이수는 불현듯 초조해졌다.

"어쩔 생각이야?"

"뭘요?"

"재호 선배 말이야."

"재호 선배요?"

영문을 모르겠다는 얼굴로 반문하는 그녀를 보고 있자니 답답했다. 이수는 인해의 눈을 똑바로 쳐다보며 말했다.

"정말 몰라서 묻는 거야?"

인해는 입을 꾹 다물어 버렸다. 두 사람은 말없이 서로만 바라보았다. 침묵이 흘렀다. 이수는 지금의 상황이 새삼스러웠다. 이렇게 그녀와 얼굴을 마주한 게 얼마 만인지 모르겠다.

시간상으로는 고작 한 달 정도 보지 못했는데, 체감상으로는 아주 오래전에 보았던 것처럼 느껴진다. 그래서인지 그녀에게서 눈을 뗄 수가 없었다. 그동안 보지 못했던 것을 한꺼번에 몰아서 보려는 것처럼. 영원 같은 순간이 지나고 마침내 인해가 입을 열었다.

"선배가 상관할 일 아니잖아요."

냉정한 그녀의 말이 날카로운 비수가 되어 가슴에 박혔다. 언젠가 재호에게 그녀와 똑같은 말을 한 적이 있었다.

그때도 지금도 자신이 그녀의 일에 상관할 주제도 아니고 자격도 없다는 걸 분명히 인지하고 있었다. 그럼에도 그녀가 던진 한마디에 가슴이 쓰라렸다.

"난 그냥 선배로서 그러니까……."

황설수설 두서없이 말이 튀어나왔다. 깊게 생각하고 대답해라. 싫으면 싫다고 확실하게 의사를 표현해라. 불쌍해 보인다고 선심 쓰듯 부탁을 들어주면 안 된다. 한 번 봐주기 시작하면 계속 봐주게 된다. 남녀 사이의 일은 자원봉사가 아니다, 등 하고 싶은 말이 이리도 많은데, 정작 입에서는 제대로 된 문장 하나 나오지 않는다.

이런 일은 난생처음이었다. 머리와 입의 불협화음에 미쳐 버리기 직전, 한숨이 묻어 있는 목소리가 들려왔다.

"이만 가 볼게요."

"잠깐."

이수는 다시금 그녀를 붙잡았다. 그리고 입에서 나오는 대로 말했다.

"마음에 없으면 절대 사귀지 마."

이수는 크게 숨을 들이켰다. 너무나도 유치한 발언에 몸 둘 바를 모르겠다. 선배로서 멋진 충고는 고사하고 초등학생이나 입에 담을 법한 말을 지껄이다니. 이 상황을 어떻게 넘겨야 하나 고민하며 고개를 든 순간이었다.

인해의 눈이 차츰 커다래지고 있었다. 마치 꽃이 피어나는 걸 실시간으로 보고 있는 것 같았다. 이수는 넋을 잃고 그녀를 바라보았다. 그러다 뒤늦게 그녀의 눈에 물기가 어려 있다는 걸 깨달았다.

"너……"

이수가 눈물을 지적하려는데 그녀가 먼저 입을 움직였다.

"걱정 마세요. 이미 한 번 경험해 봤으니까 그럴 일은 없을 거예요."

눈앞에서 무언가가 번쩍였다. 불시에 머리를 세게 얻어맞은 기분이었다. 좀 전에 들었던 냉정한 말은 이번에 비하면 아무것도 아니었다.

아아, 그런 거였구나. 그런 거였어. 그녀가 자신에게 마음이 없었다는 걸 진작부터 알고 있었지만 설마 처음부터 그랬을 줄이야.

조금이나마 마음이 있으니 사귀자는 자신의 제안에 응한 거라 여겼었다. 그런데 그게 아니었다니. 온갖 지극정성을 다해도 그녀가 끝내 넘어오지 않았던 이유가 이로써 분명해졌다.

비참하고 허무했다. 그녀에게 자신은 무엇이었을까. 설마 심심풀이로 만난 건 아니겠지. 따지고 싶은 마음이 굴뚝같았지만 떳떳한 입장이 아니다 보니 아무 말도 할 수 없었다.

애초에 불순한 마음으로 사귀자고 한 것부터가 잘못이었다. 과오를 깨달았지만 너무 늦었다. 이수는 눈을 질끈 감았다.

이수는 약속 장소인 학교 인근의 프랜차이즈 커피전문점으로 들어갔다. 1층을 한 번 둘러보고 2층으로 이어진 계단을 밟고 올라갔다. 항상 만석이었는데 오늘따라 빈자리가 수두룩하다.

텅 비다시피 한 홀에서 눈에 잘 띄지 않는 구석 자리에 앉아 있는 재호를 찾아내는 건 식은 죽 먹기였다. 그러나 이수는 곧장 걸음을 옮기지 않았다. 그는 제자리에 서서 눈살을 찌푸렸다.

잘못 본 게 아니었다. 재호의 맞은편에 앉아 있는 사람은 인해가 틀림없었다. 분명히 재호와 만나기로 약속했는데 어째서 인해가 여기 있는 건지 모르겠다.

며칠 전 동아리방에서 인해를 데리고 나왔을 때 재호는 뒤쫓아 나오지 않았었다. 그래서 자신에게 따로 연락이 올 거라 생각했고, 오늘 아침 예상대로 재호에게서 연락이 왔다. 당연히 둘이서만 만나는 자리인 줄 알았다. 그런데 예상이 완벽하게 빗나가 버렸다.

설마 삼자대면하는 자리일 거라고는 상상도 못 했었다. 좋지 않은 예감이 들었다. 오늘의 만남이 내키지 않았다. 이대로 돌아갈까 생각하는데 뒤늦게 이수를 발견한 재호가 손을 번쩍 든다.

"여기야."

눈이 마주쳤으니 모른 척할 수 없게 되었다. 이수는 마지못해하며 발을 뗐다. 의자에 몸을 내리자 묘한 긴장감이 테이블 주위를 맴돌았다.

자신에게 감정이 좋지 않을 게 뻔한 재호의 눈초리가 매서웠다. 한참 이수를 노려보던 그가 마침내 입을 열었다.

"이제 다 모였으니 본론으로 들어갈게."

재호의 목소리가 귀에 잘 들어오지 않았다. 이수는 인해를 뚫어져라 바라보았다. 시선이 느껴질 텐데도 인해는 창밖에 눈을 박은 채 고개를 돌리지 않았다.

그녀의 담담한 옆모습을 보고 있자니 가슴이 갑갑했다. 머릿속은 온통 질문으로 가득했다. 도대체 여기서 뭐 하는 거냐고. 지금까지 둘이서 무슨 말을 하고 있었냐고. 평상시에도 재호와 지금처럼 만났던 거냐고.

"어이, 최이수. 대답 안 해?"

의식의 틈을 뚫고 들어온 목소리에 이수는 그제야 재호를 바라보았다. 자신의 얼굴을 본 재호는 미간을 구기며 혀를 찼다. 자신이 그의 말을 전혀 듣고 있지 않았다는 걸 깨달은 눈치였다. 재호는 짜증이 잔뜩 밴 어조로 말했다.

"핵심만 말할 테니까 똑바로 잘 들어. 너 인해랑 끝난 거 맞아?"

언젠가 그가 자신에게 했던 질문이었다. 질문을 듣고 나니 이 자리에 인해를 부르고 했던 질문을 또 하는 재호의 속셈을 조금은 알 것 같았다.

그는 결별 사실을 다시 한 번 상기시켜 자신에게 그녀와 끝난 현실을 일깨워 주고 싶은 듯했다. 행여 자신의 마음이 바뀌었다 해도 인해 앞에서는 딴소리를 하지 못할 거라는 계산도 깔려 있을 터였다.

예전과 똑같은 답을 돌려주어야 한다는 걸 안다. 하지만 이상하게 입이 떨어지지 않았다. 침묵이 내려앉았다. 시간이 흐를수록 재호의 표정이 점점 험악해졌다. 까딱하다간 주먹이 날아올 분위기였다. 심상치 않은 상황을 감지한 건지, 그때까지 모른 척하고 있던 인해가 불쑥 끼어들었다.

"끝났어요."

창밖에서 눈을 떼지 않았던 그녀가 이수를 응시하고 있었다. 그를 바라보는 그녀의 눈은 메말라 보였다. 그녀가 다시 한 번 건조하게 말한다.

"끝난 거 맞아요. 아무 사이도 아니에요."

인해는 가방을 챙겨 들고 자리에서 일어섰다. 그러고는 재호에게 일별을 던지며 피곤한 얼굴로 말했다.

"이제 확인하셨으니 됐죠? 전 이만 가 볼게요."

한시도 더는 여기 있고 싶지 않다는 듯 냉큼 돌아선다. 인해가 사라진 테이블에는 두 명의 남자와 불편한 적막만이 남았다. 재호는 앞에 놓여 있던 아메리카노를 단숨에 들이켰다. 그가 경고조로 낮게 말했다.

"봐주는 거 여기까지야. 넌 아닐지 몰라도 인해는 끝났다고 했어. 그러니까 구질구질하게 굴지 마. 사내새끼면 사내새끼답게 쿨하게 물러서라고."

이수의 대답을 들을 생각이 없었는지 재호는 자리에서 일어서며 덧붙였다.

"앞으로 나랑 인해 사이에 끼어들면 가만 안 둘 줄 알아."

막 돌아서는 그에게 말했다.

"인해, 어떻게 생각하세요?"

"뭐?"

"어떻게 생각하냐고요. 진심이세요?"

"진심? 네가 그런 말을 알고 있을 줄은 몰랐는데."

재호는 의외라는 표정이었다. 그는 어이없다는 듯 웃으며 말했다.

"너 지금 이러는 거 얼마나 웃긴지 알아? 어차피 너나 나나 피장 파장이야. 너하고도 사귀었었는데 나하고 사귀지 못할 이유는 없잖아. 안 그래?"

말문이 막혔다. 그의 말대로 자신이나 그나 남들이 볼 땐 매한가 지일 터였다. 이제 알겠다. 어째서 재호가 인해에게 접근하는 게 그 토록 신경 쓰였던 것인지.

해가 떨어지고 어둠이 내렸다. 가을 밤바람이 제법 쌀쌀했다. 이 수는 옷깃을 세우고 주머니에서 담배를 꺼내 물었다. 주황색 가로등 불빛에 물든 골목길 풍경이 익숙해지고 담배를 반 갑 정도 피웠을 무렵이었다.

"여기서 뭐 하는 거예요?"

담벼락에 등을 기대고 있었던 이수는 소리가 들려온 방향으로 고 개를 돌렸다. 인해가 휘둥그레진 눈으로 그를 쳐다보고 있었다.

"늦게 다니지 마."

"여기 왜 왔냐고요."

그녀의 물음에 이수는 입을 다물었다. 담배 연기가 어두운 밤하 늘 속으로 뿌옇게 흩어진다. 연기 너머에 있는 인해의 모습이 흐릿 했다. 마치 아주 멀리 있는 사람 같았다. 숨결이 닿을 정도로 가까

154

이 있지만 누구보다도 먼 사람이었다. 지금의 그녀는.

"아까 낮에 못 한 말이라도 있는 거예요?"

인해는 한숨 섞인 목소리로 물었다. 오늘 낮에 커피전문점에서 이루어졌던 삼자대면이 떠올랐다. 이수는 담배를 비벼 끈 후 단호하게 말했다.

"재호 선배랑 사귀지 마."

"네?"

인해는 황당한 표정을 숨기지 못했다. 기가 막힌다는 듯 헛웃음을 흘리기까지 한다. 이수는 아랑곳하지 않고 말을 이어 갔다.

"재호 선배 소문, 너도 들어서 알지? 결국엔 너만 상처받을 거야."

인해와 자신은 선후배일 뿐 이젠 아무 사이도 아니라는 걸 안다. 이런 말할 자격이 없다는 것도 안다. 남의 애정문제에 함부로 끼어드는 게 실례라는 것도 안다.

하지만 가만있을 수가 없었다. 빤히 보이는 구렁텅이로 그녀가 걸어 들어가는 걸 두 눈 뜨고 지켜볼 수가 없었다. 도시락 싸 들고 다니며 말리고 싶다는 말이 온몸으로 이해되었다.

"할 말은 그게 다예요?"

"그래."

"재호 선배랑 사귀면 내가 상처받을 거 같아 보여요?"

"너한테 진심이 아니야. 재호 선배는 그냥 너한테 흥미가 있는 것뿐이야."

인해의 얼굴이 딱딱하게 굳어졌다. 그녀가 발끈한 기색으로 따지듯이 물었다.

"흥미 있는 게 뭐가 나쁜데요? 누구나 처음은 다 흥미로 시작하는 거 아녜요?"

"뭐?"

순간 눈앞이 아찔했다. 재호와 사귈 수도 있다는 여지가 깃든 발언에 머릿속이 새하얘진다. 설마 재호를 받아들일 생각인 건 아니겠지.

아까 낮에 커피전문점에서 재호와 함께 있었던 그녀의 모습이 떠올랐다. 객관적으로 꽤 잘 어울리던 두 사람이었다. 가슴이 불안하게 일렁거렸다.

"돌아가세요. 그리고 다신 여기 오지 마세요."

인해는 이수를 뒤로하고 집으로 들어가려 했다. 이수는 그녀의 앞을 가로막아 서며 다급하게 외쳤다.

"안 돼! 그 인간은 안 된다고."

자신의 격한 반응에 놀란 듯 인해의 눈이 커다래진다. 그녀는 알 수 없는 눈으로 이수를 물끄러미 응시했다. 그러더니 긴 한숨을 쉬고는 정색을 한다.

"되고 안 되고는 선배가 아니라 내가 결정할 일이에요."

지금 자신의 행동이 월권행위라는 건 알고 있었다. 그녀의 인생이니 그녀가 결정해야 하는 게 당연했다.

하지만 자신의 말을 귓등으로도 듣지 않으려는 그녀의 태도가 괘씸했다. 사람이 이렇게까지 신경 써 주면 듣는 시늉이라도 해야 하는 거 아닌가.

자존심이 상했다. 속이 시커멓게 타들어 가는 것만 같았다. 평소라면 이대로 돌아섰을 테지만 발이 떨어지지 않았다.

이수는 그런 자신이 답답하고 마음에 들지 않았다. 여전히 제자리에 우뚝 서 있는 스스로가 한심했다. 그럼에도 말하지 않을 수가 없었다.

"안 돼. 절대로 안 돼."

스스로도 이해할 수 없었다. 나랑 아무 상관도 없는 여자를 위해 왜 이렇게까지 하고 있는지. 왜 무시하고 갈 수 없는 건지 모르겠다.

늦은 밤, 골목길은 고요했다. 간간이 차 지나가는 소리 외에는 흔한 귀뚜라미 울음소리조차 들리지 않았다. 그 고요함 속에서 무표정하던 인해의 얼굴이 천천히 일그러지기 시작했다.

"나한테 왜 이러는 거예요? 다 끝났는데 왜 이러는 거냐고요."

가늘게 떨리는 희미한 목소리가 허공으로 울려 퍼졌다.

"내가 고아라서 그래요? 내가 불쌍해서 그러냐고요. 내가 고아란 거 알고 불쌍하니까 마음 없이 사귀는 게 미안해서 헤어지자고 한 거잖아요. 그럼 그거로 끝내지, 왜 자꾸 내 일에 끼어드는 거예요? 내가 그렇게 불쌍해요?"

인해의 얼굴은 어느새 흠뻑 젖어 있었다. 이수는 아무 말도 할 수가 없었다. 그녀의 말 한마디 한마디가 모두 정곡을 찌르고 있었다.

"어떻게⋯⋯."

"다 들었다면서요."

아무래도 인해의 동창생인 그의 과 후배가 인해에게 자신과의 통화 내용을 알려 준 듯했다.

"차라리 내가 싫다고 하지 그랬어요."

이수는 그제야 인해가 자신 때문에 상처받았다는 걸 깨달았다. 쿨하고 담담하게 이별을 받아들여서 괜찮은 줄로만 알았는데 아니었다. 더 놀라운 건 자신이 그녀에게 마음이 없었다는 걸 그녀가 알고 있었다는 사실이었다.

남들이 부러워할 정도로 그녀에게 지극정성이었던 자신이었다. 누가 보더라도 자신이 인해를 좋아한다고 생각될 정도로 잘해 줬었다. 그런데 정작 당사자인 인해는 알고 있었던 것이다. 자신이 그녀에게 진심이 아니었다는 것을.

인해가 끝내 자신에게 넘어오지 않은 건, 처음부터 그녀가 자신에게 마음이 없어서가 아니었다. 자신이 그녀를 진지하게 생각하지 않는다는 걸 알고 있었으니 당연히 자신에게 빠져들 수가 없었을 것이다.

"불쌍하다는 말, 불쌍하게 쳐다보는 시선 지긋지긋해요. 어릴 때부터 진저리 나게 듣고 본 거니까 더는 보태지 말아 줘요."

인해는 소매로 젖은 얼굴을 훔치며 돌아섰다. 가늘게 떨리는 어깨가 시야에 고스란히 들어왔다. 안아 주고 싶었다. 그러나 이수는 손가락 하나 움직일 수 없었다.

인해는 자신이 그녀에게 마음이 없다는 것보다 동정받았다는 사실을 더 참을 수 없어 했다. 자신이 무엇을 잘못했는지 뼈저리게 느껴졌다.

"미안하다. 내가 잘못했어."

이수는 고개를 숙이고 진심을 다해 사과했다. 변명은 일절 입에 담지 않았다. 아니 변명할 여지도 없었다. 그녀의 불우한 가족사를 알고 동정했던 게 사실이었으니까. 창피했다. 감히 누가 누구를 동정한단 말인가.

이수는 상처 입은 인해의 마음을 충분히 이해할 수 있었다. 만약 누군가가 그와 고영미의 관계를 알고 동정한다면 자신은 어땠을까. 상상조차 하고 싶지 않았다. 그런 짓을 다른 사람도 아닌 자신이 했다는 게 너무나 수치스러웠다. 혀를 깨물고 죽어 버리고 싶었다. 인해에게 너무나 미안했다.

그의 마음이 전해진 건지 떨리던 인해의 어깨가 차츰 안정을 되찾아 갔다. 가라앉은 목소리가 들려왔다.

"앞으로 사람 만날 때…… 진지하게 생각해 줘요."

"그럴게."

그의 대답에 인해가 천천히 돌아섰다. 발갛게 부어오른 눈가가 애처로웠다. 입술을 깨물며 울음을 참은 건지 아랫입술에 살짝 피가 맺혀 있었다.

자꾸만 눈에 밟혀서 닦아 주고 싶었지만 참기로 했다. 자신에겐 그럴 자격이 없으니까. 인해는 이수의 시선이 불편한지 고개를 옆으로 살짝 돌렸다. 그녀가 힘없이 말했다.

"이제 가세요."

이수는 묵묵히 돌아섰다. 늦었지만 지금이라도 속에 담아 두었던 이야기를 해서 다행이었다. 후련하기도 하고 섭섭하기도 했다. 이제 정말 그녀와 끝났다는 생각이 들었다.

골목을 반쯤 걸어갔을 무렵이었다. 이수는 충동적으로 뒤돌아보았다.

쏟아지는 가로등 불빛 아래 인해가 홀로 서 있었다. 집으로 들어가지 않고 그를 계속 지켜보고 있었다. 그 모습이 마치 그녀가 오랫동안 자신을 기다렸던 것처럼 여겨졌다. 가슴이 두근거렸다.

이수는 다시 몸을 돌려 왔던 길을 걸어갔다. 한 발짝 정도의 거리를 남기고 그녀 앞에 멈춰 선 후 진지하게 물었다.

"재호 선배…… 어쩔 거야?"

"……생각 중이에요."

인해는 눈을 내리깔고 순순히 대답했다. 이수는 다시 한 번 물었다.

"사귈 생각 없는 거지?"

이번에는 돌아오는 대답이 없었다. 침묵은 긍정이라는 말이 떠올랐다. 이수는 안도의 한숨을 내쉬었다.

"재호 선배 끈질기고 집요해. 마음먹은 건 반드시 해야 직성이 풀리는 타입이야. 될 때까지 밀어붙일 사람이라서 네가 거절해도 쉽게 포기 안 할지도 몰라."

인해의 얼굴이 어두워졌다. 표정으로 미루어 보아 그동안 재호에게 어지간히 시달린 모양이었다. 아까 낮에 커피전문점에 왔던 것도 어쩌면 재호가 귀찮을 정도로 요구해서 하는 수 없이 나와 준 건지도 몰랐다.

"내가 도와줄게."

"뭘요?"

"재호 선배 포기하게 하는 거."

"왜 그걸 선배가……."

"나한테 사과할 기회를 달라는 거야."

인해는 이수를 물끄러미 올려다보았다. 주황색 불빛에 물든 눈동자에 의문이 고여 있었다. 이수는 친절하게 설명해 주었다.

"날 용서할지 말지는 네 선택이야. 그치만 난 너한테 사과할 거야. 그러니까 날 마음껏 이용해도 된다는 거야."

"이용하라뇨?"

순진하게 반문하는 그녀가 귀여웠다. 아무리 의젓하고 어른스러워도 그녀가 고작 스무 살이라는 게 피부로 와 닿는다.

"나한테 좋은 방법이 있거든."

인해의 눈에는 여전히 물음표가 떠올라 있었다. 이수는 그런 그녀를 보며 빙그레 웃었다.

재호가 동아리방으로 헐레벌떡 뛰어 들어왔다. 그는 다급한 얼굴로 주위를 휘둘러보았다. 소파에 앉아 책을 보고 있는 이수를 발견하자 성큼성큼 다가왔다.

"어떻게 된 거야?"

"뭐가요?"

"인해랑 다시 사귄다는 거, 맞아?"

이수는 읽던 책을 덮고 앞에 서 있는 재호를 올려다보았다. 그는 분노와 혼란을 뒤로하고 참을성 있게 대답을 기다리고 있었다.

여자 문제만 제외하면 꽤 괜찮은 인간이었다. 만약 그가 인해에게 진심이었다면 어떻게 됐을까. 그녀에게 충고하고 도와준답시고 나서는 일은 없었을지도 몰랐다. 하지만 축복해 주는 일 또한 없었을 거란 생각이 들었다.

"죄송해요."

이수의 대답을 들은 재호의 미간이 확 구겨졌다. 그는 머리를 쥐어뜯으며 절규했다.

"말도 안 돼!"

이수와 인해의 재결합 소식에 동아리방에 있던 사람들은 재호만큼은 아니지만 놀란 기색이 역력했다. 대놓고 작업을 걸었던 1학년 여자 후배는 믿을 수 없다는 눈으로 이수를 뚫어져라 바라보았다. 그때 인해가 들어왔다. 기가 막힌 타이밍이었다.

"왜 문이 열려 있는……."

재호는 인해를 보자마자 그녀에게 달려갔다.

"아니지? 저 녀석이랑 다시 시작한 거 아니지? 헛소문이지? 저 자식이 뻥친 거지?"

지푸라기라도 잡으려는 필사적인 재호의 기세에 인해의 눈이 휘둥그레졌다. 그녀는 슬쩍 주위를 둘러보았다. 다들 재호를 말릴 생각은 하지 않고 그녀의 대답을 기다리고 있었다. 대충 분위기 파악이 끝난 인해는 이수를 힐끔 쳐다보고는 한숨을 내쉬었다. 그러고는 담담하게 말했다.

"이수 선배와 다시 만나기로 했어요."

재호는 망연자실한 표정으로 입을 다물지 못했다. 다른 이들도 마찬가지였다. 조용히 상황을 예의 주시하던 이수는 소파에서 몸을 일으켰다. 가방을 챙겨 들고 인해에게 다가가 자연스럽게 어깨에 팔을 둘렀다.

"그럼 우린 이만 가 볼게요."

이수는 인해와 함께 동아리방을 나섰다. 두 사람이 사이좋게 캠퍼스를 누비자 뒤통수가 따가웠다. 주차장에 도착해 이수의 차에 올라탈 때까지 두 사람 모두 뒤돌아보지 않았다.

"제법인데."

"선배야말로요."

인해는 어깨를 으쓱하며 대꾸했다. 이수는 차의 시동을 걸었다.

"효과 있는 거 같지?"

"그런 거 같긴 한데…… 좀 더 두고 봐야 할 거 같아요."

신중한 인해의 대답에 이수는 고개를 끄덕였다.

"당분간은 같이 다녀야 할 거야."

"알고 있어요."

이미 각오한 일이라는 듯 인해는 단호하게 대꾸했다. 며칠 전 인해가 재호에게 마음이 없다는 걸 확인한 이수는 그녀를 도와주겠다고 나섰다. 그가 생각해 낸 묘안은 두 사람이 다시 사귀는 '척' 하는 것이었다.

제아무리 포기를 모르는 재호라 하더라도 임자가 있는 상대를 건드린 적은 없었다. 이수는 그 점을 이용하기로 했다. 오늘 보니 다행히 그의 묘안이 적중한 듯했다.

"어디 갈까? 밥 먹으러 갈래?"

"그냥 저 앞에서 세워 주세요."

"왜? 어디 갈 데라도 있어?"

"학교 사람들도 없는데 굳이 같이 다닐 필요는……."

말끝을 흐리는 인해의 대꾸에 한껏 들떴던 마음이 가라앉았다. 이수는 서운한 감정을 애써 감추며 말했다.

"당분간은 같이 다녀야 한다고 했잖아. 언제 어디서 학교 사람 만날지 모르는데 조심해야지. 그리고 재호 선배가 눈에 불을 켜고 우릴 지켜볼 거야. 의심할 행동은 하지 않는 게 좋아."

일리가 있다고 생각한 건지 인해는 입을 다물었다. 이수는 핸들을 돌리며 밝은 어조로 화제를 바꾸었다.

"돈가스 먹으러 가자. 같이 가 줄 거지?"

마지못해 고개를 끄덕이는 인해의 표정이 복잡했다. 돈가스는 그녀가 좋아하는 음식이었다. 그가 불쑥 돈가스를 먹으러 가자고 하니 의아한 모양이었다. 이수는 그런 그녀를 모른 척하며 혼잣말로 중얼거렸다.

"간만에 돈가스 좀 먹어 보겠네. 그동안 같이 먹을 사람이 없어서 못 먹었었는데."

한때 그녀와 돈가스 잘하는 식당을 일부러 찾아다니곤 했었다. 하지만 헤어진 후로는 돈가스의 '돈' 자도 쳐다본 적이 없었다. 주위 사람들은 돈가스를 그다지 즐기지 않았고 이수 본인도 그러했다. 인해가 아니었다면 그가 돈가스를 먹을 일이 없었다.

좋아하는 음식을 먹으러 가는 것도 아닌데 이상하게 기분이 좋았다. 이수는 작게 콧노래를 흥얼거리며 액셀러레이터를 밟았다.

일주일 정도의 시간이 지나자 사람들은 이수와 인해를 연인이라 믿어 의심치 않았다. 그것도 한창 불붙은 연인으로. 등하교를 같이 하며 서로의 수업이 끝날 때까지 기다려 주었고 항상 같이 밥을 먹었으며 화장실을 제외하고는 어디를 가든 둘이서 꼭 붙어 다녔다.

헤어지기 전에 늘 하던 것들이라 새삼스럽다거나 불편하거나 어색하지는 않았다. 딱히 연기한다는 생각도 없었다. 그래서 거짓이라는 걸 알고 있어도 때로는 헤어지기 전으로 돌아간 것 같다는 착각을 종종 하기도 했다.

"고생하시네요."

"고생은 무슨."

익숙하다 못해 이젠 눈 감고도 그릴 수 있는 골목길에 차를 세웠다. 하루의 끝을 알리는 인해의 집이 차창 너머로 보였다. 안전벨트를 풀며 인해가 푸념조로 중얼거렸다.

"재호 선배가 그렇게 의심이 많은 줄은 몰랐어요."

"말했잖아. 끈질기고 집요하다고."

두 사람을 연인으로 생각하는 사람들이 대다수지만 재호를 비롯한 몇몇 사람들은 여전히 의심의 눈초리를 거두지 않고 있었다. 자그마한 꼬투리라도 잡으려고 눈에 불을 켜고 그들을 관찰하고 있었다.

"언제까지 이래야 할까요?"

"시간이 좀 걸릴 거야. 조급하게 생각하지 말고 여유를 가지고 기다려."

"계속 이럴 수는 없잖아요."

인해는 지금의 이 연극이 다소 부담스러운 듯했다. 이수가 남자 친구가 할 법한 것들을 해 줄 때마다 그녀는 여지없이 불편한 기색을 내비치곤 했다.

그럴 때마다 이수는 모른 척하거나 대수롭지 않게 넘겨 버렸다. 하지만 더는 모른 척하면 안 될 것 같았다. 아무래도 한 번은 짚고 넘어가야 할 듯싶었다.

"나랑 같이 다니는 게 불편해서 그래?"

"저 때문에 선배한테 폐를 끼치고 있는 거 같아서요."

아아, 그런 이유였군. 이수는 속으로 웃으며 달래는 투로 말했다.

"사과하는 거라고 했잖아. 네가 부담 가질 필요 없어."

"이제 사과 안 해도 돼요. 여태 한 것만으로도 충분해요."

"기왕 한 거 끝까지 도와줄게. 도중에 그만두면 지금까지 공들인 게 전부 물거품이 될 테니까."

무거운 그녀의 한숨 소리가 차 안에 울려 퍼졌다. 내키지 않지만 뾰족한 방법이 없으니 따르는 수밖에 없을 것이다.

인해가 집으로 들어가는 것을 지켜보며 이수는 담배를 한 개비 꺼내 입에 물었다. 차창을 열고 불을 붙였다. 뿌연 연기가 피어올라 시야를 흐릿하게 만든다.

인해의 생각과는 달리 지금의 연극이 이수에게 아무 짝에도 쓸모 없는 짓은 아니었다. 인해와 다시 사귄다고 하니 그를 귀찮게 하던 여자들이 일거에 떨어져 나갔다.

미련이 남은 몇 명이 남아 있긴 하지만 대놓고 나서지는 않으니 상관없었다. 후련하고 홀가분했다. 일종의 해방감마저 들었다.

이번의 연극 덕분에 새롭게 알게 된 것도 있었다. 인해에게 관심 있는 남자가 재호 외에도 꽤 된다는 것이었다. 다시 인해와 사귄다고 하니 눈에 띄게 실망하던 얼굴들이 있었다.

하나같이 별 볼 일 없는 놈들이었다. 놈들에게 인해는 과분한 상대였다. 이수는 재호와 더불어 그들도 예의 주시하고 있었다. 여러모로 이번 연극은 정말 하길 잘했다는 생각이 들었다.

이수는 불이 켜진 인해의 집을 바라보았다. 창문으로 언뜻언뜻 그녀의 그림자가 지나갈 때마다 가슴이 뛰어올랐다가 무겁게 가라앉았다.

인해에게는 시간이 걸릴 거라고 했지만 조만간 재호는 그녀를 포기할 것이다. 사실 지금도 반쯤은 포기한 상태였다. 단순한 흥미였던 데다 임자 있는 여자는 건드리지 않는 게 재호의 신념이었다.

괜한 오기를 부리며 집요하게 굴지 않을 것이다. 끈질기고 인내심이 많지만 희망이 없는 일에 쓸데없이 시간을 낭비하는 타입은 아니었다.

처음부터 오래 할 수 있는 연극이 아니라는 걸 알고 있었다. 하지만 이수는 지금의 연극을 될 수 있는 한 오래도록 하고 싶었다.

인해와 함께하는 매 순간이 즐거웠다. 그녀가 원하는 건 물론이고 자신이 할 수 있는 모든 걸 다 해 주고 싶었다. 이전에는 자신에게 넘어오게 만들겠다는 뚜렷한 목적이 있었지만 지금은 아니었다. 그저 그녀에게 뭐든 해 주고 싶을 뿐이었다.

난생처음이었다. 가족 이외의 사람에게 대가를 바라지 않고 무언가를 해 주고 싶다고 생각한 것은. 내 것을 전부 내어 준다 해도 하나도 아깝거나 부담스럽지 않았다. 외려 주면 줄수록 즐겁고 기뻤다. 간도 쓸개도 빼 준다는 말이 왜 생겨난 건지 알 것 같았다.

부디 이 시간이 오래가길 바랐다. 어차피 막이 내릴 연극이라면 조금이라도 오래 무대 위에 있고 싶었다. 그러나 2주가 지난 지금, 생각지도 못했던 큰 위기를 맞게 되었다.

"뭐라고?"

혹시 잘못 들은 건가 싶어 되물어 보았다. 인해는 딱딱하게 굳어진 얼굴로 방금 한 말을 앵무새처럼 반복했다.

"이제 그만하자고요."

평소와 다름없는 하루였다. 아침에 그녀를 차에 태우고 학교에 가서 수업을 듣고 점심을 같이 먹고 도서관에서 공부를 하다가 저녁을 먹고 집까지 데려다 준 참이었다. 이상한 낌새는 조금도 찾아볼 수 없었다.

"왜?"

"모두를 속이고 있는 거잖아요. 그만하고 싶어요."

납득이 가지 않았다. 모두를 속이는 게 부담스러웠다면 처음부터 하지 말았어야 했다. 왠지 핑계 같다는 생각이 들었다. 다른 이유가 있을 터였다.

"지금까지 한 건 어쩌고. 조금만 더 하면 되는데……."

"더는 못 하겠어요."

"조금만 아주 조금만 더 하면 돼. 재호 선배 이제 거의 포기한 상태라고."

예상했던 대로 재호는 일주일 전에 인해를 포기했다. 조만간 다른 상대가 생길 테고 그러면 인해도 사실을 알게 될 터였다. 그때까지만이라도 함께하고 싶었다. 애가 타는 이수와는 달리 인해는 단호했다.

"어차피 제 일이니까 이젠 제가 알아서 할게요. 선배한테 피해 가는 일 없도록 할게요."

인해는 뒤도 돌아보지 않고 차에서 내렸다. 완강한 그녀의 태도에 붙잡을 겨를이 없었다. 오늘은 무슨 수를 써도 안 될 것 같은 분위기였다. 차라리 내일 다시 설득하는 게 나을 듯했다. 한숨 자고 나면 생각이 달라질 수도 있는 거니까.

한숨을 내쉬며 그녀가 앉아 있던 조수석으로 눈을 돌렸다. 시트에 초코우유가 덩그러니 나뒹굴고 있었다. 오는 길에 편의점에서 담배와 같이 집어 든 것이었다. 헤어지고 나서 처음으로 사 준 초코우유였다. 이수는 초코우유를 가지고 차에서 내렸다.

"이거 가져가야지."

초코우유를 인해에게 주었다. 얼떨결에 초코우유를 받아 든 인해의 얼굴이 딱딱하게 굳어졌다. 자세히 보니 손이 미세하게 떨리고 있었다. 심상치 않은 분위기에 한 발 다가서자 그만큼 물러난다. 인해는 이수에게 초코우유를 내밀었다.

"도로 가져가세요."

"이젠 싫은 거야?"

"싫어요."

이수는 초코우유를 가만히 응시했다. 초코우유가 싫은 건지 아니면 자신이 준 거라 싫은 건지 모르겠다. 그러고 보니 초코우유를 건네받은 직후 그만하자는 말이 나왔었다.

"너 설마……."

황당하고 어이없는 가정이 하나 떠올랐다. 설마 아니겠지 싶어도 지금 돌아가는 상황을 보면 무시할 수가 없었다.

"초코우유 때문에 그만하겠다고 한 건 아니지?"

말도 안 된다. 선배 어디 아픈 거 아니냐 따위의 대답이 돌아오길 바랐다. 그러나 돌아온 건 침묵이었다. 이수는 입을 다물지 못하고 인해를 뚫어져라 응시했다. 얼마의 시간이 지났는지 모를 무렵, 꺼질 듯 작은 목소리가 들려왔다.

"힘들어요."

"뭐?"

"힘들다고요. 자꾸 착각하게 되니까……."

하나도 알아들을 수가 없었다. 다만 초코우유 때문에 연극을 그만두는 게 아니라는 건 알겠다. 뭔가 그녀에게 문제가 있는 모양이었다.

"자세히 말해 봐. 무슨 일인데 그래?"

이수를 한 번 힐끔 쳐다본 인해는 괴로운 얼굴로 입술을 깨물었다. 그러고는 모든 걸 내려놓은 사람처럼 눈을 질끈 감으며 입을 열었다.

"괜찮을 줄 알았어요. 다 끝났으니까, 어차피 가짜니까 상관없을 줄 알았는데……."

말끝을 흐린 인해는 크게 심호흡을 하며 감정을 추슬렀다.

"선배가 아까 초코우유를 줬을 때, 옛날로 돌아간 줄 알았어요. 선배랑 진짜로 사귀었던 그때로. 그때처럼 지금 힘들어요. 선배가 날 좋아하지 않는다는 거 알면서도 번번이 기대하는 내가 싫어요. 선배가 잘해 주면 잘해 줄수록 미치겠어요. 현실과 망상 사이를 왔다 갔다 하는 게 얼마나 힘든지 알아요? 이제 그만하고 싶어요."

봇물 터지듯 쏟아져 나온 고백에 어안이 벙벙했다. 방금 들은 말이 정리가 되지 않았다. 이수는 일단 혼란스러움을 뒤로하고 차근차근 정리해 나갔다.

초코우유는 예전에 사귀었을 때 그녀에게 매일 사 줬던 것이었다. 그녀가 자신에게 요구했던 유일한 것이기도 했다. 가짜로 사귀는 척하면서 초코우유를 사 준 건 오늘이 처음이었다.

그녀는 자신과 사귀는 척하는 내내 옛날 생각이 나서 힘들다고 했다. 초코우유는 옛날 생각이 나는 기폭제가 되었을 터였다. 그러니까 연극을 그만두겠다는 근본적인 이유는…….

"나…… 좋아했니?"

인해의 얼굴이 대번에 붉어졌다.

"……네."

그녀의 대답을 들은 순간, 숨을 쉴 수가 없었다. 온몸에 소름이 돋으면서 머릿속이 하얘졌다. 입이 저절로 움직였다.

"언제부터?"

"처음 봤을 때부터요."

그동안 그녀와 함께했던 시간들이 주마등처럼 눈앞을 스쳐 지나갔다. 오랜 시간 지극정성을 다했어도 절대 마음 한 자락 허락하지 않았던 그녀였다. 그래서 자신에게 마음이 없는 거라고 단정 지을 수밖에 없었다. 그랬는데 이제 와서 뭐라고?

"왜 말 안 했던 거야?"

심장이 미친 듯이 두근거렸다. 만약 예전에 말했더라면 어쩌면…….

"자존심은 선배만 가지고 있는 게 아니에요."

조용하지만 뼈 있는 한마디였다. 이수는 한 대 얻어맞은 기분이었다. 그녀는 자신이 진심이 아니라는 걸 알고 있었다. 당연히 아무 말도 할 수 없었을 것이다.

거절당할 게 확실한 마당에 차라리 아무렇지도 않은 척하며 자존심을 지키는 걸 택했으리라. 그러나 조금만 깊게 생각했더라면 그녀의 진정한 마음을 알 수 있었을지도 몰랐다.

사귀자는 자신의 말에 선뜻 고개를 끄덕였던 그녀였다. 언제나 자신이 하자는 대로 따르고 움직였던 그녀였다. 두려웠을 텐데도 군말 없이 백화점까지 따라 들어왔던 그녀였다. 자신이 진심이 아니라는 걸 알면서도 먼저 헤어지자고 말하지 않은 그녀였다.

비록 입으로 말하지 않았지만 그동안 자신에게 온몸으로 말하고 있었다. 좋아한다고.

화가 났다. 바보 같은 자신에게. 눈치 없고 무심한 스스로에게 너무나 화가 났다. 똑똑한 척은 혼자 다 하더니 이게 뭐란 말인가. 어딘가에 머리를 처박고 죽어 버리고 싶었다.

"다 지난 일이에요. 선배 귀찮게 하는 일 없을 거니까 걱정 마세요."

인해는 담담한 얼굴로 이수에게 목례하고는 미련 없이 돌아섰다. 모든 걸 고백하고 끝내려는 심산인 듯했다.

점점 멀어지는 그녀의 뒷모습을 보고 있노라니 가슴이 타들어 가는 것 같았다. 심장이 욱신거릴 지경이다. 무엇을 내어 줘도 아깝지 않고, 같이 있으면 즐겁고 기쁘고, 오래도록 함께하고 싶은 이 마음이 만약 그것이라면…….

그녀가 현관문 앞에 섰을 때였다. 이수는 툭 던지듯 속의 말을 내뱉었다.

"거짓말."

안으로 들어가려던 그녀가 멈칫거린다.

"다 지난 일이라며. 근데 왜 힘들다는 거야?"

"이제 괜찮아질 거예요."

누구 마음대로.

이수는 그녀의 뒷모습에서 눈을 떼지 않은 채 말했다.

"아직도 진정한 사랑이 있다고 믿어?"

천천히 그녀의 고개가 위아래로 움직였다.

"난 안 믿어. 예전엔 믿었을지 몰라도 이젠 안 믿어."

처음에는 진정한 사랑에 대한 그녀의 믿음을 부서뜨리고 싶을 뿐이었다. 내가 가지지 못했으니 남도 가지고 있으면 안 된다는 못된 생각을 품고 있었다. 현실의 냉혹함과 잔인함을 그녀에게 일깨워 주려고 했었다. 하지만 이젠 아니었다. 자신이 진정으로 원한 건 그게 아니었다.

심장이 마구 두근거리고 있었다. 긴장한 나머지 손안이 흥건하게 젖어 있었다. 이수는 태연한 척하며 말을 이어 갔다.

"근데 너와 함께라면 다시 믿을 수 있을지도 몰라."

뒤돌아서 있던 그녀의 몸이 천천히 움직인다.

"그게…… 무슨 말이에요?"

"말 그대로야."

이윽고 그녀가 완전히 돌아섰고 눈이 마주쳤다. 이수는 한 발 크게 앞으로 내디뎠다. 점점 걸음걸이가 빨라지더니 이내 달려가기 시작했다. 그러고는 그녀 앞에서 멈추어 섰다. 그는 숨을 몰아쉬며 상기된 얼굴로 말했다.

"네가 믿게 만들어 줘."

그녀의 눈이 커다래지는 게 보였다. 커다래진 눈망울에 물기가 맺히더니 이내 뺨을 타고 굴러떨어진다. 이수는 손으로 그녀의 눈물을 닦아 주다가 작고 마른 몸을 품에 안았다.

풀꽃 같은 체취가 훅 풍겨 왔다. 허했던 가슴이 꽉 들어차는 기분이었다. 그동안 이것을 내내 그리워하고 있었다는 걸 이제는 알겠다.

깊어 가는 가을밤, 자줏빛 벽돌로 지어진 주택가 어느 골목길에서 이수는 폐부 깊숙이 그리웠던 체취를 실컷 들이마셨다.

6.

고만고만한 집들 사이에서 한눈에 알아보았다. 그곳만 핀 조명을 비춘 것처럼 유독 선명하고 또렷하게 시야에 잡힌다. 어디서나 볼 수 있는 평범하고 흔한 주택가였다. 그럼에도 이수는 그곳이 유명 관광지보다 더 특별해 보였다.

다세대 주택과 빌라와 오피스텔 사이에 자리 잡고 있는 작고 보잘것없는 원룸이지만 눈을 뗄 수가 없었다. 수없이 보고 또 보았는데도 그러했다.

충동적으로 차를 몰고 나와 도착한 곳이 바로 이곳이었다. 딱히 목적지를 정하지 않은 드라이브였지만 핸들은 본능적으로 이곳으로 향했다.

골목길로 나 있는 창문을 올려다보았다. 저 안에 있을 사람을 그려 보자 절로 입가에 미소가 떠오른다.

인해와 진지하게 만나기 시작하면서 스스로도 놀라울 정도로 마음이 안정되었다. 항상 날카롭게 곤두서 있던 신경이 한결 누그러졌고 여유를 되찾았다. 불안하게 허공에서 허우적대다가 비로소 땅에 발을 디딘 기분이었다.

그녀와 다시 사귄 지 고작 일주일밖에 되지 않았지만 지난 3개월간 만났을 때보다 훨씬 더 많은 이야기를 나누었다.

삼풍백화점 중식당으로 외식하러 갔다가 붕괴 사고로 부모님이 돌아가신 일, 붕괴 직전 화장실에 간 덕분에 그녀만 기적적으로 살아남은 이야기, 작은아버지와 고모네 집을 전전했던 어린 시절 이야기, 큰 소리만 나도 건물이 무너지는 줄 알고 겁에 질려 엉엉 울었던 이야기, 대학에 들어와서야 독립한 이야기, 백화점은 출입문이 있는 1층만 돌아다닐 수 있다는 이야기 등 그녀는 수많은 이야기를 들려주었다.

이수 역시 많은 이야기를 들려주었다. 일을 할 땐 철두철미하고 냉정하나 가족에게는 더없이 너그러운 아버지와 다정하고 인정 많은 전직 피아니스트였던 어머니, 그리고 귀엽고 사랑스러운 중학생 여동생에 대해 말해 주었다.

단, 그 여자에 대해서는 한마디도 할 수 없었다. 시간이 지나도 여전히 이해할 수도 받아들일 수도 없는 사람이었다. 아무리 자신을 낳아 준 사람이라 해도 인정할 수가 없었다.

가능하면 인해가 모르길 바랐다. 그렇다고 영원히 숨길 생각은 아니었다. 언젠가 편안하게 그 여자를 볼 수 있는 날이 오게 된다면 그때 이야기해 줄 생각이었다.

인해를 만나고 갈까 했지만 오늘은 참기로 했다. 어차피 내일 볼 터였다. 급하게 서두르고 싶지 않았다. 이렇게 참고 인내하고 기다리는 건 자신의 연애 스타일이 아니었다.

속전속결로 시작하고 끝냈던 기존의 연애와는 달리 인해와는 천천히 느긋하게 가고 싶었다. 오랜 시간을 함께하고 싶은 마음이 만들어 낸 여유로움이었다.

담배 한 대 피우고 돌아갈 요량으로 주머니를 뒤졌다. 그러다가 며칠 전 담배를 끊었다는 걸 상기하고는 손을 늘어뜨렸다. 담배 냄새가 싫다는 인해의 말 한마디에 금연을 결심하게 되었다.

그녀에게 뭐든 해 주고 싶은 마음과 잘 보이고 싶은 마음이 결합해 만들어 낸 결과물이었다. 니코틴 금단증상으로 힘들긴 하지만 아직까진 나름 견딜 만했다.

이수는 원룸 앞을 서너 번 서성이다가 돌아섰다. 차를 주차해 놓은 골목 끝으로 반쯤 걸어갔을 무렵이었다. 무심결에 뒤돌아본 이수는 그 자리에 멈춰 섰다. 언뜻 창문을 지나쳐 가는 실루엣이 동공에 꽂혀 들었다. 가슴이 쿵쾅거리며 뛰기 시작했다. 발걸음을 왔던 길로 급하게 되돌렸다.

기왕 여기까지 왔는데 얼굴이라도 한 번 보고 가도 되지 않을까. 오늘은 오늘이고 내일은 내일 아닌가. 걸음걸이가 점점 빨라졌다. 눈 깜짝할 사이에 현관문 앞에 도달했다.

초인종을 누르려는데 문이 살짝 열려 있었다. 여자 혼자 사는데 문단속을 제대로 하지 않다니. 따끔하게 한마디 해야겠다고 생각하며 현관문 손잡이를 잡은 순간이었다. 안에서 문이 벌컥 열렸다.

"누구세요?"

방금 들은 말을 그대로 돌려주고 싶었다. 이수는 눈앞에 있는 낯선 여자를 물끄러미 응시했다. 여자 또한 이수를 빤히 쳐다보고 있었다. 구불구불한 기다란 머리칼과 커다란 눈이 인상적인 여자였다. 누구라도 한 번쯤은 쳐다볼 만한 화려한 미인이었다.

인해는 혼자 살고 있었다. 대학 입학과 동시에 작은아버지 댁에서 독립해 혼자 살고 있다고 했었다. 인해가 홀로 집으로 들어가는 걸 몇 번이나 보았었다. 집 안으로 들어가 본 적은 없지만 여기가 인해의 보금자리인 건 틀림없었다. 잘못 찾아온 게 아니었다.

"인해 찾아오셨어요?"

낯선 여자의 입에서 익숙한 이름이 튀어나왔다. 이수의 뇌리에 무언가가 휙 스쳐 갔다. 혹시 눈앞의 이 여자가······.

"선배?"

귀에 익은 목소리에 뒤돌아보니 눈이 휘둥그레진 인해가 서 있었다. 그녀는 이제껏 보지 못했던 트레이닝복 차림에 삼선슬리퍼를 신고 과자 봉지 모서리가 삐죽 나온 검은색 비닐봉지를 들고 있었다. 근처 슈퍼에서 과자를 사 가지고 오는 길인 듯했다. 어리둥절한 얼굴로 이수를 바라보고 있는 그녀에게 집 안에 있는 여자가 말을 걸었다.

"아는 사람이야?"

"어? 어, 전에 내가 말한 그 선배야."

인해가 얼굴을 살짝 붉히며 말했다. 그러자 여자가 눈에 띄게 깜짝 놀란다.

"그 사람이 이 사람이야?"

"응."

당사자를 앞에 세워 두고 저희끼리 대화를 주고받는 두 여자를 보고 있자니 어처구니가 없었다. 이수는 낮게 헛기침을 했다.

"내 얘기를 하고 있는 거 같은데…… 나도 끼워 주면 안 될까?"

인해는 그제야 아차, 싶은 얼굴로 서둘러 이수에게 여자를 소개시켜 주었다.

"선배, 제 친구 민경이에요."

인해의 소개에 민경이라는 여자가 이수에게 고개를 꾸벅 숙이며 인사한다.

"안녕하세요, 서민경이라고 합니다."

서민경. 얼굴만큼이나 낯선 이름이었다. 학교 사람은 아니었다. 저렇게 눈에 띄는 얼굴의 신입생이 들어왔다면 같은 과나 동아리가 아니라도 풍문으로 이름 정도는 들어 봤을 터였다.

인해는 여자를 친구라고 소개했다. 낯을 가리는 편인 그녀가 선뜻 짐을 맡기고 나갔다 올 정도면 여간 친한 사이가 아닐 것이다. 불현듯 인해가 말해 주었던 친구 이야기가 떠올랐다.

보통 친구가 아니라고 했다. 친자매 이상으로 혈육보다 더 소중한 친구라고 했었다. 고등학교 1학년 때부터 지금까지 죽 변치 않는 우정을 이어 오고 있다고 했다. 언제나 혼자였던 그녀에게 먼저 다가온 고마운 친구를 그녀는 진심으로 아끼고 사랑한다고 했다. 초코우유를 고집하게 된 계기도 바로 친구 때문이라고 했다.

집안도 좋고 얼굴도 예쁘고 심성도 착해서 옛날부터 인기가 많은 친구라 했다. 뭐 하나 빠지는 구석이 없지만 유독 달콤한 걸 먹을 때 더 사랑스러워 보인다고 했다.

그런 친구의 모습이 인해는 늘 부러웠다고 했다. 친구처럼 되고 싶다고 했다. 단 걸 별로 좋아하지도 않으면서 초코우유를 고집하는 이유였다.

이수는 인해가 들고 있는 과자 봉지로 슬쩍 눈길을 주었다. 역시나, 죄다 달달한 과자들뿐이었다. 눈앞의 서민경이라는 여자가 문제의 '친구'임이 틀림없었다.

"여긴 무슨 일로 오신 거예요?"

"그냥 지나가다가 들른 거야."

"연락이라도 하고 오지 그랬어요."

인해는 하나로 질끈 묶은 머리를 만지작거리며 뾰로통하게 중얼거렸다. 평소에도 수수한 편이지만 지금처럼 전혀 꾸미지 않은 모습을 보는 건 처음이었다.

자신에게 헐렁한 모습을 보이게 되어 난처한 모양이었다. 이수는 속으로 웃음을 삼키며 일부러 그녀를 위아래로 훑어보았다.

"기습적으로 와야 평소에 네가 어떻게 있는지 알 수 있지. 뭐 생각보다 나쁘진 않네."

"선배."

민망해하면 할수록 더 놀리고 싶어진다는 걸 모르는 걸까. 이수는 울상을 짓는 인해를 바라보며 짓궂은 마음을 눌렀다. 여기서 더했다간 정말 울어 버릴 것 같아서였다. 그는 화제를 돌렸다.

"그나저나 친구가 와 있는 줄은 몰랐네."

안으로 들어갈 생각은 없었지만 막상 현관문 앞에서 돌아서려니 아쉬웠다. 오늘은 평소에 볼 수 없었던 색다른 그녀의 모습을 본 것만으로 만족해야겠다.

"여자들만 있으니까 문 잘 잠그고 있어. 내일 학교에서 보자."

"가시게요?"

뾰로통할 땐 언제고 간다고 하니 아쉬워한다. 그런 그녀의 얼굴을 보고 있자니 발길이 떨어지지 않았다. 이수는 한숨을 내쉬며 마음을 다잡았다. 오늘은 타이밍이 좋지 않았다.

"이따 전화할게. 들어가."

이수는 손을 흔들어 주며 뒤돌아섰다. 그러다 얼떨결에 인해의 뒤에 서 있던 민경과 눈이 마주쳤다. 순간 등골이 쭈뼛했다. 그를 바라보는 민경의 눈이 일렁거리고 있었다. 익숙하면서도 거북스러운 눈빛이었다.

설마, 아니겠지. 잘못 본 것일 거다. 설령 잘못 본 게 아니더라도 상관없었다. 어차피 자주 볼 사이도 아니니까.

이수는 고개를 가로저으며 재빨리 계단을 내려갔다.

"안녕하세요."

이수는 반갑게 인사하는 여자를 보며 떨떠름하게 고개를 끄덕였다. 한 달째였다. 인해의 고교 동창인 민경이 학교 동아리방에 나타나기 시작한 것이.

인해의 집에서 처음 민경을 만났을 때 이렇게 자주 얼굴을 보게 될 줄은 몰랐었다. 인해가 다니는 학교를 구경하고 싶다며 처음 학교에 나타난 그녀는 자연스레 동아리방까지 오게 되었다.

특유의 친화력으로 그녀는 금세 사람들의 환심을 샀다. 타 학교 학생이지만 모두들 그녀가 동아리방에 찾아오는 걸 마다하지 않았다. 화려한 미인이라 남학생들의 전폭적인 지지를 받고 있었다.

일주일에 세 번꼴로 보다 보니 간혹 타 학교 학생이라는 사실을 잊어버리는 경우도 왕왕 있었다.

"인해는요?"

"곧 올 거야."

이수는 무뚝뚝하게 대답했다.

"인해 오면 같이 나가요. 오늘은 제가 저녁 쏠게요."

민경이 화사하게 웃으며 말한다. 이수는 대충 고개를 끄덕여 주었다. 동아리방에 그녀가 있는 걸 보았을 때부터 이미 예상했던 일이었다.

민경이 학교에 찾아오는 날이면 그날은 어김없이 셋이서 저녁을 먹었다. 두어 번은 그러려니 했었다. 인해의 친구니 같이 어울려 줄 수 있다고 생각했었다.

그러나 셋이 만나는 빈도수가 점차 늘어날수록 불편하고 거북스러웠다. 마치 셋이서 데이트하는 기분이었다. 문제는 기분 탓으로만 치부할 수 없다는 것이었다.

고개는 창밖으로 고정되어 있지만 시야에 들어오는 건 아무것도 없었다. 온몸의 신경이 죄다 등 뒤를 향해 곤두서 있었다. 아까부터 뒤통수가 따가울 정도로 강렬한 시선이 느껴졌다.

시선의 주인이 누군지 굳이 확인할 필요가 없었다. 달콤한 향수 냄새가 코끝을 스쳤다. 등 뒤에서 민경이 고개를 쓰윽 내민다.

"뭘 그렇게 보고 있어요? 밖에 재밌는 거라도 있어요?"

민경이 은근슬쩍 이수의 옆에 나란히 붙어 섰다. 창틀에 얹은 손이 그녀의 팔에 닿을락 말락 했다.

이수는 슬그머니 손을 옆으로 빼내며 고개를 살짝 돌렸다. 그 바람에 언뜻 민경과 시선이 마주쳤다. 뜨겁고 짙은 눈빛이었다. 이수는 보지 못한 척 시선을 옆으로 향했다.

지금까지 수많은 여자들을 상대했던 자신이었다. 굳이 말로 하지 않아도 표정이나 눈빛, 손짓만으로 상대방이 자신에게 관심이 있는 지의 여부를 알 수 있었다. 민경의 눈빛은 그에게 너무나 익숙한 것이었다.

"어? 너 또 온 거야?"

막 동아리방에 들어선 인해가 민경을 발견하고는 놀란 얼굴로 물었다.

"왜? 내가 여기 오는 거 싫어?"

민경이 서운한 투로 말하자 인해가 당황한 듯 손을 마구 내저었다.

"아니 그게 아니라, 너 학교 생활에 지장 있을까 봐……."

"내 일은 내가 알아서 잘 하고 있으니까 걱정할 필요 없어."

반박할 여지를 주지 않는 대답이었다. 인해는 민경에게 더는 뭐라 하지 못하고 시선을 이수에게로 향했다.

눈이 마주치자 애매한 표정으로 미소 짓는다. 민경의 학교 생활이 정말 걱정스러운 건지 아니면 동아리방으로 자주 찾아오는 게 부담스러운 건지 모르겠다.

희한한 일이었다. 여자들의 눈빛과 표정만 봐도 대충 어떤 생각을 품고 있는지 알겠는데 인해만은 예외였다. 인해가 직접 말로 하기 전까지는 그녀의 마음을 까맣게 몰랐었다.

그녀만은 이상할 정도로 속내를 전혀 읽을 수가 없었다. 그래서 본능적으로 다른 사람들보다 더 자세히 보고 듣고 살피게 되었다. 그녀가 특별한 이유였다.

민경은 특별한 여자의 소중한 친구였다. 그녀가 소중한 친구를 잃는 일은 없어야 했다. 그러려면 자신이 아무것도 몰라야 했다. 보고도 못 보고 알아도 알지 못하고 들어도 듣지 못하는 바보 천치 멍청이가 되어야 했다. 한 발만 잘못 디뎌도 추락하는 아슬아슬한 외줄 위에 서 있다는 사실 자체를 잊어야 했다. 이수는 무거운 한숨을 내쉬었다.

"괜찮아? 걸을 수 있겠어?"

"그럼, 내가 왜 못 걸어. 걸을 수 있써!"

민경은 혀 꼬인 말투로 큰소리치더니 갈지자걸음으로 걸어갔다. 위태롭게 비틀거리는 걸음걸이가 금세라도 길바닥에 쓰러질 것만 같았다. 인해가 얼른 뒤쫓아 가서 부축한다.

"어휴, 나한테 술 좀 작작 마시라고 잔소리하더니 이게 무슨 꼴이야. 유치장은 내가 아니라 네가 들어가야겠다."

"뭐라고?"

"아니야, 아무것도."

서둘러 부정하던 인해가 돌연 피식 웃었다. 친구의 주정이 그리 싫지만은 않은 눈치였다. 민경은 오늘 저녁을 산 김에 술까지 사겠다고 나섰다.

간단하게 맥주 한잔하자며 두 사람을 끌고 호프집으로 들어가더니 본인만 인사불성이 돼 버렸다. 한심해하는 이수의 시선을 느낀 건지 인해가 들으라는 듯이 큰 목소리로 중얼거린다.

"이상하네. 술이 약한 애가 아닌데. 오늘 컨디션이 별로였나."

민경이 행여 욕이라도 먹을까 봐 걱정이 되었던 모양이다. 친구의 역성을 드는 인해를 가만히 바라보다가 이수는 주차장으로 고개를 돌렸다.

술을 마셨으니 오늘은 차를 두고 가야 했다. 택시로 인해를 먼저 데려다 주고 집으로 가야 할 듯싶었다. 큰길가로 나가 택시를 잡으려는데 인해가 재빨리 그를 불러 세웠다.

"선배, 오늘은 저 혼자 갈게요."

"왜?"

"민경이가 저런데 혼자 보낼 순 없잖아요."

인해의 어깨 너머로 가로수에 몸을 기대고 있는 민경이 보였다. 혼자서 몸을 가누기 어려운 듯했다.

"어떻게 하려고?"

"민경이 데려다 주고 집에 가려고요."

인해의 집과 민경의 집은 반대 방향이었다. 민경을 데려다 주고 가면 새벽이나 되어야 집에 들어갈 터였다.

"너네 집에서 재우면 안 돼?"

"민경이네는 외박 절대로 안 돼요. 민경이 아버지가 되게 엄하시거든요."

"그럼 집에 가지 말고 같이 자든가."

"내일 1교시 수업 있어서 안 돼요. 민경이네서 자면 1교시 수업은 무리예요."

이수는 검지로 오른쪽 관자놀이를 문질렀다. 골이 지끈거렸다. 별다른 방법이 없었다.

"내가 데려다 줄 테니까 넌 집에 가."

인해의 눈이 휘둥그레진다.

"안 그래도 돼요. 전 괜찮아요."

"내가 안 괜찮아."

밤새도록 인해가 길바닥을 헤매게 놔둘 순 없었다. 그럴 바에야 차라리 자신이 나서는 편이 낫다.

"걱정 마. 네 친구 안전하게 데려다 줄게."

거듭 사양하던 인해는 이수가 강하게 나가자 결국 고개를 끄덕였다.

흐느적거리는 민경을 이끌고 대로로 나가 택시를 잡았다. 택시 뒷좌석으로 민경을 욱여넣으며 그 옆자리에 올라탔다. 인해가 걱정스러운 얼굴로 문을 닫아 주며 말했다.

"선배, 부탁할게요."

이수는 고개를 끄덕인 후 기사에게 민경의 집주소를 일러 주었다. 택시는 주저하지 않고 도로를 내달렸다. 이수는 뒤창으로 멀어지는 인해를 바라보았다.

택시가 우회전을 하자 인해의 모습이 더 이상 보이지 않았다. 이수는 몸을 바로하고는 옆자리에 기대어 있는 민경을 가만히 응시했다.

술 냄새가 진동하고 있었지만 표정은 평온했다. 얼핏 보면 잠든 것처럼 보이지만 규칙적인 숨소리가 들리지 않았다. 취한 사람 특유의 흐트러짐을 전혀 찾아볼 수 없었다. 이수가 나직하게 입을 열었다.

"안 자는 거 알아."

민경의 어깨가 미세하게 움찔거렸다. 역시 예상했던 대로였다. 일부러 취한 척한 게 틀림없었다. 한숨이 흘러나왔다.

기꺼이 바보멍청이가 되어 주려고 했었다. 끝까지 기다려 줄 작정이었다. 홀로 불타오르다 재가 되고 바람에 날려 흔적도 남지 않게 될 때까지.

그것이 인해의 친구에 대한 최소한의 배려였다. 하지만 이렇게 나온다면 이쪽도 가만있을 수 없었다.

"알고 있었지? 네가 취하면 인해가 데려다 주려고 나설 거라는 거. 그러면 내가 가만있지 않았을 거라는 것도. 다 알고서 일부러 그런 거지?"

민경은 여전히 눈을 감고 있었다. 그러나 허벅지 위에 올려놓은 손이 가늘게 떨리고 있었다. 딱히 대답을 바란 건 아니었기에 이수는 계속 말을 이어 갔다.

"잘 들어. 나한테 여자는 인해뿐이고, 넌 그냥 인해 친구일 뿐이야. 이건 앞으로 영원히 변하지 않을 거야. 그러니까 이쯤에서 그만 둬."

이수의 경고가 끝나자 마침내 감겨 있던 민경의 눈꺼풀이 올라갔다. 그녀는 차창으로 고개를 돌리며 물었다.

"지금까지 내 마음 알고도 모른 척한 거였어요?"

정확하고 또렷한 발음이었다. 아까 들었던 혀 꼬부라진 말투는 어디에도 없었다. 술 냄새만 나지 않았다면 전혀 술을 마신 사람 같지가 않았다.

"다 알면서 왜 모른 척한 거예요?"

"인해 친구니까."

그의 대답에 작은 웃음소리가 돌아왔다. 기쁘다기보다 자조에 가까웠다.

"그럼 계속 모른 척하지, 왜 이제 와 알은척한 거예요?"

"선을 넘으려고 했으니까. 넌 인해 생각 안 해?"

187

정곡을 찌른 건지 민경은 차창에 시선을 고정시키고 아무 말도 하지 않았다. 길지도 짧지도 않은 침묵이 흐른 후 그녀가 입을 열었다.

"인해 생각하면 미안하지만…… 나도 어쩔 수 없었어요. 난생처음 첫눈에 반한 사람이 인해 남자친구일 줄은 나도 몰랐다고요."

"그건 네 사정이고."

차가운 대꾸에 민경이 입을 다물었다. 고개를 돌리고 있어서 표정을 살필 순 없지만 마음이 상했을 터였다. 그래도 할 수 없었다. 누군가가 상처받아야 끝나는 것이라면 인해가 아닌 민경이길 바랐다. 이수는 사무적이고 건조하게 말했다.

"네 감정이 뭐든 나랑은 상관없는 일이야. 그리고 앞으로 우리 학교에 그만 왔으면 좋겠어."

"내가 그렇게 보기 싫어요?"

"보기 싫은 것도 좋은 것도 아니야."

허탈한 웃음소리가 들리더니 한숨 섞인 혼잣말이 들려왔다.

"좋지도 싫지도 않을 바에야 차라리 싫다는 게 낫겠네."

"계속 인해 친구로 남아 줘."

민경은 대답하지 않았다. 그저 차창 밖을 바라보고만 있었다. 이수는 침묵을 긍정으로 해석했다.

그동안 인해를 생각하지 않았다면 벌써 마음을 겉으로 드러내고도 남았을 그녀였다. 인해에게 그녀가 소중한 친구이듯 그녀에게도 인해는 소중한 친구일 터였다. 하지만 혹시나 하는 노파심에 한마디 덧붙였다.

"인해한테 상처 주면 가만 안 둘 거야."

이수는 기사에게 차를 세워 달라고 했다. 시간을 확인하니 택시를 탄 지 얼마 지나지 않았다. 잘만 하면 인해를 집에 데려다 줄 수 있을 듯했다. 택시에서 내리려는데 민경이 불쑥 중얼거렸다.

"인해가 부러운 건 처음이네요."

물기 섞인 목소리였다. 차창을 향하고 있는 민경의 얼굴이 젖어 있었다. 이수는 못 본 척하고 문을 닫았다. 멀어지는 택시를 잠시 바라보다가 미련 없이 뒤돌아섰다. 휴대전화를 꺼내 단축번호 1번을 길게 눌렀다.

"지금 어디 있어?"

이수는 지나가던 택시를 잡아탔다. 그러고는 인해가 있는 곳으로 달려갔다.

✽

가는 곳마다 어김없이 캐럴 송이 흘러나왔다. 차이라면 빠르고 느린 것일 뿐 캐럴 송인 건 매한가지였다. 이수는 홀 안에 울려 퍼지고 있는 느릿한 캐럴 송을 한 귀로 흘려들으며 맞은편을 바라보았다.

"크리스마스긴 크리스마슨가 봐요. 죄다 커플뿐이네."

주위를 두리번거리며 인해가 중얼거렸다. 이수는 어이없다는 얼굴로 대꾸했다.

"우리도 커플이거든."

"그러네요."

킥킥거리며 웃은 인해는 접시 위의 고기를 마저 썰어 먹었다. 이수는 주위를 둘러보았다. 분위기 좋은 레스토랑이다 보니 가족들보다 연인들이 쌍쌍이 테이블을 차지하고 있었다.

인해가 상체를 앞으로 숙이더니 목소리를 낮추고 은밀하게 말했다.

"저 사람들 여기서 나가면 어디로 갈까요?"

"글쎄, 영화 보러 가거나 아니면 한잔 걸치러 가겠지."

이수의 대답에 인해는 포크로 와인 잔을 살짝 건드리며 땡, 하고 중얼거렸다. 그녀는 미간을 살짝 구기며 다소 불만스러운 어조로 물었다.

"선배는 내가 어린애처럼 보여요?"

"아니."

"근데 왜 거짓말해요?"

"거짓말이라니."

"알잖아요. 저 사람들 여기서 나가면 호텔이나 모텔 갈 거라는 거."

일순 말문이 막혔다. 가슴 한구석이 뜨끔하기도 했다. 그녀의 지적대로 모르지 않았다. 지금 여기 있는 연인들의 최종 목적지가 어디인지. 너무나 잘 알고 있지만 일부러 화제로 꺼내지 않았다. 왜냐하면······.

"우린 어디 갈 거예요?"

바로 이런 질문을 받을 것 같아서였다. 이수는 난감해하며 대충 얼버무렸다.

"너 가고 싶은 데."

"그래요?"

인해가 반색을 하며 눈을 반짝였다. 왠지 예감이 좋지 않았다.

"그럼 우리 집에 가요."

인해는 이수를 똑바로 쳐다보며 당당하게 말했다. 이수는 그대로 굳어 버렸다.

"뭘 그렇게 놀래요."

"너……."

"혹시 엉뚱한 생각한 건 아니죠? 난 그냥 우리 집에 가서 놀자고 한 건데. 치맥 시켜서 밤새도록 영화 봐요. 얼마 전에 '첨밀밀' DVD 샀거든요. 선배랑 같이 보려고 아직 안 봤으니까 오늘 같이 봐요."

잔뜩 힘이 들어가 있던 어깨가 축 늘어졌다. 긴장했던 게 순식간에 우스워졌다. 언젠가는 인해와 함께 밤을 보낼 테지만 아직은 시기상조였다. 이제 고작 두 달째였다. 그녀와 다시 시작한 것이.

입안이 바짝 마르는 기분이었다. 이수는 인해가 눈치채지 못하도록 태연하게 물을 마셨다.

인해의 집 앞에 간 적은 많지만 안으로 들어간 적은 한 번도 없었다. '엉뚱한 생각'과는 상황이 다르지만 긴장되긴 매한가지였다. 게다가 하필이면 '첨밀밀'을 보자니.

'첨밀밀'은 그녀와 처음 만났던 날, 하마터면 서로 멱살 잡고 싸울 뻔하게 만든 영화였다. 그때는 심각했지만 지금은 아련한 추억이 되어 있었다.

인해도 그때의 추억을 떠올리며 DVD를 구입했을 터였다. 추억의 영화를 보며 그녀와 밤을 보낼 생각을 하니 긴장되지 않을 리 없었다.

오늘 밤을 어떻게 보내야 하나 생각하다 보니 어느새 메인요리 접시가 치워지고 후식인 밀푀유와 커피가 눈앞에 놓여 있었다. 인해는 커피를 홀짝이며 대수롭지 않게 중얼거렸다.

"365일이 크리스마스라면 저출산 문제는 금방 해결될 텐데."

"응?"

"오늘 밤 인구가 늘어날 거 아녜요."

인해는 주위의 커플들을 둘러보며 의미심장한 미소를 지었다. 이수도 피식 웃으며 동의했다.

"그러네."

"우리도 동참할까요?"

커피 잔을 들던 이수는 가만히 인해를 바라보았다. 아까와는 달리 인해는 시선을 똑바로 맞추지 못하고 테이블을 내려다보고 있었다. 긴장한 기색이 역력했다.

가슴 한구석이 싸했다. 아까 집에 가자는 말을 괜히 한 게 아닌 듯했다. 어쩌면 '엉뚱한 생각'이 정답이었는지도 모른다는 생각이 들었다. 이수는 당황한 속내를 숨기며 태연하게 들고 있던 커피 잔을 내려놓았다. 그러고는 일부러 장난스럽게 말했다.

"그런 건 남자가 먼저 말하는 거 아냐?"

인해의 뺨이 확 붉어졌다. 그럼에도 물러서지 않는다.

"남자가 먼저 말하라는 법은 없잖아요."

"인해야."

"선배라면 좋아요."

그냥 해 보는 말이 아니었다. 인해는 진심이었다. 지금 당장 호텔로 간다 해도 기꺼이 따라나설 터였다. 이수는 장난기를 지우고 정색을 하며 말했다.

"나중에."

인해의 얼굴이 대번에 어두워졌다.

"내가 별로예요?"

"그게 무슨 말이야?"

"전엔 손도 막 잡고 키스도 하고 그랬잖아요. 근데 왜 지금은 나한테 손도 안 대려고 하는 거예요?"

"그건……."

"이젠 선배 마음 알아요. 그치만 가끔 헷갈릴 때도 있어요."

속내를 털어놓은 인해는 그제야 괴로운 심경을 얼굴에 드러냈다. 말은 안 해도 그동안 속을 많이 끓였던 모양이었다. 이수는 그제야 스킨십을 피해 온 자신의 태도가 오해를 야기할 수도 있다는 걸 깨달았다.

"네가 생각하는 그런 게 아니야."

"그럼 뭔데요?"

이수는 입을 다물었다. 남자로서의 욕망과 본능은 잠시 접어 둔 상태였다. 남자 최이수가 아닌 인간 최이수는 서두르고 싶지 않았다. 천천히 한 발 한 발 앞으로 나가고 싶었다.

난생처음 가져 본 감정이었다. 지금의 이 감정을 소중하게 키워 가고 싶었다. 싹이 트고 줄기가 자라고 잎이 달리고 꽃이 필 때까지, 더 이상 자랄 수 없을 때까지 자라게 되면 그때 그녀를 안고 싶었다. 정점에 도달해 가장 향기롭고 달콤할 때 몸과 마음을 그녀로 가득 채우고 싶었다.

이런 마음을 어떤 말로 전해야 하는지 모르겠다. 신중하게 말을 고르고 고르던 이수가 마침내 입을 열었다.

"사랑하니까."

진부하기 짝이 없는 이 말을 어떻게 받아들인 건지 인해의 눈이 커다래졌다. 아무리 머리를 굴려도 다른 말은 생각나지 않았다. 이수는 재차 말했다.

"진정한 사랑인지는 아직 모르겠지만, 사랑하고 있는 건 맞아. 그래서 서두르고 싶지 않아."

부디 이 마음이 너에게 전해지기를.

인해의 눈동자가 흔들리고 있었다. 얼굴을 비롯해 목과 귀가 새빨갛게 물들어 있었다. 옷에 가려져 있는 나머지 부분도 마찬가지인 듯했다. 그녀는 말없이 고개를 천천히 끄덕였다. 한참 만에 그녀가 입을 열었다.

"부탁이 있어요."

"뭔데?"

"우리도 다른 사람들처럼 서로만 아는 애칭으로 불렀으면 좋겠어요."

이수는 인해의 요구에 내심 당혹스러웠다. 애칭이라니. 수많은 연애를 해 왔지만 상대방을 애칭으로 부른 적은 단 한 번도 없었다. 어색하고 닭살스럽다는 생각에 거부감부터 들었다.

하지만 마음과는 달리 이수는 고개를 끄덕여 주었다. 그녀가 원하는 건 웬만하면 전부 다 들어주고 싶었다.

"뭐라고 할 건데?"

인해는 잠시 이수의 눈치를 살폈다. 그러더니 조심스럽게 입을 열었다.

"이수역, 이라고 하면 안 되죠?"

이수의 입이 멍하니 벌어졌다. 문득 처음 만났을 때가 생각이 났다. 자신의 이름을 듣자마자 이수역 운운했던 그녀였다. 당시엔 불쾌했지만 지금 돌아보면 유쾌한 해프닝에 불과했다.

그때는 몰랐지만 이젠 알고 있었다. 그녀에게 악의가 없다는 것을. 가끔가다 엉뚱한 말을 내뱉는 게 그녀의 매력이었다. 이수는 순순히 수락했다.

"부르고 싶은 대로 불러도 돼."

허락이 떨어지자 인해의 표정이 밝아졌다.

"선배는요? 날 뭐라고 부를 거예요?"

"글쎄……."

아무 생각도 없었지만 미소가 맴도는 얼굴을 보고 있자니 한 단어가 불쑥 떠올랐다.

"해님."

"네?"

"네 이름에 '해'가 들어가잖아. 그래서 해님."

하늘 위에 있는 해님처럼 따뜻해 보였다. 웃고 있는 그녀의 얼굴이.

"좋아요."

마음에 드는지 인해가 활짝 웃는다. 보고 있기만 해도 온몸이 따뜻해지는 웃음이었다. 저절로 입가가 부드럽게 허물어졌다. 두 사람은 서로를 마주 보며 오랫동안 웃었다.

인해의 집에서 밤새 영화를 보는 건 다음으로 기약했다. 이수는 아쉽기도 하고 후련하기도 한 마음을 안고 귀가했다. 커다란 담벼락을 끼고 돌아서자 익숙한 검은색 철제 대문이 시야에 들어왔다. 집 앞에 거의 다 왔을 무렵, 어머니에게서 전화가 왔다.

[오늘 들어오는 거니?]

"집 앞인데요."

[벌써? 더 놀다 오지 않고.]

"충분히 놀았어요."

[그래, 알았다. 문 열어 놓을 테니까 얼른 들어와.]

어머니와 통화를 마치고 차를 주차장에 주차시키기 위해 핸들을 꺾은 순간이었다. 어디선가 튀어나온 인영이 앞으로 휙 다가왔다. 이수는 급하게 브레이크를 밟았다. 끼이익— 지면과 마찰하는 타이어의 처절한 비명 소리가 골목에 울려 퍼졌다.

"괜찮으세……."

서둘러 차에서 내린 이수는 말끝을 흐리며 그 자리에 멈춰 섰다. 눈 뜨고 꿈을 꾸는 기분이었다.

"어떻게 여길……."

차 앞으로 다가왔던 인영은 놀랍게도 고영미였다. 그녀는 이수를 보자마자 반색을 했다.

"이제 오는 거니?"

다정하고 살갑게 말을 걸어온다. 마치 귀가하는 아들을 맞이하는 엄마처럼. 여태껏 그에게 한 번도 보여 준 적이 없는 생소한 모습이었다. 집 앞으로 찾아온 것도 처음 있는 일이었다.

"여기까진 왜 온 거예요?"

"왜긴. 너 보러 왔지."

만약 4년 전에 이 말을 들었다면 곧이곧대로 받아들이고 흔들렸을 것이다. 비록 돈을 받고 팔아넘긴 자식이지만 생모로서의 정은 남아 있구나, 어쩔 수 없는 사정이 있었겠구나, 라고 생각했을 것이다. 상상만으로도 끔찍했다. 4년은 세상의 비정함과 엄혹함을 깨닫게 하는 데 충분한 시간이었다.

이수는 눈앞에 서 있는 고영미를 차가운 눈길로 바라보았다. 그녀는 가식적으로 웃고 있었다. 잘 보이려고 애쓰는 기색이 역력했다. 자신에게 원하는 게 있는 듯했다.

돈은 아닐 것이다. 얼마 전 군소리가 나오지 않을 정도로 넉넉하게 입금시켰으니까. 만약 더 큰 액수를 원하는 거라면 한마디 해 줄 작정이다. 욕심도 적당히 부리라고. 그러다간 한 푼도 못 받게 될 거라고.

"용건이 뭐예요?"

이수가 단도직입적으로 묻자 고영미의 눈이 반짝였다. 마치 그 말을 기다렸다는 듯이.

"그게 말이야……."

"차 소리가 들리던데, 혹시 이수 네가……!"

대문 안쪽에서 발소리가 들리더니 어머니가 급히 문을 열고 나왔다. 어머니는 고영미를 발견하더니 순식간에 안색이 창백해졌다.

"자네 지금 여기서 뭐 하는 거야?"

"안녕하세요, 사모님."

고영미는 어머니에게 형식적으로 고개를 까닥거리며 인사했다. 그러고는 냉랭하기 짝이 없는 말투로 말했다.

"사모님께서 절대로 안 된다고 하셔서 이수에게 직접 부탁하려

고 왔어요. 따지고 보면 사모님이 아니라 이수가 결정할 일이잖아
요."

"그 얘긴 이미 끝난 거잖아. 가! 내 집 앞에서 당장 사라져!"

어머니가 언성을 높였다. 온화하고 조용한 성품의 어머니답지 않
은 모습이었다. 직감적으로 심상치 않은 일이 있다는 걸 알았다.

"사라질게요. 이수야, 가자."

고영미는 아쉬울 거 없다는 듯 대꾸하고는 이수의 팔을 잡아끌었
다. 그러자 어머니가 냉큼 이수와 고영미를 떼어 놓았다.

"집에 온 애를 어디로 데려가려고? 가려면 자네 혼자 가게."

"내 자식 내가 데리고 가겠다는데 왜 이러세요?"

"자네 정말 이럴 건가?"

어머니의 목소리가 가늘게 떨리고 있었다. 창백하다 못해 새파랗
게 질린 어머니와는 달리 고영미는 시종일관 당당한 모습이었다. 더
는 두고 볼 수 없었다.

"여기서 듣겠어요. 무슨 일이죠?"

이수가 말하자마자 어머니가 두려운 얼굴로 고개를 가로저었다.

"안 돼. 이수야. 절대로 안 돼."

"무슨 일이길래……."

"태석이가 아파."

그의 말을 중간에서 자르며 고영미가 끼어들었다. 그러고는 이수
의 손을 붙들고 매달렸다.

"태석이가 많이 아파. 네가 도와줘야 해."

"돈은 이미 드렸잖아요."

"돈이 문제가 아니야."

돈을 세상에서 가장 중히 여기는 사람이 돈이 문제가 아니라고 한다. 불길한 예감이 들었다. 늘 그렇듯 불길한 예감은 여지없이 들어맞았다.

"태석이가 간 이식을 받아야 살 수 있대."

눈물을 글썽이고 있는 고영미가 마치 환영처럼 보였다. 모른 척하고 싶었다. 하지만 고영미가 다음에 할 말이 무엇인지 그는 너무나 잘 알고 있었다.

"우리 태석이한테 네 간이 필요해. 형이니까 그 정도는 해 줄 수 있잖아."

우리 태석이. 만약 단 한 번이라도 '우리 이수'라고 불러 주었다면 어땠을까. 아마 지금처럼 마음이 평온하지는 않았을 것이다.

물론 태석이가 불쌍하고 가여운 마음은 있었다. 하지만 가슴이 찢어지도록 절절하게 걱정되지는 않았다. 피붙이라기보다 한 다리 건너 남의 일처럼 느껴진다. 자신에게 동생은 여동생인 희영뿐이었다.

"안 되는 일이라고 했잖아. 이수 몸에 칼 대는 일은 절대 안 돼."

어머니는 이수의 손을 붙들고 있는 고영미를 떼어 낸 후 온몸으로 막아섰다. 마치 고영미로부터 지키겠다는 듯이. 고영미는 어이없다는 듯이 어머니를 쳐다보며 짜증스럽게 말했다.

"사모님이 나설 자리 아니거든요."

"돈은 얼마든지 줄게. 우리 아들은 건드리지 마."

"말은 똑바로 해야죠. 이수가 왜 사모님 아들이에요? 내 배 아파 낳은 내 자식인데."

"아니, 이수는 내 자식이야."

"그래요? 그럼 사람들한테 물어봐야겠네요. 누구 말이 맞는지."

어머니의 어깨가 미세하게 움찔했다.

뒤에 있던 이수는 어머니의 반응을 낱낱이 목격했다.

고영미는 그동안 어머니를 무수히 위협하고 협박해 왔다. 세상 사람들에게 자신이 어머니의 친아들이 아니라는 걸 알리겠다고 으름장을 놓으며 늘 어머니를 꼼짝 못하게 했다. 그렇게 돈을 가져가더니 이젠 자신의 간까지 내놓으라 한다.

어머니가 협박당하는 꼴을 보느니 그냥 간을 떼어 주고 말지, 라는 생각도 없지 않았다. 태석을 동생이라 인정하지 않더라도 목숨이 걸린 일이니 인도적인 차원에서 도와줄 수도 있는 일이었다. 하지만 어머니의 마음을 알기에 섣불리 나설 수 없었다.

"자네 마음대로 해 봐. 나도 이번엔 가만 안 있을 거니까."

어머니는 비장한 얼굴로 힘주어 말했다. 절대로 물러나지 않겠다는 의지가 엿보였다. 어머니는 언제나 자신이 사람들에게 서자라고 손가락질 받으며 상처 입을까 봐 걱정하고 염려했었다.

고영미의 협박에 순순히 굴종한 건 당신의 사회적 지위와 체면 때문이 아니라 자신을 위해서였다.

어머니 대신 고영미의 요구를 들어주겠다고 했을 때도 자신이 죄책감으로 괴로워하는 걸 알고서 내키지 않아도 수락했던 어머니였다. 그랬던 어머니가 완강하게 거부하고 있었다. 처음으로 고영미와 맞서고 있었다. 자신을 지키기 위해서.

고영미는 어머니가 같잖다는 듯 콧방귀를 뀌며 중얼거렸다.

"온실 속 화초가 뭘 할 수 있다고."

"자네 덕분에 완벽한 온실은 아니었지."

어머니의 일침에 고영미는 입을 다물었다. 팽팽한 긴장감이 흘렀다. 고영미와 대등하게 맞서고 있는 어머니를 보고 있자니 가슴이 아팠다. 평생 험한 일이라고는 모르고 살 수도 있었을 것이다. 자신만 없었더라면 일평생 안온했을 것을. 가슴이 묵직하게 가라앉는다.

"사람들 부르기 전에 어서 가게."

뜻밖에 어머니가 강경하게 나오자 고영미는 분한 얼굴로 마지못해 돌아섰다. 하지만 이대로 끝나지 않을 것이다.

그동안 고영미와 직접 거래를 한 덕에 깨달은 것이 있었다. 그녀는 태석을 위해서라면 물불을 가리지 않는 사람이었다. 원하는 걸 얻을 때까지 결코 포기하지 않을 터였다.

오늘 일은 시작에 불과했다. 앞으로 오늘보다 더한 일들이 벌어질 것이다. 그럴 바에야 차라리…….

"춥다. 들어가자."

"어머니."

나직한 이수의 부름에 어머니가 불안한 얼굴로 돌아보았다. 이수의 얼굴에서 그의 생각을 읽었는지 그녀가 단호하게 말했다.

"내 눈에 흙이 들어가도 안 되는 일이야."

어머니의 두 눈이 어느새 젖어 있었다. 그녀는 이수의 손을 꼭 붙잡았다. 따스한 체온이 스며들자 손끝이 찌릿했다. 이수는 그제야 자신의 손이 차갑게 얼어붙어 있었다는 걸 깨달았다.

"걱정할 거 없어. 엄마가 공여자 찾아낼 거니까. 넌 절대 나서지 마. 알았지?"

절박한 심정이 피부를 타고 생생하게 전해진다. 눈시울이 뜨끈해져 왔다.

이수는 목구멍까지 치솟은 뜨거운 덩어리를 힘겹게 삼키며 고개를 끄덕였다. 소용없다는 것을 알지만 다시 한 번 신을 원망해 본다. 어째서 나는 어머니에게서 태어나지 못한 걸까.

문득 해님이 너무나 보고 싶었다.

7.

가족들이 모두 잠든 늦은 밤, 이수는 조용히 집을 빠져나왔다. 크리스마스의 흥겨움이 가신 거리는 평소보다 더 쓸쓸하고 을씨년스러웠다. 텅 빈 도로를 달리다가 익숙한 골목길로 들어섰다.

이수는 익숙한 자리에 차를 세우고 익숙한 집을 올려다보았다. 창문이 환하면 올라가고 컴컴하면 돌아가려 했다. 새벽에 가까운 늦은 시간인데도 창문은 환하게 빛나고 있었다.

비좁은 계단을 올라가 초인종을 눌렀다. 별다른 생각은 없었다. 잠깐 얼굴만 보고 갈 작정이었다. 그러면 잠을 잘 수 있을 것 같았다. 그러나 문을 열고 나온 인해를 보는 순간 머릿속이 아득해졌다.

"들어와요."

다소 놀란 듯했던 인해는 이수의 얼굴을 가만히 보더니 아무것도 묻지 않았다. 그저 조용히 안으로 그를 들였을 뿐이었다. 이수는 잠시 망설이다가 인해의 공간으로 들어갔다.

손바닥만 한 원룸은 여느 대학생의 자취방과 다르지 않았다. 간소한 세간에 정말 필요한 것들만 갖추고 있었다.

그녀는 자그마한 탁자에 올려놓은 노트북으로 영화를 보고 있었다. 오늘 그녀가 같이 보자고 했었던 영화 '첨밀밀'이었다. 창문이 환했던 이유였다.

인해는 말없이 커피를 타 주었다. 이수는 그녀와 커피를 마시며 영화를 같이 보았다. 감미로운 등려군의 노랫소리가 자그마한 방 안에 울려 퍼졌다. 전에 봤던 영화지만 따분하거나 지루하다는 생각은 들지 않았다.

뜨겁고 달달한 커피 덕분인지 얼어붙었던 속이 조금이나마 풀리는 기분이었다. 보고 싶었던 얼굴을 봐서 그런지 마음도 풀리는 것 같았다. 지친 몸과 마음이 차츰 안정을 되찾아 갔다. 커피가 바닥을 보일 때였다.

"괜찮아요."

커피를 홀짝이던 인해가 불쑥 중얼거렸다. 그녀는 담담한 얼굴로 재차 말했다.

"난 괜찮다고요."

이수는 숨을 죽였다. 서두르지 않겠다고 했던 게 불과 몇 시간 전이었다. 한 입으로 두말하는 사람이 되고 싶지는 않았다. 아니라고, 집에 갈 거라고, 얼굴만 보러 온 거라고 말하려 했다. 그러나 혀가 굳어진 양 한 마디도 할 수 없었다.

인해는 노트북을 끄고 이수의 손을 잡아끌었다. 혼란스러웠다. 자리를 박차고 나가야 하는데 발이 떨어지지가 않는다. 아직은 아니라고, 좀 더 기다려야 한다는 생각과는 달리 몸뚱이는 요지부동이었다.

몸과 마음의 치열한 다툼은 그리 오래가지 않았다. 실오라기 하나 걸치지 않은 인해의 모습이 눈에 들어온 순간, 시끄럽게 떠들던 마음이 조용히 입을 다물었다.

인간 최이수는 사라지고 남자 최이수만이 남았다. 남자 최이수는 그동안 억눌러 왔던 본능을 마구 풀어 헤쳤다. 금세 온몸이 뜨겁게 달아올랐다.

그녀는 따뜻하고 촉촉하게 이수를 감싸 주었다. 서툴고 순진하면서도 때론 대담하고 예측 불가능한 그녀의 몸짓에 속절없이 빠져들었다.

육체적으로도 밀고 당기기가 가능하다는 걸 처음으로 알았다. 달뜬 신음 소리는 듣기 좋은 음악 같았고, 혀끝에 닿은 살결은 솜사탕처럼 부드럽고 달콤했다.

아무 생각도 나지 않았다. 오직 그녀만 있을 뿐이었다. 절정이 임박한 순간, 이수는 그녀를 와락 끌어안았다. 팔다리를 이용해 빈틈없이 서로의 몸을 단단하게 밀착시켰다. 마치 처음부터 하나의 몸을 가지고 태어난 샴쌍둥이처럼 보였다. 이수는 낮은 탄성을 내뱉으며 온 힘을 다해 모든 걸 아낌없이 쏟아부었다.

한바탕 절정이 휘몰아친 후, 어두운 방 안에서 들리는 소리라고는 정사의 여운이 묻어 있는 나른한 숨소리뿐이었다.

이수는 숨을 짧게 몰아쉬며 보드라운 가슴 사이에 얼굴을 묻었다. 코끝으로 훅 풍겨 오는 아득한 살 냄새를 폐부 깊숙이 들이마셨다. 그녀의 냄새로 온몸을 가득 채우고 싶었다.

인해는 가슴 위에 엎어진 이수의 머리칼을 가만가만 쓸어 주었다. 단순한 동작인데도 순간 울컥했다. 그제야 깨달았다. 그녀에게서 위로받고 싶어 했다는 것을. 머리 위에서 나지막한 목소리가 들려왔다.

"부모님이 돌아가셨다는 걸 알았을 때, 이상하게 눈물이 나오지 않았어요. 사람들은 제가 충격으로 정신이 이상해져서 그런 거라고 했어요. 그 후에도 눈물은 여전히 나오지 않았어요. 그렇게 몇 년이 지났어요. 학교에서 돌아오던 길이었어요. 평소와 다름없는 날이었는데 갑자기 눈물이 걷잡을 수 없이 쏟아졌어요. 길 한복판에서 펑펑 울었죠. 그땐 왜 그랬는지 몰랐는데, 나중에 저절로 깨달았어요. 슬픔이 쌓이고 쌓여서 더 이상 갈 데가 없어지니까 그제야 눈물이 나왔다는 걸요."

머리칼을 쓰다듬던 손이 천천히 내려와 볼을 어루만져 준다.

"언젠가 터질 거라면, 그냥 터트려요. 참지 말고."

담담한 목소리가 안 그래도 위태로운 눈가에 직격탄을 날렸다. 손으로 뜨거운 눈가를 꾹꾹 누르며 몸을 일으켰다. 어두워서 다행이었다. 이수는 젖은 얼굴로 까만 허공을 한참 응시하다가 입을 열었다.

"나한텐 어머니가 두 분이 있어."

어둠을 틈타 고백을 했다. 언젠가 고영미를 받아들이게 되면 그녀에게 말하려 했던 것이었다. 하지만 그런 날은 영원히 오지 않으리라.

"하지만 내 어머니는 오직 한 분뿐이야."

과거에도 지금도 앞으로도 변치 않을 것이다. 고영미는 낳아 준 사람일 뿐, 어머니는 아니었다. 오늘에서야 확실히 깨달았다. 그 여자는 결코 자신의 어머니가 되어 줄 수 없는 사람이라는 것을.

맡겨 놓은 걸 찾으러 온 사람처럼 당당하고 거리낌 없이 자신의 간을 요구하던 그 여자는 태석의 어미이지 자신의 어미는 아니었다.

인해는 이수를 가만히 안아 주었다. 어설픈 위로의 말 대신 그녀가 택한 건 침묵이었다. 말보다 따뜻한 침묵과 체온이 가슴 깊숙이 스며들었다.

"나랑 같이 갈래?"

"어디요?"

"그냥 멀리. 산도 좋고 바다도 좋고."

태생부터 자신은 어머니에게 슬픔과 고통 그 자체였다. 자신이 있는 한 어머니는 계속 고통받을 터였다.

어머니의 곁에서 떠나는 것이야말로 고통을 없애는 유일한 방법이었다. 그것을 알면서도 이기적이고 비겁한 자신은 모른 척하며 미루고 또 미루었다.

하지만 이제 더는 미룰 수 없었다. 자신이 있는 한 고영미는 수단과 방법을 가리지 않고 어머니를 괴롭힐 터였다. 이제까지와는 차원이 다를 것이다.

그러기 전에 떠나야 했다. 자신으로부터 시작된 악순환의 고리를 자신의 손으로 끊어 내야 했다. 모두가 상처 입기 전에.

"잠깐 갔다 오는 거예요?"

"아니."

인해는 생각에 잠긴 듯 입을 다물었다. 이수는 그녀를 이해했다. 누구라도 섣불리 결정할 수 없는 일이었다. 모든 걸 다 버리고 떠나는 게 쉬운 일은 아니니까. 짧고도 긴 시간이 지난 후 인해가 밝은 목소리로 대답했다.

"수역 씨가 원한다면 갈게요."

"수역 씨라니?"

낯선 이름에 되묻자 인해가 작게 웃으며 말한다.

"이수역, 씨요."

이수역. 이수는 그제야 자신의 애칭이 사람 이름처럼 들릴 수도 있다는 걸 깨달았다. 순간 다른 남자인 줄 알고 긴장했던 스스로가 바보처럼 여겨졌다.

가느다란 웃음이 흘러나왔다. 비참하고 슬픈 와중에도 웃음이 나온다. 그래, 그녀만 있으면 된다. 곁에 아무도 남지 않더라도 그녀만 있다면 외롭지 않을 터였다. 이수는 다시 한 번 물어보았다.

"모든 걸 버리고 나랑 갈 수 있겠어?"

"수역 씨를 얻을 수 있다면요."

이수는 인해를 끌어당겨 품에 안았다.

"이제부터 난 해님 거야."

자진해서 족쇄를 채운다. 어둠 때문인지 몰라도 맨정신으로는 절대 말할 수 없다고 생각했던 간지러운 말이 잘도 나온다. 가느다란 손이 붉어진 이수의 얼굴을 감싼다. 그러고는 입술에 입을 맞추었다.

뜨끈한 열기를 머금고 있는 입술을 빨며 이수는 다시 한 번 그녀를 품었다. 까만 창문이 푸르스름해질 때까지 몇 번이고 깊이 사랑을 나누었다.

칼날처럼 날카로운 바람이 옷 속으로 파고들었다. 이수는 코트 깃을 세웠다. 느닷없는 한파로 온 세상이 꽁꽁 얼어붙었다. 가는 날이 장날이라고, 하필 떠나는 날 날씨가 이렇다. 그래도 이수는 설레어 들뜨는 마음을 주체할 수가 없었다. 마치 기다리던 소풍을 앞두고 있는 초등학생이 된 기분이었다.

주변을 정리하는 데 그리 오랜 시간이 걸리지 않았다. 이수와 인해는 함께 떠나기로 결정한 다음 날 학교에 가서 휴학을 했다. 인해는 얼마 되지 않는 세간을 팔거나 정리했다.

단, 원룸은 아직 계약이 끝나지 않은 데다 부동산에 내놓으면 작은집으로 연락이 갈 수도 있어서 그대로 두기로 했다. 이수 역시 가족들이 눈치채지 못하도록 은밀히 떠날 준비를 했다.

그사이 고영미는 몇 차례나 어머니에게 행패를 부리고 위협했다. 그때마다 이수는 인해에게 모든 것을 이야기했고, 그녀는 그를 위로해 주었다.

시간이 갈수록 두 사람의 사이는 더욱 깊고 돈독해졌다. 이수는 인해에게 마음을 완전히 터놓고 기대었으며 인해는 그를 단단히 붙들어 주었다.

여자고 나이도 어리지만 그녀는 그녀의 이름처럼 강인했다. 이수가 흔들리지 않고 굳건하게 버틸 수 있도록 성심성의껏 도와주었다.

이제 인해는 평생을 함께할, 없어서는 안 될 존재가 되었다. 미래를 그녀가 아닌 다른 사람과 함께한다는 상상조차 불가능하게 되었다. 시나브로 그녀가 가슴 깊숙이 들어와 있었다. 그녀가 굳게 믿는 진정한 사랑이 무엇인지 이제는 알 것 같았다.

약속 시간까지 10여 분 남짓 남아 있었다. 이수는 서울역 출입구 근처에서 오가는 사람들을 바라보았다. 사람들과 함께 찬 바람도 들어왔지만 개의치 않았다.

저 사람들 속에서 금방이라도 인해가 손을 흔들며 달려올 것 같아서 눈을 뗄 수 없었다. 그녀가 나타나면 새로운 인생이 시작되는 것이었다. 이수는 부푼 기대감을 안고 출입구에 시선을 고정했다.

10분이 지났다. 이제 얼굴을 볼 수 있겠구나 싶은 생각에 가슴이 두근거렸다. 10분이 또 지났다. 좀 늦나 보다 싶었다. 10분이 지나고 또 지났을 때 전화를 걸었다. 신호는 가지만 받지를 않는다.

휴대전화가 가방 안에 있으면 간혹 전화를 못 받는 경우도 있으니 그러려니 했다. 그러나 1시간이 지나고 2시간이 되도록 인해는 나타나지 않았다. 전화 역시 여전히 연결되지 않았다.

이수는 계속 기다렸다. 불이 켜지고 창밖이 컴컴해져도 한 발자국도 움직이지 않았다. 매서운 바람을 맞으며 자리를 굳건히 지켰다. 몸이 점점 얼어붙었지만 상관하지 않았다. 그저 기다릴 뿐이었다. 인해가 올 때까지.

어둠이 깊어지자 차츰 주변에 노숙자들이 몰려들었다. 이수는 박스를 깔고 덮은 노숙자들 틈바구니에 서 있게 되었다.

간혹 말을 걸거나 담배를 빌려 달라며 시비를 거는 사람들도 있었지만 대꾸하지 않자 그냥 가 버렸다. 검지를 머리에 대고 빙글빙글 돌리면서. 미친놈으로 취급당해도 개의치 않았다. 누가 뭐라고 하든 말든 이수는 얼음 동상처럼 가만히 서 있기만 했다.

새카맣던 하늘이 파랗게 물들면서 동이 텄다. 하나둘 노숙자들이 사라지자 곧 출근하는 사람들이 밀어닥쳤다. 이수는 여전히 같은 자리에서 바쁘게 오가는 사람들의 물결을 가만히 굽어보았다.

수많은 얼굴들 중에서 기다리던 얼굴은 끝내 찾을 수 없었다. 밤새도록 자리를 지키며 우뚝 서 있던 이수의 발이 마침내 움직였다. 딱딱하게 얼어붙은 몸이 잘 움직여지지 않아 겨우겨우 발을 뗄 수 있었다.

어떻게 이곳까지 왔는지 기억이 나지 않았다. 발길 닿는 대로 가다 보니 익숙한 골목길에 서 있었다. 이수는 익숙한 원룸을 올려다보았다. 뻣뻣한 다리를 닦달하며 수없이 오르내렸던 비좁은 계단을 밟았다.

문은 굳게 잠겨 있었다. 혹시나 싶어 다시 전화를 걸었다. 먹통이었다. 집 안에서는 아무 소리도 들리지 않았다. 쥐 죽은 듯이 조용하기만 했다.

이수는 문 옆에 쪼그리고 앉았다. 어제부터 지금까지 먹지도 않고 잠도 자지 않았는데 전혀 피곤하지 않았다.

녹슨 기계가 움직이듯 머리가 천천히 돌아가기 시작했다. 굳게 걸어 두었던 빗장을 풀어 헤치자 기다렸다는 듯이 온갖 생각들이 봇물처럼 터져 나왔다.

날짜와 시간을 헷갈린 건가. 아니면 장소를 잘못 알아듣고 다른 곳에 가 있는 걸까. 왜 전화를 받지 않는 걸까. 어째서 자신에게 전화를 하지 않는 걸까. 휴대전화를 잃어버린 건가. 혹시 떠난다는 사실을 누군가에게 들켜서 붙들려 있는 건가. 그래서 오지 못한 건가.

생각의 홍수 속에서도 결코 인해가 자신과의 약속을 저버렸다는 생각은 하지 않았다. 그럴 리가 없었다. 누구보다도 자신을 이해하고 함께하겠다고 한 그녀였다. 이제 와 자신을 버릴 리 없었다. 도 대체 무슨 일 때문에 약속 장소로 나오지 못한 걸까.

그녀의 지인이나 친척들의 연락처를 알지 못하니 딱히 알아볼 방도가 없었다. 이대로 앉아서는 아무것도 할 수 없었다. 직접 발로 뛰는 수밖에.

어디로 가야 할지 모르지만 일단 몸을 일으켰다. 다리가 후들거려서 벽을 짚으며 몸의 중심을 잡았다. 계단을 막 내려가려던 참이었다.

"여길 어떻게……."

계단을 중간쯤 올라온 민경이 이수를 발견하고는 눈이 휘둥그레졌다. 작년 가을, 택시 안에서 헤어진 이후 민경을 보는 건 처음이었다. 이수는 그녀가 있는 곳까지 서둘러 내려갔다. 그러고는 다급하게 물었다.

"인해 어디 있는지 알아?"

질문을 듣자마자 민경이 흠칫했다. 재빨리 시선을 피하는 행동이 몹시 수상쩍었다. 이수는 확신했다. 민경은 인해가 있는 곳을 알고 있는 게 틀림없었다.

"말해. 어디 있는지."

"인해랑 같이 떠나기로 했다면서요."

뜻밖의 답이 돌아왔다.

"네가 그걸 어떻게…… 인해가 말한 거야?"

민경의 고개가 위아래로 움직였다. 떠난다는 이야기는 둘만의 비밀로 하기로 했었다. 하지만 친자매나 다름없는 친구인 민경에게는 숨길 수 없었던 모양이다. 이수는 여전히 시선을 돌리고 있는 민경

212

을 물끄러미 바라보았다.

"네가 못 오게 막은 거야?"

"아니요."

"그럼 왜 말을 안 하는 건데. 인해 어디 있는지 넌 알지?"

"그만두세요."

민경이 고개를 돌려 이수를 똑바로 응시했다. 그녀가 단호하게 말했다.

"인해 안 와요."

머릿속으로 선뜻 입력이 되지 않았다. 이수는 멍하니 되물었다.

"뭐?"

"이수 씨하고 떠난다고 했지만 후회한다고 했어요. 계속 부담스러웠대요. 그러니까 인해 찾지 마요."

"거짓말."

"믿든 안 믿든 마음대로 해요. 난 인해한테 들은 대로 말한 것뿐이니까요."

민경은 더 이상 할 말이 없다는 듯 몸을 돌려 계단을 내려갔다. 홀로 남은 이수는 계단 중간에 털썩 주저앉았다. 한 발짝도 움직일 수 없었다. 온몸의 기력이 전부 빠져나간 것처럼 손가락 하나 들 수가 없었다.

민경이 남긴 말들이 빙글빙글 뇌리를 부유하고 있었다. 후회한다니. 부담스러웠다니. 믿을 수가 없었다. 인해는 단 한 번도 곤란하거나 난처해하는 기색을 내비친 적이 없었다.

산에 들어가 작은 집을 짓고 둘이서 함께 살아갈 일들에 대해 이야기하던 모습이 생생했다. 소박하고 단순한 미래를 꿈꾸는 그녀는 행복해 보였었다. 그런데 후회라니. 가당치도 않았다.

하지만 인해는 약속 장소에 나타나지 않았다. 둘만의 비밀로 하기로 했던 일을 민경에게 말했다. 자신에게 말할 수 없었던 진심을 민경에게 털어놓은 건지도 몰랐다. 만약 정말 그런 거라면…….

이수는 눈을 질끈 감았다. 지독한 악몽을 꾸는 기분이었다.

해가 뉘엿뉘엿 기우는 하늘에 휴대전화 벨소리가 울려 퍼졌다. 이수는 주머니에서 울리고 있는 휴대전화를 꺼냈다. 액정에 뜬 발신인을 보니 어머니였다.

다른 사람들의 번호는 죄다 차단해 놨지만 어머니만은 예외였다. 어머니는 어젯밤부터 줄기차게 그에게 전화를 걸고 있었다. 이수는 전화를 받았다.

"여보세요."

[이수야!]

그가 전화를 받자마자 어머니가 소리쳤다.

[너 무슨 일 있는 거 아니지? 응? 설마…… 병원인 건 아니지?]

불안에 떠는 목소리가 건너왔다. 병원 운운하는 걸 보니 편지를 아직 발견하지 못한 모양이었다. 어머니가 두려워하고 걱정하는 게 무엇인지 손에 잡힐 듯 그려졌다.

편지를 발견하지 못한 상태에서 자신이 집에도 안 들어가고 연락도 되지 않으니 어머니 입장에선 고영미의 요구를 들어주러 간 거라고 오해했을 수도 있었다. 밤새 마음 졸였을 어머니를 생각하니 고개를 들 수가 없었다.

"오랜만에 만난 친구랑 한잔하다 보니 잠이 들어 버렸어요. 일어나서 바로 전화했어야 했는데 깜박했어요. 죄송해요."

대충 둘러대자 그제야 안도하는 어머니의 목소리가 들려왔다.

[그랬니? 엄만 그것도 모르고……. 하여간 다행이야. 네가 당장 알아야 할 게 있는데 연락이 안 돼서 얼마나 애를 태웠는지.]

"뭔데요?"

[중국으로 가면 이식수술이 가능할 거 같아.]

아, 이수는 저도 모르게 탄성을 내뱉었다. 의외로 일이 수월하게 풀릴 모양이었다.

[이제 걱정할 거 없어. 그래도 혹시 모르니까 넌 일단 미국으로 가는 게 좋을 거 같아.]

"미국이요?"

[어차피 졸업하고 유학 갈 예정이었잖아. 조금 앞당긴다 생각하고 나가 있어.]

혹시 고영미가 마음을 바꿔 어깃장을 놓을까 봐 미리 대비하려는 걸 모르지 않는다. 그 마음을 알면서도 선뜻 대답할 수가 없었다.

[이수야? 듣고 있니?]

걱정스러워하는 어머니의 목소리를 듣자마자 반사적으로 입이 움직였다.

"네, 알았어요."

어차피 떠나려 했었다. 원래 계획과는 많은 것이 달라졌지만 떠난다는 사실은 변함없었다. 단지 혼자 가야 한다는 현실이 믿기지 않을 뿐이다. 수화기 너머에서 한동안 말이 없더니 이윽고 한숨 섞인 목소리가 들려왔다.

[졸업하고 가지 못해서 아쉽다는 거 알아. 그래도 어쩌겠니. 사정이 이런데.]

"알고 있어요."

어머니 당신이 아쉽고 섭섭하다는 걸 모르지 않는다. 고영미가 자신의 간을 요구하지 않았다면 어머니는 절대 자신을 멀리 보내지 않았을 것이다.

[그래, 어서 집으로 와. 같이 저녁 먹자.]

"네."

어머니와 통화를 끝내고 나니 하늘이 캄캄해져 있었다. 겨울이라 확실히 해가 짧았다. 이수는 차가운 계단에서 몸을 일으켰다. 계단을 내려간 후 고개를 돌려 까만 창문을 쳐다보았다.

금방이라도 불이 켜지고 인해가 불쑥 얼굴을 내밀 것만 같았다. 추우니 어서 들어오라고 손짓할 것만 같았다. 항상 다정하게 따뜻한 해님이었다. 그런 그녀가 자신을 버렸다니.

이수는 고개를 가로저었다. 내일 다시 와 볼 생각이었다. 모레도 글피도 일주일 후에도 올 것이다. 올 수 있을 때까지 올 것이다. 그 녀에게서 직접 해명을 들을 때까지 하루도 빠지지 않고 올 것이다. 누구의 말도 믿지 않을 것이다. 그러나 유학을 떠나는 날까지 그녀는 집으로 돌아오지 않았다.

❊

이수가 인해를 다시 만난 건 그로부터 7년의 시간이 지난 후였다.

대학을 졸업하고 회사에 입사해 일에 매진하다 보니 시간이 훌쩍 지나가 있었다. 잠시 한국 본사로 출장 왔을 때였다. 볼일을 끝내고 출국하기 전에 친구들을 만나러 가던 길이었다.

"죄송합니다. 괜찮으세요?"

앞에서 어떤 여자가 50대로 보이는 아줌마에게 사과하고 있었다. 팔을 부여잡고 있는 아줌마를 보아하니 지나가다가 부딪친 모양이었다. 여자는 아줌마에게 또다시 고개를 꾸벅 숙였다.

"죄송합니다."

"됐어요. 급한 거 같던데 얼른 가 봐요."

가 보라고 하는데도 여자는 선뜻 움직이지 않았다.

"정말 괜찮으세요?"

"괜찮다니까."

아줌마가 짜증스럽게 대꾸하며 손사래를 치자 여자는 그제야 걸음을 옮겼다. 여자는 빠른 걸음으로 사람들 사이를 조심스럽게 피하며 이수가 있는 방향으로 걸어왔다.

시야를 가리던 사람들과 가로수가 사라지고 여자의 얼굴이 정면으로 눈에 들어왔다. 순간 온몸에 전율이 흘렀다. 심장이 쿵 내려앉았다.

옷차림과 헤어스타일이 바뀌었어도 한눈에 알아보았다. 비록 기억 속 앳된 모습은 온데간데없지만 그녀가 분명했다. 잘못 보았을 리 없었다. 한시도 잊어 본 적이 없는 얼굴이었다. 지금 그를 향해 걸어오는 여자는 인해가 틀림없었다.

7년 만이었다. 심장이 이렇게 두근거리고 온몸의 피가 끓어오르는 것은.

묻고 싶은 게 있었다. 어째서 그날 약속 장소로 나오지 않은 것인지. 정말로 자신과 함께 떠나는 게 부담스럽고 후회스러웠는지, 인해의 입으로 직접 듣고 싶었다.

언젠가 만나게 된다면 반드시 물으리라 벼르고 또 별렀었다. 그러나 막상 그녀를 보니 아무것도 생각나지 않았다. 가슴에 박혀 있던 배신감과 원망이 눈 녹듯 순식간에 사라져 버렸다.

미국으로 유학을 가면서 한국으로 돌아오지 않겠다고 결심했었다. 고영미와 부딪치는 걸 피하기 위해서이기도 했지만 인해에 대한 배신감도 없지 않았다.

그녀가 있는 한국은 쳐다보고 싶지도 않은 게 솔직한 심정이었다. 그래서 졸업을 하고 한국으로 들어오라는 어머니의 뜻을 거역하고 예정에 없었던 미국지사에 입사까지 했다. 하지만 이렇게 그녀를 보니 그게 전부가 아니라는 걸 알겠다.

배신감의 이면에는 그리움이 늘 존재하고 있었다. 그것은 동전의 양면과도 같은 것이었다. 한국에 오고 싶지 않았던 만큼 오고 싶었던 마음도 분명히 존재하고 있었다. 그녀를 다시 한 번 만나고 싶다는 열망이 있었다. 오랫동안 재회의 순간을 기다려 왔었다.

"해······."

벅차오르는 마음을 간신히 누르고 그녀를 부르려던 참이었다. 맞은편에서 걸어오고 있던 인해와 순간적으로 눈이 마주쳤다. 무표정했던 인해의 얼굴이 갑자기 밝아지더니 미소가 번졌다.

이수의 가슴이 펄쩍 뛰어올랐다. 그녀 역시 자신을 알아본 모양이었다. 그러나 그녀는 이수의 어깨 너머를 바라보며 손을 흔들어 댔다. 그러고는 그를 그대로 지나쳐 앞으로 달려갔다.

"승준 씨!"

인해는 낯선 남자의 이름을 부르며 이수의 뒤에 서 있던 안경 쓴 남자에게 달려갔다.

"미안해. 내가 늦었지?"

인해는 남자에게 친근하게 말을 걸며 곧장 팔짱을 끼었다.

"오늘도 일이 많았어?"

"늘 그렇지 뭐."

인해는 남자와 정답게 이야기하며 걸어갔다. 누가 보더라도 두 사람이 연인임을 의심할 여지가 없었다. 이수는 멀어져 가는 두 사람을 멍하니 바라보았다.

7년이었다. 누군가에겐 짧고 누군가에겐 긴 시간이었다. 새로운 연인이 생길 수도 있다고 생각한다. 그럼에도 막상 두 눈으로 보고 나니 머릿속이 새하얘졌다. 다른 남자 곁에 있는 인해가 너무나 낯설고 이상했다. 더 이상한 건, 그녀가 자신을 모른 척했다는 사실이었다.

헤어진 옛 연인을 반기는 사람은 그리 많지 않을 것이다. 그렇다 해도 난생처음 보는 사람인 양 모른 척하는 사람은 없을 것이다. 좋지 않게 헤어졌어도 최소한 알은척은 할 터였다. 그러나 방금 전 인해는 이수를 지나가는 여느 행인처럼 무심하게 스쳐 지나갔다. 눈이 마주쳤으니 보지 못한 거라고 할 수도 없었다.

어째서 모른 척한 걸까. 갑자기 자신을 보고 너무 놀라서? 당황해서? 이수는 고개를 가로저었다. 그녀에게서 놀라고 당황했던 기색은 눈곱만큼도 찾아볼 수 없었다. 그렇다면 혹시…… 연인 앞에서 자신을 알은척하기 싫었던 건가. 연인이 오해라도 할까 봐 두려워서?

연인에게 환하게 웃어 주던 인해의 얼굴이 눈앞에 아른거린다.

자신을 따뜻하게 비춰 주던 해님이 이젠 다른 남자를 비추고 있었다. 이제 그녀에게 자신은 아무것도 아닌 존재였다. 알은척할 가치도 없는 과거이자 사랑의 방해물에 불과했다.

끓어올랐던 피가 급속도로 식어 버렸다. 온몸이 차가워졌다. 미친 듯이 두근거리던 심장도 얼음처럼 차갑고 딱딱하게 굳어졌다. 배신감과 원망과 그리움이 있던 자리에 차가운 분노가 들어차는 건 순식간이었다.

분노는 1년이 지난 지금도 여전히 똬리를 틀고 그 자리에 그대로 앉아 있었다.

늦은 시간인데도 서울의 밤거리는 휘황찬란했다. 인적 하나 찾아볼 수 없는 미국의 밤거리와 천지 차이였다. 잠들지 않은 거리를 바라보던 이수는 차창에서 눈을 돌렸다.

차창 하나를 사이에 두고 저쪽은 환하게 살아 있고 이쪽은 시커멓게 죽어 있다. 그 괴리감을 견딜 수 없어 이수는 등받이에 몸을 깊숙이 묻고 눈을 감았다.

두 번 다시 한국으로 돌아오지 않으려 했었다. 이젠 돌아올 이유가 정말 없었다. 한국은 아픔만 가득한 곳이었다. 그런데 나는 어째서 돌아와 버린 걸까.

익숙한 도로를 달려서 익숙한 상가를 지나 익숙한 아파트에 도착했다. 대리기사가 가고 나서도 이수는 집으로 들어가지 않았다. 숨을 내쉬며 찬 바람에 취기를 날려 보냈다.

그는 담배를 입에 물고 불을 붙였다. 인해와 재회하고 나서 8년간의 금연도 끝이 났다. 매운 연기를 허공으로 날려 보내며 고개를 들어 위를 올려다보았다. 구름으로 뒤덮인 밤하늘 아래 아파트가 우뚝 서 있었다.

이수는 꼭대기에서부터 하나하나 층수를 헤아렸다. 15층, 14층, 13층 그리고 12층. 왼쪽에서 네 번째. 그의 옆집인 1204호는 어둠에 휩싸여 있었다. 새벽에 가까운 시간이니 당연한데도 불 꺼진 창문을 보니 가슴이 묵직하게 내려앉았다.

연인과 헤어졌어도 인해는 여전히 자신을 모른 척하고 있었다. 심지어 아예 기억조차 못 하는 것처럼 굴 때도 있었다.

정말 기억에 문제가 있는 게 아닌가 의심한 적도 있었지만, 그녀가 모르는 건 오로지 자신뿐이었다. 동아리에 대해서도 본인의 별명도 기억하고 있는데 자신만 모른다니 말이 되지 않았다. 일부러 자신을 모른 척하고 있는 게 틀림없었다.

그녀의 입장을 이해하지 못하는 건 아니었다. 오래전에 헤어진 연인이 옆집으로 이사 온 데다 직장 상사로 나타난다면 어느 누구라도 당황할 것이다. 좋지 않게 헤어진 사이라면 더욱 껄끄럽고 난감할 터. 차라리 모른 척하고 싶었을지도 몰랐다.

오래전 일이니 너그럽게 그냥 넘어가 줄 수도 있었다. 하지만 아무리 좋게 생각하려 해도 속에서 불쑥불쑥 뭔가가 치밀었다.

자신을 모른 척하는 그녀가 괘씸해서 견딜 수가 없었다. 눈 가리고 아웅 하는 것도 정도껏이지. 언제까지 모른 척할 건지 두고 보자는 생각에 가만있자니 점점 울화만 가슴속에 쌓여 갔다.

가슴속에 뿌리내린 차가운 분노는 마구 가지를 뻗어 복수를 부추겼다. 옛날에는 실패했지만 이번만큼은 자신에게 푹 빠지게 만든 후 비참하게 버려 주겠다는 생각도 들었다. 그녀가 자신에게 했던 것처럼 똑같이 되돌려 주려 했었다. 그래서 사귀자고 했던 건데, 오늘 그녀의 말을 듣고는 정신이 번쩍 들었다.

'여자는 지나간 사랑에 미련이 없대요. 대신 마지막 사랑을 중요하게 생각한대요.'

설마 지나간 사랑인 자신에게 미련이 없다고 대놓고 말할 줄은 몰랐다. 피가 거꾸로 솟는 기분이었다. 머리끝까지 화가 난다는 말의 진정한 의미를 오늘에서야 확실히 알았다.

시간이 지나면서 화는 차츰 가라앉았다. 차가워진 머리로 화가 났던 이유를 되새겨 보니 복수는 아무 의미도 없다는 걸 깨달았다. 자신이 진정으로 원하는 건 복수가 아니었다.

"바보 같군."

이수의 입가에 자조의 빛이 떠올랐다. 인해가 한 말에 발끈했다는 자체가 그녀에게 아직 마음이 남아 있다는 증거였다. 어처구니없게도 그녀와 예전처럼 지내고 싶다는 생각을 은연중에 하고 있었다.

결정적인 순간에 버림받고 다른 남자에게 웃어 주며 자신을 모른 척하는 그녀를 두 눈으로 똑똑히 보았으면서도 말이다. 기가 막혔다. 그렇게 당하고도 정신을 못 차리다니. 미련한 건지 멍청한 건지 모르겠다.

허무하다 못해 이젠 화조차 나지 않았다. 징그럽게 떨어지지 않는 이 감정이 사랑인지 미련인지 집착인지 증오인지 모르겠다. 모든 것이 모호한 와중에 그나마 확실한 건, 그녀와 다시 시작하고 싶다는 마음뿐이었다.

이제 공은 그녀에게 넘어가 있었다. 자신과 다시 시작할 것인지 아니면 이대로 끝낼 것인지 전적으로 그녀의 선택에 달린 셈이었다. 과연 그녀는 자신에게 마음이 남아 있을까.

무거운 한숨 소리가 서늘한 가을 밤바람에 실려 갔다. 이수는 주머니에 손을 찔러 넣고 오랫동안 불 꺼진 인해의 집을 바라보았다.

8.

　모처럼 출근하지 않아도 되는 주말이었다. 인해는 평소 소원대로 눈이 떠지는 순간 잠에서 깨어났다. 시간을 확인하니 생각보다 이른 시간이었다.

　매일 기상하던 시간이 몸에 배어 있어서 늦잠을 자고 싶어도 잘 수가 없었다. 억울한 생각에 이불 안에서 뭉그적댔지만 정신은 점점 또렷해지기만 했다. 결국 이불을 박차고 일어나야 했다.

　냉장고가 텅 비어 있었다. 야근과 주말 출근으로 시간이 없어서 장을 보지 못했더니 집에 먹을 게 하나도 없었다. 인해는 지갑과 장바구니를 챙겨 들고 도보로 10여 분 거리에 있는 대형마트로 향했다.

　마트에는 여러 회사의 화장품 매장이 입점해 있었다. 그중에 오로라 매장도 있었다. 참새가 방앗간을 그냥 지나치지 못하는 것처럼, 인해는 오로라 매장으로 빨려 들어가듯 들어갔다.

"요즘 이게 제일 잘나가요. 새로 나온 신제품이거든요. 신기술을 적용시켜서 부드럽게 그려지면서도 번지지 않는다고 해서 써 봤더니 정말 좋아요. 지금 이거로 아이라이너 그린 거거든요. 보세요. 안 번졌죠? 제 친구도 이거 사 갔어요. 너무 좋다고 하면서. 하나 들여 보세요."

점원이 잽싸게 다가와 은근하게 구매를 부추긴다. 친절하게 손님을 응대하는 태도와 제품에 대한 이해도가 높은 점원이었다. 교육이 잘 된 듯했다.

인해는 흐뭇한 마음으로 며칠 전에 출시된 젤 아이라이너로 시선을 내렸다. 라벨 문제로 속을 썩였던 퍼스트 러브 아이라이너였다.

비록 기존의 일정보다 출시가 늦어졌지만 반응은 제법 좋은 편이었다. 화장품 카페와 블로그에 후기가 올라오면서 입소문을 타더니 매출도 상승곡선을 그리고 있는 중이었다. 내 자식이 인기가 좋다니 입이 다물어지지 않는다.

화장품 코너를 빠져나온 인해는 식품 코너로 들어섰다. 고민할 거 없이 평상시 즐겨 먹던 것들을 카트에 집어넣었다. 세일하는 맥주 한 상자를 넣고 막 모퉁이를 돌아설 때였다.

"그런 것만 먹고 산 거야?"

어디서 나타난 건지 이수가 인해의 카트를 내려다보고 있었다. 인해는 당혹감을 감추지 못했다. 이수가 갑자기 나타난 것도 놀랐지만 아무렇지도 않다는 듯 자신에게 말을 걸어온 게 더 놀라웠다.

아이라이너 라벨 문제로 협력업체가 있는 화성에 갔다 온 이후, 이수와 제대로 된 대화를 나눈 적이 없었다. 기회를 봐서 그날 차 안에서 말실수한 것에 대해 사과하려고 했지만 그 기회가 좀처럼 오지 않았다.

신제품 출시로 눈코 뜰 새 없이 바쁘기도 했지만 이수가 도통 말을 붙일 틈을 주지 않았다. 얼음조각 같은 얼굴로 그녀를 부하 직원으로만 대하는 그의 태도에 사적인 얘기를 꺼낼 엄두가 나지 않았다. 그렇다 보니 결국 사과하지 못하고 어영부영 넘어가게 되었다. 제대로 풀지 못해서인지 이전과는 확실히 서먹한 사이가 되었다고 생각했다. 그런데 지금 이건 뭐란 말인가.

어안이 벙벙한 인해와는 달리 이수는 자연스럽게 카트 안에 들어 있는 것들을 하나하나 들춰 보았다.

"라면, 과자, 식빵, 딸기잼, 즉석카레, 참치통조림, 냉동만두, 햄, 맥주. 뭐야? 죄다 인스턴트뿐이잖아."

나무라는 말투에 인해는 이수의 카트로 시선을 옮겼다. 그의 카트 안에는 각종 야채와 과일, 계란, 우유, 고기 따위가 들어 있었다. 살림 9단 전업주부의 카트를 보고 있는 듯했다.

"이런 것만 먹으면 제명에 못 살아."

"밥해 먹을 시간이 없는 걸요."

비난받는 느낌에 해명한답시고 얼떨결에 대꾸하고 말았다. 말을 섞고 나니 거리감이 한결 줄어들었다. 마치 아무 일도 없었던 때로 돌아간 것 같았다.

"쉬는 날에 반찬 같은 거 미리 만들어 두면 되잖아."

"쉬는 날엔 쉬고만 싶거든요."

본래 쉬는 날엔 손가락 하나 까딱하기 싫은 법이다. 이수도 그 마음을 모르지 않는지 이번엔 입을 다물었다. 인해는 이수와 같이 계산대로 가서 값을 치르고 함께 집으로 돌아왔다. 현관문을 열고 집 안으로 들어가려는데 그가 불쑥 말했다.

"오늘 저녁 먹으러 우리 집으로 와."

그는 그 말만 남기고 자기 집으로 쏙 들어가 버렸다. 인해는 옆집을 물끄러미 바라보았다. 뜻밖의 초대지만 뜻밖이 아닐 수도 있다는 생각이 들었다.

마트에서 스스럼없이 말을 걸어온 이수였다. 화난 기색은 어디에서도 찾아볼 수 없었다. 어쩌면 그도 자신만큼이나 화해하고 싶었던 게 아닐까. 그렇다면 저녁 초대는 기회인지도 몰랐다. 제대로 사과하고 제대로 풀 수 있는 기회.

입꼬리가 점점 위로 올라갔다. 인해는 가벼운 마음으로 장바구니를 들고 집으로 들어갔다.

세 번째 오는 이수의 집은 지난번과 마찬가지로 깔끔하게 정리정돈이 잘 되어 있었다. 그동안 옆집에서 청소기 돌리는 소리 한 번들어 본 적이 없는데 신기한 일이 아닐 수 없었다.

집 안을 둘러보던 인해는 눈앞에 차려진 정갈한 반찬들을 내려다보았다. 아무리 부지런하다 해도 이 많은 반찬들을 만들 시간과 여력은 없을 터였다. 깨끗한 집 안 상태와 수많은 반찬들을 미루어 보아 아무래도 우렁각시가 있는 모양이었다.

"반찬이 참 많네요."

"본가에서 가져다준 거야."

우렁각시는 가사도우미가 아니라 어머니였나. 인해는 고개를 끄덕이며 가스레인지 앞에 있는 이수의 뒷모습을 바라보았다. 그는 아까 마트에서 사 온 고기를 굽고 있었다. 익숙한 손놀림을 보아하니 한두 번 해 본 솜씨가 아니었다. 그러고 보니 그의 집에 처음 왔을 때 먹었던 콩나물국이 생각났다.

"요리하는 거 좋아하나 봐요."

"미국에서 혼자 살다 보니 직접 요리하게 됐어. 한식당에 매번 갈 순 없으니까. 그러다 보니 취미가 됐지."

본가에서 반찬을 날라 주는데도 따로 식재료를 사서 요리를 하는 이유를 이제야 알겠다. 이수는 고기를 먹기 좋게 잘라서 접시에 담아 인해 앞에 놓아주었다. 그러고는 맞은편 의자에 앉았다.

인해는 목소리를 가다듬으며 물을 한 모금 넘겼다. 오늘 저녁 초대에 응한 목적을 떠올렸다. 식사 후에 말하는 것보다 지금 말하고 편하게 밥을 먹는 게 나을 듯했다. 인해는 아까부터 머릿속에서 맴돌던 말을 입 밖으로 내보냈다.

"지난번에, 그러니까 화성에서 서울로 올라올 때 말예요. 내가 했던 말, 실언이었어요. 마음 상했다면 미안해요."

이 한마디를 하기까지 그동안 얼마나 힘들었던가. 인해는 작은 한숨을 내쉬었다. 미루었던 숙제를 해치운 것마냥 가슴이 후련했다. 이수는 말없이 인해를 물끄러미 바라보다가 피식 웃었다.

"신경 쓸 필요 없어. 맞는 말한 건데 뭐."

인해의 눈이 커다래졌다. 이수는 어리둥절해하는 인해를 쳐다보며 대수롭지 않게 말했다.

"곰곰이 생각해 보니까 네 말이 맞더라고. 과거에 얽매이는 건 좋지 않지. 그래서 이제 다 잊으려고."

이수는 웃으며 수저를 들었다.

"자, 됐지? 이제 밥 먹자."

인해는 묵묵히 식사를 하는 이수를 바라보았다. 사과하면 수월하게 풀릴 거라고 예상했지만 이렇게 될 줄은 몰랐다. 다 잊겠다는 건, 첫사랑을 잊겠다는 건가.

"안 먹고 뭐 해? 식기 전에 어서 먹어."

그의 재촉에 인해도 수저를 들었다. 나물 반찬은 정갈하고 담백했으며 그가 눈앞에서 직접 구워 준 고기 요리는 고소하고 감칠맛이 있었고 된장국은 구수했다. 사람들이 집밥이 최고라고 말하는 이유를 알 것 같았다. 오랜만에 밥다운 밥을 먹는 기분이었다. 인해는 순수하게 감탄했다.

"맛있네요."

"계속 먹고 싶지 않아?"

"네?"

"더 기다려야 하는 거야?"

가지나물을 집어 들던 인해의 젓가락질이 멈칫했다. 고개를 들자 이수와 눈이 딱 마주쳤다. 가슴이 두근거렸다. 언제부터 저렇게 바라보고 있었던 걸까.

기억하고 있었다. 그가 자신에게 사귀자고 했고 지금까지 대답을 기다리고 있다는 것을. 비록 자신이 그의 첫사랑은 아니었지만 자신에게 마음이 아예 없었던 게 아니라는 걸 안다. 지금까지 자신에 대한 걸 기억하고 있었고 고백했으며 대답을 기다리고 있는 것만 보아도 알 수 있었다.

자신이 그의 첫사랑이 아니라고 실망할 이유는 없었다. 과거 연애 한 번 안 해 본 사람이 어디 있겠는가. 자신도 얼마 전까지 승준과 사귀었지 않았던가.

중요한 건 현재였다. 현재 자신은 이수를 좋아한다. 이렇게 누군가를 빨리 좋아하게 된 건 처음이었다. 그를 거절할 이유가 없었다.

"다음엔 뭐 해 줄 거예요?"

인해가 말하자마자 이수의 입꼬리가 서서히 올라간다.

"원하는 건 뭐든지."

아, 인해는 잠시 넋을 잃었다. 이수가 너무나 환하게 웃고 있었다. 늘 보아 오던 차가운 미소와는 다른 아름다운 미소였다. 마치 겨울 햇살에 반짝이는 눈꽃 같았다. 심장이 터질 것 같았다. 계속 보고 있다간 심장마비에 걸릴 것만 같았다. 인해는 시선을 살짝 비끼며 말했다.

"회사에선…… 비밀로 해요."

"그러지."

이수는 흔쾌히 고개를 끄덕였다. 그러더니 기념으로 한잔하자며 와인 한 병을 가지고 왔다. 투명한 와인글라스에 자줏빛 포도주가 쪼르르 떨어진다. 이수가 나직한 목소리로 말했다.

"새로운 시작을 위해서."

인해는 이수와 건배를 한 후 와인을 한 모금 들이켰다. 자줏빛 액체 너머로 그의 하얀 얼굴이 얼비쳤다. 보고 있기만 해도 취할 것 같았다.

❋

새로운 제품에 대한 개발의뢰서를 결재 받고 자리로 돌아왔다. 인해는 사무실을 한 번 둘러보았다. 근처에 아무도 없다는 걸 확인하고는 조심스럽게 결재 받은 파일을 열었다.

파일 안쪽에 붙어 있는 노란색 포스트잇이 눈에 들어왔다. 아무도 없을 때 파일을 한 번 더 살펴보라는 말이 뭔가 했더니만. 인해는 피식거리며 이수의 자리를 힐끔 쳐다보았다.

"뭐 좋은 일이라도 있어요?"

느닷없는 목소리에 인해는 화들짝 놀랐다. 언제 온 건지 이 주임이 옆으로 다가와 있었다.

"좋은 일 있으면 말해 봐요. 혼자만 웃지 말고."

"내가 웃었어?"

"네. 요즘 계속 싱글벙글이잖아요. 뭔 일이에요? 혹시 대리님 연애해요?"

정곡을 찔린 인해의 가슴이 펄쩍 뛰어올랐다. 그녀는 조마조마한 속내를 숨기고 태연하게 둘러댔다.

"연애는 무슨. 그냥 일이 잘 풀려서 그런 거야."

"하긴, 대리님은 요즘 안 먹어도 배부르겠어요. 젤 아이라이너가 잘돼서."

이 주임은 부럽다는 얼굴로 인해를 보더니 자기 자리로 돌아갔다. 다행히 포스트잇을 들킨 건 아닌 듯했다. 안도한 인해는 민첩하게 파일 안쪽에 붙어 있던 포스트잇을 떼어 내 바지 주머니에 넣었다. 그러고는 슬그머니 자리에서 일어났다.

사무실에서 나와 비상구 계단으로 두어 층 올라갔다. 사람들 눈을 피해 회사에서 이수와 만날 장소는 이곳뿐이었다. 날씨가 따뜻해지면 옥상으로 올라가도 되지만 겨울인 지금은 실내에서 만날 수밖에 없었다.

창문 하나 없는 콘크리트 벽으로 둘러싸인 층계참에 서 있자니 답답함 감이 없지 않아 있었다. 환기가 제대로 되지 않아서인지 공기도 눅눅했다. 한숨이 흘러나왔다. 비밀연애를 하다 보니 애로사항이 이만저만 아니었다. 그래도 공개할 생각은 추호도 없었다.

10여 분 후 발소리가 들리더니 이수가 아래층에서 올라왔다. 인해는 주머니에 넣어 두었던 포스트잇을 꺼내 흔들었다.

"5분 후 비상구라고 쓰여 있는데 지금 5분도 더 지났거든요."

"미안. 갑자기 결재할 게 생겨서. 이거로 봐줘라."

이수가 건네준 건 초코우유였다. 인해는 쓴웃음을 지으며 초코우유를 만지작거렸다. 정식으로 교제하기 시작하자 이수는 매일매일 하루도 빼놓지 않고 초코우유를 사 주고 있었다. 그는 자신이 초코우유를 좋아한다고 굳게 믿고 있는 듯했다.

실은 별로 좋아하지 않는다고 사실대로 말해야 하나 고민 중이었다. 자신을 생각해 주는 마음이 고마워서 여태 아무 말도 못 하고 받기만 하고 있었다. 그래도 언젠가는 정정해서 바로잡아 줘야 할 텐데. 무안해할 그를 생각하니 선뜻 입이 떨어지지 않는다.

"아까 휴게실에서 이형식 씨랑 무슨 얘기 한 거야?"

뜬금없는 이수의 질문에 인해는 상념에서 깨어났다. 이형식은 마케팅부서 직원이었다. 이수가 질문한 의도를 알 수 없었다. 인해는 의아해하며 대답했다.

"신제품 출시 일정에 대해 말했는데요. 왜요?"

"그런 건 휴게실에서 단둘이 얘기할 필요 없잖아."

부드럽게 나무라는 것과는 달리 기분 상한 기색이 완연해 보였다. 이건 마치…….

"지금 질투하는 거예요?"

인해의 지적에 이수는 헛기침을 하며 시선을 피했다. 인해의 입꼬리가 올라가자 이수가 변명하듯 대꾸했다.

"질투이기 전에 남자친구라면 누구나 궁금해하는 거야."

"알았어요."

인해는 웃음기 섞인 목소리로 말했다. 자꾸만 입이 벌어지고 웃음이 나오려 한다. 이수가 곤란해하는 모습을 보일 때마다 웃음이 더 커진다.

"왜 자꾸 웃는 거야?"

"그냥요, 선배가 너무 귀여워서……."

"뭐라고?"

"별일 아닌데 너무 심각하게 구니까……."

뒷말은 이수의 품 안에 묻혔다. 이수가 갑자기 인해를 끌어당겨 품에 안았다. 지척에서 이수의 심장박동 소리가 생생하게 들려왔다. 얼굴이 뜨거워졌다.

과감한 스킨십에 어찌할 바를 모르겠다. 기껏해야 손을 잡거나 팔짱을 끼는 정도가 이제껏 경험했던 스킨십의 전부였던 인해로서는 지금의 상황이 당혹스러웠다. 하지만 싫다는 생각은 들지 않았다.

"다른 남자랑 단둘이 있지 마."

머리 위에서 나지막한 목소리가 들려왔다. 아아, 이 남자를 어쩌면 좋을까. 인해는 웃음을 누르며 새침하게 물었다.

"이참에 회사 때려치울까요?"

"그건 안 돼. 제대로 된 사람 뽑는 게 얼마나 힘든데."

"그럼 웬만한 건 눈감아 줘요. 사회 생활 하면서 다른 남자랑 만나지 않을 순 없잖아요."

"젠장."

어쩔 수 없다는 듯 이수는 마지못해 고개를 끄덕였다. 더는 말하고 싶지 않은지 그가 말머리를 돌렸다.

"이번 주말에 아쿠아리움 갈래?"

귀가 솔깃했다. 예전부터 동물에 대한 관심이 지대했던 인해였다. 그래서 놀이공원보다는 동물원을 더 선호하는 편이다. 이수는 그녀의 관심사를 정확하게 알고 있었다. 이제까지의 데이트를 되돌아봐도 그렇다.

이수는 자기가 상황을 주도하고 통제하는 타입이었다. 데이트 역시 그가 주로 리드하는 편이었다. 이전의 연애에서 항상 자신이 리드하고 결정했던 인해로서는 좀 생소했다. 심지어 휘둘린다는 느낌도 없지 않아 있었다. 하지만 결과를 놓고 보면 항상 자신의 취향에 부합하는 만족스런 데이트였다.

그는 생각했던 것보다 자신에 대해 더 많은 것들을 기억하고 있었고 배려해 주고 있었다. 이번에도 마찬가지였다. 이수의 제안이 고맙고 마음이 동한 건 사실이나 그녀는 고개를 가로저었다.

"친구랑 약속 있어요."

"친구?"

반문하는 뉘앙스가 어째 수상하다. 인해는 재빨리 덧붙였다.

"여자 친구예요."

"친구한테 밀렸군."

말은 저래도 기분이 상해 보이진 않았다. 여자 친구라는 말에 안

심한 듯했다.

"선배는 이번 주말에 본가에 다녀와요. 나랑 만나느라 한참 동안 안 갔잖아요."

이수는 입을 다물고 인해를 물끄러미 바라보았다. 속을 알 수 없는 깊고 짙은 눈빛이었다. 남의 집안일에 너무 오버한 건가. 인해는 어색하게 시선을 이리저리 돌리며 중얼거렸다.

"어릴 때 부모님이 사고로 돌아가셨거든요. 그래서 가족이 있는 사람들을 보면 늘 부러웠어요. 부모님한테 잘해 드려요. 나중에 후회하지 말고요."

"……그래."

한숨 섞인 대답을 하는 이수의 표정이 이상했다. 실망스럽기도 하고 체념한 것 같기도 한 어정쩡한 얼굴이었다. 인해가 선배 괜찮아요? 라고 묻자 그는 아무 일도 없었다는 듯 평소의 얼굴로 돌아왔다.

"오늘 저녁 시간은 나한테 줄 거지?"

"알았어요."

인해가 대답하자 이수의 얼굴이 한결 밝아졌다. 연상인 데다 상사이고 선배인 그가 이럴 때 보면 영락없는 소년이었다. 어른스러우면서 소년 같은 그가 좋았다. 인해는 이수와 마주 보며 웃어 주었다.

"얼굴이 활짝 폈네. 폈어. 그렇게 좋냐?"

"내가 뭘……."

인해는 말끝을 흐리며 커피를 홀짝였다. 민경은 핫 초코를 마시며 눈을 가늘게 떴다. 인해는 주위를 둘러보며 딴청을 피웠다. 빤히 바라보는 민경의 시선이 부담스러웠다.

오랜만에 민경과 주말에 약속을 잡았다. 그동안 일이 바쁘기도 했지만 쉬는 날에는 이수와 데이트를 하느라 시간 내기가 여의치 않았다.

민경은 그녀에게 소홀할 수밖에 없는 인해의 입장을 잘 이해해 주었다. 하지만 이해해 주는 것과 서운한 건 별개의 문제인 듯했다. 아무래도 얼굴 보여 준 게 너무 오랜만이긴 했나 보다. 자꾸 했던 말을 또 하는 걸 보면.

"모른 척해도 소용없어. 얼굴에 다 쓰여 있으니까. 좋아 죽겠다고."

대답을 들을 때까지 계속 말할 작정인 듯했다. 어떡해서든 자신의 입으로 듣고 싶은 모양이었다.

"그래. 좋다. 좋아서 죽을 지경이다. 됐냐?"

인해가 마침내 백기를 들자 민경이 그제야 흐뭇한 얼굴로 말했다.

"너 웃는 거 보니까 참 좋다."

인해는 그제야 자신이 웃고 있다는 걸 자각했다. 며칠 전 이 주임이 했던 말이 떠올랐다. 요즘 계속 싱글벙글이라고 했던가. 무의식적으로 자신도 모르게 자꾸 웃는 모양이었다.

"잘해 줘?"

"응, 선배는 내가 뭘 좋아하고 싫어하는지 다 기억하는 거 같아. 그래서 내가 좋아하는 것만 해 주려고 해."

"따로 말하지 않아도 원하는 걸 알아서 척척 해 준다는 거야?"

고개를 끄덕이자 민경이 부럽다는 듯이 중얼거렸다.

"좋겠다. 그런 사람 만나기 힘든데."

"좋긴 한데 좀 부담스럽기도 해."

조심스러운 인해의 솔직한 발언에 민경의 눈이 휘둥그레졌다.

"뭐가 부담스러운데?"

인해는 한숨을 내쉬며 커피 잔을 어루만졌다. 잠깐의 망설임 끝에 그녀가 입을 열었다.

"선배는 나에 대해 아는 게 많은데 난 선배에 대해 아는 게 없잖아. 나도 선배가 나한테 해 주는 것처럼 선배한테 해 주고 싶어. 근데 뭘 좋아하고 싫어하는지 모르니까 어떻게 해야 할지 모르겠어. 선배를 기억하지 못하는 게 너무 미안하고 속상해."

인해는 내내 마음에 담아 두었던 속내를 풀어놓았다. 누구에게도 할 수 없는 말을 민경에게는 할 수 있었다. 세상에서 유일하게 흉금을 털어놓을 수 있는 친구였다. 그만큼 믿고 의지하는 친구였다.

"그건 어쩔 수 없는 거잖아."

다정한 민경의 위로에도 가슴이 답답한 건 여전했다. 시간이 갈수록 이수가 점점 더 좋아졌다. 그가 좋아지면 좋아질수록 마음의 무게 추는 무거워져 갔다. 뭐든 해 주고 싶은데 그럴 수 없는 현실이 원망스러웠다.

"차라리 선배한테 전부 다 말할까 봐."

"뭐를?"

"내가 선배 기억 못 하는 이유."

인해가 말하자마자 민경의 얼굴이 대번에 딱딱하게 굳어졌다.

"너한테 뭐라고 그래?"

"아니, 뭐라고 하진 않는데, 기분이 좋아 보이진 않아서. 선배 마음 알 것도 같아. 나는 기억하는데 상대방은 날 기억하지 못하면 서운하고 화도 날 거 같아."

한숨을 내쉰 민경이 단호하게 말했다.

"절대 말하지 마."

"왜?"

"사귄 지 얼마 되지도 않았잖아. 아직 어떤 사람인지 잘 모르는데 그걸 말하는 건 좀 그렇지 않을까. 혹시 네가 모르는 옛날 일 들먹이면서 널 속이면 어쩌려고."

"선배 나쁜 사람 아니야."

"나쁜 사람이 아니더라도 안 돼. 지금은 좋아도 나중에 어떻게 변할지 모르는 게 사람 마음이야. 잘되면 좋지만 잘 안 됐을 때 어쩌려고. 그런 건 그냥 너 혼자만 알고 있는 게 좋아. 동네방네 소문 내서 좋을 거 없어. 혹시 또 알아? 승준 씨가 떠난 게 그 이유 때문일지."

민경의 마지막 말이 귀에 거슬렸다.

"승준 씨가 떠난 게 그 이유 때문이라니?"

예민한 인해의 반응에 민경은 다소 놀란 듯했다. 그럼에도 말을 돌리지 않고 성실하게 대답해 주었다.

"승준 씨는 그 일에 대해 알고 있었잖아. 너랑 사귀면서 내내 부담스러웠던 게 아닐까 싶어서."

민경의 말을 듣자마자 가슴이 턱 막혔다. 그런 이유는 생각지도 못했었다. 승준이 떠난 이유가 그저 기대고 받기만 하는 자신에게 질려서 떠난 게 아닌가 했었는데, 민경의 말을 듣고 보니 그것 때문일 수도 있다는 생각이 들었다.

"이번엔 잘해야지. 안 그래? 그러니까 말하지 마."

"알았어."

인해가 고분고분하게 고개를 끄덕이자 민경의 얼굴에 미소가 떠올랐다. 인해는 짙은 한숨을 내쉬며 우울하게 중얼거렸다.

"왜 나한테 그런 일이 일어난 걸까."

"인해야."

"잊어버리려고 했어. 학교 졸업하면서 과거는 돌아보지 않겠다고 결심했었어. 근데 그게 너무 후회가 돼. 만약 그때 조금만 더 노력했더라면 어쩌면……."

"4년이나 애썼잖아. 거기서 더 해 봤자 소용없었을 거야. 넌 할 만큼 했어."

알고 있었다. 아무리 해도 소용없는 짓이라는 걸. 필사적으로 노력해도 이미 죽어 버린 뇌세포가 다시 살아나는 기적은 일어나지 않는다는 걸. 그럼에도 불구하고 실낱같은 희망을 붙잡고 4년을 보냈다.

잃어버린 게 무엇인지도 모르면서 이상할 정도로 되찾고 싶었다. 중요한 뭔가를 잃어버렸다는 느낌이 그림자처럼 달라붙어 가슴을 옥죄었었다. 그래서 최선을 다해 노력했었다. 하지만 그녀가 바라던 건 끝내 이루어지지 않았다.

"만약 신이 있다면 가서 따지고 싶어. 왜 하필 나인 거냐고."

"난 네 생각과 달라. 난 신이 있다면 엎드려 절할 거야. 평생하고 2년이야. 나라면 2년을 내어 주고 평생을 갖겠어."

민경의 말이 옳다는 걸 알아도 인해는 선뜻 고개를 끄덕일 수 없었다. 사람이란 게 참으로 간사해서 하나를 얻으면 두 개를 갖고 싶고 나중엔 전부 가지고 싶어 한다. 자신 역시 간사한 사람이라 그런지 평생과 맞바꾼 2년이 아쉽다는 생각을 떨칠 수가 없었다.

민경은 인해 옆자리로 다가와 손을 잡아 주었다. 고개를 들자 민경의 커다란 눈과 마주쳤다.

"인해야, 난 말이야, 지금 이렇게 너하고 얼굴 보고 얘기할 수 있는 현실에 감사해. 넌 모르겠지만 그때 너 정말 잘못되는 줄 알고 내가 얼마나……."

민경은 목이 메는지 말을 잇지 못했다. 커다란 눈동자가 어느새 젖어 있었다. 인해는 자신의 손을 잡고 있는 민경의 손등을 다른 손으로 쓰다듬어 주었다. 민경은 생생하게 기억할 터였다. 그때 옆에서 모든 걸 지켜본 유일한 사람이니까.

막 21살이 되었을 무렵이었다. 유독 추웠던 1월의 어느 날, 인해는 민경과 만난 직후 교통사고를 당했다. 가해자는 그 자리에서 바로 도주했고, 인해는 민경의 신고로 병원으로 옮겨졌다. 왼쪽 팔과 다리가 골절되는 바람에 당장 수술실로 들어가야 했다.

중상이었지만 생명이 위급할 정도로 심각한 건 아니었다. 그러나 수술 도중 갑자기 혈압이 떨어져 심정지가 발생했고, 그로 인해 인해는 저산소성으로 인한 뇌손상을 입고 말았다. 과거 알레르기성 기관지염으로 치료받았던 병력이 있었던 인해에게 마취유도제인 펜토탈이 문제를 일으킨 것이었다.

의식을 회복하지 못하고 중환자실에 누워 있던 인해가 깨어난 건 3일 후였다. 천만다행으로 우려했던 운동장애 따위의 후유증은 없었다. 문제는 기억력이었다. 혼수상태에서 깨어난 인해는 열여덟 살까지의 기억만 가지고 있었다. 그 이후의 삶은 그녀에게 더 이상 존재하지 않았다. 그녀의 인생에서 열아홉과 스무 살 시절이 통째로 사라져 버린 것이다.

인해는 혼란스러웠다. 자신은 열여덟 살인데 주위에선 스물한 살이라고 했다. 내년이면 고3인데 이미 대학생이란다. 작은아버지 집에서 독립해 혼자 살고 있다는 말에 기함했다. 주위 사람들이 전부 자신에게 거짓말을 하고 있는 것만 같았다. 아무도 믿을 수가 없었다.

열여덟의 인해는 감당할 수 없는 현실에 입을 닫고 눈을 감아 버렸다. 하루하루 무기력하게 시들어 가던 그녀를 다시 세상으로 이끈 사람은 다름 아닌 민경이었다.

민경은 세상에서 유일하게 믿을 수 있는 사람이었다. 그녀는 나침반이자 등대였다. 그녀는 인해의 재활을 전폭적으로 도와주었다. 조금이라도 과거를 떠올리는 데 도움이 될 만한 것이 있다면 어떡해서든 구해 왔다. 민경의 성의를 생각해서라도 열심히 노력할 수밖에 없었다. 잃어버린 2년의 시간을 반드시 되찾고 싶었다.

사고 1년 후, 학교에 복학했다. 대학 들어와서 친구를 거의 사귀지 못했다는 민경의 말에 인해는 솔직히 안도했다. 자신이 기억을 잃어버렸다는 걸 사람들이 알게 하고 싶지 않았다. 구구절절 말하고 다니는 것도 싫었고 동정받고 싶지도 않았다.

부모님이 돌아가셨을 때 이미 충분히 질리도록 동정을 받았었다. 성인이 되어서까지 가엾고 불쌍한 아이가 되고 싶은 생각은 추호도 없었다. 한편으로는 사람들이 자신의 기억에 문제가 있다는 것을 알고 자신을 속일까 걱정이 되기도 했었다. 민경 외에는 아무도 믿을 수가 없었다.

수업이 끝나면 학교 사람들과 어울리지 않고 곧장 집이나 학원으로 달려갔다. 학교에선 늘 혼자였지만 상관없었다. 시간이 날 때마다 민경과 함께 잃어버린 과거를 찾으려고 노력하는 일도 게을리 하지 않았다. 그렇게 대학 시절을 보냈다.

열심히 노력했지만 기억은 끝내 돌아오지 않았다. 아주 작은, 티끌만 한 기억조차 떠오르지 않았다. 여전히 그녀의 인생에서 2년은 존재하지 않는 암흑이었다. 결국 인해는 졸업과 동시에 모든 것을 그만두었다. 앞으로의 삶을 살아가야 했기 때문이었다.

인해는 운이 아주 좋은 편이었다. 과거만 또렷이 기억할 뿐 눈앞의 일은 기억하지 못하는 사람들에 비하면 말이다.

비록 2년의 시간이 날아가 버렸지만 그녀는 앞으로 나아갈 수 있었다. 남은 인생을 스스로의 힘으로 살아갈 수 있었다. 남은 인생이 더 많이 남았던 그녀에겐 천만다행이었다.

이미 지나간 과거보단 앞으로의 미래가 더 중요했다. 그렇게 생각했었다. 최근까지도 그 생각은 변함없었다. 그런데 이제 와 후회가 되었다. 현재에 안주해 포기해 버린 나약하고 비겁한 스스로가 참을 수 없었다.

"포기하지 말 걸 그랬어."

"지나간 일은 생각하지 마, 인해야. 우리 앞만 보고 가자. 응?"

애원조로 민경이 부탁했다. 힘들어하는 자신의 옆을 지켜 준 그녀였다. 자신 못지않게 민경도 힘든 시간을 보냈었다. 그녀를 힘들게 하고 싶은 생각은 없었다. 이제 와 뭘 어떻게 할 수 있는 것도 아니었다. 되돌리기엔 너무나 많은 시간이 흘러가 버렸다. 후회하고 속상해한다고 달라지는 건 아무것도 없었다.

"알았어. 선배에 대해선 앞으로 천천히 알아 가지 뭐."

인해가 긍정적으로 대답하자 울상이었던 민경의 얼굴에 미소가 번져 갔다.

"그래, 그렇게 해. 새로 알아 가는 재미도 있을 거야. 커피 더 마실래? 내가 살게."

인해는 그제야 자신의 잔이 비었다는 걸 깨달았다. 민경은 인해의 대답을 듣기도 전에 자리에서 냉큼 일어나 1층으로 내려갔다. 침울했던 분위기가 조금 밝아졌다. 창문 너머 반짝거리는 야경을 바라보는데 전화가 왔다. 발신인을 보니 이수였다.

[해 넘어갔는데 안 들어오고 뭐 해?]

"벌써 본가에 갔다 온 거예요?"

[저녁만 먹고 왔어. 어디야?]

다짜고짜 묻는 말에 인해는 얼떨결에 있는 곳을 말해 주었다.

[데리러 갈게.]

"괜찮은데……."

미처 대답하기도 전에 통화가 종료되었다. 시간을 보니 9시였다. 민경과 좀 더 얘기를 나누다 갈 생각이었는데.

난감해하던 인해는 생각을 달리했다. 이왕 이수가 여기로 온다니 이참에 두 사람을 소개시켜 주는 게 어떨까 싶었다. 언제가 되었든 민경에게는 이수를 꼭 소개시켜 주려고 했었다. 민경도 이수가 누군지 굉장히 궁금해하고 있으니 잘된 일이었다.

"라떼 대령이요."

민경이 하얀 거품이 살포시 올라와 있는 잔을 인해 앞에 내려놓았다. 그녀의 다른 손엔 여지없이 핫 초코가 들려 있었다. 정말이지

243

어지간히도 단 걸 좋아한다. 인해는 고개를 절레절레 흔들며 라떼를 한 모금 넘긴 후 말했다.

"희소식이 있어."

민경이 눈을 동그랗게 떴다. 인해는 방긋 웃으며 말했다.

"선배 지금 여기로 온대."

"뭐? 왜 온다는 거야?"

"데리러 오겠대."

입 밖으로 내뱉고 나니 조금 쑥스러운 기분이 들었다. 약간 발그레한 얼굴의 인해를 바라보며 민경이 놀리듯 중얼거렸다.

"이야, 지극정성이네. 아주 공주님처럼 모셔지고 있구만. 아직 시간도 이른데 말이야. 가만, 그럼 오늘 네 남친 볼 수 있겠네."

인해가 고개를 끄덕이자 민경의 얼굴이 확 밝아졌다.

"내가 어떤지 봐 줄게. 이래 봬도 남자 보는 눈은 너보다 내가 나으니까."

자신감 넘치는 민경의 모습에 인해는 소리 없이 웃었다. 화려한 외모 덕분에 민경은 남자 편력이 심한 편이었다. 고등학생 시절부터 지금까지 그녀 주위엔 남자들이 끊이지 않았다. 숱한 연애 경험으로 남자 보는 눈이 인해보다 나을 건 자명했다. 자신 있어 할 만했다.

"언제쯤 온대?"

민경은 가볍게 들떠 있었다. 심지어 살짝 흥분한 듯 보이기도 했다. 막상 그를 보게 된다니 궁금하면서도 한편으론 긴장되는 모양이었다.

"곧 올 거야. 차 있으니까."

"차 있는 남친 생기니까 좋지?"

"뭐, 그렇지."

긍정도 부정도 아닌 모호한 대답에 민경이 단호하게 손을 내저었다.

"내 경험상 차 있는 편이 훨씬 좋아. 시간에 관계없이 데이트하기도 좋고, 멀리 있는 맛 집 찾아가기도 좋고, 하이힐 신어도 상관없고, 또 지금처럼 모시러 온다고 해도 덜 부담스럽잖아."

"……그러네."

인해는 씁쓸하게 웃으며 긍정했다. 민경이 무엇을 말하고자 하는지 모르지 않는다. 그녀는 승준을 겨냥하고 있었다. 승준은 운전을 하지 못했다. 운전면허는 있지만 이상하게 운전대만 잡으면 공황상태에 빠졌다.

당연히 그에겐 차가 없었다. 민경은 차가 없었던 승준보다 차가 있는 지금의 연인이 더 낫다는 말을 돌려서 한 것이었다. 그동안 말은 안 했어도 자신이 승준에게 조금의 미련이라도 가지고 있을까 봐 내심 걱정하고 있었던 모양이다.

"걱정 마. 나 이제 선배만 바라보니까."

가슴에 손을 얹고 맹세도 할 수 있었다. 이젠 정말 이수밖에 보이지 않는다고. 가슴과 머리가 온통 이수로 가득 차 있다고 자신 있게 말할 수 있었다. 오랜 시간을 함께한 친구라서일까. 민경은 인해의 마음을 금세 알아채고는 안도의 한숨을 내쉬었다.

"그래, 이제 걱정 안 할게."

두 사람은 말없이 웃으며 각자의 잔을 기울였다. 라떼가 거의 바닥을 보일 때쯤이었다. 민경의 어깨 너머로 익숙한 하얀 얼굴이 보였다. 이수가 막 2층으로 올라온 참이었다. 인해는 손을 번쩍 들었다.

"선배, 여기예요."

이수가 인해를 알아보고는 성큼성큼 다가왔다. 그와 동시에 민경이 고개를 돌렸다.

"아!"

이수를 본 민경의 낯빛이 순식간에 창백해졌다. 놀라고 당황한 기색이 역력했다. 이수도 민경을 발견하더니 순간 발걸음이 멈칫했다. 그러더니 덤덤한 얼굴로 다가와 민경에게 알은척을 했다.

"오랜만이군."

인해는 어리둥절한 얼굴로 두 사람을 번갈아 보았다. 상황을 보아하니 두 사람은 서로 아는 사이인 듯했다. 멍하게 넋이 나가 있던 민경이 뒤늦게 정신이 들었는지 인해를 슬쩍 쳐다보며 입을 열었다.

"그러게요, 정말 오랜만이네요. 인해 덕분에 이렇게 또 보게 되네요. 그치?"

"어? 어어, 그러게."

의미심장한 민경의 눈짓에 인해는 어색하게 맞장구쳤다. 아무래도 과거에 자신으로 인해 두 사람이 만난 적이 있었던 모양이다. 인해는 곁눈질로 이수의 기색을 살펴보았다.

다행히 자신이 과거를 기억하지 못한다는 사실을 눈치채지 못한 듯했다. 안도의 한숨을 내쉬려는데 민경이 돌연 가방을 들고 자리에서 일어섰다.

"인해야, 나 먼저 갈게. 먼저 가 볼게요."

뭐라고 말할 새도 없이 민경은 몸을 돌려 쏜살같이 계단을 내려가 버렸다. 왠지 서둘러 이 자리를 피하는 느낌이었다.

뜻밖의 상황에 인해는 어안이 벙벙했다. 남자 보는 눈은 자기가 한 수 위라며 이수가 어떤지 봐 주겠다고 큰소리쳤던 그녀였다. 그런데 왜 갑자기 뒤도 돌아보지 않고 가 버린 걸까. 이수가 아는 사람이라서 당황한 건가.

"우리도 가자."

상념을 깨우는 이수의 목소리가 머리 위에서 들려왔다. 인해는 한숨을 쉬며 자리에서 일어났다.

"친구를 만난다기에 혹시나 했더니. 아직도 만나고 있을 줄은 몰랐는걸."

차에 타자마자 이수가 지나가듯 대수롭지 않게 말을 걸어왔다. 인해 역시 대수롭지 않게 대꾸했다.

"고등학교 때부터 친구라서요."

대답을 하고 나니 불현듯 의문이 하나 떠올랐다. 민경은 고등학교 동창이지 대학 동창은 아니었다. 이수는 대학 동아리 선배였다. 다른 대학 출신이지만 두 사람은 서로를 알고 있었다.

두 사람 사이의 유일한 접점은 자신이었다. 아마 과거에 자신이 두 사람을 소개시켜 주었던 모양이다. 아까 민경이 했던 말을 미루어 보면 틀림없었다. 그런데 자신은 어째서 두 사람을 소개시켜 주었던 걸까.

"왜 그렇게 빤히 쳐다봐?"

"그냥요."

인해는 어깨를 으쓱하며 슬그머니 고개를 돌렸다. 차창에 이수의 반듯한 옆모습이 얼비치고 있었다. 좀 전의 의문이 다시금 떠올랐다.

민경은 소중한 친구였다. 그런 친구에게 아무나 함부로 소개시켜 주진 않았을 것이다. 그런데 이수를 소개시켜 줬다는 건, 어쩌면 과거에 자신과 이수가 가까운 사이였던 걸 수도 있었다. 생각했던 것보다 더.

민경은 자신이 사고 나기 전에도 동아리방에 거의 가지 않았다고 했었다. 그래서 동아리 사람들이 자신에 대해 알 리 없다고 여겼었다. 하지만 이수는 예외였다. 동아리 선배이면서도 그는 자신에 대한 많은 것들을 알고 있었다.

지금까지는 그가 자신에게 일방적으로 호감을 가지고 있어서 특별히 기억하고 있는 거라고 생각했었다. 그런데 민경에게 이수를 소개시켜 준 걸 보면 자신도 그에게 어느 정도 호감을 가지고 있었던 게 틀림없었다.

"고등학교 친구는 잘만 기억하네."

그의 혼잣말이 차 안에 낮게 깔렸다. 딱히 나무라는 투는 아니었지만 도둑이 제 발 저리다고, 가슴 한구석이 따끔거렸다. 고등학교 친구는 기억하면서 왜 그는 기억하지 못하냐는 원망이라는 걸 모르지 않는다. 그럼에도 인해는 그의 마음을 모른 척했다. 아무 말도 할 수 없었다.

승준은 자신이 과거에 어떤 일을 겪었는지 처음부터 알고 있었다. 그는 애정이 아니라 동정으로 자신을 배려했던 걸 수도 있었다. 사람들은 불행한 일을 당한 사람에게 대개 너그러워지는 경향이 있으니까. 민경의 말대로 그는 자신과 사귀는 내내 부담스러워하다가 결국 견디지 못하고 떠나 버린 건지도 몰랐다.

만약 이수가 자신의 과거를 알게 된다면 어떻게 될까. 그가 승준처럼 되지 않을 거라는 보장은 어디에도 없었다. 그를 잃고 싶지 않았다. 이수에게 받고 싶은 건 동정이 아니라 사랑이었다.

신호 대기에 차를 세운 이수가 불쑥 말을 꺼냈다.

"여자들은 외모에 신경을 써서 그런가. 너나 그 친구나 별로 변한 게 없네."

"그래요?"

"길 가다 봐도 알아볼 거 같던데."

태연한 겉모습과는 달리 인해는 내심 당혹스러웠다. 이수가 길을 가다가 민경을 알아볼 수 있을 정도라면 단순히 인사만 나눈 사이가 아닐지도 모른다는 생각이 들었다. 혹시 자주 만났던 건가. 민경과 자주 만났다면 자신과도 자주 만났을 터. 도대체 자신은 이수와 어느 정도 선까지 친하게 지냈던 걸까.

"선배, 혹시 옛날에 제 집에 자주 오셨어요?"

그녀의 물음에 이수의 표정이 갑자기 묘해졌다. 그는 한참 동안 인해를 응시하더니 담담하게 대꾸했다.

"이제 뭔가 좀 생각나나 보지?"

"그러게요."

인해는 대충 얼버무렸다. 가슴이 쿵쾅거리며 미친 듯이 뛰고 있었다.

이수가 자신의 집에 자주 왔었다고 한다. 그렇다는 건 자신이 그를 집에 자주 초대했었다는 말이 된다. 인해는 웬만해선 사람을 집에 잘 들이지 않는 편이었다.

마음을 준 사람이 아니고는 자신의 공간에 함부로 들이지 않았다. 사고 나기 전의 자신이라도 지금과 별반 다르지 않았을 터였다. 그런데 과거의 자신은 이수를 집에 자주 들였었다고 한다. 그렇다는 건…….

인해는 자기도 모르게 운전석에 있는 이수를 돌아보았다. 신호가 바뀌어 그는 전방을 주시하며 운전에 집중하고 있었다. 무언가에 집중하고 있는 그의 모습은 근사하고 멋졌다. 눈을 뗄 수가 없을 지경이다. 지금도 이런데 스무 살 새파랗게 어렸던 자신이 이수를 보고 반하지 않을 리 없었다.

짝사랑을 했던 건가. 그래서 아까 민경이 이수를 보고 놀랐던 건가. 자신이 과거에 짝사랑했던 남자와 사귀고 있으니 말이다. 그런데 민경은 어째서 재활할 때 이수에 대해 알려 주지 않았던 걸까. 그녀라면 분명히 자신의 마음을 알고 있었을 텐데.

인해의 재활을 위해 물심양면 도와주었던 민경이었다. 이수에 대해 일부러 말하지 않았다면 그럴 만한 이유가 있었을 것이다. 자신에게 별로 도움이 되지 않는다고 생각했겠지. 왜 그랬을까.

인해는 곁눈질로 이수를 힐끔거렸다. 과거 이수에겐 첫사랑의 여자가 있었다. 자신은 아마 가슴 아픈 짝사랑을 했을 터였다.

민경이 그 사실을 몰랐을 리 없었다. 자신이 행여나 괴로운 기억을 떠올릴까 봐 알려 주지 않은 걸 수도 있었다. 재활만으로도 충분히 힘겨웠으니 말이다. 인해는 가만히 숨을 내쉬며 눈을 감았다.

이제 이수가 없는 세상은 상상조차 불가능했다. 마음이 온통 그로 가득 차 있었다. 그와 만난 지 얼마 되지도 않았는데 말이다. 그 이유를 이제 알 것 같았다. 자신이 그를 짝사랑했던 거라면, 과거에 못다 이룬 사랑을 이제야 이룬 셈이었다.

비록 머리는 기억 못 해도 가슴은 그를 기억하고 있었나 보다. 예전에 좋아했던 사람이 옆집으로 이사 오고 다니는 회사의 상사가 될 확률이 얼마나 될까. 정말 운명이란 게 있는 건가. 눈가가 뜨끈해졌다.

"어디 불편해?"

걱정스러운 목소리가 귓가를 파고들었다. 눈을 뜨자 이수가 차를 세우고 자신을 들여다보고 있었다.

"괜찮아요."

인해가 웃으며 대답하자 이수는 한시름 놓은 얼굴로 머리를 쓰다듬어 주었다.

"피곤하면 자. 도착하면 깨워 줄 테니까."

인해는 고개를 끄덕인 후 다시 눈을 감았다. 잠이 오는 건 아니지만 그를 계속 보고 있다간 눈물이 날 것 같아서였다.

누군가가 몸을 흔들어 댔다. 눈꺼풀을 반쯤 들어 올리자 가물가물한 시야에 하얀 얼굴이 들어왔다.

"집에 다 왔어."

귀가 번쩍 뜨였다. 인해는 눈가를 비비며 차창 밖을 내다보았다. 익숙한 아파트가 어둠 속에서 자리를 지키고 있었다.

"많이 피곤했나 봐."

"그러게요."

인해는 민망한 마음에 얼른 차에서 내렸다. 잠을 잘 생각은 없었는데 눈을 감고 있다 보니 잠이 들었던 모양이다. 이수가 차를 주차시키는 걸 지켜보며 기다렸다가 같이 엘리베이터에 올라탔다. 전광판의 숫자가 바뀌는 걸 보고 있는데 그가 불쑥 중얼거렸다.

"친구랑은 피곤할 때까지 놀아 주나 보네."

처음에는 무슨 말인지 금방 알아듣지 못해 어리둥절했다. 곰곰이 그가 한 말을 곱씹던 인해의 입가가 위로 올라갔다. 이 남자 이렇게 귀여워도 되는 건가.

"다음엔 선배하고도 피곤할 때까지 놀아 드릴게요."

"웃지 마."

이수가 그녀를 노려보며 위협하듯 말했다. 하지만 귓바퀴를 빨갛게 물들이고서 하는 위협은 전혀 위협적이지 않았다. 그녀가 웃음을 멈추지 않자 이수가 거듭 경고를 해 왔다.

"웃지 말랬지. 셋 셀 동안 안 멈추면 가만 안 둔다."

인해는 배가 당기도록 웃었다. 멈추고 싶어도 도저히 멈출 수가 없었다. 이수가 카운트를 세기 시작했다. 하나, 둘…… 셋.

셋을 셈과 동시에 그가 인해를 확 끌어안았다. 그러고는 순식간에 입술을 겹쳤다. 느닷없는 키스에 인해의 눈이 커다래졌다. 웃음은 그의 입속으로 고스란히 빨려 들어갔다. 온몸이 짜릿했다. 다리의 힘이 풀리려는 찰나 까맣고 동그란 구체가 눈에 들어왔다. 인해는 다급하게 이수를 밀어냈다.

"선배, 여기…… 카메라……."

엘리베이터 천장 모서리에 CCTV 카메라가 설치되어 있었다. 두 사람의 모습이 경비실 모니터에 고스란히 생중계되고 있을 터였다.

인해는 울상을 지으며 이수를 올려다보았다.

"어떡해요."

"뭐 어때, 나쁜 짓 한 것도 아닌데."

이수는 어깨를 으쓱이며 심상하게 말했다. 그의 말이 틀린 건 아니었다.

"그래도 때와 장소는 가려 줘요."

"알았어."

인해의 강력한 요구에 이수는 마지못해 고개를 끄덕였다. 그녀의 요구가 다소 불만스러운 눈치였다. 며칠 전 그와 처음으로 키스했던 일이 떠올랐다.

그는 대담하게도 회사 휴게실에서 기습적으로 키스를 했다. 둘만 있긴 했지만 누구라도 문을 열고 들어올 수 있는 상황이었다. 조마조마한 마음에 어떻게 키스를 했는지 기억조차 나지 않았다.

그에 비해 그는 약간 흥분했을 뿐 침착하고 여유로워 보였다. 미국에서 오래 살다 와서 그런지 아니면 나쁜 행동이 아니라는 의식이 밑바탕에 깔려 있어서인지 스킨십을 행하는 것에 대해 전혀 거리낌이 없었다.

인해는 그의 스킨십이 싫지 않았다. 자신을 원하는 그의 욕망이 거북하지 않았다. 그에게 여자로 보이고 있다는 게 좋았다. 손잡고 포옹하고 키스까지 했으니 이제 남은 건 하나였다. 진도가 너무 빠른 감이 없지 않아 있었다. 그럼에도 그 모든 것들이 자연스러웠다. 마치 처음부터 그랬던 것처럼.

엘리베이터가 12층에 멈춰 섰다. 두 사람은 엘리베이터에서 나란히 내렸다. 늘 복도가 길다고 생각했었는데 오늘따라 너무나 짧게 느껴진다. 금세 1203호와 1204호 중간 지점에 이르렀다.

"그럼 잘 자."

이수가 작별을 고하고 돌아섰다. 바로 옆집인데도 이대로 헤어진다는 게 왠지 서운했다.

"맥주 한잔할래요?"

인해는 자신이 말하고는 깜짝 놀랐다. 돌아서기 아쉬워 한마디 한다는 게 하필이면. 얼른 수습하려 했지만 이수가 한발 빨랐다.

"그럴까?"

꼼짝없이 이수를 집으로 들일 수밖에 없게 되었다. 이왕 이렇게 된 거 그냥 포기하자 싶어 인해는 1204호의 문을 열었다. 현관에서 신발을 벗고 불을 켜니 잘 정돈된 거실이 한눈에 들어온다. 오전에 청소해 놓고 외출해서 천만다행이었다.

인해는 얼른 캔 맥주와 과자, 땅콩, 피스타치오 따위를 내어놓았다. 두 사람은 식탁에 마주 앉아 맥주를 마시며 안주를 집어 먹었다.

오늘 있었던 일이나 회사 일에 대해 주절주절 떠들었지만 생각은 다른 데 가 있었다. 그가 집에 들어온 순간부터 온 신경이 그의 일거수일투족에 집중하고 있었다. 시간이 어떻게 지나갔는지 모르겠다. 맥주 한 캔을 비운 이수가 곧장 자리에서 일어섰다.

"잘 먹었다. 그럼 난 갈게."

"가시려고요?"

"그럼 가야지 여기서 뭐 해. 내일 출근도 해야 하는데 얼른 가서 자야지."

인해는 기분이 묘해졌다. 안도한 건지 실망한 건지 모르겠다. 분명히 긴장하고 있었는데 이 아쉬움은 뭘까. 내 마음인데도 알 수가 없으니 답답했다.

이수는 어느새 현관에서 신발을 신고 있었다. 인해가 배웅하기 위해 따라오자 그가 툭 던지듯 말했다.

"눈치 없는 놈이 되려고 했는데 오늘은 아닌 거 같네."

순간 멍해졌다. 그는 알고 있었던 것이다. 그녀가 내내 긴장하고 있었다는 것을. 인해가 아무 말도 못 하고 있자 이수는 그녀의 정수리를 쓰다듬으며 말을 이어 갔다.

"오늘은 이대로 가지만 다음엔 눈치 없는 놈으로 변신할 거니까 각오해."

이어진 그의 중얼거림에 인해는 웃을 수밖에 없었다.

"이제 '봄날은 간다' 보면서 라면만 먹고 가는 유지태한테 욕 못 하겠군. 눈치 있으면서도 이렇게 그냥 가는 내가 더 바보니까."

새삼 그가 영화감상 동아리 출신이라는 게 피부로 와 닿았다. 이수가 가고 난 후 인해는 식탁을 정리하고 간단하게 샤워한 후 마스크 팩을 얼굴에 붙였다. 그러다 눈에 띈 탁상달력에 시선을 고정시켰다.

크리스마스가 얼마 남지 않았다. 아마도 크리스마스 즈음 이수가 '눈치 없는 놈'으로 변신할지도 모른다는 생각이 들었다. 아니 그럴 터였다. 인해는 나지막한 한숨을 내쉬었다.

오늘 긴장했던 건 예정에 없던 술자리라는 것도 있지만 이수를 전혀 기억하지 못한다는 점도 어느 정도 영향을 끼쳤다. 왜 하필 그를 알고 지냈던 시절이 깡그리 날아가 버린 건지 모르겠다. 머리로 기억해 내는 게 무리라면 직접 발로 뛰어서 알아내는 수밖에.

인해는 붉은 펜으로 25일에 동그라미를 그렸다. 그러고는 침대와 면한 벽을 바라보았다. 벽 너머에 있을 사람을 그리며 다짐했다.

"꼭 알아낼게요."

9.

"많이 바쁜 거야?"

[응, 연말이라 좀 바쁘네.]

계속 연락이 닿지 않았던 민경과 간신히 통화가 되었다. 일주일 만이었다. 바쁠 땐 밤늦게라도 전화를 걸어 주었던 그녀가 연락을 못 한 걸 보면 바쁘긴 바쁜 모양이었다.

[무슨 일 있는 거야?]

바쁜 사람 붙들고 얘기하려니 입이 떨어지지 않는다. 하지만 언제 또 민경과 연락이 될지 모른다는 생각에 겨우겨우 입을 열었다.

"무슨 일이 있는 건 아니고…… 혹시 선배에 대해 네가 아는 게 있을까 해서. 너랑 선배랑 아는 사이인 줄 알았으면 진작 물어봤을 텐데. 바쁠 때 이런 거 물어서 미안한데, 사소한 거라도 괜찮으니까 아는 거 있으면 말해 줄래?"

수화기 너머에서 아무 말도 들리지 않았다. 계속된 침묵에 인해는 휴대전화 액정을 확인했다. 아직 전화는 끊어지지 않은 상태였다.

"민경아, 듣고 있어?"

[미안한데…… 나 너네 선배에 대해 잘 몰라. 얼굴만 아는 정도였어.]

한참 만에 돌아온 대답에 인해는 맥이 풀렸다. 처음부터 잘못된 질문이었는지도 몰랐다. 재활할 당시 자신에게 이수에 대해 알려 주지 않았던 그녀였다. 오랜 세월이 지났어도 선뜻 말할 수 없을 터였다. 난감해하는 기색이 수화기로도 전해졌다. 인해는 질문을 바꾸기로 했다.

"저기 혹시 내가 옛날에 선배를……."

[인해야, 나 지금 회의 들어가야 하거든. 나중에 통화하자.]

순식간에 통화가 종료되었다. 민경은 이수에 대한 질문이 달갑지 않은 듯했다. 인해는 한숨을 내쉬며 휴대전화를 가방에 집어넣었다. 그러고는 고개를 들었다. 익숙하면서도 낯선 풍경이 시야에 들어왔다.

졸업하고 난 후 처음으로 찾은 모교였다. 학교는 기억 속 모습 그대로였지만 군데군데 달라진 곳도 적지 않았다. 인해는 달라진 곳으로는 일부러 눈길을 주지 않았다. 졸업할 당시와 비교해 전혀 달라지지 않은 곳만 바라보았다.

잃어버린 기억을 조금이라도 끌어내기 위해 일부러 시간을 내어 찾은 학교였다. 익숙한 곳을 보다 보면 연상 작용으로 기억이 떠오르지 않을까 싶었다. 예전에 시도해 보지 않았던 건 아니지만 혹시나 싶었다. 과방과 수업을 들었던 강의실, 학생회관에 있는 씨네아이 동아리방을 기웃거리다가 점심을 먹기 위해 학생식당으로 향했다.

돈가스를 주문하고는 자리를 잡았다. 여전히 기억은 감감무소식이었다. 큰 기대는 하지 않았지만 실망스러운 마음이 드는 것도 사실이었다.

아무래도 학교 말고 다른 수단을 강구해야 할 듯싶었다. 하지만 이수와의 접점은 학교밖에 없었다. 무엇을 어떻게 해야 할지 모르겠다. 한숨을 내쉬며 돈가스를 먹는데 누군가가 앞으로 스윽 다가왔다.

"강인해?"

이름이 불려서 고개를 들자 웬 중년의 남자가 눈을 크게 뜨고 있었다. 그가 반갑다는 얼굴로 맞은편 의자에 몸을 내렸다.

"인해 맞구나. 이야, 이게 얼마 만이냐. 반갑다."

모르는 얼굴이었다. 인해가 멀뚱하게 쳐다보자 남자가 쑥스럽다는 듯 얼굴을 매만진다.

"내가 예전에 비해 좀 불었지? 나 재호야. 박재호."

"아, 네에. 안녕하세요."

일단 인사를 하자 남자가 속사포처럼 수다를 늘어놓았다.

"진짜 오랜만이다. 너 복학한 후에는 동방에 거의 안 갔다며. 난 졸업한 후에도 가끔 동방에 들렀었는데. 학교로 돌아온 후엔 일주일에 한 번꼴로 들르고 있지."

동방 어쩌고 하는 걸 보니 씨네아이 동아리 선배인 듯했다. 그러나 여전히 이름도 얼굴도 모르는 선배였다. 순간 벼락처럼 좋은 생각이 떠올랐다. 인해는 박재호라는 선배를 뚫어져라 바라보았다. 씨네아이 동아리 출신이라면 이수에 대해 모를 리 없을 터였다.

"저기 혹시 이수 선배……."

이수의 이름을 꺼내자마자 재호가 얼른 반응했다.

"뭐야? 이수 녀석이 말한 거야? 나 만났었다고."

두 사람이 최근에 만난 적이 있는 모양이었다. 재호는 묻지도 않았는데 혼자서 주절주절 떠들기 시작했다.

"내가 자주 가는 단골 바가 있거든. 거기서 우연히 이수를 만났다니까. 너도 봐서 알겠지만 그 자식 하나도 안 변했더라. 오랜만에 만났는데도 금세 알아봤어. 유학 갔다는 얘기 들은 이후로 그때 처음 만난 거거든. 거기서 만날 줄은 생각도 못 했었는데. 세상 참 좁다는 생각이 들더라."

재호는 이수와 그다지 절친한 사이는 아닌 듯했다. 그래도 과거의 이수를 잘 알고 있는 건 틀림없었다. 스무 살 자신에 대해서도 알고 있을 터였다. 갑갑한 와중 뜻밖의 돌파구가 생긴 기분이었다.

"선배가 보기에 저하고 이수 선배 옛날에 어땠어요?"

가슴이 두근두근거렸다. 심지어 떨리기까지 했다. 아무리 노력해도 열리지 않았던 과거의 문이 이제 막 열리려 하고 있었다. 인해는 귀를 활짝 열고 재호의 입을 집중해서 바라보았다. 한 마디라도 놓치지 않겠다는 듯이.

"니들이야 유명했지."

재호는 대수롭지 않은 투로 운을 뗐다. 인해는 조심스럽게 물었다.

"어떤 의미로요?"

"너도 알다시피 이수 녀석이 워낙 눈에 띄는 낯짝이잖아. 걔 모르면 우리 학교 사람이 아니었지. 특히 여자애들 사이에선 스타 그 이상이었고. 그런 녀석 옆에 네가 딱 붙어 다녔으니 덩달아 너도 유명해질 수밖에 없었지. 뭐 네 술버릇도 한몫하긴 했지만."

재호의 말을 가만히 경청하던 인해는 작은 한숨을 내쉬었다. 아무래도 자신이 이수를 쫓아다녔던 모양이다. 정말 짝사랑이었나 보다.

"딴 놈들은 몰라도 난 알고 있었어. 이수 그 녀석, 가벼워 보여도 실은 일편단심 민들레라는 거."

그의 첫사랑에 대한 이야기인 듯했다. 순간 가슴에 날카로운 통증이 스쳐 갔다. 인해는 자신도 모르게 미간을 살짝 구겼다. 미묘하게 일그러진 그녀의 얼굴을 본 재호가 서둘러 덧붙인다.

"옛날 일이니까 신경 쓸 거 없어. 다 지난 일인데 뭐."

"그래요?"

"그럼, 그게 언제 적 일인데."

재호는 슬그머니 인해의 기색을 살폈다. 한때 그녀를 마음에 담았던 적이 있었다. 하지만 그것은 정말 한때였다. 끝내 자신의 마음을 몰라주고 이수에게 가 버린 그녀가 괘씸하기도 했지만 나중엔 잘되길 빌어 주었었다. 그런데 나중에 이수는 미국으로 유학을 떠나고 인해는 휴학을 해 버렸다. 재호는 그때 두 사람이 헤어졌다고 생각했고 다른 이들의 생각도 크게 다르지 않았다.

대학 시절 누군가와 사귀고 헤어지는 건 대수롭지 않은 일이었다. 누구든 인생을 살면서 한 번쯤 경험하는 통과의례와도 같은 것이리라. 좋든 싫든 간에 시간이 지나면 자연스레 추억이란 이름으로 남기 마련이었다.

하지만 간혹 추억이 되지 못하는 경우가 왕왕 있었다. 시간이 지나도 여전히 그때의 감정이 고스란히 살아남아 있다면 그것은 추억이 될 수 없었다.

재호는 얼마 전에 봤던 이수를 떠올려 보았다. 겉으로는 무심한 척해도 과거를 편안하게 이야기하지 못했던 그였다. 재호가 보기에 이수와 인해 두 사람은 후자의 경우에 속해 보였다.

재호는 지금의 상황이 다소 난감했다. 가볍게 옛날이야기나 하며 추억을 곱씹으려고 했는데 인해의 분위기가 심각해서 그럴 수 없게 되었다. 이런 경우 이수에 대해 좋게 말할 수도 나쁘게 말할 수도 없었다. 인해에게 이수에 대한 감정이 아직 남아 있다면 어느 쪽으로도 치우치면 안 됐다. 그래서 그는 두루뭉술하게 말하려고 노력했다.

"오래전 일이 뭐가 중요해. 그래도 그 자식 그때 진심이었을걸."

이 정도면 되겠지. 재호는 이수가 진심이었다는 걸 특히 강조했다. 거짓말하는 것도 아니니 양심에 거리낄 것도 없었다. 비록 헤어졌어도 이수가 진심이었다면 인해의 입장에선 불쾌하지 않을 터였다.

그러나 그의 의도와는 달리 인해의 얼굴이 급격히 어두워졌다. 아무래도 이수에 대한 이야기 자체를 그만해야 할 듯싶었다. 그는 재빨리 화제를 전환했다.

"그 친구는 아직도 만나? 동방에 자주 놀러왔던 고등학교 동창 말이야. 눈이 크고 예뻤던."

"민경이요?"

"그래, 민경이. 맞다, 그런 이름이었지."

인해는 깜짝 놀랐다. 재호가 민경을 알고 있을 거라고는 상상도 못 한 일이었다. 민경이 학교로 자신을 찾아왔을 수는 있었다. 하지만 동아리 선배인 재호가 기억하고 있을 정도로 자주 왔었던 건가.

"걔는 어떻게 지내? 아직도 만나? 동방에서 민경이 좋아하는 애들 엄청 많았는데."

놀라운 이야기가 계속 이어졌다.

"술자리도 자주 참석해서 민경이가 우리 학교 다닌다고 착각한 애들도 있었다니까."

"민경이가 그렇게 자주 왔었어요?"

"그래, 너랑 이수랑 셋이서 같이 다녔잖아. 오래돼서 기억 안 나?"

셋이서 같이 다녔다고?

순간적으로 떠오른 이상한 생각에 인해는 고개를 가로저었다. 설마, 그럴 리가…….

재호는 인해의 얼굴을 힐끔 살피고는 휴대전화를 꺼내 시간을 확인했다.

"아이쿠, 시간이 벌써 이렇게 됐네. 난 이만 가 봐야겠다. 점심 맛있게 먹어."

재호와 어떻게 작별 인사를 했는지 기억조차 나지 않았다. 머릿속이 복잡했다. 재호에게서 들은 이야기와 지난 일들이 마구잡이로 뒤섞여 버렸다. 인해는 차근차근 생각을 정리해 나갔다.

일주일 동안 민경은 자신의 전화를 받지 않았었다. 바빠서라고 했지만 작년 이맘때의 민경은 그다지 바쁘지 않았었다. 재작년도 마찬가지였다.

회사마다 특별히 바쁜 시기가 있기 마련인데 민경의 회사는 연말에 그다지 바쁘지 않은 편이었다. 올해만 갑자기 바빠질 리 없었다. 그렇다면 일부러 자신을 피했다는 얘기가 된다.

이미 짐작하고 있던 거라 놀랍지도 실망스럽지도 않았다. 일부러 생각하지 않으려 했던 것을 생각할 수밖에 없는 현실이 그저 원망스러울 따름이다.

아마 민경은 자신이 이수에 대해 물어볼 거라는 걸 알고 있었을 것이다. 난처했을 터였다. 자신이 과거 이수를 짝사랑해서 힘들어했다면 말해 주기 곤란했을 테니까. 그렇게 생각하고 이해했었다. 지금까지는.

재호에게서 들은 과거는 지금까지 알고 있었던 것들을 완전히 뒤집어 버리게 만들었다. 셋이서 같이 다녔다니. 자신은 이수를 짝사랑해서 쫓아다녔다 해도 민경은 뭐란 말인가. 당시 이수에겐 첫사랑이 있었을 텐데…….

이수를 보고 급하게 자리를 피했던 민경의 모습이 새록새록 떠오른다. 자신의 남자친구를 직접 보고 평가해 주겠다고 큰소리쳤던 그녀답지 않은 행동이었다. 단지 얼굴만 알던 사이라면 그렇게 급하게 피할 이유가 없었을 것이다.

예전에 학교 선배를 만났다고 했을 때 눈에 띄게 놀라고 불안해했던 민경이었다. 그러고 보니 유독 자신의 대학 시절 얘기만 하면 긴장했던 그녀였다. 여태 자신의 사고 때문인 줄 알았는데 어쩌면 다른 이유가 있을지도 모른다는 생각이 들었다.

"야, 너 뭐 먹을래?"

"음, 난 딸기, 아니 초코로 할래. 초코우유."

"하여간에 단 거 엄청 좋아한다니까."

서너 명의 학생들이 인해가 앉아 있는 테이블 옆을 지나가며 떠들었다. 인해는 멍하니 매점으로 향하는 학생들의 뒷모습을 바라보았다. 초코우유를 들고 좋아라 하는 여학생이 유독 눈에 들어왔다. 그 모습이 꼭 민경을 보는 것만 같았다. 불현듯 가슴 한구석이 서늘해졌다.

단 음식을 유난히 좋아하는 민경은 고등학교 시절 내내 초코우유를 달고 살았었다. 초코우유는 민경이 좋아하는 것이지 자신은 그다지 좋아하지 않았다. 그런데 이수는 자신이 초코우유를 좋아한다고 알고 있었다.

과거에 그를 짝사랑했다면, 그가 주는 건 뭐든 기뻐하며 받았을 것이다. 좋아하지 않는 초코우유를 사 주었다고 해도 마찬가지였으리라. 그런데 왜 하필 초코우유일까. 왜 민경이 좋아하는 초코우유를 자신에게 사 주었던 걸까. 초코우유를 살 수밖에 없었던 이유가 대체 뭘까.

"설마……."

턱 끝이 부들부들 떨리고 있었다. 이미 답은 나와 있었다. 이수는 민경에게 초코우유를 사 주면서 친구인 자신에게도 사 주었을 것이다. 셋이 같이 다녔다니 아마 그랬을 가능성이 컸다. 역시 민경이 이수의 첫사랑이었던 건가.

인해는 자기도 모르게 도리질을 쳤다. 믿고 싶지 않았다. 그러나 한 번 자라난 의혹은 사그라질 기미가 보이지 않았다.

자신의 재활을 물심양면으로 도왔던 민경이 유독 이수에 관한 것만 알려 주지 않았던 것도, 카페에서 이수를 보자마자 피해 버린 것도, 그 뒤로 자신의 전화를 받지 않는 것도 이상했다.

그 모든 것들이 이수가 헤어진 연인이라고 전제하면 전부 납득이 가는 행동이었다. 가슴이 욱신거렸다. 결국 난 친구의 연인을 짝사랑했던 건가.

"앗!"

따끔한 통증이 느껴졌다. 의식하지 못한 사이에 손톱을 물어뜯고 있었다. 인해는 들고 있던 포크를 내려놓았다. 그러고는 급히 물을 한 잔 들이켰다. 차가운 물이 식도를 타고 내려가자 정신이 번쩍 들었다.

그동안 알지 못했던 과거도 놀랍고 당혹스럽지만 더 큰 문제가 있었다. 이수는 자신이 민경의 친구라는 걸 알고 있었을 것이다.

자신에게 사귀자고 한 그의 저의가 새삼 의심스러웠다. 정말 나에게 마음이 있는 걸까. 아니면 다른 의도를 가지고 접근한 걸까.

희미한 피비린내가 코끝에 달라붙었다. 물어뜯었던 손톱에서 피가 나고 있었다. 그녀는 휴지를 꺼내기 위해 가방의 지퍼를 열었다. 파우치가 열려 있었는지 젤 아이라이너가 불쑥 눈에 들어왔다. 그녀가 기획하고 이수가 이름 붙인 퍼스트 러브 아이라이너였다.

아이라이너에 문제가 생겨 화성에 갔다 오는 길에 이수가 첫사랑에 대해 말해 준 적이 있었다. 인생 최대의 실수였다고.

첫사랑에게 일방적으로 버려진 그였다. 그로 인해 상처를 받았던 그였다. 설마 친구인 자신을 이용해 민경에게 복수하려는 건 아니겠지.

하지만 그는 나중에 과거를 모두 잊겠다고 말했다. 복수하려는 생각으로 자신에게 접근한 게 아닐 수도 있었다. 그를 기억하지 못

하는 자신에게 가끔 실망한 기색을 내비쳤던 그였다. 그런 걸 보면 자신을 어느 정도 마음에 두고 있었던 게 아닐까.

그렇지만 조금 전에 만났던 박재호란 선배는 이수가 첫사랑에게 진심이었다고 했었다. 일편단심 민들레라고 했으니 당시 자신에게 한눈을 팔진 않았을 터. 아마 연인의 친구니 호감 정도는 가지고 있었을 것이다. 그러다가 세월이 흘러 우연히 자신을 만났다. 옆집에 사는 데다 직장까지 같으니 보통 인연이 아니라고 생각할 법했다.

하아, 한숨이 흘러나왔다. 마음이 무거웠다. 아무리 오래전 일이고 헤어졌다고는 해도 옛 연인의 친구인 자신이 그는 전혀 껄끄럽지 않은 걸까.

얼마 전 카페로 자신을 데리러 온 날, 그는 자신이 민경과 아직도 만나고 있는지 몰랐다는 투로 말했었다. 오랜 세월이 지났으니 민경과 자신이 왕래가 없다고 생각하고 사귀자고 했던 걸 수도 있었다. 아니면 처음부터 민경을 염두에 두지 않았을 수도 있었다.

머리가 지끈거렸다. 이수의 마음을 도통 모르겠다. 민경에게 복수하기 위해 자신에게 접근한 건지 아니면 정말 자신을 좋아하는 건지.

비록 과거의 그는 알지 못하지만 현재의 그는 잘 알고 있다고 생각했었는데. 잘 닦인 길이라 생각하고 무작정 걸어가다가 갑자기 나타난 구덩이에 발이 빠져 버린 기분이었다.

만약 기억이 멀쩡했다면 어떻게 되었을까. 아마 이수와 사귀는 일은 결코 없었을 것이다.

한숨이 흘러나왔다. 부질없는 가정이었다. 자신은 이미 그와 사귀고 있었다. 그는 자신이 민경과의 과거를 알고도 그와 사귀는 거라고 알고 있을 것이다. 이제 와 헤어지자고 하면 그가 받아들이려 할까.

그때 기억이 없어서 몰랐다고 솔직하게 말한 후 끝내자고 하면 그만이었다. 하지만 문제는 자신의 마음이었다. 그가 싫지 않았다. 외려 애정이 점점 깊어지고 있었다.

민경을 생각하면 머리로는 안 된다는 걸 알면서도 마음은 이수를 이대로 포기하고 싶지 않았다. 이제야 갖게 된 행복을 놓쳐 버리고 싶지 않았다.

"나도 이기적인 인간이었구나."

인해는 우울한 얼굴로 중얼거렸다. 마음이 깊어지기 전에 알았더라면 갈등할 이유가 없었을 텐데. 늘 사랑보다 우정이 우선이라고 생각했었는데. 막상 내 일이 되니 섣불리 선택하기가 어려웠다.

이렇게 망설이는 자체가 민경에게 못 할 짓이라는 걸 안다. 민경에게 너무나 미안했다. 일단 이수의 의도부터 확실히 알아야 했다. 그러고 나서 그와 계속 사귈지 헤어질지 결정해야 할 듯했다.

반이나 남은 돈가스는 어느새 차갑게 식어 있었다. 입맛이 달아난 인해는 식판을 들고 의자에서 몸을 일으켰다. 오늘 학교에 온 건 이수와의 과거를 알아내 답답한 마음을 조금이나마 해소해 보려 했던 것이었다. 그랬는데 생각지도 못한 짐을 어깨에 지고 가게 생겼다. 이럴 줄 알았으면 학교에 오지 않는 건데.

인해는 착잡한 심정으로 학생식당을 빠져나왔다. 이제 더는 과거를 알고 싶지 않았다. 호기심이 고양이를 죽인다는 말처럼, 과거를 들춰내지 않는 게 현명할 수도 있었다. 어차피 지나간 일이었다. 지나간 일에 발목이 잡혀 현재의 행복을 망치는 것만큼 어리석은 일이 또 있을까.

그녀는 뒤도 돌아보지 않고 학교를 벗어났다.

✳

점심시간이라 식당은 사람들로 북적거렸다. 이수는 식당의 가장 안쪽에 위치한 방으로 걸어갔다. 미닫이문을 열자 우아하고 기품이 넘치는 중년 여성이 다소곳하게 앉아 있었다. 이수는 얼른 구두를 벗고 방으로 들어갔다.

"오래 기다리셨어요?"

"아니, 어서 와 앉아라."

어머니가 이수를 바라보며 다정하게 손짓한다. 점심시간이 되어 갈 때쯤 갑자기 걸려 온 전화 한 통에 이수는 부랴부랴 밖으로 나와 야 했다. 어머니가 회사 근처로 찾아오신 건 처음 있는 일이었다.

"무슨 일로 여기까지 오신 거예요? 그냥 부르시지."

"바쁜 거 아는데 어떻게 그래. 시간 많은 내가 움직여야지. 배고 프지? 일단 식사부터 하자."

이수는 메뉴판을 펼쳐 보았다. 무난한 정식A로 주문을 했다. 종 업원이 금세 식사를 내왔다. 평범한 한식이지만 반찬이 대체로 정갈 하고 된장찌개가 구수했다. 음식도 분위기도 근방에서 제일 괜찮은 집이었다.

"진짜 무슨 일이에요?"

"그냥 네가 보고 싶어서 온 거야."

혹시 고영미가 또 해코지를 한 건가 싶어 내심 긴장했던 이수는 어머니의 얼굴을 보고는 안도했다.

웬만해선 자신에게 고영미와 관련된 일에 대해 말하지 않는 어머니였다. 하지만 미묘하게 얼굴이 굳어진 걸 완벽하게 숨기진 못했었다. 오늘의 어머니는 그늘 한 점 없는 맑은 가을 하늘 같았다.

"아직도 본가로 들어올 생각 전혀 없는 거니?"

오늘 어머니가 여기까지 행차한 목적이었다. 한국에 들어오자마자 본가로 들어오라고 했던 어머니였다. 아직도 미련을 버리지 못한 모양이었다. 이수는 부드럽게 웃으며 대답했다.

"전에도 말씀드렸다시피 지금 사는 집이 회사랑 가까워서요."

"출퇴근하기 힘들면 김 기사더러……."

"직원들은 제가 누군지 모르고 있어요. 제가 회장님 아들이라는 게 알려지면 부담스러워할 거예요. 김 기사 아저씨가 운전하는 차로 출퇴근하면 금방 눈치챌 거예요."

어머니는 작은 한숨을 지었다. 이수가 뜻을 굽힐 생각이 전혀 없다는 걸 알았는지 포기한 눈치였다. 그녀는 한 발 물러섰다.

"그럼 자주 집에 좀 와. 희영이가 너 안 온다고 삐친 거 같아."

8살 어린 여동생이 삐쳤다는 말에 이수는 쓰게 웃으며 고개를 끄덕였다. 동생의 해맑은 얼굴이 떠올랐다. 어느덧 이십 대 후반에 접어든 동생이지만 그에겐 마냥 어린애 같았다. 어머니는 컵에 담긴 물을 반쯤 마신 후 조심스럽게 말을 꺼냈다.

"이수야, 혹시…… 그 사람 때문이라면 이제 신경 쓰지 않아도 돼. 옛날처럼 그러진 않으니까."

이수는 어머니를 똑바로 쳐다보았다. 자신의 마음이 편하길 바라는 어머니의 뜻을 모르지 않는다. 그가 유학을 가고 태석의 수술이 성공하면서 고영미가 예전처럼 어머니에게 연락을 자주 하지 않는다는 걸 알고 있었다. 하지만 돈을 제 몸처럼 사랑하는 그 여자가 쉽사리 돈줄을 포기할 리 없다는 것도 잘 알고 있었다.

이수는 한때 자신이 사라지면 고영미도 더는 어머니를 괴롭히지 못할 거라고 생각한 적이 있었다. 자신으로 인해 이 모든 악연이 시작되었으니 자신만 없어지면 된다고 여겼었다.

완벽한 오판이었다. 유학 시절 한국에 잠깐 들어왔을 때였다. 그때 우연히 고영미와 통화하는 어머니를 목격하고는 지금까지 잘못 생각하고 있었다는 걸 깨달았다. 자신이 있든 없든 고영미는 전혀 개의치 않았다.

"신경 쓰지 않아요. 집에 자주 갈게요."

이수는 어머니의 말을 곧이곧대로 믿는 것처럼 고분고분 대답했다. 어머니에겐 세상에서 가장 착한 아들이 되고 싶었다. 아니 되어야 했다. 고영미를 상대하는 것만으로도 충분히 힘겨운 어머니였다. 자신만이라도 그녀를 편안하게 해 줘야 했다.

"그래, 그럼 크리스마스 때 집에 오는 게 어떠니? 얼마 남지 않았잖아."

"그날은 선약이……."

그가 말끝을 흐리자 어머니의 표정이 묘해졌다. 이수는 자기도 모르게 어머니의 시선을 피해 버렸다.

"만나는 사람 있니?"

잠시 망설이던 이수는 고개를 작게 끄덕였다.

"어쩐지. 얼굴이 좋아 보인다 싶더니."

흐뭇해하는 어머니의 말에 이수는 좀 놀랐다.

"좋아 보인다고요?"

"그래, 아주 좋아 보여. 표정이 전보다 훨씬 밝아졌어."

이수는 손으로 얼굴을 쓸어 보았다. 예전에 자신의 얼굴이 어땠는지 기억나지 않았다. 특별히 달라진 건 없다고 생각했는데 다른 사람들 눈엔 아닌 모양이었다.

"어떤 아가씨니?"

"그냥 평범해요."

"나한테 소개시켜 줄 수 있는 아가씨니?"

선뜻 입이 떨어지지 않았다. 인해를 지금 어머니에게 소개시켜도 되는 건지 모르겠다. 20대 초반이었다면 주저하지 않고 고개를 끄덕였을 테지만 서른이 훌쩍 넘어가다 보니 신중해질 수밖에 없었다.

나이가 들어 부모에게 교제하는 여자를 소개시켜 준다는 건 곧 결혼을 의미했다. 아직 인해와 결혼에 대한 얘기를 나눈 적은 없었다. 그렇다 보니 대답하는 게 조심스러워진다. 그가 머뭇거리는 걸 가만히 지켜보던 어머니가 조용히 말을 꺼냈다.

"예전엔 널 좋은 집안 아가씨와 맺어 주려고 생각했었어. 그 사람이 네게 함부로 하지 못하게, 감히 쳐다볼 수도 없게 말이야. 네 아버지도 같은 생각이었고 지금도 그래. 하지만 난 생각이 바뀌었단다. 난 네가 고른 아가씨라면 무조건 찬성할 생각이야. 집안에 상관없이 너만 좋다면 난 반대할 생각 없다. 아버지는 내가 알아서 하마. 그래도 나한테 소개시켜 줄 수 없니?"

이수는 어머니의 말을 듣고 나서야 깨달았다. 자신의 집안이 소위 말하는 재벌이고 마음대로 결혼 상대를 정할 수 없는 처지라는 것을. 인해에게 결혼 얘기를 쉽게 꺼내지 못했던 이유였다는 것을.

"이수야."

"나중에요."

그의 대답을 들은 어머니는 서운한 얼굴이 되었다. 그는 서둘러 덧붙였다.

"만난 지 얼마 되지 않아서요."

그제야 이해가 된다는 듯 온화한 미소가 어머니의 얼굴에 떠올랐다.

"내가 쓸데없이 재촉했구나. 어차피 보게 될 아가씨라서 나도 모르게 마음이 앞서 갔나 봐."

"네?"

"지금 네 얼굴이 꼭 그때 같거든. 너 군대 제대하고 복학해서 학교 다닐 때 말이야. 그때처럼 아주 보기 좋아. 널 그렇게 만든 아가씨니 반드시 보게 될 것 같구나."

그때와 같다고?

어머니의 목소리가 아득하게 들려왔다.

이수는 회사를 향해 걸음을 옮겼다. 어머니와 점심을 먹은 식당이 회사에서 그리 멀지 않아 차를 가지고 나오지 않았다. 소화도 시킬 겸 생각도 할 겸 천천히 길을 걸어가며 어머니와의 대화를 곱씹었다.

하나도 변한 게 없는데 뭐가 좋아졌다는 건지. 이수는 손으로 얼굴을 쓸어내리며 나지막한 한숨을 내쉬었다. 어머니의 성격상 빈말을 할 리는 없었다. 자신에 관한 일이라면 당신에 대한 것보다 더 잘 아는 어머니였다. 그녀가 그렇다고 하면 정말 그런 것이었다. 좋아졌다면 좋아진 것이다. 그때와 같다면 정말 그때와 같은 것이리라.

불현듯 바람 빠진 듯한 웃음이 흘러나왔다. 생각해 보면 당연한 일이었다. 그때와 같은 사람을 만나고 있으니 같을 수밖에. 그때처럼 그녀와 함께하는 모든 순간이 즐겁고 행복했다. 그녀 생각만 하면 절로 입가에 미소가 떠오를 정도였다. 그런 마음이 은연중에 얼굴로 드러난 모양이었다.

"최이수 씨."

어디선가 이름이 불려 돌아보니 낯익은 얼굴의 여자가 서 있었다. 얼마 전 인해를 데리러 갔던 카페에서 보았던 인해의 친구였다. 오래전 자신에게 마음을 주어 곤란하게 만들었던, 인해의 이별 통보를 자신에게 대신 전해 주었던 바로 그 친구였다. 얼굴은 확실한데 이름은 잘 기억나지 않는다. 미경인가, 인영인가.

"잠깐 시간 좀 내 줘요. 길게 말 안 할 거예요. 나도 회사 들어가 봐야 하니까."

여자의 요구에 이수는 시간을 확인했다. 점심시간이 빠듯하긴 했지만 여자와 말 몇 마디 나눌 만한 시간은 될 듯했다. 인해의 친구와 나눌 얘기란 뻔했다. 인해에 관한 것이겠지. 점심시간을 쪼개 회사 앞까지 찾아온 걸 보면 급히 할 말이 있는 모양이었다.

그는 흔쾌히 근처의 카페로 들어갔다. 간단하게 커피를 주문하고 자리를 잡자 여자가 곧바로 본론으로 들어갔다.

"무슨 생각으로 인해랑 사귀는 거예요?"

난데없는 여자의 질문에 이수는 잠시 할 말을 잃었다. 급히 인해

274

에 관해 할 말이 뭔가 했더니 고작 사귀는 이유가 궁금했던 건가.

"무슨 생각이라니."

그가 어이없어서 되묻자 여자가 눈을 치뜨고 노려보았다.

"옛날에 헤어졌으면서 왜 다시 사귀는 거냐고요."

그를 향한 여자의 눈은 의심과 경계로 번뜩였다. 적대감이 확연하게 드러난 얼굴이었다. 이수는 불쾌한 기색을 숨기지 않으며 되받아쳤다.

"지금 내가 다른 의도를 가지고 인해와 사귄다고 생각하는 건가?"

"그럼 아니에요?"

당연시하는 말에 기가 막혀서 말이 나오지 않았다. 그는 커피를 한 모금 들이켠 후 입을 열었다.

"그쪽은 사람을 사귈 때 항상 다른 의도를 가지고 있나 보지?"

"다른 사람이었다면 나도 이런 말 하지 않았어요. 하지만 이수 씨는 다르잖아요."

자신은 다르다니. 이수의 입가에 쓴웃음이 걸렸다.

"한 번 헤어졌으면 그대로 끝이라는 건가? 서로 마음이 남아 있는데도?"

여자의 얼굴이 딱딱하게 굳어졌다. 이수의 반격에 말문이 막힌 눈치였다. 잠시 불편한 침묵이 흘렀다. 커피를 반 정도 마셨을 때 여자가 다시 말을 꺼냈다.

"인해가 이수 씨한테 마음이 남아 있다고 어떻게 확신해요?"

"인해가 스스로 선택했으니까."

그의 대답에 여자가 코웃음을 친다. 그러더니 딱하다는 투로 입을 열었다.

"인해가 정말 이수 씨한테 마음이 있어서 선택한 거라고 생각해요?"

"무슨 말이야?"

"이수 씨가 인해 직장 상사라면서요."

여자의 의도를 가늠할 수가 없었다. 자신이 인해의 상사라는 게 인해와 사귀는 것과 무슨 상관이라는 건지 모르겠다. 그런 이수의 생각을 읽은 건지 여자가 기세등등하게 입을 열었다.

"상사가 사귀자고 하는데 일개 직원이 거절하는 게 쉬운 일일 거 같아요?"

여자의 날카로운 지적에 이수는 말문이 막혔다. 지금까지 전혀 생각하지 못했던 것이었다. 그동안 상사라는 지위를 내세워 인해를 압박한 적은 없었다. 공과 사는 철저하게 지켜 왔다고 자부할 수 있었다.

하지만 인해도 그렇게 느꼈는지는 모를 일이다. 상사인 자신의 존재가 그녀에겐 부담스러웠을 수도 있었다.

찬찬히 인해와 함께 한 시간들을 되돌아보던 이수는 곧 그럴 리 없다는 걸 깨달았다. 인해는 상사의 요구를 거절하지 못해 억지로 누군가를 사귈 정도로 나약한 성품이 아니었다. 친구라면서 인해를 몰라도 너무 모른다는 생각이 들었다. 그가 입을 다물고 있자 여자가 충고하는 투로 말을 이어 갔다.

"한 번 헤어진 연인은 또 같은 이유로 헤어지기 마련이에요. 그러니까 이쯤에서 그냥 끝내요. 괜한 시간낭비 하지 말고요."

가만히 듣고 있자니 어이가 없었다. 아무리 인해의 친구라지만

도가 넘어선 참견이었다. 이해할 수 없는 여자의 행동에 짚이는 데가 있었다. 이수는 여자를 슬쩍 떠보았다.

"왜 그렇게 친구의 연애사에 관심이 많지? 설마 아직도 나한테 마음이 있는 건가?"

"갑자기 무슨 말을 하는 거예요? 언제 적 일을 가지고. 말 돌리지 말아요."

여자는 눈에 띌 정도로 당혹스러워하며 앙칼지게 쏘아붙였다. 불쾌한 기색이 역력했다. 여자의 반응으로 보아 자신에 대한 마음은 오래전에 사라진 듯했다.

더는 여자의 헛소리를 들어 주고 싶지 않았다. 이수는 정색을 하며 단호하게 또박또박 내뱉었다.

"잘 들어. 그쪽이 뭐라고 하든 말든 난 인해와 헤어질 생각 전혀 없어. 그러니까 그쪽이 포기하는 게 좋을 거야. 그리고 다신 회사 앞으로 찾아오지 마. 오늘은 그냥 넘어가지만 다음엔 가만있지 않을 테니까."

여자의 표정이 차츰 일그러졌다. 이수는 여자와 만난 이후 처음으로 기분이 좋아졌다.

이수는 회사 로비를 가로질러 엘리베이터에 올라탔다. 엘리베이터에는 아무도 없었다. 사무실이 있는 층수 버튼을 누른 후 그는 팔짱을 끼고 골똘히 생각에 잠겼다.

엘리베이터가 한 층 한 층 올라갈수록 마음은 반대로 점점 아래로 내려갔다.

아무리 생각해도 이상했다. 좀 전에 만났던 인해의 친구는 자신을 지나치게 경계하고 있었다. 인해와 다시 시작한 자신이 못마땅해서 두고 볼 수 없다는 듯이 굴었다. 그대로 두면 큰일이라도 날 것처럼 안달했다.

여자는 옛날에 인해의 이별 통보를 자신에게 대신 전했었다. 그때는 어렸으니 그럴 수도 있다고 쳐도 지금은 서른을 목전에 둔 나이였다. 아직도 인해의 대변인이라도 되는 양 구는 여자의 행동이 이해되지 않았다.

나이가 들면 친구 사이도 다소 소원해지기 마련인데 여자들은 남자들과 다른 건가. 그렇다 해도 오늘 자신을 찾아온 여자의 행동은 분명히 월권이었다.

자신이 상사라서 인해가 거절하지 못한 거라니. 이수의 입가에 조소의 빛이 떠올랐다.

일고의 가치도 없는 궤변이었다. 말도 안 되는 말을 늘어놓으며 자신을 흔들려고 했던 여자의 의도가 눈에 선했다. 자신이 인해와 어서 헤어지길 바라고 있겠지.

어째서 여자는 자신과 인해를 떼어 놓으려 하는 걸까. 혹시 과거에 자신이 여자의 마음을 받아 주지 않은 일로 지금까지 앙심을 품고 있는 건가. 아니면 단순히 자신이 마음에 들지 않아서인가.

사무실이 있는 층에 도착한 엘리베이터 문이 열렸다. 막 내려서는데 누군가가 앞으로 스윽 다가왔다.

"점심 잘 먹었어요?"

인해가 눈앞에 있었다. 이수는 느닷없이 나타난 그녀를 뚫어져라 바라보았다. 자신이 올 때까지 여기서 기다리고 있었던 듯했다.

최근 인해는 자신의 일거수일투족을 눈여겨보고 있었다. 자신이 누구와 전화를 하고 만나며, 무엇을 먹고, 언제 잠드는지 전부 알고 싶어 했다. 단순히 연인에 대한 궁금증이라기보다 무언가를 알아내고 싶어 한다는 느낌이었다.

서로를 알아가는 과정의 하나로 어느 정도의 탐색은 불가결한 것이라는 걸 알지만 때로는 낯설고 섭섭하기도 했다. 무조건적으로 자신을 믿고 감싸 주던 과거의 그녀와는 확연히 달랐다. 새삼 8년이라는 세월의 간격이 느껴졌다.

"중요한 손님이었나 봐요. 점심시간 되기도 전에 나간 걸 보면."

돌려서 말하고 있지만 누구와 점심을 먹었냐는 추궁이라는 걸 모르지 않았다. 이수는 잠시 망설였다. 어머니와 만난 일을 말하지 못할 이유는 없지만, 그녀의 친구의 일은 어떻게 말해야 할지 모르겠다.

지금까지 만나고 있는 걸 보면 인해에게 그 친구는 여전히 특별한 존재일 것이다. 그런 친구가 자신을 찾아와 헤어지라고 종용했다는 것을 안다면 인해가 크게 상심할 터. 오늘 일은 그냥 덮고 가는 게 나을 듯했다.

"오랜만에 만나는 친구라서."

"그래요? 많이 친했나 봐요."

"그렇지 뭐."

대충 얼버무리자 인해의 눈이 가늘어졌다. 의심스러워하는 눈빛이었다. 자신이 여자라도 만나고 온 거라고 생각하고 있는 건가. 하긴 생각해 보니 여자긴 여자였다. 어머니가 남자일 리는 없으니. 그리고 인해의 친구 또한 여자니까. 새삼 여자의 직감이 무섭다는 생각이 들었다. 이수는 헛기침을 한 후 말머리를 돌렸다.

"왜 그렇게 봐? 설마 점심 때 못 봤다고 내가 보고 싶었다, 뭐 그런 닭살스런 얘길 하려는 건 아니지?"

"네에?"

인해의 얼굴이 대번에 붉어졌다. 몹시 당황한 눈치였다. 설마 자신이 이런 말을 할 줄은 몰랐다는 듯이. 어이없다는 듯이 그를 바라보던 그녀가 턱을 치켜들며 새침하게 대꾸했다.

"보기보다 얼굴이 두꺼우시네요. 그런 말을 대놓고 하다니."

"그걸 이제 알았어?"

이쪽으로 다가오는 사람들의 발소리가 복도 저편에서 들려왔다. 인해가 놀란 토끼처럼 몸을 사렸다.

"먼저 들어갈게요."

그녀는 이수에게 의미심장한 눈짓을 하고는 총총히 눈앞에서 사라졌다. 사내에선 연애 사실을 비밀로 하고 있으니 함께 웃고 떠드는 걸 들키면 큰일이었다. 이수는 그녀가 사라진 방향을 아쉬운 눈길로 바라보았다.

보고 있으면 즐겁고 보이지 않으면 아쉽고 그리운 이 마음이 사랑이 아니면 뭐란 말인가. 예전과 다른 모습에 섭섭할 때도 있지만 그녀를 사랑하는 마음만은 분명했다. 이수는 시간차를 두고 천천히 사무실로 발걸음을 옮겼다.

❋

"오랜만에 솔로들끼리 뭉치자고요."

퇴근을 앞두고 이 주임이 느닷없이 제안해 왔다. 오늘은 크리스마스이브였다. 때가 때이니만큼 그냥 집으로 돌아갈 순 없다고 생각한 듯했다. 혼자 처량하게 크리스마스이브를 보내느니 마음 맞는 사람들끼리 즐거운 시간을 가져도 좋을 것이다.

"친구하고 약속 없어?"

"오늘 같은 날 남친 있는 것들이 저하고 놀아 주겠어요?"

이 주임이 입을 뾰로통하게 내밀고 중얼거렸다. 눈치를 보니 친구들과의 약속이 죄다 어긋난 모양이었다. 인해는 어정쩡한 얼굴로 웃으며 입을 열었다.

"저, 그게 말이야, 오늘은 좀……."

난처해하며 말끝을 흐리자 눈치 빠른 이 주임이 대번에 말을 가로챈다.

"강 대리님 혹시 남친 생겼어요?"

"어? 그냥 약속이 있어서……."

얼떨결에 긍정도 부정도 하지 못하고 얼버무리자 이 주임의 눈이 가늘어졌다. 그녀가 확신에 찬 어조로 물었다.

"언제 생긴 거예요? 소개팅이라도 한 거예요?"

그녀의 매서운 추궁이 시작되었다. 까닥하다간 이대로 발목 잡힐 수도 있겠단 생각에 인해는 얼른 가방을 챙겨서 일어났다.

"미안, 약속 시간이 다 돼서 가 봐야 해."

"대리님 어떻게 이러실 수가 있어요. 얼마 전까지만 해도 솔로천국 커플지옥이라고 했잖아요!"

이 주임의 절규를 뒤로하고 인해는 사무실을 빠져나왔다. 정보통인 이 주임이 알았으니 삽시간에 자신의 연애 사실이 회사 전체로 퍼질 터였다.

사내에선 비밀로 하기로 했지만 상대가 이수라는 게 알려지지 않았으니 이 정도는 괜찮지 않을까 싶었다. 솔직히 그동안 솔로인 척하기도 힘들었는데 외려 잘되었다 싶기도 했다.

이 주임 덕분에 일찍 나오게 된 인해는 먼저 약속 장소로 가서 이수를 기다리기로 했다.

그가 예약해 놓은 식당은 웬만해선 갈 엄두도 못 낼 고가의 레스토랑이었다. 평소라면 부담스러웠을 테지만 오늘은 크리스마스이브니 사치를 좀 부린다 해도 괜찮다고 여겨졌다.

휴대전화를 꺼내 시간을 확인하는데 순간적으로 잘못 터치한 건지 액정에 통화 기록이 떠올랐다. 인해는 멍하니 액정을 들여다보았다. 예전 같았으면 민경의 이름이 상단에 떠올라 있었을 텐데 지금은 한참 아래에 있었다.

학교에 갔을 때 통화한 이후 인해는 민경에게 연락하지 않았다. 민경 또한 인해에게 연락하지 않고 있었다. 이렇게 오랫동안 서로 연락을 주고받지 않은 건 처음이었다. 무거운 한숨이 흘러나왔다.

민경의 심경을 헤아리지 못하는 건 아니었다. 자신이 이수와 사귀는 것을 알았으니 혼란스럽고 난감할 터. 섣불리 나설 수 없을 것이다. 아마 자신이 먼저 연락을 해야 할 것이다.

이수의 마음을 확실히 알게 되면 그때 민경에게 연락할 작정이었다. 이별 소식을 전하게 될지 아니면 용서를 빌게 될지 아직은 모르지만.

그동안 이수를 죽 지켜보았지만 이상한 낌새는 눈을 씻고 봐도 찾아볼 수 없었다. 직접적이든 간접적이든 민경에 대한 언급 또한 일절 없었다. 민경에게 복수하려는 목적을 가지고 자신을 일부러 만나고 있는 것 같지는 않았다. 하지만 아니라고 단정할 수도 없었다. 확신 필요했다. 그 확신이 오늘 밤 생길 터였다.

오늘은 크리스마스이브였다. 사랑하는 연인들이라면 응당 같이 밤을 보내고 싶은 날일 터였다. 오늘 밤 그가 '눈치 없는 놈'이 되느냐 되지 않느냐로 민경에게 전해야 할 말이 정해질 것이다.

그가 '눈치 없는 놈'이 되어 오늘 밤을 자신과 보낸다면 자신에게 진심으로 마음이 있는 것이라고 확신할 수 있었다.

그와 반대로 그가 '눈치 없는 놈'이 되지 않는다면, 자신에게 마음이 없는데도 접근했다는 뜻으로 간주할 수밖에 없었다. 한 번이면 그러려니 해도 두 번이나 그냥 간다는 건 이상한 일이었다.

평상시 스킨십에 거침없는 그가 정작 결정적인 순간에 한발 빼다는 건, 자신과 깊은 사이가 될 생각이 없다는 것이었다. 인해는 어떤 결과가 나오더라도 담담하게 받아들이자고 결심했다.

"미안, 조금 늦었지?"

이수가 맞은편 자리에 앉으며 말했다. 인해는 그에게 빙그레 웃어 주었다.

저녁을 먹고 난 후 두 사람은 전부터 별렀던 뮤지컬을 관람했다. 그러고는 근사한 바에 가서 칵테일을 마셨다. 여느 연인들과 다를 바 없는 평범한 데이트였지만 충분히 즐거운 시간이었다.

그러나 집으로 돌아오는 내내 인해는 안절부절못했다. 절정에 이른 건 아침저녁으로 매일 보는 아파트가 눈에 들어온 순간이었다.

심장이 밖으로 튕겨져 나갈 것처럼 미친 듯이 쿵쾅거렸다. 대리 기사를 보내고 돌아온 이수와 함께 엘리베이터를 탔을 때도 마찬 가지였다. 옆에 있는 그에게 심장 소리가 들릴까 봐 두려울 지경이었다.

"어디 안 좋아?"

긴장한 인해를 보며 그가 물었다. 그녀는 고개를 가로저으며 어색하게 웃었다.

"아뇨. 전혀."

의심스러운 눈초리를 보내던 이수는 엘리베이터가 12층에 멈추자 일단 내렸다. 복도를 지나 언제나처럼 1203호와 1204호 중간쯤에 멈춰 섰다.

인해는 잔뜩 긴장한 얼굴로 그를 올려다보았다. 그 역시 인해를 내려다보았다. 까만 눈동자와 마주쳤지만 '눈치 없는 놈'인지 아닌지 아직까지는 잘 모르겠다. 사방이 고요한 가운데 마침내 그가 입을 열었다.

"얼굴빛이 안 좋아 보이니까 일찍 자. 내일 출근 안 한다고 밤새도록 영화 보지 말고."

다정한 목소리였다. 그러나 그뿐이었다. 이수는 인해의 어깨를 두어 번 두드려 주고는 돌아섰다. 평소와 다름없는 작별 인사였다. 인해는 이수의 뒷모습을 뚫어져라 바라보았다.

그는 '눈치 없는 놈'이 되지 않았다. 어떤 결과가 나오더라도 기꺼이 받아들이려고 했는데. 온몸의 힘이 빠져나갔다. 가슴이 너무나 아팠다. 생각했던 것보다 이수를 더 많이 좋아한 모양이었다.

인해의 시선이 느껴진 건지 1203호 문을 열던 이수가 고개를 돌렸다.

"안 들어가고 뭐 해?"

그의 목소리가 멀리서 들려오는 것처럼 아득했다.

"왜 그래?"

그의 수려한 미간이 구겨졌다. 그가 발길을 돌려 성큼성큼 인해에게 다가왔다.

"정말 어디 안 좋은 거야?"

걱정이 깃든 목소리에 눈물이 날 것만 같았다. 꼼꼼하게 자신을 살피는 자상한 눈길이 느껴졌다. 바보라도 그가 자신을 진심으로 걱정하고 생각해 주고 있다는 걸 알 수 있었다.

이런 사람이 어떻게 나를 이용해 민경에게 복수하려는 걸까. 혹시 내가 잘못한 게 아닐까. 애초부터 잘못된 방법이 아니었을까.

"지금 병원에 갈래?"

그녀가 고개를 가로젓자 이수가 답답하다는 듯이 한숨을 내쉬었다.

"어디가 어떻게 안 좋은 건데?"

그의 커다란 손이 인해의 이마를 짚었다. 그의 손길이 닿자마자 가슴이 크게 뛰어올랐다. 이제 그만하자는 말이 혀끝까지 올라왔다가 목구멍 속으로 도로 들어가고 말았다.

"열은 없는 거 같은데. 머리 아파?"

머리가 아니라 가슴이 아팠다. 왜 하필 당신인가요. 왜 하필이면. 그동안 수없이 반복했던 원망을 하며 인해는 입을 다물었다. 난생처음으로 민경보다 먼저 생각하게 된 사람이었다.

아마도 다시는 이렇게 온 마음과 영혼이 끌리는 사람을 만날 수 있을 것 같지 않았다. 이번 생에 처음이자 마지막일 거란 생각이 들었다. 이런 사람을 이대로 보내느니 한 번만 더 기회를 주고 싶었다. 마지막으로 한 번만 더.

인해는 이수의 코트 자락을 움켜쥐었다. 그의 시선이 느껴졌지만 모른 척했다. 인해는 심호흡을 하며 떨리는 마음을 가라앉혔다. 그러고는 힘겹게 입을 열었다.

"선배하고 사귀기 전에 만나던 사람이 있었어요."

누구에게도, 심지어 민경에게조차 말하지 않은 게 있었다. 다른 사람은 전부 다 알아도 이수만큼은 절대로 알아선 안 되는 것일 수도 있었다. 하지만 지금은 지푸라기라도 잡고 싶었다.

"그 사람하고 1년 넘게 만났어요. 정확하게 한 1년 9개월쯤 될 거예요."

짧다고 하기엔 사계절을 보냈고, 길다고 하기엔 2년을 채우지 못했다. 길지도 짧지도 않은 어중간한 만남이었다.

"1년 9개월 동안 만나면서 그 사람, 나한테 전혀 손대지 않았어요. 믿어지지 않겠지만 사실이에요. 손잡고 팔짱 끼고 포옹한 게 다예요. 키스도 하지 않았어요. 게이도 아닌데 그랬어요. 그래서 난 그 사람이 나를 너무 소중하게 여겨서 그런 거라고 생각했어요. 결혼할 때까지 기다려 주는 거라고 제멋대로 생각했죠. 그런데 이제와 돌이켜 보니 그게 아니더라고요."

연상인 데다 소심한 성격도 아닌데 승준은 자신을 유독 어려워하고 조심스러워했었다. 그는 자신이 요구하는 것에 대해 얼굴 한 번 찡그리지 않고 들어주었다. 자신에게 헌신적인 승준의 태도에 인해는 그가 자신을 특별하게 여긴다고 생각했었다. 엄청난 착각이었다.

"그 사람은 나랑 깊게 얽힐 생각이 없었던 거 같아요. 그냥 내가 불쌍해서 잘해 줬던 거였어요. 처음부터 그랬던 거 같아요."

그녀가 말을 마치자 사위가 고요했다. 이수는 입을 꾹 다물고 있었다. 센서 등이 꺼지자 주변이 온통 암흑에 휩싸였다. 아무것도 보이지 않아서 다행이었다. 지금은 그의 얼굴을 바라볼 자신이 없었다. 인해는 손에 쥐고 있던 이수의 코트 자락을 놓아주며 말했다.

"나한테 마음이 없는 거라면…… 지금 말해 줘요."

인해는 눈을 질끈 감았다. 이수가 끝내 거절한다면 이 자리에서 모든 것을 끝낼 것이다. 더는 미련을 갖지 않을 것이다. 각오하고 고백했건만 어째서 벌써부터 후회가 되는지 모르겠다.

"들어가자."

한참 만에 들려온 이수의 목소리에 인해는 눈을 번쩍 떴다. 언제 센서 등이 켜진 건지 주위가 환하게 밝아져 있었다. 이수가 그녀의 집 앞에 서 있었다.

"뭐 해? 문 안 열고."

이수의 얼굴에 미소가 떠올라 있었다. 그늘 한 점 없는 환한 미소였다. 뜻밖의 미소에 인해는 넋을 잃고 그를 바라보았다.

"문 안 열어 주면 그냥 간다."

그의 으름장에 인해는 허둥지둥 집 앞으로 달려갔다. 가슴이 터질 것처럼 두근거렸다.

10.

전기포트로 끓인 뜨거운 물을 컵에 붓자 달콤한 커피 향기가 진동한다. 이수는 인해가 타 준 인스턴트 믹스 커피를 군말 없이 받아들었다. 회사든 식당이든 그가 자판기 커피를 마시는 걸 본 적이 없었다. 입에 맞을까 걱정스럽다. 지난번 이수의 집에 갔을 때 보았던 커피머신이 뇌리에서 떠나지 않는다. 이럴 줄 알았으면 커피머신을 장만해 둘 걸 그랬다.

우려와는 달리 이수는 평소와 다름없는 얼굴로 커피를 마셨다. 거실에 침묵이 내려앉았다. 그는 커피를 마시며 아무 말도 하지 않았다. 인해 역시 아무 말도 꺼낼 수 없었다.

숨 막히는 극도의 긴장감 때문인지 머릿속이 텅 비어 버린 듯했다. 그가 지금 이렇게 눈앞에 앉아 있다는 사실이 믿어지지 않는다. 이 모든 게 그저 꿈만 같았다.

커피를 다 마신 후 인해는 기계적으로 소파에서 몸을 일으켰다.

몸은 쟁반을 들고 주방으로 가고 있지만 온몸의 감각은 소파에 앉아 있는 이수를 향하고 있었다. 무슨 정신으로 개수대에서 컵을 씻고 정리를 했는지 모르겠다.

수건에 젖은 손을 닦고 있는데 등 뒤에서 인기척이 느껴졌다. 온몸이 순식간에 굳어졌다. 그에 반해 심장은 무섭게 두방망이질 쳤다. 긴 팔이 그녀를 살며시 감싸 안았다.

이수는 아무 말 없이 등 뒤에서 그녀를 가만히 안고 있었다. 등이 그의 가슴과 맞닿자 쿵쾅거리는 고동 소리가 피부로 전해졌다. 자신이 그의 고동 소리를 느끼는 것처럼 그도 자신의 고동 소리를 느끼고 있을 터였다. 얼굴이 뜨거워졌다. 그럼에도 인해는 고개를 들어 다가오는 그의 입술을 기꺼이 받아들였다. 여유롭고 느릿한 입맞춤이었다.

방으로 들어와서도 마찬가지였다. 그는 시종일관 느리고 침착하게 움직였다. 절대로 서두르지 않았다. 그렇다고 망설이거나 주저하는 기색은 없었다. 마치 어떠한 의식을 치르듯 정중하고도 엄숙한 분위기였다.

분위기에 압도당해 인해는 아무 말도 꺼낼 수 없었다. 사방이 고요한 가운데 블라우스 단추가 차례차례 그의 손끝에 의해 떨어져 나갔다. 맨살이 밖으로 드러나자 인해는 작게 몸을 떨었다. 보일러를 켜 놓았는데도 어쩐지 썰렁하게 느껴졌다.

여태 고개를 숙이고 있다가 무심코 고개를 든 인해는 눈앞의 광경을 보고는 입을 다물지 못했다. 순간적으로 '아름다움은 행복의 약속이다.' 라는 스탕달의 격언이 뇌리를 스치고 지나갔다. 이수가 아름답다는 건 익히 알고 있었다. 하지만 얼굴뿐만이 아니라 몸도 아름다울 줄은 몰랐다.

옷으로 감춰져 있었던 그의 몸은 상상했던 것 이상이었다. 특별히 운동을 하는 것도 아닌데 적재적소에 자리 잡은 근육과 기다란 팔다리가 절묘하게 조화를 이루고 있었다. 피부가 눈처럼 새하얀 덕에 아름다움이 더욱 부각돼 보인다. 마치 위대한 예술 작품을 눈앞에서 보고 있는 기분이었다.

차가운 조각상 같은 그였지만 막상 피부가 닿자 인해는 그 뜨거움에 적지 않게 놀랐다. 온몸이 불덩어리 같았다. 심지어 내뿜는 숨결마저 열기를 품고 있었다.

그가 내심 긴장하고 흥분했다는 게 여실하게 느껴졌다. 겉보기에는 평소처럼 평온해 보여서 하나도 긴장하지 않은 줄 알았는데 의외였다.

인해는 팔을 들어 그를 가만히 안아 주었다. 등허리를 어루만져 주자 자극이 되었는지 그때까지 여유롭던 그의 손길에 조급함이 묻어나기 시작했다. 목덜미에 머물고 있던 입술이 점점 아래로 자리를 옮겼다.

하얀 피부와 대조적인 붉은 입술의 움직임이 유독 눈에 들어왔다. 전기가 오른 것처럼 찌르르한 전율이 등골을 타고 흘렀다. 질척이는 소리가 귓가에 점점 크게 들려왔다. 얼굴이 뜨거워졌다. 이대로 있다간 이상한 소리라도 나올 것 같아 인해는 급히 손등으로 입가를 가렸다.

더는 참을 수 없을 지경에 다다랐을 즈음, 다행히 그의 입술이 몸에서 떨어져 나갔다. 인해는 진심으로 안도했다. 한숨을 길게 내쉬는데 느닷없이 그가 아래로 고개를 숙였다. 그의 돌발행동에 깜짝 놀란 인해가 저도 모르게 입을 열었다.

"저, 저기 잠……."

끝까지 말을 이을 수가 없었다. 아랫도리에서 느껴지는 생경한 감각에 머릿속이 새하얘졌다. 어떻게 대처해야겠다는 생각조차 할 수 없었다. 인해는 속절없이 아랫도리를 그에게 전부 내어 준 채 온몸을 부들부들 떨고만 있었다.

어느 정도 충격이 가시자 민망하고 창피해서 고개도 들 수 없었다. 그러나 한편으로는 야릇한 느낌이 스멀거리며 등줄기를 타고 올라오고 있었다. 그것이 쾌감이라는 걸 부정할 수 없었다.

인해는 어찌할 바를 몰랐다. 그저 두 손으로 붉게 달아오른 얼굴을 필사적으로 가리는 것밖에 할 수 있는 일이 없었다. 문득 그의 목소리가 들려왔다.

"인해야."

이수가 그녀를 부르고 있었다. 인해는 얼굴을 가리고 있던 손을 살짝 아래로 내렸다. 상기된 얼굴의 그가 그녀를 가만히 응시하고 있었다. 평소보다 한층 짙어진 검은 동공과 마주치자 숨이 막혔다.

보이지 않는 줄에 사로잡힌 것처럼 그에게서 눈을 돌릴 수가 없었다. 두 사람은 말없이 서로를 가만히 마주 보았다. 그가 천천히 그녀의 안으로 들어왔다.

이마에 식은땀이 솟아나고 입이 벌어졌다. 인해는 숨을 몰아쉬며 뜨겁고 단단한 그를 받아들이려 노력했다. 깊숙이 하나가 된 순간, 자그마한 탄성이 터져 나왔다.

인해야. 인해야. 인해야. 그가 또다시 그녀의 이름을 불렀다. 딱히 할 말이 있어서라기보다 그냥 이름을 부르기만 했다. 마치 오래

전부터 그러고 싶었다는 듯이. 단지 이름을 부르는 것뿐인데 희한하게 가슴 깊숙한 곳이 아릿했다.

이유는 모르겠지만 자신의 이름을 부르고 있는 그가 안타깝고 애달팠다. 견딜 수 없는 기분에 인해는 그의 목에 팔을 감고 입술에 입을 맞췄다.

입술이 떨어지자 이수가 몸을 움직이기 시작했다. 몸이 놀이기구를 탄 것처럼 마구 흔들렸다. 그와 더불어 살 부딪히는 소리 또한 점점 거세졌다. 민망한 소리에 어쩔 줄 몰라 이리저리 눈을 돌리던 인해는 얼떨결에 이수와 눈이 마주치고 말았다.

눈가를 발갛게 물들인 그가 그녀를 똑바로 쳐다보고 있었다. 눈꺼풀을 반쯤 내리깔고 거친 숨을 몰아쉬고 있는 그는 지독하게 섹시했다. 가슴이 미친 듯이 두근거렸다. 넋을 잃고 그를 바라보는데 갑자기 몸이 크게 흔들렸다. 꽉 다물려 있던 그녀의 입술이 벌어지면서 가느다란 신음이 흘러나왔다.

느닷없이 그가 인해의 상체를 끌어안았다. 그녀 역시 그를 마주 안을 수밖에 없었다. 그러자 그가 갑자기 그녀를 번쩍 들어 올렸다. 순식간에 인해는 그의 위에 앉은 자세가 되고 말았다. 아래에서 올려다보던 그와 거의 정면에서 얼굴을 마주하게 되자 열이 확 올랐다.

그는 그녀의 시선을 붙든 채 보란 듯이 가슴을 애무했다. 까만 눈동자가 열을 품은 채 관능적으로 빛나고 있었다. 붉은 혀가 움직일 때마다 온몸이 부들부들 떨렸다. 인해는 고개를 뒤로 젖히며 뜨거운 숨을 토해 냈다.

그가 달래듯이 천천히 등을 쓰다듬어 주었다. 손바닥을 펴고 목

뒤에서부터 척추를 타고 엉덩이까지 천천히 쓸어내린다. 반복되는 동작에 인해는 저도 모르게 입술을 깨물었다. 별거 아닌 동작인데, 그저 손바닥과 등이 마찰하는 것뿐인데도 기분이 묘해졌다.

발끝부터 슬금슬금 쾌감이 피어오르기 시작했다. 그의 손길이 오르내릴 때마다 등줄기를 타고 전율이 올라왔다. 숨결이 점차 뜨거워졌다.

그녀는 그의 허리에 다리를 감고 몸을 밀착시켰다. 본능에서 우러나오는 몸짓이었다. 그에 화답하듯 그가 깊이 들어왔다. 순간 눈앞에 불이 번쩍거렸다. 머리가 쭈뼛하더니 타들어 가는 것처럼 몸이 뜨거워졌다. 입에서 지금까지와는 전혀 다른 신음이 터져 나왔다.

그 뒤로는 정신이 하나도 없었다. 드문드문 떠오르는 장면이라고는 죄다 민망한 것들뿐이었다. 어색해하거나 거북해하지 않고 행위에 적극적으로 임하는 자신의 모습이 낯설었다.

희한하게도 그와의 행위가 익숙한 느낌이었다. 마치 예전에도 이런 적이 있었던 것처럼. 상상도 못 했던 자신의 모습에 당혹스러웠지만 멈출 수가 없었다. 눈앞이 흐려질 때까지 그녀는 끊임없이 그를 갈구했다.

아득한 살내음을 실컷 들이마시며 이수는 눈을 떴다. 옆에서 곤히 잠들어 있는 인해가 시야에 들어왔다. 은은한 스탠드 불빛에 물든 그녀의 얼굴은 피곤하고 지쳐 보였다. 무리인 걸 알면서도 한계까지 몰아붙였기 때문이리라. 이수는 나른한 한숨을 내쉬었다.

인해와 밤을 보내는 건 좀 더 시일이 지난 후에나 가능할 줄 알았다. 집에 오는 내내 차 안에서 안절부절못했던 그녀였다. 지난번 그녀의 집에 갔을 때보다 더 긴장한 기색이었다. 심지어 정말 아파 보이기까지 했다.

내심 오늘을 마음에 담아 두고 있었던 그는 다음을 기약하며 돌아서려 했었다. 그런데 뜻밖에도 그녀가 놀라운 고백을 해 왔다.

인해로서는 하기 힘든 고백이었을 것이다. 예전 남자와의 관계를 현재의 연인에게 말한다는 건 보통 용기 가지고는 안 될 일이었다. 그러나 그녀는 자신에게 솔직하게 말해 주었다. 자신을 진심으로 간절하게 원하고 있는 그녀의 마음이 가슴에 와 닿았다.

이렇게 되고 보니 애써 잠재워 뒀던 풀리지 않는 의문이 다시금 고개를 들었다. 자신을 이렇게 원하는 그녀가 어째서 그때는 자신을 그렇게 버렸던 건지 새삼 의아스러웠다.

그때 그녀는 분명히 자신을 사랑했었다. 처음 본 순간부터 자신을 좋아했다고 고백했던 그녀였다. 그런 사랑이 한순간에 식어 버리는 게 가능할까.

도무지 이해할 수가 없었다. 자신이 생각했던 것보다 그녀의 사랑이 덜 절실했었던 건가. 아니면 자신이 모르는 뭔가가 있는 걸까. 답을 알 수 없는 의문이 도돌이표처럼 반복되었다. 가슴이 답답했다.

거실 베란다로 나가 바깥 공기라도 쐬면 나아질까 싶어 일어나자 인해가 잠결에 몸을 뒤척였다. 그녀의 몸에 덮여 있던 이불이 흘러내렸다. 이수는 이불을 꼼꼼하게 여며 주며 그녀의 머리를 쓰다듬었다.

보드라운 머리칼이 모래알처럼 손가락 사이로 빠져나간다. 가지런한 눈썹과 작은 코, 살짝 벌어진 입술, 얼핏 보이는 치아와 자그마한 가슴까지 전부 사랑스럽기만 하다.

객관적으로 평범하다는 걸 아는데도 마냥 예쁘게만 보인다. 눈에 콩깍지가 쓰인다는 말이 무엇인지 몸소 체험 중이었다. 한 사람에게 두 번이나 반하는 일이 가능할 줄은 몰랐다.

머리카락을 만지던 손이 어느덧 목덜미를 지나 어깨까지 내려가 있었다. 습관적으로 등으로 손이 내려가자 그녀의 입술에서 희미한 신음이 흘러나왔다. 예전에 그가 등을 쓰다듬어 주는 걸 유난히 좋아했던 그녀였다. 지금의 그녀도 마찬가지였다.

무려 8년 만에 그녀를 안았는데도 바로 어제 안았던 것 같은 착각이 들었다. 그녀의 모든 것이 익숙했다. 신음 소리도, 열에 들뜬 얼굴도, 쾌락에 겨워 어쩔 줄 몰라 하는 몸짓도 기억 속에 있던 모습 그대로였다. 깊은 밤 그를 잠 못 들게 했던 모습 그대로였다.

변한 건 아무것도 없어 보였다. 하지만 8년은 결코 짧은 시간이 아니었다. 지금의 자신을 생각하면 그녀가 변하지 않았다고 마냥 우길 수 없었다. 이제 변해 버린 그녀에게 익숙해져야 했다.

그녀를 사랑한다. 과거의 그녀도 사랑하지만 현재의 변해 버린 그녀 또한 사랑한다. 그러나 한편으로는 서글프기도 했다. 그때 그렇게 끝나지만 않았어도 그녀가 어떻게 변해 가는지 옆에서 전부 지켜보았을 터였다. 변해 버린 그녀에게 익숙해지려고 노력할 필요도 없었을 것이다. 자연스럽게 그녀와 함께 나이를 먹으며 변해 갔을 것이다.

돌이킬 수 없다는 것을 알지만 생각하면 할수록 함께하지 못한 시간들이 아쉽고 안타까웠다. 자신을 간절하게 원하는 지금의 그녀를 보고 있자니 기쁘면서도 마음이 심란했다. 그때 그녀는 왜 자신을 버렸던 걸까.

한 번 수면으로 떠오른 의문은 쉽사리 가라앉을 기미가 보이지 않았다. 지금은 어떻게 넘어간다 해도 언제든지 틈만 나면 튀어나와 괴롭힐 터였다. 이대로 덮고 갈 문제가 아니라는 생각이 들었다. 이런 식으로는 그녀와 새롭게 시작할 수가 없었다.

이수는 옆에서 잠든 인해를 가만히 응시했다. 여전히 자신을 모른 척하고 있는 그녀였다. 처음에는 그러려니 했지만 자신과 다시 시작한 후에도 계속 모른 척하는 건 이상했다. 그리 유쾌하지 못했던 과거를 다시 들추는 게 내키지 않은 걸 수도 있다.

그렇다 해도 자신을 아예 모르는 사람처럼 대할 필요가 있을까 싶었다. 혹시 자신을 모른 척하는 게 자신을 버린 이유와 관련이 있는 건 아닐까. 만약 그런 거라면 그녀에게서 제대로 된 대답은 듣기 어려울 것이다.

이수는 침대에서 조심조심 몸을 일으켰다. 그는 휴대전화를 챙겨 들고 발소리를 죽인 채 거실로 나왔다. 캄캄한 어둠 속에서 그는 잠시 갈등했다. 이렇게까지 하고 싶지는 않았지만 별다른 수가 생각나지 않았다.

마음을 정한 그는 주소록을 뒤졌다. 늦은 시간인데도 불구하고 상대방은 그의 전화를 받았다. 그는 목소리를 낮춰 조심스럽게 용건을 말했다.

"밤늦게 죄송하지만 김 비서님께 부탁할 게 있어서요."

[예, 말씀하세요.]

"8년 전 일을 알고 싶은데, 가능할까요?"

[흠, 오래전 일이라 시간이 좀 걸리겠지만 가능할 겁니다. 좀 늦

어져도 괜찮으시겠습니까?]

"부탁드릴게요."

[예, 알겠습니다.]

통화를 마친 이수는 무거운 한숨을 내쉬었다. 자신이 한국에 없던 시기에 인해가 어떻게 지냈는지 알게 된다면 자신을 괴롭히는 의문이 조금은 해소되지 않을까 싶었다. 잘한 일인지 모르겠다. 자신의 의문을 풀겠다고 사랑하는 사람의 뒷조사를 하다니.

한순간에 치졸하고 형편없는 남자로 전락한 기분이었다. 심지어 자괴감마저 들었다. 착잡한 심정으로 방에 들어온 이수는 평온하게 잠들어 있는 인해를 물끄러미 바라보았다. 어쩔 수 없었다지만 양심의 가책이 느껴졌다. 그는 침대로 다가가 그녀 옆자리에 누웠다.

"미안해."

이수는 팔을 뻗어 잠든 그녀를 품에 끌어안았다. 따뜻한 체온이 품에 들어오자 온몸이 노곤해진다. 그녀의 정수리에 가볍게 입을 맞췄다. 그러고는 새근거리는 숨소리를 자장가 삼아 잠을 청했다.

✳

창문을 열자 1월의 차가운 공기가 한꺼번에 밀려들어 와 순식간에 집 안을 점령해 버렸다. 새해를 맞이해 미뤄 뒀던 대청소를 감행하기로 한 인해는 파카를 껴입고 온 집 안의 창문이란 창문은 죄다 열어젖혔다. 그러고는 집 안 구석구석 청소기를 돌리고 걸레질을 하며 묵은 때를 벗겨 냈다.

얼추 집 안 청소를 끝낸 그녀는 침실로 들어가 침대에서 이불과 시트를 걷어 냈다. 아직 세탁할 정도로 더러워지지 않았지만 인해는 과감하게 새 시트와 이불로 교체했다.

이수가 그녀의 집을 드나들게 되면서 이불과 시트를 자주 세탁하게 되었다. 겉보기엔 깨끗해 보여도 혹시 이상한 냄새라도 날까 봐 여간 신경 쓰이는 게 아니었다.

비단 침구류만이 아니었다. 인해는 예전과는 달리 시간이 날 때마다 수시로 집을 쓸고 닦았다. 언제나 깨끗하고 깔끔한 그의 집을 생각하면 가만있을 수가 없었다.

달라진 건 또 있었다. 이젠 옆에서 자고 있는 그를 보는 게 어색하지 않았다. 그가 자신의 아침을 챙겨 주는 것도 당연시하게 되었다.

그와 함께 출근해서 함께 일하고 함께 퇴근하고 나서 집에서 얼굴을 마주하며 잠드는 하루가 어느덧 일상이 되어 버렸다. 하루의 거의 전부를 그와 함께하고 있는 셈이었다. 그럼에도 귀찮거나 불편한 생각은 전혀 들지 않았다.

이상할 정도로 그와 함께 하는 모든 게 익숙한 느낌이었다. 그래서인지 아주 오래전부터 사귀었던 연인 같다는 생각이 종종 들기도 했다. 그와 한시도 떨어져 있고 싶지 않은 게 솔직한 심정이었다. 그가 자신의 이러한 마음을 알고 놀라지 않을까 걱정스러울 정도였다.

걷어 낸 이불과 시트를 들고 밖으로 나왔다. 근처 상가에 있는 빨래방으로 가는데 전화가 왔다. 이수였다.

[어디야? 집에 없던데.]

"빨래방 가는 중이에요."

[간발의 차로 엇갈렸군.]

아쉬움이 짙게 밴 목소리가 수화기에서 건너왔다. 자신이 집에서 나온 직후 그가 찾아온 모양이었다. 조금만 늦게 나왔으면 그를 볼 수 있었을 텐데. 인해는 안타까워하며 빨래방 문을 열고 들어갔다.

"오래 안 걸릴 거예요. 이따 집에서 봐요."

[그게 좀 곤란할 거 같아. 지금 본가에 가야 하거든.]

"본가요?"

담담하게 반문하려 했지만 인해는 실망스러운 기색을 감추지 못했다. 모처럼의 휴일을 맞이해 며칠 전부터 그와 하루 종일 뒹굴며 시간을 보낼 생각에 부풀어 있었기 때문이다. 그래서 아침 일찍 대청소를 하고 이불도 새로 교체한 거였는데. 맥이 빠졌다.

[그동안 깜빡 잊고 있었는데 오늘이 동생 생일이더라고. 미안해.]

그녀의 목소리에 밴 서운함을 감지했는지 그가 사과를 한다. 인해는 서둘러 밝은 목소리로 대꾸했다.

"미안하긴요. 동생 생일인데 당연히 가야죠."

이수에게는 8살 터울의 어린 여동생이 있었다. 그는 여동생을 끔찍이 아끼고 사랑했다. 나이 차이가 있다 보니 마냥 귀엽고 사랑스러운 모양이었다. 그런 동생의 생일이니 그냥 넘어갈 수 없을 터였다.

[밥만 먹고 빨리 올게.]

"그러지 마요. 가족들 본 지도 오래됐잖아요. 즐거운 시간 보내고 와요."

[내가 없는 게 좋아?]

"네?"

[빨리 오지 말라며.]

"그런 뜻이 아니잖아요."

인해의 입가에 웃음이 묻어났다. 가끔 유치하게 구는 그가 귀여웠다. 은근히 질투가 심한 데다 가끔 농담을 진지하게 해서 당황스러울 때도 있지만 인해는 그런 그가 좋았다. 외모처럼 매사 완벽하기만 했다면 숨이 막혔을 것이다.

"동생 생일이라니까 오늘 하루만 큰맘 먹고 가족들한테 양보하는 거예요. 담부터 미리 말 안 하면 국물도 없을 줄 알아요."

웃음 섞인 인해의 협박에 나지막한 웃음소리가 건너왔다.

[그런 거였어? 너무 순순히 보내 준다 싶어서 삐치려고 했는데.]

"맛있는 거 많이 먹고 와요."

[내 걱정 말고 너나 밥 잘 챙겨 먹고 있어. 나 없다고 라면이나 과자 쪼가리로 대충 때우지 말고. 이따 가서 검사할 거야.]

이수는 인해가 인스턴트 음식을 먹는 걸 끔찍하게 싫어했다. 덕분에 최근 그녀는 매끼 꼬박꼬박 제대로 된 식사를 하고 있었다.

"알았어요. 제대로 밥해서 먹을게요."

[그럼 조금 있다 봐.]

이수와 통화를 끝낸 인해는 나지막한 한숨을 내쉬었다. 혼자 밥을 먹을 생각을 하니 막막하다. 심지어 입맛마저 뚝 떨어진 것 같았다. 지금까지 살아오면서 혼자 밥을 먹었던 적이 훨씬 많은데도 이렇다.

요즘 들어 감정 기복이 심한 사춘기 소녀가 된 기분이었다. 하루에도 수십 번 이수로 인해 천국과 지옥을 오간다. 나이 서른에 남자 때문에 가슴앓이를 하게 될 줄은 꿈에도 몰랐었다. 그런 자신이 한

심하면서도 그리 싫지만은 않았다.

문제의 크리스마스이브, 인해는 그날 이수의 마음을 확인했다. 그날 이후 그녀는 모든 의혹을 걷어 버리고 진심으로 그를 받아들였다. 그 뒤로 걷잡을 수 없었다. 마음을 열고 받아들인 이수는 너무나 매력적이었다. 속수무책으로 그에게 빠져들 수밖에 없었다.

나른한 한숨을 쉬며 인해는 시트와 이불을 세탁기에 넣고 동전을 집어넣었다. 세탁이 끝날 때까지 의자에 앉아 기다리는데 문이 열리고 앳된 여자 두 명이 들어왔다. 조용하던 빨래방이 금세 소란스러워졌다.

20대 초반으로 보이는 여자들은 시종일관 새처럼 재잘대며 떠들어 댔다. 대화 내용을 얼핏 들어 보니 친구 사이인 듯했다. 인해는 그녀들을 아련한 눈길로 쳐다보았다.

한때 저들과 같았던 시절이 있었다. 어디를 가든 항상 단짝친구인 민경이 옆에 있었다. 민경을 마지막으로 만났던 게 언제인지 헤아려 보니 까마득했다. 인해는 휴대전화를 만지작거렸다. 주소록을 검색할 필요조차 없었다. 민경의 전화번호만큼은 머릿속에 확실히 입력되어 있으니까.

크리스마스이브가 지나면 민경에게 바로 연락하려 했었다. 그러나 해가 바뀐 지금까지 차일피일 미루고 있었다. 두렵고 무서웠다. 민경은 자신이 아무것도 모르는 상태에서 이수와 사귀고 있다고 생각하고 있을 터였다. 그런데 자신이 전부 다 알고도 이수와 사귄 사실을 알면 얼마나 충격을 받을까. 배신감에 치를 떨 민경의 모습이 눈에 선했다.

너무나 좋아하는 친구와 너무나 좋아하는 연인이었다. 민경과 이수 두 사람 모두 자신에겐 소중했다. 어쩌다 이렇게 얽혀 버린 걸까. 수많은 사람들 중에 왜 하필 두 사람인 걸까.

두 사람 모두 지키고 싶지만 이기적인 욕심일 뿐이라는 걸 안다. 그래도 할 수 있는 한 최선을 다해야 했다. 설령 비난을 받더라도 감당해야 할 몫이라면 기꺼이 감당해야 했다. 그렇게 수없이 각오를 다졌지만, 앞으로 민경을 두 번 다시 볼 수 없게 될 수도 있다고 생각하면 눈앞이 캄캄해지곤 했다.

이대로 모른 척할까 생각해 보지 않았다면 거짓말일 것이다. 하지만 내가 편하자고 민경을 속일 수는 없는 노릇이었다. 민경을 진정으로 위한다면 모든 것을 솔직하게 고백하고 용서를 구해야 했다.

쇠뿔도 단김에 빼랬다고, 당장 민경에게 연락을 하려는데 어느새 세탁이 끝나 있었다. 아무래도 집에 가서 민경에게 연락을 해 봐야 할 듯했다.

인해는 건조까지 마친 이불과 시트를 챙겨서 밖으로 나왔다. 바람은 차갑지만 날씨는 화창했다. 인해는 아파트를 향해 걸음을 옮겼다. 카페 모퉁이를 돌았을 때였다.

"인해야."

등 뒤에서 들려온 목소리에 인해는 걸음을 멈췄다. 바람결에 잘못 들은 건가 싶었지만 자신의 이름이 분명했다. 게다가 몹시 귀에 익은 목소리였다. 인해는 마른침을 삼켰다. 천천히 몸을 돌렸다. 목소리만큼이나 익숙한 얼굴이 그곳에 있었다.

"……승준 씨?"

참 오랜만에 불러 보는 이름이었다. 삐쩍 마른 몸에 후줄근한 옷차림, 텁수룩한 수염이 낯설었다. 기억 속 모습은 온데간데없지만 작년 여름에 그녀에게 일방적으로 이별을 통보하고 사라졌던 승준이 틀림없었다.

"오랜만이다."

승준이 담담하게 말했다. 어느 날 갑자기 사라졌던 그가 갑자기 눈앞에 나타나 있었다. 눈을 뜨고 꿈을 꾸는 기분이었다. 그가 자신 앞에 나타났다는 현실이 믿기지 않았다. 멍하니 서 있는 그녀에게 승준이 말했다.

"시간 좀 내 줄래?"

인해는 승준을 따라 인근 카페로 들어갔다. 창가 쪽 자리에 앉은 인해는 커피를 주문한 후 맞은편에 있는 그를 가만히 응시했다. 이렇게 보고 있노라니 차츰 그가 돌아왔다는 실감이 들었다.

어느 날 갑자기 이별을 통보하고는 집도 정리하고 회사도 그만두고 자취를 감춘 그였다. 작정하고 세상에서 숨어 버린 사람을 찾을 방도는 없었다.

그래도 마음만 먹는다면 얼마든지 찾아 나설 수 있었을 것이다. 그럼에도 적극적으로 나서지 않았던 건, 먹고살기 바쁜 이유도 있었지만 나 싫다고 도망간 사람에게 구차하게 매달리고 싶지 않은 마음도 없지 않아 있어서였다. 그리고 언젠가 살다 보면 한 번은 만나게 될 거라고 생각하고 있었다. 인해는 나지막한 한숨과 함께 입을 열었다.

"왜 그랬던 거야?"

인해는 재차 물었다.

"왜 갑자기 헤어지자고 한 거야? 일방적으로 통보하고 잠수 타면

끝인 거야? 그게 승준 씨 방식이야? 미안하지만 난 아니야. 헤어질 때 헤어지더라도 이유를 알아야겠어. 그러니까 말해 줘. 대체 왜 그랬던 건지."

승준에게 미련이 남은 건 결코 아니었다. 그와는 이미 오래전에 정리가 끝났다. 다만 알고 싶을 뿐이었다. 일방적으로 실연을 당해야만 했었던 이유를. 자신이 짐작했던 이유가 맞는지 확인하고 싶었다.

그는 벙어리처럼 말이 없었다. 시선을 아래로만 향한 채 입을 꾹 다물고 앉아 있을 뿐이었다. 대답해 줄 생각이 전혀 없어 보였다. 인해는 질문의 방향을 바꾸기로 했다.

"회사도 그만두고 집도 옮기고, 그동안 어디서 어떻게 지냈던 거야?"

이번에는 대답해 줄 생각이 있는 모양이다. 꾹 다물려 있던 그의 입이 드디어 움직인다.

"그냥 여기저기, 발길 닿는 대로 돌아다녔어."

그제야 부랑아 같은 그의 몰골이 이해되었다. 그답지 않은 행동이었다. 그는 한눈팔지 않고 착실하게 회사와 집만을 오가며 살아온 사람이었다. 마음 내키는 대로 훌쩍 떠나는 타입은 절대 아니었다. 그런 그가 목적지도 없이 바람처럼 떠돌아다녔다니. 그에게 무슨 일이 있긴 있었던 모양이다.

이제 와 그에게 무슨 일이 있었는지 물어봐도 괜찮을지 판단이 서지 않았다. 잠시 고민하는데 마침 종업원이 주문한 커피를 가지고 왔다. 두 사람은 잠시 대화를 멈췄다.

인해는 커피를 한 모금 마셨다. 뜨거운 커피가 목구멍으로 넘어가자 두서없이 떠돌던 생각들이 차분하게 가라앉았다. 고개를 들자 승준과 눈이 마주쳤다. 계속 그녀를 바라보고 있었던 모양이다. 그가 불쑥 말을 꺼냈다.

"요즘 좋아 보이더라."

뜬금없는 말에 인해는 어안이 벙벙했다. 어리둥절해하는 그녀에게 그가 물었다.

"잘해 주니?"

인해는 그제야 승준이 이수에 대해 말하고 있다는 걸 깨달았다.

"어떻게……."

인해는 질문을 하려다가 입을 다물었다. 승준은 기다렸다는 듯이 자신이 혼자 있을 때 나타났다. 이곳은 그녀가 사는 아파트 근처 상가였다. 어쩌면 여기 온 게 오늘이 처음이 아닐 수도 있다는 생각이 들었다. 만약 그런 거라면 이수와 함께 있는 자신을 보았을지도 몰랐다. 그녀는 담담하게 승준을 바라보며 말했다.

"대학 선배야."

"그렇구나."

승준에게서 일말의 아쉬움이나 미련은 찾아볼 수 없었다. 그도 자신처럼 오래전에 정리가 끝난 모양이었다. 어쩌면 처음부터 자신에게 마음이 없었던 건지도 몰랐다. 자신에게 손끝 하나 대지 않았던 걸 보면.

어떤 상황에서든 무조건 자신에게 헌신적이었던 그였다. 지나친 배려라는 걸 헤어진 후에야 알았다. 그와 자신은 일반적인 연인 관계가 아니었다. 이수와 사귀면서 그것을 확실하게 깨달았다. 동정해서 잘해 주는 것과 사랑해서 잘해 주는 건 엄연히 달랐다.

진작 정리가 되었다 해도 이렇게 승준을 편안한 마음으로 볼 수 있는 건 아마 이수 때문일 것이다. 딱히 뭔가를 해 주지 않아도 그저 곁에 있어 주는 것만으로도 큰 힘이 되는 사람이 있었다. 이수가 자신에겐 그런 사람이었다. 승준도 그것을 알고 자신 앞에 나타난 건지도 몰랐다. 인해는 크게 숨을 들이쉬고 내쉬었다.

"할 말이 뭐야?"

여기까지 찾아온 걸 보면 자신에게 할 말이 있어서였을 것이다. 정곡을 찌른 건지 무릎 위에 올려져 있던 승준의 손이 꿈틀거렸다. 미묘하게 눈동자가 불안하게 흔들리고 얼굴이 경직되었다. 긴장한 기색이 완연했다.

불안이 전염이라도 된 걸까. 심상치 않은 승준의 반응에 인해도 덩달아 불안해졌다. 왠지 불길한 예감이 들었다. 화제를 돌리기 위해 다른 질문을 막 하려던 참이었다.

"지금 뭐 하는 거야?"

승준이 갑자기 의자에서 내려와 그녀 앞에 무릎을 꿇고 앉았다. 그의 돌발행동에 인해는 자리에서 엉거주춤 몸을 일으켰다.

"미안하다. 내가 죽을죄를 지었다."

무릎을 꿇은 것으로도 모자라 머리를 조아리기까지 한다. 카페 내에 있던 사람들의 시선이 단숨에 집중되었다. 인해는 목소리를 낮춰 다그쳤다.

"왜 이러는 거야? 어서 일어나. 사람들이 다 쳐다보잖아."

"미안하다. 정말 미안해."

거듭 사과하는 그를 보고 있자니 기분이 이상해졌다. 일방적으로 이별을 통보하고 사라진 그가 잘못한 건 사실이나 죽을죄까지는 아니었다.

 이제까지 이별의 이유가 자신에게 있다고 생각했던 그녀였다. 그런데 승준은 그가 죽을죄를 지었다고 한다. 그렇다면 이별의 이유가 그에게 있었다는 말이 된다. 문득 뇌리에 떠오르는 게 하나 있었다.

 "다른 여자가 있었던 거야?"

 고지식한 승준의 성격상 양다리를 걸친다든가 어장관리는 무리였다. 그래서 이별의 이유로 처음부터 배제해 놓았던 것이었다. 그런데 만약 그게 아니었다면…….

 "아니야, 그건 아니야."

 승준이 놀란 얼굴로 강하게 부인한다. 인해는 이맛살을 찌푸렸다. 여자 문제가 아니라면 뭐가 있을까. 언젠가 민경이 했던 말이 떠올랐다. 그땐 그럴 리 없다고 넘겨 버렸지만 집도 절도 없이 떠돌아다닌 걸 보면 자신의 생각이 틀린 걸 수도 있었다. 인해는 조심스럽게 입을 열었다.

 "돈…… 문제야?"

 "아니."

 여자도 돈도 아니란다. 인해는 승준을 물끄러미 바라보았다. 그는 여전히 무릎을 꿇은 자세로 고개를 숙이고 있었다. 그녀는 마음을 단단히 먹고 그가 스스로 말할 때까지 기다렸다. 하얀 김이 오르던 커피가 미지근해질 무렵, 마침내 그가 힘겹게 입을 열었다.

 "몇 번이나 말하려고 했었어. 처음부터 말해야지, 말해야지 계속 생각했는데…… 할 수가 없었어."

 그가 떨리는 목소리로 말을 이어 갔다.

 "이대로 그냥 모른 척할까도 생각했어. 근데 더는 참을 수가 없더라. 널 보기가 너무 힘들었어. 미칠 거 같았어."

그가 하는 말을 전혀 이해할 수가 없었다. 답답한 마음에 자세히 말해 달라고 하려던 참이었다.

"8년 전 아니, 이제 9년 전이지. 9년 전에 교통사고 난 적 있었 지?"

"그걸 어떻게……."

인해는 멍하니 승준을 바라보았다. 갑자기 여기서 그 이야기가 왜 튀어나온 건지 이해할 수가 없었다. 9년 전 자신이 교통사고를 당했다는 걸 아는 사람은 친척들과 민경뿐이었다.

승준에게 교통사고에 대한 이야기를 한 적은 없었다. 재활하던 시절 병원에 자원봉사 하러 온 그였기에 자신이 기억을 잃었다는 건 알고 있을 터였다. 하지만 교통사고로 인한 수술을 받다가 그렇게 되었다는 건 모르고 있었다. 그런 줄로만 알고 있었다. 조금 전까지 는.

"민경이가 말해 준 거야?"

"아니."

그가 고개를 가로저었다. 인해는 그의 다음 말을 조용히 기다렸 다.

시야에 들어오는 동네 풍경이 낯선 곳인 양 생경했다. 수십 번은 족히 드나들었을 편의점도 세탁소도 미용실도 분식집도 처음 보는 곳처럼 낯설게만 느껴졌다. 인해는 발이 가는 대로 길을 걸어가고 있었다. 목적지 따윈 없었다. 머릿속이 텅 비어 버린 것처럼 아무 생각도 나지 않았다.

날씨는 화창하지만 바람은 얼음처럼 차가웠다. 차갑고 건조한 공기를 장시간 들이마시니 숨 쉬기가 거북했다. 얼음송곳이 폐를 꾹꾹 찌르는 기분이었다. 발은 꽁꽁 얼어붙은 것처럼 감각이 없었다. 한 발짝 떼는 것조차 고통스러웠다. 그럼에도 걸음을 멈추지 않았다. 멈출 수가 없었다. 고장 난 인형처럼 앞으로 걷고 또 걸어갔다.

횡단보도를 건너 유난히 폭이 좁은 보도를 걸어가다가 맞은편에서 오던 아줌마와 어깨를 부딪쳤다. 반쯤 넋을 놓고 걷던 인해는 중심을 잡지 못하고 휘청거렸다. 다리가 풀려 그 자리에 무너지듯 주저앉았다.

"이봐요, 괜찮아요?"

어깨를 부딪친 아줌마가 놀라 물었지만 아무 말도 할 수 없었다. 아줌마의 목소리가 먼 곳에서 들리는 것인 양 아득하기만 하다. 괜찮아요? 괜찮아요? 거듭 묻는 아줌마를 물끄러미 바라보았다.

자신이 괜찮은지 괜찮지 않은 건지 모르겠다. 그래서 대답을 할 수가 없었다. 아무것도 느낄 수도 생각할 수도 없었다. 아줌마가 눈앞에서 사라진 후에도 그녀는 길바닥에 그대로 주저앉아 있었다.

승준을 처음 만난 건 9년 전이었다. 사고 이후 재활에 힘쓰던 무렵, 병원에 자원봉사자로 온 그를 만났다. 그는 유독 자신에게 신경 써 주고 친절하게 대해 주었다. 그래서 이름과 얼굴을 기억하게 되었다.

그를 다시 만난 건 그로부터 6년 후였다. 회사 동료들과 저녁을 먹으러 간 식당에서 우연히 재회하게 되었다. 그 후로 자주 만나게 되었고 자연스럽게 연인 사이가 되었다. 그리고 작년 여름에 일방적으로 실연당했다.

하하. 허탈한 웃음이 바람에 실려 날아갔다. 그와 재회했을 때 그를 먼저 알아본 건 자신이었다. 당시엔 그가 자신을 못 알아본 거라고 생각했었는데 돌이켜 보니 아니었다.

그는 자신을 알고도 모른 척하고 있었다. 우연히 만난 것도 아니었다. 9년 전 병원에서 처음 만났을 때부터 우연이 아니었을 가능성이 다분했다. 그는 자신의 주위를 맴돌며 지켜보고 있었을 것이다. 바로 지금처럼.

"인해야."

인해는 눈앞에 나타난 남자를 똑바로 올려다보았다. 그녀의 곧은 시선이 부담스러운지 그는 고개를 옆으로 돌리며 말했다.

"이걸 두고 가서……."

승준의 손에 익숙한 이불과 시트가 들려 있었다. 빨래방에서 세탁을 마친 이불과 시트였다. 카페에 두고 나온 모양이었다. 아까는 정신이 하나도 없었다. 당장 그 자리를 벗어나야 한다는 생각에 사로잡혀 이불과 시트는 까맣게 잊고 있었다. 인해가 일어설 생각을 하지 않자 승준이 손을 내민다.

인해는 자신에게 내밀어진 승준의 손을 물끄러미 응시했다. 한때저 손이 자신을 잡아 줄 거라고 생각한 적이 있었다. 쓴웃음이 나왔다. 인해는 혼자 힘으로 일어섰다. 그는 머쓱한 얼굴로 허공에 떠있던 손을 내렸다.

"이리 줘."

갑자기 인해가 말을 걸자 당황했는지 승준은 얼떨떨한 얼굴이 되었다. 이불과 시트를 넘겨주며 인해의 눈치를 살핀다. 그러더니 조심스럽게 입을 열었다.

"괜찮아?"

인해는 승준을 말없이 빤히 바라보았다. 그를 바라보고 있노라니 아까 카페에서 그가 했던 말이 귓가에 떠오른다. 또다시 손끝이 부들부들 떨리며 경련을 일으켰다. 다리마저 후들거려서 금방이라도 쓰러질 것 같았다.

그녀는 이를 악물며 흩어지려는 정신줄을 붙잡으려고 노력했다. 눈을 부릅뜨고 눈앞에 있는 남자를 똑바로 쳐다보았다. 자신이 알던 착하고 성실하고 인정 많은 남자가 맞는지 확인했다. 아까 충격으로 하지 못했던 질문을 입 밖으로 간신히 끄집어냈다.

"정말 그 교통사고, 승준 씨 짓이었어? 승준 씨가 그 뺑소니범이었냐고."

제발, 제발 아니라고 해 줘. 제발.

"미안하다."

인해의 간절한 바람과는 정반대의 대답이 돌아왔다. 그녀는 눈을 질끈 감았다. 가혹한 현실에 숨이 막혔다.

죽을죄를 지었다더니 참말이었다. 한때는 수술을 집도했던 의사를 원망했었다. 하지만 고의가 아니었던 데다 진심을 다해 사죄를 했기에 용서할 수 있었다. 그러나 뺑소니범은 사정이 달랐다.

뜻하지 않은 사고에 놀라고 당황하고 두려웠을 것이다. 당시 제대로 된 판단을 할 수 없었을 거라고 좋게 생각하려 해도 도저히 용서할 수가 없었다.

뺑소니범은 차가운 길바닥에 쓰러져 있는 자신을 보고도 그냥 도망가 버렸다. 결국 그 사고로 수술을 받게 되었고, 2년의 시간을 잃어버렸다.

직접적인 잘못이 없다고 해도 따지고 보면 교통사고가 모든 일의 근원이었다. 자연히 모든 원망과 증오가 뺑소니범에게로 향하게 되었다. 그런데 그 사고를 일으킨 장본인이 승준이었다니. 한때 세상에서 가장 믿었던 남자가 세상에서 가장 증오해 마지않았던 뺑소니범이었다니.

속에서 천불이 치솟았다. 억장이 무너지는 느낌이 이럴까 싶었다. 분노로 눈앞이 시뻘게졌다.

"어떻게…… 어떻게 나한테 그럴 수가 있어? 어떻게!"

"인해야, 미안해. 내가 잘못했다."

"그동안 날 왜 만났던 거야? 아무것도 기억 못 하는 내가 그렇게 우습고 만만했니? 날 가지고 논 거야?"

"그러지 않았어."

"그럼 뭔데? 혹시 내가 기억을 되찾아서 신고할까 봐 감시한 거였어?"

"꼭 그런 것만은 아니었어."

인해는 귀를 의심했다. 꼭 그런 것만은 아니라니. 그렇다면 정말 자신이 신고할까 봐 주변을 맴돌며 감시하려고 사귀었다는 건가.

"네가 어떻게 사나 궁금하기도 했고, 속죄하고 싶은 마음도 있었어."

변명처럼 덧붙인 그의 말을 들은 순간, 그간 승준과 함께 보냈던 나날이 파노라마처럼 눈앞을 스치고 지나갔다.

"속죄? 그래서 그동안 내가 해 달란 대로 다 해 줬던 거야? 군말

없이 무조건 내 말에 따른 게 그런 의미였어?"

승준은 무언으로 긍정했다. 인해는 기가 막혔다. 이러한 내막을 모르고 그가 자신을 아끼고 배려해 준다고 좋아라 했던 과거의 자신이 너무나 한심하고 어리석게 여겨졌다. 제대로 용서를 구할 생각을 하지 않고 자기 편할 대로 생각한 눈앞의 남자가 너무나 이기적이고 뻔뻔하고 비열해 보였다.

"그런 거로 속죄가 될 거라고 생각한 거야?"

"미안하다."

할 말이 그거밖에 없다는 듯 그는 또다시 사과를 했다. 같은 말을 몇 번이나 들었는지 모르겠다. 하도 자주 들어서 그런지 이젠 가슴에 와 닿지도 않았다.

"나한테 잘하는 거로 속죄하려고 했다면 왜 헤어지자고 한 거야? 이만하면 할 만큼 했다고 생각한 거야? 아니면 그것도 지겨워진 거야?"

"그런 게 아니야. 널 더 이상 속이면 안 될 거 같아서 헤어지자고 했던 거야. 이대로 가다간 평생 널 속일 것 같았거든."

그래도 최소한의 양심은 남아 있다는 건가. 그렇다 해도 그 양심은 승준 자신을 위한 것이지 인해를 위한 것은 아니었다. 그녀를 진정으로 생각했다면 처음부터 모든 사실을 털어놓았어야 했다. 그녀는 건조하게 웃었다.

"승준 씨는 날 두 번이나 버렸어. 9년 전에도 버리고 도망가더니 작년에도 그랬어. 버려진 사람의 마음을 한 번이라도 생각해 본 적 있어? 나한테 정말 미안한 거 맞아? 어떻게 사람이 이렇게까지 이기적일 수가 있어?"

묵묵히 인해의 비난을 듣고 있던 승준의 얼굴이 점점 일그러졌다. 고통으로 가득한 얼굴이었다. 처음 보는 낯선 얼굴이었다. 가면 속에 숨어 있던 그의 진짜 얼굴과 대면한 기분이었다. 넋두리를 하듯 그가 나지막한 목소리로 중얼거렸다.

"면허를 따고 처음으로 혼자 운전한 날이었어. 조심해서 운전하려고 했는데 잠깐 한눈판 사이에 사고가 나 버렸어. 너무 무서워서 나도 모르게 도망쳐 버렸지. 그날 이후로 살아도 사는 게 아니었어. 하루하루가 지옥이었어. 도저히 견딜 수가 없어서 널 보러 갔었어. 네가 무사한 걸 두 눈으로 확인해야 했어. 네가 날 신고하는 건 아닌지 두렵기도 했고. 그러다 보니 네 주위를 맴도는 게 내 일상이 돼 버렸지."

아득한 눈으로 과거 어딘가를 헤매고 있는 승준은 여전히 고통스러운 얼굴이었다. 그는 힘겹게 말을 이어 갔다.

"네가 날 알아봤을 때 난 기회가 왔다고 생각했었어. 너에게 속죄할 기회가. 네가 원하는 건 뭐든 다 해 주겠다고 결심했지. 조금이나마 숨통이 트이더라. 나름 뿌듯하기도 했고. 그러다가 내가 네 옆에 있는 걸 당연하게 생각하고 있다는 걸 깨달았어. 그건 아니었어. 뭔가 잘못돼 가고 있었지. 평생 널 속일 생각은 없었거든. 그래서 네게서 떠난 거야. 아무 말 없이 사라진 건 나도 어쩔 수 없었어. 네가 날 붙잡으면 난 떠나지 못했을 테니까."

자신이 원하는 거라면 무리를 해서라도 들어준 사람이었다. 자신이 헤어지고 싶지 않다고 했다면 그는 자신의 말대로 따랐을 터였다.

일방적으로 사라지는 것 외에 그가 선택할 수 있는 건 없었을 것이다. 머리로는 이해할 수 있었다. 하지만 가슴은 받아들이길 거부하고 있었다. 참으려 해도 불쑥불쑥 울화가 치밀었다.

사랑까지는 아니었어도 그에 대한 애정은 분명히 존재했었다. 아버지나 오빠 같은 사람이었다. 민경을 제외한, 그녀의 삶에 깊숙이 들어왔던 유일한 사람이었다. 진심으로 믿고 따르고 의지했었다. 그런데 그 믿음의 밑바닥에 깔려 있었던 게 기만이었다니.

인해는 주먹으로 가슴을 탁탁 쳤다. 열 받고 화가 나는데 왜 이렇게 가슴이 아픈지 모르겠다. 급기야 눈앞이 부옇게 흐려지기까지 한다.

인해는 소매로 뜨거워진 눈가를 꾹꾹 누르며 숨을 골랐다. 고작이런 인간 때문에 눈물을 흘리고 싶지 않았다.

"지금까지 숨기고 있다가 이제 와 밝히는 이유가 뭐야?"

"여기저기 다니면서 많이 생각했어. 너와 나를 위한 최선이 무엇인지."

"그래서?"

그녀의 물음에 그가 덤덤하게 대꾸했다.

"자수하려고."

뜻밖의 말에 인해의 눈이 커다래졌다.

"자수하러 가기 전에 너한테 먼저 말해야 할 거 같았어."

승준이 나직한 목소리로 말을 이어 갔다.

"많이 늦었지만, 지금이라도 자수해서 죗값을 치르려고. 9년 전에 했어야 했는데, 내가 너무 나약하고 용기가 없어서 그러질 못했어. 내 나름대로 너에게 속죄하려 했던 것도 결국 널 위한 게 아니라 내 마음 편하자고 한 짓이었지. 난 9년 동안 계속 도망만 다녔던 거야. 근데 이제 도망치지 않으려고. 법의 심판을 받고 너에게 진짜 용서를 구할게. 그동안 정말 미안했다."

승준은 모든 걸 내려놓은 사람처럼 평온한 얼굴이었다. 그동안 웃고 있어도 어딘지 모르게 그늘이 있었던 그였다. 그러나 눈앞의 그는 지금까지 본 모습 중에서 가장 편안해 보였다. 그래서 알았다. 지난 9년이 그에게 정말 지옥이었다는 것을.

그가 운전을 못 하는 것도, 운전대만 잡으면 공황상태에 빠졌던 것도 이제야 이해가 되었다.

아마도 9년 전 교통사고가 트라우마가 되어 운전을 할 수 없게 되었을 것이다. 그때의 사고는 피해자인 자신보다도 가해자인 그의 삶을 더 강력하게 지배하고 있었던 셈이다.

그동안 그도 편한 삶은 아니었을 것이다. 어쩌면 자신보다 더 힘들었을지도 몰랐다. 죄책감과 번뇌에 괴로워했을 그의 모습이 생생하게 떠오른다.

그를 용서할 생각은 추호도 없었다. 자신을 길바닥에 버리고 도망간 데다 기만까지 한 그를 평생 용서할 수 없을 것이다.

그러나 분노로 가득한 마음 한편에 안타까운 마음이 존재하는 것도 사실이었다. 왜 하필 승준인 걸까. 그런 마음이 없지 않아 있었다. 가슴이 찢어질 것처럼 아팠다.

"왜 그랬어? 왜 그랬냐고. 이 망할 자식아."

인해는 마구잡이로 주먹을 내질렀다. 승준은 아무 저항도 하지 않고 인해의 주먹질을 고스란히 견뎠다.

숨을 헐떡이며 주먹을 휘두르던 인해의 눈에서 눈물이 흘러나왔다. 균열로 위태위태하던 둑이 마침내 터진 것처럼 걷잡을 수 없이 눈물이 쏟아졌다.

인해는 길바닥에 털썩 주저앉아 아이처럼 펑펑 울었다. 아무 생각도 할 수 없었다. 아무것도 보이지도, 들리지도 않았다. 문득 이수가 너무나 보고 싶을 뿐이었다.

11.

　멀리서 쿵쾅거리는 발소리가 들려왔다. 이수는 펼쳐 놓았던 책을 덮고 의자에서 몸을 일으켰다. 얼마 안 있어 서재 문이 벌컥 열리더니 희영이 불쑥 뛰어 들어왔다. 이수는 정색하며 엄하게 한마디 했다.

　"다 큰 처녀가 왜 그렇게 뛰어다녀?"

　"뭐 어때, 집인데."

　희영이 혀를 쏙 내밀며 배시시 웃었다. 순간 말문이 막혔다. 이럴 때 보면 26살이라는 게 믿어지지 않는다. 어딜 어떻게 봐도 영락없는 어린애였다. 결국 이수는 그녀와 마주 보며 같이 웃고 말았다.

　오늘도 오빠로서의 위엄은 물 건너가 버렸지만 그다지 기분 나쁘지는 않았다. 희영이 책상에 놓인 책 표지를 곁눈질로 힐끔거리며 중얼거렸다.

　"전에 읽은 책 아냐?"

"읽은 책 또 읽으면 안 되는 법이라도 있어?"

이수의 대꾸에 할 말이 없는지 희영은 입술을 삐죽거렸다. 그러더니 그의 옆으로 다가와 은근슬쩍 팔짱을 낀다. 애교가 철철 넘치는 말투로 말을 걸어온다.

"오빠, 아빠 흉내 내는 건 이제 그만하고 우리 나가자. 응?"

"아버지 흉내라니?"

"서재에 들어가기만 하면 나오지 않는 거. 아빠랑 진짜 똑같거든."

그랬던가. 이수는 새삼 자신의 행동을 돌아보았다. 한번 책을 들면 마지막 장을 넘길 때까지 놓지 않는 버릇이 있었다. 그러다 보니 자연스레 서재에 오래 머물곤 했었다. 요 며칠 동안은 책을 읽지 않아도 그냥 서재에 틀어박혀 있었지만.

"벌써 사흘이나 지났잖아. 모처럼 얻은 휴간데 이렇게 집에서만 썩힐 거야? 나가자 응? 나 오빠랑 놀러 가고 싶어."

희영의 말을 듣고서야 고작 사흘이 지났다는 걸 깨달았다. 체감상으로는 일주일도 더 된 듯했는데. 집에만 틀어박혀 있었더니 시간 관념에 이상이 생긴 모양이었다.

"오빠!"

귀신같이 이수가 딴생각을 하고 있다는 걸 알아챈 희영이 그를 불렀다. 그는 하는 수 없이 고개를 끄덕여 주었다.

"그래, 알았어."

"정말이지? 나 얼른 준비하고 올게."

이수의 허락이 떨어지자 희영은 행여나 그가 마음을 바꿀까 봐 서재에 들어왔을 때처럼 쿵쾅거리며 뛰어나갔다. 이수는 신난 동생의 뒷모습을 바라보며 쓰게 웃었다. 저렇게 좋아하는 걸 보니 그동안 자주 시간을 내지 못한 게 미안해진다.

미국에서 학업을 마치고 바로 입사하는 바람에 장기간 가족들과 떨어져 지낸 이수였다. 한국에 들어와서도 사정은 별반 다르지 않았다. 본가로 들어오지 않고 따로 독립해서 가족들과 함께하기가 어려웠다.

그동안 자신이 독립한 걸 내심 섭섭해하던 어머니였다. 희영은 말할 것도 없었다. 그래서인지 갑자기 휴가를 내고 본가에 있겠다고 하자 별다른 의심 없이 기뻐하며 반겼다. 심지어 아버지마저 그러려니 하고 넘어갔다. 다들 자신이 그들과 함께하려고 일부러 휴가를 낸 줄 알고 있었다.

만약 휴가를 낸 진짜 이유를 알게 된다면 어떤 표정을 지을까. 이수는 어두워진 얼굴로 창밖을 내다보았다. 잎이 전부 떨어진 메마른 나뭇가지가 차가운 바람에 맥없이 흔들리고 있었다. 이수의 마음에도 차가운 바람이 불고 있었다.

그동안 이수는 희영을 몸만 큰 어린애로 생각했었다. 나이 차이가 있다 보니 마냥 어리고 귀여운 동생으로만 보았었다. 그러나 밖에서 본 희영은 사뭇 달랐다. 이수는 오늘에서야 동생이 성인이라는 걸 실감했다.

놀러 가자는 동생의 요구에 단순하게 놀이동산을 생각했던 그는 그녀가 미술관으로 향하자 내심 당황했다. 희영은 미술 전공자답게 심각한 얼굴로 진지하게 작품을 감상했다.

그런 동생의 모습을 옆에서 지켜보고 있노라니 대견하고 한편으로는 아쉽기도 했다. 오빠인 자신이 이런데 장성한 자식을 보는 부모님의 마음은 어떨까 싶기도 했다.

뜨거운 팥죽이 먹고 싶다는 희영의 한마디에 이수는 그녀를 데리고 삼청동에 있는 팥죽집으로 갔다. 철마다 바뀌는 여느 가게와는 달리 옛날부터 지금까지 한결같이 자리를 지키고 있는 곳이었다.

"미국에서 오래 살았으면서 용케 여길 알고 있네?"

희영은 이곳을 잘 안다는 투로 말했다. 이수는 의아한 얼굴로 그녀를 바라보았다.

"여기 와 봤어?"

"당근 와 봤지. 여기 유명한 데잖아. 난 친구들이랑 왔었는데. 오빠는 누구랑 왔었어?"

갑작스런 질문에 이수는 얼떨결에 대답했다.

"후배랑 왔었어."

"후배? 대학 후배?"

"응."

"여자 아니면 남자?"

"그냥 후배."

"흐음, 여자구나."

희영의 묘한 눈초리를 피해 이수는 고개를 숙였다. 어린 동생이 던진 가벼운 물음에 아스라한 추억의 한 조각이 떠올랐다.

언젠가 인해와 함께 이곳에 왔던 적이 있었다. 아주 오랜 옛날 서로의 마음을 알지 못했던 까마득하던 시절, 그녀의 마음을 얻으려고 서울의 온갖 유명한 집은 다 찾아다녔더랬다. 그중의 한 곳이 바로 이곳이었다.

"여친이랑 싸웠지?"

희영이 툭 던진 말이 가슴속으로 파고들었다. 이수는 눈을 들어 맞은편에 앉아 있는 동생을 바라보았다.

"뭘 그렇게 놀래? 내가 모를 줄 알았어? 오빠 여친 있는 거."

"어머니가 말해 주셨어?"

"뭐야, 엄마가 알고 있었어? 나만 빼놓고 둘이만 알고 있었던 거야?"

분개하는 희영의 반응을 보니 아무래도 잘못 짚은 모양이었다. 희영이 입을 삐죽대며 뾰로통하게 중얼거렸다.

"하여간에 엄마의 오빠 사랑은 못 말린다니까. 어쩜 한집에 같이 살면서 감쪽같이 속이다니."

"식기 전에 어서 먹기나 해."

화제를 돌리려고 했지만 희영에겐 통하지 않았다. 마치 이 순간을 기다렸다는 듯 그녀는 집요하게 캐묻기 시작했다.

"어떤 여자야? 나이는 몇 살이고? 예뻐? 직업은 뭐야? 어디서 어떻게 만났어? 얼마나 사귀었어? 뭣 때문에 싸운 거야?"

"최. 희. 영."

경고조로 이름을 힘주어 부르자 희영이 잠시 입을 다물었다. 그러나 언제 그랬냐는 듯 또다시 입을 나불거린다.

"웬만하면 남자가 져 주지 그래."

이수는 숟가락을 탁, 소리가 나게 내려놓았다. 그제야 희영이 이수의 눈치를 슬금슬금 살폈다. 좀 전보다 확연히 작아진 목소리로 중얼거린다.

"아니 나는 그냥 싸웠으면 빨리 화해하는 게 좋다는 얘기를 하려고 했던 거야. 헤어질 거 아니면 그냥 넘어가 줘. 바람피운 것만 아니면 상관없잖아."

바람피운 것만 아니면. 이수는 희영의 마지막 말을 곱씹으며 차갑게 웃었다. 그의 웃는 얼굴을 본 희영의 눈이 휘둥그레졌다.

"뭐야, 정말 바람피운……."

"이제 그만해."

"그치만……."

"사람들 기다리는 거 안 보여? 어서 먹고 일어나자."

이수는 숟가락을 들고 팥죽을 먹기 시작했다. 무언가 더 말을 하고 싶어 하던 희영은 결국엔 입을 다물고 얌전히 숟가락을 들었다.

평소에는 다정하고 친절한 오빠지만 가끔 온몸에 소름이 끼칠 정도로 차갑고 냉정할 때가 있었다. 지금의 이수가 꼭 그러했다. 그의 얼굴이 너무나 차갑고 슬퍼 보여서 말을 붙일 엄두도 나지 않았다.

부지런히 숟가락을 놀리고 있었지만 이수는 아무런 맛도 느끼지 못했다. 인해와의 추억이 떠오른 순간부터 한시라도 빨리 이곳에서 벗어나고 싶었다.

한 번 깨어난 추억은 힘겹게 잠재워 두었던 것들을 수면 위로 끌어 올리고 있었다. 떠올리고 싶지 않은 장면까지도.

사흘 전, 희영의 생일날이었다. 본가로 가기 전에 잠깐 인해를 보고 가려고 했는데 어쩌다 보니 길이 엇갈려 버렸다. 인해와 통화를 한 후 그냥 갈까 하다가 생각을 바꾸었다.

그녀는 아파트 근처 상가의 빨래방에 있었다. 그다지 멀지 않아서 이수는 핸들을 돌렸다. 마침 인해가 빨래방에서 나오는 게 보였다. 클랙슨을 울리려다가 조용히 뒤를 따랐다. 아파트에 들어가기 직전 깜짝 놀라게 해 줄 생각이었다.

이불을 들고 아파트로 걸어가던 인해가 갑자기 멈춰 섰다. 그리고 그 남자가 나타났다. 한눈에 알아보았다. 멀끔했던 과거와는 달리 노숙자 같은 몰골이었지만 그 남자가 틀림없었다. 2년 전 인해와 다정하게 팔짱을 끼고 자신의 곁을 지나갔던. 인해가 환하게 웃어 주었던 바로 그 남자였다. 혼란스러웠다. 분명히 그 남자와는 끝났다고 했는데.

인해는 남자와 함께 인근 카페로 들어갔다. 창가 쪽 테이블에 자리 잡은 두 사람의 모습이 밖에서 잘 보였다. 커피를 마시며 이야기를 나누는 두 사람을 보고 있노라니 마음이 복잡했다.

당장 뛰어 들어가 인해를 데리고 나올까 생각하는데 별안간 남자가 그녀 앞에 무릎을 꿇었다. 인해는 벌떡 일어나 카페 밖으로 뛰쳐나왔다. 뒤이어 남자가 이불을 챙겨 들고 뒤따라 나오는 게 보였다.

인해는 어딘가를 향해 걸어가고 있었다. 남자는 일정한 거리를 두고 그녀의 뒤를 묵묵히 따라갔다. 기묘한 광경이었다. 인해가 지나가던 사람과 부딪혀 쓰러지자 남자가 기다렸다는 듯이 달려갔다. 남자의 손을 거절하고 혼자 일어선 인해는 얼이 나간 사람처럼 보였다.

그 자리에서 남자와 몇 마디 주고받던 그녀가 갑자기 남자를 때리기 시작했다. 눈물을 흘리며 지칠 때까지 남자를 때리던 그녀는 급기야 길 한복판에서 창피한 줄도 모르고 엉엉 울었다. 뭐가 그리도 슬픈지 보는 것만으로도 애달픈 울음이었다.

이수는 차를 돌려 도망치듯 그곳을 벗어났다. 정신이 하나도 없었다. 본가에 가서 희영의 생일을 어떻게 축하해 줬는지 기억나지 않을 정도였다. 그날 밤 이수는 집으로 돌아가지 않았다. 단골 바인 아르테미스에 가서 홀로 술을 마시며 낮에 목격했던 일을 천천히 반추했다.

　어째서 그 남자가 집 근처에 있었던 걸까. 무슨 일로 인해는 길 한복판에서 울어 버린 걸까. 남자가 무슨 말을 했기에 그렇게 서럽게 울었던 걸까. 그 남자와 헤어진 게 아쉬워서 눈물을 흘린 걸까. 아니면 그 남자가 돌아온 게 기뻐서 눈물을 흘린 걸까. 설마 나와 사귀는 걸 후회하고 있는 건 아니겠지.

　생각하면 할수록 수렁으로 빠져드는 기분이었다. 아무 생각도 하고 싶지 않아 술을 마셨지만 취하긴커녕 정신은 또렷하기만 했다.

　자꾸만 아이처럼 울던 인해의 모습이 뇌리에 생생하게 떠올랐다. 그렇게 울린 남자가 자신이 아니라는 사실에 화가 치밀었다. 머리가 터져 버릴 것 같았다. 분노와 질투로 온몸이 활활 타 버릴 것만 같았다.

　참을 수 없는 기분에 인해에게 전화를 걸었다. 감정을 누르고 오늘 하루 어떻게 지냈는지 넌지시 물어보았다. 아무 일도 없었다는 답이 돌아왔다.

　그녀는 그 남자와 만났던 일을 자신에게 말하지 않았다. 통화를 끝내고 나니 들끓어 오르던 가슴이 순식간에 차가워져 있었다.

　예전의 연인에 관한 일을 자신에게 말하는 건 아무래도 껄끄러울 것이다. 하지만 그 남자와 관계가 없었다는 어려운 고백까지 했었던 그녀였다. 그랬던 그녀가 자신에게 그 남자와 만난 사실을 말하지

못할 이유가 뭘까. 별일 아니라면 그 남자와 만난 사실을 숨길 이유
가 없었을 터.

자신에 대한 인해의 마음은 의심할 여지가 없었다. 그러나 이따
금 자신의 눈을 피해 우울해하던 그녀였다. 겉으로 대놓고 드러내진
않았지만 어딘지 모르게 마음이 불편해 보였었다. 그게 항상 마음에
걸렸었는데 오늘에서야 그 이유를 알 듯했다. 아무래도 그녀의 마음
엔 자신만이 아니라 그 남자도 함께 있었던 모양이다.

갑자기 맥이 풀렸다. 화조차 나지 않았다. 그저 앞으로 어떻게 해
야 할지 막막할 따름이었다.

이수는 회사에 휴가를 내고 집으로 돌아가지 않았다. 당장 그녀
와 얼굴을 마주할 자신이 없었다. 인해가 자신에게 무슨 말을 할지
겁이 났다. 이대로 모든 게 끝나 버릴까 봐 두려웠다.

그게 사흘 전의 일이었다. 휴가는 일주일밖에 되지 않았다. 집으
로 돌아가지 않는다 해도 나흘 후에는 회사에서 인해와 얼굴을 마주
하게 될 것이다. 앞으로 어떻게 해야 할까.

"지금 명상하는 거야?"

귓가에 들려온 여자의 목소리에 이수는 눈을 번쩍 떴다. 희영이
눈을 동그랗게 뜨고 그를 보고 있었다.

"눈 감고 뭐 하는 거야. 집에 다 왔는데."

차창 밖의 풍경이 낯익었다. 이수는 상념을 떨쳐 버리듯 고개를
좌우로 꺾었다.

"미안, 잠깐 졸았나 봐."

"뭐어? 졸음운전을 했단 거야? 졸리면 차라리 나한테 운전대 넘
기지 그랬어."

"그 정도까지는 아니…… 너 지금 손에 들고 있는 거 뭐야?"

"뭐긴, 핸드폰이지."

희영의 손에 들린 휴대전화는 몹시 낯익었다. 이수는 급히 코트 주머니를 뒤져 보았다. 주머니에 넣어 둔 휴대전화가 손에 잡히지 않았다.

"이 여자 누구야? 해님? 이름이 해님이야? 오빠한테 전화 엄청 했었네."

"이리 내놔."

그가 손을 뻗자 희영이 교묘하게 몸을 틀어 피한다. 액정에 인해의 프로필이 떠올라 있었다. 희영이 액정에서 눈을 떼지 않으며 중얼거렸다.

"이 여자가 오빠 여친이야? 수수하고 참한 게 엄마가 좋아할 타입이네."

"얼른 내놓으라니까."

실랑이 끝에 이수는 희영의 손에 들려 있던 휴대전화를 되찾는 데 성공했다. 키득거리는 희영의 혼잣말이 들려왔다.

"엄마한테 자랑해야지. 오빠 여친 얼굴 봤다고."

철없는 동생의 중얼거림을 한 귀로 흘리며 차고에 차를 주차시키려고 하는데 주변을 어슬렁거리는 인영이 눈에 들어왔다. 가로등 빛이 닿지 않는 곳에 있어서 잘 보이지 않았지만 직감적으로 누군지 알 것 같았다. 이수는 일단 차를 주차시켰다.

"너 먼저 들어가."

그의 말에 희영이 의아하게 쳐다보았다. 이수는 대수롭지 않은 투로 말했다.

"편의점에 들른다는 걸 깜빡했어."

검지와 중지로 담배 피우는 시늉을 하자 희영이 대번에 눈살을 찌푸린다.

"뭐야? 오빠 담배 피워?"

"그렇게 됐어."

"몸에 나쁜 걸 왜 다시 시작한 건데?"

"어머니한텐 비밀로 해 줘."

"싫어. 엄마한테 당장 이를 거야."

희영은 볼을 부풀리고는 계단을 뛰어 올라갔다. 그녀가 정원으로 사라지는 걸 본 이수는 차고 밖으로 걸어 나왔다.

그는 인영이 몸을 숨기고 있는 어둠에 일별을 던진 후 천천히 길을 걸어 내려왔다. 그러고는 사거리에 있는 카페로 들어가 자리를 잡고 앉았다. 얼마 지나지 않아 맞은편에 누군가가 앉는다.

"오랜만이구나."

기억 속 얼굴보다 나이 든 고영미가 그를 보고 웃고 있었다.

"거의 10년 만이지? 얼굴 보는 거. 한국으로 아예 들어왔니?"

"예."

"그럼 그렇다고 엄마한테 얘길 했어야지."

"바빠서요."

"그래도 섭섭하네. 사모님은 그렇다 쳐도 넌 연락을 했어야지."

조용히 나무라는 말과는 달리 표정은 전혀 섭섭한 기색이 아니었다. 대신 이수를 향한 눈초리가 곱지 않았다. 먼저 연락하지 않았다고 기분이 상한 눈치였다. 그럼에도 그녀는 속내를 겉으로 드러내지 않으려 했다. 금세 눈을 접으며 환하게 웃는다.

"나 많이 늙었지? 나잇살인지 요즘 배가 나와서 큰일이야. 넌 못 본 사이에 더 멋있어졌구나. 역시 내 아들다워."

누가 들으면 사이좋은 모자 사이로 착각할 수도 있겠다는 생각이 들었다. 본색을 숨기고 친근한 척 사근사근하게 말을 붙이는 모습이 역겨웠다. 이수는 정색을 하고 말했다.

"집 앞으로는 찾아오지 않기로 한 거 아니었나요?"

고영미는 입을 다물고는 주위를 휘둘러보며 딴청을 부렸다.

"목마르지 않니? 뭐 좀 마시면서 얘기하면 좋겠는데."

이수는 한숨을 내쉬며 자리에서 일어나 커피를 주문했다. 점원에게서 커피를 받고 돌아서자 그새 고영미는 누군가와 통화를 하고 있었다.

"걱정 마. 엄마가 다 알아서 할게."

서둘러 전화를 끊고는 이수를 향해 생긋 웃는다. 커피를 가져다주자 힐끔 쳐다보고는 손도 대지 않는다. 그러거나 말거나 이수는 커피를 마셨다. 입이 써서 뭐라도 마셔야 할 것 같았다.

"용건이 뭐예요?"

길게 말을 섞고 싶지 않아 단도직입적으로 물었다. 고영미는 길게 한숨을 내쉬더니 서운하다는 투로 말했다.

"넌 태석이 궁금하지도 않니? 어쩜 형이 돼 가지고 동생 걱정도 안 되니?"

"학교 잘 다니고 있다고 들었어요."

"그게 다야?"

이수는 대답 대신 커피를 마셨다. 고영미도 더는 묻지 않았다. 뭐라고 한마디 하고 싶어 하는 눈치였지만 억지로 참는 기색이 역력했다. 자신의 기분을 거스르지 않으려고 노력하는 게 눈에 훤히 보였다. 이수의 입가에 조소가 떠올랐다. 이번에는 또 얼마를 요구하려고 저러는지 모르겠다.

"태석이 다음 달에 졸업해."

"축하한다고 전해 주세요."

의례적인 답을 건네자 고영미는 못마땅한 얼굴로 한숨을 크게 내쉬었다. 그녀의 한숨 소리가 마치 선전포고처럼 들렸다. 아니나 다를까. 그녀가 드디어 본론을 꺼내 들었다.

"너도 알다시피 국내 대학은 나와 봤자 요즘엔 별 볼 일 없잖아. 취직하기도 힘들고. 그래서 말인데, 유학을 보내는 게 좋을 거 같아. 미국으로 말이야."

이수가 입을 다물고 가만히 있자 고영미는 애가 타는지 혼자 중얼거리기 시작했다.

"일단 미국에 가서 영어 배우면서 현지 적응한 다음 태석이 전공에 맞춰서 학교에 들어가는 게 어떨까 해. 여기보단 현지에 가야 영어를 빨리 배울 수 있을 거 아냐. 네가 경험자니까 나보다 더 잘 알겠네. 네 생각은 어때?"

"글쎄요, 그거야 태석이가 결정할 일이죠."

그의 무심한 대꾸에 고영미의 눈초리가 대번에 사나워졌다.

"넌 어쩜 그렇게 남처럼 말하니? 형으로서 좀 더 신경 써 줄 수 없어? 내가 이런 말하기 전에 네가 먼저 태석이 장래에 대해 생각하고 걱정해야 하는 거 아냐?"

평소엔 코빼기도 비추지 않다가 본인들 아쉬울 때만 형이고 핏줄인 건가. 거의 10여 년 만에 얼굴을 본 자식에게 잘 지냈냐는 말 한

마디 하지 않았다. 태석이 태석이. 오로지 태석이뿐이었다. 옛날이나 지금이나 참 한결같은 모정이었다.

"태석이 유학 가면 지금 사모님이 주시는 푼돈으론 어림도 없어. 가서 집도 구해야 하고 생활비, 용돈, 교통비, 학비도 만만치 않으니까. 태석인 몸이 약해서 아르바이트 같은 거 못 하니까 여기서 다 대 줘야 해. 내 생활비도 필요하고. 그러니까 네가 힘 좀 써 봐."

기가 막혔다. 푼돈이라니. 지금까지 그녀에게 준 돈만 하더라도 웬만한 아파트 두어 채 값은 족히 될 터였다. 자신을 낳아 준 대가치고는 과했다. 그 돈을 다 어디에 쓴 거냐고 묻고 싶었지만 꾹 참았다.

"얼마가 필요한데요?"

"돈보다는……."

고영미는 말끝을 흐리며 이수를 힐끔 쳐다보았다. 그를 바라보는 눈동자가 기묘하게 번들거리고 있었다. 탐욕으로 물든 눈이었다. 한결같은 모정만큼이나 탐욕 또한 변함없었다.

저런 사람과 같은 피가 몸속에 흐르고 있다고 생각하면 온몸에 소름이 돋았다. 자신의 마음을 아는지 모르는지 고영미가 마침내 야욕을 드러냈다.

"신사동에 사모님 명의로 된 빌딩 하나 있지? 그거면 될 거 같은데. 사모님이야 그거 없어도 먹고살 걱정 없잖아. 어차피 언젠간 너한테 다 줄 거 아냐. 그러니까 미리 달라고 해 봐. 형으로서 동생 뒷바라지해 준다 생각하고 줄 수도 있잖아. 안 그래?"

귀가 잘못된 줄 알았다. 신사동에 있는 빌딩은 어머니가 결혼할 때 돌아가신 친정아버지가 특별히 마련해 준 것이었다. 남들이 보기엔 그저 그런 빌딩이지만, 회사가 자금문제로 어려움을 겪었을 때도 끝까지 팔지 않았을 정도로 어머니에겐 각별한 것이었다.

빌딩은 어머니에게 아버지 그 자체였다. 자신이 알고 있는 걸 고영미 또한 모르지 않았다. 그런데 감히 그것을 욕심내다니 제정신인가 싶었다.

"해 줄 수 있는 거야 없는 거야? 사모님한테 전화하려다가 너한테 먼저 얘기하는 건데 왜 말이 없어?"

나중에 어머니에게 전화할 거라는 말로 들렸다. 태석의 유학을 핑계로 단단히 한몫 챙기려고 작정한 듯했다.

끝도 없는 고영미의 욕심에 숨이 막혔다. 앞으로 그녀가 무엇을 요구할지 두려울 지경이었다. 지금도 이런데 만약 자신이 나중에 회사를 물려받게 되면 어떻게 나올지 상상조차 되지 않았다. 더는 두고 볼 수가 없었다.

결국 그것밖에 없는 건가. 이수는 오래전부터 생각해 두었던 것을 떠올렸다. 고영미가 선을 넘을 때 꺼내 들려고 했던 최후의 수단이었다. 그것을 쓸 일이 없길 바랐건만. 착잡한 마음에 한숨짓는데 고영미가 소리를 빽 질렀다.

"최이수!"

"못 해요."

마침내 듣게 된 이수의 대답이 뜻밖이었는지 고영미가 입을 벌리고 쳐다보았다. 뒤늦게 정신이 들었는지 그녀가 반문했다.

"뭐라고?"

"못 해 준다고요. 이제부턴 형편에 맞게 사세요."

사무적인 어조로 또박또박 말해 주었다. 대번에 고영미의 얼굴이 붉으락푸르락한다.

"너, 너 지금 그게 무슨 말이야? 형편에 맞게 살라니? 태석이 유학 보내는 게 우리 형편에 과분하다는 거야? 너만 유학 갔다 오면 다야? 넌 미국에서 공부해도 되지만 우리 태석인 안 된다는 거야 뭐야? 뭐 이런 개 같은 경우가 다 있어? 응? 혹시 사모님이 그랬니? 사모님이 평소에 그렇게 말했어? 태석이랑 넌 다르니까 무시해도 된다고 그렇게 가르쳤니?"

흥분한 고영미가 시뻘게진 얼굴로 입에 게거품을 물고 악다구니를 퍼부었다.

"있는 것들은 다 그런 거니? 자기보다 없으면 사람 깔보고 무시해도 된다고 그러든? 핏줄도 필요 없다든? 어쩜 그렇게 인정머리 없고 싸가지가 없는지. 말이 좋아 사모님이지 제가 가난한 부모 밑에서 태어났어 봐. 그렇게 평생 우아하고 고상한 척하며 살 수 있었을 거 같아? 진짜 보자보자 하니까. 남의 아들 데려갔으면 제대로 길렀어야지 어디서 부모 형제도 모르는 배은망덕한 놈으로 길러 놓은 건지……."

"그만하세요!"

가만히 듣고 있자니 가관이었다. 이수가 언성을 높이자 그제야 입을 다물었다. 그럼에도 분이 풀리지 않는지 숨소리가 거칠었다. 이수는 고영미를 똑바로 노려보며 경고조로 말했다.

"앞으로 한 번만 더 어머니를 모욕하면 가만있지 않을 거예요."

"뭐? 누가 네 어머니야? 누가!"

"가만있지 않는다고 했죠."

힘이 실린 이수의 낮은 목소리에 놀랐는지 고영미는 순간적으로 입을 다물었다. 그가 강하게 나오자 어지간히 놀란 눈치였다. 그녀로서는 한 번도 본 적 없는 모습일 터였다. 이수는 차가운 얼굴로 말을 이어 갔다.

"앞으론 지금까지처럼 돈을 드리지 않을 거예요."

"뭐?"

"집 앞으로 찾아오거나 어머니에게 전화해도 소용없을 거예요. 저에 대해 인터넷에 퍼트린다거나 언론사에 제보한다고 협박해도 마찬가지예요."

가만히 이수의 말을 듣고 있던 고영미가 돌연 웃음을 터뜨렸다. 배까지 잡고 숨넘어갈 듯이 웃는다. 그녀는 눈물이 맺힌 눈가를 소매로 훔치며 웃음기 섞인 목소리로 말했다.

"너 지금 나하고 농담 따먹기 하자는 거니? 아이고, 웃겨라. 원 말이 되는 소릴 해야지."

"제 경고를 무시하면 태석이, 이 땅에서 발붙이고 살 수 없게 될 거예요."

태석의 이름을 언급하자마자 거짓말처럼 고영미의 웃음이 뚝 그쳤다. 불편한 침묵이 찾아왔다. 그녀의 눈동자가 불안하게 흔들리고 있었다. 그럼에도 여전히 고자세였다. 이수의 경고를 전혀 신경 쓰지 않는다는 듯이.

"지금 뭐라고 지껄인 거야?"

"한국에서 취직할 수 없게 하겠다고요. 평생 아무것도 할 수 없게요. 그렇게 되면 아마 폐인처럼 살다가 죽겠죠."

"네까짓 게 무슨 수로……."

고영미는 말끝을 흐렸다. 눈알을 굴리며 이수를 바라보는 게 반신반의하는 눈치였다. 이수는 감정이 전혀 실리지 않은 냉랭한 어조로 말했다.

"글쎄요, 제가 어디까지 할 수 있나 이참에 한번 해 볼까요?"

고영미의 입이 꽉 다물렸다. 그녀의 얼굴에서 표정이 사라졌다. 눈앞에 있는 그가 생모가 궁금해 찾아왔던 십 대 소년도, 철없이 방황하던 이십 대 초반의 청년도 아니라는 걸 이제야 깨달은 눈치였다.

서른이 훌쩍 넘은 이수에겐 예전에 없었던 힘과 권력과 연륜이 있었다. 어른인 그가 마음만 먹는다면 무엇이든 할 수 있었다.

"먼저 일어날게요."

이수는 미련 없이 일어섰다. 카페 문을 열고 나오자 차가운 바람이 그를 맞이했다. 이수는 크게 숨을 들이쉬고 내쉬었다. 가슴이 뻥 뚫리는 것처럼 후련했다. 동시에 가슴 한구석이 아릿했다. 그의 입가에 희미한 자조가 걸렸다.

핏줄은 핏줄이라는 건가. 자신과 고영미가 뭐가 다를까 생각을 해 본다. 그동안 자신을 빌미로 돈을 뜯어낸 고영미나 태석을 들먹여 협박한 자신이나 피차일반이었다.

그래도 변명을 한다면, 별다른 방법이 없어서라고 할 수 있었다. 마구 날뛰는 고영미에게 족쇄를 채울 수 있는 건 태석이 유일했으니까. 10여 년 동안 변치 않은 한결같은 모정이 오늘따라 고마웠다.

고영미가 이대로 얌전히 포기할 거라고는 생각하지 않았다. 어떡해서든 다른 방도를 찾아내려 할 터였다. 하지만 예전처럼 막무가내로 덤벼들진 못할 것이다. 태석이라는 아킬레스건을 자신이 쥐고 있는 한.

진작 이렇게 할 것을. 문득 후회가 밀려들었다. 아니라고 아니라고 인정하지 않았어도 마음 한구석엔 여전히 핏줄이라는 끈을 놓지 못하고 있었다.

태석을 향한 그녀의 절절한 모정을 보며 한때나마 기대라는 걸 했던 적도 있었다. 저 모정이 언젠가는 자신에게도 향하지 않을까 하는 꿈을 꾸었다. 전부 부질없는 희망사항이었다.

자신과 태석은 그녀에게 별개의 존재였다. 차라리 그녀가 모정이란 게 아예 없는 사람이었다면 좋았을 것이다. 그랬다면 기대도 꿈도 꾸지 않았을 테고 이렇게 비참한 기분이 들지도 않았을 테니까. 미련스럽게 질질 끌려다니지도 않았을 것이고 그동안 겪지 않아도 될 고통을 겪을 일도 없었을 것이다.

만약 옛날에 고영미와의 관계를 정리했더라면 어땠을까. 오늘처럼 치졸하고 비열해질 일은 없었을 테지. 고영미 또한 자신에게 협박당하는 일을 겪지 않았을 테고. 언젠가 정리를 해야 할 거라면 한시라도 빨리 정리하는 편이 나았다. 시간을 끌면 끌수록 모두가 힘들어질 뿐이라는 걸 이제 알겠다.

이수는 코트 주머니에 들어 있던 휴대전화를 꺼내 들었다. 부재중전화와 문자가 한가득이었다. 전부 인해에게서 온 것들이었다. 이수는 액정에 떠 있는 '해님'이라는 두 글자를 한참 응시했다.

너 역시 미련이고 헛된 희망이었던 걸까. 아무리 노력해도 9년 전과 같아질 수는 없는 건데. 나는 무엇을 기대했던 걸까.

언제까지 이렇게 피해 다닐 수만은 없었다. 확실하게 매듭짓지 않은 채 피하기만 하면 어떻게 되는지 이미 고영미가 충분히 보여 준 후였다. 당장은 아프고 괴로워도 직접 부딪쳐야 했다.

집으로 걸어가는데 전화가 걸려 왔다. 이 시간에 그에게 전화를 걸 사람은 한 사람뿐이었다. 이수는 망설임 없이 휴대전화를 주머니에서 꺼냈다. 그는 잠시 액정을 응시했다. 예상과는 달리 전화를 건 사람은 인해가 아니었다.

[접니다. 도련님.]

사무적인 김 비서의 목소리가 수화기에서 건너왔다. 김 비서가 이수에게 전화할 일은 하나뿐이었다. 지난 크리스마스이브, 그는 김 비서에게 인해의 과거를 조사해 달라는 부탁을 했었다.

"예, 말씀하세요."

[지난번에 부탁하셨던 일 메일로 보냈습니다. 지금까지 알아낸 건 그게 전부입니다.]

8년, 아니 해가 바뀌었으니 이제 9년 전 일이었다. 오래전 일이라 조사하는 데 시간이 더 걸릴 줄 알았는데 의외였다. 아버지가 김 비서를 신뢰하는 이유를 알 듯했다.

"수고하셨어요."

[그럼 조속한 시일 내에 좀 더 자세히 조사해 보내 드리겠습니다.]

김 비서와 통화를 끝낸 이수는 한숨을 내쉬며 휴대전화를 들여다보았다. 앞으로 인해와 어떻게 될지 모르는데 그녀의 과거를 알아낸다고 해서 변하는 게 있을까 싶었다.

고민은 오래가지 않았다. 인해가 자신이 아닌 그 남자를 선택한다 해도 의문은 사라지지 않을 터였다. 지금 풀지 못하면 평생 안고 가야 할지도 몰랐다.

이수는 휴대전화로 인터넷에 접속해 메일을 확인했다. 김 비서가 보낸 메일 내용은 몇 줄밖에 되지 않았다. 무표정하게 메일을 읽던 그의 눈이 점차 커다래졌다. 그중 한 문장이 돋보기를 들이댄 것처럼 유독 크고 선명하게 시야에 들어왔다.

/(메일)수술 중 원인불명의 심정지로 인한 뇌손상./

선뜻 머릿속으로 입력이 되지 않았다. 두 눈으로 보고 있는데도 도무지 이해할 수가 없었다. 잘못 본 건가 싶어서 읽고 또 읽었다. 수차례 눈을 감았다 뜨며 거듭 확인했지만 메일 내용은 변함이 없었다.

잔인한 현실이 온몸으로 스며들었다. 휴대전화를 들고 있는 손이 경련을 일으키듯 부들부들 떨렸다. 입에서 오열과도 같은 탄식이 터져 나왔다.

익숙한 얼굴이 아지랑이처럼 눈앞에 어른거렸다. 지난 며칠 동안 그를 번뇌에 휩싸이게 했던, 보고 싶지만 안간힘을 쓰며 보지 않으려 했던 얼굴이었다. 얼음조각처럼 딱딱하게 굳어져 있던 가슴이 허물어지는 건 순식간이었다.

❀

디자인 부서와 회의를 끝낸 후 자리로 돌아온 인해는 힘없이 의자에 주저앉았다.

밸런타인데이를 겨냥해 출시할 예정인 네일 세트는 순조롭게 진행되고 있었다. 그나마 일이라도 잘 풀리고 있어서 다행이었다. 인해는 한숨을 내쉬며 고개를 돌렸다. 며칠째 비어 있는 책상이 그녀의 시선 끝에 닿아 있었다.

이수는 느닷없이 휴가를 내고는 회사에 나오지 않고 있었다. 그동안 자신에게 휴가에 대해 일언반구도 없던 그였다.

회사에 출근해서 그가 휴가를 냈다는 소식을 들었을 때 얼마나 놀랐었는지 모른다. 더군다나 그는 며칠째 집에도 돌아오지 않고 있었다.

인해는 휴대전화를 만지작거렸다. 그는 전화도 문자도 모두 받지 않고 있었다. 동생의 생일을 축하해 주기 위해 본가에 간 이후 얼굴을 보지 못했다. 그날 밤 잠깐 전화통화를 한 게 마지막이었다.

이수와 연락이 닿지 않자 처음에는 화가 났었다. 서운하기도 하고 섭섭하기도 했었다. 그러다가 차츰 걱정이 되기 시작했다. 그와의 마지막 통화가 마음에 걸렸다. 별다른 내용은 없었다. 그저 그날 있었던 일을 서로 주고받았을 뿐이었다.

그때 인해는 낮에 승준과 만났던 일을 이수에게 말하지 않았다. 승준의 일을 말하려면 이제껏 그에게 말하지 못했던 것들을 전부 털어놓아야 했다.

그 긴 이야기를 전화로는 할 수 없었다. 어느 정도 충격이 가라앉고 마음이 정리되면 얼굴을 보고 직접 말할 생각이었다. 이제 더는 그에게 아무것도 숨길 생각이 없었다.

승준의 일로 깨달은 게 하나 있었다. 그것은 상대방에게, 특히 사랑하는 사람에게는 숨기는 게 있으면 안 된다는 것이었다. 이수를 잃게 될까 봐 두려워 말하지 않는다면 결국엔 파국을 맞게 될 거라는 걸 알았다. 승준이 산증인이었다.

승준이 자신을 떠났던 이유는 자신을 동정해서 잘해 주다가 질려서 떠난 게 아니었다. 전부 그의 죄책감에서 비롯된 일이었다.

만약 승준이 처음부터 모든 걸 이실직고했더라면 서로 다칠 일은 없었을 것이다. 진심으로 그 사람을 소중하게 생각한다면 비밀이 없어야 했다. 기만해서는 안 되는 거였다.

대체 이수는 지금 어디서 무엇을 하고 있을까. 이별 선언 후 자취를 감췄던 승준의 경우와는 다르지만 연락도 없이 사라진 건 매한가지였다. 설마 이대로 영영 나타나지 않는 건 아니겠지.

인해는 불안을 털어 버리듯 고개를 가로저었다. 집도 그대로 있고 회사도 그만둔 게 아니니 돌아올 터였다. 본가에 간 이후로 연락이 닿지 않는 걸 보면 집에 좋지 않은 일이 생긴 걸 수도 있었다.

"아얏!"

따끔한 통증에 시선을 내리니 오른쪽 엄지손톱에서 피가 흐르고 있었다. 또 손톱을 물어뜯고 있었나 보다. 며칠째 혹사당한 엄지가 보기 흉하게 너덜너덜해져 있었다.

마음이 불안정하면 여지없이 어릴 적 버릇이 튀어나와 여간 곤란한 게 아니었다. 인해는 서랍에서 밴드를 꺼내 엄지에 감으며 힘없이 중얼거렸다.

"내가 못 미더운 건가."

힘든 일이 있으면 자신에게 기대어도 괜찮은데. 아직 자신이 그에게 미덥지 못한 존재인 건가 싶어 내심 서운했다.

인해는 자리에서 일어섰다. 할 일이 산더미였다. 이렇게 넋 놓고 가만히 앉아만 있을 수는 없었다.

어차피 이수의 휴가는 일주일이었다. 다음 주에는 그를 볼 수 있을 터였다. 그녀는 휴게실로 향했다. 기운 차려서 일을 하려면 뜨겁고 진한 커피가 필요했다.

"팀장님한테 아무래도 출생의 비밀이 있는 거 같아요."

이 주임이 휴게실에 들어오자마자 내뱉은 말이었다. 커피를 따르던 인해는 귀를 쫑긋 세웠다. 휴게실에 있던 사람들이 구름처럼 이 주임 근처로 몰려들었다. 뜻밖의 소식에 다들 눈이 휘둥그레져 있었다.

"갑자기 그게 무슨 말이야?"

"방금 영업 김 과장님한테 들은 건데요, 얼마 전에 가족들이랑 저녁 먹으러 간 곳에서 우연히 팀장님을 봤대요. 근데 팀장님이 회장님이랑 사모님하고 같은 테이블에 앉아 있더래요."

이 주임의 말을 듣고는 박 과장이 고개를 갸웃거린다.

"회장님이 팀장님을 부른 걸 수도 있잖아. 미국지사에서 한국으로 불러들일 정도니 팀장님한테 기대하는 바가 크시겠지. 그런 의미로 식사 자리에 초대할 수도 있는 거 아냐?"

"그것도 그렇지만 사모님까지 있는 사적인 자리에 팀장님을 부르는 건 이상하지 않아요? 더 수상한 건 팀장님도 회장님도 성씨가 최 씨라는 거예요."

"에이, 대한민국에 최 씨가 한두 명인가?"

"그래도 아주 흔한 성은 아니잖아요. 수상한 냄새가 나지 않아요?"

"뭐지? 혹시 회장님 친척인가?"

"친척이 아니라 아들 아냐? 회장님한테 아들 하나 있잖아."

순식간에 주위가 조용해졌다. 이수가 회장님 아들일지도 모른다는 말이 나오자마자 다들 약속이라도 한 듯 입을 다물었다. 누군가가 조심스럽게 반론을 입에 올렸다.

"하지만 팀장님 이름은 데이비드잖아요."

"한국 이름이 따로 있을지도 모르죠. 한국 이름으로 쓰면 회장님 아들인 게 금방 들통날까 봐 일부러 영어 이름을 쓰고 있는 게 아닐까요?"

일리 있는 생각이었다. 아무도 이 주임의 의견에 토를 달지 않았다.

"아들이든 아니든 어쨌든 뭔가 있을 수도 있다는 거네. 그래서 바로 팀장으로 발령받은 건가."

누군가가 빈정거리듯 중얼거렸다. 이 주임이 멋쩍은 얼굴로 이수의 편을 들었다.

"그것도 그렇지만, 팀장님이 글로리어스 미국지사 전설인 건 사실이잖아요. 능력을 인정받아서 팀장으로 발령받은 걸 수도 있어요."

"그래도 태생이 왕족이라면 우리 같은 평직원들과는 하늘과 땅 차이지 뭐."

한숨 섞인 대꾸에 다들 말이 없었다. 그러나 개중엔 금세 현실에 적응한 사람들도 있었다.

"어쨌든 팀장님이 회장님 아들이면…… 이거 앞으로 잘 보여야겠네."

"어쩌면 잘된 일일 수도 있어. 달리 생각하면 가까이서 미래의 회장님을 모시고 있는 거니까."

가만히 사람들의 대화를 듣고 있던 인해는 근처에 있던 의자에 주저앉았다. 다리가 후들거려서 서 있을 수가 없었다. 이수가 회장님 아들일지도 모른다니.

이 주임이 잘못 알고 온 게 아닐까 싶었지만 그럴 리 없다는 걸 누구보다 잘 알고 있었다. 사내 소식통인 이 주임이 전하는 말은 거의 대부분 사실이었다. 이 주임이 알려 주었지만 아무도 믿지 않았던, 홍보실 신입 여직원과 마케팅부서 한 대리의 불륜도 결국 사실로 드러나지 않았던가.

그렇다 해도 이 주임이 틀렸다는 가능성 또한 완전히 배제할 순 없었다. 원숭이도 가끔 나무에서 떨어질 때가 있으니까.

아직 확실한 것도 아닌데 어째서 이렇게 힘이 빠지고 허탈한지 모르겠다. 멍하니 앉아 있는데 아쉬워하는 누군가의 목소리가 들려 왔다.

"좋다 말았네. 애인 있더라도 대시 한 번 해 보려고 했는데."

"왜? 한 번 부딪혀 보지."

"나 같은 게 되겠어? 회장님 아들이면 세자잖아. 세자한텐 세자비가 내정되어 있을 텐데 평민인 내가 들이댄다고 되겠어? 맨땅에 헤딩이지."

아아, 이제야 알겠다. 이렇게 허탈한 이유를.

만약 이수가 다른 세상 다른 부류의 사람이라면 그와의 미래는 그저 꿈에 불과했다. 결코 현실이 될 수 없을 터였다. 누구보다 가깝다고 생각했던 이수가 이젠 한없이 멀게만 느껴졌다.

인해는 겨우겨우 아파트 엘리베이터에 올라탔다. 눈꺼풀이 무거웠다. 늘 하는 야근인데도 오늘따라 유독 피곤하고 힘들었다. 다리에 추가 매달린 것처럼 한 걸음 한 걸음 떼기가 힘겨웠다. 눈을 한번 감았다 뜨면 이대로 그냥 집 앞에 도착해 있었으면 좋겠다.

엘리베이터가 움직이자 눈앞이 빙글 돌았다. 벽에 기대어 12층에 도착할 때까지 꼼짝도 하지 않았다. 엘리베이터에서 내리자 어둠에 잠긴 복도가 그녀를 기다리고 있었다. 오늘따라 유난히 복도가 길어 보였다.

무거운 다리를 이끌며 느릿느릿 걸음을 옮겼다. 그녀가 지나갈 때마다 머리 위의 센서 등이 어둠에 잠긴 복도를 노랗게 밝혔다.

복도 중간쯤에 왔을 때였다. 1203호와 1204호 중간 지점에 누군가가 서 있었다. 키가 크고 호리호리했다. 익숙한 실루엣이었다.

인해의 가슴이 쿵쾅거리며 뛰기 시작했다. 그녀의 발걸음이 빨라졌다. 좀 전까지만 해도 무거웠던 몸이 깃털처럼 가벼워져 있었다.

1203호 가까이 다가가자 센서 등이 켜지며 어둠에 잠겨 있던 실루엣을 비췄다. 너무나 그리워했던 얼굴이 환하게 떠올랐다. 나흘만이었다. 그를 보는 것이.

하마터면 왈칵 눈물이 쏟아질 뻔했다. 인해는 입술을 깨물며 숨을 몰아쉬었다. 서운함, 분노, 걱정, 두려움, 불안 등 오만 가지 감정이 폭풍처럼 그녀의 가슴을 스쳐 지나갔다. 감정의 폭풍이 휩쓸고 지나간 자리에 남은 건 안도감이었다.

지금 이 순간, 이수가 회장님 아들이건 아니건 상관없었다. 중요한 건 지금 이렇게 그가 자신 앞에 서 있다는 것이었다. 그가 돌아왔다는 사실이었다.

할 말이 참 많았는데. 막상 그를 보니 아무 말도 할 수가 없었다. 인해는 숨을 크게 들이쉬며 벅찬 마음을 추슬렀다. 뜨끈한 눈가를 손으로 꾹꾹 누르며 마침내 입을 열었다.

"어떻게 된 거예요?"

이수는 말이 없었다. 그저 조용히 그녀를 바라보고만 있을 뿐이었다. 머리부터 발끝까지 찬찬히 시선을 옮겨 갔다. 그러다가 시선을 한 군데 고정시키고는 그곳만 집중적으로 바라보았다.

인해는 그의 시선이 머물고 있는 밴드가 붙어 있는 엄지를 가방으로 슬쩍 가렸다. 얼른 말을 내뱉었다.

"전화도 안 되고 갑자기 휴가는 왜 낸 거예요? 집에 무슨 일이라도 있는 거예요?"

그녀의 목소리만이 덩그러니 복도에 울려 퍼졌다. 마치 혼잣말을 하는 기분이었다. 여전히 이수는 입을 다물고 있었다.

인해는 의아했다. 뒤늦게 이곳이 복도라는 데 생각이 미쳤다. 사적인 이야기를 떠들기엔 적당한 장소가 아니었다. 인해는 1204호 앞으로 가서 도어록 번호를 눌렀다.

"일단 들어가요. 들어가서 얘기해요. 나도 선배한테 할 말 있어요."

막 문을 열려는데 뒤에서 기다란 팔이 그녀를 끌어안았다. 등에 와 닿은 익숙한 체온과 숨결에 심장이 크게 뛰었다. 한동안 두 사람은 그렇게 가만히 있었다. 놀란 가슴을 진정시킨 인해가 조심스럽게 입을 열었다.

"무슨 일 있었어요?"

돌아오는 대답은 없었다. 어둠에 잠긴 복도에 침묵이 내려앉았다.

침묵 속에서 고르지 못한 그의 숨소리가 점차 선명해졌다. 무언가를 억지로 참고 있는 듯한 기색이었다.

인해는 문득 불안해졌다. 매사 침착하고 여유롭던 그였다. 도대체 그동안 무슨 일이 있었길래 그가 이러는 건지 모르겠다. 그녀는 태연함을 가장해 다시 한 번 물었다.

"나한테 말해 줄 수 없어요?"

"……나중에."

마침내 한숨 섞인 대답이 돌아왔다. 그의 목소리가 가늘게 떨리고 있었다. 인해의 가슴이 철렁 내려앉았다. 지금 울음을 참고 있는 건가.

고개를 돌려 이수의 얼굴을 확인하려 하자 그녀를 안고 있는 그의 팔에 힘이 들어갔다.

"나중에…… 모든 게 확실해지면 그때."

아무래도 그는 지금 자신에게 말해 줄 생각이 없는 듯했다. 말할 수 없는 사정이 있는 모양이었다. 인해는 입을 다물었다. 그의 얼굴이 너무 슬퍼 보여서 더는 물어볼 마음이 생기지 않았다. 대신 그를 위로해 주고 싶었다.

인해는 허리께에 올려져 있는 그의 손에 살며시 손을 얹었다. 손바닥에 그의 손등이 닿자 어깨가 흠칫거렸다. 바깥에 오래 있었는지 얼음장처럼 차가웠다.

안쓰러운 마음에 인해는 두 손으로 그의 손을 꼭 감싸 주었다. 차가웠던 손이 서서히 미지근해진다. 한참 만에 감정을 추스른 그가 담담하게 말했다.

"당분간 연락할 수 없을 거야."

"얼마나요?"

"휴가 끝날 때까지는. 어쩌면 더 오래 걸릴 수도 있고."

불분명한 대답에 인해는 불안해졌다.

"선배."

"해야 할 일이 있어서 그래. 내가 꼭 해야 하는 일이야."

이수는 단호하게 말했다. 그를 가만히 바라보던 인해는 순순히 고개를 끄덕였다. 이수는 턱 아래에 있는 까만 정수리를 가만히 응시했다.

저 머릿속에 자신이 들어 있지 않다니. 모른 척한 게 아니라 정말로 몰랐던 거라니. 갑자기 숨이 턱 막히는 기분에 눈을 질끈 감았다.

감히 상상조차 못 했던 일이었다. 지금 알고 있는 건 빙산의 일각이라는 생각이 들었다. 전체적인 그림을 맞추기엔 정보가 턱없이 부족했다.

어쩌다 수술을 하게 된 건지, 다른 건 다 알면서 왜 자신에 대한 것만 기억하지 못하는 건지, 왜 기억을 잃었다고 자신에게 말하지 않은 건지 그 이유는 여전히 알 수 없었다. 약속 장소에 나오지 않았던 이유도, 자신을 버린 이유도 아직은 알지 못했다.

두 손 놓고 가만히 앉아서 기다릴 수는 없었다. 남의 손에 맡겨만 놓을 게 아니라 직접 알아내고 싶었다. 과거 인해에게 무슨 일이 있었는지 누구보다도 먼저 알아내야 했다. 9년 전부터 지금까지 그녀에게 있었던 일들을 하나도 빠짐없이 상세하게 알아내야 했다. 그러면 지금까지 자신이 무엇을 놓치고 있었는지도 알게 될 터였다.

인해는 더 이상 그에게 아무것도 묻지 않았다. 그저 자신의 손만 붙들고 있을 뿐이었다. 말없이 자신을 보듬어 주고 있는 모습이 과거의 그녀와 오버랩 되었다.

그동안 그녀가 변했다고만 생각했었는데 변하지 않은 모습 또한 분명히 존재하고 있었다. 비록 자신과 함께했던 시간들이 기억 속에 존재하지 않아도, 예전과 달라졌다 해도 그녀가 그녀라는 사실은 변함없었다.

그래, 그거면 되었다. 설령 그녀의 마음에 다른 이가 있다 해도 원망해서는 안 되는 일이었다. 많은 세월이 지난 데다 그동안 힘든 일을 겪었을 그녀였다.

자신은 그녀가 힘들 때 곁을 지켜 주지 못했다. 화를 낼 자격도 비난할 자격도 없었다. 외려 아무것도 한 것 없는 자신에게 마음 한 자락 허락해 준 그녀에게 감지덕지해야 할 입장이었다.

센서 등이 꺼지자 사방에 어둠이 내렸다. 그럼에도 그녀의 가느다란 목덜미만은 선연하게 눈에 들어왔다. 이수는 그녀의 목덜미에 얼굴을 묻었다. 그러고는 예전과 변함없는 체향을 폐부 깊숙이 들이마셨다.

12.

버스 정류장에서 내려 휴대전화 대리점을 끼고 있는 골목길로 들어갔다. 담벼락도 전봇대도 슈퍼도 세탁소도 카페도 낯설지가 않았다.

몇 달 동안이나 발걸음 하지 않은 동네인데도 바로 어제 본 것처럼 눈에 닿는 모든 풍경이 익숙하고 친근했다. 마치 제2의 고향에라도 온 듯한 기분이었다.

인해는 쓰게 웃으며 느릿느릿 걸음을 옮겼다. 슈퍼에 들렀다가 5분쯤 걸어가자 전방에 목적지인 오피스텔이 나타났다. 한때 내 집처럼 드나들었던 오피스텔을 가만히 바라보다가 묵묵히 걸음을 옮겼다.

집주인은 부재중이었다. 연락도 없이 무작정 찾아온 결과였다. 현관문 앞에서 얼마나 기다렸는지 모르겠다. 해가 기울어 갈 무렵, 멀리서 또각또각 구두 소리가 들리더니 이내 조용해졌다.

인해는 고개를 들었다. 세 발자국 정도 떨어진 곳에 여태껏 기다리던 집주인이 서 있었다. 그녀는 집 앞에 있는 인해를 보고는 다소 놀란 눈치였다. 인해가 머쓱한 표정으로 웃으며 말했다.

"안녕."

그 말이 신호라도 된 듯 놀란 얼굴로 서 있던 민경이 발을 뗐다. 그러고는 현관문의 도어록 번호를 누르고 문을 열어 주었다.

"들어와."

오랜 시간 서로 연락을 주고받지 않았지만 어색함은 조금도 찾아볼 수 없었다. 마치 며칠 전에 만났던 것처럼 두 사람은 자연스러웠다. 친구라기보다 외려 가족 같은 느낌이었다. 말 한 마디 없이 가만있어도 어색하지 않은.

인해는 오는 길에 들른 슈퍼에서 산 것들을 탁자 위에 부려 놓았다. 검은 비닐봉지에서 나온 것들을 본 민경이 어이없다는 듯이 말했다.

"초저녁부터 술타령이냐."

"혼자 마시지 말라며."

"잠깐만 기다려."

민경은 주방에서 간단하게 먹을 것들을 가져왔다. 두 사람은 말없이 술잔을 기울였다. 민경이 인해의 눈치를 살피며 넌지시 물어왔다.

"무슨 일 있었어?"

민경의 시선이 밴드가 붙어 있는 인해의 손끝에 닿아 있었다. 오랜 친구답게 민경은 인해의 버릇을 속속들이 알고 있었다. 어떤 상황에서 손톱을 물어뜯는지도. 민경이 재차 물었다.

"이수 씨하고 안 좋은 일이라도 있었던 거야?"

인해는 말없이 민경을 뚫어져라 바라보았다. 민경이 긴장한 기색으로 묻는다.

"왜 그렇게 봐?"

"아무것도 아니야."

인해는 고개를 가로저었다. 민경에게 이수의 이름을 가르쳐 준 적은 없었다. 가르쳐 주지 않은 이름을 알고 있다는 건, 역시 민경이 이수의 첫사랑인 게 맞구나. 인해는 씁쓸한 미소를 지으며 술을 들이켰다.

승준의 일만 아니었다면 진작 찾아왔을 텐데. 늦은 감이 없지 않아 있지만 지금이라도 사실대로 말해야 했다. 두렵다고 피할 순 없었다. 자신을 위해서도 민경을 위해서도. 인해는 심호흡을 한 후 입을 열었다.

"미안해."

느닷없이 튀어나온 인해의 사과에 민경은 어리둥절한 얼굴이 되었다.

"갑자기 뭐야?"

"나 다 알고 있었어."

"다 알고 있었다니…… 뭐를?"

반문하는 민경의 눈동자가 흔들렸다. 그녀가 잔뜩 긴장한 얼굴로 조심스럽게 묻는다.

"이수 씨가 말했어?"

"아니."

인해가 부인하자 민경의 안색이 눈에 띄도록 창백해졌다.

"그럼 이수 씨 나타나기 전부터 알고 있었다는 거야? 기억이 돌아온 거야?"

민경의 턱 끝이 부들부들 떨리고 있었다. 놀란 기색이 역력했다. 인해는 미안하고 안쓰러운 마음에 민경의 손을 꼭 잡아 주었다.

"기억이 돌아온 건 아니야. 어쩌다가 알게 됐어. 너랑 선배 사이."

"뭐?"

반문하는 민경의 눈이 휘둥그레졌다. 인해는 다시 한 번 힘겹게 말했다.

"선배에 대해 알고 싶어서 학교에 찾아갔다가 알게 됐어. 네가 선배 첫사랑이었다는 거."

민경의 입이 멍하니 벌어졌다. 큰 충격을 받았는지 그녀는 아무 말도 하지 못했다. 자신이 두 사람의 과거를 알고도 이수와 사귄 것을 알았으니 얼마나 기가 막히고 놀랐을까.

숨소리조차 들리지 않는 침묵이 내려앉았다. 인해는 고개를 숙이고 민경의 처분을 얌전히 기다렸다. 한참 만에 민경이 한숨과 함께 입을 열었다.

"이수 씨 첫사랑이 나라고 알고 있었다고?"

"응."

"내가 이수 씨 첫사랑이라고……."

혼잣말로 중얼거리는 소리에 고개를 들자 민경과 눈이 마주쳤다. 좀 전까지만 해도 불안하게 흔들리던 그녀의 눈동자가 기이하게 빛나고 있었다.

"진작 말하지 그랬어. 그것도 모르고 혼자 고민했잖아."

후련한 표정으로 말하는 민경을 보고 있자니 가슴이 뜨끔했다. 그동안 자신에게 말은 못 하고 혼자서 전전긍긍 앓았었나 보다.

"진작 말하지 못해서 미안해. 그러면 안 되는 건데, 안 된다는 거 아는데 선배가 너무 좋아서 나도 어쩔 수가 없었어. 그만두기엔 내 마음이 너무 커져 버렸어."

"그래서?"

"선배는 과거를 잊겠다고 했어. 오래전 일이기도 하니까……."

"나더러 너희 두 사람 인정해 달라고?"

인해는 입을 다물었다. 얼굴이 화끈거렸다. 민경의 입장에서 생각해 보니 너무나 염치없는 부탁이었다. 비난받아도 할 수 없다고 각오하고 왔지만 이왕이면 용서와 인정을 받고 싶었다. 그런 스스로가 뻔뻔하게 느껴졌다.

"잠깐 선배를 의심했던 적이 있었어. 네가 옛날에 선배를 차 버린 것 때문에 앙심을 품고 너한테 복수하려고 네 친구인 나한테 사귀자고 한 건 아닌지. 그래서 한동안 선배를 지켜보고 확인해 봤는데, 그런 건 아니었어. 그래도 안 되겠니?"

필사적으로 설득하려는 인해의 말을 가만히 경청하기만 하던 민경이 피식거린다. 그러더니 단호하게 고개를 가로저었다.

"네가 잘못 알았어. 그 사람이 과거를 잊었을 리가 없어."

"민경아."

"그 사람 자존심 빼면 시체인 사람이야. 자기가 다른 사람을 버릴 순 있어도 자기가 버려지는 건 절대 못 참는 성격이라고. 그런 사람이 자기가 차였던 걸 잊었을 거라고 생각해?"

"하지만 오래전 일이잖아. 그동안 변했을 수도 있고……."

인해가 미처 말을 끝내기도 전에 민경이 중간에서 말을 잘랐다.

"왜 하필 넌데? 내 친구라는 거 빤히 알면서 어떻게 너하고 사귈 수가 있냐고. 네 의심이 맞을 거야. 나한테 복수하려고 널 이용하고 있는 걸 거야. 너한테 일부러 접근해서, 네가 과거를 기억하지 못한다는 걸 알고는 너한테 사귀자고 했을 거라고."

민경은 한 치의 의혹도 없다는 듯 단정적으로 말했다. 인해는 고개를 가로저었다.

"그럴 리가 없어. 선배는 내가 선배를 기억하지 못할 때마다 서운해하고 원망했었어. 나를 이용하려고 했다면 서운해하는 게 아니라 기뻐해야 했다고."

"자존심 빼면 시체라고 했잖아. 널 이용하려는 거와는 별도로 네가 자길 기억 못 하니까 자존심 상해서 그랬을 거야."

"그치만……."

인해가 다시금 반박하려 하자 민경이 그녀의 손을 재빨리 붙들고는 눈을 맞춰 왔다. 여전히 기이하게 빛나고 있는 눈동자와 마주친 순간 심장이 꽉 죄어들었다. 민경이 필사적인 표정으로 재빨리 말했다.

"다 알고 있다니까 이제 말하는 거야. 너한테 진작부터 말해 주고 싶었는데 네가 상처받을까 봐 그동안 말하지 못했던 거야."

"민경아……."

"정신 차려. 너 속고 있는 거야. 당장 이수 씨랑 헤어져."

헤어지라는 말이 날카로운 가시처럼 가슴에 박혀 들었다. 가시 돋친 말들이 연달아 날아온다.

"내가 그 사람을 왜 차 버렸겠니? 아주 상종 못 할 인간이란 말이야. 내가 사귀었던 남자들 중에서 최악이었어. 너도 내가 당한 일을 옆에서 보면서 얼마나 치를 떨었었는데. 네가 기억이 온전했다면 절대로 그런 인간이랑 사귀지 않았을 거야."

인해는 소리 없이 입만 벙긋거렸다. 이수는 절대로 그런 사람이 아니라고 말하고 싶은데 이상하게 목소리가 나오지 않았다.

민경에게 고백하면 어떻게 될지 수없이 생각하고 또 생각했었다. 별의별 경우의 수를 생각했었지만 지금과 같은 결과는 어디에도 없었다.

차라리 친구의 옛 연인과 사귀는 자신을 비난했더라면 좋았을 텐데. 이수가 자신을 이용하니 헤어지라는 말을 듣는 것보다는 그편이 훨씬 나았다.

"인해야, 난 네가 정말 행복해졌으면 좋겠어. 근데 이수 씨는 아니야. 제발 내 말대로 해."

민경이 애가 탄다는 듯이 호소했다. 오랜 세월 동안 자신의 옆에 있어 준 친구와 어느 날 갑자기 눈앞에 나타난 남자. 둘 중에 누구를 믿어야 할지는 자명했다. 그럼에도 불구하고 인해는 선뜻 대답하지 못했다.

뭐가 뭔지 알 수가 없었다. 방금 민경이 했던 말들과 그동안 이수와 함께 보낸 시간들이 마구잡이로 뒤섞여 버렸다. 시커먼 혼란이 해일처럼 달려들었다. 인해는 속수무책으로 자신을 덮치는 혼란을 그저 바라볼 수밖에 없었다.

"어머, 강 대리님, 손이 왜 그래요? 다쳤어요?"

옆자리의 이 주임이 인해의 손을 보고는 눈을 휘둥그렇게 떴다. 인해는 얼른 손을 등 뒤로 숨겼다.

"별거 아니야."

"별거 아닌데 왜 열 손가락에 전부 밴드를 붙이고 있는 거예요? 전엔 엄지 하나만 그랬던 거 같은데. 의무실에 가 봐야 하는 거 아녜요?"

"괜찮아."

"괜찮긴요. 얼굴색도 안 좋아 보이는데. 아프면 조퇴해요."

"내가 알아서 할게."

인해는 걱정스러워하는 이 주임을 뒤로하고 얼른 사무실에서 나왔다. 주위에 아무도 없다는 걸 확인한 인해는 등 뒤로 숨겼던 손을 멍하니 응시했다.

열 손가락에 밴드를 붙인 건 부모님이 돌아가셨을 때와 혼수상태에서 깨어나 기억이 사라졌다는 걸 알았을 때 이후로 처음이었다.

화장실로 향하는 걸음이 붕 뜬 것 같았다. 분명히 바닥에 발을 디디고 있는데도 마치 구름 위를 걷는 것처럼 느껴졌다. 주위의 모든 것들이 죄다 비현실적으로 다가왔다.

어제 민경의 집에서 나온 순간부터 지금까지 계속 그랬다. 어떻게 집으로 돌아갔는지 어떻게 회사에 출근을 했는지 하나도 기억나지 않았다. 마치 지독한 악몽을 연달아 꾸고 있는 기분이었다.

민경은 힘들 때 자신의 옆에 있어 준 고마운 친구였다. 세상에서 누구보다도 믿고 신뢰할 수 있는 친구였다. 그런 민경이 자신에게

356

거짓말을 할 이유는 없었다. 그럼에도 불구하고 여전히 믿어지지가 않았다. 이수가 정말 자신을 이용하려고 접근한 걸까.

"어머, 괜찮아요?"

누군가의 목소리에 정신이 들었다. 낯선 여자가 옆에서 놀란 눈으로 자신을 쳐다보고 있었다. 여자의 시선이 고정된 곳은 자신의 검지였다. 어느새 왼쪽 검지가 입가에 올라가 있었다. 밴드가 금세 붉은 피로 젖어 들었다.

"피가 나네."

여자는 본인이 아픈 것처럼 미간을 찡그리고 있었다. 인해는 검지의 밴드를 떼어 내고 세면대의 수도꼭지를 돌렸다. 쏟아지는 차가운 물에 피가 나는 검지를 갖다 댔다.

쓰라린 감각이 느껴지지 않을 때까지 있다가 물을 잠그자 페이퍼타월이 눈앞에 불쑥 나타났다.

"닦아요."

"고마워요."

인해는 페이퍼타월을 건네주는 여자를 유심히 바라보았다. 낯선 얼굴이었다. 어느 부서 신입인가. 하지만 여자의 목에는 사원증이 걸려 있지 않았다.

그녀의 시선을 느낀 건지 여자가 인해를 빤히 쳐다보았다. 그러더니 고개를 갸웃거린다.

"우리 어디서 본 적 있지 않아요?"

인해는 다시 한 번 여자를 바라보았다. 역시 모르는 얼굴이었다. 만약 방금 들은 말을 남자에게서 들었다면 대답은 정해져 있었다. 남자친구 있다고. 그러나 여자에게는 어떤 대답을 돌려주어야 할지 모르겠다. 인해는 솔직하게 대꾸했다.

"전 처음 보는데요."

"이상하다, 어디서 본 거 같은데."

여자의 시선이 인해의 목에 걸린 사원증으로 향한다.

"이름이 참 예쁘네요. 한글 이름이에요?"

"아니요."

"한자 이름이에요? 무슨 뜻이에요?"

"어질 인에 바다 해예요."

인해는 순순히 이름의 뜻을 알려 주었다. 처음 보는 낯선 사람이었지만 천진하고 귀여운 여자의 분위기가 마음을 느슨하게 했다. 평소 낯선 사람에게 좀처럼 곁을 내주지 않는 인해로서는 이례적인 일이었다.

"크고 넓은 바다처럼 어진 마음을 가진 사람이 되라고 부모님이 지어 주셨나 보네요. 이름 너무 좋다."

여자가 활짝 웃었다. 눈은 반달이 되고 입꼬리가 위로 올라가 안 그래도 귀여운 얼굴이 한층 더 귀여워 보였다. 보고 있기만 해도 기분이 좋아지는 희한한 여자였다.

"고마워요. 그런데 여긴 어떻게 온 거예요?"

인해의 물음에 여자는 아차, 하는 얼굴이 되었다. 지금까지 여기 온 목적을 잊어버리고 있었던 모양이다.

"누구를 좀 만나러 왔어요."

"누군데요? 제가 불러다 드릴게요."

좀 전까지 스스럼없이 말하던 여자가 갑자기 주저한다. 그녀는 잠시 머뭇대다가 한숨을 내쉬고는 뾰로통한 얼굴로 말했다.

"상품기획실의 데이비드 최 팀장님이요."

"귀엽게 생겼던데."

"누구지? 누군데 팀장님을 찾아온 걸까."

"베일에 싸여 있던 팀장님 여친인가?"

"혹시 세자비?"

누군가의 한마디에 사람들이 약속이라도 한 것처럼 일제히 휴게실로 고개를 돌렸다. 인해 역시 굳어진 얼굴로 휴게실을 쳐다보았다.

인해가 화장실에서 만난 여자는 현재 휴게실에서 죽치고 있었다. 그녀는 고개를 돌려 비어 있는 팀장의 책상을 응시했다.

원래대로라면 이수는 지금 저 책상에 앉아 있어야 했다. 어제부로 그의 휴가는 끝이 났다. 하지만 그는 오늘 회사에 나오지 않았다. 아침에 며칠 더 쉬겠다는 연락을 해 오고는 감감무소식이었다. 인해에게는 조만간 돌아올 거라는 문자 한 통 왔을 뿐이었다.

나흘 전 아파트로 찾아와 해야 할 일이 있다며 당분간 연락하지 못할 거라는 말을 남기고 가 버린 그였다. 당시 심상치 않은 분위기에 아무것도 묻지 못했었다. 도대체 무슨 일을 하길래 회사에도 나오지 않은 건지 모르겠다.

이수를 찾아온 여자는 오늘 그가 출근하는 날이라는 것을 알고 찾아온 듯했다. 직원도 아닌데 그의 휴가가 끝나는 날을 정확하게 알고 있었다.

여자는 이수가 회사에 나오지 않았다는 것을 알고는 그와 연락이 될 때까지 가지 않겠다고 버티고 있었다. 이수에게 단단히 화가 난 눈치였다.

이 주임이 평소보다 목소리를 확연히 죽이며 말했다.

"들고 있던 가방 말예요. 그거 전 세계 통틀어 딱 6개밖에 없는 거라서 돈 있어도 못 구하는 거예요. 입고 있던 옷도 구두도 죄다 명품 신상이고요. 보통 집안 여자가 그렇게 꾸미고 다닐 순 없죠."

"역시 팀장님이 세자였던 건가."

다시금 튀어나온 왕세자설이었다. 그동안 왕세자설을 믿지 않던 사람들조차 이번에는 아무 말도 하지 못했다.

"세자건 아니건 우리하고 다른 세상 사람인 건 맞는 거 같네."

"저런 여자가 애인이니 우리 같은 서민들이 눈에 들어올 리가 없지."

한숨 섞인 사람들의 푸념 소리가 멀리서 들려오는 것마냥 아득했다. 인해는 사람들이 떠드는 소리를 한 귀로 흘리며 일에 집중하려 했다.

여자가 누군지 신경 쓰고 싶지 않았다. 아무 상관도 없다는 듯이 초연하게 있고 싶었다. 그러나 박 과장이 그녀를 호출하는 바람에 그럴 수 없게 되었다.

"강 대리, 오늘 팀장님 안 온다고 다시 한 번 말해 봐. 퇴근 시간 다 돼 가는데 저렇게 놔둘 순 없잖아."

박 과장은 인해가 사무실에 여자를 데리고 들어와서인지 그녀에게 총대를 지워 주었다. 상사의 명령인 데다 딱히 거절할 이유도 없어서 인해는 마지못해 걸음을 옮겼다. 휴게실 문을 노크하고 들어가니 여자가 커피를 마시고 있었다. 여자가 인해를 보더니 반색을 한다.

"오빠, 아니 팀장님한테 연락 왔어요?"

오빠. 여자는 너무나 자연스럽게 이수를 오빠라고 불렀다. 단순히 오빠라고 부르는 게 아니라 애정이 듬뿍 담겨 있었다.

"아니요. 아까도 말했지만 오늘 팀장님 오시지 않을 거예요. 연락도 안 되고요. 곧 퇴근 시간이니까 이만 돌아가세요."

"정말 연락 안 되는 거 맞아요?"

"네. 나중에 다시 오세요."

인해가 무뚝뚝하게 말하자 여자가 시무룩하게 혼잣말로 중얼거렸다.

"도대체 어딜 간 거지? 갑자기 여행 간다고 하더니 연락도 안 되고 집에도 안 들어오고. 휴가 끝나면 회사엔 나올 줄 알았는데."

여자가 소파에서 힘없이 일어섰다.

"이만 갈게요."

비 맞은 강아지처럼 어깨를 축 늘어뜨린 채 출입구로 걸어가던 여자가 갑자기 고개를 휙 돌렸다.

"생각났다. 어디서 봤는지."

언제 풀이 죽어 있었냐는 듯 여자의 눈이 반짝거렸다. 여자는 인해를 뚫어져라 바라보더니 마치 대단한 사실을 발견한 사람인 양 흥분한 어조로 말했다.

"이름에 해가 들어가서 해님이었구나."

해님. 이수가 그의 휴대전화에 저장해 놓은 자신의 애칭이었다. 그가 몸에서 한시도 떼어 놓지 않는 휴대전화를 여자는 언제 보았던 걸까.

"오늘 만나서 반가웠어요. 나중에 또 봐요."

여자가 손을 흔들며 눈앞에서 사라졌다. 인해는 한동안 그 자리에서 꼼짝도 할 수 없었다.

매캐한 연기 냄새가 코끝에 닿았다. 인해는 가던 길을 멈추고 고개를 돌렸다. 오늘도 연탄구이 불고기집은 문전성시였다. 저녁때가 훌쩍 지난 늦은 시간이었는데도 가게는 사람들로 북적거렸다. 뭐가 그리도 즐거운지 삼삼오오 모여 앉아 저마다 이야기꽃을 피우고 있었다.

인해는 한참 동안 서서 가게를 구경했다. 여느 때라면 별생각 없이 지나쳤을 텐데 오늘따라 가게 안의 흥겨운 풍경이 생경하게 다가왔다. 마치 다른 세상을 엿보고 있는 기분이 들었다.

흥겹게 술잔을 주고받으며 고기를 구워 먹는 사람들을 멍하니 보고 있을 때였다.

"인해 씨, 거기서 뭐 해요?"

이름이 불려 고개를 돌리자 마케팅부서의 이형식이 눈앞에 서 있었다. 이형식이 반갑다는 듯이 말을 걸어왔다.

"집에 가는 거예요? 별일 없으면 같이 한잔할래요?"

이형식의 어깨 너머로 보이는 일행의 낯이 익었다. 마케팅, 영업, 디자인부서에서 보았던 얼굴들이었다. 부서는 다르지만 서로 협력해야 할 일이 많다 보니 얼굴 정도는 알고 지내는 사이였다. 모두 같은 회사 동료니 인해가 합석한다 해도 문제 될 건 없었다. 하지만 인해는 에둘러 사양했다.

"고맙지만 오늘은 좀 피곤해서요."

"그래요? 그럼 나중에 밥이나 같이 먹어요."

예의상 권해 본 말이었는지 이형식과 그의 일행은 별다른 아쉬움 없이 가게 안으로 들어갔다. 인해도 미련 없이 지하철역을 향해 걸음을 옮겼다.

이형식과 만난 것을 대단한 우연이라고 할 수는 없었다. 방금 전에 지나쳐 온 연탄구이 불고기집은 회사 근처에 있어서 지나가다가 아는 얼굴을 종종 만나곤 했었다.

그래서 그곳에서 이수와 처음 만났을 때도 이상하게 생각하지 않았다. 이형식이 자신을 알아본 것처럼 이수도 지나가다가 자신을 발견한 것이려니 여겼었다.

그런데 이제 와 곰곰이 따져 보니 이상했다. 그때 이수는 팀장으로 오기 전이었다. 회사에 나올 이유가 없었다. 그런데 그는 혼자 술을 마시던 자신 앞에 홀연 나타났었다. 일부러 찾아왔다고밖에 설명이 되지 않았다. 우연한 만남이 아니었던 것이다.

그렇다면 자신의 상사가 된 것도, 옆집으로 이사 온 것도 우연이라고 할 수 있을까. 그동안 운명이라는 화려한 포장지에 현혹돼 그 안에 감춰져 있던 진실을 놓치고 있었던 건 아닐까.

어느 날 갑자기 연락이 되지 않았다가 나타나 나중에 말해 준다는 말을 남기고 또다시 사라진 그였다.

그는 자신에게 나중에 무슨 말을 해 주려는 걸까. 무슨 말이길래 그날 말해 주지 않았던 걸까. 그동안 한구석으로 밀쳐 두었던 의혹이 수면 위로 천천히 떠오른다.

한때 이수가 민경에게 복수하려고 민경의 친구인 자신에게 일부러 접근한 게 아닌가 의심했던 적이 있었다. 나름의 방법으로 그에게 복수하려는 의사가 없다는 것을 확인하고 안도했었다.

그런데 만약 자신의 방법이 잘못된 것이었다면, 그래서 잘못된 판단을 내린 것이었다면 어떻게 되는 걸까.

지하 깊숙이 내려와 막차를 기다리고 있는 자신의 모습이 스크린도어에 비치고 있었다. 문득 오늘 회사로 찾아왔었던 여자의 해맑은 얼굴이 떠오른다.

여자의 밝고 화사했던 모습에 비해 피곤에 찌들 대로 찌든 자신은 참으로 초라하고 보잘것없어 보였다.

객관적으로 봐도 자신보다는 여자가 그와 더 잘 어울렸다. 누가 봐도 자신이 속한 세상과 그들이 속한 세상은 달랐다. 휴가 일정을 가르쳐 주고 휴대전화를 보여 줄 정도로 가까운 상대가 있으면서 자신에게 의도적으로 접근해 사귀자고 한 그였다. 설령 민경에게 복수하려는 의사가 없었다고 해도 자신에게 진심이라고 할 수 있을까.

지하철이 도착했다. 스크린도어가 열리고 문이 열렸다. 막차다 보니 지하철은 사람들로 꽉 들어차 있었다. 자신처럼 일에 지친 피곤한 얼굴도 있고, 술 냄새를 풍기는 불쾌한 얼굴도 있고, 수시로 초조하게 시간을 확인하는 앳된 얼굴도 있고, 서로를 보느라 주위는 안중에도 없는 얼굴들도 있었다. 다들 저마다의 입장에 따라 다른 얼굴을 하고 있었다.

이수도 그러할 터였다. 누구의 잘못이든 간에 민경에게 버려졌던 일이 그에겐 큰 상처로 남았을 수도 있었다. 받았던 만큼 고스란히 돌려주고 싶었던 건지도 몰랐다.

그의 입장에서 생각하면 충분히 그럴 수 있다고 생각한다. 하지만 머리로 이해했다고 가슴도 받아들이라고 강요하고 싶지는 않았다. 사람들을 가득 실은 지하철의 문이 서서히 닫혔다. 인해의 마음 역시 서서히 닫혀 갔다.

❋

바람이 차고 건조했다. 어둠이 내려앉은 1월의 밤은 춥고 쓸쓸했다. 이수는 매캐한 담배 연기를 까만 허공에 날려 보냈다. 나흘 동안 혹사당한 머리는 몽롱하면서도 둔중했다. 눈도 모래알이 가득 들어찬 것처럼 뻑뻑해서 뜨고 있기 힘들었지만 하나도 피곤하다는 생각은 들지 않았다.

인해를 만나고 난 후 이수는 가족들에게 여행을 간다는 핑계를 대고는 곧장 호텔에 틀어박혔다. 외부와의 연락은 일절 끊고 오로지 과거 찾기에만 몰두했다.

수단과 방법을 가리지 않고 할 수 있는 모든 걸 총동원했지만 워낙 오래전 일인 데다 아는 사람도 얼마 없어서 애를 먹었다.

결국 휴가 기간 내에 끝내지 못하고 하루를 더 초과하고 말았다. 그래도 고생한 만큼의 성과는 있었다. 조각조각 끌어모은 정보로 이제 전체적인 그림을 맞춰 보는 게 가능해졌다. 비록 군데군데 퍼즐 조각 몇 개가 빠져 있긴 하지만 주어진 시간에 비하면 결과물이 좋은 편에 속했다.

당장 인해에게 달려가고 싶었지만 그전에 마지막으로 확인하고 해야 할 일이 남아 있었다. 이수는 피우던 담배를 끄고 고개를 돌렸다. 어둠 속에 우뚝 서 있는 오피스텔이 시야에 들어왔다.

불이 켜진 창문이 군데군데 별처럼 박혀 있었지만 대부분의 창문은 깊은 잠에 빠져 있었다. 늦은 시간이었지만 상관없었다. 그는 오피스텔을 향해 천천히 걸음을 옮겼다.

주소를 확인한 후 초인종을 눌렀다. 안에서 희미하게 인기척이 느껴졌다. 그러나 문은 열리지 않았다. 이수는 다시 한 번 초인종을 눌렀다. 세 번, 네 번 눌러도 문은 열릴 생각을 하지 않았다. 그는 계속 초인종을 눌렀다.

"집에 있는 거 알아. 문 열 때까지 안 갈 거니까 알아서 판단해."

여섯 번째 초인종을 눌렀을 때였다. 자물쇠 풀리는 소리가 들리더니 굳건하게 닫혀 있던 문의 틈이 슬그머니 벌어졌다.

"여길 어떻게 알고 온 거예요?"

몇 달 전 인해를 데리러 갔던 카페에서 잠깐 보았던, 회사 앞으로 자신을 찾아왔었던 여자가 모습을 드러냈다. 이제 여자의 이름을 알고 있었다. 서민경.

"인해가 가르쳐 줬어요?"

신경질적이고 퉁명스러운 어조였다. 민경은 언짢은 기색을 숨기려 하지 않았다. 늦은 시간에 연락도 없이 불쑥 찾아왔으니 기분 좋을 리 없을 테지만 방문자가 자신이라는 사실이 더 불쾌한 듯했다. 이수 역시 유쾌하지 않은 얼굴로 민경을 차갑게 노려보며 입을 열었다.

"나한테 할 말 있지 않아?"

"무슨 할 말이요? 난 이수 씨한테 할 말 없거든요. 별다른 용건 없으면 돌아가 줄래요?"

얼른 꺼지라는 말로 들렸다. 이수는 감정을 드러내지 않은 서늘

한 얼굴로 딱딱하게 말했다.

"그쪽한테 용건 아주 많거든. 그중에서 먼저 9년 전에 무슨 일이 있었는지 그쪽 입으로 들어야겠어."

9년 전 일을 들먹이자 그때까지 당당하던 민경의 얼굴에 당혹감이 스쳤다.

"9년 전…… 일이라뇨?"

어색한 억양이었다. 태연한 척하고 있지만 긴장한 기색이 역력했다.

"그걸 왜 나한테 물어? 그쪽이 더 잘 알고 있는 거 아닌가?"

"내가 뭘 알고 있다고……."

말을 얼버무리며 민경은 이수의 눈치를 조심스럽게 살폈다. 어디까지 알고 있는지 가늠해 보려는 의도가 눈에 훤히 보였다. 끝까지 본인 입으로 먼저 실토하지 않겠다는 건가.

새삼 눈앞에 있는 여자가 너무나 괘씸하고 가증스러웠다. 지금까지 억누르고 있었던 분노가 치솟아 오른 건 순식간이었다.

"정말 몰라서 묻는 거야?! 왜 그때 나한테 사실대로 말하지 않았지? 인해가 교통사고 났다는 거 말이야."

언성을 높이며 단도직입적으로 따지자 순식간에 민경의 얼굴에서 핏기가 사라졌다. 그녀는 새하얗게 질린 얼굴로 몸을 떨기 시작했다.

이수는 앞으로 성큼 다가갔다. 민경이 몸을 돌려 서둘러 집 안으로 도망치려 했다. 그는 팔을 뻗어 그녀의 옷가지를 재빨리 붙들었다. 그러고는 그녀를 집 밖으로 완전히 끌어낸 후 문을 쾅 닫아 버렸다.

자동으로 자물쇠가 잠기는 소리가 조용한 복도에 울려 퍼졌다. 민경의 안색이 창백하다 못해 새파랗게 질려 있었다. 이수는 민경을 향해 나지막하게 경고하듯 말했다.

"또 거짓말할 생각하지 마. 다 알고 왔으니까."

서서히 문이 닫히면서 매일 아침저녁으로 보는 익숙한 역명이 시야에서 사라졌다. 문이 완전히 닫히자 지하철은 지체 없이 출발했다. 인해는 멍하니 검은색 창문에 얼비치는 자신의 모습을 바라보았다.

집으로 돌아가고 싶지 않았다. 집에 가려면 1203호를 지나가야 했다. 어쩌면 지금 1203호의 집주인이 돌아와 있을지도 몰랐다. 그의 얼굴을 보고 싶지 않았다. 그가 돌아와 있지 않더라도 오늘은 혼자 집에 있고 싶지 않은 날이었다.

집에서 서너 정거장 떨어져 있는 지하철역에서 내려 마을버스를 타고 가다가 정류장에서 내렸다. 그러고는 익숙한 골목길로 들어섰다. 인해의 얼굴에 씁쓸한 미소가 흐릿하게 떠올랐다.

어제도 걸었던 이 길을 오늘 또 걷게 될 줄은 몰랐다. 아직 민경과 얼굴을 마주하는 게 그리 편한 건 아니었다. 하지만 달리 갈 데가 없었다.

무작정 찾아가 하룻밤 신세 질 정도로 친한 친구는 민경 외에는 없었다. 친척집으로 가자니 너무 늦은 시간이었고, 혼자서 찜질방은 가고 싶지 않았다. 모텔 역시 내키지 않았다.

슈퍼는 늦은 시간인데도 불을 환하게 밝히고 있었다. 인해는 어제도 들렀던 슈퍼에 들어가 술과 안주를 샀다. 민경과 한잔하면서 어제 못다 한 이야기를 나누고 싶었다.

가슴 속에 쌓여 있는 미련도 원망도 슬픔도 배신감도 모두 훌훌 털어내 버리고 싶었다. 하룻밤이라도 좋으니 술기운을 빌려 모든 것을 잊고 싶었다.

술과 안주가 든 검은색 비닐봉지를 들고 터덜터덜 민경의 오피스텔로 향했다.

엘리베이터를 타고 5층에서 내린 인해는 고개를 숙이고 복도를 걸어갔다. 어디선가 사람의 말소리가 들려왔다. 누가 복도에 나와서 전화라도 하고 있는 건가.

반사적으로 고개를 든 인해의 눈에 익숙한 실루엣이 들어왔다. 불현듯 가슴이 미친 듯이 뛰기 시작했다. 주위가 어두웠지만 그의 하얀 얼굴을 알아보지 못할 정도는 아니었다. 회사에도 나오지 않았던 사람이 도대체 왜 여기에 있는 거지?

의아해하며 한 발 앞으로 옮긴 인해는 그 자리에 우뚝 멈춰 섰다. 이수는 누군가와 이야기하는 중이었다. 자세히 보니 그의 앞에 민경이 서 있었다. 인해는 저도 모르게 숨을 죽이고 그들의 말에 가만히 귀를 기울였다.

"어떻게 알았어요?"

민경이 떨리는 목소리로 중얼거렸다.

"세상에 영원한 비밀은 없어."

건조한 이수의 대꾸에 민경이 그의 시선을 피하며 물었다.

"다 알았으면서 날 왜 찾아온 거예요?"

"나도 그쪽 얼굴 보고 싶지 않았어. 근데 그쪽 입으로 직접 들어야 할 게 있더군. 대체 왜 그랬던 거지?"

"난 할 말 없어요."

"그럼 여기서 밤을 새야겠군."

이수는 팔짱을 끼고 벽에 기대어 섰다. 민경이 말하기 전까지 이 곳에서 한 발자국도 움직이지 않을 기세였다. 민경은 잠시 이수를 노려보다가 모든 것을 체념한 사람처럼 한숨을 내쉬었다. 그러고는 마침내 담담하게 입을 열었다. 한시도 잊어 본 적이 없었던 그날이 뇌리에 떠올랐다.

✻

9년 전 그날은 몹시도 추운 날이었다. 갑작스런 한파가 몰아닥쳐 온 세상이 얼어붙은 날, 인해에게서 만나자는 연락이 왔다. 약속 장소인 카페로 들어가자 인해가 먼저 와서 기다리고 있었다. 그녀의 곁에 커다란 여행 가방이 놓여 있었다.

"여행 가려고?"

가방에 시선을 주며 묻자 인해가 고개를 가로저었다.

"너한테만은 말하고 가야 할 거 같아서."

"뭔데?"

"나 오늘 떠나."

"떠나다니? 어디로?"

"그건 말해 줄 수 없어. 다신 돌아오지 않을 거야."

처음에는 농담하는 줄 알았다. 그러나 진지하기 짝이 없는 인해 의 얼굴을 보고는 농담이 아니라는 걸 알았다.

"무슨 일 있어? 학교는 어쩌고?"

"아무 일도 없어. 학교는 일단 휴학해 놨어. 다시 다닐 일은 없을 테지만."

"인해야."

"나 선배하고 같이 살려고."

민경은 말문이 막혔다. 불현듯 이수의 하얀 얼굴이 떠올랐다. 지난 가을 택시에서 야멸차게 내려 버린, 여자는 인해뿐이라고 못 박아 말했던, 자신의 마음을 알고도 모른 척해 자신을 비참하게 만들었던 그 남자가.

처음이었다. 수없이 많은 남자를 만났지만 그렇게 아름답고 그렇게 냉정한 남자는 처음이었다. 한 번도 가져 보지 못했던 남자였다. 첫눈에 반해 버렸다. 그러나 그 남자는 친구의 남자였다.

절대로 내 것이 될 수 없다는 걸 알기에 아쉽고 안타까운 마음에 더 집착했던 것 같았다. 인해에게 미안했지만 한편으로는 부럽고 질투가 났다. 굴곡진 어린 시절을 보낸 인해가 안타깝고 불쌍하다고만 여겼지 부럽다고 생각한 건 그때가 처음이었다.

맹렬하게 불타올랐던 감정은 그날 택시 안에서 꺼져 버렸다. 자신의 마음을 알고도 모른 척한 그가 괘씸해서 견딜 수가 없었다. 자신에게 아무 감정도 없는 그에게 오만 정이 다 떨어졌다. 그래서 깨달았다. 내가 한 건 진짜 사랑이 아니었다는 것을.

"그쪽 집에서 널 반대하는 거야?"

인해가 고아라는 걸 알고 이수의 부모님이 반대하는 상황인지도 몰랐다. 집안을 따지는 어른들이라면 능히 그럴 수 있었다. 그래서 사랑의 도피를 한다는 건가 싶었다. 그러나 인해는 담담하게 부정했다.

"아니, 그런 건 아니야."

"근데 왜 떠난다는 거야?"

"선배가 떠나고 싶어 해서."

인해는 그 말만 하고는 입을 다물어 버렸다. 그 이상은 말해 줄 생각이 없는 듯했다. 인해의 결심은 확고해 보였다. 정말 모든 걸 다 버리고 이수와 함께 떠나기로 결심한 모양이었다.

어리석고 경솔한 결정이었다. 이제 겨우 스물한 살이었다. 무엇이든 할 수 있는 나이였다. 고작 남자 때문에 자신의 모든 가능성을 포기하려는 그녀가 이해되지 않았다.

문득 인해를 처음 만났을 때가 떠올랐다. 고등학교 1학년 때였다. 같은 반으로 배정받은 인해는 고아라는 소문을 달고 있었다. 그래서인지 항상 혼자였다. 그녀에게 자신이 먼저 손을 내밀었다. 그동안 혼자서 외로웠던 건지 인해는 자신에게 금세 마음을 주었다.

자신을 철석같이 믿고 따르는 인해가 싫지 않았다. 우쭐한 마음이 들기도 했었다. 자신이 마치 특별하고 잘난 사람이 된 것처럼 느껴지기도 했었다. 그래서 그녀와 많은 시간을 함께 보내게 되었다. 그렇게 지내다 보니 인해는 어느새 가장 친한 친구가 되어 있었다.

대학에 들어와 보니 고등학교 때와는 너무나 달랐다. 특히 친구 사귀는 것이 여의치가 않았다. 아마 인해 같은 친구는 두 번 다시 사귀기 힘들 터였다. 민경은 초조해졌다. 이대로 보내면 다시는 그녀를 볼 수 없을 것만 같았다.

"인해야, 한 번만 더 생각해 보고……."

"미안해."

민경은 갑자기 사과를 하는 인해를 의아하게 쳐다보았다. 인해는 곤란한 표정으로 한숨을 내쉬었다. 잠시 갈등하던 그녀가 입을 열었다.

"널 위해서라도 내가 떠나는 게 좋을 거 같았어."

"무슨…… 뜻이야?"

설마……. 민경은 불안한 마음을 애써 누르며 인해를 뚫어져라 쳐다보았다. 인해는 시선을 옆으로 돌리며 고개를 숙였다. 그러고는 민경이 지금 생각하고 있는 말을 꺼냈다.

"나 알고 있었어. 선배에 대한 네 마음."

심장이 쿵 내려앉았다. 어느 정도 예감했어도 충격은 매한가지였다. 난데없이 따귀를 얻어맞은 기분이었다.

"알면서도 모른 척할 수밖에 없었어. 정말 미안해, 민경아."

알고 있었다고? 다 알면서도 모른 척하고 있었다고? 너도 그랬다고?

창백하게 질린 민경을 바라보는 인해의 얼굴이 괴로움으로 일그러져 있었다. 두 눈에는 눈물이 그렁그렁하게 고여 있었다.

"나중에…… 나중에 편해지면 그때 보자."

인해는 그 말을 끝으로 자리에서 일어났다. 커다란 가방을 끌고 카페를 나가는 그녀를 멍하게 바라보았다. 차라리 자신을 욕하고 비난을 했더라면, 머리카락이라도 잡고 드잡이라도 했더라면 이렇게까지 비참하지는 않았을 텐데.

인해는 알고 있었을 것이다. 이수가 절대로 자신에게 마음 한 자락 허락하지 않을 거라는 것을. 그러니 지금까지 조용히 지켜보고만 있었던 거겠지. 가망 없는 사랑에 목매는 자신을 불쌍하고 가엾게 여기면서.

늘 도도하게 고개를 치켜들고 있었던 자존심이 산산조각으로 부서져 버렸다.

무슨 정신으로 카페에서 나왔는지 모르겠다. 인근 골목길에 몇몇 사람들이 모여 있었다. 그냥 지나가려는데 길바닥에 떨어져 있는 가방이 시야 끄트머리에 걸려들었다.

눈에 익은 가방이었다. 방금 전 인해가 들고 나갔던 가방과 똑같은 것이었다. 가슴이 불안하게 일렁거렸다. 민경은 저도 모르게 사람들을 헤치고 달려갔다.

시야에 가장 먼저 들어온 건 길바닥에 흥건하게 고인 붉은 피였다. 이어서 웬 여자가 차가운 길바닥에 쓰러져 있는 게 보였다. 여자의 옆얼굴이 얼핏 눈에 들어온 순간, 숨을 쉴 수가 없었다.

쓰러져 있는 여자는 다름 아닌 인해였다. 어떻게 119를 부르고 병원에 갔는지 하나도 기억나지 않았다. 뒤늦게 겨우 정신이 들어 부랴부랴 인해의 작은집에 연락을 했다.

인해는 뺑소니 교통사고를 당했다. 인적이 드문 골목길이라 목격자도 없었고, 인근 건물 CCTV에 찍힌 것도 없었다.

도망가 버린 가해자는 찾을 길이 없었지만 불행 중 다행으로 생명에 지장이 있을 정도로 크게 다친 것은 아니었다. 수술만 잘 받으면 예전처럼 살 수 있었다. 그러나 문제는 생각지도 못한 곳에서 터졌다.

아직도 생생하다. 인해가 혼수상태에 빠졌다고 말하던 의사의 얼굴이.

다음 날 인해의 작은어머니 부탁으로 인해의 소지품을 챙기러 집으로 찾아갔다. 거기서 이수를 만났다. 그는 다짜고짜 인해의 행방을 물었다. 불현듯 지난 가을, 택시 안에서 자신을 비참하게 만들었던 그와 눈앞의 그가 오버랩 되었다.

그때처럼 자신은 안중에도 없다는 듯이 구는 그를 보고 있자니 갑자기 화가 치밀었다. 동시에 자신의 마음을 알고도 모른 척했다고 말하는 인해의 얼굴도 떠올랐다. 산산조각 난 자존심이 가슴을 마구 찔러 댔다. 입이 제멋대로 거짓말을 늘어놓기 시작했다.

"이수 씨하고 떠난다고 했지만 후회한다고 했어요. 계속 부담스러웠대요. 그러니까 인해 찾지 마요."

병원으로 돌아와서야 무슨 짓을 한 건지 깨달았다. 순간의 화를 이기지 못하고 충동적으로 저지른 일이었다. 후회했지만 이미 엎질러진 물이었다. 인해가 깨어나면 사실대로 말할 생각이었다

다음 날 인해는 무사히 깨어났다. 그러나 그녀는 그저께 만났던 인해가 아니었다.

열여덟 살이 돼 버린 인해는 아무도 믿지 않았다. 오로지 자신만 믿고 따랐다.

마치 고등학생 때로 돌아간 것만 같았다. 아무 일도 없었던 그때로. 자신이 친구의 남자를 넘보았던 일도 없었고, 인해가 자신을 불쌍하게 보았던 일도 없었고, 남자 때문에 인해가 모든 걸 버리고 떠나려 했던 일도 없었고, 홧김에 자신이 거짓말할 일도 없었던 그때로 돌아간 것만 같았다.

모든 일의 중심에 이수가 있었다. 이수만 없어진다면 예전처럼

살 수 있었다. 민경은 결국 아무 말도 하지 않았다.

"고의는 아니었어요. 나중에 다 말하려고 했는데 어쩌다 보니 그
렇게 됐어요."

민경은 착잡한 얼굴로 과거의 이야기를 마무리 지었다. 이수는
한동안 아무 말도 할 수가 없었다. 이미 알고 있었지만 막상 자세
한 상황을 알게 되니 기가 막혔다. 피가 거꾸로 치솟는 기분이었
다.

인해가 교통사고가 났다는 사실을 자신에게 알려 주긴커녕 거짓
말을 했던 민경이었다. 과거엔 어렸으니 얼떨결에 그랬다고 넘어가
더라도 최근에 회사 앞으로 찾아와 또 다른 거짓말로 자신을 흔들려
고 했던 행동은 뭐란 말인가. 그런데도 고의가 아니었다고? 수상한
점은 또 있었다.

"인해가 재활을 아주 열심히 했었나 봐. 기억을 잃은 사람치고
옛날 일을 잘 알고 있는 걸 보면. 그런데 나만 모르더군. 일부러 나
에 대한 것만 머릿속에서 지운 것처럼. 왜 그런지 그쪽은 알고 있겠
지? 계속 인해 곁에 있었을 테니까."

"그건……."

정곡을 찔린 사람처럼 민경이 움찔하더니 말끝을 흐렸다.

"인해가 재활할 때 무슨 짓을 한 거야?"

민경이 꿀 먹은 벙어리처럼 입을 다물었다. 불안하게 흔들리는
눈동자가 그녀의 동요를 여실히 보여 주고 있었다. 굳이 대답을 듣
지 않아도 알 것 같았다. 이수가 차갑게 내쏘았다.

"나에 대한 것만 일부러 가르쳐 주지 않았던 건가?"

민경은 여전히 묵묵부답이었다. 긍정을 의미하는 침묵이 계속 이어졌다. 빠져 있던 퍼즐 조각 하나가 맞춰졌다. 그녀의 세 치 혀에 놀아나 죄 없는 인해를 원망하고 불신했던 날들이 떠올랐다. 이수는 고개를 숙이고 있는 민경을 날카롭게 노려보았다. 뱃속 깊은 곳에서 분노가 치솟았다.

"왜 그랬던 거지? 도대체 왜! 내가 옛날에 널 받아 주지 않아서 복수한 거야? 그래도 그렇지 어떻게 친구한테 그럴 수가 있어? 인해를 속이면서 미안하지도 않았어?"

이수는 민경의 어깨를 붙들고 마구 흔들어 댔다. 민경은 바람에 흔들리는 갈대처럼 이리저리 휘청거렸다. 두 눈에 눈물이 그렁그렁했다.

"미안했어요. 왜 안 미안했겠어요? 근데 인해한테 이수 씨에 대해 알려 주면 내가 거짓말했던 것도 알게 될 거 아녜요. 인해가 전부 다 알고 날 버릴까 봐 두려웠다고요."

거짓말이 들통날까 봐 또 다른 거짓말로 덮었다는 건가. 눈앞의 여자가 너무나 뻔뻔하고 가증스러웠다. 눈물조차 악어의 눈물로 보일 지경이다.

민경은 옛날부터 인해가 믿고 따르던 각별한 친구였다. 그런데 어떻게 이런 짓을 벌일 수 있단 말인가. 그동안 감쪽같이 인해를 속이며 곁에 있었을 민경을 생각하니 끔찍했다. 자신도 이런데 만약 당사자인 인해가 이 모든 사실을 알게 된다면…….

쨍그랑—

무언가가 깨지는 소리가 요란하게 들려왔다. 이수는 어깨를 흠칫거리며 소리가 들려온 방향으로 고개를 돌렸다. 순간 숨이 멎는 듯했다. 지금 이곳에 있으면 안 되는 사람이 눈앞에 있었다. 넋이 나간 듯한 민경의 목소리가 뒤에서 들려왔다.

"인해야."

그리 멀지 않은 곳에 인해가 서 있었다. 그녀의 발치에 떨어져 있는 검은 비닐봉지에서 무언가가 흘러나오고 있었다. 알코올 냄새가 코끝으로 훅 밀려들었다. 방금 전의 소음은 아마 봉지에 들어 있던 술병이 깨지는 소리였던 듯했다.

주위가 어두워서 인해의 표정이 잘 보이지 않았다. 아무 말도 할 수가 없었다. 이수는 조마조마한 마음으로 그녀를 바라보기만 했다. 언제부터 저기에 서 있었던 걸까? 설마 전부 다 들은 건 아니겠지.

한참의 침묵 끝에 동상처럼 가만히 서 있던 인해가 마침내 입을 열었다.

"방금 두 사람이 한 말 뭐야?"

13.

순식간에 온몸의 힘이 전부 빠져나가 버렸다. 그 바람에 들고 있던 비닐봉지를 떨어뜨려 술병이 박살 났지만 살펴볼 엄두조차 나지 않았다. 지금은 쓰러지지 않고 이렇게 서 있는 것만으로도 감지덕지였다.

인해는 천천히 숨을 들이쉬고 내쉬었다. 바깥의 차고 건조한 공기와는 달리 건물 안의 공기는 미지근하고 눅눅했다. 그래서인지 아무리 깊은숨을 쉬어도 가슴이 갑갑하기만 했다. 머릿속 역시 갑갑한 건 매한가지였다.

인해는 멍한 얼굴로 눈앞에 있는 두 사람을 번갈아 보다가 민경에게 시선을 고정시켰다. 어제도 보았던 얼굴인데 지금은 너무나 낯설어 보였다. 눈앞에 있는 여자는 자신이 알던 민경이 아닌 것만 같았다. 얼굴만 똑같은 전혀 다른 사람 같았다.

민경은 방금 자신이 전혀 모르는 자신의 이야기를 했다. 재활할 때 단 한 번도 그녀에게서 들은 적이 없는 이야기였다. 입이 제멋대로 움직인다.

"나한테 무슨 거짓말을 했다는 거야?"

마치 국어책을 낭독하고 있는 것처럼 어색한 억양이었다. 감정이 전혀 들어 있지 않은 자신의 목소리가 낯설고 이상했다.

"뭐라고 말 좀 해 봐. 왜 아무 말도 안 하는 거야? 나한테 무슨 거짓말을 했냐고."

민경의 안색이 점차 새파랗게 질려 갔다. 그럼에도 그녀를 추궁하는 것을 멈출 수가 없었다.

"서민경!"

언성이 절로 높아졌다. 동시에 가슴속 깊은 곳에서 무언가가 폭발했다. 그 여파로 얼굴에 열이 오르고 숨결이 거칠어졌다. 자신의 감정이 격해지자 말없이 가만있던 이수가 조심스럽게 끼어들었다.

"인해야, 나중에……."

"아니요. 지금 알아야겠어요."

딱 잘라 말하는 인해의 쌀쌀맞은 대꾸에 이수는 난감한 표정이 되었다.

걱정하고 안타까워하는 기색이 역력했지만 순순히 입을 다물었다. 그 어떤 말도 지금의 인해에게는 닿지 않을 거라는 걸 알고 있는 듯했다. 인해는 다시 시선을 민경에게 향했다.

"어서 말해. 어디서부터 어디까지 거짓말을 한 건지 숨김없이 전부 다."

복도에 무거운 침묵이 내려앉았다. 민경은 소리 없이 눈물을 흘리고 있었다. 인해는 눈 하나 깜짝하지 않고 민경을 똑바로 응시했다. 주저하며 망설이던 민경이 한참 만에 겨우겨우 입을 열었다.

"옛날에 이수 씨와 사귄 사람은 내가 아니라…… 너였어."

지금 무슨 말을 들은 걸까. 인해는 멍하니 눈을 깜박이며 반문했다.

"뭐라고?"

"너랑 이수 씨랑 사귀었었다고."

"네가 아니라…… 나라고?"

민경이 대답 대신 고개를 끄덕거렸다. 그의 첫사랑이 민경이 아니라 자신이라니. 인해는 어리둥절한 얼굴로 이수를 돌아보았다.

"선배, 왜 나한테 초코우유를 사 줬던 거예요?"

이수는 인해의 질문이 어처구니가 없다는 듯 황당한 표정이 되었다.

"그거야 네가 옛날에 좋아했던 거니까."

"내가 좋아했다고요? 초코우유를요?"

"나와 사귀는 조건으로 초코우유를 사 달라고 했을 정도로 좋아했었어."

이수의 대답은 놀라웠다. 인해는 어안이 벙벙한 표정으로 다시 민경에게 시선을 돌렸다.

"초코우유는 내가 아니라 네가 좋아하는 거잖아. 그래서 난 선배가 나한테 초코우유를 사 준 게 너 때문이라고 생각했었어. 이게 어떻게 된 일이야?"

이수가 연인인 민경에게 초코우유를 사 주면서 덤으로 친구인 자신에게도 사 준 거라고 생각했었다. 그래서 자연스레 이수가 자신도 초코우유를 좋아한다고 기억하게 되었다고, 여태까지 그렇게 생각을 했었다.

그거 외에는 이수가 자신에게 좋아하지도 않는 초코우유를 줄기차게 사 준 게 설명이 되지 않았다. 그런데 그의 연인이 민경이 아니라 자신이라니. 자신이 초코우유를 좋아했었다니. 뭐가 어떻게 된 일인지 모르겠다.

혼란에 빠진 인해의 귀에 민경의 목소리가 들어왔다.

"그때는 너도 초코우유 좋아했었어."

"난 어릴 때부터 단 거 별로였어. 지금도 마찬가지고. 뇌세포가 죽어 버렸어도 입맛까지 변할 리는 없잖아."

"그래, 네 말이 맞아. 넌 그때도 단 거 별로 안 좋아했었어. 근데 유일하게 초코우유는 좋아했었어."

"그럴 수가……."

인해가 좀처럼 믿을 수 없어 하자 민경이 자세하게 말해 주었다.

"네가 나한테 말했었어. 내가 초코우유를 마실 때 가장 행복해 보인다고. 너도 나처럼 행복해지고 싶다고 그랬어. 그러더니 어느 날부터 너도 초코우유를 먹기 시작했어."

"……언제?"

"고3 때. 그때부터 사고 나기 전까지 너 초코우유 정말 많이 먹었어."

고3 때부터 사고 전까지라면 기억이 존재하지 않는 시기였다. 그렇다면 정말 내가…….

"내가 정말…… 선배 첫사랑이었다고?"

인해는 멍하니 혼잣말로 중얼거렸다. 여태까지 민경이 이수의 첫사랑이라고 생각했었다. 그래서 어제 민경을 찾아가 모든 걸 고백하고 용서를 구했었다.

민경은 자신의 착각에 부정하지 않았었다. 외려 이수가 자신을 이용하고 있으니 어서 헤어지라고 했었다. 가슴 한편이 서늘해졌다.

"어제 나한테 했던 말…… 거짓말이었니?"

"미안해. 내가 잘못했어."

민경이 복도에 털썩 주저앉았다. 그녀의 눈물이 바닥에 뚝뚝 떨어져 내렸다.

"처음부터 작정하고 속이려 했던 건 아니었어. 네가 이수 씨와 사귀기 전으로 돌아가면 좋겠다는 생각에 그랬어. 그뿐이었어."

사실대로 고백할 기회를 놓치자 거짓말은 눈덩이처럼 몸집을 불려 갔다. 인해의 재활을 도우며 민경은 이수에 관한 것만 가르쳐 주지 않았다. 행여 인해가 다른 사람에게서 이수에 대해 듣게 될까 봐 사람들과 어울리지 못하게 만들었다.

대신 이수와 관련되지 않은 나머지는 최선을 다해 도왔다. 인해가 행복해지길 진심으로 바랐다. 인해를 위해서도 자신을 위해서도.

그러던 어느 날 인해를 데리러 카페로 찾아온 이수를 보았을 때, 모든 게 끝났다는 걸 깨달았다. 지푸라기라도 잡는 심정으로 이수를 찾아가 헤어지라고 종용했지만 소용없었다.

숨죽인 채 곧 닥칠 지옥을 기다렸었다. 그러다 어제 인해가 찾아왔을 때, 잡을 수 있는 지푸라기가 아직 남아 있다는 것을 깨달앗다.

하지만 지푸라기의 유효기간은 고작 하루뿐이었다. 아무리 발버둥 쳐 봤자 손바닥으로 하늘을 가릴 순 없는 법. 진실이란 아무리 숨기려 해도 숨길 수 없는 것이었다.

"미안해. 정말 미안해."

민경은 눈물을 뚝뚝 흘리며 지난날의 과오를 사과했다. 인해는 멍하니 민경을 바라보았다.

온몸에 소름이 돋아 있었다. 세상에서 가장 믿고 의지하던 친구였다. 친자매와 다름없다고 생각한 친구였다. 혼란에 빠져 있었던 자신을 구해 준 나침반이자 등대였다.

다른 사람은 몰라도 민경은 세상에서 유일하게 자신의 편이라고 믿어 의심치 않았었다. 그랬는데…….

"어떻게 네가, 어떻게……."

뒤늦게 충격이 몰려오는 듯했다. 좀 전까지만 해도 침착했던 인해는 턱 끝이 덜덜 떨려서 말을 제대로 잇지 못했다. 숨조차 제대로 쉬어지지 않았다. 세상이 무너져 내리고 있었다.

"미안해. 미안해, 인해야."

자신의 앞에서 엎드려 우는 민경을 바라보고 있노라니 누군가의 얼굴이 떠올랐다. 얼마 전 그녀 앞에 불쑥 나타나 무릎을 꿇었던 얼굴이.

"승준 씨로도 모자라 너까지……."

인해의 혼잣말에 민경이 놀란 얼굴로 고개를 들었다.

"승준 씨라니. 승준 씨가 돌아왔어?"

인해는 굳은 얼굴로 입을 다물었다. 그녀는 분노하지도 눈물을 흘리지도 않았다. 그저 잔잔한 호수처럼 고요했다. 마치 영혼이 없는 인형처럼 인해는 조용히 몸을 돌렸다. 그러고는 뒤도 돌아보지 않고 걸어갔다.

✳

저절로 눈이 떠졌다. 눈을 뜨고 나서야 잠을 자고 있었다는 걸 깨달았다. 언제 잠이 들었는지 기억나지 않았다.

시간을 확인해 보니 언제나 일어나던 시간이었다. 씻고 아침을 먹고 출근 준비를 해야 했지만 인해는 일어나지 않았다. 손가락 하나 까딱하지 않았다. 아니, 할 수가 없었다.

온몸에 힘이 들어가지 않았다. 그녀는 무기력하게 침대에 누운 채 눈만 굴려 방 안을 가만히 둘러보았다. 방바닥에 빈 술병이 어지럽게 나뒹굴고 있었다. 대충 세어 봐도 다섯 병은 족히 넘었다. 많이도 마셨구나.

폭음을 한 이유에 대해 변명을 하자면, 맨정신으로 도저히 견딜 수 없어서였다. 술의 힘을 빌려서라도 전부 다 잊고 싶었다. 그래서 작정을 하고 술을 마셨다.

그러나 아무리 마시고 또 마셔도 정신은 멀쩡하기만 했다. 만취는커녕 눈곱만큼의 취기도 느껴지지 않았다. 주량이 센 게 원망스러울 지경이었다.

가만히 누워서 천장을 바라보았다. 머릿속을 맴도는 얼굴들이 하나둘 떠오른다. 승준도 민경도 마음을 열고 받아들인 몇 안 되는 사람들이었다.

특히 민경은 친자매 이상으로 생각했던 친구였다. 아무도 믿을 수 없을 때 유일하게 믿고 의지했던 존재였다. 사람들이 자신에게 죄다 등을 돌려도 영원히 내 편이 돼 줄 거라고 여겼었다. 그런데 자신의 믿음에 그들이 돌려준 건 기만이었다.

대체 왜 그랬을까. 죄책감을 덜려고, 거짓말을 덮으려고 자신을 속였다는 것이 믿어지지 않았다. 지금까지 자신이 알던 그들은 어딘가로 사라져 버린 기분이었다.

전부 다 안다고 생각했었는데 혼자만의 착각이었다. 어쩌면 자신은 그들에게서 보고 싶은 것만 찾아서 보았던 건지도 몰랐다.

울화통이 터져서 견딜 수가 없었다. 속에서 불쑥불쑥 화가 치솟아 올라 해서는 안 될 나쁜 생각도 여러 번 했었다. 당장 찾아가서 욕지거리를 하며 멱살이라도 잡고 싶었다. 부질없는 짓이라는 걸 알면서도 그런 상상을 멈출 수가 없었다.

어째서 그들은 용서부터 구할 생각을 하지 않았던 걸까. 자신이 그들을 용서해 주지 않을 거라고 생각해서 그랬던 걸까. 자신이 그렇게 몰인정하고 인색해 보였던 걸까.

더 황당하고 슬픈 건, 이수가 과거에 사귀었던 상대가 민경이 아니라는 것이었다. 그가 최악의 실수라고 했던, 시작조차 하지 말았어야 했다고 후회했던, 전부 다 잊을 거라고 했던 첫사랑이 다름 아닌 바로 자신이었다. 그의 복수의 대상은 민경이 아니라 자신이었던 것이다.

문득 풍선에서 바람이 빠지는 듯한 헛웃음이 흘러나왔다. 그래도 전보다는 조금 나아진 건가 싶은 생각이 들었다. 이용하려는 도구에서 복수하려는 대상으로 격상되었으니 말이다. 어느 사이에 얼굴이 축축하게 젖어 있었다. 인해는 피식거리며 손등으로 젖은 얼굴을 닦아 냈다.

그녀는 천천히 몸을 일으켰다. 순간 눈앞이 핑 돌았다. 네모난 방이 빙글빙글 돌더니 이윽고 원이 되었다. 빈속에 술만 들이부은 결과였다. 도로 침대에 누울 수밖에 없었다.

한숨이 흘러나왔다. 비단 몸의 컨디션만 엉망인 게 아니었다. 지금까지 살아온 인생 자체가 엉망이 돼 버렸다.

덧없는 인생이라더니. 지금까지 살아온 나날을 돌이켜 보니 너무나 허무했다. 친구인 줄 알았던 그녀는 친구가 아니었고, 연인이었던 줄 알았던 그는 연인이 아니었다. 자신의 주위엔 아무도 없었다. 부모님이 돌아가신 순간부터 지금까지 계속 혼자였던 셈이다.

인해는 다시 한 번 몸을 일으켰다. 다리에 힘이 들어가지 않아 몸이 갈대처럼 이리저리 휘청거렸다. 그녀는 막 걸음마를 뗀 아이처럼 간신히 벽을 짚으며 걸음을 옮겼다.

책상 서랍을 뒤져 종이와 펜을 찾았다. 손가락에 힘을 주고 또박또박 글자를 써 내려갔다. 마지막 글자를 쓰는데 펜을 놓쳤다. 손에서 빠져나간 펜을 주우려고 허리를 숙인 순간이었다.

"윽!"

느닷없이 엄습한 끔찍한 복통에 신음이 터져 나왔다. 눈앞이 하얘졌다. 온몸이 금세 식은땀으로 축축해졌다. 칼로 배를 마구 쑤시는 듯한 통증에 정신을 차릴 수가 없었다. 인해는 배를 감싸 안으며 고꾸라졌다. 그러고는 의식을 놓아 버렸다.

푸른 새벽의 기운이 남아 있는 이른 시간이었다. 뜬눈으로 밤을 샌 이수는 날이 밝자마자 집에서 나와 1204호 앞에 서 있었다. 출근하기엔 다소 이른 시간이었지만 인해가 언제 집에서 나올지 알 수 없으니 미리 나와서 기다리고 있어야 했다. 그는 짙은 한숨을 내쉬며 눈을 감았다. 어젯밤 일이 떠올랐다.

　　민경의 오피스텔에서 나온 인해는 앞만 바라보며 걸어가고 있었다. 길을 확인하지도 않고 발길 닿는 대로 무작정 걸어가고 있었다. 휘청거리며 걷는 폼이 금방이라도 쓰러질 것처럼 위태로워 보였다. 그럼에도 불구하고 인해는 걸음을 멈추지 않았다.

　　이수는 거리를 두고 조용히 그녀의 뒤를 따라갔다. 그러다가 인해가 차도를 향해 발을 내딛는 순간 얼른 달려갔다. 그녀의 팔을 냉큼 낚아채 보도로 끌어당겼다.

　　"집으로 데려다 줄게."

　　인해는 멍하니 이수를 올려다볼 뿐 아무 말도 하지 않았다. 넋이 나간 얼굴이었다. 이수는 인해의 손을 붙들고 차가 세워져 있는 곳으로 갔다.

　　차에 태우고 아파트에 도착할 때까지 인해는 말하는 법을 잊어버린 사람처럼 아무 말도 하지 않았다. 기다란 복도를 걸어가 그녀의 집 앞에 도착했을 때였다. 이수는 목소리를 가다듬으며 말을 꺼냈다.

　　"지금 힘들겠지만 나랑 잠깐 얘기 좀……."

"혼자 있고 싶어요."

한참 만에 입을 연 인해는 그를 지나쳐 1204호로 들어가 버렸다. 생각 같아서는 뒤따라 들어가고 싶었지만 참았다. 참아야 했다. 붙잡는다고 자신의 말을 들을 그녀가 아니었다. 지금은 아무 말도 귀에 들어오지 않을 터였다.

할 수만 있다면 대신해 주었을 것이다. 하지만 이번 일은 어느 누구도 대신해 줄 수 있는 일이 아니었다. 인해 스스로 상처를 추슬러야 했다. 본인의 힘으로 훌훌 털고 일어서야 했다. 옆에서 지켜봐 주는 것 외에 자신이 할 수 있는 일은 없었다.

십여 년에 가까운 오랜 세월 동안 친구에게 기만당한 그녀였다. 그녀가 입은 상처가 어떠할지 상상조차 되지 않았다. 너무나 가혹한 진실이었다. 인해는 절대로 몰랐으면 싶었다. 그녀의 친구가 그녀에게 무슨 짓을 했는지 평생 모르게 하고 싶었다.

아니, 모르게 했을 것이다. 자연스럽게 그녀가 눈치채지 못하도록 그녀의 친구를 떼어 내 버릴 작정이었다. 그래서 먼저 그녀의 친구를 찾아갔던 건데, 설마 인해가 그곳에 나타날 줄이야. 기가 막힌 타이밍이었다. 세상에 영원한 비밀은 없다지만, 이런 식으로 인해가 상처받게 될 줄은 몰랐다. 최악이었다.

눈을 뜨니 주위가 훨씬 밝아져 있었다. 이제 새벽의 기운은 어디에도 없었다. 시간을 확인했다. 지각하지 않으려면 지금쯤 집에서 나와야 했다.

이수는 1204호를 물끄러미 바라보았다. 문은 열릴 기미조차 보이지 않았다. 쥐 죽은 듯이 조용하기만 하다.

어제 제대로 잠을 이루지 못했을 터였다. 늦게 잠들었다면 아직 일어나지 못한 것일 수도 있었다. 혼자 있고 싶다고 말했던 그녀였다. 이대로 그냥 내버려 둬야 하는지 억지로라도 깨워서 출근하게 해야 하는지 판단이 잘 서지 않았다.

잠시 고민했던 이수는 후자를 택했다. 차라리 일에 열중하면서 괴로운 현실을 잠시라도 잊는 편이 나을 수도 있겠다는 생각에서였다. 그가 서둘러 1204호의 초인종을 누르려 할 때였다.

"이수 씨?"

달갑지 않은 목소리에 이수는 미간을 찡그렸다. 아니나 다를까. 민경이 복도 한가운데 서 있었다. 하룻밤 사이 눈에 띌 정도로 해쓱해져 있었다. 이수는 차가운 눈길로 그녀를 쳐다보았다.

"여긴 왜 온 거야?"

그의 물음에 민경은 대답 대신 질문을 돌려주었다.

"인해 괜찮아요?"

이수가 대답하지 않고 가만히 있자 그녀가 재차 묻는다.

"어때요? 잘 있어요?"

말투와 표정에서 인해를 걱정하는 마음이 고스란히 드러났다. 위선으로 보이지는 않았다. 생각하면 할수록 이해할 수가 없었다. 인해에게 악의를 가지고 있는 것도 아니면서 어떻게 그 오랜 세월 동안 기만할 수 있었을까.

"왜 말을 안 하는 거예요?"

"그렇게 걱정되면 처음부터 거짓말을 하지 말았어야지."

이수는 원망하는 마음을 굳이 숨기려 하지 않았다. 민경의 얼굴이 대번에 일그러졌다. 괴로움이 역력한 표정으로 그녀가 중얼거렸다.

"나도 이렇게 될 줄 몰랐어요."

"돌아가. 그쪽 얼굴 보고 싶지 않으니까."

"확인만 하고 갈게요."

"확인이라니?"

그가 반문하자 민경이 우울하게 대꾸했다.

"인해 지금 굉장히 힘들 거예요. 어제 일 말고도 승준 씨 일까지 더해졌으니 괜찮은지 확인해 봐야 해요."

이수의 귀가 번쩍 뜨였다. 승준. 김승준. 인해가 예전에 사귀었던 남자의 이름이었다. 인해의 과거를 조사하면서 내내 뇌리에서 떨어지지 않았던 이름이기도 했다.

비록 사귄 기간은 1년 반 정도밖에 되지 않았지만 두 사람이 처음 만난 건 꽤 오래전이었다. 그러고 보니 어젯밤에도 남자의 이름을 들었었다. 인해가 멍하니 그 남자의 이름을 중얼거렸었다.

"승준 씨 일이라니?"

그의 물음에 민경이 눈치를 슬쩍 보며 말했다.

"승준 씨는 인해하고 사귀었던 사람이에요."

"알고 있어."

이수가 무뚝뚝하게 대꾸하자 민경은 놀란 얼굴이 되었다.

"모르는 게 없군요."

"말 돌릴 생각하지 말고 그 사람하고 무슨 일이 있었는지 말이나 해."

그가 차갑게 내쏘자 민경이 한숨을 내쉬며 입을 열었다.

"오늘 새벽에 간신히 승준 씨하고 연락이 닿아서 알게 됐어요. 인해 정말 많이 놀랐을 거예요. 당사자가 아닌 저도 깜짝 놀랐는데 인해는 말할 것도 없죠. 승준 씨가 설마 뺑소니범이었을 줄은 상상도 못 했을 테니까요."

"뭐?"

이수는 자신의 귀를 의심했다. 아직 교통사고를 낸 가해자의 신원은 알아내지 못한 상태였다. 그런데 지금 누가 누구라고?

민경은 이수의 반응을 이해한다는 듯이 말했다.

"얼마 전에 승준 씨가 인해한테 찾아갔었대요. 자수하기 전에 모든 걸 말하려고요."

언젠가 그 남자와 인해가 만나던 장면들이 두서없이 눈앞에 떠올랐다.

"인해하고 사귀면서 속죄하려고 했대요. 근데 그게 속죄가 될 수 없다는 걸 알았대요. 그래서 인해하고 헤어졌고 자수하려고 했는데 뺑소니 공소시효가 7년이래요. 그래서 자수해도 소용없게 됐나 봐요. 그것 때문에 괴로워하고 있더라고요. 이제 속죄할 방법이 없어졌다고 하면서요."

낮게 가라앉은 민경의 목소리가 쐐기처럼 박혀 들었다. 길거리에서 펑펑 울던 인해의 모습과 어젯밤 위태로워 보이던 인해의 모습이 하나로 겹쳐졌다. 등골이 오싹했다. 목덜미에 소름이 돋았다.

이수는 다급한 손길로 1204호의 도어록 번호를 눌렀다. 비밀번호는 다름 아닌 그의 생년월일이었다. 그가 인해의 집에 드나들게 되자 그녀가 그를 위해 바꾼 것이었다. 자물쇠 돌아가는 소리가 들리고 문이 열렸다. 그는 망설임 없이 안으로 뛰어 들어갔다.

그를 제일 먼저 반긴 건 여기저기 굴러다니는 빈 술병들이었다. 그동안 청소를 제대로 하지 않았는지 집 안이 마구 어질러져 있었다. 그는 거실을 가로질러 방으로 성큼성큼 걸어갔다.

굳게 닫힌 방문 앞에서 잠시 심호흡을 했다. 제발 별일 없기를. 속으로 간절히 기도하며 서둘러 문고리를 잡고 돌렸다.

문이 열리고 방 안이 시야에 들어왔다. 평소와 다름없는 익숙한 광경에 안도하며 고개를 돌린 순간이었다. 인해의 모습이 돌진하듯이 눈에 들어왔다.

그녀는 어제 입었던 옷을 그대로 입은 채 책상 근처에서 정신을 잃고 쓰러져 있었다. 심장이 그대로 곤두박질쳐 버렸다. 뒤따라 들어온 민경의 비명 소리가 곧이어 들려왔다.

"인해야!"

온몸이 굳어져 한 발자국도 움직일 수 없었다. 아무것도 보이지도 들리지도 않았다. 그저 민경의 비명 소리만 끔찍하게 메아리칠 뿐이었다.

인해의 병명은 급성위경련이었다. 그동안 경미한 위염증상이 있었는데 갑자기 술을 한꺼번에 너무 많이 마셔서 악화되었다고 했다. 혹시 다른 질병이 있을지도 모르니 인해가 깨어나면 정밀검사를 해 볼 참이었다.

이수는 인해가 누워 있는 침상을 바라보다가 고개를 돌렸다. 민경이 문가에서 인해의 작은어머니와 말을 나누고 있는 게 보였다.

인해의 작은어머니는 민경의 연락을 받고 방금 병원에 도착한 참이었다.

이수가 그쪽으로 다가가자 민경은 작은어머니에게 인사를 하고는 병실 밖으로 나가 버렸다. 인해의 작은어머니가 그에게 조심스럽게 말을 걸어왔다.

"저, 우리 인해와는 어떻게 되시는 분이신지……."

이수는 잠시 머뭇거리다가 정중하게 대답했다.

"직장 동료입니다."

처음 만나는 인해의 친척이었다. 인해가 자신을 직접 소개하기 전에는 자신이 누군지 말하지 않는 편이 나을 듯했다.

"그러셨구나. 아무래도 인해가 오늘 회사에 가지 못할 것 같네요."

"제가 병가처리 해 놓겠습니다."

"감사합니다."

그 말을 끝으로 병실에 침묵이 내려앉았다. 작은어머니는 이수와 있는 게 어색했는지 멋쩍은 표정으로 주절주절 떠들기 시작했다.

"많이 놀라셨죠?"

"아, 예."

"우리 인해 불쌍한 애예요. 어릴 때 부모가 한꺼번에 잘못되는 바람에 그 어린 것이 이 집 저 집 떠돌아다니면서 철이 일찍 들었다니까요. 그래도 애가 원체 속이 깊고 착해서 삐뚤어지지 않고 잘 컸어요. 그때 그 사고만 아니었어도……."

작은어머니는 말을 얼버무리더니 이수의 눈치를 슬쩍 보았다. 이수는 입가에 미소를 띠며 친절하게 말했다.

"괜찮습니다. 알고 있으니까요."

그의 대답을 듣자마자 작은어머니의 표정이 한결 밝아졌다. 그러더니 물 만난 고기처럼 거침없이 말하기 시작했다.

"알고 계셨구나. 그래요, 그때 그 사고 때문에 애가 좀 변했어요. 예전에도 사람들하고 잘 어울리는 성격은 아니었지만 문제 될 정도로 심각하진 않았거든요. 근데 그 사고 이후로는 사람들하고 거의 사귀지 못하더라고요. 겁이 많아진 건지 의심이 많아진 건지 아무도 옆에 못 오게 했어요. 학교도 졸업할 때까지 혼자 다녔다니까요."

"혼자서요?"

이수가 놀라서 되묻자 작은어머니가 한숨을 쉬며 고개를 끄덕였다.

"네. 직장에서는 잘 지내나요?"

"예. 동료들하고 두루두루 잘 지내고 있습니다."

그의 대답에 작은어머니가 눈에 띄게 안도했다.

"다행이네요. 난 또 학교 다닐 때처럼 혼자 겉돌 줄 알고 걱정했는데. 취직하자마자 독립하는 바람에 그동안 어떻게 지냈는지도 잘 몰랐어요."

인해에게 별로 신경 쓰지 못한 게 마음에 걸렸는지 작은어머니는 슬그머니 말머리를 돌렸다.

"그나마 천만다행이죠. 오늘 아침에 민경이가 인해를 찾아가지 않았다면 어떻게 됐을지……."

작은어머니는 민경이 혼자서 인해를 병원으로 데려온 것으로 알고 있는 듯했다. 직장 동료인 자신이 함께 있었다고 하면 이상하게

395

생각할지도 몰라 이수는 굳이 정정해 주지 않았다.

"참 좋은 친구예요. 옛날부터 인해 일이라면 열 일 제쳐 놓고 달려왔으니까요. 인해가 아팠을 때도 얼마나 지극정성이었는지. 저런 친구도 없을 거예요. 전생에 친자매였나 싶을 정도라니까요."

"그렇군요."

작은어머니에게 맞장구쳐 주는 이수의 얼굴이 차가웠다.

어둠이 내린 병원은 고요했다. 이수는 불 꺼진 복도를 걸어가며 뻑뻑한 눈을 감았다 떴다. 어제 잠을 자지 못한 여파가 이제야 밀려오고 있는 듯했다. 머리는 돌덩이를 매단 것처럼 무거웠고 다리는 물 먹은 솜처럼 묵직했다. 그럼에도 불구하고 잠은 오지 않았다.

아침에 인해를 입원시킨 후 오랜만에 회사에 출근했다. 인해의 병가를 대신 내 주고 휴가 기간 동안 하지 못했던 일들을 전부 처리하고 곧장 병원으로 오니 자정에 가까운 늦은 시간이었다.

면회 시간은 아까 끝난 데다 병실도 소등이 되어 어두컴컴했지만 잠깐이라도 얼굴을 보고 싶었다. 인해가 괜찮은지 두 눈으로 확인하고 싶었다.

노크를 하고 문을 열자 침대에 누워 있는 인해가 시야에 들어왔다. 그녀의 곁엔 아침에 만났던 작은어머니가 계셨다. 간이침대에 누워 있던 작은어머니가 그를 보더니 깜짝 놀란 얼굴로 몸을 일으켰다.

"이 시간에 여긴 웬일로……."

"그게……."

이수가 용건을 밝히려 하는데 인해의 목소리가 병실에 울려 퍼졌다.

"작은어머니 잠깐 자리 좀 비켜 주세요."

작은어머니는 수상쩍은 눈초리로 인해와 이수를 번갈아 쳐다보았다. 병실 밖으로 나갈 때까지 그녀는 이수에게서 눈길을 떼지 않았다. 그제야 그가 단순한 직장 동료가 아니라는 걸 눈치챈 듯했다.

문이 닫히자 어둠과 침묵이 동시에 찾아왔다. 인해는 창가 쪽으로 시선을 두고 미동조차 하지 않았다. 이수는 그녀에게서 눈을 떼지 않으며 입을 열었다.

"괜찮은 거야?"

돌아오는 대답은 없었다. 이수는 개의치 않고 말을 이어 갔다.

"회사엔 병가처리 해 놨으니까 걱정 말고 편히 쉬어도 돼. 네일 세트는 이 주임이 맡기로 했어."

여전히 돌아오는 대답은 없었다. 길지도 짧지도 않은 시간이 지났을 무렵, 작은 목소리가 침묵을 깨고 낮게 깔렸다.

"9년 전에 교통사고가 났었어요. 수술받다가 뇌손상이 오는 바람에 19살 때랑 20살 때 기억이 없어요. 그래서 그동안 선배를 알아보지 못했던 거예요."

인해는 담담하게 과거를 꺼냈다. 그녀의 입을 통해 들어서인지 처음 그 사실을 알았을 때보다도 더 마음이 아팠다. 인해는 숨을 고르듯 잠시 멈췄다가 말을 이어 갔다.

"민경이가 날 속이고 있었다는 거, 선배는 언제 알았던 거예요?"

"어제 알았어."

"알자마자 바로 민경이를 찾아갔던 거예요?"

"응."

병실에 낮게 깔리는 그녀의 엷은 한숨 소리가 유독 크게 들려왔다.

"선배는 그동안 왜 한 번도 사실을 말하려 하지 않았어요?"

순간 말문이 막혔다. 입이 열 개라도 할 말이 없었다. 비록 그녀를 오해하고 있었다고는 하나 말하지 못할 이유는 없었다. 그럼에도 과거에 대해 말하지 않았던 건, 은연중에 자신을 버렸던 그녀를 원망하는 마음이 있었기 때문이다.

지난날을 돌이켜 보며 자책하는데 인해의 자그마한 혼잣말이 들려왔다.

"하긴 나도 내 얘길 다 하지 않았으니까."

누구보다도 가장 많이 상처받았을 그녀가 스스로를 탓하고 있었다. 가슴이 아팠다. 안타까운 마음에 그녀를 위로해 주고 싶었다. 네 잘못이 아니라고, 넌 하나도 잘못한 게 없다고, 잘못한 사람은 나라고 말해 주고 싶었다.

이수는 그녀에게 다가갔다. 그러나 그가 두어 발자국을 떼기도 전에 인해가 냉큼 선을 그었다.

"늦었으니까 그만 가세요."

고개만 돌리고 있던 인해가 아예 창가 쪽으로 돌아누우며 이불을 뒤집어썼다. 보고 싶지 않다는 확실한 의사표시였다. 그녀의 매몰찬 태도에 주눅이 든 건 아니었다. 그러나 이수는 그 자리에서 한 발자국도 움직이지 않았다.

일단 지금은 물러나야 했다. 그녀가 몸과 마음을 추스를 때까지 기다려 줘야 했다. 내 입장보다는 상처 입은 그녀를 먼저 헤아려 주어야 했다. 그럼에도 등을 보이고 있는 그녀를 보고 있노라니 마음이 무거웠다.

이수는 마지못해 몸을 돌렸다. 그러고는 조용히 병실에서 나왔다.

❀

"그게 뭡니까?"

"퀵으로 왔길래 협력업체에서 보낸 건 줄 알았더니……."

이 주임이 곤란한 얼굴로 말끝을 흐렸다. 그러더니 직접 보라는 듯 봉투를 이수에게 내밀었다. 이수는 대수롭지 않게 봉투를 받아 들었다.

'사직서'라는 세 글자가 눈에 확 들어왔다. 본능적으로 좋지 않은 예감이 들었다. 그는 재빨리 봉투 안의 내용물을 꺼냈다. 예상했던 대로 인해의 사직서였다.

"강 대리한테 연락해 봤어요?"

"네. 근데 핸드폰도 집 전화도 받지를 않아서……."

"알았어요. 내가 연락해 보죠."

이 주임이 물러나자마자 이수는 인해에게 전화를 걸었다. 이 주임의 말대로 인해는 전화를 받지 않았다. 그는 곧장 회사에서 나와 병원으로 달려갔다. 그를 맞이한 건 텅 빈 병실이었다.

그녀를 담당했던 간호사 말로는 며칠 더 입원해 정밀검사를 하려고 했는데 인해가 막무가내로 퇴원을 요구했다고 했다. 당장 아파트로 달려갔다. 초인종을 몇 번이나 눌러 보았지만 안에서는 아무런 응답도 돌아오지 않았다. 그는 문을 두드리며 소리쳤다.

"인해야, 나야!"

여전히 돌아오는 답은 없었다.

"안에 있으면 문 좀 열어 봐. 나랑 얘기 좀 해. 인해야!"

손이 벌게지도록 문을 두드렸지만 안은 조용하기만 했다. 불길한 예감이 스멀거리며 등줄기를 타고 올라왔다.

너무 이른 퇴원이었다. 정신을 잃고 쓰러져 있었던 인해의 모습이 생생하게 떠올랐다. 설마 또 혼자 쓰러져 있는 건 아니겠지. 불길한 상상을 애써 떨쳐 내며 이수는 서둘러 도어록의 번호를 눌렀다. 문이 열리자마자 망설임 없이 안으로 들어갔다.

"인해야!"

집 안은 텅 비어 있었다. 어디에도 인해의 모습은 보이지 않았다. 그는 인해의 작은집으로 전화를 걸었다. 몸이 성치 않으니 작은집으로 갔을 수도 있었다.

그러나 그녀는 작은집에 머물고 있지 않았다. 작은집에서도 현재 그녀의 행방을 모른다는 말을 끝으로 이수는 수화기를 내려놓았다.

눈앞이 깜깜했다. 이제 인해가 어디 있는지 더 이상 알아볼 데가 없었다. 어젯밤 그냥 가 버리는 게 아니었는데. 그녀를 혼자 두는 게 아니었는데.

이수는 다시 한 번 집 안을 둘러보았다. 어제와는 달리 집 안이 깔끔하게 정돈돼 있었다.

회사에 사표를 보내고 집을 청소하면서 그녀는 무슨 생각을 했을까. 주변을 깨끗하게 정리하고 온데간데없이 자취를 감춘 게 아무래도 수상쩍었다. 불길한 상상이 눈앞에 어른거린다. 설마 나쁜 마음을 먹은 건 아니겠지.

이수는 불안한 마음을 억누르며 서둘러 김 비서에게 전화를 걸었다. 신호가 얼마 가지 않아 익숙한 목소리가 건너왔다. 그는 다짜고짜 용건부터 밝혔다.

"급히 찾을 사람이 있어요."

[혹시…… 그분입니까?]

그동안 이수와 함께 인해의 과거를 찾는 일에 매달렸던 김 비서였다. 그래서 굳이 설명하지 않아도 누구를 찾는지 금세 알아차린 듯했다.

"네, 맞아요. 그 사람이 사라졌어요. 그러니까 수단과 방법 가리지 말고 찾아 주세요. 경찰이든 용역이든 상관없으니까 무슨 수를 써서라도 최대한 빨리 찾아야 합니다."

[알겠습니다.]

통화를 마친 그는 한숨을 길게 내쉬었다. 김 비서는 유능한 사람이니 반드시 인해의 행방을 찾을 수 있을 터였다.

수차례 심호흡을 하며 마음을 가라앉힌 이수의 얼굴이 점차 딱딱하게 굳어졌다. 그는 얼음처럼 차가운 시선으로 집 안을 둘러보았다.

눈이 가는 곳마다 인해의 손길이 닿아 있었다. 그녀가 있을 곳은 이곳이었다. 무슨 수를 써서라도 그녀를 이곳에 데려다 놓을 것이다. 회사에도 나오게 할 것이다. 세상으로부터 도망치지 못하게 할 것이다.

예전처럼 손 놓고 가만있을 생각은 추호도 없었다. 엇갈리면 엇갈린 만큼 바로잡을 것이다. 이번만큼은 절대로 휘둘리지 않을 것이다. 그게 누구든 간에. 설령 운명일지라도.

✺

2월의 바람은 매서웠다. 사방이 탁 트인 캠퍼스에 칼날 같은 바람이 거침없이 돌아다니고 있었다.

인해는 사나운 바람에 몸을 맡긴 채 벤치에 우두커니 앉아 있었다. 몇 시간이 지났는지 모르겠다. 가만히 앉아서 캠퍼스를 바라보고 있노라니 점차 시간 감각이 무뎌졌다.

학교에 올 생각은 추호도 없었다. 병원에도 집에도 있을 수가 없어서 무작정 길을 나선 것이었다. 발길 가는 대로 가다 보니 어느새 학교 정문 앞이었다.

겨울방학을 맞이한 캠퍼스는 쓸쓸하고 고요했다. 텅 빈 캠퍼스를 지키고 있는 건 앙상한 가지만 남은 나무들뿐이었다. 비록 계절에 따라 모습을 바꾸긴 하지만 1년 전에도 3년, 5년, 9년 전에도 나무들은 한결같이 이곳을 지키고 있었을 터였다.

싹이 돋고 잎이 무성해지고 낙엽이 지고 앙상해진 몸을 드러내면서 이곳에서 무슨 일들이 있었는지 하나도 빠짐없이 전부 지켜보았을 것이다. 나무가 말을 할 수 있었다면 좋았을 텐데. 그랬다면 모든 걸 물어보았을 텐데.

만약 기억을 잃지만 않았다면 이 모든 일들이 일어나지 않았을까? 수백 번은 족히 했을 쓸데없는 가정을 또 해 본다. 가정한다고 해서 이미 일어나 버린 일들이 없어지는 것도, 달라지는 것도 아닌데 자꾸만 생각을 하게 된다. 지금이라도 좋으니 전부 다 꿈이었으면 좋겠다.

인해는 고개를 절레절레 흔들었다. 여기서 뭐 하는 건지 모르겠다. 청승 그만 떨고 이제 일어나야 하는데 다리가 일어설 생각을 하지 않는다.

"인해야."

이름이 불리는 바람에 반사적으로 고개를 들었다. 어떤 남자가 눈앞에 서 있었다. 낯이 익었다. 지난번 학교에 왔을 때 학생식당에서 만났던 동아리 선배였다. 이름이 박재호라고 했던가.

"여기서 뭐 해? 안 추워?"

재호는 못 볼 걸 본 사람처럼 눈을 동그랗게 뜨고 있었다. 인해는 재호를 말없이 올려다보았다. 이 사람에게서 잃어버린 시절에 대해 전해 듣고 민경이 이수의 첫사랑이라고 착각했었다. 그때 재호가 자신에게 거짓말을 했다고는 생각하지 않는다. 단지 자신이 잘못 알아듣고 멋대로 생각했던 것뿐이다.

지금 자신에겐 그 시절에 대해 객관적으로 말해 줄 사람이 필요했다. 눈앞에 나타난 재호라는 선배가 적임자라는 생각이 들었다. 이 사람은 자신을 속일 이유가 없을 테니까.

다시 확인해 보고 싶었다. 이미 이수에게서 대답을 들었지만 한 번만 더 자신이 알고 있는 것들이 정말 사실인지 확인해 보고 싶었다. 마지막으로 한 번만 더.

"옛날 얘기 좀 해 주실래요?"

"응? 지난번에 해 줬잖아."

"그냥 한 번 더 듣고 싶어서요."

재호는 멀뚱한 표정으로 눈을 두어 번 깜박이더니 흔쾌히 수락했다.

"그래, 알았어. 뭐가 듣고 싶은데?"

"선배 기억 속의 나하고 이수 선배는 어땠어요?"

지난번과 같은 질문이었다. 재호도 같은 질문이라는 걸 알았는지 표정이 오묘해졌다.

"그냥 그대로, 솔직하게 말해 줘요."

그녀의 부탁에 재호는 한참을 고민하더니 조심스럽게 입을 열었다.

"뭘 알고 싶은 건지 모르겠지만, 너희들 실과 바늘 같았어. 한 번 헤어졌다가 다시 사귄 건데도 완전 닭살커플이었지. 솔직히 난 너희들 결혼까지 갈 줄 알았어. 나만 그렇게 생각한 게 아니라 다른 애들도 그렇게 생각했었어. 그래서 이수가 유학 가고 너 휴학했단 소식에 진짜 깜짝 놀랐었다니까."

"그랬군요."

인해가 멍하니 중얼거렸다. 실망할 것도 없었다. 역시 기적은 일어나지 않았다.

재호는 인해를 힐끔거리며 살펴보았다. 마치 남의 이야기하듯 대꾸하는 그녀가 이상해 보였다. 안색도 썩 좋아 보이지 않는다. 추운 날씨에 바깥에 오래 있어서 그런 줄 알았는데 자세히 보니 지난번보다 확연하게 핼쑥해져 있었다. 자꾸 이수와의 옛일을 물어보는 게 수상쩍었다. 이수와 무슨 일이라도 있었던 건가.

갑자기 인해가 벤치에서 벌떡 일어섰다. 넋이 나간 얼굴이었다. 누가 봐도 정상이 아니었다. 재호는 자기도 모르게 그녀의 팔을 붙들었다.

"어디 가려고?"

인해는 자신의 팔을 붙든 재호의 손을 물끄러미 쳐다보더니 힘없이 대꾸했다.

"엄마, 아빠한테 가려고요."

부모님한테 간다는 사람을 더 이상 붙들고 있을 수 없었다. 재호는 마지못해 인해의 팔을 놓아주었다. 휘적휘적 걸어가는 뒷모습이 위태로워 보였다. 저대로 혼자 가게 두어도 되는지 걱정스러웠다.

재호는 시간을 확인했다. 연구실에 가 봐야 할 시간이었다. 따라갈 수도 없고 그렇다고 그냥 내버려 두자니 찝찝했다.

안절부절못하며 고민하던 그는 급히 코트 안주머니를 뒤졌다. 지갑과 함께 딸려 나온 명함 케이스를 꺼내 마구 뒤졌다. 언젠가 이수에게서 받은 명함이 있을 터였다.

"여기 있었네."

간신히 찾은 이수의 명함을 바라보며 재호가 씨익 웃었다. 그는 명함에 적혀 있는 휴대전화 번호로 전화를 걸었다. 얼른 받아라. 얼른.

유독 오늘따라 연결 신호음이 길게 느껴졌다. 재호는 텅 빈 캠퍼스를 바라보며 바람에 한숨을 날려 보냈다.

14.

푸른색이라고는 전혀 찾아볼 수 없는 겨울 산은 적막하고 쓸쓸했다. 익숙하지만 어딘가 낯선 산길을 오르길 한 시간 남짓. 널따란 공터에 나란히 있는 두 기의 무덤이 시야에 들어왔다. 수십 그루의 나무가 울타리처럼 에워싸고 있는 무덤은 포근하고 안락해 보였다.

인해는 들고 있던 하얀 국화 꽃다발을 제단 위에 올려놓았다. 그러고는 비닐봉지에서 소주를 꺼내 무덤가에 뿌린 후 공손하게 절을 두 번 올렸다.

"엄마, 아빠 나 왔어. 오랜만이지?"

기일인 6월 29일 이후 발걸음 하지 않았으니 정말 오랜만이었다. 회사에 입사하기 전엔 자주 찾아왔었는데 사회인이 되다 보니 시간 내는 게 여의치가 않았다. 그러다 보니 일 년에 고작해야 두어 번 오는 게 전부였다.

"앞으로 자주 찾아올게. 이제 백수 돼서 시간 많거든."

엄마의 잔소리가 귀에 들려오는 듯했다. 엄마의 성격상 분명히 백수가 자랑이냐고 한 소리 늘어놨을 터였다. 인해는 헤헤 웃으며 중얼거렸다.

"좀 봐줘라. 그동안 정말 열심히 일했거든. 사람이 놀기도 해야지 일만 하면서 살 순 없잖아. 안 그래?"

그녀의 물음에 돌아오는 대답은 없었다. 차가운 겨울바람이 머리칼을 건드리며 지나갈 뿐이었다. 인해의 얼굴에서 차츰 웃음기가 사라졌다. 좀 전의 밝은 목소리는 온데간데없이 가라앉은 목소리가 허공에 울려 퍼졌다.

"나 힘들어. 그래서 좀 쉬어야겠어. 지금 이대로는 아무것도 못할 거 같거든."

변명처럼 늘어놓은 말 속에 진심이 섞여 들었다. 조금이나마 솔직한 심정을 입 밖으로 꺼내놓아서일까. 그동안 아무에게도 할 수 없었던 속의 말들이 하나하나 나오기 시작했다.

"내가 뭘 잘못했을까? 내가 뭘 그렇게 잘못했길래 나한테 그런 걸까? 응? 지금까지 열심히 살아왔다고 생각했었는데 아니었나 봐. 그러니까 나한테 그랬던 거겠지. 그치?"

부모님 앞이라서인지 설움이 북받쳐 올랐다. 지금까지 살아온 날들이 주마등처럼 눈앞을 스쳐 지나갔다. 혼자 남겨진 후 누구에게도 투정을 부릴 수 없었고, 어리광을 피울 수도 없었으며, 억울한 일을 당해도 하소연조차 제대로 할 수 없었다. 모든 것을 혼자서 조용히 삭여야 했었다.

그나마 곁에 있는 사람들 덕분에 숨통이나마 트고 살아왔던 나날이었다. 그런데 그 숨통마저 이제 사라지고 없었다. 남은 거라고는 갈가리 찢겨져 텅 비어 버린 마음뿐이었다.

"아무도 없어. 믿을 사람이 하나도 없어. 나 이제 어떻게 살아야 해? 그때 엄마랑 아빠랑 같이 갔어야 했는데 쓸데없이 나 혼자만 살아남아서 지금 벌받고 있는 건가 봐. 나 이제 어떡해야 해?"

눈앞이 뿌옇게 흐려지더니 풍경이 이지러졌다. 눈을 깜박이자 눈물이 볼을 타고 흘러내린다. 인해는 눈물을 닦을 생각조차 하지 않은 채 두 팔을 벌려 봉분을 껴안았다.

흙냄새와 뒤섞인 마른 풀내음이 콧속으로 파고들었다. 이젠 기억조차 희미해진 엄마 냄새 같았다. 인해는 그 냄새를 폐부 깊숙이 들이마셨다.

미안해, 엄마. 제대로 살지 못해서. 엄마, 아빠 몫까지 잘 살았어야 하는데. 미안해. 미안해. 미안해.

차마 말이 되어 나오지 못한 마음이 눈물이 되어 계속 흘러내렸다.

산에서 내려온 인해는 곧장 버스 터미널로 향했다. 그러고는 가장 빨리 출발하는 버스표를 샀다. 행선지는 확인하지 않았다. 어디로 가든 상관없었다. 어차피 혼자인 건 매한가지일 테니.

버스에 올라타 눈을 감았다. 엔진 소리와 함께 미약한 진동이 느껴졌다. 버스가 출발한다는 걸 인지한 후 얼마 되지 않아 수마가 덮쳐 왔다. 인해는 곧바로 깊은 잠에 빠져들었다. 오랜만에 찾아온 제대로 된 숙면이었다.

"아가씨, 그만 일어나요. 아가씨."

누군가가 몸을 계속 흔드는 통에 인해는 무거운 눈꺼풀을 들어 올렸다. 처음 보는 낯선 남자가 그녀를 바라보고 있었다.

순간적으로 흠칫 놀랐던 인해는 곧 남자가 버스 기사라는 걸 깨달았다. 인해가 눈을 뜨자 기사는 안도의 한숨을 내쉬며 말했다.

"어휴, 십년감수했네. 아무리 깨워도 안 일어나서 얼마나 놀랐는지 알아요? 다 왔으니까 얼른 내려요."

주위를 둘러보니 아무도 없었다. 창밖은 어둠이 내려 있었다. 버스를 탈 때만 하더라도 환했던 하늘이 어두워진 걸 보니 시간이 꽤 지난 모양이었다. 간만에 숙면을 취한 덕분인지 몸이 가벼웠다. 무거웠던 머리도 한결 개운해져 있었다.

버스에서 내리자 낯선 거리의 풍경이 눈에 들어왔다. 불을 환하게 밝힌 네온사인을 바라보며 걷는데 바람결에 비릿한 냄새가 실려왔다. 인근에 바다가 있는 듯했다.

인해는 사람들에게 물어물어 바닷가로 찾아갔다. 길가에 늘어서 있는 횟집과 포장마차를 지나 인적이 드문 곳으로 걸어갔다.

겨울의 밤바다는 먹물을 풀어 놓은 것처럼 새카맸다. 해가 넘어간 하늘과 경계를 분간하기 어려울 정도로 바다는 아무것도 보이지 않았다. 규칙적으로 들려오는 파도 소리만이 바다라는 걸 짐작하게 할 따름이었다.

인해는 바닷바람을 고스란히 맞으며 전방을 멍하니 주시했다. 아무것도 보이지 않아서 그런지 아무것도 없는 것처럼 보인다. 마치 자신의 마음처럼.

까만 공간을 계속 바라보고 있자니 눈을 뜨고 있는 건지 감고 있는 건지 모호해졌다. 시선을 돌리려는 순간 무언가가 인해의 눈길을 사로잡았다.

저 멀리 반짝이는 물체가 있었다. 밤하늘에 떠 있는 별치고는 지나치게 밝고 또렷했다. 한참 바라본 후에야 집어등이라는 걸 깨달았다.

불빛의 정체를 알았는데도 불구하고 눈을 뗄 수가 없었다. 차가운 겨울 밤바다 위를 비추고 있는 불빛은 유난히 하얗고 밝아 보였다. 창백할 정도로 차가운 빛이지만 한편으로는 따뜻하게 보이기도 했다.

문득 하얀 얼굴이 떠올랐다. 차갑고 서늘하지만 누구보다도 환하고 따뜻하게 빛나던 사람이.

그 사람과 닮은 불빛이 어둠을 비추고 있었다. 마치 등대처럼 길을 안내해 주고 있는 것 같았다. 거기 있지 말고 이리로 오라는 듯이 손짓하고 있는 것만 같았다.

인해는 저도 모르게 발을 뗐다. 한 걸음 한 걸음 걷다 보니 어느 순간 발목에 바닷물이 휘감겼다. 얼음장처럼 차가웠다. 순식간에 살갗에 소름이 돋았다.

온몸이 떨려 왔지만 무언가에 홀린 것처럼 걸음을 멈출 수가 없었다. 허리까지 물이 차올랐을 때였다.

"인해야!"

멀리서 누군가가 자신을 부르고 있었다. 귀에 익은 목소리였다. 인해의 입가에 쓴웃음이 떠올랐다. 정상이 아니긴 아닌 모양이었다. 이젠 환청까지 들리다니. 그가 여기 있을 리 없는데.

인해는 계속 앞으로 걸어갔다. 발밑에 닿는 땅이 점점 멀어지는 느낌이었다. 밀려오는 파도의 힘에 못 이겨 몸이 중심을 잃고 휘청거렸다. 물에 빠지는 건 순식간이었다.

아무것도 보이지도 들리지도 않았다. 인해는 물살에 몸을 맡기며 가만히 눈을 감았다. 이젠 떨리지도 춥지도 않았다. 이것도 그리 나쁘지 않다고 생각할 무렵이었다.

무언가가 갑자기 몸을 끌어당겼다. 물살과는 확연히 다른 힘이었다. 강한 힘에 이끌려 어딘가로 끌려갔다.

게슴츠레하게 눈을 뜨자 어느새 물 밖으로 나와 있었다. 아까는 전혀 들리지 않았던 파도 소리가 아주 가까이에서 들려왔다.

"정신이 들어?"

파도 소리가 아닌 사람의 목소리가 들려왔다. 목소리가 들려온 방향으로 고개를 돌리자 낯이 익은 얼굴이 있었다. 꿈을 꾸고 있는 건가. 몇 번이나 눈을 감았다 떴지만 그는 사라지지 않았다. 정말 이수가 눈앞에 있었다. 아까 들은 게 환청이 아니었나 보다.

"미쳤어? 죽으려고 환장했어? 이게 뭐하는 짓이야?"

그는 무척 화가 나 있었다. 자세히 보니 온몸이 흠뻑 젖어 있었다. 그가 자신을 바다에서 데리고 나온 듯했다. 죽을 생각은 없었다. 진심이었다. 정말 죽을 생각은 눈곱만큼도 한 적이 없었다.

죽을 생각이 없었다고 말하려 했지만 한마디도 할 수 없었다. 멍하니 그를 바라보고만 있는데 그가 몸을 일으켰다. 그러더니 자신을 일으켜 세우며 나지막하게 중얼거렸다.

"일단 몸부터 녹이자."

그제야 인해는 자신이 사시나무처럼 떨고 있다는 걸 깨달았다.

차가운 겨울 바다에 빠졌다가 이제 막 나온 참이었다. 바람이 불 때마다 젖은 살갗이 얼어붙는 느낌이었다. 이수도 마찬가지일 터였다. 인해는 이수가 이끄는 대로 인근 모텔로 들어갔다.

모텔 방에 들어가자마자 이수는 욕실에 들어가 욕조에 뜨거운 물을 받았다. 그러고는 인해의 옷을 벗기고 욕조로 밀어 넣었다. 그도 옷을 벗고 욕조로 들어왔다.

따뜻한 물에 몸을 담그고 있자 점차 떨림이 가라앉았다. 긴장했던 근육이 풀어지면서 노곤한 기분마저 들었다. 인해는 몸을 웅크리고 고개를 숙였다. 맞은편에서 이수의 시선이 따가울 정도로 느껴졌지만 고개를 들지 않았다.

달리 입을 옷이 없어서 목욕 가운을 걸치고 나왔다. 인해는 침대에, 이수는 바닥에 앉았다.

두 사람은 꿀 먹은 벙어리처럼 아무 말도 하지 않았다. 숨소리조차 들리지 않을 정도로 방 안은 조용했다. 창밖에서 파도치는 소리만 간간이 들려올 뿐이었다. 인해는 벽에 기대어 앉은 이수를 물끄러미 바라보았다. 그가 어떻게 여기 있는 건지 모르겠다.

"사람 붙였어요?"

그녀의 물음에 즉각 가시 돋친 대꾸가 날아왔다.

"오늘처럼 허튼짓할 거면 사람 붙일 생각도 있어."

허튼짓이라면 바다에 들어갔던 걸 말하나 보다. 정말 죽을 생각은 없었다고 말하려니 구차한 변명처럼 들릴 것 같아 인해는 그냥 입을 다물어 버렸다.

이수는 나지막한 한숨을 내쉬며 오늘 하루를 되돌아보았다. 다사다난했던 하루였다. 퀵으로 보내진 인해의 사표를 보자마자 당장 그녀의 집으로 향했다. 그녀는 온데간데없었다.

그녀의 행방을 알 수 없어서 난감하던 차였다. 김 비서와 통화를 마친 직후 느닷없이 재호에게서 전화가 걸려 왔다. 그에게서 인해가 학교에 갔다가 부모님을 만나러 간다는 정보를 입수한 이수는 당장 인해의 작은집에 전화를 걸었다. 작은어머니에게서 인해의 부모님이 모셔진 곳을 알아내고는 곧장 달려갔다. 다행히 그곳에 그녀가 있었다.

인해를 만나면 먼저 사표에 대해 따져 물을 생각이었다. 그러나 부모님의 무덤 앞에서 넋두리를 하는 그녀의 모습을 보고는 아무 말도 할 수가 없었다. 그 순간 그녀의 고통이 생생하게 피부로 와 닿았다.

그는 생각을 바꿔 조용히 인해의 뒤를 따랐다. 그녀는 바람처럼 여기저기 흘러 다녔다. 동상처럼 우뚝 서서 까만 밤바다를 바라보는 그녀를 보고 있노라니 마치 어둠 속으로 사라질 것처럼 위태로워 보였다.

잠깐 한눈을 판 사이에 일이 벌어졌다. 그녀가 시커먼 바다로 걸어 들어가고 있었다. 앞뒤 생각할 겨를이 없었다. 무작정 바다로 뛰어들었다. 사방이 어두워서 아무것도 보이지 않았다.

얼음장 같은 물에서 허우적거리다 보니 온몸이 금세 굳어 들었다. 팔다리가 나무토막처럼 뻣뻣해져서 한계라고 생각될 무렵이었다. 손끝에 무언가가 걸려들었다. 본능적으로 그녀라는 걸 알았다. 그는 혼신의 힘을 다해 그녀를 데리고 뭍으로 올라왔다.

이수는 두 손을 물끄러미 내려다보았다. 만약 아까 이 손끝에 그녀가 걸려들지 않았다면……. 상상도 하고 싶지 않았다. 그는 고개를 흔들며 상념을 떨쳐 버렸다. 그녀에게 할 말이 있었다.

"다음 주부터 출근해."

"사표 수리해 줘요."

"지금 힘든 거 알아. 근데 힘들다고 회사를 그만둘 것까진 없잖아."

"좀 쉬고 싶어요."

한마디도 지지 않고 대꾸하는 인해의 결심은 확고해 보였다. 결국 이 방법밖에 없는 건가. 한숨을 내쉬며 이수가 말했다.

"내가 그만둘게."

인해의 시선이 이수에게 향했다. 이수는 인해의 시선을 피하지 않았다. 지친 눈으로 그를 바라보던 인해가 뜻밖의 말을 꺼냈다.

"선배 아버지가 혹시 회장님이에요?"

순간적으로 이수의 얼굴에 당혹감이 스쳐 지나갔다. 굳이 대답을 듣지 않아도 알 것 같았다. 이번에도 이 주임은 나무에서 떨어지지 않았다.

"선배가 회사를 그만둔다고 해도 아버지가 회장님인데 의미가 있겠어요? 그냥 사표나 수리해 줘요."

"어떻게 알았는지 모르겠지만, 우리 아버지가 누군지 알면 네가 부담스러워할까 봐 말하지 않았던 거야. 다른 직원들 눈치도 보였고. 어쨌든 미리 말하지 않은 건 내가 잘못했어. 미안해."

"그거랑 회사 그만두는 건 아무 상관없어요. 선배 아버지 때문에 회사 그만두는 건 아니니까."

대답 대신 긴 한숨 소리가 들려왔다. 침묵이 찾아왔다. 불편한 침묵이었다. 얼마 전까지만 해도 그와 말 한마디 나누지 않아도 불편하다고 생각한 적이 없었건만.

인해의 입가에 쓴웃음이 맴돌았다. 한참 만에 가라앉은 이수의 목소리가 들려왔다.

"회사 그만두면 앞으로 뭐 할 생각인데?"

말문이 막혔다. 그러고 보니 회사를 그만둔 이후 어떻게 할 것인지 전혀 생각하지 않았다. 그럴 겨를이 없었다. 한 사무실에서 매일 이수를 볼 수 없다는 생각에 무작정 사표부터 쓴 것이었다.

회사를 그만두면 당장 적금부터 깨야 할 판이었다. 지금 살고 있는 아파트를 얻을 때 가지고 있던 여윳돈은 죄다 써 버렸으니 적금을 깨서 생활비를 충당해야 했다.

생각해 보니 공과금도 아직 내지 못했다. 아파트 관리비는 물론이고 요즘 날씨가 꽤 추웠는데 계량기가 동파되지나 않았을지 걱정이 되었다.

그동안 잊고 있었던 현실적인 문제를 줄줄이 떠올리던 인해의 입가에 쓴웃음이 걸렸다. 이렇게 된 마당에 관리비와 공과금 따위를 걱정하고 있는 자신이 웃겼다.

세상에 믿을 사람 하나 없이 달랑 혼자 남겨졌어도 살아갈 걱정을 하게 될 줄은 꿈에도 몰랐었다. 이래서 사는구나 싶기도 했다. 혼자라도 살아 있으면 어떡해서든 살아지나 보다.

소리 없이 웃고 있는 인해는 몹시 슬퍼 보였다. 심신이 지쳐 있을 터였다. 이수는 조용히 몸을 일으켰다.

"늦었으니까 오늘은 그만 자."

이수는 전등 스위치를 내렸다. 방 안은 금세 어둠에 잠겼다. 인해는 어둠 속에서 가만히 눈을 깜박거렸다. 금방이라도 까라질 것처럼 피곤한데 아까 버스에서 잠깐 눈을 붙여서인지 잠이 오지 않았다.

이리저리 뒤척이던 인해의 시야에 문득 이수의 모습이 들어왔다. 그는 아까처럼 벽에 기대어 앉아 있었다. 가만히 이수를 바라보던 인해는 반대로 돌아누웠다.

얼마 전까지만 해도 그와 단둘이 있으면 가슴이 부산스럽게 뛰고 설레었었는데 지금은 그저 조용하기만 하다. 소리 없는 한숨을 내쉴 때였다.

"미안해. 힘들 때 옆에 있어 주지 못해서."

어둠 속에서 불쑥 그의 목소리가 건너왔다. 서늘하지만 촉촉하게 젖어 있는 목소리였다. 후회와 자책이 묻어 있는 목소리였다. 지금 고개를 돌리면 왠지 이수와 눈이 마주칠 것만 같았다. 인해는 몸을 벽 쪽으로 더욱 붙이며 무뚝뚝하게 대꾸했다.

"사과할 필요 없어요. 선배가 잘못한 것도 아니잖아요."

교통사고도 수술 중에 사고가 난 것도 그의 잘못이 아니었다. 그냥 재수가 없었을 뿐이다. 자신도 그도 그저 얄궂은 운명에 휘말린 죄밖에 없었다. 자책하는 말도 사과도 듣고 싶지 않았다.

"인해야……."

"전에 선배가 그랬었죠. 과거를 잊겠다고. 그렇게 해요. 나 같은 거 그냥 잊어버려요."

그녀의 말이 끝나기 무섭게 다급한 목소리가 날아왔다.

"그때 그렇게 말했던 건 널 잊겠다고 한 게 아니었어. 난 다시 시작하자는 의미로 과거를 잊겠다고 한 거였어."

다시 시작하자는 의미로 그랬다고? 불현듯 속에서 뜨거운 것이

치솟았다. 인해는 벌떡 일어나 앉았다. 그러고는 이수를 향해 고개를 돌렸다. 그동안 안으로 삭혔던 말들이 순식간에 바깥으로 튀어나왔다.

"그럼 말해 봐요. 선배 나랑 만난 거 우연 맞아요? 옆집에 이사 온 것도, 팀장이 된 것도 우연이었어요?"

"그건······."

그녀의 추궁에 당황했는지 이수는 말끝을 흐리며 제대로 대답하지 못했다. 인해는 허탈한 웃음을 흘렸다.

"그래요. 선배는 내가 원망스러웠겠죠. 그래서 복수하고 싶었던 거 아니에요?"

"복수라니? 지금 무슨 소리를 하는 거야?"

"내가 옛날에 선배를 차 버린 것 때문에 나한테 복수하려고 일부러 접근해서 사귀자고 했던 거 아녜요?"

"뭐? 누가 그래? 누가 너한테 내가 복수한다고 한 거야?!"

노성이 방 안을 쩌렁쩌렁 울렸다. 인해는 내심 깜짝 놀랐다. 이렇게 화를 내는 이수를 보는 건 처음이었다. 그의 격앙된 반응으로 미루어 보아 아무래도 잘못 짚은 모양이었다. 의도적으로 접근한 건 맞아도 복수할 생각으로 접근한 건 아니라는 건가. 혼란스러웠다. 그러나 인해는 이내 고개를 가로저었다.

"그럼 그 여자는 누구예요?"

"여자?"

"회사로 어떤 여자가 선배를 찾아왔었어요."

"여자가 나를 찾아왔다고?"

금시초문이라는 투였다. 그는 영문을 알 수 없다는 듯 그녀에게 물었다.

"어떤 여자였는데? 이름이 뭐래?"

"그걸 알면 선배한테 물어보겠어요?"

불퉁한 그녀의 대꾸에 이수는 입을 다물었다. 얼마 지나지 않아 기가 막힌다는 목소리가 들려왔다.

"설마 내가 양다리라도 걸쳤다고 생각한 거야? 너한테 복수하려고?"

침묵으로 긍정하자 그가 어이없다는 투로 중얼거렸다.

"정말 미치겠군."

억울하다 못해 자신에게 서운한 기색마저 내비치는 그였다. 곧이어 그가 단호하게 부정했다.

"아니야. 그 여자가 누군지 모르겠지만 나한텐 너뿐이야."

확신에 찬 어조였다. 자신을 똑바로 향하고 있는 그의 올곧은 시선이 느껴졌다. 인해는 고개를 옆으로 돌리며 그의 시선을 피했다.

그때 그 여자는 분명히 이수를 알고 있었다. 그냥 아는 정도가 아니라 여간 친한 사이가 아닌 게 틀림없었다. 그런 여자를 모른다니 말이 되지 않았다.

아무리 그의 눈과 말이 진실처럼 느껴진다 해도 믿을 수가 없었다. 마음을 터놓고 믿고 따르던 사람들에게 감쪽같이 기만당했던 자신이었다. 이제 더는 아무도 믿고 싶지 않았다. 아니, 믿지 않을 것이다.

이수는 단호한 목소리로 말을 이어 갔다.

"난 너랑 다시 잘해 보고 싶었어. 물론 처음에는 복수할 생각도 있긴 있었어. 하지만 그건 아주 잠깐이었어. 내가 진짜 원하는 건 복수가 아니었어."

정색을 하고 해명하는 그를 보고 있자니 이상하게 서글퍼진다. 복수하려는 게 아니라 잘해 보려고 했단다. 예전이라면 분명히 아무 의심 없이 그의 말을 믿고 기뻐했을 것이다. 하지만 지금은 마냥 허탈하고 슬프기만 했다. 인해는 화제를 돌려 버렸다.

"무슨 일이 있었는지 나중에 말해 준다고 했었죠? 더 기다려야 해요?"

갑자기 휴가를 내더니 집에도 들어오지 않고 연락도 되지 않았던 그였다. 사흘 후에 아파트에 찾아와 나중에 말해 주겠다고 했지만 지금까지 아무 말도 하지 않고 있었다. 이수는 머뭇거리더니 천천히 입을 열었다.

"내가 오해를 좀 했었어."

"무슨 오해요?"

"네가 전에 사귀었던 남자와 만나는 걸 봤었어. 그래서 오해를 했었어."

귀가 번쩍 뜨였다. 누구와 만나는 걸 봤다고?

"내가 승준 씨하고 만나는 걸 봤다고요?"

"본가로 가다가 널 보고 가려고 차를 돌렸었거든. 그러다가 보게 됐어."

승준과 만났던 날이 떠올랐다. 그날 밤 이수로부터 전화가 왔었다. 그가 낮에 무슨 일이 있었냐고 물어보았던 기억이 났다.

다 알고서 물어본 거였구나. 알고 있는 사람한테 승준과 만난 사실을 말하지 않았으니 오해할 만도 했다. 그런데 이상한 게 하나 있었다.

"내가 만난 사람이 승준 씨인 줄 선배가 어떻게 알았어요?"

이수는 승준을 본 적이 없었다. 그런데 어떻게 자신이 만난 사람이 승준이라는 걸 알았던 걸까.

"전에 우연히 너랑 그 사람이 같이 있던 걸 본 적이 있어."

이수의 대답은 뜻밖이었다. 인해는 승준과 사귀었던 시절을 재빨리 더듬어 보았다. 이수를 만났던 기억은 어디에도 없었다. 도대체 언제 봤다는 건지 모르겠다.

"언제요?"

"2년 전에 잠깐 한국에 들어왔을 때 봤었어. 네가 내 옆을 지나갔었어."

"내가 선배 옆을 지나갔었다고요?"

기억이 멀쩡할 때도 이수를 만났었는데 어째서 그를 알아보지 못했던 걸까. 인해는 새삼 자괴감에 빠져들었다. 아무리 이수를 모를 때였다고 해도 그처럼 눈에 띄는 사람을 보고도 기억하지 못하다니.

"아주 잠깐이었어. 난 너한테 길 가던 행인 중의 하나였을 거야. 내 옆을 스쳐 지나간 사람을 일일이 기억하는 사람은 아무도 없어. 신경 쓰지 마."

이수는 인해의 마음을 헤아려 주듯 심상하게 말했다. 인해는 당시 이수가 자신을 보았을 때의 상황을 그려 보았다. 그를 알아보지 못한 자신과 자신을 알아본 그. 그때 그는 어떤 마음으로 승준과 만나는 자신을 지켜보았을까.

서글픈 마음에 입술을 깨물고 고개를 숙이는데 담담한 그의 목소리가 들려왔다.

"네가 그 남자를 택한다고 할까 봐 겁이 났었어. 이번에도 또 너한테 버려지면 견딜 수 없을 것 같았거든. 그래서 널 볼 수가 없었어."

"그럼 아파트엔 왜 찾아왔었던 거예요?"

잠수를 탄 지 사흘 만에 이수는 자신 앞에 나타났었다. 그때 오해가 풀렸을 거라고는 생각되지 않았다. 이수는 바로 대답하지 않았다. 심지어 주저하는 기색마저 느껴졌다. 좀처럼 말을 꺼내지 못하는 걸 보니 곤란한 이야기인 듯했다. 그가 이윽고 입을 열었다.

"널 찾아갔던 날, 네가 기억을 잃었다는 걸 알게 됐어. 그때까지 난 네가 날 모른 척한다고 오해했었거든. 내가 없었던 과거에 네게 무슨 일이 있었는지 더 자세히 알아봐야겠다는 생각이 들었어. 그 후에 연락을 못 한 건 그래서였어."

해야 할 일이 있다고 하더니. 자신의 과거를 조사하는 일이었던 모양이다. 마음 깊숙이 남아 있던 의문이 풀렸는데도 전혀 후련하지 않았다. 외려 비참하고 슬프기만 했다.

복수하려는 게 아니었다는 그의 해명을 들었을 때도 마찬가지였다. 그 이유를 이제 알 것 같았다. 인해는 심호흡을 한 후 눈을 감았다 떴다. 그러고는 담담하게 입을 열었다.

"이제부터 우리 서로 보지 말아요."

그녀의 말이 끝나기 무섭게 이수가 벌떡 일어섰다.

"그게 무슨 말이야? 내가 네 과거를 멋대로 조사해서 그런 거라면……."

"아니요. 그것 때문이 아니에요."

그녀는 그의 말을 자르며 단호하게 말했다.

"그럼 왜 그러는 건데?"

"그동안 시간은 충분했어요. 과거의 오해를 풀고 서로를 알아갈 시간은. 근데 우린 그러지 않았어요."

고작 몇 마디 말로 오해는 금방 풀려 버렸다. 허무할 정도로 너무나 쉽게. 만약 처음부터 서로에게 숨김없이 허심탄회하게 말했더라면 오해할 일은 없었을 것이다.

하지만 그도 자신도 그렇게 하지 못했다. 세상에서 가장 가까운 사이인 줄 알았는데 알고 보니 세상에서 가장 먼 사이였던 것이다. 그 사실이 너무나 비참하고 허무하고 슬퍼서 견딜 수가 없었다.

"지금부터 알아 가면 돼."

감정을 억누른 듯한 그의 목소리가 들려왔다. 인해는 쓰게 웃었다.

"아니요. 안 될 거예요."

"인해야."

"그날 들어서 알겠지만 그동안 선배랑 민경이 사이를 오해했었어요. 민경이가 선배 첫사랑이라고. 그래서 선배와 사귀면서도 죄책감 때문에 마음 놓고 좋아할 수가 없었어요."

이수는 아무 말도 하지 못했다. 파도 소리만이 멀리서 아련하게 들려왔다. 파도 소리에 귀를 기울이니 차츰 마음이 잔잔하게 가라앉는다. 인해는 차분하게 말을 이어 갔다.

"선배가 처음부터 있는 그대로 이야기해 줬다면 그런 오해는 하

422

지 않았을 거예요. 선배만 탓하는 건 아니에요. 나도 잘못했어요. 내가 기억을 잃었다고 말했다면 선배가 날 오해할 일도 없었을 거고 내 뒷조사를 할 일도 없었겠죠. 선배도 나도 서로에게 해야 할 말을 하지 않았던 거예요. 서로를 믿지 못했던 거예요."

"이제부터 전부 다 말하면 되잖아."

괴로운 듯 억눌린 목소리로 그가 힘겹게 대꾸했다. 인해는 가만히 고개를 가로저었다.

"승준 씨는 처음부터 내 기억에 문제가 있다는 걸 알고 있었어요. 그 사람이 떠났을 때, 날 가엾게 여겨서 잘해 주다가 지쳐서 떠나 버렸다고 생각했었죠. 진실은 그렇지 않았지만요. 어쨌든 진실을 알기 전에는 선배도 그 사람처럼 그럴까 봐 나한테 문제가 있다는 걸 말하지 않았어요. 내가 선배를 기억하지 못할 때마다 선배가 실망한다는 걸 뻔히 알면서도 그랬어요. 그러니까 난 나를 위해서 선배를 기만했던 거였어요. 앞으로 또 그러지 말란 법은 없어요. 아니, 또 그럴 거예요, 난."

승준과 민경을 너그럽게 용서할 마음은 아직 없었다. 하지만 자신을 기만했던 그들의 마음을 조금은 이해할 수 있을 것도 같았다. 자신 또한 그러했기에. 만약 승준이 나타나지 않았다면 아마 영원히 이수에게 말해야 한다고 생각하지 않았을 것이다.

"어쨌든 우린 이미 한 번 깨졌던 유리병이에요. 깨진 유리병을 다시 붙인다고 깨지기 전의 모습으로 돌아갈 순 없어요."

과거에 자신과 그가 어떤 사랑을 했든 이미 끝난 일이었다. 그때와 같은 사랑을 하는 건 불가능할 터였다. 사랑은 서로에 대한 믿음 없이는 존재할 수 없었다. 그런데 그와 자신은 처음부터 서로를 믿지 않았다.

오해가 풀렸다고 해서 없었던 믿음이 갑자기 생겨날 리 없다. 그는 자신을 믿을 수 있을지 몰라도 자신은 아니었다. 이제 자신은 그를 믿을 수 없었다. 비단 그뿐만이 아니었다. 아무도 믿을 수 없었다.

눈시울이 뜨거워졌다. 가슴이 찢어질 것처럼 아팠다. 그럼에도 불구하고 인해는 힘겹게 입을 열었다.

"이제 그만해요."

시간이 꽤 지났는데도 창밖은 칠흑처럼 새카맣기만 했다. 밤은 여전히 깊었다.

❀

모니터를 뚫어져라 쳐다보던 인해는 뻐근한 고개를 뒤로 젖혔다. 오랜만에 자기소개서를 쓰려고 하니 막막했다. 하얀 빈칸이 너무나도 광활해 보였다.

그녀는 의자에서 일어나 주방으로 갔다. 전기포트에 물을 붓고 스위치를 누른 후 커피믹스를 하나 집어 들었다. 얼핏 창문 너머로 연둣빛 싹이 돋아난 나뭇가지가 보였다.

날씨가 하루가 다르게 달라지고 있었다. 사람들의 옷차림도 점차 가벼워지고 있었다. 하지만 인해는 여전히 겨울옷을 입고 있었다. 추위를 심하게 타는 편도 아닌데 올해는 이상하게 자꾸만 추워서 옷을 마구 껴입게 된다. 그녀에게 봄은 아직 먼 나라 이야기였다.

뜨거운 물을 컵에 붓고 커피믹스를 탔다. 달콤한 커피 향기를 느끼며 창밖을 내다보았다.

민경의 고백을 들었던 날, 그때까지 발을 딛고 있었던 세상이 전부 무너져 버렸다. 그러나 해가 서쪽에서 뜬다거나 땅이 갈라진다거나 바다가 육지를 덮어 버리는 따위의 일은 일어나지 않았다.

그전과 똑같은 평범한 일상이 계속되고 있었다. 그날 무너진 줄 알았던 세상은 아무 일도 없었다는 듯이 순리대로 돌아가고 있었다.

자신의 세상이 무너졌어도 실제로 세상은 무너지지 않았다. 아무리 죽을 것같이 아파도 이력서와 자기소개서를 쓰며 앞으로 살아갈 궁리를 하고 있었다.

주위에 아무도 없어도 혼자서 얼마든지 잘 살아갈 수 있었다. 아무도 곁에 두지 않는다면 사람으로 인한 배신감도 실망도 원망도 없는 삶이 될 터였다.

그러나 사람을 통해서만 얻을 수 있는 기쁨이나 희열이나 감동은 느낄 수 없을 것이다. 별로 아쉽지는 않았다. 생에 의미를 두지만 않는다면 이렇게 사는 것도 딱히 나쁘지 않다는 생각이 들었다.

갑자기 몸이 부들부들 떨려 왔다. 느닷없이 찾아온 오한에 인해는 얼른 뜨거운 커피를 한 모금 마셨다. 따뜻한 기운이 얼어붙은 것 같은 속을 달래 주었다.

그래, 이거면 됐다. 한 잔의 커피로 위안을 얻을 수만 있다면 다른 건 필요 없었다.

자기소개서를 대충 마무리하고 시간을 확인해 보니 저녁 9시가 훌쩍 넘어가 있었다. 저녁을 걸렀다는 걸 깨달은 인해는 잠시 고민 했다. 저녁을 해서 먹자니 늦은 시간이었고 귀찮기도 했다.

그녀는 상의를 걸치고 인근 편의점으로 향했다. 간단하게 먹을 요량으로 컵라면과 삼각 김밥을 사 들고 집으로 돌아오는데 전화가 걸려 왔다. 발신인을 보니 이 주임이었다.

뜻밖이었다. 직장에서 친하게 지냈던 이 주임이지만 사적으로 연락할 정도로 친한 건 아니었다. 무슨 일로 전화를 한 걸까.

그러고 보니 자신이 기획했던 네일 세트를 대신 떠맡아 별 탈 없이 무사히 출시시킨 이 주임이었다. 어쩌다 보니 인수인계조차 못하고 회사를 그만둔 꼴이었다. 자신에게 물어볼 게 있어서 전화한 건가.

[강 대리님, 저예요.]

"그래, 무슨 일이야?"

[무슨 일이라뇨. 그동안 어쩜 전화 한 통 없을 수가 있어요? 도대체 어디가 아파서 이렇게 오랫동안 회사에 못 나오는 거예요? 혹시 수술이라도 한 거예요? 그래서 아예 푹 쉬려고 사표 냈던 거예요? 그래도 사표는 너무했잖아요. 어차피 병가 낸 거로 되어 있는데. 제가 대리님 사표 퀵으로 받고 얼마나 놀랐는지 알아요?]

이수는 끝내 사표를 수리해 주지 않은 모양이었다. 인해는 담담하게 말했다.

"나 회사 그만뒀어."

[네? 그게 무슨 말이에요? 팀장님도 그만뒀는데 강 대리님까지 그만두다니요?]

"팀장님이 그만두다니?"

[몰라요, 어제 갑자기 그만둬 버려서 지금 다들 패닉에 빠져 있어요.]

한 달 전쯤 바닷가 모텔에서 이수가 마지막으로 했던 말이 떠올랐다. 그는 집도 내놓고 회사도 그만둘 테니 자신더러 출근하라고 했었다.

얼마 전 옆집은 주인이 바뀌었다. 회사까지 그만두었으니 이수는 그가 한 말을 전부 지킨 셈이었다. 하지만 인해는 그의 말을 따를 생각이 눈곱만큼도 없었다. 그녀는 그의 제안에 동의한 적이 없었다. 그러니 따를 의무도 없었다.

[저 궁금한 게 하나 있는데, 물어봐도 돼요?]

조심스러워하는 이 주임의 목소리가 건너왔다. 아마 오늘 전화를 건 목적이리라. 이 주임이 무엇을 궁금해하는지 대충 감이 왔지만 인해는 순순히 수락했다.

"그래."

[저기, 강 대리님이랑 팀장님이랑 뭔가 있었죠?]

역시, 예상했던 질문이다. 인해는 피식 웃으며 대꾸했다.

"옛날에 비해 감이 떨어졌네. 그걸 이제야 알았다니."

[맞아요? 세상에, 맞구나. 혹시나 했었는데.]

"다 끝난 일이니까 너무 떠들고 다니진 마."

회사 소식통인 이 주임에게 씨알도 안 먹힐 부탁이었지만 일단은 해 보았다.

[제가 말 안 해도 다들 대강 눈치챘어요. 근데 회사까지 그만둘 정도로 안 좋은 거예요? 혹시 저번에 팀장님 찾아왔었던 그 여자 때문이에요?]

427

문득 사무실로 이수를 찾아왔었던 여자의 해맑은 얼굴이 떠올랐다. 이수에게 여자에 대해 물어보았지만 아무것도 들을 수 없었다. 여자의 정체가 새삼 궁금했다.

[대리님? 듣고 있어요?]

이 주임의 목소리가 상념에 빠졌던 인해를 일깨웠다.

"그건 노코멘트 할게. 이만 끊는다."

인해는 가차 없이 전화를 끊어 버렸다. 바닷가 모텔에서 헤어진 후 이수는 지금까지 연락 한 번 없었다. 그가 어디서 무엇을 하든 누구를 만나든 이젠 별로 신경 쓰이지 않았다. 그 여자가 누구든 자신과는 상관없는 일이었다. 다들 제각각 갈 길을 가면 그만인 것이다.

바람이 느슨하게 묶여 있는 그녀의 머리카락을 훑고 지나갔다. 인해는 몸을 잔뜩 웅크렸다. 계절은 봄이지만 밤바람은 매서웠다. 서둘러 아파트를 향해 종종걸음 치려는데 어디선가 그녀의 이름이 바람결에 날아왔다.

"인해야."

희미한 부름이었지만 인해는 그 자리에 우뚝 멈춰 섰다. 나무 뒤에서 누군가가 주저하며 앞으로 나왔다. 가로등 불빛이 닿지 않았지만 실루엣만으로도 누군지 알 수 있었다.

그 익숙함에 인해는 눈살을 찌푸렸다. 나무 뒤에서 나온 민경은 두려움이 가득한 눈으로 선뜻 다가오지 못하고 인해의 눈치를 살폈다.

"몸은 좀 어때?"

조심스럽게 묻는 안부에 인해는 아무 대꾸도 하지 않았다. 인해의 무반응에도 민경은 당황하지 않았다. 이런 상황을 미리 짐작했다는 듯이.

"미안해. 내가 잘못했어."

민경은 어두운 얼굴로 고개를 숙이며 사과했다. 인해는 고개 숙인 민경을 물끄러미 응시했다.

한 번은 눈감아 줄까 생각해 보지 않은 건 아니었다. 하지만 그냥 넘어가기엔 너무나 오랜 세월이었다. 그리고 승준과는 달리 민경은 스스로의 의지로 진실을 밝힌 것도 아니었다. 그녀는 끝까지 자신을 속이려고 했었다. 설령 용서를 한다고 해도 예전과 같은 사이는 되지 못할 것이다.

인해는 민경을 그대로 지나쳐 갔다. 그러자 민경이 재빨리 인해의 팔을 붙들었다.

"인해야, 제발……."

"여기까지야."

냉랭한 인해의 반응에 놀랐는지 민경의 눈이 커다래졌다. 인해는 시선을 내려 자신의 팔을 잡고 있는 민경의 손을 가만히 응시하다가 탁 뿌리쳤다.

"다신 보지 말자."

"인해야."

민경의 안색이 창백하게 질려 갔다. 인해는 미련 없이 걸음을 옮겼다. 등 뒤에서 악을 쓰는 소리가 들려왔다.

"잘못했어! 내가 잘못했다고! 그래서 이렇게 빌러 왔잖아. 난 진짜 네가 행복해지길 바랐어. 그건 진심이었다고!"

"남의 동네에서 소란 피우지 말고 돌아가."

일말의 여지도 보이지 않는 차가운 대꾸에 민경은 충격을 받았는지 입만 벙긋거렸다. 인해는 건조한 눈으로 민경을 바라보다가 돌아섰다.

"나 회사에서 잘렸어. 근데 아무 데서도 날 받아 주지 않아. 사람들도 그래. 아무도 내 연락을 받지 않아. 아무도 내 얘길 들어 주지 않는다고. 이제 나한텐 너뿐이야. 너밖에 없다고."

흐느낌이 섞여 있는 넋두리가 차가운 바람에 실려 날아왔다. 예전 같았으면 안쓰러운 마음에 당장 달려가 안아 주었을 테지만 지금은 아무런 감정도 생기지 않았다. 이제 자신에겐 마음을 나누며 기뻐하고 아파할 친구가 없었다. 인해는 단 한 번도 뒤돌아보지 않았다.

엘리베이터에서 내려 복도를 걷던 인해는 집 앞에 서 있는 인영을 보고는 멈춰 섰다. 한숨이 흘러나왔다. 오늘 무슨 날인가 싶었다. 그동안 코빼기도 보이지 않던 인간들이 왜 오늘 한꺼번에 몰려온 건지 모르겠다.

그녀가 움직일 생각을 하지 않자 인영이 먼저 움직였다. 뚜벅뚜벅 구둣발 소리와 함께 센서 등이 켜지자 노란빛이 하얀 얼굴에 쏟아져 내렸다. 한 달 만에 보는 얼굴이었다. 마지막으로 보았을 때보다 확연하게 수척해진 모습이었다.

"밤늦게 어디 갔다 온 거야?"

이수는 마치 어제 본 사람처럼 친근하게 말을 걸어왔다. 인해는 그를 빤히 응시하다가 건조한 어조로 물었다.

"여긴 왜 온 거예요?"

"갈 데가 없어서."

이수가 살던 아파트는 이제 다른 사람들의 보금자리가 되었다. 그래도 그에겐 돌아갈 곳이 있었다.

"본가로 가세요."

"쫓겨났어."

인해를 향해 똑바로 걸어오던 이수가 한 발자국 정도의 거리를 남기고 멈춰 섰다. 인해는 여전히 건조하게 되물었다.

"쫓겨나다니요?"

"멋대로 회사 때려치웠다고 아버지가 노발대발하셔서 말이야. 집에서 쫓겨난 건 물론이고 차도 카드도 전부 다 빼앗겼어. 나 지금 알거지야."

"다시 회사 나가요. 집에도 들어가고요."

"못 들어간다니까."

인해는 입을 다물어 버렸다. 이수는 작정을 한 듯했다. 무슨 말을 한다고 해도 듣지 않을 기세였다. 이제 와 왜 이러나 싶었다. 모든 걸 다 버리면 자신이 다시 받아 줄 거라고 생각한 건가. 한 달 동안 조용하길래 자신의 말을 알아들은 줄 알았건만. 이게 뭐하는 짓인지 모르겠다.

"이런다고 소용없어요."

"갈 데가 없어서 온 거라니까."

"이제 선배 보는 거 싫어요."

"갈 데가 없어."

이수는 앵무새처럼 똑같은 말만 반복하고 있었다. 벽을 보고 얘기하는 기분이었다. 인해는 이수를 그대로 지나쳐 갔다. 뒤통수에 따라붙는 시선이 따가웠지만 무시했다. 그녀는 뒤돌아보지 않고 집 안으로 들어갔다. 그러고는 문을 잠가 버렸다.

이수는 어린애가 아니라 성인이었다. 집이 아니라도 갈 데는 많았다. 친구네 집에 가서 신세를 지거나 아니면 모텔이나 찜질방에 갈 수도 있었다. 인해는 편의점에서 사 온 컵라면에 뜨거운 물을 붓고 삼각 김밥을 먹었다.

문 밖은 조용했다. 이수는 초인종을 누른다거나 문을 두드리며 소란을 피우지 않았다. 고요한 가운데 저녁 식사를 마친 그녀는 일찍 잠자리에 들었다.

그때까지도 밖은 조용했다. 무슨 짓을 해도 자신이 받아 주지 않을 거라는 걸 깨닫고는 돌아간 모양이었다. 인해는 편안한 마음으로 잠에 빠져들었다.

아침에 일어나니 얼굴이 호빵처럼 부어 있었다. 밤에 라면을 먹는 게 아니었는데. 인해는 거울을 보며 한숨짓고는 찬물로 세수를 했다.

냉장고를 뒤져 우유를 꺼내 마시다가 오늘이 재활용쓰레기를 분리수거하는 날이라는 걸 깨달았다. 그동안 번번이 날짜를 놓쳐 버리지 못한 쓰레기들이 산처럼 쌓여 있었다.

오늘은 무슨 일이 있더라도 반드시 쓰레기를 버려야 했다. 생각난 김에 해치우자는 생각으로 얼른 쓰레기가 든 박스를 들고 현관문을 열었다.

"좋은 아침."

문을 열자마자 느닷없이 아침 인사가 들려왔다. 인해는 잠시 멍하니 서 있었다. 문 앞에 앉아 있던 이수가 몸을 일으켰다. 수염이 드문드문 돋아난 턱 언저리와 어젯밤과 같은 옷차림을 보아하니 여기서 밤을 지새운 듯했다. 이수가 돌아간 줄로만 알았던 인해는 눈앞의 상황이 기가 막혔다.

"여기서 뭐 하는 거예요?"

"갈 데가 없다고 했잖아."

"친구도 없어요?"

"친구야 있지. 근데 며칠 신세 질 정도로 친한 친구는 없어. 미국으로 유학 갈 때 한국으로 돌아오지 않을 작정이었거든. 그래서 친한 친구들하고 연락 끊긴 지 오래됐어."

이수는 담담한 어조로 말했다. 그의 말이 사실인지 아닌지 분간이 가지 않았다. 불쌍한 표정을 짓거나 동정심에 호소했더라면 쉽게 가름이 났을 텐데.

"학교 선배이자 전 직장 동료로서 부탁하는 거야. 며칠 만이라도 있게 해 줘. 카드만 돌려받으면 바로 나갈 테니까. 대신 네가 시키는 건 뭐든지 할게."

"죄송해요. 여자 혼자 사는 집에 함부로 남자를 들일 순 없어서요."

인해는 어젯밤처럼 이수를 그냥 지나쳐 갔다. 쓰레기를 버리고 돌아오자 그는 여전히 그 자리에 있었다. 인해는 그에게 눈길조차 주지 않고 집으로 들어갔다.

이력서와 자기소개서를 좀 더 다듬은 후 생각하고 있었던 몇 군데 회사에 넣었다. 그리고 나자 딱히 할 일이 없었다. 인터넷 서핑도 지겨워서 그녀는 밀린 빨래를 하고 집 안을 청소했다. 그러고도 시간이 남아 옷장 정리까지 했다.

창밖은 아직도 어두워지지 않았다. 오늘따라 하루가 유독 길게 느껴졌다.

해가 서쪽으로 기울 무렵 인해는 현관문의 렌즈로 밖을 내다보았다. 이수는 여전히 복도에 서 있었다. 어젯밤부터 지금까지 동상처럼 계속 같은 자리를 지키고 있었다.

그는 복도에서 한 발짝도 벗어나지 않았다. 지금까지 식사를 하지 않은 건 물론이고 화장실조차 가지 않고 있었다. 기네스북에 등재된다고 해도 손색없는 대단한 인내심이었다.

날이 따뜻해졌다고는 하나 해가 떨어지면 한겨울 못지않게 기온이 내려간다. 복도식 아파트라서 건물 안에 있다고 해도 바깥이나 매한가지였다.

하루라면 몰라도 영하의 날씨에 이틀이나 복도에서 밤을 새다간 큰일이 날 수도 있었다. 인해는 한숨을 내쉬었다. 결국 그녀는 현관문을 열었다.

"사흘이에요. 그 후엔 무조건 내쫓을 거예요."

그녀의 허락이 떨어지자 이수의 입가가 위로 올라갔다.

"고맙다."

"고마워할 필요 없어요. 내 집 앞에서 동사한 시체를 보고 싶지 않은 것뿐이니까요."

정나미가 떨어지는 그녀의 대꾸에도 불구하고 이수의 입가는 내려올 줄 몰랐다. 이수는 현관과 가장 가까운 곳에 있는 작은 방을 쓰기로 했다.

온갖 잡동사니를 모아 둔 창고나 다름없는 방이었지만 그는 군말 없이 방으로 들어갔다. 외투를 벗고 나온 그는 욕실에서 간단하게

434

씻은 후 주방으로 향했다.

인해는 그가 무엇을 하든 말든 일절 신경 쓰지 않기로 했다. 집에 들였다 해도 그의 뜻대로 되지 않는다는 걸 똑똑히 알려 주리라 결심했다. 이수 스스로 포기해서 제 발로 걸어 나가게 만들 작정이었다.

"아직 저녁 전이지? 오늘 저녁은 내가 할게."

그가 주방의 찬장과 냉장고를 뒤지며 말했다. 그와 같이 마주 앉아 밥을 먹을 생각은 추호도 없었다. 인해는 말없이 지갑을 들고 밖으로 나갔다.

근처 상가의 분식집에서 우동을 먹고 후식으로 호떡도 하나 사 먹고 들어왔다. 집에 들어오니 식탁에 제법 그럴듯한 음식이 차려져 있었다. 식재료가 거의 다 떨어진 상태라 딱히 만들 요리가 없었을 텐데 신기한 노릇이었다.

"저녁은?"

"먹고 왔어요."

그의 물음에 인해는 간단하게 대꾸한 후 방으로 들어갔다. 그녀는 방에 딸린 욕실에서 씻고 바로 잠자리에 들었다.

문밖에서 그가 움직이는 소리가 고스란히 들려왔다. 혼자서 저녁을 먹고 치우고 있는 듯했다. 인해는 몸을 이리저리 뒤척였다. 좀처럼 잠이 오지 않았다. 방음이 좋지 않은 아파트가 오늘따라 원망스러웠다.

15.

밤새 잠을 설친 탓인지 인해는 평소보다 늦은 시간에 일어났다. 골이 띵하고 눈이 뻑뻑했다. 검지로 관자놀이를 문지르며 거실로 나가자 소파에 앉아 있던 이수가 벌떡 일어섰다. 집에 혼자 있는 줄만 알았던 인해는 깜짝 놀랐다. 어제 저녁때 일이 퍼뜩 생각났다. 맞다, 이수를 집에 들였었지.

"잘 잤어? 씻고 나와. 밥 차려 줄게."

그가 주방으로 가며 말했다. 인해의 아침을 챙겨 주는 모습이 헤어지기 전과 다름없었다.

"아침 안 먹어요."

인해는 쌀쌀맞게 대꾸하고는 욕실로 들어갔다. 뒤통수가 따가웠지만 돌아보지 않았다.

이수와는 될 수 있으면 말을 섞지 않을 생각이었다. 사흘 동안 최소한의 필요한 말만 할 작정이었다. 세수를 하고 방으로 들어가려던 인해는 뜻밖의 광경에 눈이 휘둥그레졌다.

"지금 뭐 하는 거예요?"

"안 먹는다며."

이수가 멀쩡한 밥과 반찬을 죄다 쓰레기통에 쏟아 버리며 대꾸했다. 인해는 입을 다물지 못했다. 아무리 자신이 안 먹는다고 했지만 그렇다고 음식을 버리다니.

안 그래도 백수라서 장 보는 것도 빠듯하건만. 한 푼이 아쉬운 마당에 저게 무슨 짓거리란 말인가. 재벌 집 아들이라 웬만한 건 죄다 껌값으로 보이는 건가.

"그만둬요."

"내가 만든 음식 내가 버리겠다는데 네가 무슨 상관이야?"

"왜 상관이 없어요? 그거 내가 장 봐 온 것들로 만든 거잖아요."

"어차피 넌 안 먹을 거잖아."

인해는 말문이 막혔다. 반박할 말이 떠오르지 않았다. 그사이 이수는 계속 음식을 내다 버리고 있었다. 지금 버린 것만 해도 며칠은 먹을 수 있는 양이었다. 아까워서 눈물이 날 지경이었다. 도저히 무시하고 방으로 들어갈 수가 없었다.

"먹을게요. 먹으면 되잖아요."

인해가 마침내 백기를 들자 이수는 막 버리려던 감자볶음을 다시 그릇에 담았다.

"앉아."

인해는 마지못해하며 식탁 의자에 몸을 내렸다. 이수는 기다렸다는 듯이 아침을 차려 주었다. 무슨 일이 있어도 절대 상대하지 않으려고 했건만. 빤히 보이는 수작에 걸려든 스스로가 한심했다. 분하고 억울한 마음에 불퉁하게 말이 나갔다.

"한 번만 더 이러면 당장 쫓아낼 거예요."

"사흘 동안 있으라고 한 건 너야. 한 입 가지고 두말할 거면 그만하자는 말도 취소할 수 있겠네."

은근슬쩍 속내를 드러낸 그였다. 인해는 입을 앙다물었다. 아예 말을 말자 싶었다. 이번에도 그의 수작에 말려들 수는 없었다. 정신을 바짝 차려야 했다. 그녀가 입을 다물고 있자 이수는 아쉬운 얼굴로 말했다.

"밥이나 먹자."

결국 원치 않았지만 인해는 이수와 마주 앉아 아침을 먹을 수밖에 없었다. 더 화가 나는 건 그가 만든 음식이 너무나 맛있어서 자신도 모르게 밥 한 공기를 뚝딱 해치워 버린 것이었다.

빈 그릇을 보고 있자니 조금 전에 안 먹겠다고 한 자신의 모습이 떠올라 민망했다. 얼른 자리를 피하려는데 작은 기침 소리가 들려왔다.

이수가 입을 가리고 기침을 하고 있었다. 사레들린 것도 단순한 재채기도 아니었다. 그러고 보니 그의 목소리가 평소와는 좀 달랐다.

그저께 밤을 밖에서 꼴딱 새고 어제 저녁때까지 밖에 있었으니 아무래도 감기에 걸린 듯했다. 집에 감기약이 있던가. 멍하니 생각을 더듬던 인해는 화들짝 놀랐다.

이제 자신은 이수와 아무 사이도 아니었다. 자신이 그를 챙겨 줄 이유는 없었다. 한두 살 먹은 어린애도 아니니 자기 몸은 알아서 챙기겠지 싶었다. 인해는 그의 기침 소리를 한 귀로 흘려들으며 방으로 들어왔다.

이수와 단둘이 온종일 집 안에 있자니 갑갑했다. 인해는 산책을 핑계로 집에서 나왔다. 마땅히 갈 데도 없고 만날 사람도 없어서 그녀는 가까운 도서관으로 갔다. 얇은 책을 한 권 읽고 나오니 어느덧 해가 서쪽으로 기울고 있었다.

배꼽시계가 요란하게 울려 대고 있었다. 점심을 건너뛰었더니 배가 고팠다. 아침에 음식의 대부분을 내다 버렸으니 집에 먹을 만한 게 없을 터였다.

외식을 하자니 좀 질렸고 이수도 저녁을 먹어야 하니 차라리 장을 보는 게 나을 듯했다. 그녀는 인근 마트에 들러 간단하게 장을 보고 아파트로 돌아왔다.

아파트 마당 중간쯤에 왔을 때였다. 타박타박 걸어오던 인해의 걸음이 점차 느려지더니 어느 순간 완전히 멈춰 버렸다. 잠시 망설이던 그녀는 왔던 길을 다시 되돌아갔다.

상가에 있는 약국의 유리문을 밀며 생각했다. 환절기 감기가 독하다던데. 괜히 방치해 뒀다가 자신까지 감기에 옮으면 안 되니까.

감기약을 사 가지고 집으로 돌아오니 이수가 작은방에서 부스스한 몰골로 나왔다. 아침에 보았을 때보다 컨디션이 훨씬 안 좋아 보였다. 그의 눈길이 인해의 손에 들린 봉투에 닿았다.

"그게 다 뭐야?"

"누가 먹을 걸 죄다 버려서 말예요."

퉁명스럽게 대꾸한 인해는 봉투에서 장 봐 온 것들을 하나하나 꺼내 정리했다. 이수도 옆으로 와서 그녀를 도왔다. 그녀는 무심한 손길로 약봉지를 이수에게 넘겨주었다.

"이게 뭐야?"

"나한테 감기 옮기지 마요."

이수의 시선이 느껴졌지만 돌아보지 않았다. 그녀는 봉투에서 면도기와 칫솔 그리고 속옷을 꺼내 이수가 서 있는 쪽으로 슬쩍 밀며 무뚝뚝하게 말했다.

"나중에 다 청구할 거예요."

하얀 얼굴에 까슬까슬하게 돋아난 수염이 너무나 신경이 쓰였다. 이수와 수염은 지독하게 어울리지 않았다. 비록 오래 볼 얼굴은 아니더라도 보는 동안엔 눈에 거슬리지 않았으면 했다. 면도기를 사는 김에 칫솔도 사고 속옷도 샀다. 별다른 뜻이 있어서라기보다 도의적인 측면에서 마련한 것들이었다.

"의미 두지 말아요. 선배가 아닌 다른 사람이었어도 똑같이 했을 거니까."

계란을 냉장고에 넣으려고 하는데 등 뒤에서 이수가 갑자기 그녀를 와락 끌어안았다. 심장이 철렁 내려앉았다.

"뭐, 뭐 하는 거예요?"

손에 들고 있는 계란이 깨질까 싶어 그를 맘껏 뿌리칠 수가 없었다. 미약하게나마 몸부림치며 반항하자 그의 팔에 힘이 들어갔다. 그러자 옴짝달싹할 수 없게 되었다.

하는 수 없이 몸을 늘어뜨리자 그의 숨결이 귓가에 닿아 왔다. 인해는 참을 수 없는 기분에 목을 움츠렸다. 약간 허스키하게 가라앉은 그의 목소리가 들려왔다.

"내가 싫은 거 아니지?"

그의 물음이 가슴 한복판에 쿡 박혀 들었다. 대답할 타이밍을 놓친 인해는 부정하지 못하고 고개를 숙였다. 나지막한 한숨 소리가 귓가에 닿았다.

"인해야, 우리 다시 한 번만 생각해 보자."

눈가가 뜨거워지는 기분이었다. 목이 메었지만 인해는 숨을 고르며 천천히 또박또박 말했다.

"싫지 않아도 헤어질 수 있어요."

순간 그의 팔에 힘이 잔뜩 들어갔다. 그에게 결박된 몸이 아파서 눈물이 나올 지경이었다. 그럼에도 인해는 자그마한 신음 소리조차 내지 않았다. 그저 입을 꾹 다물고 있었다. 이수가 인해를 놓아준 건 한참이 지난 후였다.

"조금만 기다려, 저녁 맛있게 해 줄게."

이수는 아무 일도 없었다는 듯이 굴었다. 인해는 들고 있던 계란을 식탁 위에 부려 놓고 방으로 달려갔다. 아까부터 심장이 터질 것처럼 뛰고 있었다. 아마 이수도 눈치챘을 터였다. 그래서 알았을 것이다. 자신이 거짓말을 하지 않았다는 것을.

그가 싫지 않았다. 원망한 적은 있었어도 지금까지 그가 싫었던 적은 단 한 번도 없었다.

밖에서 그가 저녁을 짓는 소리가 들려왔다. 내일이면 그에게 약속한 사흘이었다. 오늘과 내일만 버티면 된다. 인해는 귀를 막고 침대에 엎드려 눈을 꼭 감았다.

이수를 집에 들인 지 사흘이 되는 날 아침이었다. 인해에게 한 통의 전화가 걸려 왔다. 그제 이력서를 넣었던 회사 가운데 하나였다.

오로라보다 규모가 작은 회사였지만 상관없었다. 그쪽에서 당장 면접을 보자고 해서 인해는 부랴부랴 단정한 옷을 챙겨 입었다. 면접에 갈 준비를 마치고 집을 나서려는데 이수가 불쑥 물어 왔다.

"정말 회사 관두려고?"

"사표 냈잖아요."

오로라로 돌아갈 의사가 없다는 걸 밝히자 이수가 나지막한 한숨을 내쉬며 말했다.

"아무 데나 가지 말고 네 경력과 능력을 제대로 인정해 주는 곳으로 가."

"내가 알아서 할게요."

이수의 충고가 옳다는 건 알지만 지금은 여유롭게 회사를 골라서 갈 형편이 아니었다. 적금 깬 것이 바닥나기 전에 어서 취직을 해야 했다. 몇 달은 버틸 수 있지만 일자리가 항상 있는 건 아니니 기회가 왔을 때 잡아야 했다.

"잘 하고 와."

배웅해 주는 그의 얼굴이 어제보다 더 나빠 보였다. 면도를 해서 말끔하긴 하지만 피부 결이 까칠했고 눈은 충혈되어 있었다. 어제 사다 준 약이 별로 효과가 없는 건지 아니면 잠을 설친 여파인지 모르겠다.

어젯밤 늦도록 거실을 왔다 갔다 한 그였다. 아마 두어 시간도 제대로 자지 못했을 터였다.

아무 일도 없었던 것처럼 굴어도 아무 일도 없었던 때로 돌아갈 수는 없었다. 겉으로는 평화로워도 미묘하게 어색한 기류가 두 사람 사이를 흐르고 있었다. 인해는 이수의 애달픈 시선을 애써 외면하며 현관문을 나섰다.

현관문이 닫히자마자 이수는 긴 한숨을 내쉬었다. 감기에 걸린 데다 어젯밤 한숨도 자지 못했더니 컨디션이 엉망이었다. 인해가 사다 준 약을 먹었지만 별다른 차도가 없었다. 머리는 지끈거리고 침을 삼킬 때마다 목이 따끔거렸다.

그는 미간을 찌푸리며 청소기를 들었다. 손가락 하나 까딱하고 싶지 않았지만 인해의 집에 얹혀 있으니 뭐라도 해야 했다. 쓸데없는 생각을 몰아내기 위해서라도 몸을 움직여야 했다.

청소를 끝내고 어제 인해가 장 봐 온 것들로 반찬을 만들고 나니 딱히 할 일이 없었다. 어제 빨래도 다 해 버린 데다 치울 것도 없었다.

몸이 물 먹은 솜처럼 무거웠다. 이대로 있다간 정말 크게 앓을 것 같아서 그는 작은방으로 들어갔다. 이부자리를 펴고 눕자 어젯밤 잠 못 들게 했던 상념들이 다시금 떠올랐다.

앞으로 나서지는 않았지만 그는 한 달 동안 인해의 주위를 맴돌며 계속 지켜보았다.

그녀는 세상과 담을 쌓고 고립무원의 삶을 자처하며 살고 있었다. 그런 그녀를 보고 있노라니 이해가 되면서도 한편으로는 안타깝고 가슴이 아팠다. 믿었던 사람들에게서 큰 상처를 받았으니 이젠 아무도 믿을 수 없을 터였다.

단단히 각오를 다지고 그녀 앞에 나타났다. 예상했던 대로 마음을 굳게 닫아 버린 그녀에게 자신이 비집고 들어갈 틈은 전혀 보이지 않았다. 하지만 곧 그녀의 마음 한구석에 자신이 존재하고 있다는 걸 알게 되었다.

길이 있다는 것을 알고 기뻐한 것도 잠시, 그녀는 자신을 받아들이려 하지 않았다. 싫지 않아도 헤어질 수 있다는 이해할 수 없는 말을 하면서.

오늘은 그녀가 약속한 사흘이었다. 내일이면 이 집에서 나가야 했다.

이대로 끝낼 생각은 없었다. 가능성이 있다는 걸 안 이상, 열 번이고 스무 번이고 백 번이고 문을 두드릴 것이다. 절대 포기하지 않을 것이다. 일단 다시 사흘을 얻어내야 했다. 이번엔 무슨 수를 써야 할까.

"으윽."

느닷없이 찌르는 듯한 두통이 엄습해 왔다. 이수는 낮은 신음을 흘리며 상체를 일으켰다. 진통제라도 먹으면 나아질까 싶어 일어나려는데 시선에 뭔가가 걸려들었다.

서랍장 맨 위에 놓인 박스에서 뭔가가 삐죽 튀어나와 있었다. 뭔지 모르겠지만 이상하게 눈에 익었다. 이수는 팔을 뻗었다. 박스가 상당히 높은 데 있어서 깨금발을 하고 팔을 한껏 들어 올려야 했다.

손끝에 걸려든 것은 영화 DVD였다. 낡고 오래된 DVD의 표지를 확인한 이수의 입에서 낮은 탄성이 터져 나왔다. 그의 눈이 어느덧 아득해져 있었다.

면접을 보고 나온 인해는 끄물끄물한 하늘을 올려다보았다. 회

444

색 구름이 잔뜩 낀 하늘이 그녀의 마음처럼 보였다. 이것저것 가릴 처지가 아니라서 눈높이를 대폭 낮추었는데도 이건 아니다 싶었다.

생각했던 것보다 훨씬 더 작은 회사였다. 만약 이곳에 입사하게 된다면 상품기획은 물론이고 구매와 마케팅 등 자질구레한 일들까지 다 떠맡게 될 듯했다. 그에 비해 연봉은 터무니없을 정도로 박봉이었다. 그동안 쌓아 온 경력이 무색할 지경이었다. 다른 회사를 알아봐야 하나.

이런 마음으로 집에 들어가 이수를 볼 자신이 없었다. 그녀는 집으로 돌아가지 않고 길거리를 배회했다. 길바닥에서 하릴없이 시간을 보내는데 전화가 왔다. 며칠 전에 통화했던 이 주임이었다. 오늘은 또 무슨 일로 전화를 한 건지 모르겠다.

[강 대리님, 저예요.]

"그래, 왜?"

또 쓸데없는 말을 늘어놓으면 당장 끊어 버리리라 마음먹으며 대꾸했다. 그런데 이 주임은 뜻밖의 소식을 전해 왔다.

[회사에 강 대리님 찾아온 손님이 기다리고 있거든요. 지금 오실 수 있으세요?]

"날 찾아온 사람이 있다고? 누군데?"

[그건 강 대리님이 직접 와서 보세요.]

이 주임은 인해를 찾아온 사람이 누군지 알고 있는 눈치였다. 그럼에도 선뜻 가르쳐 주지 않는 걸 보면 그 사람이 옆에 있는 모양이었다.

인해는 머릿속에 저장된 아는 얼굴들을 하나하나 떠올려 보았다. 회사까지 자신을 찾아올 만한 사람이 있었던가. 도대체 누굴까.

이 주임과 통화를 마친 인해는 인근 지하철역으로 향했다. 누가 찾아왔든 간에 일단 목적지가 생기니 마음이 한결 가벼워졌다. 집에 들어가기 싫었는데 잘되었다 싶은 생각도 없지 않아 있었다. 그러나 약속 장소인 회사 앞 카페에 도착한 순간, 그 생각은 눈 녹듯이 사라져 버렸다.

"또 만났네요. 최희영이라고 해요."

여자는 인해에게 자기소개를 하며 손을 내밀었다. 악수를 하자는 의미라는 걸 뒤늦게 깨달은 인해는 급히 여자의 손을 맞잡았다. 여자와 악수를 하며 인해는 떨떠름한 표정을 지었다. 예의상으로도 웃어 줄 수가 없었다. 아까 이 주임이 말을 아낀 이유를 알 것 같았다.

눈앞의 여자는 언젠가 사무실로 이수를 찾아왔었던 바로 그 여자였다. 이 주임이 여자를 기억 못 할 리 없었다. 여자가 자신을 찾아온 걸 이 주임이 알고 있으니 아마 내일 사내에 자신과 여자가 이수를 두고 쟁탈전을 벌이고 있다는 소문이 돌 터였다. 상상만 해도 등골이 오싹했다. 회사를 그만두지 않았다면 정말 곤란할 뻔했다.

"회사 그만둔 줄 몰랐어요."

희영이라는 여자가 아쉽다는 투로 중얼거렸다. 그냥 예의상 하는 말이 아니라 진심으로 아쉬워하고 있었다.

인해는 여자를 물끄러미 바라보았다. 여전히 귀엽고 사랑스러웠다. 얼굴에서 그늘 한 점 찾아볼 수 없었다. 주위 사람들에게 사랑

받고 자란 티가 역력했다.

"일단 뭐라도 마시면서 얘기할래요?"

희영은 메뉴판을 펼치며 말했다. 인해는 희영과 마주 앉아 커피를 마시고 싶은 생각은 없었다. 그녀가 자신을 찾아온 이유는 불을 보듯 뻔했다. 인해는 바로 본론으로 들어갔다.

"선배, 아니 이수 씨 때문에 날 찾아온 거죠?"

이수의 이름을 언급하자 희영의 표정이 눈에 띄게 굳어졌다.

"역시 인해 씨는 오빠가 어디 있는지 알고 있군요."

시무룩하게 중얼거리는 희영의 모습에 인해는 내심 당혹스러웠다. 이수의 행방을 알고서 자신을 찾아온 거라고 생각했었다. 그런데 희영은 이수가 어디 있는지 전혀 모르고 있는 눈치였다. 그렇다면 그는 희영도 버린 건가.

문득 이수의 하얀 얼굴이 떠올랐다. 남들보다 가진 게 많은 사람이었다. 그러니 버려야 할 것도 많았을 것이다. 집과 회사와 희영외에 또 다른 뭔가를 버렸을 수도 있다는 생각이 들었다.

손에 쥐고 있던 걸 놓는 게 얼마나 어려운 일인지 잘 알고 있었다. 이수의 마음이 그만큼 절실하다는 반증이었다. 마음이 무거웠다. 인해는 지친 눈으로 희영을 가만히 바라보다가 말했다.

"나랑 같이 가요."

"네?"

"이수 씨 있는 곳으로 데려다 줄게요."

인해는 희영의 의사는 듣지도 않고 앞장섰다. 희영은 당황한 기색으로 우물쭈물하더니 부랴부랴 인해를 쫓아왔다. 그러고는 다급하게 말했다.

"내 차 타고 가요."

인해는 고개를 끄덕이며 주차장으로 발걸음을 돌렸다.

"네가 여길 어떻게……."

이수의 눈이 휘둥그레졌다. 인해와 함께 온 희영을 보자마자 그는 말을 잇지 못할 정도로 당혹스러워했다. 저렇게 놀라는 모습은 처음 보았다. 희영에 대해 전혀 모른다고 했었던 그였다. 그러나 지금 그가 보여 준 반응은 희영과 아는 사이임이 틀림없다고 말하고 있었다.

이수와 대면한 희영 역시 처음에는 말을 잇지 못했다. 그러다 충격이 어느 정도 가시자 빈정거리는 투로 입을 열었다.

"왜? 내가 오빠 못 찾을 줄 알았어?"

이수는 골치 아픈 표정으로 한숨을 내쉬며 손으로 얼굴을 쓸어내렸다. 희영이 공격적으로 마구 퍼부었다.

"어쩜 그럴 수가 있어? 나가란다고 기다렸다는 듯이 냉큼 집에서 나가면 어떡해? 아빠가 홧김에 한 말이란. 거 몰라? 오빠 바보야? 지난번 휴가 때도 그래. 갑자기 여행 간다고 전화 한 통 하고는 연락 두절돼서 가족들 걱정시키더니, 대체 왜 그러는 거야? 집이 싫어? 우리가 싫은 거야? 아님 전부 다 귀찮아서 그래?"

"돌아가."

"오빠!"

이수는 더 이상 희영을 상대하지 않겠다는 듯 냉정하게 돌아섰다. 차가운 이수의 반응에 희영의 얼굴이 딱딱하게 굳어졌다. 이수에게 이런 대우를 받은 건 처음인지 꽤 충격을 받은 듯했다.

448

불편한 침묵이 흘렀다. 조금만 건드려도 무언가가 터질 듯한 일촉즉발의 위태로움이 두 사람 사이에 도사리고 있었다.

주위를 환기시킬 필요가 있었다. 말없이 두 사람을 가만히 지켜보기만 하던 인해가 나서려는데 희영이 울먹이며 먼저 침묵을 깨뜨렸다.

"오빠는 엄마 생각도 안 해?"

돌아선 이수의 어깨가 눈에 띌 정도로 움찔거렸다. 희영이 눈물이 그렁그렁한 얼굴로 말을 이어 갔다.

"오빠 그렇게 나가고 엄마 바로 앓아누웠어. 아빠는 여전히 저기압이고. 아빠가 김 비서 아저씨 시켜서 오빠 잡아 오게 하려고 했는데 내가 간신히 말렸어. 얼른 잘못했다고 하고 집으로 들어와."

"미안하다."

나지막하게 사과하면서도 이수는 끝내 돌아서지 않았다. 그의 결심은 단단해 보였다. 무슨 말을 해도 씨알도 먹히지 않을 기세였다. 눈물에 젖은 희영의 얼굴에 차츰 분노가 어리기 시작했다.

"미안해? 정말 미안한 거 맞아? 엄마 지금 오빠만 찾고 있어. 근데 어떻게 오빠가 엄마한테 그럴 수가 있어? 오빠가 엄마한테 어떤 아들인데?"

"네가 어머니 좀 보살펴 드려."

"엄마는 오빠만 찾는다니까."

"부탁할게."

끝까지 이수가 거절하자 마침내 희영이 폭발했다.

"뭐야? 엄마가 오빠 친엄마가 아니라서 어떻게 되든 상관없다는 거야?!"

분노에 찬 희영의 목소리가 집 안에 쩌렁쩌렁 울려 퍼졌다. 순식간에 이수의 온몸이 딱딱하게 굳어졌다. 희영도 자기가 한 말에 놀랐는지 얼른 손으로 입을 가렸다. 그러나 엎질러진 물을 주워 담을 순 없었다. 이수의 상체가 뻣뻣하게 뒤로 돌아갔다.

"너…… 알고 있었어?"

이수의 얼굴이 창백해져 있었다. 원래 피부가 하얀데 창백하게 질리기까지 하니 사람처럼 보이지가 않았다.

"아, 아니 난 그러니까……."

당황한 희영이 횡설수설 말끝을 흐리며 제대로 대답하지 못했다.

"언제부터 알고 있었던 거야?"

이수의 추궁에 희영이 당혹스러워하며 놀란 토끼처럼 눈을 이리저리 굴렸다. 그러다가 인해와 눈이 마주치자 한층 더 놀란 얼굴이 되었다. 여기가 인해의 집이라는 걸 까맣게 잊어버리고 있었던 듯했다.

"그냥 어쩌다가 알게 됐어. 난 이만 갈게."

대충 얼버무린 희영은 뒤도 돌아보지 않고 인해의 집에서 나가 버렸다. 한바탕 소동이 지나간 거실은 물속처럼 고요하게 가라앉았다.

인해는 좀 전의 상황을 차근차근 되새겨 보았다. 두 사람의 대화 내용을 미루어 보아 희영과 이수는 한 가족인 듯했다. 그에게 어린 여동생이 있다고 들었었는데 아무래도 그게 희영인 모양이었다. 오누이 사이니 두 사람이 친근한 건 당연했고, 동생이란 언제든 오빠의 휴대전화를 볼 수 있는 존재였다.

얼굴이 화끈거렸다. 이수는 자신이 말했던 여자가 희영이라는 것을 깨닫지 못한 듯했다. 속으로 안도하며 인해는 이수를 조심스럽게 살펴보았다.

그는 동상처럼 꼼짝하지 않은 채 희영이 사라진 현관을 응시하고 있었다. 그의 뒷모습이 몹시 복잡해 보였다.

인해는 나지막이 한숨을 내쉬었다. 본의 아니게 그의 내밀한 가정사를 알게 되었다. 이럴 땐 위로를 해야 하는지 아니면 대수롭지 않게 넘어가야 하는지 모르겠다. 그녀가 심각하게 고민하고 있는데 이수의 목소리가 들려왔다.

"희영이하고 난 낳아 주신 어머니가 달라. 희영이가 적녀고 난 서자지."

그의 고백에 인해는 아무런 대꾸도 할 수 없었다. 어떤 표정을 지어야 할지도 모르겠다. 자신을 향한 이수의 눈길이 느껴졌다.

"그렇게 곤란해할 필요 없어. 옛날에도 넌 알고 있었으니까."

인해는 저도 모르게 이수를 쳐다보았다. 그가 씁쓸한 미소를 지으며 말을 이어 갔다.

"옛날에 너하고 난 서로 비밀이 없었어."

덤덤한 그의 목소리가 이상하게 가슴 깊이 파고들었다. 눈시울이 뜨거워지면서 물기마저 느껴졌다. 생각지도 못한 자신의 반응에 당황한 인해는 아무 말이나 내뱉었다.

"안 가 봐도 돼요? 희영 씨 놀란 거 같던데."

"괜찮을 거야. 그 녀석도 이제 다 컸으니까."

"어머니는……."

인해가 어머니를 언급하자 이수의 얼굴이 미세하게 흐려졌다. 담담해 보여도 내심 어머니가 걱정되는 모양이었다. 한참 만에 그가 대꾸했다.

"이해해 주실 거야. 항상 그래 왔던 것처럼."

강한 신뢰가 묻어나는 대답이었다. 인해는 새삼 이수의 어머니가 궁금해졌다. 생모가 아닌데도 그가 전폭적으로 믿고 따르게 만든 사람이었다. 지금의 그를 있게 한 사람이었다. 어떤 사람인지 알고 싶었다. 하지만 자신이 그의 어머니를 알게 되는 날은 오지 않을 것이다.

그에겐 가족이 있었다. 자신과는 달리 믿고 의지할 수 있는 사람들이 있었다. 자신과는 전혀 다른 세상에 사는 그였다. 더 늦게 전에 그를 그들에게 돌려보내야 했다.

"오늘이 우리 집에 온 지 사흘째인 건 알죠? 내일 아침에 당장 나가요."

인해는 냉랭한 어조로 이수에게 일방적으로 통보했다. 곧장 방으로 들어가려는데 팔이 붙들렸다. 그가 다급하게 말했다.

"나랑 얘기 좀 해."

"이거 놔요."

"나랑 얘기하겠다고 약속하면 놓아줄게."

지난 이틀간 참고 참아 왔던 그의 인내심이 드디어 바닥이 난 모양이었다. 아직 인내심이 남아 있다고 해도 이 집에 머물 수 있는 시간이 오늘밖에 없으니 더는 물러설 수 없을 터였다. 인해는 무거운 한숨을 내쉬며 대꾸했다.

"난 할 얘기 없어요."

"잠깐이면 돼."

강하고 단호한 어조였다. 비굴하게 애원하는 기색은 어디에도 없었다. 그의 반듯한 얼굴은 굳은 의지로 차갑게 빛나고 있었다. 자신이 응하지 않으면 절대로 놓아주지 않을 기세였다.

자신의 말 한마디에 쉽게 물러날 마음이었다면 애당초 모든 것을 버리고 찾아오지도 않았을 터. 어차피 한 번은 그와 결판을 지어야 했다.

그를 집에 들인 순간부터 어쩌면 이 순간은 필연적으로 따라올 수밖에 없었던 건지도 몰랐다. 조용하고 깔끔한 이별은 처음부터 불가능했던 건가.

"알았어요."

고개를 끄덕이며 대꾸하자 그가 팔을 순순히 놓아주었다. 인해는 소파에 가서 앉았다. 그녀가 피곤한 얼굴로 이수를 바라보았다.

"할 말 있으면 어서 해요."

이수는 잠시 인해를 말없이 응시하다가 진지하게 말했다.

"다시 시작하자."

이미 예상했던 터라 별로 놀랍지 않았다. 인해는 무덤덤하게 대꾸했다.

"한 달 전에 다 끝난 얘기잖아요."

"아니, 그땐 네가 너무 힘들어 보여서 가만있었던 거야. 네가 괜찮아지면 말하려고 했어. 난 그럴 생각 없다고."

한 달 동안 그에게서 아무 연락이 없었던 이유를 이제야 알겠다. 지금 돌이켜 봐도 한 달 전의 자신은 모든 게 엉망진창이었다. 뼛속 깊은 배신감에 아무것도 귀에 들어오지 않았고 생각할 수도 없었다. 그리고 아무도 믿을 수 없었다. 그저 상처 입은 마음을 추스르는 것 만도 벅찼다.

그런 자신을 그는 용케 알아보았던 듯했다. 그래서 자신이 어느 정도 몸과 마음을 회복할 때까지 기다려 주기로 한 모양이었다. 그동안 가슴속에 차곡차곡 쌓여 가던 응어리가 풀어지는 건 한순간이었다. 인해는 씁쓸하게 웃었다. 그의 배려가 전혀 고맙지 않았다. 그냥 한 달 전에 끝냈으면 좋으련만.

"한 번만 더 기회를 줘."

"우린 두 번이나 실패했어요. 처음은 우리 잘못이 아니었다고 해도 두 번째 기회를 날린 건 선배하고 나예요. 쓸데없이 시간 낭비하지 말고 각자 갈 길 가요."

"나한텐 너뿐이야. 과거도 지금도 그리고 미래도. 내 가슴을 뛰게 하는 사람은 너뿐이라고. 너도 내가 싫지 않잖아. 오해도 다 풀렸는데 왜 우리가 헤어져야 하는 거야?"

"전에 다 말했잖아요."

"또 서로에게 말 못 할 비밀이 생길까 봐 안 된다고? 순 억지라는 거 나보다 네가 더 잘 알고 있잖아. 비밀이 생길지 아닐지 네가 어떻게 알아? 왜 해 보지도 않고 안 된다는 거야? 만약에 비밀이 생긴다 해도 그건 그때 가서 해결하면 되잖아."

이수는 필사적이었다. 그의 검은 눈동자가 뜨거운 열정으로 타오르고 있었다. 인해는 차츰 눈가가 뜨거워지는 걸 느꼈다. 어느새 속눈썹이 촉촉하게 젖어 들었다.

그의 말대로 모든 오해가 풀렸고 서로를 향한 마음도 그대로이니 다시 시작하지 못할 것도 없었다. 속는 셈 치고 마지막으로 한 번만 더 그를 믿어 볼 수도 있었다.

하지만 인해는 자신이 없었다. 그동안 속으로 꾹꾹 눌러두었던 말이 입 밖으로 튀어나온 건 한순간이었다.

"선배를 보는 게 힘들어요."

"뭐?"

"기억을 잃었다는 걸 알았을 때, 힘들긴 했지만 지금처럼 힘들지는 않았었어요. 가끔 답답하긴 했지만 사는 데 별 지장은 없었으니까요. 나도 열심히 살면 잘 살 수 있다고 생각했었어요. 근데 선배랑 있으면 지금의 내가 꼭 바보 멍청이가 된 것 같아서 괴로워요. 나도 모르게 선배를 잘 알았던 20살의 나와 지금의 나를 비교하게 된다고요."

이수의 얼굴이 딱딱하게 굳어 들었다. 인해는 힘겹게 숨을 내쉬며 말을 이어 갔다.

"아까 선배 어머니 일 알게 됐을 때, 내가 무슨 생각 했는지 알아요? 솔직하게 말해서 정말 곤란했어요. 그런 거 별로 알고 싶지 않다고 생각했었다고요. 근데 선배가 그랬잖아요. 옛날에 난 다 알고 있었다고. 선배하고 서로 비밀이 없었다고. 난 선배가 알던 예전의 내가 아니에요. 그때의 나를 알지도 못하고 될 수도 없어요."

20살의 자신은 모든 걸 버리고 선뜻 이수와 함께 떠날 수 있었을지 몰라도 지금의 자신은 아니었다. 세상의 때가 묻은 30살의 자신에게 푸르른 날의 순수함과 열정은 이제 없었다.

아무리 열심히 노력한다고 해도 지금의 자신은 20살의 자신이 될 수 없었다. 그를 온전히 담을 수 있었던 20살의 자신에게 질투를 느낄 지경이었다.

"난 그때처럼 선배를 사랑할 수가 없어요. 그런 내가 싫어요. 내가 나를 미워하지 않게 해 줘요."

어느덧 인해의 얼굴은 흠뻑 젖어 있었다. 그가 진심을 말했기에 진심을 말해야 했다. 그래서 모든 걸 숨김없이 고백해 버렸다. 바닥까지 전부 보여 주었다.

추하지만 이것이 그녀의 진심이었다. 그를 예전처럼 온전히 믿고 따를 수 없다는 것. 그때처럼 사랑할 자신이 없다는 것. 그가 기대하는 사랑을 줄 수 없다는 것. 그것이 이수와 다시 시작할 수 없는 진짜 이유였다.

이수는 말문이 막힌 듯 아무 말도 하지 못하고 있었다. 인해의 고백에 적지 않게 놀란 눈치였다. 그도 이제 알았을 것이다. 20살, 그를 사랑했던 자신은 이제 없다는 것을.

인해는 방으로 들어가 버렸다. 이번에는 그도 그녀를 붙잡지 않았다.

❋

집 안이 쥐 죽은 듯이 고요했다. 인해는 불도 켜지 않은 어두컴컴한 방에 홀로 우두커니 앉아 있었다. 늦은 시간이었지만 한숨도 잘 수가 없었다.

잠 못 이루고 있는 건 비단 그녀뿐만이 아니었다. 문 너머 거실을 왔다 갔다 하는 발소리가 끊임없이 들리고 있었다. 고뇌하는 얼굴로 어둠에 잠긴 거실을 배회하고 있을 이수의 모습이 눈에 선했다.

인해는 착잡한 얼굴로 한숨을 내뱉었다. 그도 자신만큼이나 머릿속이 복잡할 것이다. 하지만 곧 별다른 수가 없다는 것을 깨닫게 될 터였다. 다시 시작하기엔 너무나 많은 시간이 흘러가 버렸다. 예전 과 같은 사랑을 하는 건 불가능한 일이었다. 또다시 한숨이 흘러나 왔다.

얼마의 시간이 지났는지 모를 무렵, 거실을 배회하던 발소리가 점점 가깝게 들려왔다. 그러더니 인해가 등지고 앉아 있는 문 앞 에서 멈춰 선다. 나지막하게 가라앉은 목소리가 꿈결처럼 들려왔 다.

"아직 힘들다는 거 알아. 네가 받은 상처가 쉽게 사라지지 않을 거라는 것도. 근데 이대로는 안 돼. 지난 한 달 동안 널 지켜보는 내 내 너한테 꼭 해 주고 싶은 말이 있었어. 주제넘은 말로 들릴 수도 있지만 그냥 들어 줘."

잠시 말을 멈춘 그가 나지막한 한숨과 함께 다시 말을 이어 갔 다.

"지금은 믿기 힘들지도 모르지만, 내가 봤을 때 넌 혼자가 아니 었어. 네 주변에 널 진심으로 아끼고 걱정해 주는 사람들이 있었어. 네가 그동안 못 알아봤을 뿐이지 분명히 있었어. 혼자인 게 마음 편하고 상처받을 일도 없을 테니 이대로 사는 게 좋을 수도 있겠지. 하지만 곁에 아무도 없는 삶은 평생 외롭고 쓸쓸할 거야. 그게 과 연 제대로 된 삶일까? 난 네가 앞으로 남은 인생을 주변 사람들과 같이 행복하게 살았으면 좋겠어. 그러니까 그들한테 한 번만 기회 를 줘 봐."

그의 진심 어린 위로와 충고가 잔잔한 물결처럼 가슴 속으로 흘 러들어 왔다. 차갑게 메말라 먼지만 풀풀 날리던 황량했던 마음이 촉촉하게 젖어 들었다.

인해는 그제야 자신이 그동안 누군가에게서 위로받고 싶어 했다는 걸 깨달았다. 따뜻한 말 한 마디가 절실했었다. 침묵 속에서 그의 목소리가 다시 들려온 건 한참이 지난 후였다.

"너와 재회하고서 옛날과 지금을 비교하지 않았다고 하진 않을게. 전혀 아쉽지 않았다면 거짓말이겠지. 그래도 지금의 너를 20살의 너보다 못하다고 생각한 적은 한 번도 없었어. 네가 변한 것만큼 나도 변했거든. 그러니까 옛날과 같지 않다고 자책하지 않아도 돼."

문 뒤에 서 있던 그가 움직이는 기척이 들려왔다. 그의 발소리가 점차 멀어졌다. 신발을 신고 현관문 여는 소리가 들렸다. 그러고는 조용히 문 닫히는 소리가 들렸다. 문이 닫히는 것과 동시에 인해의 심장도 쿵 내려앉았다.

인해는 멍하니 문을 열고 거실로 나왔다. 어둠에 잠긴 거실은 텅비어 있었다. 비로소 혼자가 되었다는 실감이 들었다. 이제 정말 그와 끝난 것이었다. 눈물은 나오지 않았다. 다만 심장이 딱딱하게 얼어붙어서 꼼짝도 하지 않았다.

인해는 뻣뻣하게 고개를 돌려 거실을 둘러보았다. 그와 한집에 같이 있었던 시간은 고작 사흘이었다. 다시 사흘 전으로 돌아간 것뿐이었다. 그런데 왜 이렇게 썰렁하고 휑하게 느껴지는 걸까.

집 안에 훈기가 돌면 좀 나아질까 싶어 인해는 벽을 더듬어 보일러 온도조절기를 찾았다. 그러다가 얼떨결에 거실 전등 스위치를 눌렀다.

새하얀 빛이 거실에 쏟아져 내렸다. 갑작스런 불빛에 인해는 눈을 가늘게 뜨고 주위를 둘러보았다.

탁자 위에 무언가가 놓여 있었다. 낡고 허름한 케이스가 익숙했다. 가까이 다가가 보니 영화 '첨밀밀' DVD였다. 지금까지 수십 번을 보았을 정도로 무척 좋아하는 영화였다. 이사 오면서 잃어버린 줄 알았는데 이게 어디서 난 건지 모르겠다.

무심결에 거실을 둘러보던 인해의 시선이 현관문 근처의 작은 방에 고정되었다. 여러 잡동사니가 섞여 있는 작은방에서 사흘 동안 이수가 머물렀었다. 아무래도 그가 DVD를 발굴해 낸 모양이었다.

인해는 DVD를 어루만졌다. 새삼스레 '첨밀밀'에 대한 것들이 두서없이 떠올랐다.

'첨밀밀'은 대만 출신의 가수 등려군의 노래였다. 인도네시아 민요에 가사를 붙인 것으로 '달콤함'이란 뜻이었다. 즉, 영화 제목이 '달콤함'이란 의미였다. 하지만 처음부터 끝까지 마냥 달콤하기만 한 이야기는 아니었다.

'첨밀밀'은 서로 사랑하지만 각자 처한 입장과 환경 때문에 계속 어긋나기만 하던 연인이 오랜 세월 동안 잊지 않고 있다가 운명처럼 재회하는 것으로 끝나는 이야기였다. 쉽게 이루어지지 않고 돌고 돌아 힘겹게 이룬 사랑 이야기라서 더 애절하고 진실하게 다가왔었다.

특히 서로 등을 기댄 채 기차를 타고 홍콩에 함께 왔었던 두 사람의 인연이 정말 운명처럼 느껴져 마음에 들었던 영화였다.

이 영화를 보고 있노라면 진정한 사랑이 무엇인지 알 것만 같았다. 그리고 현실에도 진정한 사랑이 존재하는 것처럼 느껴지곤 했었다.

영화의 내용을 더듬다 보니 문득 이수가 떠올랐다. 영화 속 주인공처럼 그도 긴 세월 동안 자신을 잊지 않고 기억해 주었다. 비록 오해이긴 했지만 그는 자신에게 버림받았다고 생각했고 그로 인해 상처를 입었었다.

그럼에도 불구하고 자신과 다시 시작하려고 했었다. 만약 자신이 이수의 입장이었다면 그런 용기를 낼 수 있었을까. 선뜻 대답이 나오지 않았다.

결국 그는 떠났다. 억지를 부리는 듯 보였어도 그는 자신을 위해 스스로 물러나는 걸 선택했다. 그의 마음보다 자신의 입장을 더 헤아리고 배려해 준 것이었다. 그의 마음의 깊이가 얼마나 깊은지 새삼 가슴에 와 닿았다.

이것이 진정한 사랑이 아니라면 뭐란 말인가. 앞으로 살면서 그처럼 자신을 사랑해 줄 사람을 만날 수 있을까.

낡은 DVD 케이스 표면에 눈물이 뚝뚝 떨어져 내렸다. 혼자가 되었어도 끝내 나오지 않았던 눈물이 어느 순간부터 줄줄 흘러나오고 있었다. 딱딱하게 얼어붙어서 굳어져 있던 심장이 언제 녹은 건지 뜨겁게 뛰고 있었다.

그를 사랑한다. 과거처럼 그를 온전히 받아들일 수 없다고 해도 지금의 이 마음 역시 사랑은 사랑이었다. 그가 품은 사랑에 훨씬 못 미치고 보잘것없다고 해도 자신의 것 또한 엄연한 사랑이었다.

예전만 못 하다고 이 사랑을 외면해 버린다면 앞으로 온전하게 살아갈 수 있을까. 그를 보내고 혼자서 이 세상을 살아갈 수 있을까.

불가능했다. 혼자서도 잘 살 수 있다고 했지만 실상은 허세를 부린 것이었다. 자신은 혼자가 아닌 삶이 무엇인지 알고 있었다. 아예 처음부터 알지 못했다면 몰라도 이미 알고 있는 것을 모른 척하며 살 수는 없었다. 그가 없는 자신의 삶은 상상할 수도 없었다.

인해는 소매로 젖은 얼굴을 쓱쓱 문지르며 허둥지둥 현관문을 열고 나왔다. 순간 눈앞에 펼쳐진 광경에 그녀의 입이 멍하니 벌어졌다.

세상이 온통 새하얗게 변해 있었다. 밤새 눈이 내린 모양이었다. 3월에 폭설이라니. 어둑어둑한 새벽하늘과 극명한 대조를 이루고 있는 설경이 아름다웠지만 지금은 여유롭게 감상하고 있을 시간이 없었다.

인해는 복도를 달음박질쳐서 엘리베이터에 올라탔다. 마른침을 삼키며 눈을 부릅뜨고 전광판에 바뀌는 숫자를 뚫어져라 바라보았다.

오늘따라 엘리베이터가 거북이처럼 느릿느릿 내려가는 듯했다. 1초가 마치 한 시간처럼 느껴졌다. 온몸의 피가 바싹바싹 마르는 기분이었다. 초조함에 저도 모르게 손톱을 물어뜯었다. 제발 늦지 않았기를.

엘리베이터가 1층에 닿자마자 인해는 총알처럼 밖으로 튀어나왔다. 보도에 쌓인 눈을 치우던 경비 아저씨가 아파트 마당을 가로지르는 그녀를 이상한 눈으로 쳐다보았다. 누가 쳐다보건 말건 아랑곳하지 않고 인근 버스 정류장을 향해 전속력으로 내달렸다.

차가 없으니 분명히 버스를 타러 갔을 터였다. 보도에 내려앉은 눈 때문에 몇 번이나 미끄러져 넘어질 뻔했지만 속도를 줄이지 않았다.

막상 도착한 버스 정류장에는 아무도 없었다. 어지럽게 찍힌 발자국만 덩그러니 남아 있을 뿐이었다. 온몸의 힘이 쭉 빠져나갔다. 뒤늦게 휴대전화가 생각나 주머니를 뒤졌지만 곧 집에 두고 나왔다는 걸 깨달았다. 인해는 허탈한 얼굴로 차가 띄엄띄엄 지나다니는 도로를 바라보다가 발길을 돌렸다.

집으로 돌아가는 발걸음이 무거웠다. 바람이 불자 몸이 으슬으슬 떨려 왔다. 기분 탓이 아니라 정말로 추웠다. 특히 발은 감각조차 느껴지지 않았다. 뒤늦게 자신의 모습을 살펴본 인해는 깜짝 놀랐다.

외투도 걸치지 않고 달랑 얇은 트레이닝복만 입은 차림새였다. 더 황당한 건 맨발에 삼선슬리퍼를 신고 있는 것이었다. 바깥 공기에 고스란히 노출된 발가락이 꽁꽁 얼어붙어 있었다.

이런 꼴로 잘도 미끄러지지 않았구나 싶었다. 급한 마음에 정신없이 뛰쳐나오느라 뭘 입고 신었는지도 몰랐다. 쓴웃음이 나왔다. 이런 꼬락서니로 뜀박질을 했으니 경비 아저씨가 이상하게 쳐다봤던 거구나.

조심조심 아파트로 돌아와 놀이터 옆을 지나갈 때였다. 아직 경비 아저씨의 손길이 닿지 않았는지 놀이터는 온통 새하얀 세상이었다. 그래서인지 하얀 눈밭에 점점이 찍힌 사람 발자국이 눈에 쏙 들어왔다.

발자국은 그림처럼 일정한 간격으로 가지런하게 찍혀 있었다. 발자국이 이어진 곳을 따라 무심코 놀이터 쪽으로 시선을 옮긴 인해는 그 자리에 멈춰 섰다.

놀이터 벤치 위에 누군가가 앉아 있었다. 주변에 쌓인 눈처럼 새하얀 피부가 유독 눈에 띄었다. 환영을 보는 건가 싶어서 몇 번이나 눈을 깜박거렸지만 이수가 틀림없었다. 거짓말처럼 그가 그곳에 있었다.

인해의 집에서 나온 이수를 가장 먼저 반겨 준 건 새하얀 세상이었다. 그러나 그의 눈엔 아무것도 들어오지 않았다. 주변의 소음도 추위도 전혀 느낄 수 없었다. 무언가를 느낄 수 있는 마음은 안에 두고 나와 버렸다. 마음이 있던 자리에 찬 바람만 횅하니 통과할 뿐이었다.

쉽게 되지 않을 거라는 건 진즉 알고 있었다. 지금 당장 예스를 들을 거라고는 기대조차 하지 않았었다. 그래도 희망이 있었다. 자신에게 마음이 남아 있는 그녀였다. 지금은 밀어내더라도 인내심을 가지고 곁에서 기다리다 보면 언젠가 자신을 돌아봐 줄 거라 믿어 의심치 않았었다. 그런데 그녀가 진정으로 마음속에 품고 있던 것은 전혀 생각지 못했던 것이었다.

옛날과 같은 사랑을 할 수 없으니 다시 시작할 수 없다는 그녀였다. 그녀의 고백을 듣는 순간, 커다란 바위가 가슴을 짓누르는 것처럼 숨이 턱 막히고 눈앞이 캄캄했다.

이건 기다린다고 해결될 문제가 아니었다. 자신이 어떻게 해 볼 수 있는 문제 또한 아니었다.

예전과 같은 사랑을 원치 않는다 해도 그녀는 받아들이지 않을 터였다. 자신이 무슨 말을 해도 그녀 스스로 자격지심에서 벗어나지 않는 한 쇠귀에 경 읽기나 마찬가지였다.

자신이 곁에 있으면 있을수록 그녀의 자격지심은 더 강해질 뿐이었다. 끊임없이 기억에도 없는 과거의 스스로와 비교를 하며 괴로워할 터였다. 그녀를 진정으로 위한다면 자신이 떠나야 했다. 그래서 미련을 두지 않고 물러났다. 하지만 마음만은 가지고 나올 수가 없었다.

터덜터덜 걷다 보니 어느새 버스 정류장이었다. 새벽같이 출근하는 부지런한 사람들 몇몇이 버스를 기다리고 있었다. 버스는 금세 왔다.

그러나 이수는 멍하니 버스에 올라타는 사람들을 구경했다. 사람들을 실은 버스가 가 버리고 홀로 남게 된 이수는 발길을 돌렸다.

길이 보이지 않지만 이대로 돌아갈 수도 없었다. 이런 결과를 얻자고 어머니의 마음을 아프게 하면서까지 집에서 나온 게 아니었다. 어머니는 자신이 뜻을 이루지 못한 것을 더 마음 아파하실 분이었다. 어머니를 위해서라도 방도를 찾아내야 했다. 길이 없다면 새로 만드는 한이 있더라도.

아파트로 다시 돌아온 이수는 놀이터로 향했다. 밤새 내린 눈으로 뒤덮인 놀이터는 온통 새하얀 세상이었다.

그는 아직 누구의 발길도 닿지 않은 놀이터로 성큼성큼 걸음을 옮겼다. 그의 발자국이 새하얀 눈 위에 찍히면서 그때까지 없었던 새로운 길이 만들어졌다.

벤치에 앉아 생각을 정리하던 참이었다. 문득 누군가의 시선이 느껴졌다. 무심코 고개를 돌린 이수의 눈이 점차 커다래졌다. 그가 두고 온 마음의 주인이 눈앞에 서 있었다.

흐리멍덩했던 이수의 까만 눈이 불이 들어온 것처럼 반짝거렸다. 그가 벤치에서 일어나 이쪽으로 달려왔다. 그가 바로 코앞에 설 때까지 인해는 꼼짝도 할 수 없었다.

"너 지금……."

끝까지 말을 잇지 못한 그는 인해의 행색을 보더니 서둘러 입고 있던 코트를 벗었다. 그러고는 코트로 인해를 감싸 주었다. 인해는 코트 깃에 얼굴을 반쯤 묻었다. 여태 코트가 품고 있었던 그의 체온이 느껴졌다.

추위에 떨던 몸뚱이는 물론이고 얼어붙었던 가슴 속 심장까지 그의 온기로 서서히 채워진다. 따뜻하고 포근한 기운이 온몸의 혈관과 세포 하나하나에 스며들었다. 이제 더 이상 춥지 않았다.

이수는 말없이 인해를 내려다보았다. 묻고 싶은 게 많은 얼굴이었지만 섣불리 입을 열지는 않았다. 잔뜩 긴장했지만 한편으로는 기대감이 역력한 얼굴이기도 했다.

그런 그를 바라보고 있자니 덩달아 인해도 긴장이 되었다. 하지만 겉으로는 태연한 척하며 물었다.

"여기서 뭐 하는 거예요?"

"갈 데가 없어서."

사흘 전에 지겹도록 들었던 대답이 돌아왔다. 아마 자신이 받아 주지 않는다면 그는 영원히 똑같은 대답을 할 터였다. 인해는 숨을 크게 들이쉬고 내쉬었다. 그러고는 용기를 내어 천천히 입을 열었다.

"옛날과는 다를 거예요. 선배가 기대하는 그런 사랑은 할 수 없을지도 몰라요. 한참 모자랄지도 몰라요. 그래도 괜찮아요?"

긴장으로 굳어져 있던 이수의 입가가 점차 느슨해졌다. 눈처럼 새하얀 얼굴에 그녀가 너무나 좋아하는 아름다운 미소가 떠오른다.

"모자란 게 있다면 내가 채워 줄게."

짧은 한마디였지만 깊고도 넉넉한 그의 사랑이 느껴졌다. 이수는 인해를 품에 끌어안았다. 인해도 팔을 뻗어 그를 마주 안아 주었다. 인해는 벅찬 마음으로 하늘을 올려다보았다. 검푸른 하늘에 동이 터 오고 있었다.

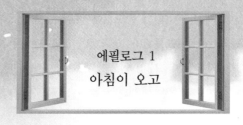

에필로그 1
아침이 오고

이수는 고개를 위로 들어 올렸다. 오늘따라 검은색 철제 대문이 한없이 높아 보였다. 그는 한숨을 내쉰 후 초인종 벨을 눌렀다. 곧바로 덜컹 문이 열렸다. 또 한 번 한숨을 내쉰 그는 안으로 걸음을 옮겼다.

"저 왔어요."

응접실 소파에 앉아서 신문을 보고 계시던 아버지가 못마땅한 눈초리로 그를 쳐다보았다. 멋대로 회사를 때려치우고 집을 나간 것에 대해 불벼락이 떨어질 줄 알았는데 의외로 조용했다. 아버지는 그에게 딱 한마디만 했다.

"난 네 엄마 뜻대로 할 거다."

이제 칼자루를 쥔 건 어머니였다. 이수는 응접실을 가로질러 어머니 방으로 향했다. 방문 앞에서 잠시 심호흡을 한 후 노크를 하고 문을 열었다.

침대에 앉아 계신 어머니의 뒷모습이 바로 시야에 들어왔다. 노크 소리를 듣고 일어나신 듯했다. 생각했던 것보다 어머니의 상태는 그리 나빠 보이지 않았다. 내심 안도한 이수는 문가에 서서 담담하게 말했다.

"잘못했다고는 안 할 거예요."

"잘못하지 않았다는 거니?"

"네."

이수가 망설임 없이 대답하자 어머니는 엷은 한숨을 내쉬며 중얼거렸다.

"잘못하지 않은 일엔 절대로 사과하지 말라고 가르쳤더니……."

약간의 후회가 묻어나는 목소리였지만 딱히 나무라는 투는 아니었다.

"집에 온 걸 보니 일이 잘된 모양이구나."

"네."

"그거 다행이구나. 회사도 그만두고 집까지 뛰쳐나가서 한 일인데."

"몸은 괜찮으세요?"

"그냥 단순한 몸살이었어. 나보단 네가 더 아파 보이는구나. 일이 잘됐다면서 얼굴은 왜 그래?"

"감기 걸렸어요."

"나한테 감기 옮길까 봐 가까이 오지 않는 거니?"

"네."

그의 대꾸를 들은 어머니는 조용히 미소 지었다. 이수의 입꼬리도 올라갔다. 그러자 어머니가 정색을 하며 엄하게 말했다.

"웃지 마. 아직 넌 웃으면 안 돼. 넌 잘못하지 않았을지 몰라도 내 입장에서 보면 넌 잘못했어."

"네?"

전혀 예상치 못한 어머니의 대꾸에 이수는 당황스러웠다. 어머니라면 자신의 선택을 이해해 주실 줄 알았다. 언제나 당신보다 자신을 먼저 생각하는 분이니 이번에도 그럴 거라고 믿어 의심치 않았다.

그런데 이건 뭐란 말인가. 그의 머릿속이 분주해졌다. 어머니의 마음을 헤아려 보려고 노력했다. 잠시 이수를 가만히 살피던 어머니가 불쑥 말을 꺼냈다.

"그 아가씨 보여 주면 한 번 봐줄게."

한 방 먹은 기분이었다. 이수는 그제야 어머니가 일부러 자신을 당황하게 만들었다는 걸 깨달았다.

"네가 회사도 집도 내팽개치게 만든 아가씨가 누군지 얼굴을 꼭 봐야겠어."

"나중에 시간을 따로 내서……."

"2주 안에 보여 주렴."

기한까지 정해 주는 걸 보니 단단히 작정을 한 듯했다. 이렇게 막구가내인 어머니는 처음이었다.

"꼭 이러셔야 해요?"

"당장 결혼하라는 것도 아닌데 너야말로 왜 그러니?"

할 말이 없었다. 결국 이수는 백기를 들고 어머니 방에서 나올 수밖에 없었다.

"쌤통이다."

방문 밖에서 엿듣고 있던 희영이 혀를 쏙 내밀었다. 이수가 말없이 그녀를 쳐다보자 순간적으로 움찔하더니 이내 당당하게 고개를 치켜든다.

"왜 그렇게 봐? 내가 틀린 말 한 것도 아닌데. 멋대로 회사 때려치우고 집 나갔으니 당연히 벌을 받아야지."

희영은 그가 알던 모습 그대로였다. 그의 출생의 비밀을 알게 되면 어색해할 줄 알았는데 전혀 그렇지 않았다.

대체 언제 알게 된 건지 짐작조차 되지 않았다. 자신을 대하는 희영의 태도는 언제나 한결같았다. 수상쩍은 낌새조차 느낄 수 없었다. 이수가 말없이 가만히 바라보고만 있자 희영이 뾰로통하게 중얼거렸다.

"뭐야? 왜 아무 말도 안 해? 내가 오빠 비밀 알았다고 이제 나랑 말도 안 할 거야?"

"그럴 리가."

이수는 희영의 머리를 쓰다듬어 주었다. 자신이 어색해할까 봐 먼저 말을 걸어 준 착한 동생이었다. 한참이나 어린 동생의 마음 씀씀이가 대견하고 고마웠다.

"인해 씨라면 엄마도 마음에 들어 할 거야. 너무 걱정하지 마."

놀릴 때는 언제고 위로의 말을 건넨다. 이수는 피식 웃으며 희영의 머리를 흐트러뜨렸다.

"그래, 알았어."

말과는 달리 이수는 마음이 무거웠다. 인해에게 어떻게 말을 꺼내야 할지 막막했다.

❋

"어머, 이게 누구야. 진짜 오랜만이다. 이제 괜찮아?"

"도대체 어디가 어떻게 아팠던 거예요? 수술했다면서요."

"아프면 아프다고 말해요. 혼자서 끙끙 앓지 말고."

"이제 다 나은 거죠?"

사무실에 들어서자마자 너나없이 쏟아지는 안부 인사에 인해는 어리둥절했다. 다들 자신의 건강을 염려해 주며 복직을 환영해 주고 있었다.

이수가 끝내 사표를 수리하지 않아 회사에는 병가를 낸 것으로 되어 있었지만 이 주임에게 그만뒀다는 말을 전한 상태였다. 그래서 다들 자신이 회사를 그만뒀다고 알고 있을 줄 알았다. 그런데 이 반응은 대체 뭐란 말인가.

인해는 슬그머니 이 주임을 쳐다보았다. 이 주임이 다른 직원들 눈에 띄지 않게 살짝 윙크를 한다. 어떻게 된 일인지 대충 짐작이 갔다. 인해는 허탈한 한숨을 내쉬었다.

그동안 여러 회사에 이력서를 넣었지만 이직이 생각처럼 수월하지는 않았다. 근무 환경이나 복지, 급여 등 아무리 따져 봐도 오로라만 한 회사가 없었다.

이수와 다시 시작하기로 하면서 회사를 그만둘 이유는 사라졌다. 결국 오로라에 복직하기로 결정한 인해는 한 가지 결심한 게 있었다. 그만뒀다가 돌아온 자신을 의아하게 쳐다볼 사람들에게 절대로 주눅 들지 말자고. 좀 뻔뻔한 감이 있더라도 당당해지자고.

그렇게 얼굴에 철판을 깔기 위한 만반의 준비를 했건만 전부 부

질없는 결심이었나 보다. 설마 이 주임이 입을 다물고 있었을 줄이
야.

그러고 보니 사람들이 희영에 대해서도 묻지 않고 있었다. 희영
이 회사로 자신을 찾아온 사실 또한 이 주임은 알고 있었다. 당연히
이수를 두고 자신과 희영이 한판 붙었다는 소문이 나돌 줄 알았는데
잠잠해도 너무나 잠잠했다. 설마 이것도?

"강 대리님, 다시 같이 일하게 돼서 기뻐요."

이 주임이 인해의 손을 잡으며 말했다.

인해는 이 주임을 새삼스럽게 바라보았다. 사람들에게 주목받
는 걸 즐기는 타입이다 보니 자연스럽게 사내 소식통이 된 그녀였
다.

그녀의 귀에 들어가면 비밀이 더 이상 비밀이 아니게 되었다. 마
음을 터놓고 지내기엔 그다지 좋지 않은 상대라고 생각해 직장 동료
로서만 적당히 대해 왔다. 그런데 이제껏 자신이 생각했던 이 주
임과 실제의 이 주임은 좀 다른 듯했다.

회사를 그만뒀다가 복직한 것도, 희영이 찾아왔었다는 것도 당
사자인 자신은 곤란하지만 다른 사람들에겐 흥미 있는 이야깃거리
였다.

당연히 이 주임이 전부 다 말했을 줄 알았다. 그런데 지금까지 아
무 말도 하지 않았다니 의외였다. 자신의 입장을 생각해 입을 다물
어 준 모양이었다. 이 주임에게 이런 면이 있었을 줄은 정말 몰랐
다.

직원들은 인해와 이수와의 관계에 대해서도 알은척하지 않았다.
대강 눈치는 챘어도 인해나 이수가 직접 말하기 전까지는 모른 척하

기로 한 듯했다. 왠지 이것도 이 주임의 입김이 느껴졌다.

문득 이수가 해 주었던 말이 떠올랐다. 주위에 자신을 진심으로 위해 주는 사람들이 있다고. 어쩌면 이 주임이 그 사람들 중의 하나가 아닐까.

"고마워, 윤정 씨."

인해가 처음으로 친근하게 이름을 불러 주자 이 주임의 눈이 동그래졌다. 그러더니 기쁜 얼굴로 환하게 웃는다. 인해도 이 주임을 마주 보며 웃었다. 앞으로 그녀와 좋은 친구가 될 수 있을 듯했다.

별 탈 없이 복직한 인해와는 달리 그날 오후 이수가 사무실에 모습을 드러내자 직원들의 눈초리가 마냥 곱지만은 않았다. 멋대로 회사를 그만뒀다가 별일 없었다는 듯이 다시 돌아온 그를 의아하게 여기는 눈치였다.

비록 3개월 감봉 처분을 받았다지만 그가 왕세자라는 설이 더더욱 힘을 얻은 상황이었다. 그래서인지 아무도 드러내 놓고 그에게 의아함을 표하지는 않았다.

퇴근을 몇 분 앞두고 갑자기 이수가 자리에서 일어나 한마디 했다.

"그동안 물의를 일으켜 죄송합니다. 제가 자리를 비웠어도 동요하지 않고 열심히 일해 주신 여러분에게 감사하는 의미로 오늘 저녁은 제가 쏘겠습니다. 요 앞에 있는 만선에 예약해 뒀으니까 시간 되시는 분들은 저녁 드시고 가세요."

몇몇 사람들이 환호성을 내질렀다. 이수가 팀장으로 온 뒤로 회식을 거의 하지 않았던 터라 갑작스런 제안임에도 다들 내심 반기는 눈치였다.

퇴근 시간이 되자마자 선약이 없는 사람들은 예약해 둔 회사 근처의 횟집인 만선으로 몰려갔다. 이수가 마음먹고 쏘는 자리라 그런지 차려진 상이 푸짐했다. 모처럼의 회식이라 분위기도 아주 흥겨웠다.

"회만 먹지 말고 한잔하지 그래."

"완쾌 축하해요. 강 대리님."

"내 술은 안 받을 거야?"

사람들이 돌아가며 인해에게 술을 권해 왔다. 좋은 마음으로 권하는 술인 데다 거절하면 기껏 좋았던 분위기가 가라앉을까 싶어 인해는 마다하지 않고 술을 받아 마셨다.

급성 위경련으로 병원까지 실려 갔던 터라 금주를 하는 게 마땅했지만 한 달여 만에 마신 술은 너무나 달았다. 똑같은 술인데도 기분이 나쁠 때 마시는 술과 기분이 좋을 때 마시는 술은 천지 차이였다. 오늘 마시는 술은 처음부터 끝까지 혀끝에 착 감겨들었다. 온몸이 짜릿할 지경이었다.

"아팠던 사람한테 술은 좀 그렇지 않나요?"

이수가 다소 떨떠름한 표정으로 인해를 쳐다보며 대수롭지 않은 투로 중얼거렸다. 아까부터 한마디 하고 싶은 걸 직원들 눈치를 보느라 참고 참다가 겨우 말을 꺼낸 기색이 역력했다.

인해에게 술을 권했던 사람들이 이수의 말을 듣고는 아차, 하는 얼굴이 되었다.

"그러게, 우리 생각이 짧았네. 강 대리, 괜찮아?"

"너무 무리하지 마세요."

자신을 걱정해 주는 사람들에게 인해는 손사래를 쳤다.

"괜찮아요, 이 정도는."

인해는 이수에게 들으라는 듯이 큰소리쳤다. 빈말이 아니었다. 오늘은 소위 술이 잘 받는 날이었다. 인사불성이 되지 않게 주량을 넘기지만 않으면 괜찮을 터였다.

인해는 사람들의 빈 잔에 술을 따라 주며 흥을 돋웠다. 술잔을 부딪치며 건배를 하고 보란 듯이 한입에 털어 넣었다. 그러자 좌중에서 환호와 박수가 터져 나왔다. 분위기가 후끈 달아올랐다. 그러자 이수도 더는 뭐라고 하지 못했다.

간만에 여러 사람들과 함께 하는 왁자한 술자리가 즐거웠다. 확실히 술은 혼자 마시는 것보다 여럿이서 마시는 게 좋았다.

"강 대리님 많이 취했나 봐요."

"괜찮다고 하길래 진짜 괜찮은 줄 알았더니."

난감해하는 사람들의 목소리를 한 귀로 흘려들으며 이수는 혀를 찼다. 인해는 몸을 제대로 가누지 못하고 벽에 기대어 서 있었다. 눈을 반쯤 뜨고 있었지만 초점을 잃고 흐리멍덩한 것이 누가 봐도 정상이 아니었다.

오늘 인해의 기분이 너무 좋아 보여서 끝까지 말리지 않았더니만. 이럴 줄 알았으면 무리를 해서라도 말릴 걸 그랬다.

"어떡하지? 누가 강 대리 집 아는 사람 있어?"

박 과장의 물음에 다들 서로의 얼굴만 멀뚱하게 쳐다보았다. 이 주임이 슬쩍 이수에게 눈길을 던지며 말했다.

"팀장님, 강 대리님이랑 같은 방향 아녜요?"

이수는 이 주임을 물끄러미 바라보았다. 아무래도 이 주임이 뭔가를 눈치챈 모양이었다. 비단 이 주임뿐만이 아니라 다른 직원들도 수상쩍었다. 아까부터 자신과 인해를 은근슬쩍 번갈아 보는 모습이 여러 차례 눈에 띄었었다. 조만간 공개연애를 하게 될지도 모른다는 생각이 들었다.

"강 대리는 내가 데려다 줄게요."

안 그래도 나서려 했던 참이라 이수는 흔쾌히 고개를 끄덕였다. 그가 이 주임의 말을 받아치자 다들 만면에 화색이 돌았다. 주정뱅이의 뒤처리를 떠맡지 않게 되어 안도한 기색이 역력했다. 이수는 속으로 쓰게 웃으며 말했다.

"먼저 나가 있어요. 난 계산하고 나갈 테니까."

다들 잘 먹었다는 인사를 하며 썰물이 빠지듯 가게 밖으로 우르르 나갔다. 이수가 지갑에서 카드를 꺼낸 것과 동시에 벽에 기대어 있던 인해가 똑바로 몸을 세웠다. 이 주임이 걱정스러운 투로 물었다.

"강 대리님, 정신이 좀 들어요?"

인해의 상태를 확인하려고 잠깐 고개를 돌린 순간이었다. 인해가 앞으로 스윽 다가오더니 눈 깜짝할 사이에 들고 있던 카드가 사라졌다.

"어머, 어머 어떡해!"

이 주임이 놀란 얼굴로 발을 동동 굴렀다. 옆에 있던 박 과장이 다급하게 소리쳤다.

"다들 강 대리 잡아! 팀장님 카드 가지고 갔으니까 어서 빨리!"

가게 밖에서 여유롭게 담소를 나누던 사람들 사이에서 일대 소란이 벌어졌다. 그러나 이미 한발 늦은 상황이었다.

우왕좌왕하는 사이 인해는 이수의 카드를 가지고 유유히 택시에 올라탄 후였다. 멀어지는 택시를 바라보며 다들 황당한 얼굴로 벌어진 입을 다물지 못했다. 누군가가 기가 막힌다는 듯이 절규했다.

"강 대리님 왜 저래요?"

"지금 장난치는 거죠? 그쵸?"

"몰래카메라 찍는 거라면 이런 거 재미없으니까 그만둬요."

다들 방금 벌어진 일이 현실이라는 걸 인정하지 않으려 했다. 박 과장이 그런 직원들을 딱하다는 눈길로 쳐다보며 혀를 찼다.

"저 고약한 주사를 아직도 못 고쳤네."

인해의 주사를 알고 있는 몇 안 되는 사람 가운데 하나인 박 과장이었다. 신입 때 크게 사고 친 이후로 좀처럼 볼 수 없었던 인해의 주사를 또다시 목격하게 된 박 과장은 착잡한 얼굴로 한숨을 내쉬었다.

이 모든 상황을 가만히 지켜본 이수는 튀어나오려는 웃음을 참기 위해 입술을 깨물었다. 실로 오랜만에 보는 '술독'의 귀환이었다.

한바탕 크게 웃고 싶었지만 망연자실해하는 사람들 앞에서 대놓고 웃을 수 없는 노릇이었다. 대학 시절 웃음을 참지 못했다가 따가운 눈총을 받았던 경험이 있는 그였다. 원활한 회사 생활을 위해 이수는 필사적으로 웃음을 참았다.

"어떡하지? 오늘 꽤 많이 나왔을 텐데."

"누군가가 총대 메야지 뭐. 아님 각자 지갑 털든가."

남겨진 자들의 근심 어린 목소리가 들려왔다. 이수는 자꾸만 올라가려는 입꼬리를 단속하며 덤덤하게 말했다.

"걱정할 필요 없어요, 법인카드는 무사하니까."

그의 한마디에 침울했던 사람들의 얼굴이 대번에 환해졌다.

눈앞이 가물가물했다. 인해는 눈에 힘을 주며 흐릿한 초점을 맞추기 위해 안간힘을 썼다. 차츰 시야가 또렷해지면서 익숙한 벽지의 무늬가 보였다. 언제 집으로 돌아온 거지?

인해는 손등으로 눈을 비비며 침대에서 천천히 몸을 일으켰다.

"잘 잤어?"

귀에 익은 목소리에 정신이 번쩍 들었다. 고개를 들자 이수가 팔짱을 끼고 자신을 내려다보고 있었다.

"여기서 뭐 하는 거예요? 어떻게 들어왔어요?"

그녀의 물음에 이수는 어처구니없다는 얼굴이 되었다.

"네가 문 열어 줬잖아."

"네?"

그녀가 놀라서 반문하자 이수가 황당하다는 듯 혼잣말로 중얼거렸다.

"아까 문 열어 줄 때 술이 깬 게 아니었군. 인사불성인데도 집은 잘도 찾아왔네. 정말 주정뱅이한테 귀소본능이란 게 있는 건가."

"무슨……."

순간 골이 기분 나쁘게 띵했다. 인해는 눈살을 찌푸리며 입을 다물었다. 파도가 밀려오는 것처럼 몇 시간 전에 있었던 일들이 차례차례 뇌리에 떠올랐다.

오늘은 이수가 저녁을 산다고 해서 다들 횟집에 갔었다. 모처럼
의 회식에 분위기가 아주 좋았었다. 간만에 마시는 술인 데다 흥겨
운 분위기에 취해 사람들이 권해 주는 술을 다 받아 마셨다. 나중에
는 자발적으로 사람들과 어울려 잔을 주거니 받거니 했다. 그리고
그다음에는…….

"혹시 내가 사고 쳤어요?"

인해는 조심스럽게 이수에게 물었다. 그는 대답 대신 턱짓으로
침대 옆에 있는 탁자를 가리켰다. 탁자 위에 익숙한 가방이 보였다.
회사에 늘 가지고 다니는 가방이었다. 인해는 손을 뻗어 가방을 가
져왔다.

가방 안을 살펴보자 익숙한 물건들 사이에 낯선 카드가 하나가
굴러다니고 있었다. 카드의 뒷면을 보니 결재 서류에서 보던 익숙한
사인이 적혀 있었다. 이수의 카드가 자신의 가방 안에 들어 있다는
건…….

불길한 예감에 인해는 눈을 질끈 감았다. 아주 오랜만에 제대로
사고 친 듯했다.

"어떻게 됐어요?"

"법인카드 긁었어. 오늘은 정말 내가 사려고 했는데."

아쉬움이 묻어나는 이수의 대꾸에 인해는 한숨을 내쉬었다. 신입
때 거하게 사고 친 이후 조심하며 살았었는데. 오늘 일로 그동안 몸
을 사린 게 전부 물거품이 돼 버렸다.

내일 출근해서 사람들 얼굴을 어떻게 봐야 할지 모르겠다. 이수
가 피식거리며 중얼거린다.

"술독은 내가 돈 쓰는 게 싫은가 봐."

"네?"

"대학 다닐 때도 내 카드 들고 도망갔었거든."

인해의 눈이 휘둥그레졌다. 옛날에도 이수의 카드를 들고 도망갔었다고?

이수는 가끔 아무렇지도 않게 불쑥불쑥 과거를 꺼내곤 했다. 여전히 그 시절은 인해에게 존재하지 않는 시간이었다. 그 사실을 알면서도 그는 거리낌 없이 과거를 언급하곤 했다.

인해는 그의 무심함에 외려 마음이 편했다. 만약 자신의 눈치를 보며 말을 아끼고 숨기려 했다면 그와 함께하는 게 어려웠을 것이다.

과거를 알 수 없으니 그의 말이 진실인지 거짓인지 확인할 길은 없었다. 그래도 인해는 그냥 믿어 주었다. 이제 이수는 자신이 하는 말이라면 묻지도 따지지도 않고 무조건 믿어 주었다. 그러니 자신도 그를 믿어 줘야 했다.

"옛날에는 네가 돈가스 사 주는 거로 나한테 사과했었어."

아무래도 이수는 자신에게 원하는 게 있는 듯했다. 인해는 엷은 한숨을 내쉬며 물었다.

"내가 어떻게 해 줬으면 좋겠어요?"

그녀의 단도직입적인 물음에 이수는 잠깐 머뭇거리다가 대꾸했다.

"누구 좀 만나 주면 돼."

❋

이수가 일러 준 곳은 조용하고 고즈넉한 분위기의 카페였다. 이수의 카드를 들고 도망간 죄로 인해는 금쪽같은 휴일에 이곳으로 나와야 했다.

그는 오늘 자신이 누구를 만나야 하는지 가르쳐 주지 않았다. 그저 장소와 시간만 알려 주었다. 인해는 답답한 마음에 물을 마셨다.

이제 정말 술을 끊든지 해야겠다. 그놈의 술만 아니었어도 사람들에게 사과할 일도 없었을 것이고 오늘 이 자리에 나올 일도 없었을 텐데.

연거푸 물을 들이켜는데 종소리가 들리면서 카페 문이 열렸다. 무의식적으로 고개를 돌린 인해는 오늘 자신이 누구를 만나러 온 건지 알게 되었다. 문을 막 열고 들어온 중년의 여성은 그녀가 알고 있는 얼굴과 너무나 흡사했다. 30년 후의 희영이 딱 저런 모습일 터였다.

"강인해 씨?"

"네."

인해는 서둘러 자리에서 일어났다. 이수가 어째서 자신에게 아무 말도 해 주지 않았는지 이제야 알겠다.

희영의 생모이자 이수를 길러 준 분이었다. 이수가 누구보다도 믿고 따르는 사람이었다. 그의 어머니가 어떤 분인지 궁금해한 적은 있었지만 막상 이렇게 만나게 되니 부담스러웠다. 만약 어머니를 만나는 자리라는 걸 미리 알았다면 쉽게 나가겠다는 대답을 하지 못했을 것이다.

"만나서 반가워요. 나 이수 엄마예요."

"아, 네. 안녕하세요."

너무 긴장한 나머지 인해는 로봇처럼 딱딱하게 인사했다. 이수의 어머니가 부드럽게 미소 지었다.

"긴장할 필요 없어요. 나도 떨리는 건 마찬가지니까요."

아, 인해는 이수의 어머니를 새삼스럽게 바라보았다. 자신을 배려해 주고 싶어 하는 마음이 전해져 왔다. 그래서인지 힘이 잔뜩 들어갔던 몸이 스르르 풀렸다. 테이블로 다가온 종업원에게 차를 주문한 후 어머니가 조심스럽게 입을 열었다.

"미안해요, 휴일 날인데 쉬지도 못하게 하고."

"아니에요. 괜찮습니다."

"내가 이수한테 억지를 부렸어요. 인해 씨를 만나게 해 달라고. 그러니 우리 이수 너무 원망하지 말아요."

행여 이수가 미움이라도 받을까 봐 걱정이 되는 모양이었다. 그를 감싸는 말을 듣고 있노라니 친어머니가 아닌데도 이수가 그녀를 믿고 따르는 이유를 알 것만 같았다.

"인해 씨를 꼭 한 번 보고 싶었어요."

하마터면 왜요, 라고 물을 뻔했다. 어머니로서 아들이 사귀는 여자를 궁금해하는 건 당연했다. 하지만 오늘 그의 어머니는 다른 목적이 있어 보였다. 의아해하는 인해의 마음을 알았는지 어머니가 부연을 덧붙였다.

"우리 이수가 보기보다 상처가 많은 아이예요. 웃고 있어도 진심으로 웃지 못하던 아이였죠. 그런데 어느 날 애가 진짜 웃고 있는 거예요. 그때가 아마 군대 다녀와서 복학하고 나서였을 거예요. 그러더니 미국으로 유학 갈 때쯤엔 도로 옛날로 돌아가 버렸죠.

다시는 못 볼 줄 알았어요. 이수가 진짜로 웃는 모습을. 그런데 작년부터 다시 웃고 있더라고요. 그게 인해 씨 때문이란 걸 알고는 얼마나 보고 싶던지. 우리 이수를 진짜로 웃게 만든 사람이 누군지 정말 궁금했어요."

인해는 말문이 막혀 버렸다. 이수가 군대에 다녀와서 복학했을 때라면 자신과 만났던 시기였다. 그리고 오랫동안 헤어져 있다가 작년에 그와 재회했다. 자신과 만날 때만 이수가 진심으로 웃었다는 어머니의 말을 듣고 있노라니 얼굴이 뜨거워졌다.

아직 어머니는 이수가 예전에 자신과 만났었다는 사실을 모르고 있는 듯했다. 만약 그 사실을 알게 된다면 자신을 어떻게 생각할지 자못 궁금했다.

"힘들게 살아온 아이예요. 아마 앞으로도 힘들 거예요. 편하게 해 주고 싶은데 내가 해 줄 수 있는 건 한계가 있더라고요."

어머니는 쓸쓸한 얼굴로 미소 지었다. 길게 말하지 않아도 그녀의 마음을 알 것 같았다. 지금까지 그녀는 최선을 다했을 터였다. 그럼에도 늘 모자라다고 생각했을 것이다. 아무리 주고 싶어도 생모만이 줄 수 있는 것을 줄 순 없었을 테니까.

"우리 이수를 웃게 해 주는 인해 씨라면, 내가 할 수 없는 것들이 가능할지도 모르겠다는 생각이 드네요."

어머니가 테이블을 가로질러 인해의 손을 살며시 붙잡았다.

"우리 이수가 지금처럼 계속 웃게 해 줘요. 부탁할게요."

이수를 진심으로 위하고 걱정하는 마음이 느껴졌다. 생모는 아닐 언정 그를 진심으로 아끼고 사랑하고 있었다. 그가 엇나가지 않고 바르게 잘 자란 이유를 알 듯했다.

"노력할게요."

자신이 그를 위해 무엇을 해 줄 수 있는지 아직은 잘 모르겠지만 앞으로 열심히 노력할 것이다. 인해의 대답이 만족스러웠는지 어머니가 온화한 미소를 지었다.

"고마워요."

그에게 이렇게 좋은 어머니가 있어서 참 다행이란 생각이 들었다.

통유리 너머 인해와 어머니가 마주 앉아 있는 모습이 보였다. 두 사람은 웃으며 사이좋게 차를 마시고 있었다. 우려했던 것과는 달리 분위기는 화기애애해 보였다.

처음에는 긴장해서 딱딱하게 군은 얼굴로 뻣뻣하게 앉아 있던 인해였다. 하지만 지금은 언제 긴장했었냐는 듯 편안한 얼굴이었다. 이수는 카페를 향했던 시선을 거두고는 휴대전화를 꺼내 들었다.

"김 비서님, 오랜만입니다. 요즘 세 사람 어떻게 지내고 있나요?"

[지난번에 고영미 씨가 돈을 요구한 이후 곧바로 이태석 씨를 최종면접에서 떨어뜨렸습니다. 그래서인지 요즘엔 잠잠해졌습니다.]

역시 말로 해서는 듣지 않을 줄 알았다. 꼭 쓴맛을 봐야 알아듣는 사람들이 있었다. 이수는 조소를 날리며 차갑게 말했다.

"태석이가 취직이 되더라도 그 여자가 또 허튼짓을 하면 바로 직장에서 내쫓기게 만드세요."

[알겠습니다.]

"또 다른 한 명은요?"

[김승준 쪽은 변함없습니다. 여전히 술만 마시며 세월을 보내고 있습니다.]

뺑소니 공소시효인 7년이 지나가 버려서 승준은 자수를 할 수 없게 되었다. 속죄할 방법이 없어져서인지 그는 죄책감을 이기지 못하고 자멸의 길을 걷고 있었다.

그래서 딱히 손을 쓸 일이 없었다. 그래도 만에 하나 인해에게 접근할 가능성이 없지 않아 있어서 감시를 소홀히 할 수는 없었다.

"나머지 한 명은요?"

[서민경 씨는 집에만 틀어박혀 있습니다. 이 주째 집에서 한 발자국도 나오지 않고 있습니다.]

"누가 찾아오거나 연락하는 사람은 없었나요?"

[네, 없습니다. 지시하신 대로 서민경 씨의 지인들에게 계속 접촉해 완벽하게 연락을 끊도록 해 놓았습니다. 기업들 블랙리스트에 이름을 올렸으니 재취업하는 것도 어려울 겁니다.]

"수고하셨어요. 앞으로도 계속 부탁드릴게요."

[별말씀을요. 어려운 일도 아닌데요 뭐.]

김 비서와 통화를 끝낸 이수는 담배를 한 개비 꺼내 입에 물었다. 뿌연 연기를 공중에 날려 보내며 한숨을 내쉬었다.

무려 십 년에 가까운 세월이었다. 그 긴 세월 동안 인해를 속이고 자신을 속인 민경에게 합당한 대가를 치르게 할 생각이었다.

일단은 민경을 사회적으로 완전히 고립시킬 작정이었다. 인해가 친구 하나 없이 쓸쓸하게 혼자서 학교를 다니게 한 벌이었다. 단발

성으로 끝낼 생각은 추호도 없었다. 오랜 세월 자신과 인해가 기만 당했던 만큼 천천히 오래오래 갚아 줄 것이다.

"담배 끊은 거 아니었니?"

느닷없이 어머니의 목소리가 들려오는 바람에 이수는 황급히 담배를 휴대용 재떨이에 눌러 껐다.

"언제 나오셨어요?"

"너야말로 언제 온 거니? 담배는 언제부터 다시 시작한 거고."

이수가 선뜻 대답하지 못하자 어머니가 눈살을 찌푸리며 나무랐다.

"몸에 나쁜 걸 왜 또 피우는 거야."

"죄송해요."

"나도 선배 담배 피우는 거 싫어요. 이제 와 말하는 건데, 담배 냄새 때문에 선배 옆으로 가기 싫을 때도 있었어요."

어머니 옆에 있던 인해가 때는 이때다 싶었는지 냉큼 지원사격에 나섰다. 어머니의 성화와 인해의 불만이 한동안 계속 이어졌다. 두 여자의 협공에 이수는 진땀을 흘리며 두 손을 들 수밖에 없었다.

"끊을게요. 끊을게."

그가 금연을 선언하자 어머니가 반색을 하며 인해를 돌아보았다.

"인해 씨가 지켜보면서 정말 끊었는지 나중에 나한테 말해 줘 요."

"네. 철저하게 감시할게요."

이수는 신기한 눈으로 어머니와 인해를 번갈아 보았다. 어쩜 손 발이 저렇게 잘 맞을 수 있을까. 오늘 처음 본 사이가 맞는지 의심 스러웠다.

인해와 어머니 사이에 어색함이라고는 전혀 찾아볼 수 없었다. 모르는 사람이 본다면 모녀지간이라고 착각할 만했다.

고작 한 시간 정도 같이 있었을 뿐인데 어떻게 이렇게까지 친해진 건지 모르겠다. 걱정이 돼서 몰래 따라온 게 민망해질 지경이다.

검은색 세단이 주차장에서 빠져나왔다. 어머니는 헤어지는 게 아쉽다는 투로 인해에게 작별 인사를 고했다.

"그럼 나중에 또 봐요."

"네, 안녕히 가세요."

어머니가 탄 차가 시야에서 사라지자 인해가 이수를 물끄러미 쳐다보았다.

"여긴 왜 온 거예요?"

"그냥 궁금해서."

"내가 걱정됐어요?"

이수는 순순히 고개를 끄덕였다.

"미리 말 못 해서 미안해. 어머니가 하도 너를 보고 싶다고 하셔서 어쩔 수가 없었어."

인해가 피식 웃으며 말했다.

"말 안 하길 잘했어요. 어머니 만나는 자리라는 거 알았으면 안 나왔을지도 몰라요. 근데 나오길 잘한 거 같아요."

"그거 다행이군."

이수는 가벼워진 마음으로 웃으며 인해의 어깨를 감쌌다. 두 사람은 나란히 주차장으로 걸어갔다. 바람이 불자 머리 위로 하얀 벚꽃 잎이 분분히 흩날렸다. 완연한 봄이었다. 눈처럼 흩날리는 벚꽃을 바라보고 있노라니 문득 지난 3월이 떠올랐다.

느닷없는 폭설로 온 세상이 새하얗게 변했던 그때. 만약 인해가 자신을 찾으러 나오지 않았다면, 자신이 놀이터에 있지 않았다면 지금 우리는 어떤 모습을 하고 있었을까.

귓전에 파고든 익숙한 목소리가 상념을 깨뜨렸다.

"무슨 생각해요?"

"그냥, 봄이구나 싶어서."

대답이 싱거웠는지 인해가 피식거렸다. 이수는 차의 시동을 걸며 화제를 돌렸다.

"무슨 얘기를 했길래 어머니랑 그렇게 친해진 거야?"

"알고 싶어요?"

고개를 끄덕이자 인해가 짓궂은 표정을 지으며 대답했다.

"선배 욕 했어요."

"뭐?"

"어머니랑 같이 선배 흉보느라 시간 가는 줄 몰랐어요."

"그런 장난 재미없거든."

"진짠데."

농담이라는 걸 아는데도 자꾸만 신경이 쓰였다. 흉을 보진 않았어도 자신이 두 사람의 화젯거리였을 거라는 건 의심할 여지가 없었다. 도대체 무슨 이야기를 했을까.

"정말 말 안 해 줄 거야?"

"선배 얘기 했다니까요."

아무래도 인해는 말해 줄 생각이 없어 보였다. 이수는 핸들을 돌리며 생각했다. 나중에 어머니를 공략해 봐야겠다고.

눈에 익은 아파트가 시야에 들어오자 이수는 자기도 모르게 한숨을 내쉬었다. 익숙한 주차장에 차를 주차시키고 익숙한 엘리베이터를 타고 12층으로 올라가 익숙하게 뻗어 있는 긴 복도를 걸어가 익숙한 1204호 앞에 멈춰 섰다. 인해가 문을 등지고 그를 바라보며 말했다.

"그럼 내일 회사에서 봐요."

이수는 아쉬운 눈길로 1203호를 바라보았다. 몇 달 전만 하더라도 1203호는 그의 집이었다. 그러나 이젠 남의 집이 되었다. 이럴 줄 알았으면 세를 줄 게 아니라 그냥 비워 둘 걸 그랬다. 그랬다면 이렇게 헤어지지 않아도 될 텐데. 매일 아침 회사가 아니라 집에서 바로 볼 수 있었을 텐데.

"2년만 기다리면 되잖아요."

그의 속내를 눈치챘는지 인해가 불쑥 중얼거렸다.

"전세 계약 2년밖에 안 되잖아요. 계약 끝나면 다시 들어와 살아요."

2년밖에라니. 이수는 한숨을 푹 내쉬었다. 8년을 기다렸는데 2년을 또 기다리라니 너무나 가혹한 처사였다.

"집이 머니까 전보다 자주 못 보는데, 넌 괜찮아?"

"회사에서 매일 보잖아요."

대수롭지 않아 하는 인해의 반응에 이수는 입을 다물었다. 같은 마음이라도 각자 가지고 있는 마음의 크기가 다르다는 걸 안다. 모자란 만큼 채워 준다고 약속했으니 어쩔 수 없지만 내심 서운한 것도 사실이었다.

"갈게. 내일 보자."

이수는 섭섭한 마음을 누르며 태연하게 말했다. 가는 길에 근처 부동산에 들러 매물이 있는지 알아볼 생각이었다.

꼭 인해의 옆집이 아니더라도 상관없었다. 같은 아파트에서 2년만 견디다가 전세 계약이 끝나면 다시 옆집으로 들어가면 되니까. 아니면 차라리 결혼을 서둘러서 같이 사는 게 더 좋은 방법일지도.

이런저런 궁리를 하며 발길을 돌리는데 등 뒤에서 인해가 지나가는 투로 말했다.

"커피 한 잔 정도는 줄 수 있는데."

이수는 그 자리에 우뚝 멈춰 섰다. 고개를 돌리자 인해가 눈을 이리저리 돌리며 딴청을 피우고 있었다. 쑥스러워하는 그녀를 보고 있자니 서운했던 마음이 금세 풀려 버렸다.

말은 그렇게 했어도 그녀 역시 자신과 이대로 헤어지는 게 아쉬웠던 모양이다. 그러면 그렇다고 진작 말할 것이지. 이수는 일부러 알아듣지 못한 것처럼 지나가는 말투로 중얼거렸다.

"지금은 별로 생각 없는데."

이수가 빙 돌려서 거절하자 인해가 눈에 띄게 당황스러워한다. 놀라서 커다래진 눈을 보며 그가 슬쩍 덧붙였다.

"라면이라면 또 몰라도."

당황해하던 인해의 얼굴이 순간 멍해졌다. 그러더니 입꼬리가 슬금슬금 위로 올라갔다.

"인스턴트 싫어하는 거 아니었어요?"

이수 역시 씨익 웃으며 대꾸했다.

"가끔 별미로 먹는 건 좋아해."

"들어와요."

인해는 새침한 표정으로 턱을 들어 올리며 선심 쓰듯이 말했다. 집주인의 허락이 떨어지자마자 이수는 기다렸다는 듯이 발을 뗐다.

그녀를 따라 집 안으로 성큼성큼 들어가는데 어디선가 미지근한 바람이 불어왔다. 뺨을 스치는 바람결에 은은한 꽃향기가 섞여 있었다. 봄꽃의 향기는 싱그럽고 따스했다. 이수는 그 향기를 온몸으로 깊이 들이마셨다.

에필로그 2
꿈

어디선가 맛있는 냄새가 났다. 인해는 천천히 눈꺼풀을 들어 올렸다. 눈을 뜨자 잠결에 맡았던 냄새가 한층 더 강해졌다. 덕분에 냄새의 정체를 금방 알았다. 그것은 갓 지은 밥이 내뿜는 냄새였다.

참 오랜만에 맡아 보는 밥 냄새에 비어 있는 위장이 꿈틀거리며 요동치기 시작했다. 참을 수 없는 허기에 인해는 침대에서 내려와 손에 잡히는 대로 집어 든 옷을 급히 몸에 걸쳤다. 그러고는 성마르게 방문을 열고 나갔다.

"깼어? 지금 막 깨우려고 했는데."

이수가 갓 지은 밥이 수북하게 담긴 밥그릇을 식탁에 놓으며 다정하게 말을 붙여 온다. 오늘은 휴일이었다. 어제 야근을 끝내고 인해와 함께 퇴근한 이수는 그녀를 집에 데려다 주고는 집으로 돌아가지 않았다.

아파트에 새로 집을 얻겠다는 그를 설득해 본가에 그대로 눌러앉게 한 이후, 다음 날이 휴일이면 늘 집으로 돌아가지 않는 그였다. 그래서 눈앞의 광경이 그리 새삼스러운 건 아니었다.

식탁 위를 대충 훑어본 인해의 입이 멍하니 벌어졌다. 반찬들 거의 대부분이 어제만 해도 없던 것들이었다. 인해는 어처구니가 없다는 듯이 그를 올려다보았다.

"언제 일어나서 이걸 다 만든 거예요?"

"두 시간 전쯤?"

이수의 대꾸에 인해는 깜짝 놀랐다. 두 시간 전이라면 꼭두새벽이었다.

"선배는 잠도 없어요? 도대체 몇 시간 잔 거예요?"

"잘 만큼 잤는데."

"그게 무슨……."

얼떨결에 거실 벽에 걸린 벽시계에 시선을 준 인해는 입을 다물었다. 시곗바늘이 9시를 가리키고 있었다.

오늘도 여느 때처럼 일어나던 시간에 일어났다고 생각했는데 예상이 보기 좋게 빗나가 버렸다. 피곤하긴 했었나 보다. 안 자던 늦잠을 잔 걸 보면.

인해가 멋쩍은 표정을 짓자 이수가 피식거리며 그녀의 머리를 쓰다듬어 주었다.

"씻고 옷 갈아입고 나와. 지금 이대로도 상관없지만."

이수의 지적에 인해는 그제야 자신이 달랑 이수의 와이셔츠만 몸에 걸치고 있다는 걸 깨달았다. 그러고 보니 아까부터 그의 시선이 셔츠 아래에 드러난 맨다리에 닿아 있었다. 얼굴이 뜨거워졌다. 인해는 서둘러 방으로 들어갔다.

아침을 먹고 나니 딱히 할 일이 없었다. 모처럼의 휴일이니 교외로 나가 시간을 보내도 좋으련만 오늘은 그냥 집에서 뒹굴거리는 걸택했다. 최근 계속된 야근으로 지칠 대로 지쳐 있는 상태였다. 하루쯤은 아무것도 안 하고 빈둥거리며 쉬고 싶었다.

인해는 이수의 무릎에 누워 리모컨으로 텔레비전 채널을 이리저리 돌렸다. 재방송으로 나오는 예능프로에 채널을 고정하고 보던 인해가 별안간 벌떡 몸을 일으켰다. 그러고는 텔레비전 옆에 있는 장식장에서 무언가를 꺼내 들었다.

"선배, 영화 볼래요?"

인해는 영화 DVD 케이스를 흔들어 대며 물었다. 무심코 DVD를쳐다본 이수의 눈이 반짝거렸다. 그녀가 들고 있는 영화 DVD는 다름 아닌 '첨밀밀'이었다.

"이거 어디에서 찾은 거예요?"

"작은방에 있는 상자 속에서."

"역시 거기 있었구나. 내가 찾았을 땐 왜 안 보였었지?"

고개를 갸우뚱거리며 혼잣말을 하던 인해는 이수와 시선을 마주했다. 그녀는 머리를 긁적이며 쑥스럽게 웃었다.

"아무리 찾아도 없길래 잃어버린 줄 알았거든요. 늦었지만 찾아줘서 고마워요. 정말 좋아하는 영화거든요. 선배도 이 영화 좋아해요?"

"응."

그가 긍정하자 인해는 눈에 띄게 기쁜 얼굴이 되었다. 공감대가생겨서 기쁜 모양이었다.

494

"진짜 너무 좋지 않아요? 지금까지 몇 번을 봐도 질리지 않는다니까요."

"좋긴 한데…… 그 영화 때문에 우리가 옛날에 멱살 잡을 뻔했었다는 얘길 내가 했었나?"

뜻밖의 말에 인해의 눈이 화등잔만 해졌다.

"선배랑 싸웠었다고요? '첨밀밀' 때문에요?"

이수가 고개를 끄덕이자 인해의 얼굴이 딱딱하게 굳어졌다. 심각한 얼굴로 곰곰이 생각하던 그녀가 조심스럽게 입을 열었다.

"옛날에 술 먹고 선배 카드 가지고 도망갔던 것처럼, '첨밀밀' DVD도 그랬던 거예요?"

"뭐?"

"선배랑 싸웠다면서요. 그래서 싸운 거 아니에요?"

심각한 얼굴로 말하는 인해를 보고 있노라니 입가가 절로 느슨해졌다. 인해의 추측은 사실과는 전혀 달랐다. 그래서 황당하고 어이가 없었지만 한편으로는 귀엽기도 했다. 과거를 기억하지 못하는 그녀의 입장에서 보면 그렇게 생각할 수도 있을 법했다.

"넌 세상에 진정한 사랑이 있다고 믿어?"

"갑자기 그건 왜 묻는 거예요?"

이수가 화제를 돌렸다고 생각했는지 인해는 미심쩍은 표정으로 물었다.

"네가 그랬었거든. '첨밀밀'을 보면 세상에 진정한 사랑이 있을 것 같다고."

"내가 옛날에 그런 말을 했었어요?"

"응."

인해는 말문이 막혔다. 지난 3월 폭설이 내렸던 날, 이수가 찾아낸 '첨밀밀' DVD를 보고 그런 생각을 했었다. 진정한 사랑에 대해서. 그런데 과거에도 같은 생각을 했었을 줄이야. 기억이 없는데도 불구하고 똑같은 생각을 했다니 놀라웠다.

그때도 지금도 자신은 자신이니 당연하다고 할 수도 있지만, 20살의 기억이 아예 없는 인해의 입장에서는 마냥 신기하게만 여겨졌다. 나지막한 이수의 목소리가 그녀의 상념을 일깨웠다.

"난 그때 진정한 사랑을 믿지 않았었어. 그런 건 영화 속에나 있는 거라고 생각했었거든. 그래서 너하고 싸웠던 거야."

"안 믿었었다고요?"

"그땐 그랬어."

이수는 씁쓸한 표정을 지으며 담담하게 수긍했다. 그러고는 인해를 힐끔 보더니 몇 마디 덧붙였다.

"걱정할 거 없어. 이젠 믿으니까."

인해는 새삼 과거의 이수가 궁금해졌다. 20대 초반의 이수는 지금의 이수와 얼마나 달랐을까.

"옛날에 선배는 어땠어요?"

그녀의 물음에 이수는 멋쩍은 표정을 지었다. 그러고는 과거를 더듬는 듯 아련한 눈으로 허공을 바라보았다.

"그때 난 참 철없고 어리석고 한심했었어. 군대 갔다 왔으니 어른이 되었다고 생각했었지. 실상은 전혀 아니었지만."

그는 스스로를 철없고 한심했다고 평가절하 했지만 인해의 생각은 조금 달랐다. 과거의 그를 알지는 못하지만 자신이 그를 좋아했다면 분명히 그럴 만한 이유가 있었을 터였다.

그때도 우월한 그의 외모는 변함없었을 것이다. 그에게 저절로 눈길이 갔을 거라는 건 어렵지 않게 추측할 수 있었다. 사람은 누구나 본능적으로 아름다운 것을 좇기 마련이니까. 자신도 남들과 크게 다르지 않았을 것이다.

하지만 단순히 외모만 보고 그를 마음에 담았을 거라는 생각은 들지 않았다. 분명히 다른 이유가 있었을 것이다. 그렇지 않고서는 모든 것을 버리고 그와 함께 떠날 생각 같은 건 할 수 없었을 테니까.

"이제 옛날 얘긴 그만하고 영화나 보자."

언제 소파에서 일어났는지 이수가 바로 옆으로 다가와 있었다. 그는 인해가 들고 있던 DVD를 가져가더니 플레이어에 집어넣었다. 그러고는 그녀의 손을 잡고 소파로 이끌었다. 두 사람은 나란히 소파에 앉았다. 이수는 자연스럽게 그녀의 어깨에 팔을 두르며 몸을 밀착시켰다. 그 바람에 인해는 그의 가슴께에 고개를 기대게 되었다.

규칙적인 그의 맥박 소리가 귓가에 고스란히 스며들었다. 안락하고 편안한 고동 소리를 온몸으로 느끼며 인해는 브라운관으로 시선을 고정시켰다.

기차를 타고 막 홍콩에 도착한 남자주인공의 얼굴이 정겨웠다. 인해는 서서히 영화 속으로 빠져들었다. 그러다가 어느 순간 스르르 눈이 감겼다.

✳

숨이 턱까지 차올랐다. 오늘 1교시 수업이 있다는 걸 깜빡하고 늦잠을 자 버렸다. 지각하지 않으려면 한시도 쉬지 않고 전력으로 달려야 했지만 벌써부터 다리가 후들거리고 있었다. 인해는 잠시 멈춰서서 거칠어진 숨을 몰아쉬었다.

저 멀리 언덕 너머에 자리 잡고 있는 강의실이 까마득해 보였다. 입학할 당시 캠퍼스가 넓어서 좋다고 생각했던 자신이 머저리 같았다.

드넓은 캠퍼스에 건물이 띄엄띄엄 떨어져 있다 보니 강의실이 다른 수업이 연속으로 붙어 있는 날은 죽을힘을 다해 뜀박질을 해야만 했다. 그러다 보니 가끔 법대가 아니라 체대에 들어간 기분마저 들곤 했다.

후들거리는 다리로 언덕을 달려서 넘어가려니 눈앞이 깜깜했다. 그래도 포기할 수는 없었다. 아직 수업 시작 전인 데다 신입생 주제에 새 학기부터 교수에게 찍히고 싶지는 않았다. 흐트러진 숨을 가다듬으며 다시 다리에 힘을 주고 한 발 앞으로 내디디려던 순간이었다.

야옹—

가녀린 고양이 울음소리가 귀에 쏙 들어왔다. 평소 고양이나 강아지를 보고 그냥 지나치지 못했던 인해는 반사적으로 주위를 두리번거렸다.

인해는 옛날부터 동물을 아주 좋아했다. 그러나 어릴 때부터 친척집을 전전했던 그녀에게 애완동물을 기른다는 건 불가능한 일이었다. 그렇다 보니 길거리를 돌아다니는 강아지나 고양이에게 유독 마음이 쓰이곤 했었다.

설마 학교에 고양이가 있을 줄은 몰랐다. 이제 막 작은집에서 독립한 처지라 애완동물을 기르는 건 부담스러웠지만 학교에 사는 고양이라면 먹이 정도는 챙겨 줄 수 있을 듯했다. 기쁘고 설레는 마음에 사방을 두리번거리던 그녀의 시선이 근처 화단에 고정되었다.

방금 전에 들었던 울음소리의 주인이 그곳에 있었다. 가녀린 목소리의 주인은 체구가 자그마한 삼색고양이였다. 그곳에 고양이만 있는 건 아니었다.

어떤 남자가 삼색고양이 앞에 쪼그리고 앉아 있었다. 멀리서 봐도 눈에 확 띌 정도로 남자는 굉장한 미남이었다. 특히 눈처럼 새하얀 피부가 인상적이었다.

인해는 잠시 넋을 잃었다. 저런 사람은 난생처음 보았다. 연예인을 실제로 보면 저럴까 싶을 정도로 남자에게서는 범상치 않은 아우라가 느껴졌다. 하얀 피부와 찔러도 피 한 방울 나오지 않을 것처럼 차가운 인상이 흡사 조각상 같기도 했다.

누가 보더라도 감탄할 만한 외모였지만 그다지 정이 가는 타입은 아니었다. 인해는 외모보다는 마음이 따뜻하고 다정한 남자가 좋았다. 그런데 저 남자는 외모도 마음도 지나치게 차가워 보였다.

인해는 남자에게서 시선을 거두고 삼색고양이를 바라보았다. 그러고 보니 삼색고양이 앞에 무언가가 놓여 있었다. 남자가 삼색고양이에게 무언가를 주고 있었다.

눈을 크게 뜨고 자세히 보니 남자의 손에 들린 건 슈퍼에서 파는 소시지였다. 남자는 소시지를 삼색고양이에게 조금씩 잘라 주고 있었다.

삼색고양이는 남자가 주는 소시지를 거들떠보지도 않고 딴청을
피우고 있었다. 그러나 도망가지 않고 그 앞에 계속 앉아 있었다.

그렇게 얼마나 있었는지 모를 무렵, 삼색고양이가 슬그머니 소시
지 한 조각을 물었다. 그 순간 남자의 입가가 솜사탕처럼 부드럽게
허물어졌다. 그러자 마냥 차갑고 냉랭하게 보이던 인상이 몰라볼 정
도로 부드럽고 따뜻해졌다.

남자의 변화를 실시간으로 목격한 인해는 벌어진 입을 다물지 못
했다. 단지 조금 웃은 것뿐인데, 사람이 달라도 너무나 달라 보였다.
마치 얼굴만 같은 다른 사람을 보고 있는 기분이었다.

겉과 속이 모두 차갑기만 한 사람이었다면 저렇게 웃을 수가 없
었다. 보잘것없는 길고양이를 외면하지 않고 소시지를 주는 것만 봐
도, 비록 외모는 차가울지언정 따뜻한 마음을 가지고 있는 사람임이
틀림없었다. 어느 순간부터 가슴이 마구 두근거리고 있었다.

삼색고양이는 소시지를 다 먹고는 수풀 사이로 몸을 숨겼다. 남
자 역시 그 자리에서 미련 없이 떠났다. 그제야 정신이 든 인해는
시간을 확인하고는 깜짝 놀랐다. 서둘러 강의실로 뛰어갔지만 결국
그날 수업은 지각하고 말았다.

남자를 다시 본 건 일주일 후였다. 그는 여전히 그때의 그 화단에
서 삼색고양이와 함께 있었다. 이번에는 소시지가 아니라 사료를 주
고 있었다. 미리 준비를 해 온 건지 자그마한 플라스틱 통에 사료가
담겨 있었다.

그동안 남자와 안면을 익힌 탓인지 삼색고양이는 주저하지 않고

사료를 먹었다. 이제 보니 삼색고양이의 배가 눈에 띄게 불러 있었다. 아무래도 새끼를 배고 있는 듯했다.

남자는 삼색고양이가 사료를 다 먹을 때까지 가만히 기다려 주었다. 삼색고양이를 굽어보는 남자의 얼굴에 잔잔한 미소가 떠올라 있었다. 보고 있기만 해도 행복해지는 그런 미소였다. 한 폭의 그림처럼 평화로운 광경이었다.

며칠 후 남자를 다시 본 곳은 이전의 그 화단이 아니었다. 그날은 추적추적 비가 내리는 날이었다. 이제 막 봄이 시작되는 3월이라 날씨가 꽤 쌀쌀했다.

수업을 마치고 도서관에 들렀다가 동아리방으로 가려던 참이었다. 도서관 뒤편에 익숙한 인영이 있었다. 워낙 눈에 띄는 외모라 금세 누군지 알아보았다.

남자는 검은 우산을 받쳐 들고 발아래를 내려다보고 있었다. 우산에 남자의 얼굴이 대부분 가려져 있어서 표정이 잘 보이지 않았지만 분위기가 심상치 않았다.

발소리를 죽이고 가까이 다가가자 남자의 굳어진 입매가 보였다. 그다음 눈에 들어온 것은 남자의 발치에 늘어져 있는 삼색고양이였다.

차가운 비를 온몸으로 맞으며 늘어져 있는 삼색고양이는 이미 숨이 끊어진 듯했다. 가만히 삼색고양이를 내려다보던 남자는 사체를 도서관 처마 밑으로 옮겼다. 덕분에 삼색고양이는 더 이상 비를 맞지 않게 되었다.

남자는 그 옆으로 몇 발자국 더 걸음을 옮겼다. 그러고는 몸을 숙이고 도서관 기둥 사이로 팔을 뻗어 무언가를 집어 들었다.

아, 인해는 저도 모르게 낮은 탄성을 내뱉었다. 남자의 손에 새끼 고양이 두 마리가 들려 있었다. 태어난 지 얼마 되지 않았는지 아직 눈도 뜨지 못한 노란 줄무늬 고양이와 삼색고양이였다. 배가 불러 있었던 삼색고양이가 생각났다. 죽은 삼색고양이의 새끼들임이 틀림없었다.

남자는 새끼 고양이를 품에 안고 어딘가로 걸어갔다. 인해는 저도 모르게 남자의 뒤를 따라갔다. 남자가 간 곳은 학생식당 안에 있는 매점이었다.

남자는 매점 아줌마와 몇 마디 나누고는 새끼 고양이들을 아줌마에게 건네주었다. 그러고는 뒤돌아서 도로 도서관 뒤편으로 향했다.

남자의 뒷모습을 바라보던 인해는 매점으로 들어갔다. 카운터 뒤의 벽에 걸린 자그마한 액자가 눈에 들어왔다. 액자에는 아줌마와 하얀 고양이가 함께 찍은 사진이 들어 있었다. 매점에서 계산할 때마다 늘 보던 사진이지만 오늘따라 유독 눈에 밟혔다.

매점 아줌마는 방금 전에 건네받은 새끼 고양이들을 작은 상자에 넣어 보살피고 있었다. 인해는 매점 아줌마에게 새끼 고양이와 남자에 대해 물어보았다.

"아까 그 잘생긴 남학생이 이 주 전쯤에 고양이에 대해 물어보더라고. 사진을 보고 내가 고양이를 키운다는 걸 알았나 봐. 그래서 고양이에 대해 내가 아는 한도 내에서 이것저것 알려 줬지. 고양이 습성이랑 사료는 뭘 줘야 하는지 그런 거 말이야. 그 뒤로 한동안 안 보이더니 오늘 갑자기 어미가 죽었다면서 새끼 고양이 두 마리를 나한테 가져온 거야. 자기가 거두고 싶은데 새끼 고양이를 키워

적이 없어서 잘못될까 봐 나한테 부탁한다고 하더라고. 마침 우리 집 고양이가 일주일 전에 새끼를 낳았거든. 그래서 내가 맡아서 키우다가 좋은 집으로 보내 주려고."

아줌마는 사진 속의 고양이처럼 눈이 보이지 않게 웃으며 대답해 주었다. 인해는 남자가 향한 도서관 뒤편으로 뛰어갔다.

남자는 처마 아래 두었던 삼색고양이를 손수건으로 조심스럽게 감싸고 있었다. 그러고는 한참을 걸어가 학교 뒤편에 있는 야산에 사체를 묻어 주었다.

땅을 파느라 온몸이 비에 흠뻑 젖어 들었고 손도 흙으로 엉망이 되었지만 개의치 않는 듯했다. 남자는 삼색고양이가 묻혀 있는 곳을 차가운 얼굴로 한동안 바라보다가 발길을 돌렸다.

인해는 남자가 서 있던 곳을 가만히 응시했다. 조금 전에 보았던 남자의 차가운 얼굴이 자꾸만 눈에 아른거렸다. 남자의 얼굴에 흐르던 물줄기는 빗물이었을까 아니면 눈물이었을까.

인해는 하늘을 올려다보았다. 빗방울이 여전히 쉼 없이 떨어져 내리고 있었다. 그럼에도 남자가 눈물을 흘렸을 거라는 생각이 들었다.

그날 이후로 남자를 보지 못했다. 캠퍼스를 걸을 때마다 주위를 두리번거리며 남자를 찾았지만 어디에도 그는 없었다. 삼색고양이와 함께 남자도 세상에서 사라져 버린 것 같았다. 이름도 나이도 과도 모르는, 자신과 아무 연관도 없는 생판 남인데 이상하게 서운하고 쓸쓸했다.

인해는 그제야 남자가 마음 깊숙이 들어와 있다는 것을 깨달았다.

이럴 줄 알았으면 말이라도 한 번 걸어볼 걸 그랬다. 후회해 봤자 이미 차는 떠나고 없는데 자꾸만 미련이 생기고 안타까웠다. 하루라도 남자를 생각하지 않은 날이 없을 지경이었다.

인해는 힘없이 동아리방으로 향했다. 오늘은 신입생 환영회 날이라 내키지 않아도 참석해야 했다. 오티 때 술에 취해 큰 사고를 친 이후, 되도록 술자리를 피하고 싶었지만 신입생 주제에 선배의 명을 거역할 수는 없었다. 동아리방에 가방을 놔두고 화장실에 가려고 막 문을 연 참이었다.

"어이, 술독. 어디 가려고?"

대뜸 듣기 싫은 별명을 언급한 사람은 올해 복학한 선배였다. 인해는 불퉁하게 대꾸했다.

"그렇게 부르지 말라니까요."

복학생 선배 옆에 누군가가 서 있었다. 한숨을 내쉬며 그쪽으로 시선을 돌린 순간, 그 사람과 눈이 딱 마주쳤다. 인해의 가슴이 펄쩍 뛰어올랐다.

그 남자였다. 삼색고양이와 함께 사라져 버렸던.

"인해 넌 이수 처음 보는 거지? 인사해. 나랑 동기인 최이수야. 나처럼 군대 갔다 와서 올해 복학한 녀석이야."

복학생 선배가 남자에 대해 소개해 주었다. 인해는 최이수라는 남자를 뚫어져라 바라보았다. 심장이 미친 듯이 뛰고 있었다.

삼색고양이를 바라볼 때처럼 따스하게 웃어 주진 않았지만 그래도 좋았다. 이렇게 그가 눈앞에 나타났다는 사실만으로도 운명처럼 느껴졌다. 흥분한 인해는 저도 모르게 남자에게 말을 걸었다.

"이수역 근방에서 태어나셨어요?"

당황하는 남자의 얼굴을 보고는 그제야 실수했다는 것을 깨달았다. 난감해하며 어쩔 줄 몰라 하는데 복학생 선배가 버르장머리 없다는 듯이 그녀를 나무랐다.

"야, 넌 선배한테 그게 무슨 말이야?"

"죄송해요. 저도 모르게 그만."

서둘러 사과했지만 남자는 아무 말이 없었다. 한눈에 봐도 화가 난 기색이 역력했다. 속상했다. 그에게 잘 보이고 싶었는데. 나는 왜 그런 말을 해 버린 걸까. 머리를 쥐어뜯고 싶을 정도로 후회가 되었다. 아무래도 술자리에서 실수를 만회해야 할 듯싶었다. 인해는 한숨을 내쉬며 동아리방으로 들어가는 남자의 뒷모습에서 눈을 떼지 않았다.

눈꺼풀을 들어 올리자 하얀 얼굴이 가장 먼저 눈에 들어왔다. 인해는 눈을 까막거리며 가만히 그 얼굴을 바라보았다. 여전히 아름다웠지만 방금 전 꿈속에서 보았던 얼굴에 비해 나이가 든 얼굴이었다. 하지만 그때보다 훨씬 따뜻하고 다정한 얼굴이었다. 20살의 자신이 마음에 담았던 바로 그 얼굴이었다.

"잘 잤어?"

이수는 인해의 이마에 흐트러진 머리칼을 넘겨 주며 물었다. 그의 가슴께에 고개를 기대고 있었는데 지금은 그의 무릎을 베고 누워 있었다. 영화를 보다가 잠들자 그가 눕혀 준 듯했다. 거실

시계를 보니 어느덧 점심때가 훌쩍 넘어가 있었다. 오래도 잤구나.

"피곤하면 더 자."

이수는 인해의 이마에 가볍게 입을 맞추며 말했다. 이마에 이어 눈꺼풀, 코, 인중, 입술에 차례대로 입을 맞추던 그가 시선을 느낀 건지 고개를 들었다.

"나한테 할 말 있어?"

인해는 가만히 그를 바라보다가 불쑥 말했다.

"고양이 좋아해요?"

"응?"

"선배 복학했을 때 말예요. 학교에서 살던 고양이 돌봐 줬었잖아요. 고양이 좋아하죠?"

가만히 인해의 말을 듣고만 있던 이수의 눈이 점차 커다래졌다.

"네가 그걸 어떻게…… 기억이 돌아온 거야?"

"아주 조금 생각난 거 같아요."

인해는 최대한 태연하게 말하려고 노력했다. 과거에 대한 기억이 떠오른 건 이번이 처음이었다. 그동안 아무리 노력해도 기억이 돌아오지 않아 아예 포기하고 있었는데 이런 식으로 생각이 날 줄은 몰랐다. 기쁘고 설레고 벅찼다. 뜻밖의 선물을 받은 기분이었다.

이수 역시 그녀 못지않게 기쁜 얼굴이었다. 그가 다급하게 입을 열었다.

"그래? 뭐가 생각난 건데…… 잠깐, 그땐 널 만나기 전인데."

고개를 갸우뚱거리며 이상하다는 듯이 중얼거리는 그를 보고 있자니 웃음이 나왔다. 생각해 보니 그때 이수는 자신을 알기 전이었다. 자신이 그를 어디에서 처음 보았는지 그는 전혀 알지 못할 터였다. 그러니까 자신 혼자만 간직하고 있던 추억인 셈이었다.

"선배가 동방에 처음 왔을 때, 나 선배를 알고 있었어요. 이름하고 과는 몰랐지만."

"그때 날 알고 있었다고?"

금시초문이라는 듯 그가 되물었다. 인해는 고개를 끄덕이며 말을 이어 갔다.

"선배를 처음 본 건 동방 앞이 아니었어요."

"그럼 어디서 날 처음 본 건데? 생각난 대로 다 말해 봐."

귀를 쫑긋 세우고 대답을 기다리는 그를 보고 있자니 문득 짓궂은 마음이 고개를 들었다. 인해는 슬그머니 한발 뺐다.

"나중에 말해 줄게요."

이수의 미간이 확 구겨졌다.

"나중에 언제."

"늦었지만 점심으로 냉면 어때요?"

갑작스런 화제 전환에 이수는 어리둥절해하다가 곧 자신의 의도를 깨닫고는 황당한 얼굴이 되었다. 그는 기가 막힌다는 눈으로 자신을 쳐다보더니 한숨을 길게 내쉬었다. 그러고는 두 손 두 발 다 들었다는 투로 말했다.

"냉면 해 줄 테니까 꼭 말해 줘야 해."

"생각해 봐서요."

인해는 새침한 표정으로 애매모호하게 대답했다. 그럼에도 불구

하고 이수는 주저하지 않고 몸을 일으켰다. 하지만 표정은 불만이
가득했다.

"마트 갔다 올 테니까 대답 잘 준비해 둬."

"알았어요."

이번에는 흔쾌히 고개를 끄덕였다. 그제야 불만스런 이수의 표정
이 풀어졌다. 아마도 냉면 말고 더한 것을 요구해도 그는 들어줬을
터였다. 하지만 이쯤에서 그만두기로 했다. 처음부터 작정하고 그를
오래 애태울 생각은 없었기에 별로 아쉽지는 않았다.

인해는 현관문 닫히는 소리를 한 귀로 흘려들으며 소파에 다시
누웠다. 아직도 가슴이 두근거리고 설레었다. 아무리 해도 찾을 수
없었던 과거의 한 조각을 찾았다는 현실이 믿어지지가 않았다. 그녀
는 눈을 감고 간절하게 빌었다. 부디 아까 꾸었던 꿈과 계속 이어지
는 꿈을 꾸게 해 달라고.

꿈을 꾸게 해 달라고 빌어서일까. 인해는 시나브로 달콤한 오수
에 잠겨 들었다.

—fin

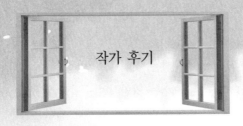

작가 후기

　세상은 넓고 그만큼 다양한 사람들이 있습니다. 흑백논리가 통하지 않는 이유죠. 절대적인 선도 절대적인 악도 없다고 생각합니다. 그저 이기적인 사람들이 있을 뿐이죠. 연재 도중에 잠깐 언급했던 것처럼 《깊은 밤을 건너서》는 이기적인 사람들의 이야기입니다.

　각자 입장에서 생각하고 말하고 행동하다 보면 본의 아니게 남들에게 폐를 끼칠 때가 있습니다. 아무리 조심한다고 해도 누구나 한 번쯤 타인에게 상처를 주기도 하고 받기도 할 겁니다. 그것을 아는 사람이 있고 모르는 사람이 있죠. 똑같이 이기적인 사람이라 해도 그것은 아마 큰 차이일 겁니다.

　가까운 사람에게서 받는 상처가 더 깊고 치명적인 건 그들을 믿었기 때문일 겁니다. 믿음은 모든 인간관계의 초석이라고 생각합니다. 우정도 사랑도 부모 자식 간의 애정도 따지고 보면 믿음이 베이스로 깔려 있어야 가능한 것들이니까요.

　그러한 믿음의 시작은 소통입니다. 소위 말하는 '통' 하는 사이
가 되어야 역사가 시작되는 것처럼요. 소통 없이 시작한 관계는
믿음 또한 없을 테니 오해는 필연적일 수밖에 없겠죠. 《깊은 밤을
건너서》는 소통의 부재가 야기하는 문제에 관한 이야기이기도 합
니다.

　이렇게 적고 나니 뭔가 심오하고 거창한 이야기인 것처럼 보이네
요. 그냥 단지 조금 꼬이고 운이 나빴던 두 사람의 이야기인데 말이
죠.

　여태 글은 혼자 쓰는 외로운 작업이라고 생각했었는데, 이번 연
재를 통해 그 생각이 조금 바뀌었습니다. 독자분들과 소통하며 글을
쓸 수도 있다는 것을 이번에 깨달았습니다.

　연재를 하면서 상상도 못 했던 많은 분들의 사랑을 받았습니다.
지금 다시 돌이켜 봐도 얼떨떨하고 몸 둘 바를 모르겠네요. 이렇
게 많은 사랑을 받아도 될 자격이 있는지 수없이 자문해 보았습니
다.

　아직 미흡하고 여물지 못한 글을 응원해 주시고 때론 따끔하게
충고해 주신 분들께 이 자리를 빌려 감사의 인사를 드립니다.

　책을 내는 일 또한 혼자서는 할 수 없는 일입니다. 이번에도 인연
이 닿아 같이 작업하게 된 다향 로맨스 편집부 일동에게도 감사 인
사를 드립니다.

부디 많은 분들과 '통' 하는 사이가 되길 조심스럽게 바라 봅니다. 그리고 모두 건강하고 행복하길 진심으로 바랍니다.

2014년 가을, 정해길 드림.

초판 1쇄 찍음 2014년 9월 18일
초판 1쇄 펴냄 2014년 9월 24일

지은이 | 정해길
펴낸이 | 정 필
펴낸곳 | 도서출판 **뿔미디어**

편집장 | 이재권
기획 · 편집 | 정시연 · 이은정

출판등록 | 2002년 9월 11일 (제1081-1-132호)
주소 | 경기도 부천시 원미구 상동로 117번길 49(상동) 503호
전화 | 032)651-6513 / 팩스 | 032)651-6094
E-mail | dahyangs@naver.com
블로그 | http://blog.naver.com/dahyangs
홈페이지 | http://bbulmedia.com

값 9,800원

ISBN 979-11-315-3629-2 03810

※파본은 구입하신 서점에서 교환하여 드립니다.
※이 책은 (도)뿔미디어를 통해 독점 계약되었습니다.
저작권법에 의해 보호를 받는 저작물이므로 무단 전재와 무단 복제를 엄금합니다.

www.bbulmedia.com

www.bbulmedia.com